suhrkamp taschenbuch 3221

Einfach so erzählt die Geschichte einer Frau, die in New York zu Hause ist. Sie schreibt Nachrufe für eine Zeitung, ihr Ehemann, mit dem sie glücklich ist, spielt eine gewisse Rolle in der New Yorker Kunstszene, zu der sie allerdings eine ironisch-direkte Beziehung pflegt. Sie lebt in einem weitläufigen Loft, hat drei aufmüpfige, aber wohlgeratene Kinder, und wenig Außergewöhnliches, nichts Dramatisches drängt sich in den Ablauf ihrer Tage. Das Außergewöhnliche liegt in ihr selbst, in ihrer Art, die Umwelt wahrzunehmen: Soll sie ein koscheres Huhn kaufen, oder darf sie auf die Instanthühnerbrühe zurückgreifen? Kann sie sich von den reichen Gastgebern mit deren Mercedes zur Dinnerparty kutschieren lassen? Ihre Lebensgeschichte – sie ist die Tochter jüdischer Eltern, die den Holocaust überlebt haben – ist immer präsent. Gegenwart und Vergangenheit sind für sie untrennbar verbunden, und ihr Beruf – durch den sie häufig Begräbnisse zumeist völlig fremder Menschen besuchen muß – verstärkt das Gefühl der Zerbrechlichkeit des Glücks.
Lily Brett und ihre Protagonistin Esther haben etliche Lebensstationen gemein: Die Autorin wurde 1946 in Deutschland geboren, wo ihre Eltern, nachdem sie Auschwitz überlebt hatten, sich in einem Durchgangslager wiedertrafen. 1948 wanderte die Familie nach Australien aus. Mit neunzehn begann Lily Brett als Journalistin für ein Rockmagazin zu arbeiten. Sie hat jetzt drei Kinder und lebt mit ihrem Mann, einem Maler, in New York.
Als suhrkamp taschenbuch 3148 erschien von ihr 2000 *Zu sehen*.

Lily Brett
Einfach so

Roman

Aus dem Amerikanischen

von Anne Lösch

Suhrkamp

Die englische Originalausgabe erschien 1994 unter dem Titel
Just Like That bei Pan Macmillian Australia Pry Limited, Sydney.

Umschlagfoto: Premium Stock Photography, Düsseldorf

suhrkamp taschenbuch 3221
Erste Auflage 2001

Druck: Ebner Ulm
Printed in Germany
Umschlag nach Entwürfen von
Willy Fleckhaus und Rolf Staudt

1 2 3 4 5 6 – 06 05 04 03 02 01

Für Paris,

dessen Großvater ihn lieber Harry genannt hätte

Es ist bekannt, daß, wer zurückkehrt, niemals fort war,
also ging und ging ich auf den Spuren meines Lebens,
Kleider und Planeten wechselnd,
an die Gesellschaft mich gewöhnend,
an den großen Wirbel des Exils,
die große Einsamkeit des Glockenschlags.

Pablo Neruda, *Abschiede*

I

Edek Zepler hatte früher immer polnische Mädchen gebumst. Die meisten von ihnen waren Dienstmädchen, und er hatte sie im Stehen in den Fluren der Häuser gebumst, in denen sie arbeiteten.

Esther Zepler hatte erst kürzlich davon erfahren. Sie saß in ihrem Büro und dachte über ihren Vater nach. Etwas feinfühliger wäre er ihr lieber gewesen. Sie verstand nicht, wie jemand Lust haben konnte, einen völlig fremden Menschen in einem Hausflur zu bumsen. Sie verstand sehr gut, warum die Mädels es machten. Die sparten sich die zwei Zloty jährliche Meldegebühr, die sie als Bewohnerinnen der Häuser zu entrichten gehabt hätten.

Es war Edeks Aufgabe, diese Gebühr einzuheben. Vor dem Krieg hatte Edeks Vater, Esthers Großvater, etliche Mietshäuser in Lodz besessen. Die Wohnungen waren an jüdische Familien vermietet, und die meisten dieser Familien hatten ein polnisches Dienstmädchen. Es gab also viele Dienstmädchen, die Esthers Vater in vielen Hausfluren bumsen konnte.

Esther war sich nicht einmal sicher, wie man im Stehen bumste. Sie stellte es sich sehr unbequem vor. Diese Art Bumsen nennt man Kniewackler, sagte ihr Mann. Vielleicht wackelten einem die Knie, dachte sie, weil man gegen die Schwerkraft ankämpfen mußte. Vermutlich war es der Mann, dem die Knie wackelten.

Das mit den Dienstmädchen und ihrem Vater hatte Esther nicht von ihm erfahren. Ihr Sohn erzählte es ihr. Ihr Vater, entschied sie, mußte das Ganze für eine Information unter Männern gehalten haben, die er an seinen Enkel weitergeben wollte. Mit Esther hatte er niemals über Sex gesprochen. Einmal erzählte er ihr, ihre Mutter, die vor einigen Jahren gestorben war, habe sich nicht viel aus Sex gemacht. »Es war ihr nicht wichtig«, erklärte er stolz. Damals hatte Esther sich gefragt, was er wohl sagen würde, wenn er wüßte, daß sie selbst über Jahre hinweg Tausende von Dollars dafür ausgegeben hatte, auf einer Analytikercouch unter anderem zu lernen, Sex als wichtig zu empfinden.

Sie hielt Sex nicht für unwichtig, sie dachte einfach nicht sehr oft daran. Sie genoß ihn, wenn er sich ergab, aber sie freute sich nicht darauf wie auf ein Essen oder eine Reise.

Eine Freundin erzählte ihr einmal, daß sie nach sieben Tagen ohne Sex völlig frustriert sei. Esther, die sexuelle Frustration nicht kannte, war beunruhigt, als sie das hörte. In den folgenden sechs Monaten schrieb sie jedesmal, wenn sie mit ihrem Mann geschlafen hatte, ein großes grünes S rechts oben auf die Seite ihres Taschenkalenders. Dann zählte sie die S zusammen. Es waren sechsundzwanzig. Also knapp einmal pro Woche. Esther war erleichtert.

Sex war wirklich etwas Seltsames. Da konntest du jede Nacht nackt neben einem Mann schlafen, ohne an Sex zu denken, aber wenn man dich nackt zu einem anderen ins Bett legen würde, hättest du nichts anderes mehr im Kopf als Sex. Seinen. Deinen.

In den Konzentrationslagern dachten die Häftlinge nicht an Sex. Esther wußte das, sie hatte es gelesen. Es erschien ihr logisch. Natürlich denkt niemand, dessen Leben in Gefahr ist, an Sex.

Sie wünschte sich, das Bild ihres Vater loszuwerden, wie er diese polnischen Dienstmädchen bumste. Es wurde ihr schlecht davon.

Sie betrachtete ihr Spiegelbild in einem glasgerahmten Druck von Cy Twombly, der an der Wand hing. Ihr neuer Haarschnitt gefiel ihr. Mit einundvierzig hatte sie immer noch dichtes Haar, obwohl es langsam dünner wurde. Sie hatte gelesen, daß bei Frauen zwischen sechzehn und fünfunddreißig die Haare am dichtesten seien.

Esther und ihr Mann lebten seit einem Jahr in New York. Ihr Mann war Maler, abstrakter Landschaftsmaler. Ein Künstler, dessen Bilder den Charakter einer Landschaft wiedergaben, nicht ihre Topographie.

Er gehörte zu den führenden abstrakten Malern Australiens. In Amerika hätte es großen Wohlstand bedeutet, ein bekannter Künstler zu sein. Nicht so in Australien. In Australien stellte er seit zweiundzwanzig Jahren aus - seit er zwanzig war.

Letztes Jahr hatte er seine erste Ausstellung in New York gehabt. Die *New York Times* hatte ihn »einen begabten Maler« genannt, »der etwas zu sagen hat«.

Esther räumte ihren Schreibtisch auf. Sie arbeitete als Nachrufredakteurin, Bereich Amerika, für den *London Weekly Telegraph*. Der Job war ihr von einem australischen Journalisten vererbt worden, einem alten Kollegen vom *Melbourne Age*. Sie hatte ihm tausend Dollar für eine Kopie seines New Yorker Adreßbuchs bezahlt.

Im allgemeinen gab ihr der *London Weekly Telegraph* vierundzwanzig Stunden Zeit für einen Nachruf. Esther mußte kleine Artikel verfassen, dreihundert bis fünfzehnhundert Wörter, abhängig von der Wichtigkeit der verstorbenen Person. Der Job wurde gut bezahlt. Für einen Nachruf von tausend Wörtern bekam sie dreihundertfünfzig Dollar. Sie schrieb zwei bis drei Nachrufe in der Woche.

Im Durchschnitt mußte Esther dreißig Telefonate führen, um die Informationen für einen Nachruf zusammenzubekommen. Das Wichtigste, was man über den Verstorbenen herauszufinden hatte, waren Geburtsdatum und -ort, Beruf, besondere Leistungen, eine Kurzfassung des Werdegangs, Familienstand, Anzahl und Wohnsitz der Kinder.

Dafür mußte sich Esther oft durch ein Gewirr von früheren und jetzigen Ehefrauen durcharbeiten und recherchieren, wer wo lebte. Dann mußte sie die Lebensleistung auswählen, deretwegen man sich an diesen Menschen erinnern würde.

Es war nicht besonders schwer. Sobald sie sämtliche Informationen beisammenhatte, rückte alles an seinen Platz, und das Leben dieses Menschen las sich so einfach wie eine Landkarte. Esther wunderte sich oft darüber, daß eine Fremde wie sie das Leben eines Menschen aus vierzig oder fünfzig Zeilen Notizen zusammenfügen konnte.

Die meisten waren Männer. Sie machte diesen Job jetzt seit einem Jahr, und das Verhältnis der Nachrufe auf Männer und Frauen, die sie verfaßt hatte, betrug zehn zu eins. Zehn Nachrufe auf Männer für jeden auf eine Frau. Und das lag, wie sie wußte, nicht daran, daß mehr Männer starben.

Wenn sie Nachrufe auf Frauen zu schreiben hatte, gab sie sich besonders Mühe. Sie schrieb fünfzig bis sechzig Wörter mehr, als verlangt wurden. Bis heute war nicht einer von ihnen gekürzt worden.

Nachrufe wurden stets in einer förmlichen, höflichen Sprache verfaßt, da die meisten Zeitungen höflich zu Toten waren. Aber unterschiedliche Nachrufe konnten durchaus unterschiedliche Bilder einer Person liefern. Esther hatte das Gefühl, durch die Auswahl dessen, was betont und wer zitiert wurde, die Art und Weise bestimmen zu können, in der die verstorbene Person der Welt präsentiert wurde.

Das Schreiben von Nachrufen galt als einer der niedrigsten Posten bei der Zeitung, aber Esther mochte den Job. Sie bezog eine merkwürdige Befriedigung daraus, die losen Fäden des Lebens fremder Menschen zu verknoten. Sie machte Ordnung für sie, brachte sie korrekt auf den Weg. Sie war sich nicht sicher, wohin dieser Weg führte. Sie versuchte, nicht darüber nachzudenken.

Die meisten Zeitungen verfügten über eine Kartei mit vorbereiteten Nachrufen. Diese Kartei hieß allgemein die Leichenhalle. Die Leichenhallen der Zeitungen waren voll von vorbereiteten Nachrufen auf berühmte und bedeutende Leute. Diese Akten enthielten Kommentare, Zitate, Erinnerungen und Fotos. Wurde ein solcher Nachruf gebraucht, fügte man ihm am Anfang einen neuen Absatz hinzu.

Esther war ständig auf der Suche nach wichtigen Leuten, die wahrscheinlich in absehbarer Zeit sterben würden. Wenn sie in Zeitungen und Zeitschriften Artikel über Prominente und Politiker las, achtete sie immer auf deren Gesundheitszustand. Sie legte sich kleine Biographien über Leute an, die ihrer Meinung nach bald sterben würden.

Esther selbst hatte mit dem Tod noch nicht viel zu tun gehabt. Nicht einmal ihre eigene Mutter hatte sie tot gesehen. Sie ging davon aus, daß die meisten Leute, über die sie schrieb, wahrscheinlich sehr teure Särge hatten. Vermutlich lagen sie in einem Nest aus weißen Satinrüschen. Vielleicht hatten sie ein paar Pretiosen neben sich im Sarg. Orden, Fotos, ein oder zwei Briefe. Sie wußte nicht, ob man die Menschen mit ein paar Dingen aus ihrem Leben oder ganz allein begrub.

Als Esther zehn Jahre alt war, starb der Vater von Caroline, ihrer besten Freundin. Caroline hatte ihrem Vater einen langen Brief geschrieben und ihre Mutter gefragt, ob sie ihm den in den Sarg legen dürfe. »Natürlich darfst du«, hatte Carolines Mutter geantwortet. »Vorausgesetzt, es steht nichts drin, worüber Dad sich aufregen würde.« Darüber hatte Esther noch lange nachdenken müssen.

Sie wußte nicht viel über den Tod und über Beerdigungen. Vor einigen Jahren hatte sie einen jungen Mann kennengelernt, der in einem Bestattungsinstitut arbeitete. »In dem Geschäft mußt du immer dran denken«, hatte er gesagt, »daß du vor einem Begräbnis auf keinen Fall was essen darfst. Wenn der Tote so ein Fettsack ist, und du hast gerade was gegessen, mußt du todsicher furzen, wenn du den Sarg aufhebst.«

Es war ein ruhiger Vormittag. Die Zeitung hatte kein einziges Mal angerufen. Sie nahm ein schmales Bändchen mit dem Titel *Fakten des Holocaust* zur Hand. Sie las schon die ganze Woche in dem Buch.

Ihre Eltern waren beide im Konzentrationslager gewesen. Man hatte sie im Ghetto von Lodz zusammengetrieben und eingesperrt, bevor sie nach Auschwitz verfrachtet wurden. Ihre Mutter war von Auschwitz nach Stutthof gebracht worden, ein Konzentrationslager in der Nähe von Danzig an der Ostsee.

Sowohl ihre Mutter als auch ihr Vater waren die einzigen Überlebenden ihrer jeweiligen Familie. Sie hatten ihre Eltern,

Großeltern, Geschwister, Onkel, Tanten, Vettern und Cousinen, Neffen und Nichten verloren. Sie hatten alle verloren.

Alle verloren. Was für ein seltsamer Satz, dachte Esther. Ihre Eltern hatten ihre Familien nicht so verloren, wie man einen Schirm oder Handschuhe verliert. Ihre Verwandten wurden nicht irgendwo liegengelassen. Sie wurden vergast, verbrannt, verstümmelt, vergewaltigt und erschlagen. Auf Seite achtzehn las sie ein Zitat von Joseph Goebbels, der 1929 geschrieben hatte, daß der Jude, selbstverständlich, ein menschliches Wesen sei. »Aber auch der Floh ist ein Lebewesen - wenn auch kein angenehmes. Weil der Floh etwas Unangenehmes ist, braucht er nicht zu gedeihen, und wir brauchen ihn nicht zu erhalten, sondern es ist unsere Pflicht, ihn zu vernichten. So wie die Juden.«

Ihre Eltern sprachen kaum über die Vergangenheit. Sie erzählten nichts von ihrem Leben vor oder während dem Krieg. Ihre Mutter hatte ihr gesagt, daß die Zugreise vom Ghetto in Lodz bis nach Auschwitz vier Tage gedauert hatte. Die Juden, alte Männer, junge Mädchen, Säuglinge, waren in Viehwaggons zusammengepfercht und dort ohne Essen und Wasser eingesperrt gewesen. Als sie in Auschwitz ankamen, hatte es in ihrem Waggon über zwanzig Tote gegeben, und auf dem Boden stand die Scheiße und Pisse knöcheltief.

Esther wußte, daß ihre Eltern in Auschwitz getrennt worden waren und sich erst acht Monate nach dem Krieg wiedergefunden hatten.

Sie wußte, daß ihre Mutter in Auschwitz auf Holzpritschen geschlafen hatte und ihr die Ratten übers Gesicht gelaufen waren. Sie wußte, daß der Leib der ältesten Schwester ihrer Mutter so anschwoll, daß die Haut platzte und Sekret herausquoll, und daß ihre Mutter, in dem Versuch, sie zu retten, auf dem Fußboden in unverdauten Resten von Erbrochenem nach Eßbarem gesucht hatte, um ihre Schwester damit zu füttern.

»Du wirst niemals verstehen, was wir durchgemacht haben«, pflegte ihre Mutter zu sagen. Esther wußte, daß sie recht hatte. Sie würde es niemals verstehen.

Das Telefon läutete. Sonia Kaufman war am Apparat. Esther hatte Sonia in Melbourne nur flüchtig gekannt, aber hier in New York trafen sie sich ziemlich oft. Sonia und ihr Mann waren Rechtsanwälte. Sie arbeiteten in einer der größten Kanzleien von New York.

»Hallo, Esther«, sagte Sonia. »Stör' ich dich?«

»Nein, gar nicht. Es ist ruhig heute. Ich sitz' bloß so rum und lese.«

»Hört sich gut an«, sagte Sonia. »Ich wollte, ich könnte mich auch hinsetzen und lesen. Mein Büro ist zur Zeit ein Irrenhaus. Was liest du denn?«

»Ach«, sagte Esther, »bloß ein kleines Buch über den Holocaust.«

»Was ist los mit dir?« fragte Sonia. »Du schreibst Nachrufe von morgens bis abends und entspannst dich bei einer Lektüre über den Holocaust? Mein Gott, warum bist du so morbid?«

»Ich bin nicht morbid«, sagte Esther. »Möglicherweise ist es ein morbides Thema, aber es ist nicht morbid, darüber zu lesen. Es ist aufklärend.«

»Es ist morbid«, sagte Sonia. »Ich kenn' das von anderen Kindern von Überlebenden. Die strahlen eine richtige Morbidität aus. Bei dir ist das was anderes, du bist nur ein bißchen morbid.«

»Vielen Dank«, sagte Esther. »Ich an deiner Stelle würde keine Pauschalurteile über die Kinder von Überlebenden fällen. Pauschalurteile können gefährlich sein.«

»Ich fälle keine Pauschalurteile«, sagte Sonia. »Ich hab' fünf oder sechs Kinder von Überlebenden kennengelernt, und die sehen eigentlich alle so aus, als hätte ihnen wer einen Sack über den Kopf gezogen. Sie sind so vorsichtig, so gedrückt. Sie bewegen sich behutsam, sie sprechen langsam, mit leiser Stimme. Es ist, als ob sie ständig das Leben in sich unterdrücken müßten. Vielleicht fürchten sie sich davor, zuviel Lebendigkeit zu zeigen. Wenn sie halbtot aussehen, fühlen sie sich vielleicht den Toten enger verbunden und weniger schuldig, daß sie am Leben sind.«

»Die Jahre beim Analytiker hätte ich mir wirklich sparen können. Statt dessen hätte ich dich anrufen sollen, du hättest mich schon wieder in Ordnung gebracht«, sagte Esther.

»Sei bitte nicht böse«, sagte Sonia. »Ich wollte dich nicht kränken.«

»Tust du aber«, sagte Esther. »Es ist schon kompliziert genug, Eltern zu haben, die traumatisiert und gedemütigt wurden; da braucht man nicht auch noch oberflächliche Diagnosen von Amateurpsychologen. Meine Mutter hat mir von einer Frau aus ihrem Block erzählt, die zum Gaudium der Gestapo dazu gezwungen wurde, Sex mit einem der Wachhunde zu haben. Jahrelang habe ich mich gefragt, ob es nicht meine Mutter selber war, die von diesem Hund gebumst wurde. Ich habe mich so geschämt. Diese Erniedrigung, die sie erleiden mußte, hat mich fast umgebracht.«

Am anderen Ende der Leitung herrschte Stille. Esther war rot geworden. Sie überlegte, ob sie nicht sagen sollte, es habe unten an der Tür geläutet und sie müsse jetzt auflegen.

»Was hast du gerade über den Holocaust gelesen, als ich anrief?« fragte Sonia.

»Ich las über die Reaktion der restlichen Welt auf die Notlage der Juden«, sagte Esther.

»Es hat keinen interessiert, oder?« fragte Sonia.

»Kein Schwein«, sagte Esther. »Roosevelt hat sich einen Scheißdreck gekümmert. Amerika hätte leicht jede Menge Juden aufnehmen können, aber die haben sich an ihre Einwandererquoten gehalten. Australien hätte Landarbeiter aufgenommen! Du kannst dir vorstellen, wie viele jüdische Landarbeiter es gab. Auf allen sieben Meeren kreuzten Schiffsladungen voll Juden auf der Suche nach Asyl. Die britische Regierung brachte ein Weißbuch heraus, das die jüdische Einwanderung nach Palästina einschränkte, und die britische Marine patrouillierte im Mittelmeer, um Flüchtlingsschiffe abzufangen. Chamberlain machte sich Sorgen, daß antisemitische Gefühle aufkommen könnten, falls er zu viele Juden nach England hereinlassen würde. Ist das nicht komisch? 1944 bot Eichmann eine Million Juden im Tausch für zehntausend Lastwagen und eine Ladung Tee an. Keiner hat sich dafür interessiert. Ich habe ein Zitat von Chaim Weizman gelesen, der während des Krieges Präsident der Zionistischen Weltorganisation war. Er hat's ja sehr prägnant formuliert. Er sagte, für die Juden sei die Welt aufgeteilt in Länder, in denen sie nicht leben dürfen, und solche, die sie nicht reinlassen.«

»O Gott«, sagte Sonia.

»Tut mir leid«, sagte Esther. »Wahrscheinlich wär's dir jetzt lieber, du hättest mich gar nicht erst angerufen.«

»Ich fühl' mich schon ein bißchen flau«, sagte Sonia.

»Hast du immer noch diese Affäre mit dem Typen aus deinem Büro?« fragte Esther.

»Das ist keine Affäre«, sagte Sonia. »Wir schlafen nur ab und zu miteinander.«

»Für mich klingt das nach einer Affäre«, sagte Esther.

»Ist es aber nicht«, sagte Sonia. »Ich verbringe den größten Teil meiner Zeit mit Michael. Michael und ich sind absolut glücklich verheiratet. Wir schlafen regelmäßig miteinander, wir gehen zusammen einkaufen, ins Kino, wir nehmen unsere Mahlzeiten gemeinsam ein. Glücklich verheiratete Leute machen das doch so, oder ?«

»Denke schon«, sagte Esther.

»Weißt du«, sagte Sonia, »ich kann es nicht ausstehen, wenn Michael an meinen Brustwarzen saugt oder meine Vagina berührt. Fred, so heißt der Mann aus dem Büro, kann mich ohne weiteres anfassen und bumsen. Wenn er mich gebumst hat, leckt er den ganzen Saft aus mir raus. Er ist so gründlich, daß ich nachher nicht zu duschen brauche.«

»Sonia, ich glaub', ich muß auflegen«, sagte Esther. Sie war müde. Sonias Gerede hatte sie deprimiert. Sie wollte keine weiteren Details über Sonia und ihren Liebhaber hören. Es klang alles so schäbig. Und Sonia hatte sie so locker von oben herab als morbid bezeichnet. Sie jedenfalls war lieber morbid als schmutzig. Und Sonia war schmutzig. Die Ehe als etwas zu sehen, das lediglich aufs miteinander Essen, Einkaufen und Schlafen hinauslief, war geschmacklos. Weshalb war sie überhaupt mit Sonia befreundet? Vermutlich, weil sie in New York nicht viele Leute kannte. Wenn man kaum Freunde hatte, konnte man nicht besonders wählerisch sein.

Sie sah auf die Uhr. Es war eins. Sie beschloß, einen Kaffee trinken zu gehen und etwas fürs Abendessen zu besorgen. Vielleicht würde sie ein Huhn kaufen und Curryhuhn in Joghurt kochen. Das hatte sie schon ewig nicht mehr gemacht.

Ein grauhaariger Mann von ungefähr fünfundsechzig Jahren war im Aufzug. Er trug eine große Plastiktüte. Esther hatte ihn schon einmal gesehen. »Ich fahr' zu meiner Tochter«, sagte er zu Esther. »Die ist gerade nach New Jersey gezogen. Und jetzt mach' ich genau das, was sie tut, wenn sie mich besucht - ich nehme meine Wäsche mit.« Esther war sich nicht sicher, ob er einen Scherz gemacht hatte oder nicht. Sie lächelte ihn an.

Draußen schneite es. Esther war aufgeregt wie ein Kind, als sie den Schnee sah. Sie blieb einen Augenblick stehen, um ihn zu betrachten. Große, dicke Flocken flogen in alle Richtungen, die Luft war voller Schneetupfer. Ein weißer Schneemantel hatte sich bereits über die geparkten Autos gelegt. Der Schnee sah weich aus. Und warm. Wie eine schützende, kuschelige Decke.

Die obersten Stockwerke aller Gebäude waren in den Himmel verschwunden. Manhattan sah aus wie ein Dorf. Ein polnisches oder russisches Dorf vor dem Krieg.

Egal, wie Esther ihren Schirm hielt, die Schneeflocken wirbelten um sie herum und klatschten ihr ins Gesicht. Die Leute auf der Straße lächelten. Der Schnee schien jedermanns Stimmung zu heben.

Im Supermarkt entschied sich Esther für das fleischigste koschere Huhn. Sie kaufte gerne koschere Hühner. Bei denen war ihrer Ansicht nach die Wahrscheinlichkeit geringer, daß sie eine von diesen neuzeitlichen Hühnerkrankheiten hatten, von denen man dauernd hörte.

Das Leben ist wirklich kompliziert geworden, dachte sie. Als sie ein Kind war, hatte man einfach ein Huhn gekauft, und damit basta. Man brauchte keine Gummihandschuhe zu tragen, um ein Huhn zu waschen, und nicht sorgfältig darauf zu achten, daß es auch richtig durch war. Kein Mensch dachte an Salmonellen oder irgendein Virus. Den meisten Leuten waren

Viruserkrankungen unbekannt. Heutzutage hatten junge Leute Warzen an den Genitalien, Pilz- und Hefeinfektionen, und auch ihre eigenen Altersgenossen litten an diesem oder jenem. Sie fühlte sich plötzlich alt.

Sie wartete in der Schlange, um zu bezahlen. Es schien Probleme mit der Kasse zu geben. Sie wechselte die Kasse. Dort ging offenbar aber auch nichts weiter. »Da haben Sie jetzt aber den Teufel mit dem Beelzebub ausgetrieben«, sagte eine alte schwarze Frau zu ihr.

Esther nickte ihr zu und fragte sich, was die Frau gemeint haben könnte. War der Teufel schlimmer als Beelzebub oder umgekehrt? Oder waren sie beide gleich schlimm? Bedeutete es das gleiche, wie vom Regen in die Traufe zu kommen? Natürlich, das mußte es sein. Sie lächelte der Frau zu.

Schließlich kam Esther an die Reihe. Sie bezahlte das Huhn und verließ das Geschäft. Das Schneetreiben hatte nachgelassen. Ein paar kleine, feine Flocken hingen matt in der Luft. Esther ging ins Büro zurück.

Die Vierzehnte Straße war gesperrt. An einer blauen Absperrung in der Mitte der Straße hing ein Schild mit der Aufschrift LICE LINE DO NOT CROSS [Läuse-Sperre – Durchgang verboten. Anm. d. Ü.] Esther schaute genauer hin und lachte. Es war eine Polizei-Absperrung. Irgend jemand hatte das PO von POLICE überpinselt.

Am Vormittag hatte sie über Läuse gelesen. In Auschwitz waren die Läuse so vollgesogen mit dem Blut der Häftlinge, daß sie bei der kleinsten Berührung zerplatzten.

Ein junges Paar stand neben der Absperrung und küßte sich. Sie waren sehr jung, die beiden. Ungefähr sechzehn. Sie küßten sich sehr heftig. Esther fand, daß sie zu jung für einen so intensiven Zungenkuß waren.

Sie ging weiter. Zwei orthodoxe Juden hasteten die Second Avenue hinauf. Esther staunte immer noch darüber, wie viele Juden es in New York gab. Sie sah die beiden Männer an und nickte ihnen zu. Sie ignorierten sie. Sie begriff, daß sie sie für niemand besonderen hielten, sie gehörte nicht zur Herde, nicht zu ihnen. Für die war sie einfach bloß irgendeine Jüdin.

Als sie ihr Büro betrat, läutete das Telefon. Sie hob den Hörer ab. Es war ihr Chefredakteur, der aus London anrief. »Okay, Esther«, sagte er. »Wir haben einen anonymen Hinweis bekommen, daß Alistair Champion, der amerikanische Zinnbaron, tot ist oder im Sterben liegt. Oder vielleicht ist es auch sein Sohn, Alistair Champion junior, der im Sterben liegt oder schon tot ist. Wir wissen nicht, ob einer von beiden tot ist, und wenn ja, welcher. Kannst du das rausfinden?«

Esther machte sich an die Arbeit. Alistair Champion junior managte die englische Rockgruppe *Spin*. Sie suchte die Nummer der Agentur heraus, die diese Gruppe in Manhattan betreute.

»Ich würde gerne mit Alistair Champion Kontakt aufnehmen«, sagte sie zu der jungen Frau, die das Telefon beantwortete.

»Sie können ihn über die Plattenfirma in Los Angeles erreichen«, sagte die junge Frau. »Allerdings weiß ich zufällig, daß er gerade außer Landes ist.«

Irgend etwas an der leisen, zögerlichen Art, in der sie dieses »außer Landes« sagte und der konspirative, wissende Ton des Satzes »allerdings weiß ich zufällig« alarmierte Esther. Sie hätte diesen Ton nicht gehabt, wenn Alistair Champion junior mit der Gruppe auf Tour gewesen wäre.

»Eigentlich wollte ich seinen Vater erreichen«, sagte Esther, »Alistair Champion senior.« Am anderen Ende der Leitung war eine lange Pause.

»Ach so«, sagte die junge Frau langsam.

Esther wußte, daß sie auf etwas gestoßen war. Wäre alles in Ordnung gewesen, hätte die junge Frau ihr lediglich gesagt, daß ihre Agentur nichts mit Alistair Champion senior zu tun habe.

»Alistair Champion ist bei seinem Vater, hab' ich recht?« fragte sie.

»Ja, er ist bei ihm, in England«, sagte die junge Frau.

»Er ist bei ihm im Krankenhaus, richtig?« fragte Esther.

»Ja«, sagte sie.

»In welchem Krankenhaus ist er?« fragte Esther.

Die junge Frau wurde einsilbig. Esther konnte heraushören, daß sie fürchtete, bereits zuviel gesagt zu haben. »Wenn Sie Alistair Champion erreichen möchten, schicken Sie uns ein Fax hierher, wir faxen es dann weiter«, sagte sie.

»Vielen Dank«, sagte Esther.

Sie rief ihren Chefredakteur an: »Ich habe herausgefunden, daß Alistair Champion senior irgendwo in England im Krankenhaus liegt. Sein Sohn ist bei ihm. Ich weiß nicht, in welcher Klinik er ist, und ich weiß auch nicht, wie krank er ist. Aber ich nehme an, ziemlich krank.«

Zwei Stunden später rief der Chefredakteur zurück: »Fang an. Schreib den Nachruf.« Esther krempelte die Ärmel hoch. Sie holte ihr Adreßbuch heraus und machte sich bereit, Alistair Champions Leben zusammenzufügen.

2

Die Zeremonienmeisterin trug ein trägerloses rotes Organzakleid. Sie hatte große, runde, füllig pralle Brüste, von denen ein großer Teil aus ihrem Ausschnitt wogte.

Esther Zepler kam es irgendwie blasphemisch vor, in einer Kirche soviel Busen zu zeigen. St. Andrews war im East Village, in der Siebenten Straße. Aber selbst in New Yorks East Village war eine Kirche immer noch eine Kirche. Und diese Brüste hatten in einer Kirche nichts verloren. Sie paßten nicht zu ihrem kargen Inneren, und zu den meisten frommen Vorsätzen paßten sie auch nicht. Sie fragte sich, warum sie sich darüber aufregte. Schließlich war sie doch eigentlich Agnostikerin.

Die Zeremonienmeisterin holte tief Luft, und Esthers Blick verfing sich an einer Brustwarze. Wieso gab es Leute, fragte sie sich, die völlig unerschrocken ihren Körper herzeigten. Sie selbst kam sich manchmal schon nackt vor, wenn ihr Schlüsselbein zu sehen war. Ihre älteste Tochter zog Röcke an, die kaum noch die Scham bedeckten. Die Jüngste war noch sittsam.

Esther schrieb im Auftrag des *Downtown Bugle* über diese Trauerfeier für Harold Huberman. Sie hatte Harold Hubermans Nachruf für den *Bugle* und für die *Jewish Times* geschrieben.

Als der *London Weekly Telegraph* entschied, die Nachrufe auf Politiker in Zukunft von seinen Auslandskorrespondenten erledigen zu lassen, war es Esther gelungen, den *Downtown Bugle*, die *Jewish Times* und den *Australian Jewish Herald* als neue Kunden zu gewinnen. Sie war erleichtert. Politik war noch nie ihre Stärke gewesen.

Die meisten der Nachrufe, die sie schrieb, waren allerdings immer noch für den *London Weekly Telegraph*. Manchmal konnte sie diese Nachrufe überarbeiten und für die anderen Zeitungen wiederverwenden.

Harold Huberman war an AIDS gestorben. Mit achtunddreißig Jahren. Nach und nach füllte sich die Kirche. Nervosität lag in der Luft. Man grüßte sich gemessen und dem Anlaß entsprechend. Esther kannte diese Nervosität vor einem Trauergottesdienst, wenn die Trauergäste nicht recht wußten, wie sie sich verhalten sollten oder was passieren würde.

Die Alten und die Frommen konnten mit dem Tod umgehen. Aber wenn ein Nichtgläubiger gestorben war, ein junger Mensch oder einer in den besten Jahren, herrschte Unbehagen bei der Leichenfeier.

Esther schätzte, daß bereits drei- oder vierhundert Leute in der Kirche waren. Viele junge Ehepaare mit kleinen Kindern, ein paar verstreute, stark geschminkte Transvestiten in hochhackigen Pumps, Geschäftsleute im Nadelstreif samt Gattinnen, zwei Clowns im Kostüm in rot und schwarz gepunkteter Seide, einige Schicki-Musiker aus Downtown Manhattan, ein paar bekannte Schauspieler und eine Schauspielerin. Eine Gruppe Hippies der zweiten Generation mit strähnigen Haaren, bunten Halstüchern und Hosen mit Schlag hatte sich in einer Ecke versammelt.

»Ich glaube, bei dem Ausschlag würde eine Hydrocortisonsalbe viel besser helfen als eine Salbe, die nur beruhigt«, sagte die Frau, die vor Esther saß, zu ihrer Nachbarin. Esther war verblüfft. Amerikaner sprachen so selbstsicher und überzeugt über Medikamente. Alle schienen sich genauso gut auszukennen wie jeder Arzt oder Apotheker. Ein Botenjunge hatte ihr einmal vorgeschlagen, für die Dermatitis um ihre Nase herum Diflorason- Diacetat zu nehmen, das sie unter dem Namen Floron-E-Salbe in jedem Drugstore kaufen könne. »Und wenn Sie eine empfindliche Haut haben«, fügte er hinzu, »nehmen Sie Tylenol und kein Aspirin.«

Im letzten Winter hatte der damalige Portier ihr geraten, gegen ihre Bronchitis und zur Vermeidung einer Lungenentzündung Amoxycillin zu nehmen. »Und nächstes Jahr lassen Sie sich unbedingt gegen Lungenentzündung impfen.« So krank war sie gar nicht gewesen, und sie hatte nicht einmal gewußt, daß man sich gegen Lungenentzündung impfen lassen konnte.

Ein Rechtsanwalt, der im obersten Stockwerk ihres Hauses wohnte, hatte sein eigenes pharmazeutisches Nachschlagewerk, die sogenannte Rote Liste. Er wußte, welches Medikament sich mit welchem nicht vertrug. Er wußte, welche Medizin man vor den Mahlzeiten, mit den Mahlzeiten, nach den Mahlzeiten einnehmen mußte. Er wußte, welche Lebensmittel man bei welchen Medikamenten zu meiden hatte.

Esther wußte genau, daß sie die Rote Liste nicht einmal überfliegen durfte. Sie würde bei der Beschreibung der jeweiligen Krankheitssymptome hängenbleiben oder bei der Aufzählung möglicher Nebenwirkungen der Medikamente. Sie würde zweifellos an allen Symptomen und sämtlichen Nebenwirkungen leiden.

Sie fragte sich, ob sie nicht strenggenommen ein Hypochonder war oder wenigstens als ein solcher bezeichnet werden konnte. Und ob es da überhaupt einen Unterschied gab.

Jedesmal, wenn sie einen Drugstore betrat, blieb sie wie angewurzelt stehen. Das Warenangebot machte einen schwindelig. Der letzte Drugstore, in dem sie gewesen war, verfügte über zwei jeweils drei Meter lange Regalfächer mit neunundvierzig verschiedenen Mitteln gegen Fieberblasen. Sie konnte sich für keines entscheiden. »Da, wo ich herkomme«, hatte sie dem indischen Apotheker ihre Verwirrung zu erklären versucht, »ist Selbstbehandlung nicht üblich.« Er hatte sie völlig ausdruckslos angesehen.

Sobald sie einen Drugstore betrat, wollte sie auf dem Absatz kehrtmachen. Sie kam sich völlig umnebelt vor. Sie fand rein gar nichts. Letzte Woche hatte sie statt einer Wärmflasche versehentlich eine Klistierspritze gekauft.

»In ungefähr einer Viertelstunde beginnen wir mit dem Gottesdienst«, verkündete die Zeremonienmeisterin. »Wir sind etwas spät dran, weil Frederick Lobell, der extra von Paris hergeflogen kommt, im Stau steckt. Er hat gerade angerufen. Er ist schon fast am Hollandtunnel, also kann es nicht mehr lange dauern.«

Esther saß neben James White, einem australischen Journalisten, der schon seit Jahren in New York lebte. Sie kannte ihn nicht sehr gut. Sie hatte ihn vor einem Jahr durch einen gemeinsamen Freund kennengelernt. Damals, bei ihrer ersten Begegnung, hatte er sie gefragt, ob sie nicht ein Aphrodisiakum wisse, das ihm helfen würde, einen Mann zu erobern, in den er sich total verliebt hatte. Esther, völlig verdattert von dem Ansinnen, mit einem Liebestrank einen Liebhaber ködern zu wollen, hatte sich besorgt gefragt, warum er sie für einen Menschen hielt, der sich bei Liebestränken auskannte.

»Hast du was von David Bloom gehört?« fragte James White.

»Ja«, sagte sie, »er hat mir eine Karte geschickt. Er ist ganz gerne wieder in Melbourne, schreibt er. Die Ruhe gefällt ihm, und daß die Gemeinde St. Kilda jedem Haushalt einen großen, leuchtendgrünen Mülleimer zur Verfügung stellt. Dienstag und Donnerstag abend joggt er und zählt die Mülleimer.«

»Mir hat er ein Aerogramm geschickt«, sagte James White. »Kleine Schrift, einzeilig getippt. Er schreibt, daß er keine Drogen mehr nimmt und jemanden zum Bumsen hat.«

Esther wußte nicht, was sie sagen sollte. Sie hatte keine Ahnung, daß David Bloom Drogen genommen hatte. Und sie wollte nicht fragen, welche. Auf der High School war sie sehr eng mit David befreundet gewesen. Als sie siebzehn waren, erzählte er ihr, daß er mit dem Nachbarn von gegenüber seit sieben Jahren ein sexuelles Verhältnis hatte. Esther war fassungslos gewesen. Für sie war Homosexualität etwas, das sich in Büchern abspielte, aber nicht bei David Bloom in Melbourne, Australien.

Esther hatte David Blooms Mutter sehr gern gemocht. Die kleine Mrs. Bloom, deren Englisch mit jiddischen genauso wie mit polnischen Brocken durchsetzt war, hatte sich an ihrem sechsundsechzigsten Geburtstag für ein Seminar *Literarisch schreiben für Erwachsene* angemeldet. »Ich werde über mein Leben schreiben«, erzählte sie Esther. »Den ersten Satz hab' ich schon: ›Bei mir ist von oben bis unten alles falsch.‹« Für Esther war das einer der besten Anfangssätze, die sie je gehört hatte.

»Hal Hubermans Eltern und seine beiden Schwestern sitzen in der ersten Reihe«, sagte James White zu ihr. Esther sah sich Harold Hubermans Familie an. Sie saßen ganz still da. Kein Laut. Keine Regung. Sie schienen von den anderen Trauergästen ziemlich weit entfernt zu sein. Von hinten betrachtet wirkten sie wie gelähmt.

Zwei Plätze neben Esther hatte ein Mann seinen Arm um einen kleineren Mann gelegt. Von Zeit zu Zeit beugte er sich über ihn und küßte ihn auf den Kopf.

Die Zartheit dieser Berührung zwischen zwei Männern erschien Esther unpassend. Ein solcher Austausch von Zärtlichkeiten schien ihr eher für Mann und Frau vorbehalten. Natürlich war ihr bewußt, daß Männer sich genauso zärtlich lieben konnten wie ein Mann eine Frau. Und eigentlich kannte sie nicht viele Frauen, die von ihren Männern besonders zärtlich geliebt wurden.

Sie erinnerte sich, wie unangenehm es ihr gewesen war, als in einem Fernsehfilm zwei Männer sehr tiefe Zungenküsse austauschten. Sie hätte beinah aufgeschrien, als sie anfingen, sich gegenseitig zu entkleiden, gegenseitig ihre Hemden aufzuknöpfen. Ihr kam es vor, als hätte sie jemandem zugesehen, wie er sich selbst liebt. Um so mehr, als beide Männer Nadelstreifenanzüge und gleiche Hemden trugen. Sie hatte gejohlt, wie es halbwüchsige Burschen bei Sexszenen im Kino tun. Danach hatte sie sich geschämt.

Neben ihr nahm ein älteres Ehepaar Platz. Die beiden wirkten irgendwie merkwürdig. Auf den ersten Blick hatte man den Eindruck eines gut und konservativ gekleideten Paares, aber als sie näher hinsah, stellte sie fest, daß der Mann, Mitte siebzig, peinlichste Sorgfalt auf die farbliche Abstimmung seiner Kleidung verwendet hatte.

Sein grün und blau gemustertes Sakko hatte den Farbton seiner dunkelgrünen Tweedhosen fast getroffen. Es lag nur um ungefähr einen halben Ton daneben, es paßte nicht ganz. An einem Zeigefinger trug er einen riesigen, klobigen goldenen Ring, und die Füße steckten in schwarzen Lederschuhen mit großen Silberschnallen.

Seine Frau, ungefähr gleich alt, trug einen schwarzen Plisseerock, schwarze Strümpfe, eine schwarze Seidenbluse und eine orangefarbene Webpelzjacke. Vielleicht, dachte Esther, bleibt einem die Vorliebe für auffällige Kleidung ein Leben lang.

Bevor sie nach New York kam, hatte Esther geglaubt, daß die Menschen sich im Alter irgendwie aneinander angleichen und einfach alte Leute sein würden. Mit weißen oder grauen Haaren und kaum voneinander zu unterscheiden.

Sie hatte geglaubt, weil man im Alter ruhiger und weniger exzentrisch war, würde man sich auch entsprechend kleiden. Das Alter würde die Unterschiede zwischen den Menschen verringern. Sie würden sich alle ähnlicher werden. Falten würden unregelmäßige Züge ausgleichen, die Körperhaltung die des Alters sein und die Gestalt nicht mehr so ausgeprägt wie in der Jugend oder in mittleren Jahren.

Es war, als würde das Alter die Dinge einander angleichen. Die Schönen waren nicht mehr so schön und die Häßlichen nicht mehr so häßlich. Dralle Busen fielen nicht mehr so auf, und flache Brüste waren unwichtig geworden. Die Leute schienen alle die gleiche Größe zu haben. Vielleicht wurden die Dünnen dicker und die Dicken dünner? Oder vielleicht waren die meisten von den ganz Dicken schon gestorben? Wer wußte das schon?

Selbst der Unterschied zwischen arm und reich verwischte sich. Im Alter sahen die Reichen nicht mehr so reich aus. Manchmal vergaßen sie, sich am Hinterkopf die Haare zu kämmen, bekleckerten sich und bemerkten die Flecken auf ihrer Kleidung nicht mehr.

Aber hier, in New York, gab es ältere Frauen, die große Schönheiten waren, und sehr gutaussehende alte Männer. Sie waren feurig, scharfzüngig, artikuliert, witzig und hochintelligent. Männer und Frauen in ihren Siebzigern und Achtzigern, die auch im Alter die blieben, die sie gewesen waren.

»Hatte Hal Huberman nicht einen Bruder?« fragte James White.

»Nein, nur zwei Schwestern«, sagte sie. »Ich habe zwei Nachrufe auf ihn geschrieben, für den *Bugle* und die *Jewish Times*.«

»Hast du die dabei?« fragte er.

»Bloß den für die *Jewish Times*«, sagte sie. Sie griff in ihre Tasche und zog ihn heraus. Der Nachruf lautete:

Harold Huberman, der am Freitag starb, war 38 Jahre alt. Harold Huberman war Schauspieler, Dichter, Promoter und Manager. Man nannte ihn einmal den Regierenden Zirkusdirektor des New Yorker Nachtlebens. In den 70er und 80er Jahren hatte er in seiner Rolle als Türsteher von Clubs wie dem Isabella *oder der* Galeria 70 *riesigen Einfluß auf das New Yorker Gesellschaftsleben. Harold Huberman hatte die Gabe, ein Talent zu erkennen. Er pflegte und förderte die Karrieren vieler begabter junger Musiker, Künstler, Schriftsteller und Schauspieler. Als Türsteher brachte er Berühmtheiten und Debütanten mit Königen und Künstlern zusammen, wobei man, wie einmal über ihn geschrieben wurde, Harold Huberman genausowenig einen Türsteher nennen konnte, wie man einen Thunderbird Baujahr '55 einfach als Auto bezeichnet hätte.*

Harold Huberman starb an AIDS. *Er hinterläßt seine Eltern, Thelma und Maurice Huberman aus Brooklyn, New York, seine Schwester Ruth Goldman aus Atlantic Highlands, New Jersey, seine Schwester Alice Meer, ebenfalls Brooklyn, sowie vier Nichten und Neffen.*

Auf derselben Seite wie Harold Hubermans Nachruf fand sich unter der Rubrik »Grabstätten zu verkaufen« folgende Anzeige: »Führende Gemeinde in der Bronx mit abnehmender Mitgliederzahl verkauft 867 Gräber.«

Die Anzeige hätte anders lauten sollen, fand Esther. Eine Kultusgemeinde mit abnehmender Mitgliederzahl würde kaum auf leidenschaftliches Interesse stoßen. Wer würde sich da schon einkaufen wollen? Sie ging davon aus, daß sich die 867 Gräber neben jenen befanden, die die Gemeinde behalten wollte. Vermutlich war es nach dem Tod genauso wichtig wie vorher, daß man die richtige Adresse hatte.

In einer weiteren Anzeige wurden zwei Gräber mit Grabsteinen aus pinkfarbenem Granit angeboten, ohne Inschrift, auf dem Mount Hebron Friedhof in Flushing, New York. Der Preis war Verhandlungssache. Warum verkauften diese Leute ihre Gräber, fragte sie sich. Hatten sie beschlossen, nicht zu sterben? Hatten sie sich mit ihren Kindern überworfen und deshalb entschieden, daß die sich woanders begraben lassen sollten? Waren sie in wirtschaftliche Schwierigkeiten geraten? Waren sie einmal so wohlhabend gewesen, daß sie die Grabsteine bereits bezahlt hatten und sich jetzt nicht mal mehr die Gräber leisten konnten? Wahrscheinlich hatte das Ganze natürlich einen simplen Grund, etwa den, daß die Leute nach Florida gezogen waren und dort begraben werden wollten. Wenn man zu viele Nachrufe las, konnte einem leicht die Phantasie durchgehen.

An diesem Morgen hatte in der *New York Times* ein trauriger Nachruf gestanden. Ein katholisches Ehepaar, Mitte vierzig, war bei einem Autounfall ums Leben gekommen und hinterließ fünf Kinder. Kardinal O'Connor, der die Trauerrede hielt, hatte von dem unübertrefflichen Einsatz gesprochen, den die Familie für die Gemeinde leistete. Aus dem Nachruf ging eindeutig hervor, daß es sich bei dem Ehepaar um beispielhafte Bürger gehandelt hatte. Weshalb mußten sie dann sterben und fünf Kinder zu Waisen werden? Wieso hatte ihre Rechtschaffenheit sie nicht beschützt? Es war rätselhaft, warum der eine früher und der andere später starb.

Ihre Mutter hatte ihr gesagt, in Auschwitz seien die Besten zuerst gestorben. Esther hatte das bezweifelt, ihre Mutter war jedoch eisern geblieben. Ihr eigenes Überleben, hatte sie oft behauptet, sei nur Glück gewesen. Glück. Und das in Auschwitz, dachte Esther.

Die armen Juden in Europa hätten sehr viel mehr nötig gehabt als Glück. Esther hatte über einen Arbeiterstreik des Jahres 1942 gelesen. Im Dezember 1942 war in New York eine halbe Million jüdischer Arbeiter aus Protest gegen den Nazimord an den Juden zehn Minuten lang in Streik getreten. Die jüdischen Arbeiterführer, die die Arbeit zunächst eine Stunde niederlegen wollten, entschieden sich schließlich dagegen, weil sie sich nicht dem Vorwurf aussetzen wollten, die Kriegsproduktion zu behindern. Mit dieser Sorte Glück auf ihrer Seite war es kein Wunder, daß die europäischen Juden keine Chance hatten.

Sie versuchte sich abzulenken. Sie wollte nicht daran denken, was die amerikanischen Juden unternommen hatten, während die europäischen Juden starben. Vermutlich waren sie einkaufen gegangen, hatten Ausflüge gemacht, gearbeitet, Picknicks veranstaltet, Firmen gegründet und Imperien aufgebaut.

Die Führer der amerikanischen Juden hatten Roosevelt im allgemeinen sehr respektiert und ihm vertraut. Sie glaubten daran, daß er helfen würde, und weigerten sich zu erkennen, daß er nichts tat.

Die Führer des Jüdischen Weltkongresses hatten solche Scheuklappen, daß ihre für nach dem Krieg geplanten Rettungsmaßnahmen davon ausgingen, daß in Europa noch Millionen von Juden zu retten seien.

Sie mußte aufhören, darüber nachzudenken. Sie hatte festgestellt, daß sie reichen Juden gegenüber eine gewisse Feindseligkeit empfand. Sie hatte sich mit einer Bekannten unterhalten, einer Frau um die Fünfzig mit sehr reichen Eltern, deren Brüder noch reicher waren als die Eltern und deren Ehemann überhaupt der allerreichste war. Die Frau, Barbara Sandler, hatte gesagt, Geld bedeute ihr absolut gar nichts. Esther hatte einen armen Menschen noch nie so etwas sagen hören. Es war eine ständige Rede der Reichen. Mitten im Gespräch mit Barbara Sandler stellte Esther plötzlich fest, daß sie sich fragte, was deren Eltern getan hatten, während ihre Eltern im Ghetto um Essen bettelten, bevor sie abtransportiert wurden.

Was machten sie gerade an jenem Tag, an dem ihre Mutter das Bewußtsein verloren hatte und nackt auf einem Betonfußboden gelegen war, von Typhus geschüttelt?

Ihr war heiß. Sie schaute sich um. Die Kirche war brechend voll. Kein Platz mehr frei. Viele Leute standen hinten und in den Gängen.

Im Taxi auf dem Weg zu Harold Hubermans Trauergottesdienst hatte sie Queen ihren alten Hit »Bohemian Rhapsody«

singen hören. *Bohemian Rhapsody* war eine Sechsminutenarie über einen armen jungen Burschen, der des Mordes überführt war. Freddie Mercurys herrliche Stimme, verwundbar, mutig, stark und weich, sang:

Too late, my time has come.
Send shivers down my spine.
Body's aching all the time ...
Goodbye everybody, I've got to go.
Got to leave you all behind and fade through.
Mama, ooh, ooh, I don't want to die.
I sometimes wish I'd never been born at all.

Freddie Mercurys Stimme ging ihr durch und durch. Sie dachte an ihn, mit aufgeworfenen Lippen posierend auf den Bühnen der Welt. Er sang herzzerreißend zärtlich, mit wilder Selbstvergessenheit, Stimme und Körper ein Ausdruck jubelnder Freiheit. *Mama*, sang er, *Mama, life had just begun but now I've gone and thrown it all away. Mama, didn't mean to make you cry*. Die Gitarre schluchzte ein Echo.

Freddie Mercury hatte »Bohemian Rhapsody« 1975 aufgenommen. 1975 hatte noch kein Mensch etwas von AIDS gehört. Freddie Mercury war vor kurzem an AIDS gestorben.

Die Trauergäste waren nicht mehr ganz so feierlich. Man unterhielt sich leise. Harold Hubermans Nachruf zu schreiben war verhältnismäßig einfach gewesen. Jeder war begierig darauf, über ihn zu reden.

Das Schreiben von Nachrufen konnte sehr knifflig sein. Man kam sich ein bißchen wie in einem Labyrinth vor. Wege und Kurven waren verwirrend und schwierig, und man hatte keine Zeit, nach Wegweisern zu suchen.

Es war eine Frage der Zeit. Binnen vierundzwanzig Stunden mußte sie alles recherchieren, was sie jemals über den Verstorbenen wissen würde. Die Zeit bestimmte, was sie wußte und was sie schrieb.

Ein guter Nachrufschreiber mußte gut lügen können und ein gutes Gespür für die Lügen anderer haben. Außerdem mußte man gut bluffen können. Esther war ihr Leben lang eine gute Lügnerin gewesen. Sie neigte zu Übertreibungen. Die Wahrheit war selten gut genug. Es hatte mehrere Jahre Analyse gebraucht, bis sie versuchte, bei der Wahrheit zu bleiben.

Häufig rief sie Journalisten an und bat sie um Informationen für ihre Nachrufe. Journalisten konnten sehr genau abschätzen, ob man ihnen in Zukunft von Nutzen sein könnte oder nicht. Esther lernte, während der ersten Minute eines Gesprächs die Namen einiger Prominenter fallenzulassen. Journalisten waren nicht leicht zu manipulieren, und sie wußte, daß ihr durch die Erwähnung dieser Namen ein Maximum von fünf Minuten Gesprächszeit zur Verfügung stand.

Starjournalisten oder Wissenschaftler waren eher unwillig, mit ihr zu sprechen. Sie wußten, daß sie lediglich einen einmaligen Beitrag schrieb und ihnen in Zukunft vermutlich auch keinen Gefallen würde tun können.

Manchmal stieß Esther auf einen Wissenschaftler, der begeistert war, erzählen zu können. Meistens handelte es sich dabei um einen Spezialisten, für dessen Fachgebiet sich nur wenige Leute interessierten. Esther hatte immer ein schlechtes Gewissen, wenn sie diesen Gesprächsfluß stoppte.

Wenn sie Leute anrief, um Informationen zu erhalten, hatte sie häufig keine Ahnung, was diese vom Gegenstand ihres Nachrufs hielten. Hegten sie einen Groll gegen die verstorbene Person, oder mochten sie sie gern? Persönliche Eindrücke, die sie gewonnen hatte, durfte sie nicht äußern und mußte ihre Fragen so stellen, daß sie ihre Informationen erhielt und gleichzeitig die Einstellung des Befragten zum Verstorbenen heraushörte.

Esther dachte oft, daß die Kombination aus Elternhaus und Analytikern sie gut auf diesen Job vorbereitet hatte.

Heute morgen beim Frühstück hatte Sean sie zum Lachen gebracht. »Weißt du, wie ein jüdisches Telegramm lautet?« hatte er sie gefragt. »Mach dir schon mal Sorgen. Stop. Erklärung folgt.«

Obwohl Sean wie ein Jude *aussah*, war leicht zu erkennen, daß er keiner war. Er sah zu fröhlich aus. Sean liebte Manhattan. Er liebte jeden Weg und jede Straße. Er liebte die Leute. Alle Leute. Er kam mit den Nachbarn gut aus, den Geschäftsleuten in der Nachbarschaft, dem Bäcker und dem Briefträger. »Mr. Dapolito ist der heimliche Bürgermeister von Soho«, hatte er ihr neulich erklärt. Mr. Dapolito gehörte die Bäckerei Vesuvio in der Prince Street. Sie kauften jeden Morgen ihr Brot bei ihm.

Sean wollte in Manhattan bleiben. Esther war sich nicht sicher. Sie wußte nicht recht, was an Australien es war, das ihr fehlte.

»Du würdest dich zu Tode langweilen, wenn wir nach Melbourne zurückgingen«, sagte Sean ihr immer wieder.

»Es gibt Leute, die mir fehlen«, sagte sie zu ihm.

»Wer? Ivana? Marjorie? Anna? Du hattest ständig mit einer von ihnen Streit oder hast dich über sie beschwert«, sagte er.

»Aber ich hatte immer ein oder zwei enge Freundinnen, mit denen ich mich gut verstanden habe«, sagte Esther.

»Das hast du hier auch«, sagte er. »Du hast Sonia.«

Sie erinnerte sich, warum sie erschöpft war. Sonia Kaufman hatte sie heute früh angerufen. Um 6 Uhr. Sie hatte seit fünf oder sechs Wochen nicht mehr mit ihr gesprochen. Sie hatte beschlossen, daß sie Sonia eigentlich nicht mochte. Sonia war zu schrill und zu selbstsicher. Esther wußte, daß sie übertrieben ängstlich und unentschlossen war, aber Sonia, fand sie, war bedrückend selbstherrlich.

Ihre letzte Unterhaltung war abrupt zu Ende gegangen. Sonia hatte Esther in ihrem Büro angerufen. Esther war gerade mit dem Nachruf auf den verstorbenen Rock-Impresario Bill Graham fertig. Graham war ums Leben gekommen, als sein Helikopter in San Francisco in einen siebzig Meter hohen Wasserturm krachte. Er war sechzig Jahre alt gewesen.

1968 hatte Esther, in ein langes, psychedelisches Gewand gehüllt, unter den Neonröhren in Grahams Fillmore Auditorium in San Francisco getanzt. Sie war achtzehn Jahre alt und Reporterin für ein Rockmagazin gewesen. Damals hatte sie Jimi Hendrix, Janis Joplin, Jim Morrison, Brian Jones von den

Rolling Stones und Mama Cass interviewt. Sie waren alle gestorben.

Sie hatte auch Rockstars interviewt, die nicht gestorben waren. Sonny and Cher, Mick Jagger, die Beach Boys, die Young Rascals, Herman's Hermits, Crosby, Stills and Nash, die übrigen Mamas and Papas. Sie hatte Hunderte Rockstars interviewt, die nicht gestorben waren.

Bill Graham war als Wolfgang Grajonca in Berlin auf die Welt gekommen. Sie erinnerte sich an Graham, 1968 im Fillmore. Sie wünschte sich, sie hätte damals schon gewußt, daß er als Kind aus Nazi-Deutschland geflohen war. Er hatte es geschafft. Aber seine dreizehnjährige Schwester war auf der Flucht verhungert. Graham sagte, daß er sich deswegen sein Leben lang schuldig gefühlt habe.

Sie wußte nicht, was es ihr bedeutet hätte, wenn sie schon damals über Grahams Vergangenheit Bescheid gewußt hätte. Wahrscheinlich gar nichts. Sie hatte einen langen Nachruf geschrieben, in dem von den Dollarmillionen die Rede war, die Graham für soziale und politische Zwecke gesammelt hatte, und den Stars in der Musikwelt, deren Konzerte und Karrieren er gefördert hatte.

Sie tippte gerade die letzten Worte des Nachrufs, als Sonia anrief. »Ich hasse diese Scheißkanzlei«, waren ihre ersten Worte. Esther, die immer noch bei Bill Grahams Leben und Sterben weilte, reagierte nicht sofort. Sonia merkte es gar nicht.

»Ich hasse sie«, fuhr sie fort. »Sie können mich nicht loswerden, weil mein lieber Mann, Michael, zuviel Geld für sie verdient, aber sie hätten vermutlich nichts dagegen, wenn ich kündige.«

»Warum glaubst du, daß sie deine Kündigung wollen?« sagte Esther.

»Eigentlich«, sagte Sonia, »habe ich keinen blassen Dunst, was sie überhaupt wollen. Ich hatte gerade eine dieser gräßlichen Beurteilungen, die's alle halben Jahre gibt. Du sitzt vor einem Komitee, das dir erzählt, was die Leute in der Firma von dir halten. Sie sagen dir, wer gern mit dir arbeitet, wer sich über dich beschwert und warum. Dein Vorgesetzter hat dabei die Aufgabe, dich zu verteidigen. Aber mein schleimiger kleiner Jim Brentstone, der seine Pfoten nicht von den Mädels im Büro lassen kann, war während des ganzen Meetings auffallend schweigsam. Früher habe ich bei diesen Beurteilungen einen Teil der Kritik immer für gerechtfertigt gehalten. Aber diesmal weiß ich, daß ich wirklich gut gearbeitet habe, und trotzdem habe ich heute von jedem nur eine mittelmäßige Beurteilung bekommen. Meistens ist das ein diskreter Hinweis, zu gehen. Ich glaube, die sehen in mir keinen zukünftigen Teilhaber der Firma.«

»Muß jeder ein potentieller zukünftiger Teilhaber sein?« fragte Esther.

»Grundsätzlich ja«, sagte Sonia. »Wenn man nach sieben oder acht Jahren immer noch nur mit allgemeinen Kanzleiaufgaben beschäftigt ist, finden sie Mittel und Wege, einen wissen zu lassen, daß man nicht in die Firma paßt. Ich bin jetzt fast fünf Jahre dabei und hatte geglaubt, zu den zukünftigen Teilhabern zu gehören. Michael war es schon nach sechs Jahren, aber er ist auch einfach brillant. Zumindest auf den Gebieten Vermögensverwaltung und Treuhänderschaft. Entschuldige, daß ich so labere. Aber ich bin ziemlich gereizt. Meine Periode ist seit vierzehn Tagen überfällig, und das macht mir auch zu schaffen. Letzten Monat ist Fred ein Kondom geplatzt. Das ist mir noch nie passiert. Ich war mit Fred immer so vorsichtig, nie ohne Kondom.«

»Du hast mir erzählt, daß er seinen Saft aus dir rausleckt«, sagte Esther.

»Nur, wenn ich kurz vor der Regel bin«, antwortete Sonia. »Außerdem sollst du mir keine Löcher in den Bauch fragen, sondern mir zuhören und mich bedauern.«

»Tut mir leid«, sagte Esther. »Du hast schon genug Sorgen mit den Löchern im Kondom.«

»Sehr witzig«, sagte Sonia. »Die Motilität von Michaels Spermien ist sehr gering, ich habe mir nie Gedanken darüber gemacht, daß ich von ihm schwanger werden könnte.«

Esther war es peinlich, dieses intime Detail über Michaels Physiologie zu erfahren. Sperma war so etwas Persönliches.

Sie fand, daß Michaels Sperma sie nichts anging. Sie brauchte nicht zu wissen, daß es sich nicht allzu munter bewegte. Niedrige Motilität. Aber es paßte. Michael bewegte sich überhaupt sehr langsam. Er hatte einen lahmen, feuchten Händedruck. Esther konnte sich gut vorstellen, daß seine Spermien nicht genug Interesse aufbrachten, bis zu den Eileitern vordringen zu wollen. Michaels gesamte Energie schien in seinem Kopf konzentriert zu sein.

»Dieses Kondom«, sagte Sonia, »wurde als das dünnste auf der Welt angepriesen. Der Welt dünnstes Kondom endete als dünner Gummiring an Freds Schwanzwurzel.«

»Warum hast du das dünnste Kondom der Welt benutzt, wenn du wußtest, daß dein Eisprung bevorsteht?« fragte Esther. »Ich hätte eine Gummimatte genommen. Sogar ich verwende extra starke Kondome mit einem Spermizid.«

»Was soll das heißen, sogar ich?« sagte Sonia.

»Ich meine ich, die ich mit meinem eigenen Mann schlafe«, sagte Esther. »Das meine ich.«

»Diese Bemerkung habe ich überhört«, sagte Sonia. »Als Fred kam, hat er gebrüllt: ›Dieses Kondom ist großartig.‹«

Esther fragte sich, warum sie Sonias Gerede über Sex so geschmacklos fand. Sie hatte keine Lust, über Fred Soundso nachzudenken, wie er sein Sperma aufleckte oder brüllte, wenn er kam. War sie vielleicht prüde? Oder vielleicht war es geschmacklos. Geschmacklos. Sie grinste über diese Zufallspointe.

Es war ja nicht so, daß sie nicht an Sex dachte. Sie tat es durchaus. Aber sie redete nicht über ihr Sexualleben. Wenn sie und Sean sich liebten, hatte sie oft die Vorstellung, er würde Rahm produzieren. Flüssigkeiten in ihm würden geschleudert und geschleudert wie beim Buttern und einen Strom von Rahm hervorbringen. In diesem Moment begriff sie zum ersten Mal, daß ihre Analogie völlig falsch war. Es war der Rahm, der geschleudert wurde und als Butter herauskam.

»Du bist bestimmt nicht schwanger«, sagte sie. »Deine Periode hat sich einfach verschoben. Mit einundvierzig muß man mit so etwas rechnen. Sie wird unregelmäßiger.«

»Wovon redest du eigentlich?« sagte Sonia.

»Vom Beginn der Wechseljahre«, sagte Esther. »Der Östrogenspiegel kann schon mit Ende dreißig zu sinken beginnen.«

»Ich bin nicht in den Wechseljahren«, schrie Sonia. »Mein Zyklus ist völlig regelmäßig. Alle achtundzwanzig Tage.«

»Ich behaupte ja gar nicht, daß du in den Wechseljahren bist«, sagte Esther. »Ich sagte, es könnte der Beginn des Wechsels sein. Wenn man in die Menopause kommt, kann man immer noch regelmäßige Zyklen von achtundzwanzig Tagen haben.«

»Ich halte das nicht aus«, sagte Sonia. »Ich mache mir Sorgen, ob ich vielleicht schwanger bin, und du rätst mir, mir über mein Klimakterium Sorgen zu machen.«

»Ich will nicht, daß du dich sorgst. Ich wollte deine Sorgen zerstreuen«, sagte Esther.

»Mir zu sagen, ich befände mich in den Wechseljahren, ist wirklich eine neue Art, Freude zu verbreiten«, sagte Sonia.

»Ich sagte Beginn der Menopause«, sagte Esther.

»Ich lege jetzt auf«, sagte Sonia.

Nachdem sie aufgelegt hatte, fühlte Esther sich ziemlich schlecht. Sie wußte nicht, warum sie Sonia gegenüber so unsensibel gewesen war. In letzter Zeit tat und sagte sie so vieles, was ihr unverständlich war. Als sie Australien verließ, war sie überzeugt gewesen, nach sieben Jahren analytischer Psychotherapie und fünf Jahren Analyse ihr Verhalten und ihre Motive einigermaßen zu verstehen.

»Entschuldige, daß ich dich so früh anrufe«, sagte Sonia.

Sie hatte bis zu diesem Morgen nichts mehr von Sonia gehört.

»Macht nichts«, sagte Esther. »Gibt's Probleme?«

»Nein«, sagte Sonia.

»Puh«, sagte Esther.

»Na ja, keine richtigen Probleme«, sagte Sonia. »Nur ein bißchen.«

»Bleib bitte dran, ich lege das Gespräch ins Nebenzimmer. Sean schläft noch«, sagte Esther.

Sie ging durch das Loft, das sie erst kürzlich bezogen hatten. Es war ihr noch sehr neu. Sie wußte noch nicht automatisch, wo sich alles befand. Sie hob das Telefon in Seans Studio ab.

»Also, was ist los?« sagte sie.

»Ich bin schwanger«, sagte Sonia.

»O Gott«, sagte Esther. »Alles okay? Ich meine, wie fühlst du dich?«

»Mir ist dauernd schlecht«, sagte Sonia.

»Das meine ich nicht«, sagte Esther. »Ich meine, wie geht's dir damit, ein Kind zu bekommen?«

»Anfangs war ich ziemlich durcheinander«, sagte Sonia. »Ich hielt mich für ambivalent, was das Kinderkriegen betrifft. Und nachdem Michaels Sperma eine so niedrige Motilität hat, stand eine Entscheidung für mich auch nie wirklich im Raum. Ich glaube, ich habe einfach akzeptiert, daß ich wahrscheinlich keine Kinder haben würde. Aber sobald ich wußte, daß ich schwanger bin, wollte ich das Kind. Ich war selbst überrascht, wie sehr ich dieses Kind wollte. Nett von dir, daß du mich nicht fragst, wer der Vater ist.«

»Wer ist der Vater?« fragte Esther.

»Ich weiß es nicht«, sagte Sonia.

Esther hatte sich gefragt, wer wohl der Vater sein mochte. War das Kind von Fred, Sonias Liebhaber, gezeugt worden oder hatten Michaels Spermien sich aufgerappelt und die Vereinigung vollzogen? Sie schämte sich, weil sie in einem solch heiklen Augenblick Michaels Spermien gegenüber so respektlos war.

»Das Kondom ist am zehnten Tag meines Zyklus geplatzt«, sagte Sonia. »Michael und ich haben am neunten und am dreizehnten Tag miteinander geschlafen. Ein sehr ungewöhnlicher Monat für uns. Ich habe alles Verfügbare über den Eisprung gelesen und halte es für mehr als wahrscheinlich, daß ich am dreizehnten und nicht am zehnten Tag ovuliert habe.«

Esther entschloß sich, Sonia recht zu geben. Sie versuchte, amtlich zu klingen. Das meiste, was sie über die Ovulation wußte, hatte sie dem Beipackzettel eines *Clearplan Easy One-Step Ovulation Predictor Packet* entnommen. Sie hatte das Ovulations-Testpäckchen als zusätzliche Vorsichtsmaßnahme gegen eine Schwangerschaft gekauft. Seitlich auf der Schachtel stand *Zur Verhütung nicht geeignet.*

»Bei einem Zyklus von achtundzwanzig Tagen«, sagte Esther, »findet der Eisprung im allgemeinen an den Tagen elf, zwölf oder dreizehn statt.«

»Darauf bin ich auch schon gekommen«, sagte Sonia. »Ich habe Fred gesagt, daß ich ihn nicht mehr treffen wollte, weil ich versuchen würde, ein Kind zu bekommen. Er meinte, das wäre in Ordnung, und vielleicht könnten wir uns nach der Geburt wieder sehen. Seine Reaktion hat mich etwas aus der Fassung gebracht, ich weiß nicht, warum.«

»Weil es sich ziemlich lässig anhört«, sagte Esther. »Du wolltest wahrscheinlich nicht, daß er besonders besitzergreifend ist, aber seine Reaktion war so beiläufig, daß sie an Gleichgültigkeit grenzt. Als dein Liebhaber mochte das noch angehen, aber als möglicher Vater deines Kindes hattest du dir vielleicht mehr von ihm erwartet. Nicht, daß ich ihn für den Vater deines Kindes halte, überhaupt nicht.«

»Ich auch nicht«, sagte Sonia.

»Und wie steht Michael dazu?« sagte Esther.

»Der ist außer sich vor Freude«, sagte Sonia. »Ich habe mir den Kopf zerbrochen, ob er irgendwie rausfinden könnte, daß das Kind nicht von ihm ist, falls es nicht von ihm ist. Ich will Fred nicht nach seiner Blutgruppe fragen, weil ich nicht will, daß er mißtrauisch wird. Außerdem könnte er ja auch dieselbe haben wie Michael, Null positiv. Wie dem auch sei, wie viele Väter kennen die Blutgruppe ihrer Kinder? Falls der Arzt feststellt, daß dieses Kind unmöglich von Michael sein kann, wird er sich kaum darum reißen, ihm das mitzuteilen. Ich meine, heutzutage kriegen die Leute ihre Kinder auf so viele verschiedene Weisen, Ei-Spende, Samenbank, Leihmutter. Die meisten Ärzte werden dieses Thema sicher sehr taktvoll behandeln. Außerdem sind wir in Amerika. Hier tun die Ärzte genau das, wofür du sie bezahlst. Wenn du dich fünfzigmal an derselben Stelle liften lassen willst, um deine Hängebacken zu korrigieren, werden sie dich fünfzigmal operieren. Also wird dieser Gynäkologe den Mund halten.«

»Der dreizehnte Tag war wahrscheinlich der Tag der Empfängnis«, sagte Esther. »Du warst immer regelmäßig. Ich bin sicher, du hast ordentlich und pünktlich ovuliert. Das Baby wird vermutlich genauso aussehen wie Michael. Wie sieht Fred aus?«

»Klein und dunkel, wie Michael«, sagte Sonia.

»Gott sei Dank«, sagte Esther.

»Bei Michael scheint diese Schwangerschaft eine leichte Hirnerweichung hervorzurufen«, sagte Sonia. »Neulich abends meinte er doch tatsächlich, ob wir nicht nach Australien zurückkehren sollten, weil wir doch jetzt ein Kind bekommen. Ich war stocksauer. Ich gehe nicht nach Australien zurück. Ich nehme drei Monate Mutterschaftsurlaub und dann gehe ich wieder arbeiten. Ich weiß nicht, wieso Michael auf die Idee kommt, wir sollten alles aufgeben, was wir uns vorgenommen und wofür wir gearbeitet haben, bloß weil wir Eltern werden. Erzählt mir den ganzen Scheiß von wegen blauem Himmel, Gärten, Stränden und dem sicheren Leben in Australien. Ich will nicht, daß mein Kind in einem Garten aufwächst. Es soll wissen, wie ein Cappuccino im Café Dante in der MacDougal Street schmeckt.«

»Und was hast du zu Michael gesagt?« fragte Esther.

»Ich habe ihm gesagt, ich gehe nirgendwohin. Spar dir die Scheiße mit dem blauen Himmel. Ich habe das idyllische australische Leben auf meiner Tingeltour durchs Land ausreichend genossen. Ich habe in Goulburn, Kiandra, Deniliquin, Wagga gelebt und gearbeitet. Ich kenne die Wahrheit über das gute und einfache Leben in Australien. Ich habe die Verzweiflung, die Brutalität, die betrunkene Aggressivität mitbekommen. Ich habe die verprügelten Frauen und mißhandelten Kinder gesehen. Ich kannte den Päderasten, der in dem Wohnwagen hinter den Sportanlagen wohnte. Ich habe die tödlichen Unfälle auf den Straßen gesehen, die Raufereien in den Pubs, die Intoleranz. Und den armen Teufel von gegenüber, der sich aus schierer Einsamkeit erschießt. Hör mir bloß auf mit deinem blauen Himmel.«

»Ich glaube nicht, daß Michael meint, in Australien wäre das Leben besser«, sagte Esther. »Er möchte bloß, daß sein Kind das bekommt, was auch er hatte. Alle Eltern sind so.

Wenn du als Kind nur Prügel bezogen hast, ist es sehr gut möglich, daß auch du dein Kind verprügeln wirst. Das Prinzip ist dasselbe.« Esther holte tief Luft. Sie hatte den Eindruck, daß sie bei dem genannten Beispiel möglicherweise Prinzipien und trübe Metaphern durcheinandergebracht hatte. Es war nicht ihre Absicht gewesen, einen Umzug nach Australien mit Kindesmißhandlung gleichzusetzen.

»Ich glaube auch nicht, daß Michael wirklich nach Australien zurück will«, sagte Sonia. »Gestern hat er mir erzählt, daß einer seiner Klienten nach zehn Jahren das Kindermädchen der Familie entlassen hat. Sie soll hervorragend mit Kindern umgehen können. Michael meinte, wir sollten ihr Übergangsgeld zahlen, bis unser Kind auf der Welt ist, und dann kann sie für uns arbeiten. Ich treffe sie heute. Ich bin erst im dritten Monat, reibe meine Brustwarzen jeden Tag mit Lanolin ein und führe Einstellungsgespräche mit Kindermädchen. Weißt du, es macht mir noch nicht einmal etwas aus, keinen Sex mit Fred mehr zu haben. Ich habe fast während meiner ganzen Ehe einen Liebhaber gehabt, aber jetzt nicht mehr. Jetzt, wo ich schon fast Mutter bin, will ich mich anders benehmen. Ich will keine Mutter mit Affären sein.«

Etwas an dem, was Sonia sagte, kam Esther falsch vor, aber sie wußte nicht, was.

»Ich möchte diesem Baby ein gutes Beispiel geben«, sagte Sonia. »Ich möchte eine mustergültige Mutter sein, nicht nur eine gute.«

Gott bewahre uns vor mustergültigen Müttern, dachte Esther.

»Mein ganzes Leben lang habe ich darauf geachtet, was ich esse, habe keinen Zucker genommen und Gymnastik gemacht«, sagte Sonia. »Ich habe meine Scheidenmuskulatur trainiert. Ich kann mit der Scheide einen Bleistift festhalten. Wußtest du das?«

»Nein«, sagte Esther.

»Ich hab' mich fast umgebracht an Fitneßgeräten zur Straffung von Oberschenkeln und Hüften. Das ist jetzt vorbei«, sagte Sonia. »Jetzt bin ich eine fette Kuh und habe mich nie in meinem Leben wohler gefühlt.«

»Du bist ganz sicher keine fette Kuh«, sagte Esther.

»Ich passe in fast nichts mehr hinein«, sagte Sonia, »und mein Strumpfhalter sieht völlig albern aus.«

»Du trägst Strumpfhalter?« sagte Esther.

»Ja«, sagte Sonia.

»Ich habe nicht einmal mit fünfzehn welche getragen, als es bei allen große Mode war«, sagte Esther. »Meine Mutter kaufte mir damals einen Hüfthalter. Hast du wirklich fast während deiner ganzen Ehe einen Liebhaber gehabt?«

»Ja«, sagte Sonia.

»Wie konntest du nur?« sagte Esther.

»Wie ich mit einem anderen Mann als meinem bumsen konnte?« fragte Sonia. »Es ist kein Verbrechen.«

»Nein, wie konntest du so oft lügen?« sagte Esther. »Du mußtest doch so viele Lügen erzählen. Hat dich das nicht sehr belastet?«

»Nein«, sagte Sonia. »Manchmal hatte ich den Eindruck, daß Michael Bescheid wußte. Er mußte es wissen. Er hat es mir sehr leicht gemacht. Keine peinlichen Fragen. Solange ich nachts nach Hause kam und morgens mit ihm zusammen frühstückte, war alles in Ordnung. Es gab Zeiten, wo er wirklich hätte Fragen stellen sollen, aber er hat es nie getan. Ich glaube nicht, daß er eine andere hatte. Meiner Meinung nach interessiert er sich nicht allzusehr für Sex. Er interessiert sich viel mehr für Steuergesetze und für die Empfehlungen seiner Investment-Berater, was er kaufen und was er verkaufen soll. Er hat Tag und Nacht nur seine Treuhandschaften und seine Kunden im Kopf. Weißt du, er ist der jüngste australische Anwalt, der jemals Teilhaber einer großen New Yorker Kanzlei wurde.«

»Das wußte ich nicht«, sagte Esther.

»Sein Tag ist so genau eingeteilt, daß er meiner Meinung nach eher froh ist, sich nicht auch noch um Sex kümmern zu müssen. Eine Aufgabe weniger für ihn. Ich glaube, einer der Gründe, warum er mich liebt, ist der, daß ich effizient bin und keine zu großen Forderungen stelle.«

Esthers Stimmung sank. Irgendwie schien Sonia so vieles niederzuwalzen. Sie reduzierte die meisten Dinge, ihren Orgasmus inbegriffen, auf die Frage nach einer guten Organisation und einem vernünftigen Zeitplan.

Sie riß sich zusammen. Sie wollte Sonias Freundschaft nicht verlieren. Wie viele Leute gab es schon, die einem erzählten, daß der Samen des Ehemanns eine niedrige Motilität aufwies? Das war eine sehr intime Offenbarung. Und Sonia offenbarte sehr viel. Sie kannte Sonias Büstenhaltergröße, sie wußte, daß Sonia nach dem Sex immer pissen mußte. Außerdem wußte sie, daß Sonia manchmal über John Travolta phantasierte. John Travolta! Wenn man so was über einen Menschen wußte, das war schon etwas.

»Sonia«, sagte sie, »bei Bébé Thompson in der Thompson Street habe ich ganz süße Babyschuhe gesehen. Es sind Turnschühchen in leuchtendem Orange mit kleinen roten Münzen drauf. Treffen wir uns diese Woche zum Lunch und schauen sie uns an?«

»Wunderbare Idee«, sagte Sonia. »Ich ruf' dich vom Büro aus an, und wir machen etwas aus.«

»Ich werde erst nach zwei wieder im Büro sein«, sagte Esther. »Ich muß zu einer Trauerfeier.«

»Zu einer Trauerfeier«, sagte Sonia. »Was für ein Leben. Ich ruf' dich nach zwei an.«

Esther war nervös. Sie wünschte, die Feier würde endlich beginnen. Sie war sehr oft nervös, und sie wußte nicht, warum. Auf der Suche nach einer Erklärung hatte sie für sich selbst die Zusammenfassung eines Buches über die Kinder von Holocaust-Überlebenden geschrieben.

Durch seine eher lockere Definition des Begriffs Holocaust-Überlebender tat das Buch der Sache Abbruch. Jeder Jude, der Nazi-Europa entronnen war, galt als Überlebender des Holocaust. Innerhalb dieser Kategorie hatten die Menschen aber sehr unterschiedliche Erfahrungen gemacht. Es gab Juden, die in Verstecken überlebt hatten, Juden, die sich als Arier ausgegeben hatten, und Juden, die in den Todeslagern gewesen waren. Diese Erfahrungen und ihre Auswirkungen miteinander zu vermischen mußte die Erkenntnisse verfälschen.

Ihr Unbehagen über das Buch ließ nach, als sie die einzelnen Punkte ihrer Zusammenfassung noch einmal durchlas. Holocaust-Überlebende, so hatte sie geschrieben:

Hatten eine abgestumpfte Empfindungsfähigkeit.
Standen ihren neuen Nachkriegsfamilien häufig ambivalent gegenüber und hatten Schwierigkeiten, in ihr Leben zu investieren.
Konnten nicht damit umgehen, wenn ihre Kinder unglücklich waren.
Konnten mit körperlichen, nicht mit geistigen Beschwerden ihrer Kinder umgehen.
Waren häufig in der Lage, in der Außenwelt ein freundliches Gesicht zur Schau zu tragen, zu Hause jedoch brach diese Fassade zusammen.
Gebrauchten gewöhnlich Sätze wie: »Du weißt nicht wie gut es dir geht.« – »Kein Grund zur Aufregung.« – »Soll ich dir mal sagen, was wirkliche Probleme sind?«

All das war ihr vertraut. Kinder von Holocaust-Überlebenden, so hatte sie festgestellt:

Waren chronisch ängstlich.
Konnten nur schwer lachen.
Warteten auf eine Wiederholung der Verfolgung.
Zeigten die gleichen Symptome wie ihre Eltern.
Wiederholten das Leiden.
Hatten Schwierigkeiten, wütend auf ihre Eltern zu sein.

Das war ihr sogar noch vertrauter. Allerdings wünschte sie, es wäre mehr als nur vertraut gewesen, nämlich hilfreich. Aber es war eine Sache, über all das Bescheid zu wissen, und eine ganz andere, zu sehen, wie dieses Wissen das eigene Leben beeinflußte.

Gestern hatte sie ihren Vater angerufen. Er klang deprimiert. Er klang meistens deprimiert, wenn sie mit ihm sprach. Wenn sie ihn fragte, wie es ihm ging, sagte er: »Wie immer.« Wenn sie ihn fragte, was er denn so gemacht habe, sagte er: »Dasselbe wie immer.«

Er erzählte nichts von seinem Leben und fragte auch wenig nach ihrem. Sie plauderte hauptsächlich über die Kinder und über Seans Erfolge. Nach wenigen Minuten pflegte er sie mit dem Satz zu unterbrechen: »Hauptsache, alle sind gesund.« Er sprach es »gesint« aus. Ganz gleich, was sie erzählte, er sagte: »Hauptsache, alle sind gesint.«

Sie konnte ihn für nichts interessieren. Einmal hatte sie versucht, ihm von einem Nachruf zu erzählen, an dem sie gerade schrieb: »Ich werde als nächster im Grab liegen«, hatte er gesagt. Wenn sie erwähnte, daß Sean gerade ein Bild verkauft hatte oder eine besonders gute Kritik über ihn erschienen war, sagte Edek Zepler: »Ich möchte nur noch erleben, daß ihr keine Geldsorgen mehr habt.« Wenn sie sich mit ihrem Vater besonders gut verstand, sagte er: »Das heißt wahrscheinlich, daß du niemals nach Melbourne zurückkehren wirst.«

In den Jahren seit dem Tod ihrer Mutter hatte ihr Vater sich beharrlich geweigert, mit einer anderen Frau auszugehen. Warum nannte sie es nur immer mit einer anderen Frau ausgehen? Er konnte wohl kaum mit ihrer Mutter ausgehen. Ihre Mutter war seit fünf Jahren tot.

Zweimal hatte sie versucht, ihren Vater mit einer anderen Frau bekannt zu machen. Einmal hatte sie Dunca Bloom zu einem Abendessen gebeten, bei dem auch ihr Vater zu Gast war. Während der ganzen Mahlzeit hatte er nur finster geschaut. Als Dunca den Tisch verließ, um ins Bad zu gehen, sagte Esther: »Dunca ist sehr nett, nicht wahr?« »Zu fett«, kommentierte ihr Vater, ohne aufzublicken.

Die zweite Frau war »zu häßlich« gewesen. Als wäre er Errol Flynn gewesen. Und so saß er zu Hause vor dem Fernseher, Tag und Nacht, holte ab und zu ein Enkelkind ab, akzeptierte gelegentlich eine Einladung zum Abendessen. Sämtliche Angebote und Verkupplungsversuche einer kleinen, aber entschlossenen Gruppe von Melbourner Frauen wies er zurück.

Es hatte den Anschein, als habe Edek Zepler nach dem Tod seiner Frau beschlossen, der beste Ehemann des Universums zu sein. Das hatte er ganz sicher auch versucht, als Rooshka Zepler noch lebte. Trotz überwältigender Beweise hatte er die zwei Affären übersehen, die sie gehabt hatte.

Beide Affären waren mit Freunden der Familie gewesen. Esther hatte von diesen Männern erwartet, daß sie sich um ihre Mutter kümmerten, als sie im Sterben lag, oder ihrem Vater nach dem Tod seiner Frau zur Seite standen. Aber das war nicht der Fall gewesen.

Esther zuckte zusammen, als sie sich an die Jahre erinnerte, als sie dreizehn, vierzehn, fünfzehn gewesen war. Das Telefon läutete, ihre Mutter sprang auf, nahm das Gespräch entgegen und sprach Polnisch, mit sanfter, weicher Stimme, den Mund dicht an den Hörer gepreßt. Oft, wenn Esther ans Telefon ging, legte der Anrufer auf.

Sechs Wochen nach dem Tod von Rooshka hatte Edek Zepler sich zwei Overlockmaschinen gekauft, mit denen man Nähte endelte. Diese Maschinen hatte er in Rooshka Zeplers sorgfältig aufgeräumten, in den Farben Gold und Creme gehaltenen Salon gestellt.

Er hatte sie zwischen den Eßtisch und die Sofas gequetscht. Sie hatten die Atmosphäre verändert. Man fühlte sich in dem Haus nicht mehr wie in einem Melbourner Vorort, sondern wie in Polen vor dem Krieg.

Esther hatte ihm vorgeschlagen, die Maschinen in die Garage zu stellen. »Wieso denn nicht in den Saloon?« hatte Edek gesagt. »Es ist genug Platz da. Es kommt kein Mensch mehr zu Besuch. Und warum sollte der Saloon nicht benutzt werden?«

So oft sie ihn auch korrigierte, er nannte den Salon stets Saloon. Er konnte den Unterschied zwischen Salon und Saloon nicht heraushören. »Saloon«, sagte er. »Ich sag's genauso wie du. Meine Aussprache ist zwar nicht perfekt, aber ich weiß, wie man Saloon richtig ausspricht.« Wahrscheinlich hat er recht, dachte sie, es war so oft laut geworden in diesem Raum.

Laut zwischen ihr und ihrer Mutter, ihr und ihrem Vater, zwischen ihren Eltern. Vielleicht sollte sie auch Saloon sagen.

Als sie gestern mit ihrem Vater telefonierte, hatte er ihr dann doch einmal berichtet, daß er keinen Job finden konnte. Seit drei Jahren suchte er Arbeit. Seit dem Tag, als er von der großen Strumpfwarenfabrik, in der er gearbeitet hatte, in die Zwangspension geschickt worden war.

Jeden Tag schnitt er Stellenanzeigen aus der Zeitung aus und rief bei den Firmen an. Aber sobald er sein Alter nannte, winkte man ab. Er machte sich zehn Jahre jünger, und sie sagten ihm immer noch, zu alt.

»Zu alt mit sechsundsechzig«, schimpfte er. »Stell dir vor!«

»Aber du bist sechsundsiebzig«, wandte Esther ein.

»Das wissen die doch nicht«, sagte er.

Esther machte ihm den Vorschlag, bei der Auslieferung von koscherem Essen auf Rädern mitzuhelfen oder Leute zu fahren, die selbst nicht mehr fahren konnten, oder im Montefiore Altersheim auszuhelfen. »So'n Kram ist nichts für mich«, sagte er. »Ich suche Arbeit.«

Er fing an, in der Videothek Filme auszuleihen, die er sich tagsüber anschaute. Ausschlaggebend für die Filme war ihre Leihgebühr. Filme mit roten Punkten auf der Box kosteten drei Dollar, die mit blauen Punkten zwei Dollar, und die mit gelben Punkten einen Dollar. Edek lieh nur solche mit gelben Punkten aus. Er sah Filme wie *Der toxische Rächer*, *Einer gegen alle*, *Die Verführung*, *Der Fluch des Drachen* und *Schulmädchenreport*.

Bevor sie nach New York ging, hatte ihr Vater jeden Sonntag bei ihnen zu Mittag gegessen. Esther hatte einen Lunch aus Bagels, Rahmfrischkäse, Dillgurken und Heringssalat zubereitet. Ihr Vater brachte Räucherlachs mit. Lox nannte er ihn.

Edek fuhr einen Umweg von einer halben Stunde quer durch die Stadt, um seinen Räucherlachs in Heidemans Großhandel zu besorgen. Sein Räucherlachs war in Wahrheit geräucherte Forelle. Filetiert, vakuumverpackt und grau. Sie sah aus wie geräucherter Hund.

Jeden Sonntag leckte er sich die Lippen beim Essen und sagte: »Dieser Lox ist der beste Lox in Melbourne. Du brauchst kein Millionär zu sein, um einen guten Lox zu genießen. Dieser Lox ist phantastisch. Ein Superangebot.«

Mit Superangeboten kannte Edek Zepler sich aus. Ganz gleich, was man suchte, Edek fand es irgendwo immer noch billiger. Falls die Qualität entsprechend schlechter war, dann fiel es Edek Zepler nicht auf.

Vor ungefähr zwölf Jahren hatte er versucht, aus dieser Begabung, Superangebote aufzuspüren, Kapital zu schlagen und ein Geschäft aufgemacht. Alle seine Freunde waren Geschäftsleute. Er war der einzige Angestellte im Freundeskreis. Er nannte seinen Laden Edeks Schnäppchenbörse.

Er legte sich alles auf Lager, was er irgendwo billig erstehen konnte. Küchenutensilien, Wäsche, Bettwäsche, Morgenmäntel, Fernsehantennen, Toaster, Schreinerwerkzeug und Unterwäsche. Er ließ sich Briefpapier und Etiketten drucken. *Edeks Schnäppchenbörse* stand in großen orangenen Lettern oben auf dem Briefpapier.

Rooshka arbeitete mit ihm im Laden. Esther fand es unerträglich, ihre schöne Mutter hinter der Kasse mitten in einem Haufen von Superangeboten stehen zu sehen.

Rooshka lächelte alle Kunden an. Es gelang ihr einfach nicht, ernst dreinzuschauen. Ihr Lächeln war zu breit, und sie lächelte zuviel. Edek stand neben ihr und rieb sich die Hände, wie er es immer tat, wenn er nervös war.

In den ersten paar Wochen lief das Geschäft recht vielversprechend. Die Leute kamen, schauten und kauften. Aber Edeks Billigangebote waren billiger, als er gedacht hatte. Die Handtücher färbten aus, die Trockentücher trockneten nicht, und die Bettlaken waren zu kurz. Die Knoblauchpressen stampften statt zu pressen, und die Kartoffelschäler verbogen sich.

Bald kamen die Leute und brachten ihre Superangebote zurück. Und bald darauf kündigte *Edeks Schnäppchenbörse* den Räumungsverkauf wegen Geschäftsaufgabe an.

Mit dem Hut in der Hand ging Edek Zepler zurück in Rosenburgs Strumpfwarenfabrik. »Ich hatte mir den falschen Standort ausgesucht«, sagte er zu jedem. »Ich hatte günstigere Angebote als Woolworth, aber was versteh' denn ich von der richtigen Geschäftslage. Ich versteh' was von Billigangeboten.«

Es war schwer für Esther, sich Edek Zepler vorzustellen, diesen alten Mann, dessen neue Zähne ihm ein ständiges Grinsen verpaßten, wie er all diese polnischen Dienstmädchen bumste. Damals war er natürlich viel jünger gewesen.

Vielleicht war es nicht ganz so plump gewesen, wie sie es sich vorstellte? Vielleicht hatte ihr Vater mit den Mädels geflirtet, wenn er erschienen war, um die Abgabe zu kassieren? Vielleicht hatte er sie diskret wissen lassen, daß es einen Weg gäbe, die Bezahlung der zwei Zloty Jahresgebühr zu vermeiden? Vielleicht war es gar kein grobes und wortloses Rammeln im Hausflur gewesen.

Sie fragte sich, wie viele Mädels er wohl an einem Tag gebumst haben mochte. Ging er am selben Tag in einem Gebäude von Stockwerk zu Stockwerk? Oder teilte er sich die Zeit ein und brauchte eine Woche für ein ganzes Gebäude? Es gab über zwanzig Wohnungen in jedem dieser Mietshäuser. Natürlich hätte er niemals ein ganzes Haus pro Tag bewältigen können. Wahrscheinlich hatte er für jeden Tag des Jahres polnische Dienstmädchen zum Bumsen gehabt.

Vielleicht bumste er nicht jedes der Mädchen, bei dem er kassieren mußte? Vielleicht bumste er nur ein paar? Und vielleicht war die ganze Angelegenheit nicht so schwarzweiß, wie sie aussah? Nicht so aalglatt und glitschig? Aalglatt und glitschig? Aber es war doch kein Fischmarkt, über den sie nachdachte.

Aalglatt, glitschig. Gab es da ein verborgenes Wunschdenken bei ihr? Was genau war es, das sie sich aalglatt und glitschig wünschte? Bei dem Gedanken, was das sein könnte, wurde ihr schlecht.

Bumste ihr Vater von Jahr zu Jahr dieselben Dienstmädchen? Gab es einen Zeitpunkt, ab dem sie ihm zu alt dafür waren? Ihr wurde schwindelig. Sie mußte aufhören, über ihren Vater und die polnischen Dienstmädchen nachzudenken.

Neulich, als Sean und sie gerade im Begriff waren, sich zu lieben, war ihr plötzlich die Vorstellung von ihrem Vater in den Kopf geschossen, wie er ein polnisches Dienstmädchen bumste. Sie hatte ein Gesicht gezogen und sich aus Seans Armen gelöst. »Ich dachte gerade an meinen Vater, wie er diese polnischen Dienstmädchen bumst«, sagte sie.

»O nein«, sagte Sean.

»Das liegt an all der Analyse, die ich hatte«, sagte Esther. »Sie sollte mich unabhängiger machen, erwachsener. Aber ich glaube, ich befasse mich jetzt noch viel mehr mit dem Leben meiner Eltern und der Rolle, die sie in meinem Leben gespielt haben.«

»Vielleicht war es damals ja allgemein üblich, daß jüdische Burschen polnische Dienstmädchen gebumst haben«, sagte Sean.

»Das macht es auch nicht besser«, sagte Esther.

»Mildert das nicht deine Sicht der Dinge, wenn es jeder tat?« fragte Sean.

»Überhaupt nicht«, sagte sie. »Es bleibt falsch, und es bleibt widerwärtig.«

Selbst ihren Sohn schien die Sache mit ihrem Vater und den polnischen Dienstmädchen nicht sonderlich aufzuregen. Und Zachary war ein wirklich gutes Kind. »Jetzt hör mal zu, Essie«, hatte er gesagt. Er nannte sie immer Essie. »Zu Grampas Zeiten war das wahrscheinlich total üblich. Ich finde, du solltest nicht so eine Riesensache daraus machen. Vielleicht kam es gar nicht so oft vor? Vielleicht hat er einfach angegeben, als er mir davon erzählt hat?«

Plötzlich fühlte sie sich todunglücklich. Zachary fehlte ihr. Er war nach Australien zurückgekehrt, um sein Medizinstudium zu beenden. In seinem ersten Brief hatte er ihr geschrieben: »Melbourne wirkt so leer. Von Straße zu Straße scheint es weniger Leute zu geben. Selbst die Autogeräusche liegen weit auseinander. Ich kann nur noch in Entfernungen denken: Wie weit ist es bis zum nächsten Laden, wie weit ist es bis zur nächsten Tankstelle.«

Zachary war knapp zweiundzwanzig. Es war sein letztes Studienjahr. Er hatte die High School sehr jung abgeschlossen. Wiederum fragte sie sich, ob sie ihn zum Medizinstudium gedrängt hatte. War es für ihre Mutter gewesen? Hatten sie es beide für ihre Mutter getan? Zachary hatte Rooshka sehr geliebt. Als er fünf war, sagte er einmal zu Esther: »Essie, du mußt mehr Geduld mit Nana haben.«

Seit sie ein kleines Mächen war, war es Rooshka Zeplers Traum gewesen, Ärztin zu werden, Kinderärztin. Dieser Traum hatte sich im Ghetto in Luft aufgelöst und war in Auschwitz verflogen.

Esther war zwanzig, als Zachary zur Welt kam. Mit neunzehn hatte sie Donald Hattam geheiratet. Einen Monat nach der Hochzeit war sie zum Arzt gegangen, um ihre Spirale entfernen zu lassen. Unmittelbar darauf war sie schwanger geworden.

Sie war die erste von all ihren Freundinnen, die ein Kind bekam. Es war ihr völlig unklar, warum sie ein Kind bekommen hatte. Erst Jahre später stellte sie sich diese Frage, und wiederum Jahre später dachte sie, daß Zachary vielleicht ihr Geschenk an ihre Mutter gewesen war. Wenn sie selbst möglicherweise nicht den Erwartungen entsprochen hatte, vielleicht tat es dann ein Enkelkind.

Und er tat es. Rooshka und Zachary liebten einander abgöttisch. Bei ihm war sie ruhig, geduldig und liebevoll. Es war der Höhepunkt ihres Lebens, als Zachary sein Medizinstudium begann. Sechs Monate später starb sie.

Esther fühlte sich den Tränen nahe. An manchen Tagen fühlte sie sich von der Sehnsucht nach ihrer Mutter überwältigt. Bevor ihre Mutter starb, hatte sie niemals jemanden vermißt. Wenn Freundschaften in die Brüche gegangen waren, empfand sie keinen Verlust, niemand fehlte ihr, sie suchte sich einfach neue Freunde.

Nachdem ihre Mutter gestorben war, hatte sie zwei oder drei Jahre gebraucht, bis sie anfing, ihre Mutter zu vermissen. Und nachdem sie einmal damit begonnen hatte, schien es kein Ende zu nehmen. Oft träumte sie von ihrer Mutter und wachte weinend auf. Sie dachte viel an ihre Mutter und weinte. Eine Zeitlang konnte sie nicht von ihr sprechen, ohne daß sie zu weinen anfing.

Sie wollte ihrer Mutter schreiben. Sie wollte ihr schreiben und ihr sagen, daß sie recht gehabt hatte. Esther hatte an ihrem Grab geweint, und es war – wie ihre Mutter es vorhergesagt hatte –, zu spät gewesen.

Esther hatte ein Foto auf ihrem Nachttisch stehen, das sie mit ihrer Mutter und ihrem Vater zeigte. Auf diesem Foto mußte sie ungefähr acht Monate alt gewesen sein. Sie sah direkt in die Kamera, ernst und mit großen Augen. Sie hatte einen erstaunten Gesichtsausdruck, als sei sie überrascht, sich auf dieser Welt zu finden.

Sie wirkte zu sauber, um dem schmutzigen Universum entsprungen zu sein, das ihre Eltern erst vor so kurzer Zeit verlassen hatten. Sie trug ein handgestricktes Kleidchen mit einem Karomuster auf dem Oberteil.

Ihre Eltern waren gesäubert und aufgepäppelt worden. Sie sahen nicht länger aus wie Skelette. Ihre Mutter hatte wieder ihr dichtes Haar mit einem modischen Seitenscheitel. Sie sahen wie eine richtige Familie aus. Sie waren alles, was von ihren Familien noch übrig war.

Und jetzt gab es ihre Mutter nicht mehr. Rooshka Zepler war am 24. August gestorben. Auf den Tag genau zweiundvierzig Jahre, nachdem sie im Ghetto von Lodz den letzten Transportzug bestiegen hatte.

Am 24. August 1942, am heißesten Tag des Jahres, zwei Jahre bevor sie in diesen Zug gestiegen war, hatte Rooshka Zepler einen totgeborenen Sohn auf die Welt gebracht. Im Ghetto wurde er in jenem Monat als eine von zwei Totgeburten registriert. Es gab zweiundvierzig Lebendgeburten und 1738 Todesfälle. Dies bedeutete einen Rückgang gegenüber den 2025 Todesfällen des Vormonats.

Edek Zepler sagte oft, die Totgeburt dieses Sohnes sei ein Segen gewesen, denn Rooshka hätte sich niemals von ihrem Kind getrennt und wäre nach der Ankunft in Auschwitz gemeinsam mit ihm ins Gas geschickt worden.

Esther kam am 24. August zur Welt. In Deutschland. Sie wußte, daß sie am gleichen Tag geboren war wie ihr toter Bruder, aber bis zu dem Tag, an dem ihre Mutter starb, hatte sie diesem Zufall keinerlei Bedeutung beigemessen oder ein Geheimnis dahinter vermutet.

Esther war stets bemüht gewesen, Aberglauben und Übernatürliches aus ihrem Leben herauszuhalten. Es hatte genug Unbekanntes in ihrer Familie gegeben, es bedurfte keiner weiteren Imponderabilien. Aber jetzt kämpfte sie gegen das Gefühl an, daß ihr Geburtstag irgendwie verhext sei. Die letzten beiden Geburtstage hatte sie mit Migräne im Bett verbracht.

Vor drei Monaten war sie für vierzehn Tage nach Australien geflogen. Sean hatte in Melbourne eine Ausstellung gehabt, die eröffnet wurde. Nach dieser Eröffnung hatte sie drei Tage lang die Sachen ihrer Mutter sortiert.

Edek Zepler hatte nichts angerührt. Die Zahnbürste ihrer Mutter stand in einem blauen Plastikbecher im Badezimmer. Wahrscheinlich noch genauso, wie ihre Mutter sie nach dem letzten Zähneputzen hingestellt hatte.

Ihre Schubladen quollen über von Unterwäsche. BHs und Höschen. Mindestens vierzig BHs. Rückenfreie BHs, trägerlose BHs, wattierte BHs, Spitzen-BHs. Selbst jetzt waren die BHs noch schön. Es gab hauchdünne Strümpfe und seidene Unterröcke. Es gab Schubladen voll mit gestrickten italienischen Tops. Die Kleider hatten immer noch Leben in sich. Sie strömten Stil und Eleganz aus. Wie konnten Kleider Leben in sich haben – besonders wenn ihre Trägerin tot war?

Sie hatte einige der Sachen ihrer Mutter anprobiert. Es war alles zu klein. Oder sie war zu groß. Ihre Füße waren zu groß für die Schuhe. Sie konnte die Handschuhe nicht über ihre Hände streifen. Sie zog einen Plüschmantel von 1960 an, den ihre Mutter getragen hatte. Sie konnte ihn nicht einmal zuknöpfen.

»Du weißt doch, daß kleine Mädchen es gar nicht erwarten können, groß zu werden, um in Mutters Kleider zu passen, nicht wahr?« hatte sie zu Sean gesagt. »Ich hab' das nie geschafft. Ich hab' ihre Größe glatt übersprungen.«

Im Wäscheschrank ihrer Mutter lagen die Servietten in sorgfältig gebügelten und ordentlich gefalteten Stapeln. Die Geschirrtücher, auch die fadenscheinigen, waren gebügelt und gefaltet. Auf dem untersten Brett im Wäscheschrank lagen ganz hinten zwölf mit alten Münzen gefüllte Plastiksäckchen. Zwanzig-Cent-Stücke aus den Jahren 1969-1975. Rooshka hatte sie gesammelt, weil sie das für eine Investition hielt. Oft hatte sie Esther die Münzen gezeigt und ihr gesagt, daß die Sammlung eines Tages sehr wertvoll sein würde. Zachary trug die Münzen zu einem Münzhändler. Der Wert der Zwanzig-Cent-Münzen war stabil geblieben. Sie waren immer noch zwanzig Cents wert.

Die Gegenwart ihrer Mutter war überall im Haus zu spüren. Sie war in den Geschirrtüchern, den Tischtüchern, den BHs und selbst in der Plastikverpackung der Münzen. Ihre Präsenz war so stark. Man hätte leicht vergessen können, daß sie nicht mehr lebte.

Aber Esther vergaß es nicht. Sie sprach fast täglich mit der Analytikerin über ihre Mutter, sie weinte. Manchmal empfand sie dieses Reden und Weinen als übertrieben. Sie sah sich selbst, eine Frau von bald zweiundvierzig Jahren, die wie ein kleines Kind nach ihrer Mutter heulte. Manchmal jedoch erkannte sie, daß sie eine Trauerarbeit leistete, die unterbrochen worden war, als sie Melbourne verließ. Melbourne war ihre Heimat, und dort war ihre Mutter begraben.

Sie hatte gelesen, daß die Trennung von der Heimat die schmerzlichen Ambivalenzen der frühen Eltern-Kind-Beziehung wieder hervorrufen konnte. Sie war schon einmal aus ihrem Heimatland vertrieben worden, wenngleich sie es haßte, an Deutschland als ihr Heimatland zu denken. Immer wenn sie ihr Geburtsland nennen mußte, wies sie ausdrücklich darauf hin, keine Deutsche zu sein.

Vor Jahren hatte Zachary ihr vorgeschlagen, sich um einen deutschen Paß zu bemühen, für den Fall, daß sie einmal in Europa würde arbeiten wollen. Der Gedanke, deutsche Staatsbürgerin zu werden, hatte sie entsetzt.

»Ich will keinen deutschen Paß«, hatte sie zu Zachary gesagt.

»Aber dann könntest du überall in der EG arbeiten«, hatte er gesagt.

»Ich lebe lieber mit den Einschränkungen als mit dem Paß«, hatte sie zu ihm gesagt.

Viermal pro Woche ging sie zur Analysesitzung. Es war sehr teuer. Es war immer sehr teuer. Sie war bei der dritten Analytikerin und machte ihre zweite Analyse. Bei ihrer ersten Analytikerin hatte sie zweimal die Woche eine Psychotherapiestunde gehabt, bevor sie mit ihrer zweiten Analytikerin die erste Analyse machte. Jetzt machte sie die zweite Analyse mit ihrer dritten Analytikerin. Sogar die bloße Übersicht über ihre analytischen Therapien schien noch ungebührlich kompliziert zu sein.

Zur Finanzierung dieser Analyse hatte sie den Diamantring ihrer Mutter verkauft. Der Stein war ein lupenreiner weißer Diamant von 4,3 Karat. Edek Zepler hatte den Ring 1961 für zehntausend Pfund in Melbourne erstanden. 1961 konnte man für zehntausend Pfund zwanzig kleine Häuser im Zentrum von Carlton kaufen, dem Vorort, in dem sie lebten.

Edek kaufte den Ring in Mr. Polonskys Friseurladen auf der Lygon Street. Alle Juden aus Carlton kauften ihre Juwelen bei Mr. Polonsky. Die Männer ließen sich auch die Haare dort schneiden. Mr. Polonsky war ein guter Friseur.

In seinem Wohnzimmer über dem Friseurladen verkaufte Mr. Polonsky außerdem noch Glas, Porzellan und Silberbestecke. Das Wohnzimmer war von oben bis unten mit Kartons vollgestopft. Kartons mit Porzellanfiguren, Kartons mit Teegläsern, Kartons mit goldgeränderten Speisetellern, Kartons mit Salz- und Pfeffer-Streuern. Hohe Kartons. Flache Kartons. Kartons in sämtlichen Größen und Formen. Als Kind war Esther leidenschaftlich gern mit ihrem Vater zu Mr. Polonsky gegangen.

Rooshka hatte den Ring nicht gemocht. Esther hatte das nie verstanden. Sie fand, daß es eine sehr romantische Geste ihres Vaters gewesen war, einen so großen Diamanten zu kaufen.

Sie hatten den Ring in einem Banksafe aufbewahrt und jedes Jahr eine ziemlich hohe Versicherungsprämie bezahlt, um ihn für besondere Gelegenheiten aus dem Safe nehmen zu können. Rooshka trug ihn bei Verlobungen, Hochzeiten und Bar Mizwas.

An den Abenden, wenn Rooshka ihn bei sich hatte, steckte Esther sich den Ring an den Finger und tanzte damit durchs

Haus. Rooshka sagte immer zu Esther, daß er ihr einmal gehören werde, weil er ihr doch so gut gefiel. Das hatte Esthers Wunsch nach dem Ring immer gedämpft. Sie wollte nicht über den Zusammenhang zwischen dem Eigentum an dem Ring und dem Tod ihrer Mutter nachdenken.

Als Rooshka starb, gab Edek Zepler Esther den Diamanten. Im ersten Jahr, als er ihr gehörte, ließ sie ihn im Safe. Sie bezahlte auch die Versicherungsprämien. Der Ring wurde jetzt auf siebzigtausend Dollar geschätzt, und die Versicherungsprämien waren hoch.

Die wenigen Male, als sie den Diamanten trug, fühlte sie sich sehr unbehaglich. Sie konnte nicht Auto fahren, wenn sie ihn am Finger hatte. Sie stellte sich vor, wie auffällig der Ring an ihrer Hand auf dem Steuerrad aussah und dadurch aller Welt mitteilte, daß sie die Besitzerin eines Steins von 4,3 Karat war.

»Ich glaube kaum, daß die anderen Autofahrer deine Hände inspizieren«, sagte Sean.

»Wenn ich ihn trage, habe ich das Gefühl, ich würde ein großes Schild vor mir hertragen, auf dem steht: ›Ich habe einen riesigen Diamanten. Möchten Sie mich überfallen oder mir in mein Haus folgen und mich ausrauben?‹ Ich weiß, daß sich das verrückt anhört«, sagte sie.

»Hört sich wirklich verrückt an«, sagte Sean.

Esther löste das Problem. Immer wenn sie den Ring trug, drehte sie ihn um. Der Stein lag innen am Finger. Keiner konnte ihn sehen.

Sie hatte ein schlechtes Gewissen gehabt, als sie den Ring verkaufte, um ihre Analyse zu bezahlen. Eigentlich war sie der Meinung gewesen, soviel analysiert worden zu sein, daß es für den Rest ihres Lebens reichte. Aber das Leben in einem neuen Land hatte sie auf eine Art und Weise aus der Bahn geworfen, mit der sie nicht gerechnet hatte. Ab und zu fühlte sie sich wieder schwindlig, ein altes Angstsyndrom, das sie überwunden geglaubt hatte. Sie brach zu schnell und zu oft in Tränen aus.

Sie weinte, weil sie ihre Mutter vermißte. Sie weinte, weil sie Zachary vermißte. Sie weinte, weil sie Australien vermißte.

Obwohl sie nicht einmal hätte sagen können, was an Australien ihr so sehr fehlte, daß sie deshalb weinen mußte.

Als sie sich entschloß, wieder eine Analyse zu machen, ging sie davon aus, daß sie in ein oder zwei Jahren wieder in Ordnung sein würde. Aber hier kostete die Analyse vierhundert Dollar die Woche, und das konnte sie sich nicht leisten.

Sie sagte sich, ihre Mutter hätte sicher eher gewollt, daß es ihr gutging, als daß sie an dem Diamanten festhielt. Sie fragte ihre reiche Freundin Barbara Sandler, wie sie den Ring am besten verkaufen könnte. »Bring ihn nicht zum Juwelier«, hatte Barbara Sandler ihr geraten. »Die setzen statt dessen einen billigeren ein, und du verlierst dein ganzes Geld. Der Bruder meines Mannes ist Juwelier, der wird ihn für dich verkaufen.« Esther war sehr zufrieden damit.

Der Bruder sagte Esther, er könnte vermutlich ungefähr siebzehntausend Dollar für den Diamanten bekommen. Der Stein war anscheinend doch nicht so lupenrein und hatte einen kleinen Fehler.

»Kein Mensch kauft in Australien Diamanten«, hatte Barbara Sandler gesagt. »Jeder weiß, daß es dort keine guten Diamanten gibt.« Es lag Esther auf der Zunge, ihr zu sagen, daß für ihre Eltern wie für die meisten Juden von Carlton ein Flug in die Schweiz oder nach Südafrika, oder wo auch immer man gute Diamanten kaufen konnte, ein Ding der Unmöglichkeit gewesen war.

Wie ihr Vater und ihre Mutter hatten die meisten Juden Carltons mehrere Jobs am Tag und durchlebten nachts immer wieder die Schrecken der Lager, während sie versuchten, sich ein neues Leben aufzubauen und neue Familien zu gründen.

Barbara Sandlers Vater hatte sein Vermögen genau zu der Zeit gemacht, als Edek Zeplers Familie ins Ghetto getrieben wurde und man ihnen ihren gesamten Besitz wegnahm. Die Zeplers ließen ihre Mietshäuser, ihre Spinnereien, ihre Sägewerke zurück. Es gelang ihnen, einen Teil ihrer Juwelen mitzunehmen. Doch der Wert der Juwelen war nicht von Dauer. Bald verkauften sie eine Rubinhalskette für einen Sack Mehl und einen Smaragd von 6,3 Karat für eine Flasche Lebertran.

Während Barbara Sandler teure Schulen und Universitäten besuchte und Reisen nach Europa und Israel unternahm, begannen Edek und Rooshka Zepler ihr neues Leben in Australien. Nachts putzten sie Büros, und tagsüber saßen sie an der Nähmaschine. Esther verbrachte die Zeit, bis sie in die Schule kam, bei einer Reihe von Tagesmüttern.

Esther bedankte sich bei Barbara Sandler für ihre Hilfe. Sie beschloß, ihr nicht zu erzählen, daß der Ring in Mr. Polonskys Friseurladen gekauft worden war.

Sie rechnete nach. Ihr Vater und sie selbst hatten im Laufe der Jahre schon mehr als siebzehntausend Dollar an Versicherungsprämien für den Ring bezahlt. Die zwanzig Häuschen in Carlton, die man damals für den gleichen Preis hätte kaufen können, wären jetzt zwischen zwei und drei Millionen Dollar wert gewesen.

Die meisten Juden in Carlton hatten ihre Ersparnisse in Juwelen angelegt. Juwelen waren leicht zu transportieren. Sie kannten den Wert einer Ware, die man schnell einpacken konnte.

Sean hatte ihr geraten, den Ring um siebzehntausend Dollar zu verkaufen. »Er wird nicht wertvoller«, hatte er gesagt.«Wenn es dir Spaß machte, ihn zu tragen, würde ich sagen, behalte ihn und wir versuchen, das Geld für die Analyse irgendwie anders aufzutreiben. Aber du trägst ihn nicht gern und wirst nervös, wenn er in der Wohnung liegt. Also verkauf ihn.« Also verkaufte sie ihn.

In ihrer Analyse erhielten alte Erinnerungen nach und nach eine neue Bedeutung. Die Erinnerung an ihre Mutter, wie sie sie anschrie: »Du wirst nie verstehen, was ich durchgemacht habe«, nahm eine andere Dimension an. Früher hatte sie die Hysterie ihrer Mutter als Wut gesehen. Jetzt erkannte sie die Demütigung und die Verzweiflung, die ihr Gesicht gezeichnet hatten.

Sie waren immer allein, wenn diese hysterischen Ausbrüche kamen. Ihr Vater war nicht da. Sie erinnerte sich klar und deutlich an ihre Mutter, die sich zu ihr beugte, mit einem Ausdruck unerträglicher Qual im Gesicht, während ihr die Tränen über die Wangen strömten.

Im ersten Monat dieser neuen Analyse hatte es in Manhattan einen Streik der Hausbesorger gegeben. Auch die Portiers des Gebäudes, in dem ihre Analytikerin ihre Praxis hatte, streikten. Man konnte nur ins Haus, wenn man von einem Hausbewohner begleitet wurde. Sie mußte vor der Tür warten, bis ihre Analytikerin sie abholte. Jeden Morgen wartete eine kleine Schar von Leuten vor dem Gebäude. Da gab es einen nervösen jungen Mann von ungefähr dreißig, der alle zehn Sekunden auf die Uhr schaute. Sie vermutete, daß er auf seinen Analytiker wartete. Esthers Analytikerin erschien zur gleichen Zeit wie eine Frau mittleren Alters, die den jungen Mann ins Haus holte. Esther und der junge Mann marschierten hinter ihrer jeweiligen Eskorte hinein. Esther hatte ein Gefühl, als ob sie und der junge Mann wie kleine Kinder in den Kindergarten gebracht würden.

Alle vier bestiegen den Fahrstuhl. Niemand sprach. Das bestärkte Esther in ihrer Ansicht. Natürlich, die Frau mußte seine Analytikerin sein. Wäre sie seine Ärztin, Fußpflegerin oder Tante gewesen, hätten sie miteinander geplaudert.

Esther fühlte sich in Manhattan durchaus nicht wie ein bunter Hund. In New York, kam ihr vor, sah sowieso kein Mensch normal aus. Selbst scheinbar normale Leute schlugen im Bus die Füße im Takt eines unhörbaren, verrückten Rhythmus oder sprachen mit sich selber.

In dem Bus, mit dem Esther zu ihrer Analytikerin fuhr, gab es eine Frau, die jeden Morgen eine große Pralinenschachtel aufriß. Sie aß eine Praline nach der anderen und leckte sich nach jeder einzelnen sorgfältig die Finger. Esther wußte, daß dies kein Symptom des Wahnsinns war, aber ganz normal schien es auch nicht zu sein. Schon gar nicht um halb acht Uhr morgens.

Die Frau war übergewichtig. Esther fragte sich, ob es normaler oder weniger abnormal ausgesehen hätte, wenn die Frau schlank gewesen wäre. Aber wie hätte sie schlank sein können, wenn sie jeden Morgen eine Schachtel Pralinen aß? Warum aß sie diese Pralinen nicht zu Hause? Esther dachte nach. Brauchte sie ein Publikum? Offensichtlich genoß sie ihre Pralinen sehr. Und so dick war sie auch wieder nicht. Vermutlich nicht dicker als Esther, die ständig irgendwelche Diäten machte. Vielleicht war das Leben in Manhattan so rastlos, daß jeder ein wenig wunderlich wurde.

In Melbourne war sie sich oft wie eine Außenseiterin vorgekommen. Als Zachary die Grundschule besuchte, kamen ihr alle anderen Mütter so gepflegt und korrekt vor. Niemand stellte unhöfliche oder neugierige Fragen. Die Antwort auf: »Wie geht es Ihnen?« lautete stets: »Sehr gut, vielen Dank.« Niemand schien irgendwelche Sorgen zu haben.

Sie war die einzige Mutter, die die Leiter auf der Seite des Passagierschiffes Princess Marconi nicht erklimmen konnte, als ihr Sohn einen Klassenausflug auf dieses berühmte alte Schiff machte. Sie litt an Höhenangst. Sie hatte am Pier warten müssen, während die anderen Mütter ihre Kinder an der Hand hielten und die Princess Marconi mit aufgeregten Ausrufen besichtigten. Zachary schien davon nicht besonders berührt gewesen zu sein. Er hatte um ein zusätzliches Souvenirpäckchen für sie gebeten.

Es gab noch eine Mutter, die anders war. Jeden Nachmittag kam sie in ihrem Kombi angebraust und parkte ein bißchen zu laut und ein bißchen zu heftig vor der Schule ein. Sie glitt nicht in die Parklücke wie die anderen Mütter. Sie hielt mit quietschenden Reifen, stellte den Motor ab, kurbelte ein Fenster herunter. Dann lehnte sie sich hinaus und schrie durch ein Megaphon: »Peter Malleson, Peter Malleson, deine Mutter ist da!« Esther fand Peter Mallesons Mutter sehr sympathisch und hatte versucht, sie kennenzulernen. Aber Mrs. Malleson sprach mit keiner von den Müttern.

Hinten aus der Kirche erklang Gesang. Jemand sang *King of the Road*. Es war eine Aufnahme. Der Sänger sang sehr falsch. »Da singt Hal Huberman«, erklärte James White. »Er wußte, daß er absolut nicht singen konnte, aber er nährte diese antielitäre Auffassung, daß jeder ein Künstler sein konnte, selbst wenn er schrecklich war.«

»Herzlich willkommen«, sagte die Zeremonienmeisterin. »Wir sind so glücklich, daß alle, die Hal so viel bedeutet haben, heute hier versammelt sind.« Esther war verblüfft. Hier war zuerst vom Glücklichsein die Rede und nicht von Trauer oder Tragödie.

Die Zeremonienmeisterin zeigte ein strahlendes Lächeln. Ihr leuchtendroter Lippenstift hatte genau die gleiche Farbe wie ihr Kleid. »Sie war Hals Show-Partnerin«, flüsterte James White Esther zu.

Als Esther aufblickte, sah sie, daß die Zeremonienmeisterin mit den Tränen kämpfte. Ihre langen Brillantohrringe zitterten. »Ja, das war Hal, der *King of the Road* gesungen hat«, fuhr sie fort. »Er hat es für diese Feier aufgenommen. Es war einer seiner Lieblingssongs. Er war so gerne unterwegs. Und auch jetzt glaube ich, daß er eigentlich bloß auf Reisen ist. Ich glaube, daß er diesen *Last exit to Brooklyn*, nach Hause, genommen hat. *On Top of the World Looking Down on Creation* war auch einer seiner Lieblingssongs.

Einer seiner glücklichsten Augenblicke war der, als wir auf dem Weg zu einem Gig an der University of California durch jene Stadt fuhren, in der die Carpenters aufgewachsen sind. Die ganze Reise über war er nur noch begeistert.

Jeder hat sich immer beklagt, daß Hal und ich uns dauernd angeschrien haben, aber mir wird die Stille, ehrlich gesagt, sehr zu schaffen machen. Ich möchte einen guten Freund von Hal vorstellen, jemanden, der bei der Förderung und Unterstützung junger Begabungen eng mit ihm zusammengearbeitet hat, Alex Gruchy.«

Ein junger Mann im Anzug ergriff das Mikrophon. »Einige von Ihnen kannten Hal als einen humorvollen, unterhaltsamen, eleganten Mann mit guten Beziehungen«, sagte er. »Und all das trifft auch zu. Wir bei Artists Associates kannten aber auch seine beträchtlichen intellektuellen Fähigkeiten. Er hatte ein bemerkenswertes Gespür für Qualität, für das in Menschen und in Entwicklungen vorhandene Potential.«

Während dieser Rede zupfte Alex Gruchy nervös an der Manschette seines Hemdes. Er sprach über Hal Hubermans politisches, soziales und kulturelles Verständnis und seinen ungeheuren Dienst an der Gemeinschaft.

»Abschließend«, sagte er, »möchte ich über drei von Hals Qualitäten sprechen. Viele dieser Qualitäten, nun, sie gehörten zu Hal und waren nichts, was ich oder andere teilen könnten. Aber durch sein persönliches Beispiel brachte Hal Einfühlsamkeit, Ehrlichkeit und Verantwortungsbewußtsein in unser Geschäft und in unser Leben. Er zeigte uns, daß Einfühlungsvermögen dazu verhilft, zu verstehen, wenn auch nicht unbedingt zu billigen, was andere sagen oder tun. Und daß eine ehrliche Aussage wertvoll und hilfreich sein kann. Außerdem zeigte er uns, daß jeder von uns stets die Verantwortung für sein Handeln trägt.«

»Wir sind heute nicht hier, weil wir um Hal Huberman trauern«, sagte der nächste Redner. »Wir sind hier, um Hals Sein zu feiern, das weiterlebt.« Er läutete eine tibetische Gebetsglocke und forderte jeden auf, dreimal tief zu atmen. »Das dient ebenso der Reinigung wie ein Moment der Stille«, sagte er. Das Publikum atmete dreimal tief ein und aus. »Mein letztes Gespräch mit Hal«, fuhr der Redner fort, »fand einige Tage vor seinem Tod statt. Meine letzten Worte, als ich mich von ihm verabschiedete, waren ›bis bald‹. Dann wurde mir klar, was ich gesagt hatte, und ich schämte mich. Eine Woche, nachdem Hal gestorben war, erkannte ich, daß ich das Richtige gesagt hatte. Ich habe Hal seit seinem Tod oft gesehen. Ich habe sein Mitgefühl empfunden, seine Liebe erfahren. Immer wenn ich Hal sehen möchte, dann sehe ich ihn, denn er ist in uns und um uns.« Weinend verließ er das Rednerpult.

Eine weiße Rap-Gruppe, die oft mit Harold Huberman auf Tour gewesen war, trug einen Song vor. Jedes zweite Wort schien »fuck« zu sein. Die Musiker bewegten ihre Hände an ihren Reißverschlüssen auf und nieder. Esther verstand kaum etwas vom Text, aber sie lachte und applaudierte wie der Rest des Publikums.

»Danke«, sagte die Zeremonienmeisterin. »Hal würde der Gedanke gar nicht gefallen, daß noch so viele Leute hier sind, für ihn war eine perfekte Vorstellung die, bei der am Ende der Show kein Mensch mehr im Publikum ist. Das haben wir einmal erreicht, in Cleveland.

Falls einige von Ihnen sich die Frage stellen, ja, Hal hat diese Feier mitgeplant. Er hatte immer alles unter Kontrolle. Ich saß bei ihm am Bett, und er sagte zu mir: ›Ich bin ein miserabler Sänger, ein schlechter Poet, ein passabler Conferencier, aber ein sehr guter Freund.‹ Er wußte, was er tat. Er wußte, daß ich Ihnen das heute hier erzählen würde. Ich möchte Ihnen Veronica Gunn vorstellen, eine wunderbare junge Sängerin, die Hal sehr liebte.«

Veronica Gunn nahm das Mikrofon. Ein Hauch von Silber glitzerte auf ihrer glatten schwarzen Haut. »Ich bin ein bißchen nervös, wie immer«, sagte sie. »Als ich Hal zum ersten Mal traf, packte er mich, zog mich auf die Bühne, und ich mußte singen. Mir zitterten die Knie. Ich möchte ihm für diese Gelegenheit danken.« Sie begann zu singen: »I've given you parts of my heart and parts of my past.« Sie sah Hals Mutter in der ersten Reihe an. »Hal liebte diesen Song. Ich sang ihn für ihn an diesem letzten Tag, bevor er mich verließ. Und ich bin so froh, daß er mich bat, heute zu singen.«

»I've given you parts of my heart and parts of my past«, sang sie. Ihre volle, mächtige Stimme erfüllte die Kirche. Sie kniete vor Harold Hubermans Mutter und sang ihr Lied zu Ende. »Wenn ich in eure Augen sehe, sehe ich Hal in jedem Gesicht. Er ist immer noch da, lächelt, bringt euch zum Lachen, macht euch Freude.«

Harold Hubermans Mutter saß nicht länger still. Ihr Körper wurde von Schluchzen geschüttelt. Die Leute um Esther herum schnieften.

Die Zeremonienmeisterin wischte sich die Tränen aus den Augen und sagte: »Paris war für uns immer Eugene.« Ein sehr gutaussehender junger Mann trat zum Rednerpult. »Ich repräsentiere ein wenig all jene Menschen«, sagte er, »die Hal auf der ganzen Welt kannte. Hal wäre begeistert gewesen, zu hören, wie ich vor Leuten rede und mich blamiere.« Alles lachte. »Ich dachte, ich würde alt werden und Hal wäre immer noch da«, sagte er. »Ich weiß, an dem Tag, an dem ich sterbe, wird Hal in Gedanken bei mir sein.« Esther fragte sich, woher ein so junger Mann das wissen wollte.

Als nächster sprach ein Freund aus London. Die Fäuste ballend und öffnend und die Finger knetend, sagte er: »Hal, du weißt genau, wie sehr ich dich liebe. Du hast mir Freude gegeben, Toleranz, Humor, Weisheit und erhebliche materielle Unterstützung. Ganz gleich, wie zufrieden ich sein mochte, wenn du da warst, ging es mir immer besser. Ich fühlte mich immer klüger, wenn ich deine Stimme hörte. Gestern abend erinnerte ich mich, wie du stets sagtest: ›Bitte schnall dich an.‹ Ich liebe dich, und ich werde dich immer lieben.«

Die meisten Trauerfeiern wurden dem, dem sie galten, nicht gerecht, dachte Esther. Der Tote war merklich abwesend. Schon nur mehr ein Geist, schon nur mehr eine leere Hülle. Das hatte sie oft gestört.

Noch so viele Reden und noch so viel Ergriffenheit, nichts schien die Leidenschaft, die Intelligenz oder die Sensibilität eines Lebens ausdrücken zu können. Das hatte sie sehr bedrückt, als vor einigen Jahren Yanek, ein entfernter Cousin ihres Vaters, gestorben war. Yanek war ein redseliger, argumentierfreudiger, wißbegieriger Mann gewesen, aber bei seiner Trauerfeier hatte eine Leere geherrscht, die niemals Teil von Yanek gewesen war. Sie hatte aufstehen und etwas sagen wollen, aber sie war sitzen geblieben.

Hier jedoch, in der St. Andrews Kirche in der Siebenten Straße, war Harold Huberman fühlbar gegenwärtig.

»Wir haben immer Spaß daran, Ihre Habgier anzustacheln«, sagte die Zeremonienmeisterin. »Und deshalb liegt am Ausgang Spielzeug bereit, damit Sie nicht mit leeren Händen gehen müssen.« Das Publikum lachte schallend.

Esther fragte sich, ob es vielleicht eine gute Idee wäre, eine Trauerfeier abzuhalten, solange man noch lebte. Dann würde man all die emotionalen Dinge hören, die die Leute sonst nur sagten, wenn man tot war. Sie fragte sich, ob man die Gefühle, die andere für einen hegten, anders empfinden würde, wenn man ihre Trauer und ihren Schmerz miterlebte.

Wahrscheinlich nicht, entschied sie. Wahrscheinlich weinten die meisten, die weinten, um ihre tote Katze oder ihre Mutter oder deshalb, weil auch sie eines Tages sterben mußten. Also würde man auch nichts daraus lernen, wenn man der eigenen Beerdigung oder Trauerfeier beiwohnen könnte.

Wenn sie bei einer Beerdigung war, wünschte sie sich oft, der verstorbene Mensch könnte all die Gefühle und die Liebe sehen können, die ihm entgegengebracht wurden. Aber vielleicht fühlten die, die wirklich geliebt wurden, diese Liebe und brauchten weder im Leben noch im Tod weitere Beweise dafür.

Wenn der Tod da war, kamen manchmal Fragen an die Oberfläche, die im Leben nicht gestellt wurden. Als Esther einmal den Nachruf auf den Präsidenten einer Bank schrieb, hatte dessen Witwe sie gefragt, ob seine Geliebte auch zur Beerdigung käme. Einige Leute hatten Esther darauf hingewiesen, daß die Ehefrau von der Geliebten, die auch nicht zur Beerdigung kommen werde, nichts wußte. »Ich weiß, daß sie nicht kommen wird«, sagte sie zur Witwe.

Reiche oder berühmte Männer hatten immer eine Geliebte. George Bush, erzählte ihr Sonia, hatte seit Jahren eine Geliebte. Seit Esther das wußte, erinnerte Barbara Bush sie mehr an eine Witwe als an eine Ehefrau.

Die Frau des toten Bankiers war gerade dabei, seinen Koffer für eine Geschäftsreise zu packen, als er eine Herzattacke hatte und tot umfiel. »Ich legte gerade seine Hemden und Socken in den Koffer, als ich ihn fallen hörte«, hatte sie zu Esther gesagt. Wieso, fragte sich Esther, fand der Bankier es akzeptabel, daß seine Frau seine Hemden und Socken packte, damit er sie einige Stunden später ausziehen konnte, um seine Geliebte zu bumsen? Und wieso hatte die Bankiersgattin sich das alles gefallen lassen? Es war einzusehen, daß arme Frauen bei ihren untreuen Männern blieben, aber warum die reichen? Die Bankiersgattin hatte ihr leid getan, und sie hatte ihr viel mehr Fragen gestellt, als nötig gewesen wäre.

Es fiel ihr leicht, anderen Leuten Fragen zu stellen. Ihrer Mutter oder ihrem Vater Fragen nach ihrem Leben zu stellen hatte sie erst fertiggebracht, als sie schon bald dreißig war.

Sie wußte, daß sich die Vergangenheit ihrer Eltern außerhalb ihrer Reichweite befand. Also konzentrierte sie ihre Wißbegier auf das Leben anderer Menschen. In der Zeit, als sie für die

Rockzeitschrift arbeitete und andere Journalisten Herman's Hermits und die Hollies nach ihrer Musik befragten, befragte Esther sie nach ihren Eltern. Sie wußte, daß sich Cat Stevens nicht mit seiner Mutter verstand und daß Cher und ihre Mutter die besten Freunde waren. Sie wußte, daß Dave Dee, Dozy, Beaky, Mick und Titch sich als große Familie empfanden und daß Paul McCartney sich viele Kinder wünschte.

Harold Hubermans Cousine, ein reizendes junges Ding, las ein Gedicht vor, das sie für ihn geschrieben hatte. Sie las sehr schnell, als hätte sie Angst, daß die Zeilen sie überwältigten, wenn sie eine Atempause machte.

Eine Frau mit einem wilden, sehr dichten blonden Haarschopf sprach über Harold Huberman und berichtete, wie er diesen Trauergottesdienst geplant hatte. Mitten in ihrer Rede blickte sie auf, sah das Publikum an, zog an ihrem Haar und meinte: »Das ist alles echt.« Die Leute tobten.

»Hal hinterläßt seine Mutter Thelma Huberman und seinen Vater Maurice Huberman, seine Schwestern Ruth Goldman und Alice Meer, seine Nichten Lisa, Steffie und Helene Goldman sowie seinen Neffen Adam Meer«, sagte die Zeremonienmeisterin.

Esther dachte an einen Satz des Indianerhäuptlings Seattle. »Denn die Toten sind nicht machtlos«, hatte er gesagt. Diese Worte hatten sie fasziniert. Sie hatte immer gewußt, daß die Toten über Macht verfügten.

In ihrer Kindheit schienen ihr die toten Geschwister und Eltern ihrer Eltern gegenwärtiger zu sein, als es Vater und Mutter selbst waren.

Häuptling Seattles vollständiger Satz lautete: »Der weiße Mann wird niemals allein sein. Er sei gerecht und gut zu meinem Volk, denn die Toten sind nicht machtlos.« Häuptling Seattle war 1866 gestorben, im Alter von achtzig Jahren, genau ein Jahr, nachdem die Stadt, die nach ihm benannt worden war, ein Gesetz erlassen hatte, das es Indianern verbot, dort zu leben.

Veronica Gunn nahm noch einmal das Mikrofon. Ein Pianist begleitete sie am Klavier. Ihre herrliche Stimme, von Spiritualität durchdrungen, erfaßte jeden einzelnen in der Kirche. Keiner rührte sich. Musik, dachte Esther, war in der Lage, Menschen aufzuwühlen und zu stärken. Sie konnte Traurigkeit durchdringen und lastende Tragik aufbrechen.

Im März 1944, fünf Monate bevor das Ghetto von Lodz liquidiert wurde, hatte man den Juden befohlen, ihre Musikinstrumente abzuliefern. Das Ghetto war von hungernden, kranken und sterbenden Juden bevölkert. Die Straßen waren voll von Toten, zu essen gab es nichts. Die Leute hatten Möbel und Fußböden zu Brennholz gemacht. Jeder, der noch ein Instrument besaß, hing mit seinem ganzen Leben daran.

Man sagte den Juden, daß die Instrumente bezahlt würden. Der Generalintendant des Lodzer Stadttheaters sowie Hans Biebow, Naziverwalter des Ghettos, und sein Stellvertreter, ein Herr Czarnulla, begutachteten die Instrumente. Sie teilten sie auf. Einen Teil erhielt das Städtische Orchester, einen der Bürgermeister von Lodz, den dritten die Musikschule der Hitlerjugend und den vierten die Reichsmusikkammer.

Ein Sachverständiger der Stadt Lodz setzte die Preise fest. Die besten Stücke gingen an die Reichsmusikkammer. Es gab unschätzbar wertvolle Celli, Meisterviolinen, zwei davon über dreihundert Jahre alt, und vier Klaviere, von denen jedes vor dem Krieg siebentausend Reichsmark wert gewesen war. Es gab Mandolinen, Gitarren, Zithern, Lauten, Klarinetten, Saxophone, Trompeten und Becken.

Für sämtliche abgelieferten Instrumente erhielten die Juden insgesamt zweitausendvierhundert Reichsmark. Für zweitausendvierhundert Reichsmark konnte man zweitausend Saccharintabletten kaufen.

»Kommen Sie«, sagte Veronica Gunn. »Machen Sie sich keine Gedanken, wie gut oder schlecht es sich anhört, singen Sie einfach mit.« Esther hätte so gern gut singen können. Manchmal, wenn sie allein im Büro war oder in ihrer Badewanne, stellte sie sich vor, sie sei ein Mezzosopran. Sie konnte die

Arie *Un bel di Vedremo* aus Puccinis *Madame Butterfly* auf italienisch, aber sie mußte darauf achten, daß sie nicht kurz vor ihrer Periode war, weil sie dann nämlich in Tränen ausbrach.

Esther konnte keine Melodie halten. Sie konnte nicht mal das kleinste Liedchen summen. Wenn sie sang, bewegte sie nur die Lippen zum Text. Sie wußte genau, ob sie gut oder schlecht gesungen hatte, auch wenn dabei kein Ton herauskam.

May you stay forever young, sang Veronica Gunn. *May you stay forever young*. Dieser Song, den Bob Dylan für seinen Sohn geschrieben hatte, klang heute noch ergreifender als sonst. Die junge schwarze Sängerin nahm die Hand von Harold Hubermans Mutter und küßte sie. Die Tränen strömten ihr übers Gesicht, während sie sang:

May your song always be sung
May you stay forever young
Forever young, forever young
May you stay forever young.

Sie sang ihr Lied zu Ende und verließ das Podium. In der Kirche war es sehr still. Fast jeder war in Tränen aufgelöst. Langsam erhoben sich die Leute von ihren Sitzen. Die Trauerfeier war vorüber.

Esther glaubte, jemanden singen zu hören. Der Gesang wurde lauter. Er kam aus zwei Lautsprechern hinten in der Kirche. Es war Harold Huberman. *On top of the world looking down on creation*, sang er mit seiner komischen Stimme, gräßlich falsch. *On top of the world looking down on creation.*

3

Alles an Seans Körper hatte ihr gefallen. Letzte Nacht hatten sie sich geliebt. Jede seiner Berührungen, jede Umarmung hatte sich so gut angefühlt. Es hatte keine Spannungen zwischen ihnen gegeben, keine Müdigkeit, kein falsches Timing.

Esther strich das Bettlaken glatt. In der Mitte lagen noch einige Schamhaare, die sie mit der Hand wegfegte. Die paar verirrten Haare erinnerten sie an ausgerupfte Federn nach einem Hahnenkampf. Sie hatte noch nie einen Hahnenkampf gesehen. Sie beschloß, diese Analogie nicht näher zu analysieren.

Sie zog die Ecken des Spannbettuchs sorgfältig über die Matratze. Es gab keine Spuren mehr von Lust oder Leidenschaft. Das überraschte sie jedesmal. Eigentlich, so fand sie, hätte es etwas geben müssen, ein Überbleibsel, einen Hinweis auf das, was geschehen war.

Sie schüttelte die Kissen auf, zog die Baumwolldecken zurecht. Ihre gesamte Bettwäsche war weiß. Sie legte eine weiße, handgesäumte, mit Spitzen besetzte baumwollene Tagesdecke über das frisch gemachte Bett.

Das Bett sah kühl, rein und unschuldig aus. Es verriet nichts von dem Feuer, das darin aufgeflammt war. Gar nichts. Nicht mal ein Flimmern in der Luft. Die Luft stand still.

Letzte Nacht, als sie Sean sagte, wie gut der Sex für sie gewesen war, hatte er gesagt, sie hätten im Bett immer schon gut zusammengepaßt; jetzt sei es aber sogar noch besser.

Esther dachte darüber nach und gab ihm recht. Es war ihr nicht aufgefallen. Sie, der sofort auffiel, wenn etwas nicht stimmte, hatte nicht bemerkt, daß etwas besser geworden war.

Sie war von ihnen beiden die Vielrednerin. Nicht daß Sean wortkarg gewesen wäre. Er sprach viel. Sie aber hatte manchmal Schwierigkeiten, nichts zu sagen. Wenn sie sich mit ihm stritt, wiederholte sie sich ständig, brachte immer und immer wieder dieselben Argumente vor. Sie spulte einen Rhythmus ab. Am Ende der Spule war sie hilflos.

Sie redete am Telefon mit Freunden. Sie redete mit den Kindern. In ihrem Job mußte sie jeden Tag mit Leuten reden. Sie war eine Vielrednerin.

Aber wenn sie und Sean miteinander schliefen, war sie still. Und er redete. Er redete von dem Moment an, wo er sich ihr zuwandte. Er redete, wenn er sie berührte, er redete, wenn er sie küßte. Er unterbrach seine Küsse mit Worten und seine Worte mit Küssen. Er redete, wenn er sie bumste. Er sagte ihr, wie sehr er sie liebte, wie gut sie sich anfühlte, wie gut sie roch. Er sagte, wie gut er sich fühlte. Er redete, bis er kam. Sie sagte kaum etwas. Auch danach sagte sie meistens nichts. Gestern nacht hatte sie sich selbst überrascht. »Wenn du kommst«, hatte sie zu Sean gesagt, »dann habe ich das Gefühl, als ob du mir einen Teil von dir direkt ins Herz pumpen würdest.«

Sie hatte sich oft gefragt, wieso man dieses kleine bißchen Samen so stark spüren konnte. Wenn sie Kondome benutzten, sah man ja, wieviel es war: ein Eßlöffel voll, vielleicht. Höchstens zwei.

Sie überlegte, ob sie Zachary fragen sollte, ob es eine durchschnittliche Samenmenge gab, die die meisten Männer ejakulierten, oder auch, ob der Samen sich ansammelte, wenn sie keinen Sex hatten. Obwohl sie und Zachary sich sehr nahestanden, fand sie, daß sie ihn das eigentlich nicht fragen konnte. Außerdem war das Thema in seinem Studium vielleicht sowieso noch nicht drangewesen.

Selbst in dieser Zeit der sexuellen Aufklärung und freimütigen Diskussionen war es immer noch schwierig, über Körpersäfte wie Blut, Samen, Schleim, über all diese Dinge zu reden. Die Leute kannten sich meistens nur bedeckt und bekleidet. Es war leicht, so zu tun, als ob jeder auch innerlich gewaschen, gebügelt und fleckenlos sei.

Im letzten Jahr hatte sie festgestellt, daß ihr Menstruationsblut dunkler geworden war. Es sah brauner aus. Sie hatte zunächst gezögert, es dann aber doch ihrem Arzt mitgeteilt. Der winkte nervös ab und meinte, das sei kein Grund zur Beunruhigung.

Monatsblutungen, die ihr zu braun vorkamen, waren kein Thema, über das sie so einfach reden konnte. Es machte sie verlegen. Warum war ihr das, was in ihr war, immer noch peinlich? Sie fragte sich, ob Männer bei diesem Thema genauso kompliziert waren wie Frauen.

Ihr Vater pflegte aufs Klo zu gehen und seinen Schiß in voller Lautstärke zu verrichten. Er furzte und furzte und donnerte seinen Haufen heraus. Er entschuldigte sich niemals und zeigte keinerlei Verlegenheit. Sie war diejenige, der das peinlich war.

Ihr Vater brachte sie oft in Verlegenheit. Als sie fünfzehn war, informierte er sie, daß »niemand die Kuh kauft, wenn er die Milch umsonst kriegt«. Nachher begriff sie, daß das seine große Rede gewesen war, um sie aufzuklären.

Am nächsten Tag erzählte sie in der Schule einer Freundin davon, und sie lachten sich beide schief. Danach vergaß sie das Ganze, bis Zachary auf die Welt kam. Sie konnte ihn nicht stillen, weil sie keine Milch hatte. Diese Kuh kann nicht einmal gemolken werden, wenn sie verheiratet ist, hatte sie gedacht.

Als sie sechzehn wurde, begann ihr Vater, sie als Hure zu beschimpfen. Er nannte sie Hure, wenn sie spät nach Hause kam. Spät hieß alles nach zehn Uhr abends. Er nannte sie Hure, wenn sie vor dem Haus noch bei einem Jungen im Auto saß und sich fünf Minuten mit ihm unterhielt. »Du bist eine Hure«, schrie er. »Meine Tochter ist eine Hure.« Sie war sechzehn. Sie war unberührt.

Was brachte einen Vater dazu, seine Tochter als Hure zu bezeichnen? Vielleicht hatten die Nazis seine Sensibilität zerstört? Es hieß, daß Dreck irgendwann zu kleben beginnt, wenn man lange genug damit beworfen wird. Nun, Edek Zepler war weiß Gott lange genug mit Dreck beworfen worden. In Auschwitz, in Bergen-Belsen und im Ghetto. Vielleicht war der Dreck für immer an ihm kleben geblieben.

Vielleicht war er einfach nur ein grobschlächtiger Mensch. Vor dem Krieg genauso wie nach dem Krieg. Als sie jünger war, hatte sie geglaubt, daß all das Entsetzliche und Grausame, das ihre Eltern durchgemacht hatten, die Menschen zärtlicher und mitfühlender machen würde.

Vielleicht hatten nur die brutalsten Juden überlebt? Ihr Vater bezichtigte jeden Überlebenden eines Konzentrationslagers, dem er begegnete, ein Kapo gewesen zu sein. »Der war ganz bestimmt Kapo in einem Lager«, sagte er. »Ich weiß nicht, was ich getan hätte, wenn sie mich gefragt hätten, ob ich Kapo sein will. Gott sei Dank hat mich keiner gefragt.«

Natürlich waren es nicht die brutalsten Juden, die überlebt hatten. Wie konnte sie so etwas überhaupt denken? Die Menschen, die überlebt hatten, waren wie Tiere behandelt worden. Ihr Vater war nicht brutal. Er war einfach nur direkt. Auch ihre Mutter war nicht brutal. Ihre Mutter war gebrochen. Gebrochen von Schmerz, Demütigung und Wut.

Vielleicht dachte ihr Vater an seine polnischen Dienstmädchen, wenn er sie als Hure beschimpfte?

Das Telefon läutete. Es war Henia Borenstein.

»Hallo, Henia. Wie geht es dir?« sagte sie.

»Mir geht's gut«, sagte Henia. »Wie geht es dir? Und den Kindern? Und deinem wunderschönen Mann?«

»Bei uns ist alles in Ordnung«, sagte Esther. »Und bei dir?«

»Ich bin in Florida«, sagte Henia. »Heute abend komm' ich nach New York zurück. Ich hab' Zahnschmerzen. Ich trau' den Zahnärzten hier nicht. Ich muß zu meinem eigenen Zahnarzt. Der kennt mich. Der kennt meine Zähne. Montag bin ich beim Zahnarzt, Dienstag fahr' ich in die Berge. Da hab' ich ein Haus. Vielleicht fahr' ich nächste Woche nach Israel. Da hab' ich eine Schwester, weißt du. Ich bin nur noch unterwegs. Von einem Ort zum anderen. Seit Josl gestorben ist. Ich halt's nirgendwo lang aus. Wie geht's den Kindern? Alles okay?«

Henia klang genauso gehetzt wie ihr Zeitplan. Man konnte weder eine Frage beantworten noch irgend etwas erzählen.

Esther wußte das inzwischen. Früher hatten Henias Anrufe sie entnervt und verwirrt. Sie waren ihr wie kurze, flüchtige Abreibungen vorgekommen.

Wenn Esther mehr als ein oder zwei Worte antwortete oder wenn sie versuchte, selbst ein Thema anzuschneiden, fuhr Henia ihr einfach über den Mund. Und dann legte sie manchmal ohne Warnung mitten im Satz auf.

Mittlerweile machten Esther diese Anrufe nichts mehr aus. Henia rief alle zwei bis drei Wochen an. Manchmal schickte sie ihnen aus Florida ein Paket mit Grapefruits. Wunderbare Grapefruits. Große, glänzende Früchte mit einem rosigen Schimmer. Jedesmal, wenn so ein Paket angekommen war, hatte Henia angerufen, um sich zu überzeugen, daß die Grapefruits auch groß genug waren. »Sie verlangen ein kleines Vermögen dafür«, sagte sie dann, »und ich möchte ganz sicher sein, daß sie euch keine kleinen schicken.«

»Wie geht's deinem Vater?« sagte Henia.

»Gut«, sagte Esther.

»Morgen bin ich in New York«, sagte Henia. »Abends bin ich bei meinen Kindern, aber wir könnten uns vielleicht zum Lunch treffen?«

Esther dachte mit Schrecken an ein Mittagessen mit Henia. Warum das so war, wußte sie eigentlich nicht genau. Es kam ihr jetzt schon wie eine Bewährungsprobe vor.

»Das wäre schön«, sagte sie zu Henia. »Ich werde mit Sean darüber sprechen.«

»Okay, okay«, sagte Henia.

»Ich will mich nicht mit ihr treffen«, sagte Esther.

»Hor mal, sie ist wirklich ganz nett«, sagte Sean. »Und sie ruft uns immer wieder an. Ein Lunch mit ihr wird uns nicht umbringen. Wir essen einfach irgendwo in der Nähe, sagen wir im Cupping Room Café, und es wird nicht zu lange dauern.«

»Du tust dich leicht, sie nett zu finden«, sagte Esther. »Dich erinnert sie nicht an deine Mutter oder deinen Vater.«

Sean sah verärgert aus. »Warum mußt du aus allem eine Bewährungsprobe machen?« sagte er. »Es ist bloß ein Lunch.«

»Ich mach' aus allem eine Bewährungsprobe«, sagte sie, »damit du um so perfekter wirkst. Das tut uns beiden gut.«

»Vergiß den Lunch«, sagte Sean. Er verzog das Gesicht. Seine schiefen Zähne, die Esther fast immer verführerisch fand, blitzten bedrohlich. Als Sean zehn gewesen war, hatte sein Zahnarzt eine Zahnspange empfohlen. Diese Zahnspange hätte zweihundert Pfund gekostet. Seine Mutter stellte ihn vor die Wahl: entweder die Zahnspange oder ein Fahrrad. Sean entschied sich für das Fahrrad. Das kostete zwanzig Pfund. Drei Monate, nachdem er es bekommen hatte, flog er bei einem Sturz über die Lenkstange und brach sich drei Zähne ab. Sein Mund, in dem schon vorher viele Zähne in alle Richtungen standen, erhielt nun noch einige neue Ecken und Kanten.

»Also gut, gehen wir zu dem Lunch«, sagte Esther. »Tust du mir den Gefallen und rufst sie an?«

»Okay«, sagte Sean.

Esther war froh, daß sie sich doch noch dazu durchgerungen hatte. Es wäre unfreundlich und grob gewesen, abzulehnen. Und sie wollte zu Henia Borenstein nicht grob sein. Henia und ihr Mann Josl waren nach dem Krieg im Durchgangslager Feldafing die besten Freunde von Rooshka und Edek Zepler gewesen.

Obwohl alle aus Lodz stammten, hatten sich die beiden Paare vor dem Krieg kaum gekannt. Henia und Josl hatten sich vor dem Krieg überhaupt noch nicht gekannt. Sie lernten sich in Feldafing kennen und heirateten dort. Auch Rooshka und Edek heirateten in Feldafing. Sie mußten noch einmal heiraten, weil sie von ihrer Eheschließung im Ghetto von Lodz keine Dokumene hatten.

Bei den beiden Hochzeiten im Durchgangslager war jeweils das eine Ehepaar für das andere Trauzeugen und Familie.

In Lodz war eine von Henias Schwestern mit Rooshkas ältester Schwester befreundet gewesen, und Josls jüngerer Bruder hatte Rooshkas jüngeren Bruder und Edeks Schwester gekannt.

In Feldafing wurden Edek und Josl zu Geschäftspartnern. Sie kauften Zigaretten von amerikanischen Soldaten. Lucky Strikes, Chesterfields, Camels. Für vier Lucky Strikes erstanden sie eine kleine Handdrehmaschine und fünfhundert Blättchen Zigarettenpapier.

Die amerikanischen Zigaretten waren filterlos und dicht gerollt. Edek und Josl schnitten sie auf und schütteten ein Häufchen Tabak auf eine Lage Zeitungspapier. Daneben schütteten sie ein Häufchen winzige Holzspäne, die sie mit dem Taschenmesser von ihren Pritschen und von einer alten Bank abgeschabt hatten. Die Schabsel waren sehr fein. Sie hatten die gleiche Größe wie der Tabak.

Sie achteten sehr genau darauf, ihre Pritschen und die Bank an den Stellen abzuschaben, wo es es am wenigsten auffiel. Sie rieben die Stellen dann sofort mit Dreck ein, um die frischen Abschabungen zu überdecken.

Aus zwanzig Zigaretten wurden so vierzig. Sie steckten zwanzig Stück zurück in die Originalpackung, verkauften sie, und die anderen zwanzig wurden zu Bündeln von je fünf Stück angeboten. Amerikanische Zigaretten wurden aus Virginia- und türkischem Qualitätstabak hergestellt. Selbst mit Holz vermischt waren sie immer noch viel besser als alles, was es auf dem heimischen Markt gab. Das Geschäft blühte.

Edek und Josl handelten auch mit Kaffee. Sie brühten Kaffee auf und verkauften ihn tassenweise. Dann trockneten sie den Kaffeesatz und verpackten ihn neu. Auch der zweite Aufguß schmeckte noch gut. Später sagte Edek immer wieder, daß nichts jemals an den Geschmack dieses amerikanischen Kaffees herankommen würde.

Nach ein paar Monaten wollte Josl nach Polen. Er hatte einen Lastwagenfahrer aufgetan, der bereit war, ihn mitzunehmen. Edek wollte auch mitfahren, aber Rooshka, die schwanger war, wurde schon beim Gedanken daran hysterisch. In Polen würde er mit Sicherheit sterben. Manche Juden, die nach ihrer Befreiung dorthin zurückgingen, waren von den Polen umgebracht worden.

Einige Juden waren zurückgekehrt, um herauszufinden, ob von ihren Familien noch jemand lebte. Zurückgekehrt, um ihre Häuser zu sehen. Aber ihre Familien waren verschwunden, und in ihren Häusern wohnten jetzt andere Leute.

Doch Josl wollte es wissen. Drei Wochen später war er wieder da. In Lodz gab es keine Juden mehr, erzählte er Edek. Keine Juden in Warschau. Keine Juden in Polen.

Er hatte einen kleinen Sack mit Nazi-Klimbim mitgebracht. SS-Abzeichen und Nazi-Insignien. Er hatte sie in den polnischen Wäldern aufgesammelt. Die US-Soldaten zahlten viel Geld für Nazi-Souvenirs.

Diesen Handel fand Edek ekelhaft. Er teilte Josl mit, daß er auf seinen Anteil am Profit verzichten würde. Josl zeigte Verständnis.

Als bei Rooshka die Wehen einsetzten, borgte sich Edek Josls eben gekauften gebrauchten Opel Kadett, um die Hebamme zu holen. Zwanzig Minuten, nachdem Edek mit der Hebamme eingetroffen war, erblickte Esther das Licht der Welt.

Und was für einer. Einer Welt aus ärmlichen Baracken mit gestampften Lehmböden und unglücklichen Bewohnern. Einer Welt aus Vertriebenen und Verlorenen.

Einer Welt von mageren Körpern, die sich mühten, auf diesem überfüllten und vergänglichen Stück terra firma einen Halt zu finden.

Die Schreie, die man nachts hörte, waren die der Eltern und nicht der Kinder. Esther schrie nachts nicht, berichtete ihre Mutter. Zwei Monate später fuhr Edek eines Nachmittags Henia ins Krankenhaus, wo ihr Sohn Samuel geboren wurde.

Eineinhalb Jahre darauf verließen Edek und Rooshka Deutschland und gingen nach Australien. Rooshka hatte seit dem Tag ihrer Ankunft nur darauf gewartet, Deutschland den Rücken kehren zu können. Sie machten sich mit einem Koffer voll Kleidung, einem kleinen Brillantring und je einer Lederjacke auf den Weg nach Australien. Klein-Esther trug weiße Lederschühchen, ein handgestricktes blaues Wollkleidchen und einen weißen Mantel aus Kaninchenfell.

Die Borensteins blieben noch weitere zwei Jahre in Deutschland. 1953 kamen sie mit fünfzigtausend Dollar nach Amerika. Die beiden Ehepaare verloren sich aus den Augen.

Im Lauf der Jahre hatten Henia und Josl mehrfach versucht, Edek und Rooshka zu finden. Aber aus Edek Zeleznikow war

Edward Zepler geworden. Auch andere Juden hatten ihre Namen geändert. Mr. Lipnowski wurde Mr. Lip, Mr. Brajtsztajn wurde Mr. Brat, und Mr. Krakower wurde Mr. Krak. Edek Zeleznikow wurde nicht Edek Zel. Er wurde Edward Zepler. Der Name, den er sich ausgesucht hatte, gefiel ihm sehr gut. »Bei all den Juden kannst du sehen«, sagte er, »daß sie sich bloß halbe Namen gegeben haben. Was sind denn das für Namen, Lip, Minc, Brat? Jeder weiß, das ist ein Jid, der seinen Namen halbiert hat. Edward Zepler ist ein Name, der von überall stammen könnte.«

Der einzige Ort, an dem Edek Edward hieß, war das Telefonbuch. Jeder nannte ihn nach wie vor Edek. Henia hatte es mehrmals mit dem Telefonbuch versucht. Sie rief die Internationale Auskunft an. Sie schrieb an eine Mrs. Zeleznikov in Canberra, Australien, die ihren Brief nicht beantwortete. Sie hatte alle Hoffnung aufgegeben, Edek und Rooshka jemals wiederzufinden.

Vor einigen Jahren, auf einem El Al-Flug nach Israel, hatte Henia die Eingebung gehabt, eine junge Australierin auf der anderen Seite des Ganges zu fragen, ob sie vielleicht einmal von Edek Zeleznikow gehört habe. »Ja, den kenn' ich«, hatte die junge Frau geantwortet. »Der spielt mit meinem Vater Karten. Er nennt sich jetzt Zepler. Edek und Rooshka Zepler.«

Henia und Josl schrieben an Edek und Rooshka. Zwei Wochen nach Rooshkas Tod kam der Brief an. Edek öffnete ihn und weinte.

In dem Jahr, bevor Esther und Sean nach New York zogen, hatten sie Edek dazu überreden können, gemeinsam mit ihnen eine Reise nach Übersee zu unternehmen. Es war nicht leicht gewesen. Edek wollte das Haus nicht verlassen. Er wollte den Hund nicht allein lassen. Esther begriff. Er wollte nicht fortgehen. Er wollte nicht leben.

Aber schließlich hatte Edek nachgegeben und sich einverstanden erklärt, mitzukommen. Sie wollten vier Wochen in New York bleiben, drei Tage in London und drei Wochen in Israel. Edek versprach ihnen, die letzte Woche nach New York zu kommen und dann mit ihnen weiterzureisen. Esther hatte ein Flugticket ohne Stornomöglichkeit besorgt, damit er seine Meinung nicht mehr ändern konnte.

»Ich brauch' kein eigenes Hotelzimmer«, sagte er. »Ich schlaf' im Kinderzimmer auf dem Fußboden. Ich brauch' keinen Luxus. Nur meine Tochter, die muß natürlich in einem feudalen Hotel wohnen.«

Feudal ist wohl kaum die richtige Bezeichnung für das Hotel Doreham mitten in Manhattan, dachte Esther. Sie waren früher schon dort abgestiegen, als die Kinder noch klein waren. Die Zimmer waren dunkel. An den Bettdecken hafteten die Ausdünstungen der vorherigen Benutzer. Und erst der Teppichboden. Er war durchgetreten und speckig. Sie hatte den Kindern verboten, ihn barfuß zu betreten. Sie buchte ein Einzelzimmer für Edek.

Nach einem achtunddreißigstündigen Flug kam Edek frühmorgens in Manhattan an. Er wollte über die Fifth Avenue spazieren. »Bringt mich zur Fifth Avenue, und ich gehe ein bißchen spazieren«, sagte er. »Die ganzen Jahre habe ich über die Fifth Avenue gelesen. Jetzt bin ich hier, und jetzt möchte ich dort gern ein bißchen spazierengehen.«

Edek spazierte die Fifth Avenue entlang, den Kopf in den Nacken geworfen und die Augen nach oben gerichtet, auf die Spitzen der Gebäude. »Schau dir die Wolkenkratzer an«, sagte er immer wieder. »Schau dir die Wolkenkratzer an.«

Das Wort Wolkenkratzer hatte Esther seit Jahren von niemandem mehr gehört.

Sie erkannte, wie verwöhnt sie war. Seit sie erwachsen war, war sie sehr viel gereist. Ihr Vater war seit dem Tag seiner Ankunft kaum aus Melbourne herausgekommen. »Schau dir die Wolkenkratzer an«, sagte er immer wieder.

Um sechs Uhr abends zeigte Edek noch kein Zeichen von Müdigkeit. Sie waren mehr als fünfzig Blocks weit marschiert. Edek hatte bei vier Straßenverkäufern einen Hot Dog mit Sauerkraut gegessen. »Diese Wurst mit Sauerkraut ist die beste, die ich gegessen habe, seit ich Polen verließ«, sagte er zu jedem Verkäufer.

Ihren Lunch hatten sie im Carnegie Deli eingenommen. Edek hatte jeden um sich herum angesprochen. Er sprach mit den anderen Gästen, er sprach mit dem Personal. »Ich komme aus Australien«, sagte er. »Und in Australien gibt es nur ein Geschäft, wo man ein Sandwich mit gehackter Leber bekommt. Und, ehrlich gesagt, sie ist zwar gut, aber sie ist nicht so gut wie diese gehackte Leber. Diese hier ist fast so gut wie die, die meine Frau immer machte. Und in unserem Freundeskreis von zehn Leuten machte sie mit Abstand die beste gehackte Leber.« Jedem, der bereit war, ihm zuzuhören, erzählte er dieselbe Geschichte. Dem Geschäftsführer schüttelte er zum Abschied die Hand und der Kellnerin versprach er, bald wiederzukommen.

Um halb acht waren sie im Hotel. Esther hatte Kopfschmerzen, und Sean sah müde aus. »Dad, du solltest wirklich bald zu Bett gehen«, sagte sie zu ihrem Vater. »Wenn du heute früh schlafen gehst, dauert der Jetlag nicht solange.«

»Jaja«, sagte er.

Sie begleitete ihn über den Flur zu seinem Zimmer. Das Zimmer war klein und dunkel. Sie schaltete das Deckenlicht ein und knipste die Nachttischlampe an. Das Zimmer sah freundlicher aus.

»Ich brauch' kein Zimmer für mich allein«, sagte Edek. »Ich kann genausogut auf dem Boden schlafen.«

»Wir frühstücken alle gemeinsam um neun auf unserem Zimmer«, sagte Esther. »Ist dir das recht? Wir kaufen gegenüber ein paar Donuts und ein paar Bagels.«

»Mir ist alles recht«, sagte Edek. »Ich brauche keine Extrawurst. Ich brauche auch keinen Bagel. Kaffee reicht mir.«

»Gute Nacht, Dad«, sagte sie. »Schlaf gut.«

»Gute Nacht«, sagte er.

An dem improvisierten Frühstückstisch, den Esther in ihrem Hotelzimmer aufgestellt hatte, stippte Edek seinen vierten Donut in den Kaffee. Mit lautem Schlürfen schluckte er den letzten Rest Donut und Kaffee hinunter. »Gar nicht schlecht, diese Donuts«, sagte er. »Nicht so gut wie die Ponchkes von der Acland Street, aber ansonsten gar nicht übel.«

»Hast du gut geschlafen?« sagte Esther.

»Ja, sehr gut«, sagte Edek. »Um halb zwölf habe ich eine Schlaftablette genommen und bis acht durchgeschlafen.«

»Halb zwölf?« sagte Esther. »Warum hast du bis um halb zwölf gewartet?«

»Weil ich um die Zeit zurückgekommen bin«, sagte Edek.

»Zurückgekommen? Von wo?« sagte Esther.

»Ich bin noch mal ausgegangen, um jemanden zu treffen, den ich fast fünfzig Jahre nicht mehr gesehen habe. Seit der Zeit vor dem Ghetto«, sagte Edek.

»Du bist in New York allein ausgegangen?« sagte sie.

»Selbstverständlich«, sagte er. »Was glaubst du denn? Hältst du mich für ein Kind? Ich hab' dem Taxifahrer die Adresse gegeben, und er hat mich direkt dorthin gefahren. Ich sagte ihm, er soll mich in eineinhalb Stunden wieder abholen, aber er muß beschäftigt gewesen sein, denn er ist nicht gekommen. Aber das war auch egal, denn ich habe sofort ein Taxi bekommen, als ich aus ihrer Wohnung kam, und das hat mich direkt ins Hotel gebracht.«

»Das glaube ich einfach nicht«, sagte Esther. »Wo bist du gewesen?«

»Ich war bei Mania Feldman«, sagte er. »Sie wohnt in der Madison Avenue. Wir sind zusammen zur Schule gegangen. Felix Koppel aus der Konditorei, du erinnerst dich, hat mir ihre Adresse gegeben. Also habe ich sie gestern abend angerufen, und sie hat gesagt, ich soll sie gleich besuchen kommen.«

Esther war fassungslos. Es hatte solcher Anstrengung bedurft, ihren Vater aus seinem Haus in Melbourne rauszukriegen, und es war so mühsam gewesen, ihn dazu zu bewegen, das Land zu verlassen. Und jetzt trieb er sich allein hier in Manhattan herum, besuchte alte Freunde und gab dem Taxifahrer den Auftrag, ihn in eineinhalb Stunden wieder abzuholen.

»Mania hat mich gefragt, ob ich sie auf der Straße wiedererkannt hätte«, sagte Edek. »Ich sagte nein, hätte ich nicht, nicht mit all den grauen Haaren.«

»O nein, Dad, das hast du nicht wirklich zu ihr gesagt?« sagte Esther.

»Natürlich hab' ich das«, sagte er. »Es ist die Wahrheit.«

»Auch wenn's die Wahrheit ist, hättest du taktvoller sein können«, sagte Esther.

»Ich will die Wahrheit hören, und ich will die Wahrheit sagen«, sagte Edek.

»Es gibt verschiedene Aspekte der Wahrheit, man muß die Menschen nicht verletzen«, sagte Esther. »Du hättest sagen können, daß du selbstverständlich ihr reizendes Lächeln sofort wiedererkannt hättest oder so etwas.«

»Sie hat kein reizendes Lächeln«, sagte Edek. »Die Wahrheit ist die Wahrheit.«

»Meine Güte, du hast auch graue Haare«, sagte Esther. »Es sind fünfzig Jahre vergangen.«

»Ja, aber ich seh' immer noch aus wie früher, und sie hat sich total verändert«, sagte Edek. »Das ist die Wahrheit.«

Esther beschloß, die Wahrheit und ihre Konsequenzen nicht weiter zu diskutieren. »Sollen wir heute das World Trade Center besuchen?« sagte sie. »Wir können von oben über ganz Manhattan sehen. Das gibt dir eine gute Vorstellung davon, wo genau du dich befindest.«

»Ich weiß genau, wo ich mich befinde«, sagte Edek. »Ich befinde mich in New York.«

»Ich meinte, daß du sehr gut überblicken kannst, wie die Insel Manhattan beschaffen ist«, sagte Esther.

»Okay, das klingt gut«, sagte Edek. »Übermorgen habe ich vor, nach Queens zu fahren und Henia und Josl Borenstein zu besuchen.«

Sobald sie das Hotel verlassen hatten, verlangte Edek nach einem Hot Dog. »Mit viel Sauerkraut«, sagte er zu dem Verkäufer. Er marschierte die Straße entlang und aß seinen Hot Dog.

In Manhattan sah er glücklich aus. Glücklicher, als Esther ihn seit langem erlebt hatte. Er hatte so lange fast leblos gewirkt. Seit dem Tag, als festgestellt wurde, daß ihre Mutter Krebs hatte, schien Edek jeden Lebenswillen verloren zu haben.

Jeder in Manhattan verstand Edek. In Melbourne sagten die Leute ständig »wie bitte?« zu ihm. Sie verstanden ihn nicht.

Sie kamen mit seinem Englisch nicht zurecht. In Manhattan wurde Edek von Arabern, Koreanern, Jamaikanern, Juden, Südamerikanern, Mexikanern und Russen verstanden.

Mit seinem Plastikparka, seinen Socken und Sandalen paßte er perfekt dazu. Er lächelte den Polizisten zu, sagte hallo zu den Kindern, nickte jungen Männern und Frauen zu. Sie nickten zurück, lächelten und sagten hallo zu ihm.

Als die Verkäuferin bei Lord and Taylor's ihm noch einen schönen Tag wünschte, sagte Edek: »Den wünsch' ich Ihnen auch, Miß.«

»Danke«, sagte sie.

»Bittesehr«, meinte Edek.

Von seinem Besuch bei Henia und Josl Borenstein kam Edek völlig aufgelöst zurück. Josl war krank. Er hatte Krebs. Die Prognose war zwar gut, aber Edek machte sich große Sorgen. »Er war immer ein sehr schöner Mann«, sagte er. »Das ist er heute noch. Henia sagt, daß Josl wieder auf die Beine kommt. Der Doktor hat's ihr versprochen.«

Sie reisten alle gemeinsam nach London weiter. Edek haßte London. Und er haßte Israel. Er wollte nach Hause. Vier Tage, nachdem sie in Israel angekommen waren, flog Edek zurück nach Melbourne.

Er flog nach Melbourne, zurück zu seinem Haus und zurück zu seinem Hund. Er richtete sich wieder vor seinem Fernsehgerät ein. Aber er nahm auch sein Kartenspiel wieder auf, einmal die Woche.

»Warum spielst du nicht öfter?« sagte Esther zu ihm. »Die anderen wollen alle mit dir spielen.«

»Karten interessieren mich eigentlich gar nicht so«, sagte Edek. »Um ehrlich zu sein, mache ich dieses Spiel einmal die Woche nur, damit sie mich in Ruhe lassen.«

»Aber du warst doch immer ein leidenschaftlicher Kartenspieler«, sagte Esther.

»Das war, als Mum noch lebte«, sagte Edek. »Und ich war kein leidenschaftlicher Kartenspieler, ich hab' ganz gern mal ein Spielchen gespielt.«

Esther wechselte das Thema. Sie hatte versucht, Edek zu überreden, sie zu besuchen und mit ihr und Sean oder mit den Kindern ins Kino zu gehen. Aber Kinobesuche waren etwas, das Edek mit Rooshka unternommen hatte, und er würde sie nicht betrügen und ohne sie ins Kino gehen.

»Ich habe mein Leben gelebt«, sagte er zu Esther. »Ich warte auf den Tod.«

»Wie kannst du dein Leben so wegwerfen?« sagte sie. »Mum hat so gekämpft, um nicht sterben zu müssen. Sie hätte alles darum gegeben, weiterleben zu können.«

»Ich wollte, ich wäre tot und Mum würde noch leben«, sagte Edek.

»Mrs. Wolf hat mir erzählt, sie hätte dich gefragt, ob du Lust hättest, Samstag nachmittag mal mit ihr ins Kino zu gehen«, sagte Esther. »Du hättest sehr schroff nein gesagt.«

»Natürlich habe ich nein gesagt«, sagte Edek. »Für wen hält die mich? Für einen Junggesellen? Ich bin Rooshkas Ehemann.«

»Ich glaube nicht, daß sie dir einen Heiratsantrag machen wollte«, sagte Esther. »Es ging nur um ein wenig Unterhaltung und einen Kinobesuch.«

»Sie hatte kein Recht dazu«, sagte Edek. »Sieh dir an, wie es heutzutage auf der Welt zugeht. Sobald ein Mann oder eine Frau stirbt, suchen sich die Leute einen neuen Mann oder eine neue Frau. Als ob nichts gewesen wäre. Schau dir Mr. Goldman an. Der Grabstein der armen Mrs. Goldman war noch nicht einmal geweiht, da hat er schon wieder geheiratet. Was ist denn das für ein Ehemann?«

»Er war kein Ehemann, er war Witwer«, sagte Esther.

»Er war Ehemann«, sagte Edek. »Und was ist das für ein Ehemann, der so etwas tut?«

»Ich glaube, Mr. Goldman war ein sehr guter Ehemann, solange Mrs. Goldman lebte. Mir kam er immer sehr liebevoll vor«, sagte Esther.

»Da könntest du recht haben«, sagte Edek.

»Ich glaube nicht, daß das, was du nach dem Tod eines Menschen tust, die Beziehung ändert, die du zu ihm hattest, als er noch lebte«, sagte Esther. »Ich glaube nicht, daß du ein besserer oder schlechterer Ehemann oder eine bessere oder schlechtere Tochter werden kannst, nachdem jemand gestorben ist.«

»Pah«, sagte Edek.

Als Esther und Sean sich entschieden hatten, nach New York zu ziehen, baten sie Edek, mit ihnen zu gehen.

»Bist du meschugge oder was?« hatte er gesagt. »Ich weiß, daß Sean Ausstellungen seiner Bilder in New York machen will, aber was soll ich in New York machen? Du bist verrückt.«

»Dasselbe wie hier«, sagte Esther. »Ich dachte, New York hätte dir so gut gefallen.«

»So gut nun auch wieder nicht«, sagte er.

»Du warst begeistert«, sagte Esther. »Erinnere dich an die Hot Dogs mit Sauerkraut.«

»Die Hot Dogs waren gut, das stimmt«, sagte Edek. »Aber ich werd' nicht wegen ein paar Hot Dogs nach New York ziehen.«

»Bitte, denk wenigstens darüber nach«, sagte Esther.

»Das hab' ich schon getan«, sagte Edek. »Ich glaube nämlich nicht, daß ihr so lange in New York bleiben werdet. In New York ist es nicht so einfach, ein gefeierter Maler zu sein.«

»Danke, Dad«, sagte sie.

»Mach dir keine Sorgen um mich«, sagte Edek. »Ich habe den Fernseher, und ich habe den Hund.«

Drei Wochen, nachdem sie nach New York gezogen waren, rief Henia Borenstein an. Sie sagte ihnen, wer sie war, und begann zu weinen. Josl war gestorben. Vor neun Monaten. »Der Doktor sagte, er käme wieder auf die Beine«, sagte sie. »Er sagte, Ihr Mann kommt da schon durch, und gleich danach ist Josl gestorben. Keinen Tag im Leben war er krank, und dann ist er gestorben. Der Krebs sei nicht so schlimm, haben sie mir gesagt. Den könnten sie heilen.«

»Es tut mir leid, das zu hören«, sagte Esther.

»Ihr Vater hat es Ihnen nicht erzählt?« fragte Henia.

»Nein, hat er nicht«, sagte Esther. »Ich weiß nicht, warum er es mir nicht gesagt hat, aber es tut mir sehr leid, das zu hören. Ich weiß, daß mein Vater Mr. Borenstein sehr gern hatte.«

»Ich würde Sie und Ihren Mann gern kennenlernen«, sagte Henia. »Sie wissen, daß ich Ihre Mutter kannte, und ich kannte die Schwester Ihrer Mutter. Ich kannte Ihre Mutter gut. Ich habe ein Foto von Ihrer Mutter. Ich habe Fotos von Ihnen als Baby.«

»Ich würde Sie sehr gern kennenlernen und die Fotos sehen«, sagte Esther.

»Warum treffen wir uns nicht im Deli in der Second Avenue«, sagte Henia. »Ich kenne den Besitzer, und das Essen ist gut. Ich lade Sie und Ihren Mann zum Lunch ein.«

Sie trafen sich in der darauffolgenden Woche. Esther war aufgeregt. Sie wußte nicht genau, warum sie aufgeregt war. War es wegen der alten Fotos von ihrer Mutter? War sie nervös, weil sie sich so sehr danach sehnte, diese Fotos zu sehen? Oder weil ihr dieser Teil der Vergangenheit ihrer Mutter weitgehend verschlossen geblieben war? Oder weil sie mit einer Frau zusammentraf, die gerade Witwe geworden war? Sie hatte keine Ahnung.

Henia war klein und zittrig. Jedesmal, wenn sie ihren Mann erwähnte, liefen ihr die Tränen übers Gesicht. Sie wollte nichts essen, bestand aber darauf, daß Sean und Esther etwas aßen. »Eßt nur, eßt«, sagte sie immer wieder. »Haut richtig rein. Ihr seid eingeladen. Mögt ihr Pastrami? Hier ist die Pastrami sehr gut. Auch das Roggenbrot. Ich kenn' den Besitzer.«

Esther bestellte sich ein Roggenbrotsandwich mit Pastrami. Warum, wußte sie nicht. Sie mochte keine Pastrami, und sie war auch nicht hungrig.

»Du siehst deiner Mutter ähnlich«, sagte Henia.

»Das finde ich auch«, sagte Esther.

»Weißt du, ich habe deine Mutter im Durchgangslager kennengelernt. Ich war auch in Auschwitz, wie deine Mutter. Aber da kannte ich sie noch nicht.«

Esther hatte die blaue tätowierte Häftlingsnummer an Henias Unterarm bereits bemerkt. »Ich wußte nicht, daß Sie in Auschwitz waren«, sagte sie.

»Alle waren wir in Auschwitz, aber nicht zusammen«, sagte Henia. »Josl war in Auschwitz, und dann ist er in ein anderes

Lager gekommen.« Sie begann wieder zu weinen. »Keinen Tag im Leben war er krank, und schau dir an, was er mir antut. Fällt einfach tot um. Zwei Monate hat's gedauert. Der Doktor sagt, der wird schon wieder. Zwei Monate, und tot war er. Da konnte nicht mal der Doktor mehr sagen, der wird wieder. Er war tot.«

»Es tut mir leid«, sagte Esther.

»Bei mir läuft der Fernseher den ganzen Tag«, sagte Henia. »Wenn ich im Haus bin, wenn ich aus dem Haus bin. Er läuft überall, ständig. In meiner Wohnung in New York, in meinem Haus in den Bergen und in meinem Apartment in Florida. Auch wenn ich schlafe. Ich halte es ohne Fernseher nicht aus. Er leistet mir Gesellschaft.«

»Diese Pastrami ist sehr gut«, sagte Esther.

»Gut«, sagte Henia. »Ich wollte, daß du das Beste bekommst.« Sie wandte sich zu Sean. »Sie sind schon fertig mit Ihrem Sandwich. Möchten Sie noch eins?«

»Nein, danke«, sagte Sean. »Aber es war wirklich köstlich.«

»Kommen Sie, nehmen Sie noch eins«, sagte Henia. Sie rief den Ober. »Ich möchte, daß dieser Herr hier Ihre beste Pastrami bekommt. Er ist ein Freund von mir.«

»Dankeschön«, sagte Sean.

»Weißt du, eines Abends, in Deutschland, sind Josl und ich nach Bayreuth gefahren, ins Theater, mit deiner Mutter und deinem Vater«, sagte Henia zu Esther. »Nach der Vorstellung haben wir dann den Hauptdarsteller des Stücks getroffen. Ich hab' ein Bild von uns vieren mit ihm. Danach sind wir tanzen gegangen.«

Esther war erstaunt. Ihre Eltern waren tanzen und ins Theater gegangen. In Deutschland. Sie kannte nur Geschichten vom Lebensmittelmangel im Durchgangslager, vom Dreck und von der Misere. Vom Tanzengehen oder vom Theater hatte sie nie ein Wort gehört. Sie war froh, daß es ihnen gelungen war, sich ab und zu einmal zu amüsieren. Es war ein Wunder, daß sie sich und ihre Lage so weit vergessen und tanzen gehen konnten.

Esther hätte so gern die Fotos von ihrer Mutter gesehen, die Henia mitbringen wollte. Aber sie brachte es nicht über sich, danach zu fragen. Das hätte so ausgesehen, als ob Henias Trauer und Kummer sekundär gewesen wären.

Nach dem Lunch sahen sie und Sean Henia nach, wie sie zur Bushaltestelle ging. Esther fand, Henia sei eine tapfere Frau. Sie wankte ein wenig, als sie die mit Buckeln und Schlaglöchern übersäte Second Avenue überquerte, aber sie schaffte es. Sie marschierte, mit ihren zehn Zentimeter hohen Absätzen und den frisch ondulierten Haaren.

»Solange eine Frau sich noch die Mühe macht, vor einer Verabredung zum Friseur zu gehen und ihre hochhackigen Schuhe anzieht, wenn sie ausgeht, kannst du sicher sein, daß sie sich wieder fangen wird«, sagte sie zu Sean.

Sean kam ins Schlafzimmer. »Wir treffen Henia morgen mittag im Cupping Room Café zum Lunch«, sagte er. »Sie hat viel zu tun, also wird's ein kurzer Lunch. Wir sind für zwölf verabredet.«

»Okay«, sagte Esther.

»So übel ist sie gar nicht«, sagte Sean. »Ich weiß nicht, warum du sie nicht sehen willst.«

»Es ist nicht so, daß ich sie partout nicht sehen will. Ich möchte sie nur lieber nicht sehen«, sagte sie.

»Ich bin mir nicht sicher, ob ich diesen feinen Unterschied verstehe«, sagte Sean.

»Ich eigentlich auch nicht«, sagte Esther. »Ich weiß nicht, warum ich was dagegen habe, sie zu treffen. Wie dem auch sei, wir sind verabredet, und es wird bestimmt ein netter Lunch.«

Sean küßte sie. »Ich werde noch ein paar Stunden malen«, sagte er. »Du riechst gut.«

»Das ist die Fracas-Seife, die ich gekauft habe«, sagte sie.

»Riecht wunderbar«, sagte er. »Bis nachher.«

Auch sie roch den Duft der Seife. Sie hatte sie an diesem Morgen zum ersten Mal benutzt. Sie wusch sich in der Dusche immer sehr schnell, seifte sich rasch von oben bis unten ein, um nur ja nichts Besorgniserregendes entdecken zu müssen.

Natürlich war das unverantwortlich. Verantwortlich wäre gewesen, das wußte sie genau, ihren Körper und besonders ihre

Brüste sorgfältig zu beobachten und zu betasten. Aber gerade über ihre Brüste und die Achselhöhlen huschte sie ganz schnell mit der Seife drüber und war jedesmal erleichtert, wenn sie es hinter sich hatte, ohne auf Hindernisse gestoßen zu sein.

Es war ihr einfach unmöglich, ihre Brüste zu untersuchen. Sie hatte es mehrfach versucht. Sie besaß Broschüren und Bücher mit Diagrammen und Instruktionen zur Selbstuntersuchung. Und sie wußte, wie wichtig die rechtzeitige Entdekkung von Knoten war. Das konnte einem das Leben retten. Sie brachte es trotzdem nicht fertig.

Sobald sie ihre Brüste berührte, fühlte sie Knoten. Knoten überall. Ihre Brustwarzen fühlten sich wie Knoten an, und ihre Rippen auch. Ihr Herz schlug so schnell, wenn sie diese Knoten fühlte, daß sie glaubte, ohnmächtig zu werden. Also ließ sie einmal im Jahr eine Mammographie machen und ihre Brüste ein- oder zweimal jährlich von ihrem Arzt untersuchen. Wenn sie einmal reich wäre, beschloß sie, würde sie diese Untersuchung monatlich vornehmen lassen.

Sie sah nach ihrem Faxgerät. Letzte Nacht waren keine Faxe gekommen. Sie war froh. Am Wochenende schrieb sie nur ungern Nachrufe. Sie hoffte stets, daß niemand von Bedeutung, zumindest nach den Begriffen des *London Daily Telegraph*, am Wochenende starb.

In letzter Zeit waren viele berühmte Leute gestorben. Darunter zwei Männer am selben Tag, der eine diesseits, der andere jenseits des Atlantik. In den Nachrufen auf beide war von ihrem Umfang die Rede gewesen. Die *New York Times* hatte den englischen Schauspieler Robert Morley als »stattlich« mit »ausgeprägtem Kinn« bezeichnet. Er habe, so die *New York Times*, einen »beachtlichen Umfang« gehabt und sei von »rundlicher Statur« gewesen.

Er mußte ein wunderbarer Mann gewesen sein, dachte Esther. Einmal hatte er den Ausspruch getan: »Meine einzige sportliche Betätigung bestand darin, meine Uhr aufzuziehen. Aber das wurde mir zu mühsam, also habe ich jetzt eine automatische Uhr.«

Der andere Mann war William M. Gaines, der Herausgeber

von *Mad*. In seinem Nachruf hieß es, er habe 240 Pfund gewogen. Gaines, so schrieb die *Times*, »befand sich im ständigen Kampf mit seinen guten Vorsätzen und den guten Restaurants der Welt.«

Esther war kein großer Fan von *Mad*. Als sie vierzehn war, kam ein amerikanischer Schüler an die University High School. Er verschlang das Magazin geradezu. Er las es und lachte und lachte. Esther las *Mad* ein paarmal und begriff nicht, was daran so lustig sein sollte. »Das Lustige ist«, hatte ihr der amerikanische Junge erklärt, »daß es genau die Institutionen runterputzt und lächerlich macht, die wir gelernt haben, unbefragt zu respektieren. Wie das Militär, die Werbung, die Medien. Es stellt die Autorität in Frage und verarscht sie. Und dann sieht man all diese Sachen, die man immer so ernst genommen hat, in einem ganz anderen Licht.«

Esther hatte noch nie über das Militär oder die Medien nachgedacht. Sie wußte gar nicht, wovon er sprach. Die Zeitschriften, die sie las, erklärten einem, wie man sich die Haare richtig toupierte, ohne Spliß zu bekommen. Allerdings glaubte sie, daß der junge Amerikaner sich auf einer höheren Ebene bewegte. Sie wußte nämlich, daß das Problem gespaltener Haarspitzen nicht unbedingt von globaler Bedeutung war. Also blätterte sie manchmal durch sein *Mad* durch, lächelte und tat so, als habe sie den Witz verstanden.

Auch Marlene Dietrich war kürzlich gestorben. »Hitler wollte, daß ich seine Geliebte werde«, erklärte sie einmal. »Ich gab ihm einen Korb. Vielleicht hätte ich es doch werden sollen. Vielleicht hätte ich das Leben von sechs Millionen Juden retten können.« Statt dessen wurde die Dietrich amerikanische Staatsbürgerin. Im Zweiten Weltkrieg gab sie an der Front Vorstellungen für die amerikanischen Soldaten. Sie trat in Wäldern auf, in zerbombten Ruinen, in Krankenhäusern, unter Feindbeschuß. Sie riskierte immer wieder ihr Leben. Als die Dietrich einmal gefragt wurde, ob sie jemals mit General Eisenhower geschlafen habe, antwortete sie: »Wie hätte ich denn, Darling, der war doch nie an der Front.«

1960, als die Dietrich bereit war, nach Berlin zurückzukehren, war sie die berühmteste deutsche Frau des Jahrhunderts. Aber viele Deutsche hatten ihr das, was sie ihren Verrat an Deutschland nannten, nicht verziehen. Vor dem Theater, in dem sie auftreten sollte, waren Poster und Plakate mit der Aufschrift »Marlene Go Home« zu sehen.

Esther hatte Marlene Dietrich einmal in Melbourne im Theater erlebt. Nach dem Auftritt wartete sie am Bühneneingang, um einen Blick auf den Star zu erhaschen. Die Dietrich, auf dem Weg zum Wagen, hatte innegehalten, um der Menge zuzuwinken. Dann war sie noch einmal stehengeblieben, vor Esther, die fünfzehn oder sechzehn Jahre alt war, hatte sich zu ihr gebeugt und ihr einen Kuß gegeben. »Was für ein schönes Gesicht«, hatte die Dietrich gesagt. Esther war überwältigt gewesen. Jahre später fragte sie sich, ob die Dietrich in ihrem Gesicht vielleicht ein verlorenes jüdisches Kind gesehen hatte.

Manchmal waren soziale Veränderungen an einem Nachruf deutlich zu erkennen. In der Woche vorher hatte Esther einen Nachruf für den Downtown Bugle geschrieben, der sich auf einen Modedesigner bezog. Der Mann war mit Mitte fünfzig an den Folgen von Aids gestorben. Sein Lebensgefährte hatte seinen Tod und die Begleitumstände bekanntgegeben. Der Verstorbene war einmal verheiratet gewesen. Er war der Vater von vier Kindern und hatte fünf Enkelkinder. Die Reihenfolge, in der die Hinterbliebenen zu nennen waren, erwies sich als heikles Manöver. Nachdem Esther sich vergewissert hatte, daß der Verstorbene und seine Ex-Frau keinen Kontakt mehr zueinander hatten, ließ sie die Frau weg und stellte den Lebensgefährten an den Anfang der Liste.

In der Redaktion des *Downtown Bugle* hatte die Putzfrau, eine ältere Litauerin mit schwerem Akzent, Esther einen Witz erzählt. »Der wird Ihnen gefallen«, hatte sie zu Esther gesagt. »Der Mann stirbt und die Frau ruft bei der Zeitung an, um die Todesanzeige aufzugeben.

›Madam, was soll ich denn schreiben?‹ sagt der Mann bei der Zeitung zu ihr.

›Schreiben Sie *Sam ist gestorben*‹, sagt sie.

›Tut mir leid, Madam, aber wir haben ein Minimum von sechs Wörtern.‹

›Okay‹, sagt die Frau. ›Dann schreiben Sie: *Sam ist gestorben. Buick zu verkaufen.*‹«

Esther lachte. Sie fand den Witz sehr komisch.

»Ich hab' Ihnen ja gesagt, daß er Ihnen gefallen würde«, sagte die Putzfrau. »Sam ist gestorben. Buick zu verkaufen. So ist das Leben.« Sie steckte ihren Mop in den Eimer. »Wenn ich gehe«, sagte sie zu Esther, »möchte ich auf meinem Grabstein stehen haben: ›Einmal war genug‹.«

Esther sah auf die Uhr. Es war acht Uhr dreißig morgens. In Australien war es jetzt zehn Uhr dreißig abends. Üblicherweise rief sie ihren Vater samstags an. Sie entschied sich, ihn erst am nächsten Tag anzurufen, nach dem Lunch mit Henia. Dann gäbe es mehr zu erzählen, sie könnte ihm von dem Lunch berichten.

Bei ihrer letzten Reise nach Australien hatte ihr Vater sie in Melbourne vom Flughafen abgeholt. Sie hatte sich darauf gefreut, ihn zu sehen. Wie vereinbart, waren sie und Sean aus dem rechten Ausgang der Zollabfertigung gekommen. Ihr Vater stand da, gegen die Wand gelehnt, vor der Gepäckausgabe.

Sobald er Esther und Sean erblickte, kam er wild gestikulierend auf sie zu. Er war wütend. Er zog ein grimmiges Gesicht und scheuchte Esther mit den Armen davon. Sie brauchte einen Moment, um zu begreifen, was los war. Er hatte einen Schnupfen und wollte nicht, daß sie ihm zu nahe kam.

Sie mußte lachen. »Offensichtlich macht es ihm dieser Schnupfen unmöglich, hallo zu sagen«, zischte sie Sean zu.

»Du hättest nicht zum Flughafen kommen sollen«, sagte sie zu ihrem Vater. »Ivana hatte angeboten, uns abzuholen. Oder wir hätten uns ein Taxi genommen. Warum hast du dich mit diesem Schnupfen hierhergeschleppt?« Aber Edek hörte nichts. Er war verschwunden.

»Wo ist er denn hin?« sagte Esther zu Sean.

»Den Wagen holen«, sagte Sean.

Esther lachte. »Gott sei Dank bin ich so gut aufgelegt«, sagte sie.

Auf dem Heimweg hustete Edek und putzte sich alle zwei Minuten die Nase. Zwischendurch schob er die schlechten Nachrichten ein. »Mr. Stein ist tot umgefallen. Er war im koscheren Geflügelladen, um ein Huhn für Mrs. Stein zu besorgen. Er verlangte das Huhn und fiel tot um. Er sagte ›Geben Sie mir ein schönes Huhn‹, und dann: *Goodbye, Charlie*.«

»Es tut mir leid um Mr. Stein«, sagte Esther. »Er war ein netter Mann. Du meinst doch nicht, daß Mr. Stein ›Goodbye, Charlie‹ gesagt hat, bevor er starb, oder?«

»Bist du blöd?« sagte Edek. »Natürlich hat Mr. Stein nicht ›Goodbye, Charlie‹ gesagt. Er war tot. Ich sagte *Goodbye, Charlie*. *Goodbye, Charlie* ist wie *arrivederci* oder *ciao*. Es heißt ex und hopp. Du bist doch diejenige, die so gut Englisch kann. Jeder weiß, was *Goodbye, Charlie* bedeutet.«

»Das ist noch nicht alles«, sagte Edek. »Fela Fligelman hatte einen Herzanfall. Sie hat großes Glück gehabt. Sie war schon im Krankenhaus, um sich die Gallensteine entfernen zu lassen, als sie den Herzanfall hatte. Also lebt sie noch.

Ich muß Mrs. Bronsky erzählen, daß du nicht weißt, was *Goodbye, Charlie* bedeutet. Sie hat von dir gesprochen. Sie hat mich gefragt, was ich für eine Angeberin als Tochter habe, die in New York leben muß.«

»Steig nicht drauf ein«, sagte Sean zu Esther. Aber es war schon zu spät.

»Nun, Mrs. Bronsky ist ein Arschloch, ihre beiden Töchter sind vor ihr nach Israel geflüchtet«, sagte Esther.

»Arschloch«, sagte Edek. »Du weißt nicht, was *Goodbye, Charlie* heißt, aber dein Englisch ist so gut, daß du Arschloch kennst. Mr. Bronsky meinte, was denn das für ein Job sei, über tote Leute zu schreiben.«

»Seit wann sind dir die Bronskys so wichtig, daß du jedes Wort von ihnen zitieren mußt?« sagte Esther. »Früher hast du sie verabscheut.«

»Ich habe sie nicht verabscheut«, sagte Edek. »Ich mochte sie nur nicht besonders gern.«

»Und jetzt, wo sie all die Scheiße über mich ausspucken, magst du sie?« sagte sie.

»›Scheiße‹, ›Arschloch‹, was für eine Sprache meine Tochter benutzt«, sagte Edek. »Mr. Bronsky ist vielleicht kein sehr intelligenter Mann, aber wo er recht hat, hat er recht. Was für eine Art Job ist das?«

»Es ist ein Job, den ich mag«, sagte Esther. »Irgend jemand muß sich darum kümmern, was über die Leute geschrieben wird, wenn sie tot sind.«

»Die piekfeinen Toten«, sagte Edek. »Nicht die gewöhnlichen Toten. Schreibst du etwa über die gewöhnlichen Toten? Nein.«

Esther antwortete nicht.

»Ich brauche dir nicht zu sagen, daß ich kein Leben mehr habe«, sagte Edek. »Mein Leben ist zu Ende.«

Esther fühlte sich auch am Ende. Sie hatten noch nicht einmal die Stadt erreicht. Sie wünschte, daß sie nicht bei ihrem Vater wohnen müßten. Sie wohnten bei ihm, weil sie glaubte, daß er sehr beleidigt wäre, wenn sie ein Hotelzimmer genommen hätten, und weil sie es nicht mehr hören konnte, wenn ihr Vater über seine Tochter lamentierte, die sich nur mit feudalen Hotels zufriedengab.

Sie hatte sich nicht darauf gefreut, im Haus ihres Vater zu sein. Sie hatte sich davor gefürchtet. In ihrem alten Zimmer stand ein Einzelbett, aber inzwischen war das Zimmer vollgestopft mit Ersatzteilen, die Edek für seine Overlockmaschine angeschafft hatte.

Edek hatte gemeint, er würde in ihrem alten Zimmer in dem Einzelbett schlafen und sie und Sean könnten sein Doppelbett nehmen. Aber sie wollte nicht in seinem Bett schlafen. Sie wollte nicht in dem Bett schlafen, das er mit ihrer Mutter geteilt hatte. Sie wußte nicht, warum. Sie wußte nur, daß allein der Gedanke daran sie krank machte.

Sie hatte vorgeschlagen, daß sie und Sean im Wohnzimmer bleiben würden. Sie hatte ihren Vater gebeten, eine große Matratze auszuleihen, die sie auf den Fußboden legen würden.

»Jajaja«, hatte er gesagt.

Sie hatte ihre Freundin Ivana angerufen und sie gebeten sicherzustellen, daß Edek sich bei irgend jemandem eine Matratze auslieh. Ivana hatte ihr berichtet, Edek habe gesagt, alles sei unter Kontrolle.

Esther rief ihren Vater vom Flughafen in Newark an, bevor sie ihre Maschine nach Australien bestiegen. »Hast du die Matratze organisiert, Dad?« fragte sie.

»Ich habe alles organisiert«, sagte Edek. »Es ist alles unter Kontrolle.«

»Vielen Dank, Dad«, sagte sie.

Unter Husten und Schneuzen trug Edek Esthers Koffer ins Haus. Er marschierte am Wohnzimmer vorbei und deponierte die Koffer in seinem Schlafzimmer. Esther rannte hinter ihm her. »Dad, Dad, wo bringst du meine Koffer hin?« sagte sie.

»Ins Schlafzimmer, wo ich alles ganz gemütlich für dich hergerichtet habe«, sagte Edek. »Du wirst dich hier sehr wohl fühlen.«

»Aber du hast mir versprochen, eine Matratze auszuleihen«, sagte sie. »Ich hab' dir gesagt, daß ich nicht in deinem Bett schlafen will.«

»Ich wußte, daß es in Ordnung sein würde, wenn du erst einmal hier bist«, sagte er. »Du wirst dich schon daran gewöhnen. Ich hab' dir frisches Obst gekauft. Ich hab' den Fernseher reingestellt, ein Telefon, den Wecker, damit du jeden Luxus hast.«

Eine Schüssel mit Granny-Smith-Äpfeln stand auf der Kommode. Esther war den Tränen nahe. »Dad, ich habe dir so oft gesagt, daß ich nicht damit zurechtkommen werde, hier zu schlafen«, sagte sie.

»Mein Gott, was hast du bloß?« sagte Edek. »Was hast du bloß?«

»Was ich habe, ist«, sagte Esther, »daß ich etwas sehr genau erklärt habe, und du hast mir nicht mal zugehört.«

»Ich habe dir nicht mal zugehört?« sagte Edek. »Ich habe Äpfel hingestellt und ein Telefon und einen Wecker. Heißt das nicht zuhören? Also komm jetzt, pack deinen Koffer aus. Ich habe Mums Kleider auf die Seite geschoben, damit du deine Kleider aufhängen kannst.«

Esther war schlecht. Sie fand Sean, der den Hund streichelte, im Wohnzimmer. Sie erzählte ihm, was los war. »Ich nehm' die Matratze vom Bett und trag' sie ins Wohnzimmer«, sagte er. »Dann schlafen wir darauf, und dein Vater kann in deinem alten Bett schlafen, wo er sowieso schlafen wollte.«

»Ich fühl' mich miserabel«, sagte Esther. »Er hat es gut gemeint. Da ist eine Schüssel mit Äpfeln im Schlafzimmer, ein Fernseher, das Telefon und der Wecker.«

»Der Fernseher war immer schon da«, sagte Sean. »Und das Telefon und der Wecker auch. Die Äpfel sind wahrscheinlich vom Kartenabend übriggeblieben. Erinnerst du dich, daß er letzten Monat der Gastgeber war?«

»Also, mein Bett ist nicht gut genug für dich?« sagte Edek. »Du willst es immer nur feudal, feudal.« Esther weinte. Edek ignorierte ihre Tränen. »Das Bett deiner Mutter ist für dich nicht gut genug«, sagte er. »Für meine Tochter ist nichts gut genug. Vielleicht möchtest du nicht in dem Bett schlafen, in dem deine Mutter starb? Vielleicht ist das nicht gut genug für dich?«

Esther schlief schlecht. Die ganze Nacht träumte sie davon, Äpfel in Kartons zu verpacken. Sie wachte niesend auf. »Ich glaube, der Teppich ist völlig verstaubt«, sagte sie zu Sean. »Oder vielleicht reagiere ich allergisch auf meinen Vater.« Als Edek das Haus verlassen hatte, bearbeiteten sie den Teppich mit dem Staubsauger. Esthers Niesen hörte auf.

Edek stürmte im Haus hin und her. Er schneuzte sich wütend und war dunkelrot im Gesicht. Er mied das Wohnzimmer. Esther begriff nicht, weshalb er so wütend war. Als sie ihn fragte, sagte er: »Wütend? Ich wütend? Ich bin nicht wütend. Weshalb sollte ich denn wütend sein? Ich habe ja gar keinen Grund.«

»Du siehst aus, als ob irgendwas nicht in Ordnung wäre«, sagte Esther.

»Was redest du?« sagte Edek. »Warum gehst du immer davon aus, daß irgendwas nicht in Ordnung ist? Alles ist in Ordnung. Bei mir stimmt immer alles.«

»Nimm ein Stück Roggenbrot«, sagte Edek beim Frühstück zu ihr.

»Ich möchte nur eine Tasse Tee«, sagte Esther. »Ich bin nicht hungrig.«

»Zum Frühstück kannst du kein Roggenbrot essen«, sagte er. »Aber gestern abend hast du den ganzen Teller Flaki verputzt, den du eigentlich mit Ivana teilen solltest.«

»Ich brauchte ihn nicht mit Ivana zu teilen«, sagte Esther. »Sie mag Kutteln gar nicht.«

»Ich hab' mich fast kaputtgelacht«, sagte Edek. »Du hast alles aufgegessen. Du hast Ivana nicht einen Löffelvoll übriggelassen.«

»Es war mein Flaki«, sagte sie.

»Es war nicht dein Flaki«, sagte er. »Ich hab' gehört, wie du zu Ivana gesagt hast, du würdest es mit ihr teilen.«

»Es war mein Flaki«, sagte sie. »Und es war alles, was ich gegessen habe.«

Sie drehte sich nach Sean um. Aber der war unter der Dusche.

»Du hast Ivana nichts übriggelassen«, sagte Edek und lachte.

»Es war meins«, sagte sie.

»Okay«, sagte er. »Du hast recht. Du hast recht. Du hast ja immer recht.« Er stand vom Tisch auf und ging weg.

Sie hatte vergessen, wie höhnisch er sein konnte. Sie hatte seit Jahren nicht mehr daran gedacht. Szenen aus ihrer Jugend fielen ihr ein. Sie versuchte, etwas zu erklären, und Edek stand auf und ging und spuckte immer denselben Vers aus: »Du hast recht, du hast recht, du hast ja immer recht.«

Als Esther und Sean Melbourne verließen, um wieder nach New York zurückzukehren, war Esther soweit, daß sie ihren Vater kaum noch ansehen konnte. Am Flughafen brachte sie es fast nicht über sich, ihn zum Abschied zu küssen. Er wartete, bis sie eingecheckt hatten. Er wollte warten, bis sie an Bord gingen. »Euch bleibt leicht noch eine halbe Stunde«, sagte er. »Warum trinken wir nicht noch einen Kaffee?« Aber alles, was Esther wollte, war, daß er endlich ging.

Sie versuchte, sich ins Gedächtnis zu rufen, daß er im Krieg Schreckliches durchgemacht hatte und davon für immer gezeichnet war. Sie versuchte, daran zu denken, wie einsam er seit dem Tod ihrer Mutter war. Doch alles, was ihr einfiel, war ihre Wut auf ihn.

Sie kehrte nach New York zurück und ließ zwei Wochen lang nichts von sich hören. Dann begann er ihr leid zu tun. Sie rief ihn an und sagte: »Hallo, Dad.«

»Wie geht's meiner Tochter?« sagte er.

»Mir geht's gut«, sagte sie. »Und dir?«

»Auch so«, sagte er.

Danach rief sie ihn wieder jede Woche an.

In der Küche konnte sie Kate und Zelda lachen hören. Und es roch nach Kaffee. Sie steckte den Kopf aus dem Schlafzimmer. Die Mädchen standen da, aneinandergelehnt, und warteten darauf, daß der Kaffee durch die Maschine lief.

Kate trug ein schwarzes, gestricktes Top, das ihre Schulter frei ließ und ihren BH nur zur Hälfte bedeckte. Unterwäsche war zu Oberwäsche geworden. In Esthers Jugend war ein sichtbarer BH-Träger Grund für tödliche Verlegenheit. Heute gehörte der ganze BH mit Körbchen und Trägern absolut zum Outfit.

»Hallo, Essie«, sagte Kate. »Tasse Kaffee?«

»Liebend gern«, sagte Esther.

Kate, neunzehn, stammte aus Seans erster Ehe. Seine Frau war an Krebs gestorben. Sie waren kurz davor gewesen, sich zu trennen, als die Krankheit diagnostiziert wurde.

Nur wenige Leute erkannten, daß sie eine gemischte Familie waren. Sean und Kate lebten mit ihr, Zachary und Zelda zusammen, seit die Kinder klein waren. Die drei Kinder waren seit langer Zeit zusammen.

Sean und Esther hatten ihre Romanze mit drei kleinen Kindern begonnen. Zelda, jetzt sechzehn, war zwei gewesen. Sie erinnerte sich überhaupt nicht mehr an das Chaos und die schlimmen Nachwehen, als Esther sich wegen Sean von ihrem Vater Donald Hattam getrennt hatte.

Vergangenes Jahr, an ihrem dreizehnten Hochzeitstag, hatten die Kinder ihnen eine Karte geschenkt, auf der stand: »Dem glücklichsten verheirateten Paar, das wir kennen.«

»Es ist wirklich ein Zeichen der Zeit, wenn die Kinder deine Beziehung kommentieren«, hatte Esther zu Sean gesagt.

»Arbeitest du heute, Essie?« sagte Zelda. Alle Kinder nannten sie Essie. Ab und zu fühlte sie einen Stich, weil sie nie Mum genannt worden war. Als ob das ihr Muttersein irgendwie schmälerte. Als Zelda zehn war, hatte sie beschlossen, Esther Mum zu nennen. Aber sie vergaß es immer wieder, und nach ein paar Tagen gab sie es auf.

»Nein, ich arbeite nicht«, sagte sie. »Sean und ich sind heute abend in Baltimore zu einem Essen eingeladen. Die Leute, die uns eingeladen haben, schicken um vier einen Wagen, um uns abzuholen. Heute morgen möchte ich mir in einer Galerie um die Ecke eine Skulptur von Eva Hesse anschauen und dann ein bißchen einkaufen. Willst du mitkommen?«

»Gehst du in den Bioladen?« sagte Zelda.

»Vielleicht«, sagte Esther.

»Okay, dann komm' ich mit«, sagte Zelda.

Esther ging in Seans Studio. Er malte. Bob Dylan sang »Desolation Row«. Bei voller Lautstärke. »Hallo«, schrie sie. »Kann ich Bob Dylan kurz leiser drehen?«

»Natürlich kannst du«, sagte Sean.

»Ich möchte ein bißchen einkaufen und mir die Ausstellung von Eva Hesse in der Galerie Sallinger anschauen«, sagte sie. »Zelda kommt mit mir. Wir werden wahrscheinlich bei Augie's Kaffee trinken. Gegen zwölf, halb eins bin ich wieder zu Hause. Denkst du bitte dran, daß wir heute abend in Baltimore zum Essen eingeladen sind und um vier abgeholt werden?«

»Ach du Scheiße, das hatte ich ganz vergessen«, sagte Sean. »Danke, daß du mich daran erinnerst. Amüsier dich gut. Wo auf der Welt kannst du aus deiner Haustür treten, erstklassige Kunst und den besten Kaffee genießen und außerdem noch in den besten Buchläden stöbern?«

»Ist schon okay«, sagte Esther. »Du brauchst mir nicht bei jeder Gelegenheit die Freuden des New Yorker Lebens unter die Nase zu reiben.«

»Wenn wir nach Melbourne zurückgingen, würdest du dich zu Tode langweilen«, sagte Sean.

»Ja, möglicherweise«, sagte sie. »Aber es gibt Dinge, die mir fehlen.«

»Was für Dinge?« sagte Sean.

»Der Arzt, von dem ich weiß, daß er mitten in der Nacht aufsteht, wenn wir ihn brauchen«, sagte Esther. »Und der Zahnarzt, der genau weiß, wieviel Angst ich habe.«

»Hör zu«, sagte Sean. »New Yorker Zahnärzte sind Experten im Umgang mit der Angst. Angst gehört hier zum normalen Alltag. Jeder hat Angst. Und was die Ärzte betrifft, in ganz Manhattan gibt es Ärzte, die die ganze Nacht auf sind. Wir haben vier oder fünf Krankenhäuser, die nur fünf Minuten entfernt sind.«

»Krankenhäuser sind etwas anderes«, sagte Esther. »In einem Krankenhaus bist du niemand. Für deinen Hausarzt bist du ein Mensch.« Das klang selbst in ihren Ohren irgendwie überspannt. Sie hätte es sicher besser ausdrücken können.

»Allerdings braucht man sich hier zumindest keine Sorgen zu machen, daß man in der Notaufnahme eines Krankenhauses sterben muß, weil man vermutlich gar keinen Krankenwagen bekäme, der einen dorthin brächte. Das wäre so wie damals, als bei uns eingebrochen wurde und sie uns auf dem Polizeirevier sagten, wir sollten später nochmal anrufen, weil gerade eben zu viel zu tun sei.«

»Das war ein Einbruch«, sagte Sean. »Und der war schon vorbei. Kein Mensch war in Lebensgefahr.«

»In Manhattan verlieren die Leute ständig ihr Leben«, sagte Esther. »Ich weiß Bescheid.«

»Kein Mensch, über den du je geschrieben hast, verlor sein Leben, weil mitten in der Nacht kein Arzt zu erreichen war«, sagte Sean.

»Woher weißt du das?« sagte sie.

»Wir werden einen Hausarzt finden«, sagte Sean. »Wenn es eine neue Ausgabe von *Art in America* gibt, bringst du sie mir bitte mit?«

»Sicher«, sagte sie. »Tut mir leid, daß ich dieses Thema angeschnitten habe. Es war bloß wieder mal so ein Angstanfall wie bei meiner Mutter, der sich bei mir bemerkbar gemacht hat.

Ich glaube, alle Juden haben dieses Problem. Jeder Jude möchte einen Doktor in seiner Nähe wissen. Schau dir Mimi und Win an, auf jede Reise nehmen sie ihren Arzt und seine Frau mit. Sogar Paul, der über uns wohnt und genauso alt ist wie wir, hat seinen Doktor nach Italien mitgenommen. Alle Juden sind beruhigt, wenn ihr Arzt in der Nähe ist.«

Esther ging über die Wooster Street. Sie hatte sich bei Zelda eingehakt. Sie waren gleich groß. Beide einsfünfundsiebzig. Sie fragte sich, ob irgend jemand sie irrtümlich für Lesbierinnen halten könnte, wenn sie so Arm in Arm spazierengingen. Heutzutage gab es bei Beziehungen so viele Permutationen und Kombinationen, Optionen und Komponenten.

Kürzlich hatte sie einen Mann mit Pferdeschwanz gesehen, zirka vierzig Jahre alt, der seinen Arm um eine gutgekleidete Frau gelegt hatte, die ungefähr sechzig war. Hin und wieder drückte der Mann seine Gefährtin zärtlich an sich. Esther freute sich, daß ein Mann sich seiner älteren Geliebten gegenüber in der Öffentlichkeit so demonstrativ verhielt. Sie überholte das Paar und hörte, wie der Mann seine Begleiterin Mom nannte. Nach ein paar Minuten entschied sie, daß sie immer noch Grund zur Freude hatte. Wie viele Männer legten beim Spazierengehen schon den Arm um ihre Mutter?

An der Ecke Wooster und Spring Street kniete ein Mann in einem grauen Anzug auf allen vieren auf dem Pflaster. Er hatte ein Stück Pappe in der Hand, mit dem er Hundescheiße in eine Plastiktüte schaufelte. Der Hundehaufen war riesig. Gigantisch. Sein Hund, eine dunkelbraune Dänische Dogge, stand ruhig neben ihm und strahlte die Würde eines Hundes aus, der um seine Bedeutung weiß.

»Also, du mußt einen Hund wirklich gern haben, um jeden Zentimeter Scheiße anzuschauen, der seinen Darm passiert«, sagte sie zu Zelda.

Esther glaubte, daß man aus der Art, wie ein Hund schiß, sehr viel über ihn erfahren konnte. Pudel waren empfindsam und schissen an einer Mauer. Deutsche Schäferhunde verrichteten ihr Geschäft schamlos und arrogant mitten auf dem Bürgersteig. In New York mußte jeder Hundebesitzer den Hundekot beseitigen. Es gab Hundeinspektoren und empfindliche Geldstrafen für jene, die dem Gesetz nicht Folge leisteten.

Die Liebe der Leute zu ihren Haustieren war Esther ein Rätsel. Sie konnte solche Gefühle für Tiere einfach nicht aufbringen. In der *New York Times* war ein Bericht mit dem Titel »Die Einsamkeit des Schlüsselhundes« erschienen. In diesem Bericht erzählte ein berufstätiges Ehepaar von seinen Schuldgefühlen dem Hund gegenüber, die erst verschwanden, nachdem sie ihn jeden Morgen in der Hundetagesstätte ablieferten. Ihr Hund ging in den Yuppy-Puppy-Hundegarten.

Eine Psychologin, die ihren Hund auch in den Yuppy-Puppy-Hundegarten brachte, wurde mit ihrer Meinung zitiert, der Hund habe ein Recht darauf, mit anderen Hunden zusammenzusein. Bei Yuppy Puppy konnten sich die Hunde im Haus wie auch im Garten aufhalten. Wenn es warm war, planschten sie draußen im Pool. Bei schlechtem Wetter war ihr Fernseher im Haus auf MTV oder *Sesamstraße* eingestellt, und nachmittags, wenn die Hunde zum Mittagsschlaf in ihre Betten sprangen, wurde das Licht auf Dämmerlicht gedreht.

Nicht jeder Hund, der zu Yuppy Puppy wollte, wurde automatisch aufgenommen. Bewerber wurden interviewt und auf ihre Tauglichkeit getestet, um sicherzugehen, daß sie auch zu den anderen Hunden im Haus paßten. Der Besitzer interviewte die Hunde persönlich.

Es gab noch andere Hundetagesstätten in Manhattan. Man hatte die Auswahl zwischen einer eher lockeren Atmosphäre, in der die Hunde ihrer eigenen Initiative folgten, oder einem straff organisierten Hundezentrum, in dem zur täglichen Routine auch eine Unterrichtsstunde in Gehorsam gehörte.

Man konnte auch einen professionellen Hundebegleiter engagieren, der ins Haus kam und sich um den Hund kümmerte. Hundebegleiter offerierten eine breite Palette an Dienstleistungen wie etwa Umerziehung, wenn der Hund an der Leine zog, sprang oder biß, Verhaltenskonsultationen und Problemlösungen, ein zwölfstufiges Präventivprogramm für junge Hunde sowie interaktives Spieltraining. Viele Kinder hätten von einem Hundebegleiter profitieren können, dachte Esther.

Esther und Zelda bogen ab und gingen die Spring Street hinunter. Die Sonne schien. Esther roch die Wärme der Luft. Sie war froh, daß der Winter vorbei war. Noch war SoHo ruhig. Nachmittags würde es voller Touristen sein.

Am Eingang zu dem kleinen Park in der Thompson Street schlief tief und fest ein Obdachloser. Sehr stilvoll. Er besaß ein Klappbett. Er hatte sich eine grünkarierte Decke übergezogen, die an den Enden ordentlich eingeschlagen war. Ein großer Behälter mit Poland-Springs-Mineralwasser war an einem Fuß des Bettes festgebunden.

Diese ordentlich eingeschlagenen Enden der Decke hatten etwas seltsam Berührendes. Esther fragte sich, wo der Mann sein Bett aufbewahrte. Sie bewunderte seinen Einfallsreichtum. Sie selbst hielt sich nicht für fähig, als Obdachlose auch nur eine Minute zu überleben.

»Ich kenn' den Typen«, sagte Zelda. »Früher hat er sein Bett in der Fünfzehnten Straße über einem Kanaldeckel aufgestellt, aus dem heißer Dampf aufstieg. In der Nähe von meiner Schule. Im Winter stand das Bett unter einem Dach aus Müllsäcken.«

»Wie hat er die Müllsäcke denn befestigt?« sagteEster.

»Sie waren zwischen zwei Einkaufswagen gespannt«, sagte Zelda.

Ein Stück weiter vorn sah Esther eine Gruppe von Polizisten, die hinter einer Polizeiabsperrung standen. Sie überlegte sich, ihre Richtung zu ändern. Wie immer befahl ihr ihr Instinkt, alles Ungewöhnliche zu meiden. Das Leben war riskant genug, ohne daß man sich unnötig in Gefahr begab, fand sie.

»Da vorne drehen sie einen Film«, sagte Zelda.

»Woran erkennst du das?« sagte sie.

»An den drei großen Lastwagen, auf denen *Mobile Productions* steht, und an den Polizisten, die den Verkehr regeln«, sagte Zelda.

Esther war froh, daß sie keinen Umweg vorgeschlagen hatte.

»Was wird denn hier gedreht?« fragte Zelda einen der Polizisten.

»Ein Film von Martin Scorsese«, sagte der Polizist.

»Wow«, sagte Zelda.

Esther sah an dem Mann vorbei. In Gegenwart von Polizisten fühlte sie sich unbehaglich. Als Kind hatte ihre Mutter ihr gesagt, daß Polizisten es einem an der Nasenspitze ansahen, wenn man log. Noch heute hatte sie manchmal das Gefühl, daß sämtliche vergangenen und gegenwärtigen Lügen ihr auf die Nasenspitze geschrieben standen.

»Wenn Sie zuschauen möchten, können Sie gerne hier hinter dieser Linie stehenbleiben«, sagte der Polizist.

»Nein, vielen Dank«, sagte Esther. Sie nahm Zeldas Hand, und sie gingen weiter.

Im Ghetto von Lodz hatte es drei Arten von Polizei gegeben. Die Kriminalpolizei, abgekürzt Kripo, deren Hauptquartier sich im Pfarrhaus der Kirche Unserer Gesegneten Jungfrau Maria befand. Der Keller der Kirche war in Gefängniszellen und Folterzellen aufgeteilt.

Es war Aufgabe der Kriminalpolizei, alles Wertvolle aufzuspüren, das Juden, die keinerlei Wertsachen mehr besitzen durften, versteckt haben mochten. Die Eigentümer dieser Wertsachen wurden dann verhaftet und gefoltert.

Esther hatte ihren Vater zum ersten Mal an dem Tag weinen sehen, als er ihr erzählte, wie er im Ghetto von der Kriminalpolizei angehalten worden war. Sie fanden eine amerikanische Dollarnote bei ihm. Nach einigen Tritten und Schlägen hatte ihr Vater zugegeben, das Geld von seinem Schwager erhalten zu haben. Das nächste Mal, als Edek Zepler seinen Schwager sah, quoll aus dessen gepaltenem Schädel das Gehirn heraus. Dieser Schwager war der Bruder ihrer Mutter gewesen.

Die Schutzpolizei bewachte das Ghetto von außen. Sie hatte Order, jeden auf der arischen Seite zu erschießen, der auf das Kommando »Halt!« nicht stehenblieb. Für die Juden innerhalb des Ghettos galt, daß sie ohne Warnung zu erschießen waren, wenn sie den Anschein erweckten, sich dem Stacheldraht zu nähern, der das Ghetto vom Rest der Stadt Lodz abschottete.

Die am meisten gefürchtete Polizei im Ghetto war die Gestapo. Sie herrschte im Ghetto. Kriminalpolizei und Schutzpolizei waren ihr unterstellt. Die Gestapo hatte auch die politische Überwachung der Stadt Lodz sowie der gesamten Stadtverwaltung über.

Zelda betrachtete einige Aktenschränke, die vor einem Lagerhaus in der Houston Street günstig zum Verkauf angeboten wurden. Es waren Aktenschränke aus den fünfziger Jahren, blaugrün wie Enteneier.

»Fünfundzwanzig Dollar ist ziemlich billig für einen Aktenschrank mit vier Schubladen«, sagte Zelda.

»Brauchst du sie wirklich?« fragte Esther.

»Eigentlich nicht«, sagte Zelda.

»Wir haben nicht mehr genug Platz für noch mehr Aktenschränke«, sagte Esther.

Die Platzfrage war ein wenig heikel. Erst kürzlich hatte Esther einem von Zacharys Freunden gesagt, daß er in New York nicht bei ihnen wohnen könne, weil sie nicht genug Platz hätten. Als Esther klein war, rückten ganze Familien einfach zusammen. Zu Hause und in den Ferien. Ihre Generation brauchte ein Gästezimmer und ein Gästebad, damit jemand über Nacht bleiben konnte.

Wieviel war genug Platz? Im Ghetto von Lodz lebten pro Raum 5,8 Personen. Es gab 31.725 Wohnungen, von denen 725 über fließendes Wasser verfügten.

»Kauf die Aktenschränke«, sagte sie zu Zelda. »Die sind sehr hübsch.«

»Nein, mach' ich nicht«, sagte Zelda. »Ich brauch' sie wirklich nicht unbedingt.«

»Da ist Jonathan Pryce«, sagte Esther und deutete auf einen Mann auf der anderen Straßenseite. »Der englische Schauspieler, der die Hauptrolle in *Miß Saigon* spielte. Erinnerst du dich, daß die Schule letztes Jahr ihre Spendensammlung mit dem Verkauf von Eintrittskarten für *Miß Saigon* verband, obwohl etliche Eltern dagegen protestierten?«

»Dunkel«, sagte Zelda. »Ach ja. Stimmt. Einige Eltern hielten es für rassistisch und sexistisch. Ihrer Meinung nach hätte die Rolle von Jonathan Soundso von einem Asiaten gespielt werden sollen und nicht von einem auf Asiat geschminkten

Weißen. Und daß die weibliche Hauptfigur eine Prostitutierte war, habe wieder nur die alte rassistische, sexistische und stereotype Sicht der asiatischen Frau gezeigt.«

Die Schule hatte ein Rundschreiben verschickt, in dem von den Schwierigkeiten die Rede war, die sie bei der Auswahl literarischen Materials hatte, das bearbeitet, aufgeführt oder sonstwie von der Schule befürwortet werden sollte. »Viele literarische Stücke, die wir verwenden«, hieß es in dem Brief, »sind dazu geeignet, jemandem weh zu tun: Die Schilderung der weißen Bevölkerung in *Fleck in der Sonne*, das Bild des afroamerikanischen Mannes in *Die Farbe Lila*, die Darstellung der Schulverwaltung in *Der Klub der toten Dichter*, Antisemitismus in *Der Kaufmann von Venedig.«* In dem Brief war die Rede davon, daß die letzten beiden Musicals, die die Schule aufgeführt hatte, nämlich *South Pacific* und *Guys and Dolls* kritisiert worden waren, weil sie die Bewohner der Pazifischen Inseln beziehungsweise die Frauen herabwürdigten, und daß Einspruch gegen die geplante Produktion von *Godspell* erhoben wurde, weil das Stück »für einen gewichtigen jüdischen Bevölkerungsanteil zu christozentrisch« sei. Eine gewichtiger jüdischer Bevölkerungsanteil. Esther hatte sich einen Haufen dicker Juden vorgestellt.

Die Galerie Sallinger war geschlossen. Ein Schild im Fenster wies darauf hin, daß die neue Ausstellung Dienstag eröffnet würde. Esther war enttäuscht.

»Hast du Lust, zum Farmer's Market am Union Square zu gehen?« sagte sie zu Zelda. »Wir könnten frisches Obst und Gemüse kaufen.« Warum sagte sie eigentlich immer frisches Obst und Gemüse? Man ging wohl kaum zum Markt, um faules Obst und welkes Gemüse zu kaufen. Ihre Mutter hatte stets großen Wert auf frische Lebensmittel gelegt. Frischer Orangensaft, frische Äpfel, frische Erdbeeren, frische Aprikosen, frischer Fisch, frisches Huhn. Alles in ihrem Leben mußte frisch sein.

»Okay, gehen wir zum Farmer's Market«, sagte Zelda.

An der Ecke Broadway und Houston Street durchstöberte ein sehr großer Transvestit in einem lila Lurex-Hosenanzug und Schuhen mit silbernen Pfennigabsätzen eine Mülltonne. Seine große, leuchtend rote Perücke hing schief und war mit einer Reihe schwarzer Haarklammern befestigt. Er blickte auf, als Esther an ihm vorbeiging, und sagte: »Was starrst du mich so an, du mit deinem häßlichen Arsch?« Esther wurde rot.

Sie gingen die Houston Street entlang und hielten Ausschau nach einem Taxi. »Seh' ich in dem Kleid dick aus?« sagte sie.

»Nein«, sagte Zelda. »Natürlich nicht. Der Typ hätte häßlicher Arsch zu dir gesagt, ganz egal wie du aussiehst. Er sagt das wahrscheinlich zu jedem.«

Ein Taxi kam. Es war eines dieser neuen, gepflegten Autos. Esther war froh. Die Radaufhängung würde noch nicht kaputt sein, und sie würden nicht über jedes Schlagloch und jede Unebenheit rumpeln.

An manchen Abenden, wenn sie und Sean bei Bekannten zum Dinner eingeladen waren und ein Taxi durch die Stadt nahmen, wurden aus der Übelkeit, an der sie vor solchen gesellschaftlichen Ereignissen manchmal litt, nach einer turbulenten Stolperfahrt durch zahllose Schlaglöcher regelrechte Gallenbeschwerden.

Sie fuhren am La Guardia Place vorbei. Zelda sprach über ihre Schulfreunde, oder genauer gesagt darüber, daß sie keine hatte. Dieses Thema wurde drei oder vier Mal im Jahr angeschnitten. Ansonsten schien sie so viele Freunde zu haben, daß sie jeden Abend ein bis zwei Stunden telefonieren mußte.

»Alle mögen Katherine«, sagte Zelda. »Jeder will mit ihr befreundet sein. Ich gebe mir so viel Mühe, und die Leute denken nicht einmal an mich, wenn's darum geht, am Wochenende was zu unternehmen.«

Esther wußte nicht, was sie sagen sollte. Ihrer Meinung nach hatte Zelda durchaus genügend Freunde. Sie wollte das Problem nicht ignorieren, wenn es ein Problem war, aber sie wollte auch keines draus machen, wenn es keines war.

»Ich war nie übermäßig beliebt«, sagte sie. Sie war sich nicht sicher, ob das eine tolle Rückenstärkung bei einem Mangel an Beliebtheit war.

»Aber du hattest Ivana«, sagte Zelda.

»Ja, ich hatte Ivana«, sagte sie. »Aber du hast Darryl und Tina. Ivana war so besitzergreifend. Sie wollte nicht, daß ich noch andere Freunde hatte, und ich habe die halbe Zeit damit zugebracht, sie zu beschwichtigen.« Esther wußte, daß man diese Unterhaltung auch auf eine reifere Art hätte führen können; bloß war ihr die im Moment nicht zugänglich.

»Ich komme mir einfach nicht besonders interessant vor, wenn ich mit meinen Freunden zusammen bin«, sagte Zelda.

Esther beobachtete den Taxifahrer. Sein Hals wackelte so merkwürdig. Er schluckte dauernd. Und immer wenn er schluckte, traten seitlich an seinem Hals Beulen heraus. Sie war alarmiert. Der Fahrer schien nach unten, auf seinen Schoß, zu sehen. Sein Kopf zitterte. Esther wußte, daß irgend etwas ganz und gar nicht in Ordnung war. Dies war keiner ihrer falschen Alarmzustände. Sie geriet in Panik. Bekam der Fahrer einen psychotischen Anfall? Einen solch zuckenden und zitternden Hals hatte sie noch nie gesehen. Bis zum Markt war es noch ein Block. »Danke, wir steigen hier aus«, sagte sie zu dem Fahrer.

Sie zahlte und stieg aus dem Wagen. Sie nahm Zeldas Arm und ließ das Taxi so schnell wie möglich hinter sich. Sie wollte Zelda nicht erschrecken, aber sie wollte sich rasch in die entgegengesetzte Richtung entfernen.

An der Ecke mußten sie an der Ampel warten. Esther blickte sich um. Das Taxi stand immer noch da. Der Fahrer hatte die Tür geöffnet und spie dunkles, rosa und rotes Erbrochenes in den Rinnstein. »O nein«, sagte sie.

Zelda drehte sich um. »Iiiih«, sagte sie.

Esther empfand Übelkeit. »Ich wußte, daß mit dem was nicht stimmt«, sagte sie zu Zelda.

»Mir ist schlecht«, sagte Zelda.

Sie gingen zum Markt. »Laß uns zu den Blumenständen gehen«, sagte Esther. »Der Duft der Blumen wird uns guttun.« Es waren sehr viele Leute auf dem Markt. Esther blieb vor einem Stand voll von Bündeln leuchtendroter Radieschen stehen. Man konnte sich kaum vorstellen, daß etwas so Schönes nicht von irgendeinem smarten jungen Designer des Jahres entworfen worden war. Es gab saftig grüne Bohnen, schlank und alle gleich groß. Paprika in zartem Gelb und Orange, große violette Auberginen und blaue Kürbisse.

Es gab Stände mit selbstgebackenem Kuchen. Apfelkuchen, dick mit Äpfeln belegt und mit einer herrlichen, süßen Teigkruste. Es gab frisch gebackenes Brot. Riesige schwarze Vollkornlaibe und große, grob geformte Roggenbrote. Das Brot sah aus, als wäre es immer noch Teil der Erde.

»Ist dir nach Huhn?« sagte Esther zu Zelda. »Ich könnte morgen abend Huhn *cacciatore* machen.«

»Weißt du, wie sie heutzutage die Hühner rupfen?« sagte Zelda. »Sie tauchen sie in Fässer mit heißem Wasser, ziehen sie wieder raus, tauchen sie wieder ein und gleichzeitig schlagen Gummipaddel die Federn ab.«

»Wie hat man früher Hühner gerupft?« sagte Esther.

»Vermutlich mit der Hand«, sagte Zelda. »Ein Hochleistungsfließband kann pro Minute neunzig Hühner schlachten und ausnehmen. Wie dem auch sei, die Gummipaddel verletzen die Haut der Hühner, und der Kot und die Innereien, die rauskommen, wenn das Huhn eingetaucht wird, dringen ins Fleisch ein. Das heiße Wasser ist der perfekte Nährboden für Bakterien. Weißes Fleisch, so wie Hühnerbrust, ist sehr porös, also lassen sich die Bakterien sofort dort nieder. Jedes Jahr sterben fast zweitausend Menschen in Amerika an Salmonellen- und Campylobacter-Vergiftung, und mehr als sechs Millionen erkranken.«

»Woher weißt du das alles?« fragte Esther.

»Hat Kate mir erzählt«, sagte Zelda. »Sie hat mir auch erzählt, daß sie keine Zeit damit vergeuden, Hühner frei herumlaufen zu lassen. Sie stecken sie in kleine Käfige und lassen das Licht vierundzwanzig Stunden brennen, damit die Hühner dauernd fressen. Hühner fressen nur bei Tageslicht und glauben deshalb, es sei ständig Tag. Das Fressen geht so schnell durch sie durch, daß viele Nährstoffe sofort in die Hühnerscheiße geraten. Über ein Förderband wird die Scheiße gesammelt, getrocknet und wieder an die Hühner verfüttert.«

»Danke, ich habe genug gehört«, sagte Esther.

»Die Hühner in den Käfigen sind enorm gestreßt, und damit sie sich nicht gegenseitig verletzen, werden ihnen die Schnäbel ausgerissen.«

»Ich möchte nichts mehr hören. Ich halte das nicht aus«, sagte Esther. »Die Hühner vom Farmer's Market sind wahrscheinlich Freilandhühner und handgerupft und hatten zweimal wöchentlich eine Psychotherapiestunde, aber ich glaube trotzdem, daß wir dieses Wochenende kein Huhn *cacciatore* essen werden.«

Esther kaufte schon kein Rindfleisch mehr, seit sie sich einmal mit einem Mann unterhalten hatte, der Seans Bilder sammelte und einen Schlachthof besaß. Er hatte ihr erzählt, daß die Tiere nach der Ankunft im Schlachthof vom Viehtransporter in große Höfe getrieben wurden. Wenn sie dort waren, suchten und fanden sie die anderen Tiere ihrer Herde. Sie standen dann nah beieinander und blieben bei ihren Gruppen.

Außerdem erzählte er ihr, daß die Tiere über ausgeprägte Persönlichkeiten verfügten. Jede Gruppe hatte ihre Führer, ihre Kümmerer und ihre Feiglinge. Esther fragte sich, was es wohl sein mochte, das die eine Kuh zur Führernatur und die andere zum Feigling werden ließ. Sie selbst, dachte sie, gehörte vermutlich eher zu den Feiglingen als zu den Führernaturen.

Vor Jahren, bevor ihre Mutter starb, war sie eines Sonntags ins Haus ihrer Eltern gefahren, um etwas zu holen. Als sie ankam, saß ihr Vater im Lehnsessel und las einen seiner Kriminalromane. Er sah ganz friedlich aus. Als sie im Begriff war zu gehen, sah er von seinem Buch auf und sagte: »Als wir vom Ghetto zu den Waggons getrieben wurden, die uns nach Auschwitz brachten, waren wir mehr als tausend Juden und vielleicht zwanzig Aufseher. Nicht mehr als zwanzig.« Seine Stimme zitterte ein wenig.

»Was redest du denn da?« sagte sie zu ihm. »Ihr hättet gar nichts tun können. Die Aufseher waren bewaffnet. Ihr wart fünf Jahre im Ghetto. Man hatte euch systematisch jeder menschlichen Würde beraubt. Ihr wart unterernährt, habt gehungert, wart krank, umgeben von toten Familienangehörigen, toten Freunden. Ihr hättet gar nichts tun können.«

»Ich sage ja auch gar nichts«, sagte ihr Vater.

Sie weinte den ganzen Weg nach Hause.

Esther hatte genug vom Farmer's Market. Sie hakte sich bei Zelda unter. »Komm, kaufen wir uns ein paar Pistazien und gehen nach Hause«, sagte sie.

»Ziehen Sie den Hut zurecht, das Baby sieht ja nichts«, rief eine ältere Frau einer jungen Mutter zu, die einen Kinderwagen schob. »Ziehen Sie den Hut zurecht«, rief sie noch einmal und winkte mit den Armen. »Das Baby kann nichts sehen.« Die Mutter stellte ihre Einkäufe ab und setzte den Hut des Babys wieder gerade.

»So ist's recht, so isses besser«, sagte die alte Frau.

Esther lächelte der alten Frau zu. Sie wünschte sich, in ihrer Kindheit wäre jemandem aufgefallen, daß ihr Hut verrutscht war. Vielleicht würde sie dann heute nicht immer noch ständig versuchen, ihn zurechtzurücken.

Zu Hause arrangierte sie die Pistazien in einer Schale. Sie liebte ihren Anblick. Sie schienen bersten zu wollen. Es waren gute Pistazien. Die Schalen, frisch aufgeplatzt, würden sich leicht entfernen lassen, die Nüsse schimmerten hellgrün heraus. Sie sahen kokett aus. Vielversprechend. Ohne Furcht vor ihren Öffnungen und Spalten. Sie trat zurück und betrachtete die Pistazien in der Schale. Aus diesem Winkel sahen sie aus wie junge Vögel im Nest, mit weit aufgerissenen Schnäbeln und gierig.

Es war immer noch kein Fax gekommen. Sie war hocherfreut. Dieses Wochenende würde ihr drittes nachruffreies Wochenende hintereinander sein. Irgendwie war es schwieriger, Nachrufe an einem Wochenende zu schreiben. Alden Whitman, der Mann, der das Schreiben von Nachrufen zu einer Kunstform erhob, sagte, daß ein guter Nachruf sämtliche Eigenschaften eines guten Schnappschusses haben müsse.

Sie verglich sich nicht mit Whitman, aber sie gab sich Mühe, einfühlsame und überzeugende Nachrufe zu schreiben. Und die Arbeit fiel ihr leichter, wenn sie sie während der Woche in ihrem Büro erledigte.

Alden Whitman schrieb glänzende Nachrufe. Sie waren kleine, perfekte Schilderungen eines Lebens. Er hatte Nachrufe auf Joseph P. Kennedy, Pablo Picasso, Ho Chi Minh, Bertrand Russell, Mies van der Rohe, Charles Chaplin, Henry Miller, Albert Schweitzer und viele andere verfaßt. Whitmans Nachrufe waren Essays. Sie waren aufschlußreicher als alle sogenannten ausführlichen Porträts von fünftausend Worten, die heutzutage in den Hochglanzmagazinen veröffentlicht wurden.

Whitman war der erste Journalist, der Leute für ihre Nachrufe interviewte. Manchmal erzählte er seinen Gesprächspartnern, er arbeite an einer Biographie, aber die meisten von ihnen wußten, warum sie befragt wurden. Bei seiner Entscheidung, wen er interviewen wollte, ging er nach folgenden Kriterien vor: Konnte sein Gesprächspartner - gewöhnlich war es ein Er - mehr über sich aussagen, als aus anderen Quellen verfügbar war, und war er fähig, dies mit Selbsteinsicht und klarem Blick zu tun? Esther fand, nach ihrer ganzen Analyse wäre sie eine gute Kandidatin für ein Nachruf-Interview.

Alden Whitman war vor zwei Jahren gestorben. Sein Nachruf in der *Times* war recht merkwürdig gewesen. Mitten im Text hatte sich plötzlich der Ton verändert. Esther fragte sich, ob Whitman seinen eigenen Nachruf vorbereitet hatte.

Sie ging in Seans Studio. Er malte. »Ich werde mich jetzt für heute abend umziehen«, sagte sie. »Du mußt dich auch bald fertigmachen. In einer guten Stunde ist das Auto hier.«

»Okay«, sagte er. »Ich muß hier noch zwanzig Minuten dran arbeiten, dann geh' ich unter die Dusche.«

»Mir ist ein Rätsel, wie du bei dieser Musik arbeiten kannst«, sagte sie. Sie konnte sich selbst kaum reden hören. Es lief Bob Dylans »Idiot Wind«, und Sean tanzte mit Dylan. Er spielte jetzt schon seit Tagen Dylan.

»Bob Dylans Gewinsel ist schrecklich«, sagte sie. Sean lachte. »Ziehst du deinen schwarzen Graham-Long-Anzug an?«

»Mir ist egal, was ich anziehe«, sagte er.

»Ich seh' mal nach, ob die Hose gebügelt werden muß«, sagte Esther.

»Ach was«, sagte Sean. »Maler brauchen nicht perfekt gebügelt zu sein. Das erwartet kein Mensch.«

»Ich wollte, wir müßten da nicht hin«, sagte sie.

»So schlimm wird's nicht werden«, sagte Sean. »Es wird eine sehr angenehme Autofahrt sein, wir haben viel Zeit zum Reden, und wir sehen was von Baltimore.«

»Von Baltimore werden wir nicht viel sehen«, sagte sie. »Bis wir da sind, ist es wahrscheinlich dunkel.«

Sie würde ihr marineblaues Mantelkleid aus Crêpe de Chine anziehen. Das war fein genug für das Dinner, aber wiederum nicht so fein, daß es ihre Angespanntheit noch verstärken würde. In großer Garderobe war sie immer besonders angespannt und nervös. Wahrscheinlich hatte das damit zu tun, daß sie nicht mit ihrer Mutter konkurrieren wollte. Oder vielleicht verschleierte gerade ihre Angespanntheit den Wunsch, mit ihrer Mutter zu konkurrieren. Sie würde das Problem nie lösen können.

Sie betrachtete sich im Spiegel. Sie war in BH und Strumpfhose. Ihr Körper war eindeutig fester geworden, seit sie trainierte. Sie betrachtete ihren Körper nicht oft. Früher hatte sie es gänzlich vermieden, sich anzuschauen. Es gab ganz offensichtlich Fortschritte. Sie betrachtete sich erneut. Ihre Hüften und ihre Schultern hatten sich verändert. Sie waren deutlicher ausgeprägt.

Sechsmal in der Woche trainierte sie morgens an ihrem Nordic Track, einer Maschine, die Skilanglauf simulierte. Sie haßte dieses Training. Juden, so dachte sie, waren genetisch nicht dazu disponiert, sich sportlich zu betätigen. Im allgemeinen sah man Juden auch nicht hordenweise auf Berge klettern oder auf Skiern durch die Landschaft brettern. Juden fühlten sich in einem Kaffeehaus bei einer guten Tasse Kaffee und einem Stück Kuchen viel wohler.

Allerdings mußte sie zugeben, daß sie sich besser fühlte, seit sie trainierte. Ihr Körper fühlte sich locker und stark an. Sie streckte ihr rechtes Bein in die Luft. Das tat weh. So locker war sie offensichtlich doch noch nicht. Sie trat zurück und verschränkte die Arme über dem Kopf. Es müßte wunderbar sein, dachte sie, Pirouetten zu drehen, Spagatsprünge zu machen und die Glieder bis zum Himmel strecken zu können.

Als junges Mädchen war sie zum Ballettunterricht gegangen. Es gab Fotos davon. Sie zeigten sie mit kurzen Haaren, linkisch und plump. Eine große, verlegene Erscheinung inmitten einer Gruppe graziler, reizender Mädchen.

Im Alter von zehn Jahren war sie bereits größer als ihre Mutter. Größer und dicker. Mit zwölf war sie größer als ihr Vater und hatte eine aufgeschossene, kräftige Teenagerfigur.

Heute sah sie eindeutig besser aus. Sie stellte ihre Füße in die erste Position, die zweite Position, die dritte Position. Sie erinnerte sich immer noch an einige Einzelheiten aus dem Ballettunterricht.

Vor einigen Wochen hatte der *London Daily Telegraph* sie um einige Informationen über Rudolf Nurejews letzte Vorstellung in Amerika gebeten. Nurejew war an AIDS erkrankt. Man ging davon aus, daß er nicht mehr lange leben würde.

Nurejews langjährige Partnerin Margot Fonteyn war im letzten Jahr einundsiebzigjährig an Krebs gestorben. Sie hatte mit siebzig noch getanzt. Esther kannte ein Foto dieser Aufführung. Fonteyn hielt den Kopf hoch; ihre Arme und Beine zeigten Kraft und Anmut. Esther fand es schockierend, daß ein Mensch in so kurzer Zeit seine Kraft verlieren und sterben konnte.

Esthers Mutter war schnell gestorben. Gestern noch war sie sonnengebräunt, jugendlich und strahlend gewesen. Vier Monate später war sie tot. Auf halbem Weg durch dieses Sterben hatte Rooshka Zepler ihr Aussehen verloren. Sie glich sich nicht mehr. Sie war jemand anders geworden. Und diese andere Person kannte man kaum noch. Ein dunkles, gelbhäutiges Skelett. Nur noch Haut und Knochen. Ihr schönes Gesicht war eingesunken und verschrumpelt. Rooshka Zepler war schon lange vor ihrem Tod nicht mehr da.

»Du siehst sehr gut aus«, sagte Esther zu Sean. Es stimmte. Seine Haut glänzte. Seine breiten Schultern, von Jahren des Malens auf großen Leinwänden muskulös geworden, wirkten in einem Anzug noch breiter. Sie mochte Seans Größe. Sie hätte niemals einen kleinen Mann heiraten können.

»Du siehst wunderschön aus, Liebling«, sagte er zu ihr.

»Du findest immer, daß ich gut aussehe«, sagte sie. »Steht mir dieses Kleid?«

»Sieht großartig aus«, sagte Sean.

»Das sagst du immer, egal, was ich anhabe«, sagte sie.

»Und was stört dich daran?« fragte er.

»Es zeigt einen Mangel an Urteilsvermögen.«

»Könnte es nicht ein Zeichen dafür sein, wie sehr ich dich liebe?« sagte er.

»Vielleicht ist es ohnehin besser, wenn du mich nicht objektiv betrachtest«, sagte sie. »Ich wünschte, die Reisers würden uns nicht in einer Limousine abholen lassen. Ich wünschte, es wäre bloß ein ganz gewöhnliches Auto. Aber wahrscheinlich besitzen sie überhaupt nichts Gewöhnliches.«

»Ich dachte, du freust dich, daß sie es uns so leicht machen«, sagte Sean. »Wenn wir mit dem Zug fahren müßten, würdest du dich beklagen, daß wir mit dem Zug fahren müssen.«

»Ich finde es provokant, in einer Limousine herumzufahren, wenn's so viele Obdachlose und Arme gibt«, sagte sie. »Das erzeugt Wut und Haß, und das verständlicherweise. Warum sollten manche Leute eine Limousine haben und andere nicht einmal ein Bett?« Sie hielt inne. »Aber du hast recht. Ich hätte mich in jedem Fall beklagt, ganz egal, wie wir dorthin gefahren wären. Was macht Joseph Reiser eigentlich? Beim Lunch bei den Wallers habe ich kaum drei Worte mit ihm gesprochen. Ich habe mich die meiste Zeit mit ihr unterhalten, mit Laraine Reiser. Sie legte größten Wert darauf, mir die Schreibweise ihres Namens zu buchstabieren. Laraine, nicht Lorraine. Die Bedeutung dieses Unterschiedes entzieht sich meinem Begriffsvermögen. Laraine, vielleicht ist das die jüdisch-polnische Version von Lorraine?«

»Würde dein Vater es so buchstabieren?« sagte Sean.

»Mein Vater würde den Namen Lorraine gar nicht kennen. Alle angelsächsischen Namen verwirren ihn. Ich hatte eine Freundin mit Namen Joanna. Mein Vater sprach es Jovanna aus. Den Namen hat er gemeistert. Fortan nannte er alle meine Schulfreundinnen Jovanna.«

Sean lachte. »Ich weiß nicht genau, was Joseph Reiser tut«, sagte er. »Er ist Geschäftsmann. Er scheint einige Firmen zu besitzen und er kauft Kunst. Mein letzter Katalog hat ihm sehr gut gefallen, sagte er zu mir, und er will in mein Studio kommen.«

»Findet dieses Essen aus einem besonderen Anlaß statt?« sagte Esther.

»Nein«, sagte Sean. »Anscheinend geben sie sehr viele Essen. Wäre es möglich, daß du nicht so unglücklich dreinschaust, es ist geschäftlich.«

»Ich schau' nicht unglücklich drein«, sagte sie. »Das ist mein ganz normaler Gesichtsausdruck. Jedenfalls so normal wie ich sein kann.«

Es läutete an der Tür. »Hier ist Mr. Reisers Fahrer«, sagte eine Stimme durch die Sprechanlage. »Ich parke vor dem Haus.«

»Wir kommen sofort«, sagte Sean.

»Ein Mercedes!« sagte Esther. »Und eine Stretch-Limousine obendrein. Warum müssen reiche Juden Mercedes fahren? Ich schätze, noch immer aus demselben guten alten Grund: sie fühlen sich sicher. Wie sicher muß man sich fühlen?« Sie stieg in den Wagen. »Das ist wirklich krank. Der Antisemitismus in Deutschland nimmt zu wie verrückt, und die Juden kaufen Autos von Mercedes-Benz.«

Sie senkte die Stimme, damit der Fahrer sie nicht verstehen konnte. Er war ein Schwarzer. Er hatte seine eigenen Probleme. »In Deutschland nimmt die Gewalttätigkeit von rechts überhand«, flüsterte sie. »Neonazis randalieren, zünden Häuser an, begehen Vandalismus und töten, und die deutsche Regierung tut nichts. Es gibt ein paar Protestmärsche gegen die Neonazis, die die Aufmerksamkeit von CNN und der Fotografen der *New York Times* erregen, aber sonst passiert nichts. 1990 gab es in Deutschland 270 registrierte Straftaten von Rechten. Allein in diesem Jahr waren es schon mehr als 1600. Man spricht von einem Vierten Reich, einer ›reinen Rasse‹ ohne Juden und Ausländer.

In kleinen Städten überall in Deutschland werden Neonazis in die Gemeinderäte gewählt, das ist dasselbe Sprungbrett zur Macht wie bei der Nazipartei. Sie setzen sich für Themen wie Kindergärten und Wohnungen ein, für neue Polizeireviere, weniger Kriminalität und eine bessere Verkehrsüberwachung. Sie sagen, die Juden und die Ausländer sind an allem schuld, was nicht in Ordnung ist.

Sogar in Italien behauptete bei einer Umfrage jeder dritte, daß die 35.000 Juden in Italien keine Italiener seien. Und die Hälfte meinte, Juden hätten ein besonderes Verhältnis zum Geld. In Italien, Frankreich, Österreich und Deutschland wurden jüdische Friedhöfe geschändet. Laut einer Umfrage in Deutschland meinten fünfzig Prozent, unter den Nazis habe es auch einiges Gute gegeben. Und ein Drittel meinte, die Juden seien mindestens zum Teil mitverantwortlich für das, was ihnen angetan wurde. Und hier fahren die Juden nach wie vor Mercedes Benz.«

Sie wandte sich ab. »Es tut mir leid, daß ich so aufgeregt bin«, sagte sie. »Das macht mir angst.«

»Selbstverständlich«, sagte Sean. »Das kann einem auch angst machen. Und das soll es ja auch.«

»Ich darf nicht mehr daran denken«, sagte sie. Sie lehnte sich zurück. Der Autositz war besser gepolstert als die meisten Matratzen. Er war sehr bequem. Sie schaute sich um. Die übliche Ausstattung für eine Luxuslimousine. Es gab einen Fernseher mit eingebautem Videorecorder, ein Telefon, eine Bar, Gläser und ein Faxgerät. Sie hatte bisher noch nie ein Fax in einem Auto gesehen. »Soll ich Zachary in Melbourne ein Fax schicken?« sagte sie zu Sean.

»Sicher, wenn du möchtest«, meinte er. Unter dem Faxgerät befand sich ein Behälter mit weißem Papier. Sie nahm einen Bogen heraus. »Lieber Zachary«, schrieb sie. »Wir befinden uns in einer Limousine auf dem Weg nach Baltimore. Aus dem Rückfenster dieses Mercedes betrachtet sieht die Bowery romantisch aus und selbst der Holland-Tunnel ist okay. Die getönten Scheiben filtern alles aus, was man nicht sehen möchte. Daran könnte ich mich gewöhnen. Ich liebe Dich. Sean läßt Dich ganz lieb grüßen.« Die Bedienungsanleitung zum Faxen befand sich an der Seite des Gerätes. Ihr Fax ging sofort durch.

Sie fuhren jetzt durch die Industrieviertel am Stadtrand von Newark, New Jersey. Sie fuhren an großen Lagerplätzen vorbei, voll mit Containern, die darauf warteten, verschifft oder ausgeladen zu werden. Sie passierten große Lagerhäuser voller Fracht und leergeräumte, desolate öffentliche Einstellspeicher sowie leere Lastwagen und Kräne.

Die flache Landschaft hatte eine Aura von Poesie und Geheimnis. Es war die Poesie des Reisens und Beförderns. Das Geheimnis der Bewegung über Himmel und Meere. Vermutlich hätte sie es weniger poetisch gefunden, dachte Esther, wenn sie dort gestrandet gewesen wäre. »Ich bin ganz entspannt«, sagte sie zu Sean. »Ich begreife, warum Leute Limousinen haben. Ich begreife sogar, warum sie Mercedes-Limousinen haben.«

Sie begutachtete die Ablage in der Tür. Es gab eine Fusselrolle, Haarspray, Wattepads, eine Haarbürste von Revlon, eine Kleiderbürste, eine kleine und eine große Nagelschere, eine Flasche mit Salzlösung für empfindliche Augen, Kontaktlinsenreiniger, Nasenspray, einen Superklebestift, einen Kontaktlinsenbehälter, ein Päckchen Sandblattfeilen sowie Medizinflaschen mit Tylenol, Bayer Aspirin und Advil.

»Was ist in deiner Ablage?« sagte sie zu Sean.

»Superkleberentferner«, sagte er. »Schreibpapier, drei Kugelschreiber, Papiertaschentücher, ein Päckchen Pfefferminzbonbons, ein Wick-Nasenspray und eine Fernbedienung für den Fernseher.«

»Für den Fall, daß man zu müde ist, sich vorzubeugen, um den Kanal zu wechseln«, sagte sie. »Ist dir aufgefallen, daß es bei der ganzen Scheiße, mit der sie einen versorgen, keine Kondome gibt? Man kann sich die Haare richten, einen eingewachsenen Zehennagel schneiden. Aber wenn man sich nicht gerade mit Superkleber zusammenkleistert, bleiben alle Intimitäten auf die Nase beschränkt.«

Sean lachte. »Du bist wirklich komisch«, sagte er. Er streichelte ihr Knie. Seine Hand glitt unter ihr Kleid und liebkoste ihren Schenkel. »Laß das«, sagte sie.

»Ist schon okay, wir sind verheiratet.«

»Der Fahrer könnte es sehen.«

Sean zog seine Hand zurück. Er lehnte sich in den Sitz.

»Dieses Auto ist sehr komfortabel.« Er beugte sich vor und fragte den Fahrer: »Fahren Sie diesen Wagen ständig?«

»Nein, Sir«, antwortete der Fahrer. »Mr. Reiser hat achtzehn Autos.«

»Jesus«, sagte Esther. »Achtzehn Autos. Sie haben sechs Kinder, vielleicht hat jedes der Kinder zwei Autos.«

»Nein, Ma'am«, sagte der Fahrer. »Die Kinder haben ihre eigenen Autos. Mr. Reiser benutzt achtzehn Autos.«

»Wissen Sie, wie viele Leute heute abend zu dem Essen kommen?« fragte Esther den Fahrer.

»Ungefähr zweihundert, glaube ich«, sagte er.

»Großartig«, sagte sie zu Sean. Sie war schon bei einem Dinner mit zwanzig Gästen nervös, von zweihundert ganz zu schweigen. Unter Fremden fühlte sie sich oft verloren. Ob das nun Leute waren, die sie nicht kannte, oder Fremde im ideologischen Sinne. In einem Raum voller Herren im dunklen Anzug in Begleitung magerer Damen fühlte sie sich deplaziert. »Ich könnte mich ja in den Garten setzen, wenn ich merke, daß ich zu nervös bin«, sagte sie.

»Das ist rein geschäftlich«, sagte Sean. »Mach es für uns beide nicht komplizierter, als es ist.«

»Ich will nichts komplizierter machen«, sagte Esther. »Ich will es leichter machen. Stell dir vor, wie schwierig alles wäre, wenn ich mir nicht soviel Mühe gäbe.«

»Vielleicht solltest du gerade damit aufhören.«

»Was meinst du damit?«

»Ich meine, vielleicht könntest du dich einfach entspannen.«

»Wenn ich mich einfach entspannen könnte«, sagte Esther, »dann wäre ich nicht ich. Dann wäre ich jemand anders. Vielleicht wäre dir das lieber? Mit einer anderen verheiratet zu sein? Einer, die ganz entspannt ist? Vielleicht auch noch sehr reich? Dann müßtest du zu solchen Veranstaltungen gar nicht erst hingehen.«

»Andere Leute würden sich auf die Gelegenheit stürzen, einmal einen solchen Abend zu erleben«, sagte Sean. »Warum tust du so, als sei es unter deiner Würde und eine Heimsuchung?«

»Andere Leute?« sagte Esther. »Welche anderen Leute? Gehört die sehr entspannte Gattin, die dir vorschwebt, zu diesen anderen Leuten? Würde sie nicht so tun, als ob es unter ihrer Würde wäre? Vielleicht hättest du sie ganz gerne unter dir?«

»Möchten Sie irgendwo anhalten und sich frisch machen?« fragte der Fahrer. »In ungefähr vierzig Minuten treffen wir bei Mr. und Mrs. Reiser ein.« Esther schüttelte den Kopf. »Nein, danke«, sagte Sean zu dem Fahrer.

Sie waren in die Auffahrt eingebogen und fuhren seit fünf Minuten dem Reiserschen Anwesen entgegen. Bis jetzt war von einem Haus noch nichts zu sehen. »Also, ich hätte keine Lust, jeden Morgen zum Tor zu pilgern, um die Zeitung zu holen, du vielleicht?« fragte Esther.

Ein paar Minuten später kam das Haus in Sicht. Pseudo-Tudorstil. Drei Stockwerke mit lauter überschüssigen Giebeln und Kaminen. Auf einer Seite führte ein breiter Weg zu einigen Ablegern des Hauses, einer Gruppe von kleinen Häuschen, alles Pseudo-Tudor. Esther nahm an, daß es sich um die Wohnungen fürs Personal handelte.

Am Ende der Auffahrt standen neun uniformierte Diener bereit, um die Autos zu parken. Sie trugen leuchtendrote Pagenmützen, kurze, mit roten und goldenen Borten besetzte Jakken, hoch angesetzte weiße Hosen und weiße Handschuhe.

Laraine Reiser stand an der Eingangstür. Sie trug ein schwarzes, maßgeschneidertes Seidenkostüm. Die Seide war mit antiken schwarzen Perlen reich bestickt. Ein Band aus ebenso bestickter Seide hielt ihr sorgfältig entkraustes und an den Seiten auffrisiertes rotes Haar zurück.

Laraine Reiser hatte Esther erzählt, daß sie sich das Haar entkrausen ließ. »Von Natur aus habe ich Locken wie Sie«, hatte sie gesagt. »Aber glattes Haar ist leichter zu bändigen.«

»Sie kraust sich das Jüdische aus den Haaren«, hatte Esther später zu Sean gesagt. Der hatte ungläubig gelacht. »Es stimmt«, hatte sie gesagt. »Wenn jüdische Frauen sich das Haar entkrausen lassen, sehen sie ihren angelsächsisch-protestantischen Pendants viel ähnlicher.«

Laraine Reiser umarmte Esther. Esther gab sich Mühe, nicht steif zu werden. Es fiel ihr schwer genug, Menschen zu umarmen, die sie kannte. Bei Fremden war das noch schwieriger. Sean hatte keine Probleme damit. Er berührte, er umarmte. Er küßte Männer, er küßte Frauen. Sie wünschte sich oft, er würde seine Küsse weniger großzügig verteilen.

»Joseph und ich sind entzückt, daß Sie und Sean heute abend kommen konnten«, sagte Laraine Reiser.

»Es ist uns ein Vergnügen«, sagte Esther. »Die Fahrt hierher war sehr angenehm.« Sie fragte sich, ob es taktlos von ihr war, den Komfort des Autos zu erwähnen. Sie wurde rot.

»Wir sind entzückt, daß Sie kommen konnten«, wiederholte Laraine Reiser. »Leider werden wir heute abend nicht viel Zeit miteinander verbringen können, aber ich freue mich wirklich darauf, Sie besser kennenzulernen.«

»Natürlich, das verstehe ich, Sie haben ja viele Gäste heute abend«, sagte Esther. Sie kam sich schon wieder deplaziert vor. Laraine Reiser bat sie nicht um Verständnis, sondern konstatierte lediglich ein Faktum.

»Joseph ist ein großer Bewunderer von Seans Bildern«, sagte Laraine Reiser. »Er liebt Seans Arbeiten. Aber kommen Sie herein, Kenneth wird sich um Sie kümmern.«

Kenneth trug die Uniform eines Butlers. Kenneths Laufbursche nahm ihre Mäntel. Kenneth überreichte jedem von ihnen ein Namensschildchen. Die Schildchen waren in durchsichtige Kunststoff-Stehrähmchen eingeschweißt.

»Sehen Sie sich um«, sagte Kenneth, »und suchen Sie sich einen Tisch aus. Und dann stellen Sie Ihre Karte bitte an den Platz, an dem Sie sitzen möchten.«

»Danke schön«, sagte Esther.

»Hat Joseph Reiser jemals eins deiner Bilder gesehen?« fragte sie Sean.

»Nein, nicht in natura«, sagte er. »Er kennt bloß ein paar Kataloge.«

Sie gingen ins Haus. Drei Räume, jeder von der Größe eines kleinen Ballsaals, waren mit Tischen und Stühlen ausgestattet. Zwei Räume gingen auf die terrassierten Gärten hinaus. Es war Frühling, und die Natur lieferte den Reisers einen verschwenderischen Ausbruch an Farbabstimmung. Pfirsich-, Pflaumen- und Kirschblüten hingen von sorgfältig gestutzten Bäumen herab. Große Terrakottatöpfe mit lavendelfarbenen Hortensien standen auf einer mit Schiefer ausgelegten, grauen Terrasse. Grün gekachelte Wannen mit violetten Rhododendren waren um eine Gartensitzgruppe aus rostfreiem Stahlrohr gruppiert. Ein Pfad, der einige Stufen hinabführte, wurde von pinkfarbenen Azaleen gesäumt. Glyzinien und Flieder ergossen sich über eine achteckige Pergola.

»Mein Gott, der Garten ist so schön«, sagte sie zu Sean. »Die Natur übertrifft wirklich alles, was du bei Bergdorf Goodman kaufen kannst. Obwohl ich wetten möchte, daß die Bergdorf Goodmans der Gartengestaltung diesen Garten angelegt haben. Ich glaube nicht, daß Laraine Raiser in der nächsten Baumschule ein paar Pflanzen gekauft hat.«

»Wo möchtest du sitzen?« sagte Sean.

»Laß uns den Tisch in der Ecke nehmen, dann können wir in den Garten sehen«, sagte sie. »Ich möchte neben dir sitzen. Mir ist nicht danach, aus lauter Finesse oder wegen der Geselligkeit von dir getrennt zu sitzen.«

Jeder Tisch war mit einem anderen Service gedeckt. Es gab feines, altes Porzellan, zeitgenössische Keramik, handgemachtes Glasgeschirr. Auf einem Tisch stand ein filigranes Art-déco-Service aus Silber und Glas.

Noch nie hatte Esther so viele Teile an Besteck, Geschirr und Glas auf einem Eßtisch gesehen. An jedem Platz standen fünf verschiedene Gläser. Sie zählte das Besteck. Vier Gabeln, fünf Messer und zwei Löffel für jeden. Außerdem hatte jeder Gast drei Speiseteller sowie einen Beiteller. Anscheinend hatte auch jeder seinen eigenen Salz- und Pfefferstreuer.

Eine Frau kam an ihren Tisch und stellte ihre Karte auf. »Ich glaube, ich setze mich zu Ihnen an diesen Tisch«, sagte sie. »Ich heiße Eleanor Black.«

»Hallo«, sagte Esther. »Ich bin Esther Zepler, und das ist mein Mann Sean Ward.«

Man schüttelte sich allseits die Hand. »Ist Laraine nicht tüchtig?« sagte Eleanor Black. »Sie ist so kreativ. Wie viele Leute könnten schon solch einen Abend kreieren? Sie ist so talentiert. Man muß ein echter Künstler sein, um so ein Essen zu geben.«

»Ich glaube nicht, daß es viele echte Künstler gibt, die sich ein solches Essen leisten könnten«, sagte Esther. Sie lachte, um ihre Verlegenheit zu überspielen. Warum war sie so aggressiv? Warum hatte sie das gesagt? Es war ihr gelungen, in einem Satz Laraine Reisers Kreativität zu schmähen und die Kosten des Abends zu erwähnen.

Über Kosten sprach man in Kreisen wie diesen nicht. Kosten zu erwähnen machte einen zum Außenseiter. Es störte die bequeme Illusion, daß jeder so leben konnte. Zumindest jeder, der hart genug arbeitete oder der, wie Laraine Reiser, kreativ genug war.

»Die Tische sind unglaublich schön«, sagte sie.

»Ich bin zehn oder zwölf Mal zum Essen hier gewesen«, sagte Eleanor Black, »und ich habe keinen Teller zweimal gesehen. Ich glaube, sie haben ein Lagerhaus, in dem sie ihr gesamtes Porzellan und Glas aufbewahren. Ist das nicht wunderbar organisiert?«

»Ja«, sagte Esther. »Man muß wirklich sehr gut organisiert sein, wenn man soviel Geschirr besitzt.«

»Ich würde eine solche Sammlung nicht als Geschirr bezeichnen«, sagte Eleanor Black. »Die Reisers haben einen Kurator, der für alle Stücke verantwortlich ist. Der Kurator hat jeden Teller und jedes Glas im Computer und weiß genau, wann und von wem welches Stück benutzt wurde. Das ist ein Fulltime-Job. Er kennt sich bei Porzellan sehr gut aus.«

Esther versuchte, Sean zu signalisieren, er solle sie aus dieser Unterhaltung befreien. Aber er stand auf der anderen Seite des Raumes und betrachtete einen afrikanischen Druck, der an der Wand hing.

»Woher kennen Sie die Reisers?« fragte Eleanor Black.

»Wir kennen sie nicht sehr gut«, sagte Esther. »Sie interessieren sich für die Bilder meines Mannes.«

»Ach, er ist Künstler?« sagte Eleanor Black. »Dann wird er

die Kreativität eines solchen Abends besonders zu schätzen wissen. Welche Art von Bildern malt er denn?«

»Abstrakte expressionistische Bilder mit Landschaftsbezug«, sagte Esther.

»Aha«, sagte Eleanor Black. »Und sind Sie auch Malerin? Sie sehen sehr kreativ aus.«

»Nein, ich schreibe Nachrufe«, sagte Esther.

»Wie nett«, sagte Eleanor Black. »Ich freue mich darauf, mich später mit Ihnen und Ihrem Mann zu unterhalten.«

»Kein Mensch hat jemals ›wie nett‹ zu mir gesagt, wenn ich erzähle, daß ich Nachrufe schreibe«, sagte Esther zu Sean. »Wahrscheinlich wird sie ihre Tischkarte woanders hinstellen, sobald wir den Raum verlassen haben.«

»Würde es dir etwas ausmachen, wenn ich ein bißchen rumgehe und mich mit ein paar Leuten unterhalte?« sagte Sean. »Da drüben ist eine Couch, da könntest du dich hinsetzen, wenn du keine Lust hast, dich unter die Leute zu mischen.«

»Ich glaube, ich geh' nach draußen und setz' mich in den Garten«, sagte sie. »In einen dieser Sessel bei den Rhododendren.«

»Okay, ich treff' dich dort in ungefähr einer halben Stunde«, sagte er.

Ein Kellner mit einem Tablett voller Gläser bot Esther einen Drink an. »Ich nehme ein Perrier«, sagte sie. Er reichte ihr ein Weinglas und eine Serviette. Ein zweiter Kellner goß das Mineralwasser ein.

Das Glas war außen mit feingoldenen Karamelfäden dekoriert. »Wenn Sie Ihre Serviette um den Stil des Glases wickeln, Madam, bekommen Sie keine klebrigen Finger«, sagte der zweite Kellner.

Esther wickelte ihre Serviette um den Stil des Glases. Sie zerbrach sich den Kopf über den Sinn des Karamels. Es war offensichtlich nicht zum Essen gedacht. Die Karamelfäden begannen so weit unter dem Glasrand, daß man sie nicht einmal schmecken konnte. Also mußte es reine Dekoration sein. Karamelfäden herzustellen war sehr schwierig. Irgend jemand mußte Stunden darauf verwendet haben, diese Gläser zu dekorieren. Sie nahm einen Schluck von ihrem Perrier. Sie öffnete den Mund weit, um zu sehen, ob sie an das Karamel herankommen könnte. Es war klebrig. Fast ihr ganzer Lippenstift blieb daran haften.

Sie blickte auf. Laraine Reiser kam auf sie zu. »Ich habe Sie gesucht«, sagte sie. »Ist alles in Ordnung? Amüsieren Sie sich?«

»Es ist alles ganz wunderbar«, sagte Esther. »Ihre Dinner-Arrangements sind glänzend. Einfach wunderschön.«

»Danke«, sagte Laraine Reiser. »Aber das Wichtigste ist, daß Sie kommen konnten. Menschen sind wichtiger als Dinge.«

Esther wußte nicht recht, was sie darauf sagen sollte. »Sie haben sich eine wunderbare Umgebung geschaffen«, sagte sie. »Das Haus und die Gärten sind sehr schön.«

»Für uns ist es ein Heim«, sagte Laraine Reiser. »Ich glaube, die Essenz unseres Wohlbefindens ist im Kern unseres Lebens.«

Esther nickte. Was wollte Laraine Reiser damit sagen? Sie hatte keine Ahnung. Sie nickte abermals.

»Unsere Essenz«, fuhr Laraine Reiser fort, »und unser Geist werden von dem berührt und geleitet, was uns lieb ist. Von jenen, die unseren Herzen und unserem Leben nahestehen.«

Esther nickte weiter.

»Es gibt Schönheit und Geist, und wir können von diesem Geist und dieser Schönheit zehren«, sagte Laraine Reiser. Sie hatte ihren Kopf ganz nah an Esthers gerückt. Die Bedeutung ihrer Botschaft ließ sie erregt erscheinen. Esther bekam Kopfschmerzen. Sie hatte kein Wort von dem verstanden, was Laraine Reiser gesagt hatte.

»Die Familie ist das kostbarste Gut auf der Welt«, sagte Laraine Reiser.

»Meine Familie bedeutet mir alles«, sagte Esther.

»Meine Mutter ist heute abend hier«, sagte Laraine Reiser.

»Oh, wie nett«, sagte Esther. »Wo ist sie?«

»In der Bibliothek, neben dem großen Wohnzimmer«, sagte Laraine Reiser. »Sie ist neunzig. Sie hatte zwei Schlaganfälle, und sie ist blind und kann nicht mehr sprechen, aber ich weiß, daß sie sich als Teil des Ganzen fühlt, einfach weil sie hier ist. Sie empfindet die festliche Atmosphäre.«

Esther wußte nicht, was sie sagen sollte. Es hatte etwas sehr Berührendes, daß Laraine Reiser ihre Mutter in all diese Feierlichkeit und Großartigkeit miteinbezog, aber wenn Laraine Reisers Mutter noch irgend etwas empfinden konnte, dann war es sicher nicht die festliche Atmosphäre.

Trotz der großen Gästeschar lagen Steifheit und Langeweile in der Luft. Es gab keine Stimmung, keine Freude. Der Abend hatte die Aura einer geschäftlichen Transaktion in förmlichem Rahmen. Die Gäste waren rigoros in ihrer Ordentlichkeit, etepetete und gespreizt.

Esther fragte sich, ob nicht sogar die Reichen gezwungen und eingeschüchtert angesichts von soviel Reichtum waren. Oder vielleicht waren die Reichen einfach nur gezwungen. Vielleicht mußten sie sich zurückhalten? Vielleicht mußten sie sich davor hüten, zu enge Freundschaften mit anderen zu knüpfen, für den Fall, daß die anderen das wollten, was sie hatten.

»Ihre Mutter ist sicher glücklich, hier zu sein«, sagte sie zu Laraine Reiser.

Laraine Reiser umarmte sie. »Ich weiß, daß wir sehr gute Freundinnen sein werden«, sagte sie. Laraine Reiser drehte sich um und nickte einer eleganten Frau in Esthers Alter zu. »Ich möchte Sie mit Harriet Fredericks bekannt machen«, sagte sie. »Ihr beide habt viel gemeinsam.«

Esther sah Laraine Reiser nach, als sie wegging. Laraine Reisers unverständliche Gedanken und ihre fahrige, unangebrachte Aufrichtigkeit hatten etwas Entnervendes. Sie fragte sich, wie alt sie sein mochte. Vermutlich Mitte fünfzig.

»Laraine hat mir erzählt, daß Sie eine sechzehnjährige Tochter haben«, sagte Harriet Fredericks.

Esther war erstaunt. Warum sollte Laraine Reiser mit Harriet Fredericks über sie reden? »Ja, das stimmt«, sagte sie. »Sie ist in der zwölften Klasse. Sie heißt Zelda.«

»Ein sehr schöner Name, Zelda«, sagte Harriet Fredericks. »Haben Sie sie nach Zelda Fitzgerald benannt?«

»Nein«, sagte Esther. »Ganz bestimmt nicht.«

»Ich habe einen achtzehnjährigen Sohn, Daniel«, sagte Harriet Fredericks. »Wir sollten sie miteinander bekannt machen.«

Esther war drauf und dran, ihre Standarderklärung abzugeben, daß Zelda sich auf die Schule konzentrieren müsse und erst ab siebzehn allein mit Jungs ausgehen dürfe, als ihr Blick auf Harriet Fredericks' Ringe fiel. Sie trug zwei identische Ringe am Mittelfinger und Zeigefinger ihrer rechten Hand. An jedem Ring befanden sich mehrere Reihen von Diamanten, die wie Löckchen von einem diamantenbesetzten goldenen Band herabhingen. Sie hatte noch nie so viele Diamanten an einer einzigen Hand gesehen.

Sie warf noch einen Blick auf die Diamanten und dachte kurz nach. »Ich halte es für eine gute Idee, daß Daniel und Zelda sich kennenlernen«, sagte sie. Sie war über sich selber schockiert. »Ich dachte an Zeldas Zukunft«, sagte sie später zu Sean.

»Laraine erwähnte, daß ein Elternteil von Ihnen in einem Konzentrationslager war«, sagte Harriet Fredericks.

»Meine Eltern waren beide im Konzentrationslager«, sagte sie.

»Mein Vater war in einem Lager«, sagte Harriet Fredericks.

»War es ein Konzentrationslager oder ein Arbeitslager?« fragte Esther.

»Ich weiß nicht«, sagte Harriet Fredericks.

»War er in Deutschland oder in Polen?« fragte Esther.

»Ich bin mir nicht sicher«, sagte Harriet Fredericks. »Er spricht nicht darüber, und ich glaube, das ist besser für ihn.«

»Was ist mir Ihrer Mutter?« sagte Esther. »War sie während des Krieges in Europa?«

»Nein, sie war in Brooklyn«, sagte Harriet Fredericks. »Sie ist in Brooklyn geboren. Auch sie spricht nicht über die Vergangenheit meines Vaters. Ich weiß nicht, was sie weiß. Ich weiß nichts über die Familie meines Vaters. Ich weiß, daß er einen Cousin in Israel hat, aber das ist auch schon alles. Ich nehme an, die anderen wurden umgebracht. Es scheint ihn nicht sehr berührt zu haben. Über seine Eltern hat er nie gesprochen. Ich weiß nicht, ob er Geschwister hatte. Mein Vater ist nicht die Sorte Mensch, der man nahekommen kann. Er hat eine Hobbywerkstatt in der Garage, und da verbringt er Stunden und werkelt herum. Er fühlt sich mit seinem Werkzeug viel wohler als mit seinen Kindern. Aber manche Leute kommen einfach so auf die Welt.«

»Schwer zu sagen, ob er so auf die Welt kam«, sagte Esther. »Es ist schwierig, sich eine Meinung über einen Menschen zu bilden, der das durchgemacht hat, was jeder Jude durchmachen mußte, der die Nazis in Europa überlebt hat.«

»Ich kenne jemanden, dessen Mutter im Lager war und der eine Psychotherapiegruppe für die zweite Generation besucht«, sagte Harriet Fredericks. »Aber das ist nichts für mich. Ich glaube nicht, daß ich mehr Probleme habe als andere Leute.«

»Ich schon«, sagte Esther. »Manchmal glaube ich, ich habe mehr Probleme als alle anderen, und ich werde nie damit fertig.«

Es trat eine Pause ein. Harriet Fredericks drehte ihre Ringe. Esther drehte sich um und suchte Sean. Sie sah ihn nirgends.

»Kaufen Sie bei Charivari ein?« sagte Harriet Fredericks.

»Nein«, sagte Esther.

»Ich liebe Charivari«, erklärte Harriet Fredericks. »Wenn ich nach Manhattan fahre, gehe ich immer zuerst zu Charivari. Ich kaufe einen Großteil meiner Garderobe dort. Sie haben auch sehr schönen Modeschmuck. Ohrringe für hundert oder zweihundert Dollar, von denen man schwören könnte, daß sie das Zehnfache kosten.«

Esther betrachtete noch einmal Harriet Fredericks Diamantringe. Waren sie vielleicht falsch? Nein, dafür waren sie zu gut gearbeitet. Und sie funkelten zu echt.

»Ich war noch nie bei Charivari«, sagte sie. »Das ist jenseits meiner Preisklasse.«

»Selbstverständlich. Ich gehe eigentlich auch nur, wenn Ausverkauf ist«, sagte Harriet Fredericks.

Esther war leicht übel. In den letzten ein, zwei Tagen hatte sie an Verstopfung gelitten. Wenn sie über die Vergangenheit ihrer Eltern sprach, hatte das oft Auswirkungen auf ihren Darm. Sie spürte, daß die Scheiße in Bewegung geraten war.

»Wissen Sie, wo die Toilette ist?« fragte sie Harriet Fredericks.

»Im Parterre sind zwei Gästetoiletten neben dem Foyer, drei sind oben, gleich neben der Treppe«, sagte Harriet Fredericks.

Die Toilette im Parterre, für die Esther sich entschied, war mit schwarzweißen Kacheln mit eingelegten schmalen Kupferstreifen ausgestattet. Im Vorraum gab es zwei Schminktische mit vier Waschbecken und einen großen, bis zum Boden reichenden Spiegel. Auf jeder Seite der Waschbecken standen drei freistehende Handtuchhalter. Reihen von weißen Handtüchern, weißen Waschlappen und weißen, mit Applikationsstickereien versehenen Leinenservietten hingen auf den Haltern. An einer Wand stand ein großes weißes Sofa.

Der Raum verströmte den betörenden Duft teuren Parfums. Auf einem Regal über den Schminktischen standen Flaschen mit Chanel No.5, Joy, Shalimar, White Shoulders, Femme und L'Air du Temps. Esther rechnete aus, daß Parfum für über zweitausend Dollar hier herumstehen mußte. Sie fragte sich, ob die anderen Toiletten ähnliche Sammlungen aufwiesen.

Esther schloß die Toilettentür hinter sich. Als die Tür ins Schloß fiel, erklang klassische Musik. Esther erkannte das Stück nicht, obwohl es sehr bekannt war. Sie hielt die Musik für eine clevere Idee. Sie würde jedes Geräusch übertönen, das Gäste im Zuge der Entleerung von Blase und Darm von sich gaben.

Sie legte die WC-Schüssel mit Toilettenpapier aus. Das tat sie immer, wenn sie bei anderen Leuten aufs Klo mußte. Auf diese Weise konnte sie sicher sein, daß die Scheiße weggespült wurde, ohne Spuren in der Toilette zu hinterlassen. Sie achtete immer darauf, daß die Spülung auch wirklich funktionierte und wartete, bis das Wasser sich wieder aufgefüllt hatte, um zu sehen, ob nicht noch ein Rest Scheiße wieder nach oben kam.

Manchmal, wenn sie sehr viel Vollwertkost gegessen hatte, war ihre Scheiße zu schwer für die Wasserspülung gewesen. Glücklicherweise hatte es, wenn ihr so etwas außer Haus passiert war, dort immer eine Klobürste gegeben.

»Ich mag es nicht, Spuren der Scheiße zu hinterlassen, die in mir drin war«, hatte sie Sean einmal erklärt.

Als sie ein Kind war, hatte ihr Vater zu Scheiße immer »große Stücke« gesagt. Er sprach es »groiße Schtikke« aus. Sie hatte es für ein Wort gehalten. »Hast du groiße Schtikke gemacht?« fragte er. Große Stücke. Es war eine plastische Wendung.

Sie schiß einen Riesenhaufen. Was ihren Darm betraf, so war ihre Nervosität nur von Vorteil. Sie fühlte sich viel besser. Nach einem guten Schiß fühlte sie sich immer viel besser. Als ob ihre Fäkalien die Scheiße und das Durcheinander ihres Daseins repräsentierten.

Einmal, nach einem Vierzigstundenflug von Melbourne nach Paris, hatte sie geglaubt, so dringend scheißen zu müssen, daß sie den Griff eines kleinen Teelöffels in ihren Anus gesteckt und versucht hatte, die Scheiße herauszuziehen, die dort ihrer Meinung nach eingeklemmt war.

Sie und Sean freuten sich für den anderen, wenn einer von ihnen einen guten Schiß gehabt hatte. »Erfolg gehabt?« fragten sie einander oft, wenn einer von ihnen aus der Toilette kam. Sie war sich nicht sicher, warum ein guter Schiß ein Erfolg war. Vielleicht deshalb, weil man unwiderruflich sterben mußte, wenn man nicht scheißen konnte.

In der Halle vor der Toilette stand eine von Laraine Reisers Töchtern. Esther erkannte sie anhand der Familienfotos, die überall an den Wänden und auf Simsen zu sehen waren. Esther stellte sich vor. »Hallo«, sagte die junge Frau. »Ich bin Isabella Reiser. Mummy hat von Ihnen gesprochen. Ihr Mann ist der Maler, nicht wahr? Es muß herrlich sein, mit einem kreativen Menschen verheiratet zu sein. Ich wollte immer kreativ sein. Im nächsten Semester habe ich am College ein Seminar für kreatives Schreiben belegt.«

Es muß merkwürdig sein, dachte Esther, das Gefühl zu haben, kreativ sein zu müssen. Die Reichen schienen größten Wert auf Kreativität zu legen. Vielleicht deshalb, weil es, von guter Gesundheit abgesehen, das einzige war, was sie sich nicht kaufen konnten. Die Reichen suchten bei ihren Kindern frenetisch nach Anzeichen von Kreativität. Die Armen wollten, daß ihre Kinder Ärzte und Rechtsanwälte wurden.

Isabella Reiser schien eine nette junge Frau zu sein. Nicht verwöhnt, nicht anmaßend. Esther hatte einen der Gäste sagen hören, daß alle Kinder der Reisers sehr nett seien. Er hatte das mit Erstaunen festgestellt. Als ob es ungewöhnlich wäre. Warum wurde es als große Leistung betrachtet, wenn die Kinder reicher Leute sich als angenehme Menschen entpuppten? War es so schwer, mit Reichtum zu leben? Raubte der Reichtum einem die Fähigkeit, mitfühlend, ehrgeizig oder wißbegierig zu sein? Sie hätte gerne geglaubt, daß zuviel Geld Unglück brachte. Aber sie wußte, daß das nicht stimmte.

Laraine Reiser entdeckte Esther und Isabella und eilte auf sie zu. »Wie schön, daß ihr zwei euch kennengelernt habt«, sagte sie. »Wir möchten, daß Sie auch den Rest der Familie kennenlernen. Joseph und ich hätten so gern, daß Sie und Sean im Sommer für ein Wochenende in unser Haus am Meer kommen. Es ist so entspannend dort. Wir sind allein, kein Personal, wir können uns wirklich entspannen.«

»Allein sein heißt für Mummy, daß nur wenig Personal da ist«, sagte Isabella Reiser.

»Das Haus ist direkt am Strand, und wir machen jeden Morgen einen Spaziergang«, sagte Laraine Reiser. »Ich zieh mich noch nicht einmal zum Dinner um. Sie und Sean würden es lieben.«

»Das klingt wunderbar«, sagte Esther. Es klang furchtbar. Sie war nicht gern bei anderen zu Besuch. Sie fühlte sich verpflichtet, den perfekten Gast zu spielen. Sie spülte ab und sie half beim Kochen. Oft brachte sie Gerichte von zu Hause mit, die sie vorgekocht hatte. Wenn sie wieder abreiste, faltete sie die Laken mit militärischer Präzision und schrubbte das Bad. Wenn sie zu Hause ankam, war sie jedesmal erschöpft.

»Wir schicken Ihnen einen Wagen«, sagte Laraine Reiser. »Sie haben Ihr eigenes Schlafzimmer und Ihr eigenes Bad. Sie werden ganz privat sein. Sean könnte seine Farben mitbringen – ich bin sicher, die Landschaft wird ihn inspirieren.«

»Sie sind sehr großzügig«, sagte Esther.

Ein Kellner offerierte ihr Muschelmousse.

»Probieren Sie«, sagte Laraine Reiser. »Sie ist sehr gut.«

Die Mousse wurde löffelweise serviert. Die Löffel bestanden aus getriebenem Silber und waren sehr schwer. Die Stiele waren dreißig Zentimeter lang. Esther hatte noch nie so schöne Löffel gesehen.

Sie hatte bereits mit Gänseleber gefüllte Champignons, Kalbszunge in gewürztem Blätterteig, marinierte Hummerspieße und Shrimps in Aspik abgelehnt.

Der Kellner reichte ihr einen der Löffel. Sie füllte ihn mit Mousse. Gerade genug für ein Mundvoll. »Mmm«, sagte sie. »Wunderbar.«

»Möchten Sie noch einen, Ma'am?« fragte der Kellner.

»Nein, danke«, antwortete Esther.

Ein zweiter Kellner stand hinter dem, der die Mousse servierte. Er trug einen Eimer mit gestoßenem Eis. Er wartete auf die leeren Löffel. Esther steckte ihren benutzten Löffel in das Eis.

Sie wunderte sich, wie glatt alles ablief. Man kümmerte sich um jedes Detail. Schmutzige Servietten wurden gegen saubere ausgetauscht. Kein Mensch mußte sich an einem schmutzigen Teller, einem Hummerschwanz oder einem leeren Glas festhalten. Es waren über hundert Dienstboten zugegen. Sie glitten unauffällig durch die Gästeschar. Niemand wurde angerempelt, kein Krümel fiel herunter, kein Tropfen wurde verschüttet.

Es gab nicht einen peinlichen Augenblick. Das Personal war absolut effizient. Die Kellner bewegten sich zügig über größere Strecken und wurden langsamer, wenn sie sich den Gästen näherten. Sie wirkten wie ein gut trainiertes Corps de ballet oder eine Truppe Synchronschwimmer.

»Im ersten Haus, das Joseph und ich bezogen, gab es einen Kühlschrank im Schlafzimmer«, sagte Laraine Reiser zu Esther. »Das war mir völlig neu. Ein Kühlschrank im Schlafzimmer. Ich ließ ihn wegbringen. Ich war an solchen Luxus nicht gewöhnt.« Sie hüstelte nervös. »Jetzt haben wir natürlich schon einen, sie sind so praktisch.«

Sie waren in einem der Speisesäle angekommen. Die Leute nahmen zum Essen Platz. Sean stand neben ihrem Tisch. Esther ging zu ihm.

»Ich habe dich im Garten gesucht«, sagte er. »Aber ich konnte dich nicht finden. Also hab' ich ein bißchen gewartet und mir dann gedacht, daß du dich mit jemandem unterhältst. Geht's dir gut?«

»Ja, mir geht's gut«, sagte sie.

Das Mahl wurde mit einer blaßgrünen, durchsichtigen Suppe eröffnet. Drei dünne, gezackte Zitronenscheibchen schwammen darin. Esther sah auf die Speisekarte. Es war Schildkrötenconsommé. Sie zuckte zusammen.

Sie hatte einmal eine Schildkröte besessen. Sie hatte sie aus dem Kindergarten ihres Viertels gestohlen, als sie ungefähr acht Jahre alt war. Ihrer Mutter hatte sie erzählt, die Schildkröte wäre ihr nach Hause gefolgt. Rooshka Zepler hatte gelacht. Das war eine von zwei Gelegenheiten gewesen, bei denen Esther ihre Mutter zum Lachen brachte.

Das zweite Mal war, als Esther versuchte hatte, ihre Cousine Tosca umzubringen. Esther war fünf und ihre Cousine ein Jahr alt, als Tosca mit ihren Eltern aus Deutschland ankam. Diese Verwandten - Toscas Vater war ein entfernter Cousin von Edek - zogen in das kleine Haus der Zeplers ein und blieben dort ein Jahr lang. Eines Tages hatte Esther ein Päckchen Aspirin mit Hilfe von Wasser zu einer Paste zerrieben und versucht, ihre Cousine mit dieser Paste zu füttern. Rooshka Zepler hatte diese Geschichte jahrelang allen Leuten erzählt. Und jedesmal, wenn sie sie erzählte, hatte sie gelacht, bis ihr die Tränen kamen.

Esther fand, daß die Episode eher zum Weinen als zum Lachen war. Obwohl sie sich inzwischen eingestand, daß sie eine recht gescheite Fünfjährige gewesen sein mußte, um auf diese raffinierte Idee zu kommen, ihre Cousine aus dem Weg zu räumen. Sie erinnerte sich nicht daran, eifersüchtig auf sie gewesen zu sein.

Aber sie hatte bereits in frühester Kindheit etwas begriffen, was alle Überlebenden wußten: Ein Leben existierte immer auf Kosten eines anderen. Wenn ein Mensch lebte, dann starb ein anderer. Sie lebte, weil andere gestorben waren.

Weinkellner schenkten Château Lafite Rothschild 1978 und Corton-Charlemagne Louis Latour 1990 ein. Der Wein wurde allseits mit beifälligem Gemurmel und Nicken aufgenommen. Esther verzichtete darauf. Sie trank niemals Alkohol. Die Dinge waren auch ohne Alkohol schon unvorhersehbar genug.

»Dieser Château Lafite Rothschild kostet mehr als vierhundertfünfzig Dollar die Magnumflasche«, sagte der Mann neben Sean.

An allen Tischen war ein Platz leer. »Warten die auf den Propheten Elias?« fragte sie Sean.

»Anscheinend gehen Joseph und Laraine von Tisch zu Tisch«, erklärte Sean. »Sie verbringen an jedem Tisch jeweils zehn Minuten.«

Jeder Gang wurde wie ein Kunstwerk serviert. Die Speisen paßten in Farbe und Konsistenz zueinander und waren im korrekten Winkel ausgelegt. Blätter, Blütenblättchen und sogar kleine Zweiglein sorgten für Struktur, Balance und Rhythmus. Esther hatte Schwierigkeiten zu unterscheiden, ob es sich um Eßbares oder um Dekoration handelte.

Sie schnitt in ein Stück leicht gekochten, spiralförmigen Fisch. Für Tintenfisch schien er zu zart zu sein, aber vermutlich hatten die Reisers eine Bezugsquelle für eine Sorte besonders zarten Tintenfisch.

Joseph Reiser erhob sich, um seine Rede zu halten. Joseph Reisers Rede, so hatte sie erfahren, gehörte zu den Ritualen der Diners bei Reisers. Sein schütteres, lockiges Haar war röter, als Esther es in Erinnerung hatte. Tatsächlich war es nur um etwa eine Schattierung heller als Laraine Reisers rotes Haar. An Joseph Reiser sah die Farbe dämlich aus. Männer, die ihre Haare färbten, wirkten im allgemeinen unseriös oder seltsam. Das wurde dadurch ausgeglichen, dachte Esther, daß graue Haare Männer nicht so alt erscheinen ließen wie Frauen. Joseph Reiser sah mit seinen albernen roten Löckchen völlig absurd aus. Leute mit soviel Geld hatten doch sicherlich jemanden, der ihnen sagen konnte, sie sollten sich nicht mit derselben Farbe die Haare färben. Oder vielleicht konnte man gerade mit soviel Geld es sich leisten, die gleiche Haarfarbe zu wählen, wenn man Lust dazu hatte.

Joseph Reiser erzählte von der Wärme, die er darüber empfand, daß sein Haus voller guter Freunde war. Von Wärme und Freundschaft war wenig zu spüren. Die meisten Gäste waren, trotz des Kruger Vintage Champagners, des Château

Lafite Rothschild und des Corton-Charlemagne Louis Latour, noch genauso steif wie bei ihrer Ankunft.

»Wir haben heute einen besonderen Gast aus Manhattan bei uns«, sagte Joseph Reiser. »Sean Ward, der bekannte australische Künstler, ist heute abend hier unter uns. Wir lieben es, unser Heim kreativen, begabten Künstlern zu öffnen, und Sean Ward ist eines von Australiens kreativsten Talenten. Seine Frau, Esther, ist heute abend bei ihm, und auch sie begrüßen wir herzlich.« Esther fühlte, wie sie rot wurde.

Joseph Reiser fuhr fort. Er sprach über seine Familie. Er sprach über Baltimore und seine Menschen. Er sprach noch zwanzig Minuten. Esther wünschte sich, er würde aufhören. Sie war müde. Sie sah auf die Uhr. Es war halb elf, die meisten Gänge mußten inzwischen serviert worden sein. Laut Speiseplan war noch ein Dessertwein vorgesehen, ein Château Yquem Sauterne 1986, danach Kaffee und Portwein. Der Port war ein Graham 1977. Graham 1977 klingt ein bißchen simpel nach all den Châteaux diese und Châteaux jene, dachte Esther.

Endlich war Joseph Reisers Rede zu Ende. Alles klatschte. »Was für eine wundervolle Rede«, sagte jemand am Tisch. Die andern nickten. Esther nickte auch. Diese Unterwürfigkeit den Reichen gegenüber. Jeder schmeichelte ihnen unaufhörlich, kaum jemand sagte jemals die Wahrheit. Sie war genauso. In der Welt der Kunst ging es nicht anders zu, man mußte so sein.

Aber nicht nur dort. Die Reichen wurden von allen so behandelt. Jeder wollte ihnen zu Gefallen sein. Alle machten ihnen Geschenke. Und je reicher sie waren, desto teurer hatten die Geschenke zu sein. Firmen machten den Reichen Geschenke. Esthers Freundin von der Upper East Side, Barbara Sandler, erhielt jedes Jahr zu Weihnachten einen großen Picknickkorb voller Produkte von Elizabeth Arden. Natürlich benutzte Barbara keine Elizabeth-Arden-Produkte und verschenkte die Parfums und Kosmetika an ihre Kinder und ihre Putzfrau. Zu ihrem letzten Geburtstag hatte die Putzfrau Barbara zwei Dutzend langstielige Rosen geschickt. Barbara stellte die Rosen zu den anderen dreißig oder vierzig Blumenarrangements, die sie erhalten hatte. »Sie hätte nicht soviel Geld für die Blumen ausgeben sollen«, hatte sie gemeint. Esther war der Ansicht, die Putzfrau habe gar keine andere Wahl gehabt. Sie hätte schwerlich vom Supermarkt gegenüber einen Strauß Margeriten liefern lassen können.

Kein Mensch verhielt sich den Reichen gegenüber normal. Selbst die Reichen krochen vor denen, die noch reicher waren. Die Reichen hatten eine eindimensionale Sicht der meisten Leute, mit denen sie in Kontakt kamen. Denn sie wurden niemals kurz abgefertigt. Sie wurden niemals gedemütigt und selten unhöflich behandelt.

Barbara Sandlers Ehemann Leland gehörte zu den Superreichen. Jeder Augenblick seines Lebens war damit ausgefüllt, seine Macht auszubauen und die eigene Bedeutung zu mehren.

Zum diesjährigen Passahmahl waren Esther und Sean bei den Sandlers eingeladen gewesen. Jeder Gast war eine wichtige Persönlichkeit oder der Ehepartner einer wichtigen Persönlichkeit. Sean hatte sich qualifiziert, weil er in Australien sehr bekannt war und Leland dort viele Geschäfte tätigte. Esther wiederum qualifizierte sich, weil sie Seans Frau, und nicht, weil sie Barbaras Freundin war.

Leland Sandler präsidierte dem Seder, dem Passahmahl, mit höchster Effizienz. Er begrüßte jeden Gast charmant, herzlich und aufrichtig. Dazu brauchte er im Schnitt eineinhalb Minuten pro Person. Seine Fähigkeiten als Aufsichtsratsvorsitzender ließen sich nicht leugnen. Punkt 19.30 Uhr saßen alle vierzig Gäste zu Tisch.

Leland kannte sämtliche Rituale und Segenssprüche des Passahfestes. Einigen nicht-jüdischen Gästen, die am Tisch saßen, lieferte Leland kurze, prägnante Zusammenfassungen und Erklärungen der Traditionen und Gebete. Er las die Passah-Haggada auf Hebräisch, aber jeder Gast hatte eine Übersetzung vor sich liegen.

Unter den Gästen befanden sich einige hochrangige Beamte der Stadt New York, eine Gruppe bekannter Bankiers und Geschäftsleute, ein berühmter Musiker und ein oder zwei Politiker. Leland wählte Abschnitte aus der Haggada aus, die die

Gäste vorlasen. Er stellte jeden Gast in einer kurzen Rede vor, bevor er ihn bat, seinen Abschnitt zu lesen. Seine wichtigsten Gäste schilderte er in den glühendsten Farben, aber auch für die weniger wichtigen hatte er immer noch ein paar herzliche Worte. Leland sah sehr glücklich aus. Seine blauweiße Jarmulke saß fest auf der Mitte seines Kopfes.

Das Personal servierte lautlos die symbolischen Speisen: das Maror oder Bitterkraut, das Charosät, eine Paste aus Früchten, Wein und Mehl, die Bratenstücke und die gekochten Eier. Danach kamen die Hühnersuppe mit den Matzebällchen, das gekochte Huhn, der Kalbsbraten, die Salate und das gekochte Gemüse.

Die meisten Gäste waren schweigsam und sprachen nur, wenn sie zum Vorlesen an der Reihe waren. Leland sang und betete. Er sprach feierlich, und er machte Scherze. Er stellte seine Intelligenz, seine Belesenheit und seine Spiritualität zur Schau. Immer und immer wieder erinnerte er seine Gäste daran, daß sie an einem Ritual teilnahmen, das seit Jahrhunderten befolgt wurde.

»Unseren herzlichsten Dank für die Einladung«, sagte Esther zu Laraine Reiser. »Es war ein wundervoller Abend.«

Sean küßte Laraine Reiser und schüttelte Joseph die Hand. »Es war ein Privileg und ein Vergnügen, diesen Abend mit Ihnen zu verbringen«, sagte er zu ihnen.

»Wir bleiben in Kontakt«, sagte Laraine Reiser.

»Ihr Wagen wird gerade geholt«, sagte Joseph Reiser. »Er muß jeden Moment hier sein. Viel Glück mit der Malerei. Ich hoffe, daß bei Ihrer nächsten Ausstellung die Leute Schlange stehen, um Bilder zu kaufen.«

Sean und Esther gingen nach draußen. »Ich hoffe, Joseph Reiser hat vor, sich in diese Käuferschlange einzureihen«, sagte Esther.

»Und ich erst«, sagte Sean.

Eine Cadillac-Stretch-Limousine fuhr vor. Auf dem Heimweg schliefen sie die meiste Zeit.

Die Fenster ihres Lofts gingen auf den Hof hinaus, auf die Rückfront der Häuserzeile in der südlichen Spring Street. Dieser Teil der Spring Street war sehr schick, und von vorn waren die Häuser sehr elegant. Sie hatten große Fenster, hohe Räume und Stuckverzierungen.

Auf der Rückseite war es mit der Eleganz vorbei. Alte, vergilbte, fleckige Jalousien waren ständig heruntergelassen. Von den meisten Fensterrahmen blätterte die Farbe ab. Ein Gewirr an Elektrokabeln hing in Schlingen zwischen einigen Fenstern herunter.

Einzelteile zerbrochener Haushaltsgeräte und diverse Dosensammlungen wurden auf kleinen Balkonen aufbewahrt. Von einer rostigen Feuertreppe hingen die Reste eines Bettlakens und einer Kordel. Aus einer Reihe grob zusammengefügter Gummiröhren tröpfelte Wasser auf die Rückwand einer Klimaanlage. Das hielt sie davon ab, zu überhitzen.

Irgend jemand hatte gerade einen Blumenkasten mit leuchtend roten Geranien auf eine Fensterbank gestellt. Das Rot war ein kühner, eigenwilliger Farbklecks in einem gedämpften, grauen Gemälde.

In jedem Stockwerk ihres Gebäudes befanden sich drei Lofts. Die Fenster der vorderen und hinteren Lofts gingen auf Straßen hinaus. Die mittleren Lofts wie das, in dem sie lebten, galten als minderwertig. Seans australischer Steuerberater hatte sie besucht, als sie eben erst eingezogen waren. »Es ist ein sehr schönes Loft«, hatte er gesagt. »Schade, daß die Aussicht so beschissen ist.« Australier waren so geradeheraus.

Esther liebte diese Aussicht. Sie erinnerte sie an ein Bild von Tàpies. Die rechtwinkligen Linien der Fenster, Türen und Feuer treppen hatten etwas Beruhigendes an sich. Einen Rhythmus, der zur Betrachtung einlud. Jeden Tag entdeckte sie etwas Neues.

Nachts kam es ihr wie eine Theaterkulisse vor. Dächer, Kamine und Rohre als Silhouetten vor einem schwarzgrauen Himmel. Eingänge und Treppen, von gelbem Licht erhellt, das aus geheimnisvollen Fenstern fiel. Jedes Fenster schien einen strategischen Platz zu haben. Jeder Fenstersims und jeder Lichtstrahl kündeten vom Geheimnis und der Verheißung einer unbekannten Zukunft.

Sie wurde an die Aussicht von der Hintertreppe des Häuschens erinnert, in dem sie in der Nicholson Street im Vorort Carlton aufgewachsen war. In Melbourne. In Australien. Wenn sie oben auf der Treppe stand, konnte sie in alle Hinterhöfe der Straße blicken. Sie sah die Wäscheleinen der Leute, ihre Werkzeugschuppen, ihre Brennholzstapel, ihre Gartenmöbel.

Ein Nachbar besaß einen großen Kaninchenstall voll mit braunen und schwarzen Kaninchen. Ein anderer Nachbar hielt zwei weiße Papageien in einem Käfig. Die Papageien konnten sprechen. Sie konnten »Hallo, Polly« sagen und »Polly möchte einen Cracker«. Einmal hatte Esther versucht, ihnen »Oij Motel, Motel« beizubringen. Ihre Mutter hatte dieses Lied immer gesungen. Aus dem Jiddischen übersetzt lautete der Text: »O Motel, Motel, was mach' ich nur mit dir? Der Rabbi sagt, du willst nicht lernen.« Immer und immer wieder sagte Esther den Papageien »Oij Motel, Motel« vor, aber sie begriffen es nicht.

Nach zehn Uhr abends war die ganze Straße still und dunkel. Die Papageien, die Kaninchen, Hunde und Katzen schliefen. Nichts rührte sich. Nachts mußte Esther oft auf die Toilette. Die Toilette war draußen, unten gleich neben der Treppe. Außer ihr war nie ein Mensch wach. Bei dem Gedanken, daß die ganze Welt schlief, wurde ihr gruselig.

Einmal hatte sie ihre Klavierlehrerin, Mrs. Brenson, gesehen. Auch Mrs. Brenson war auf die Toilette gegangen. Sie war eine große, gebückte, reizbare Frau, die Esther oft auf die Finger geklopft hatte. »Hallo, Mrs. Brenson«, hatte Esther gerufen. Aber Mrs. Brenson hatte nicht hochgesehen.

Als Erwachsene hatte Esther sich oft gewünscht, das Häuschen in der Nicholson Street kaufen zu können. Als ob der Besitz des Hauses ihr Leben dort irgendwie bewahren könnte. Als sie dreizehn war, waren sie fortgezogen. Seit diesem Tag war sie nie mehr in der Nicholson Street Nr. 575 gewesen. Sie hatte daran gedacht, ganz einfach zu läuten und zu fragen, ob sie sich einmal umsehen dürfte, aber sie hatte es nie getan. Einmal war sie den Weg entlangspaziert, der hinter den Häusern verlief, und hatte über den Zaun in den Hinterhof geschaut. Nach einer Minute hatte eine enorme Angst sie gepackt, und sie hatte gehen müssen.

Esther schaute aus dem Fenster ihres Lofts. Gegenüber reparierte jemand sein Balkongeländer. Es war sehr ruhig draußen. Am Sonntagmorgen war es in SoHo immer sehr ruhig. Sie hatte an das Haus in der Nicholson Street gedacht, und jetzt hatte sie Heimweh. Sie hätte gern gewußt, wonach.

Sean war nicht da. Er spielte Tennis. Er spielte auf den East River Tennisplätzen. Die kosteten nichts. Man mußte sein eigenes Netz mitbringen. Sean teilte sich das Netz mit einem Freund.

Das Telefon läutete. Esther ließ den Anrufbeantworter eingeschaltet. Sie wollte mit niemandem reden. Es war Sonia. »Bist du zu Hause?« rief Sonia auf Band. Esther nahm den Hörer ab.

»Dacht' ich mir's, daß du zu Hause bist«, sagte Sonia.

»Hallo«, sagte Esther. »Ich hab' an dich gedacht. Hast du die Nachricht erhalten, die ich bei deinem Auftragsdienst hinterlassen habe? Das war schon vor Wochen.«

»Ja, habe ich«, sagte Sonia. »Aber ich hatte soviel zu tun, daß ich außer mit den Leuten im Büro schon seit Ewigkeiten mit keinem mehr gesprochen habe. Einer der Partner ist vom Haupt-Nutznießer eines großen Besitzes wegen Veruntreuung verklagt worden. Eine Klage wegen Veruntreuung ist wirklich eine Riesenscheiße. Wenn er den Prozeß verliert, könnte das das Ende seiner juristischen Karriere bedeuten, und es könnte ein Desaster für die Kanzlei sein. Die ganze Firma ist in heller Aufregung. Ich bin jetzt in der Prozeßabteilung. Ich bin zwölf bis vierzehn Stunden am Tag im Keller, beaufsichtige sechs Konzipienten und wate in Dokumenten.

Wegen dieser Sache hat es die Kanzlei jetzt allen Teilhabern verboten, Aufsichtsratsposten anzunehmen. Michael hatte ein Angebot von einer englischen Firma – die Engländer verklagen nie ein Aufsichtsratmitglied –, und er mußte ablehnen, und das ist ziemlich unangenehm.«

Esther wurde bewußt, warum sie Sonia gern mochte. Sonia lieferte stets jede Menge Klatsch und Tratsch. Man brauchte sie kaum etwas zu fragen. Sie offerierte alle möglichen Informationen. Sie gehörte nicht zu jenen Menschen, die die Dinge für sich behielten. Sie war nicht das, was Esther eine verschlossene Auster nannte. Sie haßte verschlossene Austern.

»Zwölf bis vierzehn Stunden sind ein langer Arbeitstag, wenn man schwanger ist«, sagte Esther.

»Das kannst du laut sagen«, sagte Sonia. »Ich kriege zweimal am Tag was zu essen gebracht. Und Kaffee. Meine große Pause ist, wenn ich aufs Klo gehe. Es ist einfach furchtbar.«

»Das tut mir leid«, sagte Esther. »Mußtest du diese ganze Arbeit übernehmen?«

»Und ob«, sagte Sonia. »Ich hatte keine Lust, diesen Scheißtypen Grund zu der Annahme zu geben, ich könnte nicht ordentlich arbeiten, weil ich schwanger bin. Ich hatte schon genug gönnerhafte und sexistische Kommentare zu ertragen. Einer der Seniorpartner nennt mich ›unsere kleine Mutti‹, wofür ich ihn erwürgen könnte, ein anderer erzählt mir jeden Tag, wie dick ich bin. Er selbst hat einen Riesenbauch, der ihm über die Hose hängt, und ein gewaltiges Doppelkinn. Sein Umfang scheint ihn nicht zu stören, aber über meinen macht er spitze Bemerkungen. Ich habe dafür gesorgt, daß beide wissen, wie viele Stunden ich gearbeitet habe. Diese Ärsche können dich so schnell kaltstellen.«

»Wie denn?« sagte Esther.

»Indem sie dir keine Aufgaben mehr übertragen«, sagte Sonia. »Alle Mitarbeiter in meiner Position arbeiten für verschiedene Partner. Wenn die sich entscheiden, dir diese Aufgabe oder jenen Fall nicht zu übertragen, dann wirst du langsam kaltgestellt. Du hast immer weniger Arbeit. Deine Kostenaufstellung wird niedriger, und schlimmstenfalls wirst du gefeuert. Oder die Chance, Partner zu werden, sinkt zumindest drastisch.«

»Was heißt das, die Kostenaufstellung wird niedriger?« sagte Esther.

»An den Stunden, die du in Rechnung stellen kannst«, sagte Sonia, »zeigt sich dein Wert für die Firma. Die Rechnungen für die Klienten basieren auf der Anzahl der Stunden, die die Anwälte in Rechnung stellen. Das heißt, die Stunden, die sie an einem Fall gearbeitet haben. Hohe Rechnungen sind wichtig, denn auf diese Weise verdienst du dein eigenes Gehalt, und für die Firma bleibt ein Profit.«

»Ich habe immer gedacht, Anwälte arbeiten so viel, weil sie die Leute damit beeindrucken wollen, wie gewissenhaft sie sind«, sagte Esther. »Ich wußte nicht, daß jede Stunde in Rechnung gestellt wird. Jetzt ergibt das Ganze einen Sinn.«

»Genau«, sagte Sonia. »Anwälte arbeiten nicht deshalb wie die Sklaven, weil sie hoffen, daß jemand sieht, wie fleißig sie sind. Jede Stunde wird gezählt. Und die Entscheidung, ob du Partner werden kannst, hängt nicht nur von deiner Qualität als Anwalt ab, sondern auch von der Menge Arbeit, die du leistest. Und der Druck läßt nicht nach. Je näher du an den Punkt kommst, Partner zu werden, desto härter mußt du arbeiten, um deine Stundenzahl zu erhöhen. Scheiße, ich hätte doch nicht jeden Abend bis um elf in diesem Keller gesessen, wenn kein Mensch wüßte, daß ich das tue.«

»Jetzt komme ich hinter das Geheimnis, warum jeder Anwalt, den ich kenne, wie ein Wahnsinniger arbeitet«, sagte Esther.

»Ja, das müssen sie«, sagte Sonia. »Schwanger zu werden, bevor ich Partnerin wurde, war entschieden keine besonders gute Idee, obwohl ich kaum behaupten kann, daß die Schwangerschaft geplant war. Ich hatte vorher schon genug Ärger im Büro, weil ich mit einem Partner verheiratet bin. Jetzt, wo ich schwanger bin, muß ich mich doppelt anstrengen, um ernst genommen zu werden. Gestern fragt mich dieser schmierige Anwalt, ob ich gern einen Schemel für meine Füße hätte. Dem ging es nicht um meine Füße. Er wollte bloß auf mögliche Behinderungen hinweisen, die meine Schwangerschaft für den Betriebsablauf darstellen könnte. Ich hab ihm gesagt, den Schemel könnte er vergessen, statt dessen sollte er lieber seine Eier aufsammeln, die ich im Schredder gesehen hätte. Er war entsetzt.«

»Gut gemacht«, sagte Esther.

»In unserer Niederlassung in Dallas hat eine australische Anwältin die Firma wegen Schwangerschaftsdiskriminierung verklagt«, sagte Sonia. »Sie hat ihren regulären Mutterschaftsurlaub von drei Monaten genommen, und als sie zurückkam, wurde sie kaltgestellt. Sie konnte kaum noch Stunden berechnen. Bei ihrer nächsten Beurteilung erhielt sie die Kündigung, weil ihre Stunden nicht ausreichten. Mal sehen, was aus dem Fall wird. Obwohl sich kaum etwas ändern dürfte. Einer unserer Partner meinte, die Australierin in Dallas hätte nicht kaltgestellt werden sollen. Man hätte ihr zum gleichen Gehalt einen niedrigeren Job geben und sie dann nach einem Jahr mit der Begründung ›allgemeiner Personalabbau‹ feuern sollen. Auf diese Weise hätte sie nicht wegen Diskriminierung klagen können. Und das im Jahr der Frau. Zum Lachen.«

»Klingt nicht sehr komisch«, meinte Esther. »Du mußt ja völlig erschöpft sein, wenn du soviel arbeitest.«

»Gott sei Dank konnte ich das meiste im Sitzen erledigen«, sagte Sonia. »Ganz so schlimm war es nicht. Es hatte auch seine Vorteile, um ehrlich zu sein. Ich hatte gar keine Zeit, an irgend etwas anderes in meinem Leben zu denken.«

»Ist das ein Vorteil?« sagte Esther.

»Für mich im Moment schon«, sagte Sonia. Sie seufzte laut.

»Alles in Ordnung?« fragte Esther.

»Jaja, es ist schon alles in Ordnung«, sagte Sonia. »Aber dir kann ich's ja sagen. Ich hab' es noch kaum jemand gesagt. Ich kriege Zwillinge.«

Esther war schockiert. Dann fühlte sie sich schlecht. Sie war eifersüchtig. Sie hatte immer Zwillinge haben wollen. Seit sie in der High School war, hatte sie davon geträumt, Zwillinge oder Drillinge zu haben. Sie hatte ihre Schulbücher mit Namenslisten für Drillinge vollgekritzelt: Hilda, Matilda und Gilda; Yvonne, Yvette und Yva; Celia, Amelia und Delia; Rita, Anita und Lolita.

Sie versuchte, begeistert zu klingen. »Das sind ja großartige Neuigkeiten«, sagte sie.

»Ich bin fast gestorben, als der Arzt es mir mitteilte«, sagte Sonia. »Ich wußte, daß ich ziemlich zugelegt hatte, aber ich hab' gedacht, das kommt daher, daß ich mehr esse. Ich hätte nicht so überrascht sein sollen. Meine Mutter ist ein Zwilling, und vor ungefähr zehn Jahren hatte meine Schwester auch Zwillinge.«

»Ich find's wirklich wunderbar«, sagte Esther. »Sind sie eineiig?«

»Nein, zweieiig«, sagte Sonia.

Esther fühlte sich besser. Sie hatte stets von eineiigen Zwillingen oder Drillingen geträumt.

»Mein Frauenarzt sagt, daß ich höchstwahrscheinlich nach der siebenundzwanzigsten Woche aufhören muß zu arbeiten, und das kommt natürlich zum Druck im Büro noch hinzu«, sagte Sonia. »Michael wollte, daß ich zu einem Spezialisten für Mehrlingsgeburten gehe, aber ich bleibe bei meinem Frauenarzt. Die Praxis ist genau gegenüber vom Büro. Er ist ein bißchen konservativ, aber ich fühl' mich wohl bei ihm. Ich habe ihn gefragt, ob es möglich ist, daß zweieiige Zwillinge zwei verschiedene Väter haben.«

»O nein«, sagte Esther. »Und was hat er gesagt?«

»Er hat gesagt, es wäre zwar unwahrscheinlich, aber nicht unmöglich«, sagte Sonia.

»Wirklich?« sagte Esther. »Und wie wäre das möglich?«

»Ich erklär' dir mal ganz simpel, wie so was möglich wäre«, sagte Sonia. »Beim Eisprung bricht das Ei oder, wie in meinem Fall, die Eier durch die Oberfläche eines Eierstocks und kommt in den Eileiter. Richtig? Und drei bis fünf Tage vor diesem Eisprung wird um den Muttermund herum ein Gleitschleim produziert, in dem der Samen bis zu fünf Tagen überleben kann. Im Durchschnitt sind es allerdings drei Tage. Wenn du also während dieser drei Tage mit zwei verschiedenen Männern Sex hast, könnte ihrer beider Sperma bis zum Eisprung in dem Schleim überleben.«

Esther hatte Schwierigkeiten, bei dieser Lektion über das menschliche Reproduktionssystem mitzuhalten, aber Sonia war noch nicht fertig. »Wenn du, so wie ich, einen doppelten Eisprung hast«, fuhr Sonia fort, »ist es möglich, daß die Spermien, die diese beiden Eier befruchtet haben, aus zwei verschiedenen Samenschüben stammen. Samenschübe? Sagt man das? Oder Depots? Ich weiß nicht, wie es richtig heißt.«

»Ich auch nicht«, sagte Esther.

»Wie dem auch sei«, sagte Sonia, »in einem durchschnittlichen Samenerguß befinden sich dreihundert Millionen Spermien. Ich hatte sechshundert Millionen um meinen Muttermund herumhängen. Ich hatte keine Chance. Ich war in der Minderzahl.«

Der Gedanke an sechshundert Millionen Spermien, die um Sonias Muttermund herumhingen, überwältigte Esther. »Ich kann mir nicht vorstellen, daß du soviel Pech hast und die Zwillinge zwei verschiedene Väter haben«, sagte Esther.

»Wenn sich herausstellt, daß sie beide von Fred sind, wäre das nicht unbedingt weniger Pech«, sagte Sonia.

»Sie sind wahrscheinlich beide Michaels Babys«, sagte Esther. Sie wußte, daß sie sich mit dieser Behauptung auf glitschiges Terrain begab – so glitschig wie die Samenzellen –, aber sie mußte sie noch einmal wiederholen. »Wahrscheinlich sind sie beide Michaels Babys«, sagte sie. »Wie fühlt sich Michael eigentlich dabei?«

»Der schwebt auf Wolken vor lauter Glück«, sagte Sonia. »Er ist durchs Zimmer getanzt, als ich es ihm gesagt haben. Er sagte immer wieder, daß er sein Glück kaum fassen könnte. Ich kann mein Glück auch kaum fassen. Jetzt muß ich mir nämlich Sorgen machen, ob mein Ex-Liebhaber der Vater meiner Kinder ist. Ich versuche wirklich, nicht darüber nachzudenken. Ich hab' mich unter anderem auch deshalb so in die Arbeit gestürzt.«

»Du Arme«, sagte Esther. »Du solltest aufhören, darüber nachzudenken, wer der Vater ist. Du bist die Mutter. Du hast einen Mann, der ein wundervoller Vater sein wird. Und du wirst zwei wunderschöne Babys haben.«

»Danke«, sagte Sonia.

»Hast du Fred getroffen?« fragte Esther.

»Nicht oft«, sagte Sonia. »Ich glaube, er geht mir aus dem Weg. Ich glaube, er hat eine Affäre mit einer anderen Frau im Büro. Einer Brasilianerin. Ich habe zweimal mit ihm zu Mittag gegessen. Das erste Mal war ich noch nicht sichtbar schwanger, und da habe ich ihm erzählt, ich würde wegen Michaels verringerter Spermamotilität eine IVF, eine In-vitro-Fertilisation machen lassen. Ich wollte auf keinen Fall, daß Fred sich in irgendeiner Weise mit dieser Schwangerschaft in Verbindung bringt. Also habe ich ihn mit Details dieser IVF vollgequatscht. Ich sagte ihm, sie hätten mich mit Hormonen vollgepumpt, um meine Eiproduktion anzukurbeln, weshalb ich auch etwas zugenommen hätte. Ich erzählte ihm, wie schlecht mir nach jeder Hormongabe ist und wie groß die Spritzen sind. Ich sagte ihm, die Ärzte hätten Michaels Sperma gespült, um die Motilität zu erhöhen. Und daß wir jetzt die Ergebnisse abwarten wollten. Nachdem ich mit meiner Schilderung der Behandlung fertig war, habe ich fast selber daran geglaubt, und Fred sah aus, als wäre er am liebsten in Timbuktu.

Bei unserem nächsten Mittagessen habe ich ihm erzählt, wie gut die IVF funktioniert hat und daß ich Zwillinge bekomme. Dann hab' ich ihm erzählt, daß Michael und ich uns mit der Entscheidung herumquälen, ob wir eine Fruchtwasseruntersuchung machen lassen sollen. Wenn man Zwillinge kriegt, besonders in meinem Alter, ist die Gefahr viel größer, daß man ein Kind mit Down-Syndrom auf die Welt bringt. Heutzutage kann man, wenn mit einem der Babys was nicht stimmt, dieses Kind abtreiben, ohne dem anderen zu schaden. Man nennt das selektive Reduktion. Wie's scheint, hat das Mount-Carmel-Krankenhaus einen sehr guten Ruf in bezug auf selektive Reduktion bei Mehrlingsgeburten. Sie stechen den Fötus ins Herz. Das bringt ihn natürlich um, und das tote Gewebe zersetzt sich in der Gebärmutter. Mein Arzt sagte mir, daß sie sich manchmal vertun und den falschen Fötus selektiv reduzieren. Stell dir das mal vor.

Wie dem auch sei, ich hab' Fred jedenfalls erklärt, daß es keinen Sinn hätte, eine Fruchtwasseruntersuchung zu machen, wenn Michael und ich nicht bereit sind, eine selektive Reduktion durchführen zu lassen. Ich habe eine Mutter von Zwillingen kennengelernt, die nach einer IVF anfänglich Vierlinge erwartete. Ihr waren vier Eier eingesetzt worden, und es klappte gleich bei allen vieren. Zwei davon hat sie selektiv reduzieren lassen.«

»Warum denn das?« sagte Esther.

»Das macht man«, erklärte Sonia, »weil Vierlinge ein großes Risiko für die Schwangerschaft bedeuten. Bei Drillingen empfehlen sie es nicht. Drillinge kann man normal austragen, wenn man sich sehr schont und sehr vorsichtig ist, aber bei Vierlingen ist das Risiko, daß sie viel zu früh kommen, sehr hoch.«

Esther brummte der Schädel. Sie konnte verstehen, warum Fred Sonia aus dem Weg ging. »Und wenn Fred im Büro mit jemand über deine angebliche IVF redet?« fragte sie Sonia.

»Ich hab' ihm gesagt, es sei top-secret«, sagte Sonia. »Wir hätten es niemandem erzählt, nicht mal unseren Familien. Ich hab' ihm gesagt, weil die IVF so oft angewendet wird und so oft zu Mehrlingsgeburten führt, wäre ich schon von verschiedenen Leuten gefragt worden, ob ich IVF-Zwillinge erwarte, und ich hätte immer nein gesagt. Michael würde es auch abstreiten. Also, ich denke, die Hürde haben wir genommen.«

»Hattest du eine Fruchtwasseruntersuchung?« sagte Esther.

»Ja«, sagte Sonia. »Gott sei Dank ist alles in Ordnung. Wir mußten uns einer vorgeschriebenen Beratung unterziehen. Das hat noch mal hundertvierzig Mäuse gekostet. Ich wollte das Geschlecht der Babys nicht wissen. Hier geht jeder davon aus, daß man es weiß. Jeder fragt zuerst: ›Was wird es denn?‹ Und wenn ich sage, ich weiß nicht, glaubt mir das keiner. Michael war's egal, aber ich wollte es nicht wissen, also wissen wir es nicht.«

»Ich glaube, ich würde es auch nicht wissen wollen«, sagte Esther. Sie fragte sich, ob das stimmte oder nicht. Aber dann sagte sie sich, daß das egal war. Nicht jede kleine Bemerkung mußte unbedingt der Wahrheit entsprechen.

»Weißt du, ich habe mit Michael um elf Uhr abends am neunten Tag meines Zyklus gebumst und mit Fred am zehnten, morgens um neun vor der Arbeit«, sagte Sonia. »Man geht schließlich nicht davon aus, schwanger zu werden, wenn der Liebhaber ein Kondom benutzt und das Sperma des Ehemannes eine niedrige Motilität aufweist.

Ich weiß jetzt, warum das Kondom geplatzt ist. Inzwischen bin ich eine Kondomexpertin. Auf Öl basierende Produkte wie Paraffin, Pflanzenöl, Handcreme und Cold Cream können Latex in weniger als einer Minute zum Bersten bringen. Mit einem Kondom darf man nur wasserlösliche Gleitmittel benutzen. Allerdings kommt bei mir diese Einsicht ein bißchen spät. Einige Produkte, die man mit Wasser abwaschen kann, wie Johnson's Baby-Öl, sind immer auf Ölbasis gemacht. Darüber bin ich gestolpert. Johnson's Baby-Öl. Damit habe ich Fred immer den Schwanz eingerieben. Es hat mir immer Spaß gemacht, meine Hand an seinem eingeölten Ständer auf und ab gleiten zu lassen. Ich war ganz schön schnell dabei.«

Esther krümmte sich. Es machte sie verlegen, sich Sonias Hand vorzustellen, wie sie an Freds Schwanz auf und ab glitt. Die meisten Leute, die sie kannte, sprachen nicht über den Schwanz von irgendwem, an dem sie ihre Hände auf und abgleiten ließen.

»Ich kann bei den Kindern Johnson's Baby-Öl nicht verwenden«, sagte Sonia. »Ich muß eine andere Marke finden.«

»Du könntest Vaseline Intensive Care nehmen«, sagte Esther.

»Nein«, sagte Sonia. »Das habe ich bei Fred auch manchmal benutzt. Da ist auch Öl drin.«

Esther fragte sich, warum Sonia so schnell von Freds Schwanz auf ihre Babys zu sprechen kam. Natürlich war die Verbindung zwischen Freds Schwanz und Sonias Babys möglicherweise nicht von der Hand zu weisen.

Armer Fred, dachte sie. Vermutlich hatte er keine Ahnung, daß er vielleicht Vater von Zwillingen war, und es war ihm sicherlich nicht bewußt, daß an diesem Sonntagmorgen in SoHo zwei australische Frauen sich über seinen Schwanz unterhielten.

»Freust du dich auf die Babys?« fragte sie.

»Ja, ich freue mich«, sagte Sonia. »Ich freue mich, aber ich habe auch Angst. Nicht nur, weil ich mich frage, wer der Vater ist, oder weil Michael zufällig herausfinden könnte, daß er es nicht ist – falls er es nicht ist –, sondern ich habe Angst vor der Verantwortung, Kinder zu haben. Ich hoffe, daß ich sie lieben werde.«

»Ganz sicher«, sagte Esther. »Die meisten Leute verlieben sich in ihre Babys. Ich glaube, die ungeheure Liebe, die du für dein Kind empfindest, ist etwas, auf das dich niemand vorbereiten kann. Es ist überwältigend. Und das ist wahrscheinlich gut so. Nur Liebe kann dich dazu bringen, die Hälfte deiner Energie, deiner Zeit, deines Denkens und fast dein ganzes Geld für deine Kinder zu verwenden.«

»Aus deinem Mund klingt Mutterschaft so attraktiv«, sagte Sonia. »Ich mach' mir jetzt schon Sorgen darüber, weswegen man sich alles Sorgen machen muß. Ich hab' gelesen, daß von 1983 bis 1990 einundsechzig Neugeborene aus amerikanischen Krankenhäusern gestohlen wurden. Die Krankenhäuser fangen jetzt damit an, Neugeborene mit diesen elektronischen Diebstahlsicherungen auszustatten, wie sie Kaufhäuser verwenden. Den Babys wird ein Armband angelegt. Und wenn ein Baby von der Entbindungsstation weggeholt wird, gibt es einen lauten Alarm. Ich halte das für eine großartige Idee.«

Esther fand, daß Sonia sich nicht zu fragen brauchte, ob sie ihre Kinder lieben würde. Wenn sie schon jetzt verrückt genug war, sich über Diebstahlsicherungen zu informieren und Statistiken über gestohlene Babys zu lesen, dann standen die Chancen gut, daß sie eine hingebungsvolle Mutter sein würde.

Die biologische Bindung durch Elternschaft war sehr stark. Als er 1987 in Lyon wegen seiner Kriegsverbrechen vor Gericht stand, brach Klaus Barbie die Stimme, als er von »meinem verstorbenen Jungen« sprach. Klaus-Georg Barbie, der Sohn von SS-Obersturmführer Klaus Barbie, war vor den Augen seines Vaters 1980 beim Drachenfliegen in den Anden zu Tode gestürzt.

Am 6. April 1944 hatte Klaus Barbie vierundvierzig jüdische Kinder zusammengetrieben, die in Thien in Frankreich versteckt waren. An den deutschen Befehlshaber der französischen Sicherheitspolizei sandte er folgendes Telex: »Heute morgen wurde das jüdische Kinderheim ausgeräuchert.« Am fünfzehnten April 1944 kamen die Kinder in Auschwitz an. Am Abend wurden sie umgebracht. Man warf sie lebendig in einen Graben mit brennenden Leichen.

Sonia sprach über das Passahfest. »Ich denke darüber nach, ob ich beim nächsten Passahfest nicht einen Seder bei mir zu Hause mache«, sagte sie. »Ich habe ein Menüangebot von Lou K. Siegel. Die bringen einem das ganze Essen ins Haus. Suppe, gefilte Fisch, Meerrettich, Hühnersuppe, alles. Auch den Kuchen. Pflaumenkuchen, Nußkuchen, Marmorkuchen, Biskuitrollen, Sieben-Schichten-Torte. Den Kuchen kann man nur pfundweise ordern. Ein halbes Pfund kriegt man nicht. Und auf dem Bestellzettel steht hinter jedem Kuchen die Abkürzung für Pfunde, im Plural. Ach, ich vergaß, Eisenbahnkuchen haben sie auch noch. Warum essen die Juden soviel Kuchen? Was ist das überhaupt, ein Eisenbahnkuchen? Klingt makaber, findest du nicht? Eisenbahnkuchen für Juden.«

»Hab' ich noch nie gehört, Eisenbahnkuchen«, sagte Esther. »Hey, erinnerst du dich noch an die Wagenräder?«

»Ja«, sagte Sonia. »Ich erinnere mich an die Wagenräder.«

»Die mochte ich so gern«, sagte Esther. »Die waren so gut. Zwei riesige Biskuitrollen, mit Schokolade überzogen und Konfitüre drin, für fünf Cent. Beim Gedanken an Wagenräder krieg' ich Heimweh.«

»Nächste Woche kommt mein Cousin aus Sydney zu Besuch, ich werd' ihn bitten, dir ein paar mitzubringen«, sagte Sonia.

»Danke«, sagte Esther. »Das würde mich riesig freuen. Sag mal, warum willst du einen Seder bei dir abhalten? Ich dachte immer, daß du die jüdischen Festtage nicht feierst.«

»Das habe ich bis jetzt auch nicht«, sagte Sonia. »Aber jetzt, wo ich Mutter werde, möchte ich gern jüdischer sein. Ich hätte gerne bei uns zu Hause eine Art spirituelle Struktur oder religiöse Ausrichtung. Nachdem wir beide Juden sind, können wir auch dabei bleiben. Michael ist damit einverstanden.«

»Wenn du wirklich jüdischer werden willst, mußt du dich um dein Grab kümmern«, sagte Esther. »Juden machen sich immer Sorgen darüber, wo sie begraben sein werden. Manche Juden kaufen sich ein Grab, bevor sie sich ein Haus kaufen. Das ist ihre erste große Investition. Eine ordentliche Beerdigung ist für Juden sehr wichtig. Nachdem meine Mutter starb, sagte der Rabbi, sie habe das Glück gehabt, inmitten ihrer

Lieben zu sterben, und das Glück, in heiliger Erde, auf einem Friedhof ihres Volkes, begraben zu werden. Und das sei mehr, als es jedem anderen Mitglied ihrer Familie vergönnt gewesen war. Er hatte wohl recht, nehm' ich an.«

Bei der Beerdigung ihrer Mutter hatte sich Esther an die Worte des Rabbi von Linovice erinnert, über den sie gelesen hatte. 1942 stand er vor den Juden von Linovice, die vor einem ausgehobenen Graben ihre Erschießung erwarteten. »Meine lieben Brüder«, hatte er gesagt. »Nach all der Höllenqual, die wir in dieser Welt erduldet haben, stehen wir jetzt vor dem Tor zum himmlischen Königreich. Ich kann euch versichern, daß ihr alle direkt ins Paradies eingehen werdet.« Esther hätte so gern geglaubt, daß ihre Mutter direkt ins Paradies gekommen war.

»Meinst du nicht, daß ein anderer Job besser für dich wäre?« sagte Sonia. »Jeden Tag Nachrufe zu schreiben kann nicht gut für dich sein. Ich kenne jemanden, der gerade seine Stelle als Gartenkolumnist aufgibt.«

»Vom Gärtnern verstehe ich gar nichts«, sagte Esther. »Tut mir leid, daß ich das Gespräch auf den Tod gelenkt habe. Wir wären besser bei Geburten geblieben. Oder auch bei Schwänzen.«

»Morbide Themen faszinieren dich, nicht wahr?« sagte Sonia.

»Ich finde, Faszination ist nicht das richtige Wort«, sagte Esther.

»Nun ja, jeder ist wohl ein bißchen sonderbar«, sagte Sonia.

»Ich halte mich nicht für sonderbar«, sagte Esther. »Laß uns nicht darüber diskutieren, wer sonderbar ist und wer nicht. Warum treffen wir uns nicht zum Lunch? Ich möchte sehen, wie schön schwanger du bist.«

»Okay«, sagte Sonia. »Lunch ist eine gute Idee. Ich ruf' dich diese Woche vom Büro aus an, und dann machen wir was aus.«

»Das wäre toll«, sagte Esther. Sie fühlte sich gar nicht toll. Sie hatte Kopfschmerzen. Es war schon fast Zeit, zum Lunch aufzubrechen.

Das Cupping Room Café an der Ecke Broome Street und West Broadway war noch ziemlich leer. Esther wählte einen Tisch beim Fenster. Sie und Sean setzten sich.

Esther mochte das Cupping Room Café. Es war in dunklem Holz gehalten, im unkonventionellem Stil der siebziger Jahre. Das Cupping Room war nie ›in‹ gewesen und würde nie ›out‹ sein.

Ein Mann von Mitte sechzig mit grauen Haaren winkte ihnen zu. Es war Joe Spontina, ein Maler, den Sean kannte. Er kam an ihren Tisch. »Hallo, Sean, hallo, Esther«, sagte er. »Wie geht's euch beiden?«

»Gut«, antworteten sie beide.

»Ich war in deiner Ausstellung in der Tannenberg-Galerie«, sagte Sean. »Ich fand deine Arbeiten wunderbar. Du hast offenbar eine neue Richtung eingeschlagen. Ich bewundere die Leichtigkeit der Pinselführung, und das Lichtempfinden hat mir besonders gut gefallen.«

»Danke, danke«, sagte Joe Spontina. »Das hebt meine Stimmung. Gestern kam ein Freund, den ich seit dreißig Jahren kenne, ich will nicht sagen, wer es ist, er ist Schriftsteller und Maler, und verbrachte zwanzig Minuten vor meinen Bildern. Kein Kommentar. Nicht ein Wort. Nicht einmal eine diplomatische oder völlig neutrale Bemerkung. Ich nehme an, daß er neidisch ist. Obwohl ich meinen Erfolg als sehr bescheiden betrachte. Ich bin weiß Gott kein Star. Aber immerhin habe ich eine Ausstellung in New York. Und manche Leute sind auch auf bescheidene Erfolge neidisch.«

»Ich hasse solche Leute«, sagte Esther. »Unter Künstlern ist das so verbreitet. Aber vermutlich gibt's das überall. Wenn die Verfasser von Nachrufen Kontakt zueinander hätten, gäbe es wahrscheinlich Eifersüchteleien darüber, wer an welchem Toten zuerst dran war.«

»Was für ein Gedanke«, sagte Joe Spontina. »Ich muß gehen. Ich bin mit ein paar alten Freundinnen verabredet. Wir sind seit vierzig Jahren befreundet. Die drei, Ethel, Maria und Leonore, sind jetzt ungefähr vierundsiebzig, fünfundsiebzig und sechsundsiebzig. Sie haben immer davon gesprochen, daß sie, wenn sie es einmal geschafft hätten, eine Schiffspassage auf der *Queen Elizabeth* buchen und gemeinsam Europa erobern würden. Und jetzt, nach vierzig Jahren, machen sie endlich ihre große Reise. Es ist allerdings eine Pauschalreise auf die Bermudas. Weiter haben sie es nicht geschafft.«

»Oh«, sagte Esther, »ich finde es rührend, daß sie noch immer befreundet sind und immer noch miteinander verreisen wollen. Ich hoffe, sie haben viel Spaß.«

»Das glaub' ich schon«, sagte Joe Spontina. »Freut mich, euch beide zu sehen. Ich erzähl' euch dann, wie die Reise verlaufen ist.«

»Glaubst du, wir werden uns mit einer Pauschalreise auf die Bermudas begnügen müssen?« sagte Esther zu Sean.

»Fühlst du dich benachteiligt?« sagte er.

»Nein, eigentlich nicht«, sagte sie.

»Bist du auch nicht«, sagte er. »Wenn wir in Australien geblieben wären, hätten wir auch nicht mehr Geld.«

»Ich glaube schon«, sagte Esther. »Das Leben ist dort viel billiger.«

Sean stöhnte. »Willst du mir ein schlechtes Gewissen machen?« sagte er. »Ich habe sowieso schon das Gefühl, daß ich dich und die Mädchen nach New York gezerrt und einem unerträglichen Streß ausgesetzt habe.«

»Oh, die Mädchen fühlen sich wohl hier«, sagte Esther.

»Aber du nicht«, sagte Sean.

»Ich fühle mich nicht schlecht«, sagte Esther.

»Wir haben beide entschieden, hierherzukommen«, sagte Sean.

»Nein, du hast entschieden, und ich war damit einverstanden«, sagte Esther.

»Also bitte, was willst du von mir?« sagte Sean. »Soll ich verzweifelt sein?«

»Nein«, sagte sie.

Sie schwiegen. Esther sah auf die Uhr. »Es ist zwanzig nach zwölf«, sagte sie. »Wo bleibt Henia Borenstein?«

»Die kommt jeden Moment«, sagte Sean. »Sehen wir mal, was wir essen wollen.« Er reichte Esther die Karte.

Die Spezialität des Tages im Cupping Room Café waren gebackene Kartoffelschalen. Gebackene Kartoffel*schalen*. Zu acht Dollar fünfzig die Portion. Ein Gericht für die enthaltsamen neunziger Jahre. Die Reichen kleideten sich wie die Armen im Schichtenlook, in sorgfältig nicht harmonierenden Designerklamotten. Und jetzt aßen sie wie die Armen. Rüben, Pastinaken, Karotten, rote Bete und Süßkartoffeln tauchten auf den Speisekarten der besseren Restaurants in der Stadt auf und wurden überall in Manhattan auf Empfängen und bei Galadiners gereicht.

Im Ghetto von Lodz mußte man gute Beziehungen haben, um an Kartoffelschalen heranzukommen. Eines Abends war Edek Zepler mit fünf Pfund Kartoffelschalen nach Hause gekommen. Es war Rooshkas zwanzigster Geburtstag. Rooshka war zur Wasserpumpe im Hof gegangen und hatte, im Schnee kniend, sorgfältig den Dreck von den Schalen gewaschen. Nachdem sie gesäubert waren, wogen sie noch zwei Pfund. Sie hatte sie zerkleinert und Knödel gemacht, die sie in den Resten der Wassersuppe kochte, die sie tagsüber bei der Arbeit aßen. Als sie sich zu ihrem Festmahl niederließen, war es nach Mitternacht. »Alles Gute zum Geburtstag, Liebling«, hatte Edek Zepler gesagt. »Möge es nie mehr einen so schrecklichen Geburtstag für dich geben.«

Nebenan beugte sich ein Mann über den Tisch seiner Begleiterin zu. »Dein Problem ist, daß ich dich verwöhne«, sagte er. »Du hast zuviel Sex bekommen. Ein Mann sollte einer Frau nicht zuviel Sex geben. Er sollte sie hungrig lassen.«

Esther und Sean sahen sich an. »Ich glaube, er übt sich darin, ein Sam-Shepard-Stück zu schreiben«, sagte Sean.

Rechts von Esther saß ein kleiner Junge von vier oder fünf Jahren mit einem Armvoll Bücher. Er hatte ein Buch über Rembrandt, ein Buch über Monet, eins über Matisse und eins über Picasso. Es waren große, leuchtend bunte Kinderbücher.

»Rembrandt malte viel früher als die anderen«, sagte seine Mutter.

»Aber ich hab' das Buch über Picasso zuerst gekriegt«, sagte der Junge. »Picasso hab' ich am liebsten. Monet mag ich auch.« Er sprach es Mohnett aus.

Kein Wunder, daß es in New York so viele kluge Leute gab, dachte Esther. Wenn man mit vier schon wußte, daß man Picasso am liebsten mochte, welche Chancen hatte dann ein Kind aus Omaha, Nebraska, oder eines aus Melbourne, Australien? Sie war nie in Omaha gewesen. Nur einmal drübergeflogen.

»Es ist Viertel vor eins«, sagte Esther. »Wo ist sie? Ich wußte, daß das passieren würde. Ich wußte, daß das keine simple Verabredung sein würde. Mit Überlebenden kann man keine einfachen Verabredungen treffen. Wenn sie kommt, falls sie kommt, wird sie total aufgelöst sein. Irgend etwas Fürchterliches wird passiert sein. Nichts läuft jemals normal ab.«

Esther fühlte sich unbehaglich. Das Lokal war inzwischen voll. Eine ganze Reihe Leute, so lang wie die Bar, wartete auf einen Tisch. Sie konnten nicht einfach so sitzen bleiben. Sie hatte gewußt, daß es nicht glattgehen würde. Für Überlebende bedeutete jedes Ereignis eine potentielle Katastrophe, jede Aktion ein Unglück. Sie erinnerte sich daran, wie sie vor Jahren ihre Mutter gebeten hatte, eine Telefonnummer nachzusehen. Ihre Mutter hatte ein Telefonverzeichnis mit Schnappverschluß besessen. Sie beugte sich darüber, der Deckel schnappte zu früh hoch, und ihre Mutter hatte vier Wochen lang ein blaues Auge. Es gab nicht viele Leute, die behaupten konnten, ihr Telefonverzeichnis habe sie fast das Augenlicht gekostet.

Sie wünschte sich, nicht so reizbar zu sein, wenn es um Henia ging. Sie wäre so gern gütiger gewesen. Warum reagierte sie gereizt auf einen Menschen, der in Auschwitz gewesen war?

»Ich geh' mal raus und suche sie«, sagte Sean. »Vielleicht kann sie das Restaurant nicht finden, obwohl ich es ihr genau beschrieben habe. Ich sagte West Broadway, nicht Broadway, und ich hab' ihr auch gesagt, daß es sowohl auf dem West Broadway wie auf der Broome Street einen Eingang gibt. Ich bin gleich zurück.«

Esther versuchte sich zu beruhigen. Sie sah sich im Restaurant um. Ein großer dicker Mann mit rotem Gesicht kaute seine Fingernägel. Er verzog das Gesicht, während er sich konzentriert von Nagel zu Nagel vorarbeitete. Seine Begleiterin war offenbar seine Frau. Das Nägelkauen schien sie nicht zu stören.

Ein junger bärtiger Mann an einem der vorderen Tische sprach mit beiden Händen vor dem Mund. Wie ein schüchternes junges Mädchen. Er sprach in seinen Bart. Was war mit den Männern los? Sie wurden zunehmend nervöser.

Selbst robuste Männer wie Roger, ein Journalist, den Esther manchmal um Informationen bat, drückten sich vor dem Erwachsenwerden. Roger war zweiundvierzig. Er ging zu arrangierten Rendezvous und verliebte sich mindestens einmal im Monat. Eines Tages wollte er eine Familie gründen. »Ich bin ein Spätzünder«, sagte er zu Esther.

»Beeil dich lieber«, sagte sie zu ihm. »Sonst wirst du ein Rohrkrepierer.«

Bis diese Spätzünder Kinder hatten, dachte Esther, würden sie die Kinderwagen mit ihren Gehstützen schieben. Aber da es jetzt so viele alte Väter gab, hatte vielleicht schon jemand einen Kinderwagen erfunden, den man in eine Gehstütze einhaken konnte.

Sean kam zurück. »Ich seh' sie nirgends«, sagte er. »Ich gehe jetzt mal um den Block. Falls sie die falsche Adresse hat. Ich mache mir ein bißchen Sorgen um sie.«

»Sorgen um sie«, sagte Esther. »Ich mach' mir Sorgen um mich. Ich habe fürchterliche Kopfschmerzen.«

Sie beschloß, eine Einkaufsliste zu schreiben. Wenn sie sich beruhigen wollte, schrieb sie entweder eine Einkaufsliste oder zupfte sich die Augenbrauen.

Früher, in Melbourne, hatte sie sich vor dem Haus ihrer Analytikerin vor Beginn der Sitzungen im Auto die Augenbrauen gezupft. Sie zupfte und zupfte. Über der Brauenlinie und darunter. Fünf Jahre lang hatte sie bleistiftstrichdünne Augenbrauen.

Kürzlich hatte sie gelesen, daß ein Psychologe das Augenbrauenzupfen für eine Art Fetischismus hielt. Eine weibliche Perversion. Sie hielt sich nicht in diesem Sinne für pervers oder fetischistisch. Seit sie in New York lebte, hatte sie sogar ziemlich buschige Augenbrauen bekommen. Das lag allerdings hauptsächlich an den Lichtverhältnissen in ihrer Wohnung. Das helle australische Licht war perfekt zum Brauenzupfen. Das gedämpftere Licht in Manhattan war einfach nicht gut genug.

Eine geübte Augenbrauenzupferin wie sie konnte ihre Brauen nicht in einem Restaurant zupfen. Sie nahm ein Stück Papier aus ihrer Tasche. Sie brauchten Mineralwsser, Toilettenpapier, Kleenex, Margarine, Nudeln, Thunfisch, Tomatenmark. Sie hatte die Seite schon halb vollgeschrieben und war gerade bei den Waschmitteln, als sie Henias Stimme hörte.

»Ich dachte, ich muß ganz sicher sterben«, sagte sie gerade. Esther blickte auf. Henia klammerte sich mit ihren ganzen hundertfünfzig Zentimetern an Seans Arm. Sie war in einen großen, bodenlangen Nerzmantel gehüllt. Trotz ihrer korrekt frisierten gelbblonden Haare sah sie aufgewühlt aus. »Ich dachte, ich muß ganz sicher sterben«, sagte sie noch einmal.

Esther stand auf, um Henia zu begrüßen. »Hallo, Darling«, sagte Henia. Sie war atemlos, als ob sie gerannt wäre. »Ich bin drei Stunden mit dieser Frau herumgefahren. Sie konnte das Restaurant nicht finden. Ich hatte solche Angst. Gott sei Dank hat dein Mann mich gesehen, sonst würd' ich immer noch in dem Auto sitzen. Die wollte mich nicht rauslassen. Die hat die Türen verriegelt. Ich sagte ›Lassen Sie mich raus‹, aber sie sagte, sie würde die Adresse schon finden. Ich sage dir, ich hab' gedacht, ich muß sterben.«

»Das tut mir leid«, sagte Esther. »Hattest du das Taxi bestellt?«

»Ja«, sagte Henia. »Eigentlich wollte ich den Bus nehmen, aber heute ist Sonntag, und da fährt der Bus nicht so oft, und ich wollte nicht zu spät kommen, also habe ich mir ein Taxi bestellt. Für zehn Uhr. Drei Stunden hat sie gebraucht. Von Little Neck nach Manhattan. Normalerweise braucht man vierzig Minuten. Sie fuhr und fuhr. Ich wußte nicht, wo ich war. Es war eine sehr dicke Frau. Eine Schwarze.«

Esther versuchte, Mitgefühl zu zeigen, aber ihr Gesicht war verschlossen.

»Ich dachte, sie wollte meinen Mantel stehlen«, sagte Henia. »Wenn dein Mann mich nicht gesucht hätte, wäre ich immer noch in dem Auto.«

Esther fragte sich, warum Henia bei diesem milden Wetter einen Nerzmantel angezogen hatte. Sean hängte den Mantel über den freien Stuhl. Er nahm Henia in die Arme. »Das war schrecklich, Henia«, sagte er. »Ich bestelle dir einen Kaffee.«

»Ich habe die Fahrerin gesehen«, sagte er zu Esther. »Sie sah wirklich merkwürdig aus.«

»Ich hätte Autofahren lernen sollen«, sagte Henia. »Es war ein großer Fehler, daß ich nie Autofahren gelernt habe. Josl hat mich immer überall hingebracht.«

»Trink einen Kaffee«, sagte Sean. »Dann geht's dir besser.«

»Ich muß auf die Toilette«, sagte Henia. »Ich gehe in Restaurants nicht gern auf die Toilette, aber ich muß.«

»Die Toilette ist links um die Ecke«, sagte Esther. »Es ist die kleinste Toilette der Welt. Du mußt eine Stufe hinaufsteigen, um zur Schüssel zu kommen, und dann die Tür hinter dir zuziehen.«

»*Oij a broch*«, sagte Henia. »*Oij a broch* ist so was wie ein Fluch«, sagte sie zu Sean.

»Es bedeutet ›ach, Scheiße‹«, sagte Esther. Henia runzelte die Stirn. Die Übersetzung schien ihr nicht zu gefallen.

Sie umklammerte ihre Handtasche und ging. »Wie kann sie in diesen Schuhen laufen?« sagte Esther. »Die Absätze sind mindestens fünfzehn Zentimeter hoch.«

»Sie sieht ein bißchen wacklig aus«, sagte Sean. »Die Arme.«

»Wir hätten an die Toilette hier denken sollen«, sagte Esther. »Es ist für mich schon schwierig genug, aber wenn man zweiundsiebzig ist und hohe Absätze trägt, dann muß es unmöglich sein. Ich hoffe, sie schafft es.«

»Du hättest sehen sollen, in welchem Zustand sie sich befand«, sagte Sean. »Als sie mich sah, versuchte sie so verzweifelt, aus dem Auto rauszukommen, daß sie sich praktisch vom Wagen auf den Bürgersteig katapultierte. Sie hat mich fast umgehauen. Ich dachte, sie würde aufs Gesicht fallen. Sie hat gezittert wie Espenlaub.«

»Wirklich?« sagte Esther. »Ich kann mir kaum vorstellen, daß sie um zehn Uhr von Little Neck weggefahren ist.«

»Sie hat offensichtlich etwas Schlimmes durchgemacht, egal wann sie von Little Neck weggefahren ist«, sagte Sean.

Henia kam zum Tisch zurück. »Hast du die Toilette gefunden?« sagte Sean.

»Jaja«, sagte Henia. »So schlimm war es nicht.«

»Du hast einen wunderbaren Mann«, sagte sie zu Esther. »Ich hatte auch einen guten Mann.« Sie begann zu weinen. »Und was hat er mir angetan. Er war nicht einen Tag in seinem Leben krank. Stark wie ein Bär. Und dann fiel er tot um.«

Henia nahm sich zusammen. »Wie geht's deinem Vater?« sagte sie zu Esther.

»Dem geht's gut«, sagte Esther. »Obwohl, eigentlich nicht. Er ist einsam und deprimiert.«

»Er sollte herkommen«, sagte Henia.

»Ich kann ihn nicht dazu bewegen«, sagte Esther. »Ich habe es versucht, aber er rührt sich nicht vom Fleck. Er sitzt vor dem Fernseher, und er liest Groschenromane. Und er will eigentlich niemanden sehen.«

»Als er uns in Little Neck besuchte, als er in New York war«, sagte Henia, »bin ich einkaufen gegangen. Als ich zurückkam, saßen die beiden Männer auf dem Sofa. Sie hielten sich bei der Hand und weinten.« Sie begann wieder zu weinen. Sie schneuzte sich und atmete tief durch. »Ich lese auch Groschenromane«, sagte sie.

»Ich habe meinen Vater so oft gebeten, herzukommen«, sagte Esther. »Es deprimiert mich, wenn ich daran denke, daß er deprimiert zu Hause herumsitzt. Aber je öfter ich ihn frage, desto gereizter wird er. Sean hat ihn auch gebeten. Er sagt genauso barsch nein zu Sean wie zu mir. Melbourne ist seine Heimat, sagt er, und da will er auch sterben. Ich habe ihm gesagt, ich hätte ja nichts dagegen, daß er in Melbourne sterben will, aber bis dahin könnte er ja bei uns in New York leben. Er hat mich gefragt, ob ich ihn wahnsinnig machen will. Ich habe das Thema schon eine ganze Weile nicht mehr angesprochen.«

Die Kellnerin, die schon ein paarmal gefragt hatte, ob sie bestellen wollten, kam wieder an den Tisch. Henia sagte, sie hätte gern einen Muffin. »Ich kann nicht soviel essen«, sagte sie. Esther bestellte sich einen Salat.

»Möchtest du keinen Fisch oder eine Pasta?« sagte Sean. »Der Fisch sieht sehr gut aus, es ist Barsch.«

»Nein, danke«, sagte Esther. »Ich bin nicht sehr hungrig.«

»Ich nehme den Fisch«, sagte Sean.

»Schreibst du immer noch diese Todesmeldungen?« sagte Henia.

»Ja«, sagte Esther.

»Warum machst du das?« sagte Henia.

»Nun, zunächst mal werde ich dafür bezahlt«, sagte Esther. »Ich hatte Glück, den Job zu bekommen. Ich mag ihn.«

»Du magst das?« sagte Henia. »Du schreibst gerne über den Tod? Was kann man daran gern mögen? In Auschwitz, da hatte ich Tod genug.«

Esther sah auf die Uhr. Henia hatte keine zwanzig Minuten gebraucht, um Auschwitz ins Gespräch zu bringen.

»Heute morgen habe ich mit meiner Schwester in der Schweiz telefoniert«, sagte Henia. »Wir verstehen uns sehr gut. In Auschwitz habe ich sie aus den Öfen gezerrt. Sie war schon halb in der anderen Welt.«

Esther sah Henia ungläubig an. Sie konnte ihre Schwester nicht aus den Öfen gezerrt haben. Die Körper in den Öfen waren schon tot. Vergast. Und kein Mensch konnte in die Gaskammern gehen und jemanden herausholen.

Dann erinnerte sie sich. Edek hatte ihr die Geschichte erzählt. Henia meinte das im übertragenen Sinne. Sie hatte das Leben ihrer Schwester gerettet. Henia hatte dafür gesorgt, daß die Nummer ihrer Schwester auf der Selektionsliste durch die Nummer einer anderen Frau ersetzt wurde, die im Krankenblock im Sterben lag. Henia, die damals weniger als sechzig Pfund wog, hatte ihre Brotrationen von vier Tagen und ihre Schuhe für diesen Tausch hergegeben. Esther fühlte sich schuldig, weil sie an ihren Worten gezweifelt hatte.

»Du siehst nicht besonders gut aus«, sagte Henia.

»Ich bin nur müde«, sagte Esther. Sie wollte nicht sagen, daß es recht stressig war, in einem vollen Restaurant eine Stunde lang einen Tisch besetzt zu halten, weil man auf jemanden wartete. Obwohl, im Vergleich zu Auschwitz und den Öfen schien das Warten in einem Restaurant nicht besonders stressig zu sein.

»Was ist denn mit dir los?« sagte Henia. »Du bist jung, du solltest nicht müde sein.«

Sie sollte nicht müde sein. Sie sollte nicht gestreßt sein. Sie sollte sich nicht aufregen. Sie hatte all das, was sie nicht sein sollte, so satt. Ihr ganzes Leben lang hatte man ihr vorgehalten, was sie nicht sein sollte.

»Eigentlich bin ich auch nicht müde«, sagte sie. »Ich war schon immer blaß.«

»Als Baby warst du nicht blaß«, sagte Henia. »Nicht so blaß. Ich habe Bilder von dir. Mit deiner Mutter. Du hast gestrahlt.«

Esther versuchte zu lächeln. Es wurde eine gequälte Grimasse. Wahrscheinlich sah sie jetzt noch schlimmer aus als vor Henias aufmunternden Worten.

Nicht jeder hätte dahinter Henias Versuch erkannt, Esthers Stimmung zu heben. Diese Holzhammermethode war eine jüdische Spezialität, die hauptsächlich von polnischen Juden angewandt wurde. Man hämmerte dem anderen ein, daß er sich nicht schlecht, müde, deprimiert oder krank fühlte. Meistens funktionierte es.

»Wie geht es deinen Söhnen?« sagte sie zu Henia.

»Es sind gute Jungs«, sagte Henia. »Alle beide. Der älteste wurde wie du im Durchgangslager geboren. Zwei Monate nach dir. Wir dachten immer, ihr beide würdet heiraten.«

Sie zog das Foto eines fahl aussehenden Mannes mit Schnurrbart hervor. »Das ist er«, sagte sie. »Mein Samuel.« Esther betrachtete das Foto. Sie war froh, daß aus den Heiratsplänen nichts geworden war.

»Mein anderer Sohn ist ein Genie«, sagte Henia. »Er ist ein hohes Tier. Professor für technische Wissenschaften. Jedes Jahr gewinnt er Preise und Auszeichnungen. Alle vier Schwestern, meine drei Schwestern und ich, wir haben alle ein Genie auf die Welt gebracht. Das liegt bei uns in der Familie.«

Esther nickte. »Wie schön für dich«, sagte sie.

Sean berichtete von der Ausstellung, die er nächsten Monat in Chicago haben würde. Henia hörte zu.

»Was kriegst du für deine Bilder?« sagte sie.

»Von tausend Dollar für ein kleines Werk auf Papier bis zu fünfzigtausend Dollar«, sagte Sean.

»Puhh, ist das teuer«, sagte Henia. »Und die Leute geben so viel Geld für ein Bild aus?«

»Gott sei Dank tun sie das«, sagte Sean.

»Mein Sohn«, sagte Henia, »der, der das Genie ist, verdient hunderttausend Dollar im Jahr. Im Sommer kann er in acht Wochen zwanzigtausend Dollar verdienen. Letztes Jahr hat er für seine Abteilung fünfhunderttausend Dollar Forschungsgelder erhalten. Das ist eine halbe Million Dollar. Er ist ein Genie.«

Henia brach noch ein Stück von ihrem Muffin ab. Sie hatte nichts davon gegessen, sie hatte ihn nur in kleine Stücke zerbröselt.

»Möchtest du etwas anderes bestellen?« sagte Esther.

»Nein, danke«, sagte Henia. »Ich esse nicht viel. Ich habe keinen großen Appetit.«

Esthers Nerven hatten ihren Appetit angeregt. Sie hatte den ganzen Brotkorb geleert. Jetzt war sie zu satt, um ihren Salat zu essen. Sie wünschte, sie hätte das Brot nicht auch noch gebuttert.

»Schon bevor Josl starb, habe ich nicht sehr viel gegessen«, sagte Henia. »Aber jetzt esse ich noch weniger. Ich habe einen sehr guten koscheren Delikatessenladen ganz in meiner Nähe, aber ich gehe nicht sehr oft dorthin. Früher habe ich sehr viel dort eingekauft. Meinem Mann war das egal. Er war ein sehr guter Mann. Ihm war egal, daß ich nicht gekocht habe. Kochen ist nichts für mich. Manche Frauen sind gern in der Küche. Ich nicht. Hat deine Mutter gekocht?«

»Meine Mutter war eine ausgezeichnete Köchin«, sagte Esther.

»Sehr schön«, sagte Henia. »Mein Mann war auch ein sehr guter Vater. Er gab seinen Söhnen zwei Häuser. Kleine Mietshäuser. Er wußte, wenn die Häuser ihnen gemeinsam gehören, dann würden sie zusammenhalten. Er war sehr clever. Er gab ihnen die Häuser vor zehn Jahren. Die beiden Jungs mußten alles, was damit zu tun hatte, gemeinsam erledigen, also mußten sie miteinander auskommen. Josl war ein kluger Mann.

Er war auch ein guter Geschäftsmann. Hat viel Geld gemacht. Ich gebe viel Geld an Hilfsorganisationen. Ich spende für die UJA. Ich spende für den United Israel Appeal. Ich spende viel. Der Frau, die mir die Maniküre macht, hab' ich hundert Dollar für die Schule ihrer Tochter gegeben. Josl war genauso. Er hat gern gegeben.«

»Nun, mein Vater hat vielleicht nicht viel Geld gemacht, aber er war meiner Mutter ein sehr guter Ehemann«, sagte Esther. »Er betete sie an. Als sie krank wurde, kümmerte er sich um alles, was sie brauchte. Er lernte, ihr Spritzen zu geben. Er kochte für sie. Er, der in seinem ganzen Leben nicht in der Küche gesehen wurde, lernte, einen Apfel zu braten und Reis zu kochen. Während ihrer Krankheit hat er jeden Morgen eine Tagesration Apfelsaft und Spinatsaft hergerichtet. Es hieß, der Spinat würde helfen, den Krebs zu bekämpfen.«

»Ich könnte nie einen anderen Mann wie meinen Josl finden«, sagte Henia. »Ich hatte drei Heiratsanträge. Von Millionären. Aber ich bin nicht interessiert.«

»Das verstehe ich«, sagte Esther. »Mein Vater geht noch nicht einmal mit einer Frau aus.«

»Kinder, ich muß los«, sagte Henia. »Ich habe einen Termin bei meinem Steuerberater. Ich möchte für das Essen zahlen. Ihr seid heute meine Gäste.«

»Danke«, sagte Sean. »Wie kommst du dahin, wo du hinmußt?«

»Ich nehme mir ein Taxi«, sagte Henia.

»Wir begleiten dich«, sagte Sean.

Gleich vor dem Restaurant stand ein Taxi. Henia küßte Esther und Sean zum Abschied. »Es war schön, euch zu sehen«, sagte sie. »Bitte grüß deinen Vater.« Sie kletterte ins Taxi. Sie winkten ihr nach.

»Ich glaube nicht, daß sie drei Heiratsanträge hatte«, sagte Esther.

Esther wanderte durch das Loft. Sie war unruhig. Sean malte. Er mußte eine große Auftragsarbeit fertigstellen. Es war ein herrlicher Tag. Mild und klar. Die Nachmittagssonne sah einladend aus.

Sie beschloß, einen Spaziergang zu machen. Sie war dankbar, daß sie allein spazierengehen konnte. Sie hatte ihr Leben lang Anfälle von Agoraphobie gehabt, und jedesmal befürchtet, daß diese Anfälle nie aufhören würden.

Die einfachsten Dinge wurden kompliziert, wenn man an Platzangst litt. Und wenn die einfachsten Dinge kompliziert wurden, dann wurden schwierige Dinge unmöglich. Manchmal, wenn es besonders schlimm war, war sie nicht fähig gewesen, allein eine Straße zu überqueren. Ihr summte der Kopf, und der Asphalt schwankte.

Oder sie wurde, nur ein paar Ecken von zu Hause entfernt, plötzlich von einer furchtbaren Panik überwältigt. Von dem entsetzlichen Gefühl, daß sie nie wieder nach Hause käme, daß sie auf der Straße zusammenbrechen und ins Hospital gebracht würde. Eine unbekannte Frau, die kollabiert war.

Sie trug eine Unmenge Identitätsnachweise mit sich herum. Kreditkarten, Visitenkarten, Telefonkarten, Museumskarten. Karten mit ihrem Namen, ihrer Adresse, Telefon und Fax. Auf diese Weise war sie im Notfall, vorausgesetzt ihre Handtasche ging nicht verloren, leicht zu identifizieren.

Sie wollte nicht zuviel über ihre Platzangst nachdenken. Zum Teil, weil sie fürchtete, sie damit hervorzurufen. Sean hatte eines Tages angemerkt, wie entspannt sie sich auf der Straße bewegte. »Schscht«, hatte sie gesagt. »Kein Wort, bitte. Es kann jederzeit wiederkommen. Einfach so.«

»Ich mache einen Spaziergang«, sagte sie zu Sean. »Wahrscheinlich gehe ich zum Washington Square Park hinauf. In ungefähr einer Stunde bin ich zurück.«

Sean war voller Farbe und tanzte zu Bob Dylan. »Bis später«, sagte er.

Sie ging am La Guardia Place entlang und dachte an Henia Borenstein. Henia, in ihrem riesigen Pelzmantel und mit ihren unglaublich hohen Absätzen. Henia ist robuster als meine Mutter, dachte sie. Robuster und viel unkomplizierter. Henia schien nicht diese ungeheure Wut in sich aufgestaut zu haben, die in Rooshka Zepler Amok lief. Nicht die Qual, die Traurigkeit und die Bitterkeit, die mit den kleinen Bruchstücken von Glück und Frieden konkurrierten, die Rooshka Zepler sich gestattet hatte.

Trotz ihrer Hysterie hatte Henia Kraft und Selbstvertrauen. 1950 hatte sie ihren Mann und ihren kleinen Sohn in Deutschland zurückgelassen und war nach Israel gefahren, um die Möglichkeit zu prüfen, dort zu leben. Nach einem Monat in Israel stellte sie fest, daß nach allem, was sie und Josl durchgemacht hatten, das Leben in Israel zu hart war. Sie kehrte nach Deutschland zurück, und sie planten ihre Auswanderung nach Amerika.

Esther bewunderte Henia dafür, daß sie einfach so nach Israel gefahren war. Ihre Mutter war kaum in der Lage gewesen, das Haus zu verlassen. Ihre Mutter hatte fast die ganzen sechsunddreißig Jahre, die sie in Australien lebte, in ihrem Viertel verbracht.

Die Holy Trinity Chapel auf dem Washington Square war ein anspruchsloses Gebäude aus Beton und Granit. Esther liebte diese Kirche. Sie hatte einfache, stabile, menschliche Dimensionen. Esther fand, daß Mensch und Gott, wenn es einen Gott gab, in dieser Kirche weniger voneinander entfernt zu sein schienen.

Ob Gott nun ein richtiger Gott war oder eine hohe geistige Errungenschaft, in der Holy Trinity Chapel schien man die Distanz zwischen Gottes Größe und der eigenen Kleinheit überwinden zu können.

Esther ging in die Kirche. Sie war fast leer. Eine gutgekleidete Frau um die Dreißig bekreuzigte sich und ging. Hinten in der Kirche saß ein Mann, der mit einem Vergrößerungsglas in der Bibel las. Drei oder vier Obdachlose schliefen auf verschiedenen Kirchenbänken.

Esther setzte sich. Die Buntglasfenster der Kirche waren von einer erstaunlichen Intensität. Ihre grellen Farben standen in merkwürdigem Gegensatz zur gedämpften Natur des Betens.

Von außen fielen die Fenster fast gar nicht auf. Erst innen sah man ihre strahlenden Farben. Magentarot, Türkis, Zinnoberrot, Ultramarinblau, Chromgelb, leuchtendes Orange und tiefes Purpur.

Vor den beiden Beichtstühlen stand auf einem Schild zu lesen: FÜR BEICHTEN VON ANGESICHT ZU ANGESICHT BENUTZEN SIE BITTE DEN LINKEN BEICHTSTUHL. Esther hatte zunächst geglaubt, der rechte Beichtstuhl sei für jene, die das Gesicht vom Priester abwenden wollten. Alles, was sie über das Beichten wußte, hatte sie in Filmen gesehen. Und in Filmen beichteten die Leute für gewöhnlich einem Vorhang. Ein Katholik hatte ihr erklärt, dieses »von Angesicht zu Angesicht« hieße, daß man statt des Vorhangs den Priester ansah.

Esther fühlte sich sehr friedvoll in der Kirche. Manchmal, wenn sie dort saß, fiel ihr eine gute Nachruf-Zeile ein.

Sie fragte sich, warum sie in einer Kirche diesen Frieden empfinden konnte. In Wirklichkeit war eine Kirche nicht heiliger oder moralischer als eine Bank oder irgendeine andere Institution. Manche Banken hatten zu gewissen Zeiten wahrscheinlich sogar mehr Mitgefühl gezeigt als manche Kirchen.

Während des Krieges hatte der Vatikan genaue Informationen über die Deportationen der Juden und über das Massenmorden gehabt. Papst Pius XII. hatte sich trotz vieler Appelle geweigert, die Ermordung der Juden offiziell zu verurteilen oder die Nazis aufzufordern, das Töten einzustellen.

1943, als die Nazis praktisch an der Schwelle der päpstlichen Residenz damit begannen, die italienischen Juden zusammenzutreiben, blieb der Papst neutral. Er distanzierte sich von den alliierten Erklärungen gegen die Nazikriegsverbrechen.

Neben dem Eingang der Kirche befand sich eine Christusfigur. Die Skulptur war von einem Earl C. Neiman geschaffen worden. War er Jude? Wahrscheinlich, dachte Esther. Sie zündete eine Kerze für ihre Mutter an und ging.

Um sechs Uhr rief sie ihren Vater an. In Australien war es jetzt Montagmorgen, zehn Uhr.

»Hallo«, sagte Edek Zepler.

»Hallo, Dad«, sagte Esther. »Ich bin's.«

»Hallo, ich bin's«, sagte Edek Zepler.

Esther lachte. Ihr Vater schien gut gelaunt zu sein. »Wie geht's dir, Dad?« sagte sie.

»Wie's einem so geht«, sagte er. Er sagte es langsam. Machte nach jedem Wort eine Pause. Als ob er die Diagnose einer schweren Krankheit von sich geben würde. Der Schwung, den sie aus seinem ersten Hallo herausgehört hatte, war verschwunden. Seine Stimme war flach wie immer.

»Wie geht's bei euch?« sagte er.

»Gut«, sagte sie. »Uns geht's allen gut.«

»Das ist die Hauptsache, daß alle gesint sind«, sagte er.

Sie wünschte, er würde es richtig aussprechen. »Ja«, sagte sie, »wir sind alle gesund.« Sie klopfte auf Holz, obwohl sie wußte, wie albern es war, abergläubisch zu sein.

»Hast du gestern abend Karten gespielt?« fragte sie.

»Ja, wir haben gespielt. Aber der Abend war nicht so gut. Herschel fiel tot um.«

»O nein, Mr. Rymer ist gestorben?« fragte Esther.

»Ja, er fiel tot um«, sagte Edek. »Mitten im Spiel ist er aufgestanden. Es war erst ungefähr acht Uhr. ›Ich fühl' mich nicht gut‹, sagte er. Und fiel um. Tot.«

»Es tut mir so leid, das zu hören«, sagte Esther. »Er war ein netter Mann.«

»Er war ein netter Mann«, sagte Edek. »Er sagte, er fühlt sich nicht wohl, aber er sah nicht schlecht aus. Er war sogar dabei, das Spiel zu gewinnen. Wir riefen den Notarzt, aber es hat nichts mehr genutzt. Er war tot. Heute nachmittag ist die Beerdigung. Langsam wird's eng auf dem Jüdischen Friedhof. Als Mum begraben wurde, gab es noch viel Platz. Jetzt ist er fast voll. Ich kenne mehr Leute auf dem Friedhof als außerhalb. Bald werde ich nicht mehr jedesmal hinfahren müssen, wenn einer stirbt. Dann werde ich selbst dort liegen.«

»Die arme Mrs. Rymer«, sagte Esther.

»Ja«, sagte Edek, »jetzt hat sie keinen mehr, der sie rumkutschiert.«

»Ich bin sicher, er hat ihr mehr bedeutet als das.«

»Sie ist kein netter Mensch.«

Esther wußte, daß es sinnlos war, zu widersprechen. Mit ›kein netter Mensch‹ war alles abgedeckt. Es umfaßte Edeks sämtliche Vorurteile und unumstößliche Meinungen. Bei ›kein netter Mensch‹ wurde nicht mehr diskutiert.

»Nun, mir tut sie leid«, sagte Esther.

»Zumindest ging es schnell«, sagte Edek. »So möchte ich auch abtreten. Peng. Peng. Tot.« Esther fand, daß ihr Vater sich zu viele alte Western ansah.

Sie wechselte das Thema. »Wir haben Henia Borenstein heute zum Lunch getroffen«, sagte sie.

»Ich weiß«, sagte er.

»Wie um alles in der Welt kannst du das wissen?« sagte sie. »Das war doch erst vor ein paar Stunden.«

»Glaubst du, dein Vater weiß nichts?« sagte Edek. »Es gibt immer noch ein paar Dinge, über die ich informiert bin. Selbst in Melbourne hören wir, was in der Welt los ist.«

»Woher weißt du das, Dad?« sagte sie.

»Sie hat mich angerufen«, sagte er.

»Henia Borenstein hat dich angerufen?« sagte Esther.

»Sie hat mich angerufen«, sagte Edek. »Um sieben Uhr früh, um genau zu sein.«

Henia mußte Edek angerufen haben, sowie sie nach Hause gekommen war, dachte Esther. Nein, das konnte nicht sein, weil sie nach dem Lunch erst noch ihren Steuerberater treffen wollte. Vielleicht hatte sie den Termin abgesagt?

»Sie hat mir erzählt, daß du nicht besonders gut aussiehst«, sagte Edek.

»Großartig«, sagte Esther. »Ich fand nicht, daß ich so schlecht aussah.«

»Ich habe ihr gesagt, meine Tochter ist eine Pessimistin«, sagte Edek.

»Danke, Dad«, sagte Esther.

»Das war nicht böse gemeint«, sagte Edek. »Es ist einfach die Wahrheit. Du bist eine Pessimistin. Und deshalb siehst du aus wie eine Pessimistin.«

»Ich bin keine Pessimistin«, sagte Esther. »Ich bin nervös. Ich mache mir leicht Sorgen.«

»Welchen Grund hast du, dir Sorgen zu machen? Gar keinen«, sagte Edek Zepler.

Esther atmete tief durch. »Wie war Henia denn?« sagte sie. »Hat der Lunch ihr Spaß gemacht?«

»Über den Lunch hat sie nicht viel gesprochen«, sagte Edek. »Sie hat mir einen Vorschlag gemacht.«

»Tatsächlich?« sagte Esther. »Was hat sie gesagt?«

»Sie kam direkt auf den Punkt«, sagte Edek. »Sie hat mir gesagt: ›Ich habe meinen Josl geliebt, und du hast ihn gekannt. Du hast deine Rooshka geliebt, und ich habe sie gekannt. Warum tun wir uns nicht zusammen? Ich kann mit dir über meinen Josl reden, und du kannst mit mir über deine Rooshka reden.‹«

Esther war sprachlos. Das war der beste Köder, von dem sie je gehört hatte.

»Was sie sagt, stimmt«, sagte Edek. »Sie ist eine intelligente Frau. Weißt du, daß sie schon vier Heiratsanträge hatte? Von Millionären.«

Esther wand sich. Sie wollte nicht zu begeistert klingen, um ihren Vater nicht von der Idee abzubringen. Sie hörte, daß er interessiert war. Er hatte Henia eine intelligente Frau genannt. Das Wort ›intelligent‹ war eine seiner höchsten Auszeichnungen, und er benutzte es selten. Vier Heiratsanträge! Heute mittag waren es erst drei gewesen. Vielleicht hatte Henia den Steuerberater doch getroffen. Vielleicht hatte der Steuerberater ihr einen Heiratsantrag gemacht.

»Ich finde, da könnte man wirklich drüber nachdenken«, sagte Esther. »Henia scheint eine sehr nette Person zu sein«, fügte sie vorsichtig hinzu.

»Sie ist eine sehr nette Person und eine intelligente Frau«, sagte Edek.

»Sean findet sie auch sehr nett«, sagte Esther.

»Natürlich ist sie sehr nett«, sagte Edek. »Und intelligent. Hör zu, sie hatte schon vier Heiratsanträge.«

»Ihr beide habt wirklich viel gemeinsam«, sagte Esther. »Wie Henia schon sagte, ihr habt beide den Partner des andern gekannt, und ihr kamt alle aus Lodz.«

»Ich weiß nicht«, sagte Edek.

»Es muß ja nicht Liebe sein«, sagte Esther. »Die Leute heiraten aus vielen verschiedenen Gründen.«

»Liebe, Liebe, Liebe«, sagte Edek Zepler. »Ich rede nicht von Liebe. Ich rede von gar nichts. Nichts wird geschehen. Nichts.«

4

Mann, 35, amputiert. Sensibel. Liebt Spaß. 120 cm ohne Beine. 180 cm mit Beinen. Jede gewünschte Größe möglich.

Diese Anzeige stand auf der Seite für Singles im *Downtown Bugle*. Zwei Seiten vor Esthers Nachrufen. Esther wußte nicht, ob es sich um einen Witz oder um eine ernstgemeinte Partnersuche handelte. Obwohl man bei den meisten dieser Annoncen kaum unterscheiden konnte, ob sie ernst gemeint waren oder nicht.

Diese Woche suchte eine »Israelin, amerikanischer Typ«, einen »amerikanischen Prinzen«. »Gemeinsame Zukunft in den USA oder in Israel, kein Zank.« Was war eine Israelin amerikanischen Typs, und warum sprach sie jetzt schon über Zank?

Ein Romeo suchte seine Julia, und eine Vegetarierin suchte »einen vegetarischen Freund oder Lebenspartner.« Einen vegetarischen Freund. Wie unaufregend. Diese Vegetarierfreundsucherin sollte lieber die Dienste der Personal Ad Success Company in Anspruch nehmen.

Für hundertzwanzig Dollar bot die Personal Ad Success Company einen Kurs von sechsmal eineinhalb Stunden an, in dem man bei »einem der führenden amerikanischen Experten« lernen konnte, wie eine erfolgreiche Partnersuchanzeige zu gestalten wäre. Unter anderen konnte man folgende Dinge lernen: »Wie verfaßt man eine unwiderstehliche Anzeige, mit der man einen passenden Partner findet?«; »Wie antwortet man auf eine Anzeige?«; »Wie lehnt man auf taktvolle Weise jemanden ab?« und »Wie geht man mit Geschlechtskrankheiten um?« Mit Geschlechtskrankheiten? Der führende Experte auf dem

Gebiet der Partnersuchanzeigen mußte einen schlechten Tag gehabt haben, als er diesen Titel für ein Seminar erfand.

Eine andere Firma bot einen billigeren Kurs an: »Flirten, Ausgehen und Ihren Partner finden«. Dieser Kurs wurde von einem Experten für »menschliche Sexualität und interpersonelle Kommunikation« geleitet.

Vielleicht sollte man zuerst den Kurs von sechsmal eineinhalb Stunden belegen, dann die unwiderstehliche Annonce aufgeben und den passenden Partner finden. Danach schrieb man sich in das Seminar für Flirten und Ausgehen ein.

In New York, so schien es, konnte alles portioniert und in eineinhalbstündige Kurse abgepackt werden. Oder unter einem Broschürentitel zusammengefaßt werden. Es gab für alles eine Bezeichnung. Der Straßenverkehr war erstickend. Familien waren gestört. Jeder war engagiert.

Die New Yorker taten sich auch so leicht mit dem Reden. Die Worte strömten aus ihrem Mund. Jeder kannte die korrekte Formulierung, mit der er eine Situation beurteilte oder eine Aussage kommentierte.

Australier waren anders. Sie sprachen in Bruchstücken. Und wenn sie nicht wußten, was sie meinten, sagten sie gar nichts.

Die Partnersuchanzeigen hatten etwas Verzweifeltes an sich, das Esther deprimierte. Jeder war zum Verzweifeln herzlich, zum Verzweifeln spaßliebend und zum Verzweifeln schlank und groß.

Früher war sie selbst eine unermüdliche Kupplerin gewesen. Aber die Kuppelei hatte sich nicht bezahlt gemacht. Alles, was sie nach Jahren der Mühe vorweisen konnte, war eine Anzahl von Scheidungen gewesen.

Sie hatte sogar Gimpels Hoor versucht. Gimpels Hoor war eine alte jüdische Kuppelmethode. Man nahm ein Haar der einen Person und sorgte dafür, daß der Wunschpartner dieses Haar aß. Das Haar konnte von jedem Teil des Körpers stammen. Esther hatte ein Haar ihrer Freundin Sarah Goldman genommen. Sie hatte es kleingeschnitten, in eine Mohnschnitte gepackt und Max Meyer, einen ledigen Rechtsanwalt, zum Tee eingeladen. Max hatte seinen Bruder und seine Schwägerin mitgebracht. Esther hatte die präparierte Mohnschnitte auf eine Seite des Kuchentellers gelegt. Doch ehe sie dazu kam, sie Max anzubieten, hatte sich die Schwägerin über den Tisch gebeugt, die Schnitte genommen und verputzt. »Seit ich mit einem Juden verheiratet bin«, hatte Katherine Meyer gesagt, »bin ich bei Mohn auf den Geschmack gekommen.«

Jahre später brannte Katherine Meyer mit Sarah Goldman durch. Esther glaubte nicht, daß es zwischen dem Haar und der Affäre eine Verbindung gab.

In der *New York Times* hatte ein Psychologe eine Benotung der begehrenswertesten Singles veröffentlicht. An erster Stelle standen »funktionierende heterosexuelle« gutaussehende Männer. Was genau einen funktionierenden Heterosexuellen ausmachte, ging aus dem Artikel nicht hervor.

Witwer mittleren Alters standen an zweiter Stelle der Hitliste. Sie galten nicht nur als heterosexuell, sondern auch als Männer, die zu einer dauerhaften Beziehung fähig waren. Außerdem lebten sie vermutlich in finanziell geordneten Verhältnissen, und die Wahrscheinlichkeit, daß sie eine Geschlechtskrankheit hatten, war auch geringer. Geld, Ruhm oder Macht, so die *Times*, konnten das Stigma des Singleseins mildern oder überwinden.

Der Nachruf, den Esther für den *Downtown Bugle* zu schreiben hatte, betraf einen Selbstmord. Selbstmorde stimmten sie traurig. In diesem Fall handelte es sich um eine Frau. Eine Biologin. Vierundsechzig Jahre alt. Sie hatte drei Kinder und vier Enkel. In ihrer Freizeit hatte sie sich mit behinderten Kindern beschäftigt. Ihr Mann sagte, sie sei sehr depressiv gewesen und habe sich das Leben genommen. Nachdem Esther den Nachruf geschrieben hatte, war ihr immer noch nicht klar, warum diese Frau, deren Leben so perfekt gewesen zu sein schien, sich das Leben genommen hatte. Sie hatte keinen Abschiedsbrief hinterlassen.

Nur fünfzehn bis zwanzig Prozent der Menschen, die Selbstmord begingen, hinterließen einen Abschiedsbrief. Esther erschien das einleuchtend. Einen Brief zu schreiben erforderte, Dinge zu sortieren, und jemand, der sich das Leben nahm, hatte eindeutig Schwierigkeiten, die Dinge zu sortieren. Außerdem war Selbstmord ein aggressiver Akt. Die Aggression richtete sich gegen den Selbstmörder ebenso wie gegen die Hinterbliebenen. Und ohne eine Erklärung war die Wirkung der Aggression doppelt stark.

Früher wurde das Wort Selbstmord in Nachrufen nicht erwähnt. Zeitungen schrieben euphemistisch: »Es gab keine verdächtigen Begleitumstände« oder »Er starb im Schlaf«. Heutzutage konnte man den Begriff ohne weiteres verwenden.

Esther hatte gelesen, daß die meisten Menschen, die sich umbrachten, weder leben noch sterben wollten. Sie wollten beides. Aber meistens wollten sie das eine mehr als das andere.

Esther fand, daß die Dichterin Anne Sexton nicht hätte sterben müssen. Jemand, der ein so mutiges Leben lebte und dessen Freude so klar strahlen konnte, hätte gerettet werden können. Vielleicht durch die richtige psychiatrische Behandlung. Und vielleicht wäre Sylvia Plath nicht gestorben, wenn der Londoner Winter nicht so hart gewesen wäre und wenn ihr Arzt, der sie wegen einer chronischen Atemwegsinfektion, die sie erschöpft hatte, ins Krankenhaus einliefern wollte, nicht auf ein Bett hätte warten müssen.

Ein Psychiater im Los Angeles Suicide Prevention Center hatte es in einem Artikel, den Esther kannte, auf den Punkt gebracht: »Es ist, als ob man sechs Schläge erleiden müßte ... und wir alle plagen uns mit zwei oder drei Schlägen herum. Dann gerät man in eine große Krise und muß mit vier Schlägen fertig werden. Aber man muß wirklich Pech haben, um alle sechs zu kriegen.«

Jährlich sterben zwischen ein und zwei Prozent der Amerikaner durch Selbstmord. Und vier oder fünf Prozent versuchen sich das Leben zu nehmen. Bei Leuten mit einem Suizid in der Familie war die Selbstmordrate achtmal höher als beim Rest der Bevölkerung.

Eine merkwürdige Statistik besagte, daß diejenigen, die von der Golden Gate Bridge in San Francisco sprangen, dies nicht auf der Seite der Bucht taten, sondern auf der anderen Seite, die dem Festland und den Menschen zugewandt war.

Esthers Mutter hatte eine Schulfreundin, die gemeinsam mit ihr Auschwitz und Stutthof überlebt hatte. Renia Buchbinder. Nach dem Krieg war Renia von einem sechsstöckigen Gebäude in den Tod gesprungen. Sie ließ ihre dreijährige Tochter zurück.

»Renia brachte sich vier Jahre nach dem Krieg um«, hatte Rooshka Zepler gesagt. »Sie hat vier Jahre gebraucht, um zu begreifen, was mit ihr geschah. Renia war schnell. Ich kann immer noch nicht glauben, was geschehen ist, obwohl ich es erlebt habe. Nach dem Krieg habe ich versucht, mich umzubringen, nachdem ich erfahren hatte, daß alle tot waren. Ich stand auf einer Brücke und versuchte zu springen. Aber ich konnte nicht. Statt dessen bin ich gegangen und habe deinen Vater gesucht.«

Letzte Woche war Esther ganz spontan in ein Taxi gestiegen und ins Whitney Museum gefahren. Sie war gleich in die Dauerausstellung gegangen, zu *Sans* II, der Skulptur von Eva Hesse. *Sans* II bestand aus einer Reihe Boxen aus Fiberglas und Polyesterharz. Sie sahen aus, als ob sie aus straffgezogenen, gebräunten Häuten hergestellt wären. Sie waren leer, identisch und anonym. Sie war über eine Stunde dagestanden und hatte ihre gedellte Oberfläche betrachtet.

Auch im Guggenheim Museum gab es eine Skulptur von Eva Hesse, die sie liebte. *Expanded Expansion* bestand aus gummiertem Mull und Fiberglaspfosten. Es hätte eine Leinwand oder ein Raumteiler sein können. Die einzelnen Felder sahen aus wie drapierte, erschlaffte Häute. Leere Schichten, flach und erschöpft. Abwesenheit und Erinnerung schrien aus ihnen, und Esther weinte jedesmal, wenn sie die Skulptur sah.

Als sie zum ersten Mal eine ihrer Skulpturen sah, hatte Esther nichts von Eva Hesse oder ihrer Arbeit gewußt. Es war ein kleines Werk mit dem Titel *Test Units for Repetition* gewesen. Zwei wächserne, vergilbenden Kerzen ähnliche Formen, jede von ihnen in der Mitte mit einer eingerunzelten, öligen und gewundenen Nabelschnur versehen. Das Ganze sah aus, als ob es aus menschlichen Teilen gemacht worden wäre. Als ob jemand Haut und Fett gekocht und eingeschmolzen hätte. Die Enden der beiden Nabelschnüre lagen außerhalb der Kerzen, scharf und abrupt abgehackt.

Eva Hesse wurde 1936 in Deutschland geboren. Im Alter von zwei Jahren kam sie mit ihrer Schwester in einem Kindertransport, der jüdische Kinder aus Nazideutschland herausbrachte, nach Amsterdam. Auch ihre Eltern kamen nach Amsterdam, und 1939 wanderte die ganze Familie nach New York aus. In New York ließen die Eltern sich scheiden, und 1946, als Eva Hesse zehn Jahre alt war, beging ihre Mutter Selbstmord.

»Es gibt nichts in meinem Leben, das nicht extrem gewesen wäre«, hatte Hesse einmal gesagt. Ihr Vater, dem sie sehr nahestand, starb 1966. Drei Jahre später, 1969, wurde bei Eva Hesse ein Gehirntumor festgestellt. Sie starb 1970. Sie war vierunddreißig Jahre alt.

Esther liebte Eva Hesses Arbeiten. Die reduzierten Leben hatten Stärke und Präsenz. In den verlorenen Nabelschnüren, den lose baumelnden Enden, den herabhängenden Seilen. Ein Gefühl unterbrochener Kreisläufe und durchtrennter Linien lebte auf.

Esther hatte Hesse auf Fotos gesehen. Sie war sehr schön. Auf einem Bild stand sie vor der Wand in ihrem Studio, ihr langes dunkles Haar fiel bis zur Taille, die Arme hielt sie hoch und die Finger gespreizt, wie Kinder es tun.

Sie fragte sich, warum Eva Hesses Mutter sich umgebracht hatte. Aus Verzweiflung über all die Verwandten, die umgekommen waren? Oder aus dem Schuldgefühl heraus, überlebt zu haben? Oder weil alles zuviel war?

Frühmorgens hatte ihr Vater angerufen. Sie hatte seinen Anruf nicht erwartet. In Manhattan war es 7 Uhr morgens und in Melbourne 11 Uhr abends.

»Schläfst du noch?« hatte er gefragt.

»Nein, ich bin auf«, sagte sie.

»Tut mir leid, daß ich dich geweckt habe«, sagte er.

»Du hast mich nicht geweckt«, sagte sie. »Ich bin seit einer Stunde auf.«

»Falls ich dich geweckt habe, tut's mir leid«, sagte er.

»Dad, du weißt, daß ich immer früh aufstehe«, sagte sie.

»Ein paarmal, wenn ich angerufen habe, habe ich dich geweckt«, sagte er.

Esther kam sich blöd vor. Warum ließ sie sich auf diese Diskussionen ein. »Dad, du kannst mich so früh anrufen, wie du willst«, sagte sie. »Ich freu' mich immer, wenn ich was von dir höre.«

»Ich bin extra länger aufgeblieben, weil ich dich nicht wekken wollte«, sagte Edek Zepler.

»Wie geht's dir, Dad?« fragte Esther.

»Wie immer«, sagte Edek. »Wie's einem so geht.«

»Und wie geht's allen andern?« sagte Esther. »Irgendwelche Neuigkeiten?«

»Nichts Besonderes«, sagte Edek. »Mr. Goldberg ist defakter bei Mrs. Stein.«

»Er ist was?« sagte Esther.

»Defakter«, sagte Edek. »Weißt du nicht, was defakter bedeutet? Defakter ist, wenn ein Mann mit einer Frau außer der Ehe zusammenlebt.«

»Du meinst ›de facto‹«, sagte Esther.

»Das hab' ich doch gesagt«, sagte Edek. »Defakter. Er ist defakter bei ihr.«

»Dad, ich finde, du solltest versuchen, es richtig auszusprechen«, sagte sie. »Es heißt ›de facto‹.«

»Genauso sage ich es«, sagte er. »Defakter. Defakter. Ich weiß doch, wie man defakter ausspricht«, schrie er.

Sie gab auf. »Ich finde es schön, daß Mr. Goldberg und Mrs. Stein ihr Leben miteinander teilen können«, sagte sie.

»Ihr Leben teilen?« sagte Edek. »Er ist defakter mit ihr.«

»Wie geht es Fela Fligelman?« sagte Esther.

»Ehrlich gesagt geht es ihr jetzt besser als vor ihrem Herzanfall. Sie haben sie in einen Schrittmacher gesteckt, und jetzt redet sie zweimal soviel wie früher.«

»Und Mrs. Rymer«, sagte Esther, »hat sie sich mit Mr. Rymers Tod abgefunden?«

»Die hatte sich schon abgefunden, bevor er unter der Erde

lag«, sagte Edek. »Sie trägt piekfeine Kleider, und es kann nicht mehr lange dauern, bis sie defakter mit jemandem ist.«

»De facto, Dad«, sagte Esther.

»Ich habe eine Überraschung für dich«, sagte Edek. »Ich komm' dich besuchen. Ich will sehen, wie meine Tochter in Amerika lebt.«

Esther war entgeistert. Obwohl sie ihn so oft gebeten hatte zu kommen, traf diese Nachricht sie unvorbereitet. Sie versuchte, begeistert zu klingen. »Das ist großartig, Dad«, sagte sie. »Wann planst du zu kommen?«

»In zwei Wochen«, sagte er.

Ihr sank das Herz. Zwei Wochen war zu früh.

»Wenn du noch ein paar Wochen wartest, dann hat Zelda Ferien und kann dich herumführen«, sagte Esther.

»Zelda braucht sich nicht um mich zu kümmern«, sagte Edek. »Hältst du mich für ein Kind? Ich komme in zwei Wochen, das heißt, wenn es meiner Tochter recht ist.«

»Natürlich ist es mir recht, Dad«, sagte Esther.

»Ich bleibe zehn Tage bei euch«, sagte Edek.

»Nur zehn Tage«, sagte Esther.

»Zuerst jammerst und jammerst du, daß ich dich nicht besuche«, sagte Edek. »Und jetzt, wo ich komme, paßt dir der Zeitpunkt nicht, und zehn Tage sind nicht genug. Was ist los mit dir?«

»Ich denke an dich, Dad«, sagte Esther.

»Denk besser an dich«, sagte Edek. »Dann findest du vielleicht eine Arbeit, wo du mit lebenden Menschen zu tun hast.«

»Wann kommst du an?« sagte Esther.

»Am dreißigsten«, sagte Edek.

»Sobald du die Flugdaten weißt, gib sie mir bitte durch, und wir holen dich am Flughafen ab«, sagte Esther.

»Danke«, sagte Edek.

Es trat eine Pause ein. Esther überlegte, wie sie ihren unbeholfenen Wink, daß Edek etwas später kommen möge, überspielen konnte. Er sollte das Gefühl haben, willkommen zu sein.

»Henia Borenstein möchte, daß ich sie in Florida besuche«, sagte Edek. »Ich fahr' aber nicht hin.«

»Aber warum denn nicht, Dad?« sagte Esther.

»Warum sollte ich?« sagte Edek Zepler.

»Um höflich zu sein und ihre Gefühle nicht zu verletzen«, sagte Esther.

»Meinst du?« sagte Edek. »Okay. Buch mir einen Flug für ein oder zwei Tage. Ich will sie nicht aufregen. Sie ist eine sehr nette Frau. Weißt du, sie hatte schon fünf Heiratsanträge.«

»Ich werde dir einen Flug für drei oder vier Tage buchen«, sagte Esther.

»Buch mich für zwei Tage«, sagte Edek.

Eine Stunde später rief Henia Borenstein an. »Dein Vater kommt dich besuchen«, sagte sie.

»Das weiß ich«, sagte Esther. »Ich habe gerade mit ihm gesprochen.«

»Gut«, sagte Henia. »Buch ihn hier für drei Wochen.«

»Er kommt nur knappe zwei Wochen nach Amerika«, sagte Esther.

»Er wird länger bleiben«, sagte Henia. »Buch ihn hier für drei Wochen.«

»Ich glaube, er möchte Sean und mich und die Mädchen sehen«, sagte Esther.

»Okay«, sagte Henia. »Laß ihn zwei Tage in New York bleiben und dann schickst du ihn her. Ich gebe dir den Namen meines Reisebüros. Die Frau dort ist sehr gut. Sie gibt mir die besten Preise. Ich habe Weihnachten bei ihrer Wohltätigkeitsveranstaltung fünfzig Dollar gespendet, obwohl ich nicht an Weihnachten glaube. Sie wird sich um dich kümmern. Ich ruf' sie an und sage ihr, daß du dich melden wirst.«

Esther rief bei Continental an. Es gab einen Sondertarif für hundertfünfzig Dollar bei einem Mindestaufenthalt von vier Tagen. Sie buchte den Flug für ihren Vater. »Ich werde ihm sagen, das Ticket wäre fünfzig Prozent ermäßigt gewesen«, sagte sie zu Sean. »Er kann keinem Sonderangebot widerstehen. Außerdem werde ich ihm sagen, daß es verfällt, wenn man es nicht nutzt. Und daß er um fünfzig weitere Dollar seinen Aufenthalt verlängern kann.«

»Henia ist brillant«, sagte Sean.

»Du kannst dir nicht vorstellen, wie brillant sie ist«, sagte Esther. »Mittlerweile hatte sie fünf Heiratsanträge. Und mein Vater glaubt ihr. Er hat keine Ahnung, wie begehrt ein lebendiger Mann in Florida ist. Egal ob er neunzig ist, wenn er noch atmet, wird ihn irgendeine zu einer Kreuzfahrt einladen, wenn sie ihn nicht gleich zum Altar schleppt.«

Sie hatte heute zwei Nachrufe zu schreiben. Einen hatte sie an die *Johannesburg Jewish News* sowie an den *Australian Jewish Herald* und die *Jewish Times* verkauft. Es war der Nachruf auf Olga Karny. Während des Krieges hatte Olga Karny in der Tschechoslowakei eine fünfköpfige jüdische Familie auf dem Dachboden ihres Schweinestalls hinter dem Haus versteckt. Sie hatte diese Familie zwei Jahre lang beschützt und durchgebracht. Sie hatte nicht nur ihre eigenes Leben, sondern auch das ihrer Familie riskiert. Zweimal war ihr Haus nach Hinweisen mißtrauischer Nachbarn von der Gestapo durchsucht worden. Sie wurde verhört, weil ein Nachbar gemeldet hatte, daß sie mehr Milch als üblich kaufte, aber Olga hatte die Gestapo geblufft. Die Milch, hatte sie erklärt, sei für ihr Magengeschwür, und sie hatte während des ganzen Verhörs laut gerülpst.

Olga Karnys Mann und Kinder wußten nichts von der jüdischen Familie, die sie versteckt hielt. Nach dem Krieg wurde Olga gefragt, warum sie das getan hatte. »Was hätte ich denn sonst tun sollen«, sagte sie.

Esther war müde. Am Abend zuvor waren sie von einem Wochenende in Reisers Strandhaus auf Long Island zurückgekehrt. Sie war lange aufgeblieben und hatte das Gefühl genossen, wieder in ihrer eigenen Wohnung zu sein.

Weil sie und Sean die ersten Gäste gewesen waren, die eintrafen, hatten sie sich ihre Zimmer aussuchen können. Jede der sieben oder acht Gästesuiten verfügte über Schlafzimmer, Wohnzimmer und Bad. Esther entschied sich für eine Ecksuite. Es gab dort eines dieser riesigen Fernsehgeräte mit einem Bildschirm von hundertfünfundzwanzig oder hundertvierzig Zentimeter. Esther hatte noch nie vor einem Fernseher dieser Größe gesessen.

In sämtlichen Gästesuiten standen große Körbe mit Früchten. Mangos, Trauben, Papayas, Erdbeeren und frische Litschis, an denen noch die Stiele hingen. Neben den Früchten stand ein Teller mit Keksen. Hufeisenförmige Mandelplätzchen, schokoladeüberzogene Makronen, viereckiges Mürbteiggebäck. Neben den Keksen befand sich eine runde Kristallschale mit handgemachten Pralinen. Bei ihrem Anblick hüpfte Esther das Herz.

Die Räume waren mit Telefon, Fernseher, Videorecorder, Magazinen, Schreibutensilien, Bademänteln, Pyjamas und Badeanzügen ausgestattet. Jede Suite verfügte über ein anderes Fitneßgerät. In Esthers und Seans Wohnzimmer stand ein Stairmaster. »Glaubst du, ich bin fit genug, mich an den Stairmaster zu wagen?« hatte sie Sean gefragt.

»Nachdem du Norwegen Länge mal Breite auf deinem Nordic Track durchquert hast, bin ich sicher, daß du den Stairmaster bewältigen wirst«, sagte Sean.

In den Gästezimmern war alles mit Monogrammen versehen. Laken, Handtücher, Bleistifte, Notizbücher, Bademäntel. Esther glaubte nicht, daß dies deshalb so war, weil man sich gegen Diebstahl schützen wollte. »Die Reisers« fand sich auf fast allen Objekten und Oberflächen, entweder als Stempel, Stickerei oder Gravierung. Die Zierborte der Tapete verkündete, daß die Tapete ein »Design für die Reisers« war. In den Lederhandgriff des Stairmaster war das Wort »Reiser« geprägt.

Vielleicht entsprang dieses Kennzeichnen und Brandmarken dem Instinkt, sein Gebiet abzustecken, so wie es Hunde tun, wenn sie das Bein heben und Teilgebiete der Nachbarschaft mit ihrer Pisse markieren? Vielleicht war es der alte Kinderwunsch, allem einen Namen zu geben? Kinder liebten es, ihren Namen in Bücher, auf Bleistifte, Zeichnungen, Bilder zu schreiben. Wenn man so reich war wie die Reisers, konnte man es sich leisten, jedes Bedürfnis Amok laufen zu lassen.

Esther war froh, daß ihr kein endloser Geldstrom zur Verfügung stand. Wer weiß, was das in ihr hätte entfesseln können.

Im Schlafzimmer fanden sich keine Kondome. Keine Kondome im Bad, keine in den Limousinen. Was sagte das über die Reisers aus? Vielleicht, daß sie keine Kondome benutzten.

Nachdem Laraine Reiser Esther gezeigt hatte, wie die Dusche funktionierte, die auch als Sauna dienen konnte, hatte sie Esther umarmt. »Sechs Kinder zu haben«, sagte sie, »hat in meinem Herzen ein intensives Gefühl für das Gute hervorgerufen, das wir der Welt schuldig sind. Wir haben das große Glück, unser Sein aus diesen zusätzlichen Dimensionen an Bedeutung für unsere Lieben speisen zu können.«

Esther nickte. »Es ist wunderbar, eine große Familie zu sein«, sagte sie.

Sie drehte sich um und sah aus dem Fenster. »Was für einen herrlichen Blick auf den Ozean Sie haben«, sagte sie. Sie hoffte, daß es sich um einen Ozean handelte. Sie verwechselte dauernd die Buchten mit den Ozeanen. Es sah aus wie ein Ozean, man konnte meilenweit sehen. Aber vielleicht konnte auch eine Bucht riesengroß sein.

»Abends sitze ich gerne und schaue auf den Atlantik hinaus«, sagte Laraine Reiser.

Esther war erleichtert. Es war ein Ozean. »Das muß schön sein«, sagte sie.

»Es verschafft mir Momente des Nachdenkens und des Friedens«, sagte Laraine Reiser. »Und man kann es nicht kaufen.«

Was konnte man nicht kaufen? Esther verstand nicht, was Laraine Reiser meinte. Der Blick konnte es nicht sein. Der Blick war im Preis des Hauses inbegriffen. Es mußte das Nachdenken sein, von dem Laraine Reiser sprach. Oder möglicherweise meinte sie, daß man den Ozean nicht kaufen könnte?

»Geld ist nur ein Mittel zum Zweck«, sagte Laraine Reiser. Esther war verärgert. Was glaubte Laraine Reiser denn, für was sie Geld hielt? Für Apfelstrudel?

»Dieses Wochenende wird ein ganz besonderer Genuß sein«, sagte Esther. »Sie sind eine wunderbare Gastgeberin. Es braucht wirklich besondere Fähigkeiten und großes Können, um all die Funktionen auszufüllen, die Sie haben.«

»Das bin nicht ich«, sagte Laraine Reiser und sah ziemlich gekränkt aus. »So sehe ich mein wahres Selbst nicht. Das Ich, das ich wirklich bin, ist einer Wahrheit in meinem Herzen verpflichtet.«

Esther wußte nicht mehr weiter. Die Tiefe der Wahrheit oder das innere Selbst mit Laraine Reiser auszuloten, war keine sehr gute Idee. »Natürlich«, sagte sie. »Das verstehe ich.«

»Ich weiß, daß Sie keine Schalentiere essen«, sagte Laraine Reiser. »Also habe ich darauf geachtet, daß auch ganz normaler Fisch auf der Speisekarte steht.« Laraine Reiser formulierte diesen Satz mit dem Ausdruck des Respekts vor einem Speiseplan, den man aus religiösen Gründen befolgt.

»Danke«, sagte Esther. Sie war überrascht. Sie mußte in einem Augenblick, in dem sie sich besonders jüdisch fühlte, erklärt haben, daß sie keine Schalentiere aß. Wenn sie doch nicht solche Lügen erfinden würde. Jetzt mußte sie auf die Schalentiere verzichten.

»Ich muß gestehen, ich esse Schalentiere«, sagte Laraine Reiser mit einem etwas verlegenen Lachen. »Ich liebe Garnelen.«

Sean gesellte sich zu ihnen und hörte den letzten Teil der Unterhaltung. »Essie liebt Austern«, sagte er. Esther wurde rot. Das war das Problem, wenn man log. Wenn man die Lüge nicht jedem erzählte, der einem das Gegenteil beweisen konnte, geriet man in Schwierigkeiten.

»Austern esse ich erst seit diesem Jahr«, sagte sie. »Und andere Schalentiere überhaupt nicht.«

Laraine Reiser zeigte ihnen den Rest des Hauses. Es war ein modernes Haus mit hohen Wänden und großen Oberlichten in den Decken. Alles war so geschickt zugeordnet, daß immer noch ein weiteres architektonisches Detail Platz fand. Die Oberlichten waren mit Marmor eingefaßt, die Steckdosen vom gleichen Marmor umrahmt. Die Lichtfassungen paßten zu den Türklinken. Alles war furchtbar ungemütlich.

Die Möbel waren aufeinander abgestimmt. Farbtupfer auf dem einen Gegenstand fanden sich im nächsten Stück wieder. Die Lampe paßte zum Sofa und das Klavier zur Pflanzenbank. Es waren Möbel für die Reichen. Eine Mischung aus modern und antik. Pasteurisiert und keimfrei.

Laraine Reiser wies auf eine Wand. »Für diese Wand hätten wir gern ein Gemälde«, sagte sie. Es war eine große, weiße Wand. Esthers Laune besserte sich schlagartig.

Die anderen Gäste waren die üblichen reichen Leute, die man zum Essen einlud. Zwei Unternehmer, zwei Unternehmersgattinnen, ein Arzt, ein Börsenmakler und zwei Anwälte. Beim Essen hatte Esther keine Schalentiere gegessen und Joseph Reiser hatte eine Rede gehalten.

»Heute abend möchten wir einen sehr kreativen Menschen in unserem Haus willkommen heißen«, sagte er. »Sean Ward ist ein sehr kreativer Künstler. Er malt Landschaften, und ich wäre nicht im mindesten überrascht, wenn er in dieser herrlichen Umgebung, an der wir alle teilhaben dürfen, wahre Inspiration finden würde.«

Wenn sie nur alle Teilhaber wären, dachte Esther. Sie würde ihren Anteil sofort verkaufen und sich einen Laptop und eine Ruderbank zulegen. »Auch Sean Wards Frau, Esther Zepler, ist heute abend bei uns«, sagte Joseph Reiser. »Auf ihre Art ist auch Esther kreativ. Sie schreibt Zeitungsabschnitte. Das ist auch etwas Kreatives.«

Zeitungsabschnitte? Vielleicht dachte Joseph Reiser, daß sie eine Klatschkolumne schrieb? »Ich wünsche mir, daß sich jeder heute abend entspannen kann«, fuhr Joseph Reiser fort. »Wir sind alle ganz ungezwungen. Wir sind hier, um einmal rauszukommen, und diesen stillen Rückzug in die Natur miteinander zu teilen.«

Er hob sein Glas. »Auf die Natur«, sagte er.

Esther zuckte zusammen. Man mußte schon sehr gute Geschäfte machen, um die Natur auf diese Weise genießen zu können. Sie wußte, daß die deutsche Bundesregierung einer von Joseph Reisers Kunden war. Sie wußte nicht, was Joseph Reiser für die deutsche Regierung tat, aber sie konnte nicht verstehen, warum er es tat. Wie konnte ein Jude, selbst ein rothaariger Jude, für Deutschland Geld verdienen?

Wie konnten Juden mit Deutschen Geschäfte machen? Deutsche Unternehmen hatten aus dem Abschlachten der Juden großen Profit geschlagen. Firmen wie die I. G. Farben, Krupp, Siemens und die Hermann Göring Werke.

Die Firmenleitungen dieser Unternehmen deponierten die von ihnen gewünschte Zahl an Häftlings-Arbeitskräften beim

Leiter des Wirtschafts- und Verwaltungs-Hauptamts der SS, Oswald Pohl. Manche verhandelten auch direkt mit den Lagerverwaltungen.

Oswald Pohl schrieb, Häftlinge sollten im wahrsten Sinne des Wortes erschöpft werden, um beste Resultate zu erzielen. Es solle keine Arbeitszeitbeschränkungen geben.

Im November 1943 arbeiteten die Häftlinge von Auschwitz 537. 700 Arbeitstage für die Rüstungsindustrie. Mit ansteigenden Häftlingszahlen stiegen auch die Zahlen der monatlichen Arbeitstage.

Die I. G. Farben hatte Vorrang. Sie wurde auf besonderen Befehl Himmlers als erste mit Arbeitskräften aus den Lagern versorgt. Ein Direktor des Unternehmens schrieb einen Dankesbrief. Die Zusammenarbeit mit der SS sei »ein Segen«, meinte er.

Degesch, die Firma, die das Zyklon B zur Vergasung der Juden herstellte, gehörte zur I. G. Farben. Degesch war die Abkürzung für Deutsche Gesellschaft zur Schädlingsbekämpfung.

Die I. G. Farben bezahlte die SS nur für jene Häftlinge, die die Leistung eines vollen Arbeitstags erbrachten. In einem der Wochenberichte der I. G. Farben stand zu lesen, daß die SS sich verpflichtet hatte, »alle schwachen Häftlinge zu entfernen«. Diese Entfernung bedeutete die endgültige Entfernung.

Manchmal zeigte sich bei einem Mitglied der SS so etwas wie Sorge um die Menschheit. Als er von dem Mord an einer Gruppe von Kindern berichtete, sagte Ernst Gobel: »Er zog die Kindern an den Haaren vom Boden hoch, schoß sie von hinten in den Kopf und warf sie dann in den Graben. Nach einer Weile konnte ich das einfach nicht mehr mitansehen und sagte ihm, er sollte aufhören. Ich meine, er sollte die Kinder nicht an den Haaren hochziehen, sondern sie auf anständigere Weise umbringen.«

»Da gibt es noch etwas, das ich mit dieser kleinen Runde teilen möchte«, sagte Joseph Reiser. »Ich habe vierundzwanzigtausend Dollar für russische Emigranten gespendet, die sich in Israel niederlassen. Das macht zweitausend Dollar für jeden, der an diesem Tisch sitzt.«

Applaus brandete auf. Esther wandte sich an Laraine Reiser. »Es gibt jetzt wieder die gleiche Anzahl Juden auf der Welt wie 1939«, sagte sie. »Wir haben ein halbes Jahrhundert gebraucht, um die Verluste zu ersetzen.«

Laraine Reiser schien peinlich berührt zu sein. »Ich glaube nicht, daß wir das an die anderen Gäste weitergeben sollten«, sagte sie. »Sie könnten es irrtümlich für Prahlerei halten.«

»Ihr Mann hat mir erzählt, Ihre älteste Tochter möchte Malerin werden«, sagte der Börsenmakler zu Esther.

»Ja, das stimmt«, sagte Esther. »Aber ich bin dagegen. Es ist so schwierig, besonders für Frauen. Die Welt der Kunst ist, wie alles andere auch, für Frauen einfach härter.«

»Ich finde nicht, daß das Leben für Frauen härter ist«, sagte die Frau des Börsenmaklers. »Die Dinge haben sich wirklich geändert. Ich bin in Frankreich aufgewachsen, und damals gab es da nicht einmal die Pille. Wir mußten in die Schweiz fliegen, um die Pille zu kriegen, und dann mußten wir sie noch durch den Zoll schmuggeln. Heute kann jeder die Pille haben. Wenn das keine Veränderung ist!«

»Ich hatte nie das Gefühl, daß das Leben härter für mich ist, weil ich eine Frau bin«, sagte Laraine Reiser. Esther widerstand der Versuchung, Laraine Reiser darauf hinzuweisen, daß bei vier Chauffeuren und zehn Angestellten in der Küche die Grenze zur Härte vermutlich nicht überschritten wurde.

»Ich gebe Ihnen ein paar statistische Zahlen«, sagte Esther. »Sie stammen aus Marilyn Frenchs neuem Buch *Der Krieg gegen die Frauen*. Das heißt, eigentlich stehen sie im Klappentext. Frauen erledigen zwischen fünfundsechzig und siebzig Prozent der Arbeit auf der Welt und produzieren fünfundvierzig Prozent der Nahrungsmittel. Ihnen gehören zehn Prozent der Welteinkünfte und ein Prozent an Grund und Boden.

In den Vereinigten Staaten«, fuhr sie fort, »wird alle zwölf Sekunden eine Frau von einem Mann geschlagen, jeden Tag sterben vier Frauen an den Schlägen eines Mannes, und die Vereinigten Staaten haben eine der höchsten, wenn nicht die höchste Vergewaltigungsrate der Welt.«

Es herrschte Schweigen am Tisch. Esther wünschte sich, sie

hätte die Unterhaltung nicht in diese Richtung gelenkt. »Wir alle wissen, daß wir gleich sind«, sagte Laraine Reiser. »Jemand kann über einen inneren Wert verfügen, der ihm alles bedeutet, aber jemand anders könnte Schwierigkeiten damit haben, zu verstehen, daß das genauso wertvoll ist wie seine eigenen Werte. Unsere Werte und unser Verständnis sind nicht meßbar.«

»Sehr schön gesagt«, sagte der Börsenmakler.

Als Esther am Sonntagmorgen erwachte, saß Sean bereits in einem Sessel und las. »Wieso bist du schon auf?« sagte sie.

»Ich konnte nicht schlafen«, sagte Sean. »Das Zimmer ist völlig überheizt.«

Sean hatte recht. Es war heiß. Das T-Shirt, in dem sie geschlafen hatte, war durchgeschwitzt. »Was liest du?« sagte sie zu Sean.

»Das neue Buch von Bernard Thompson«, sagte er.

Bernard Thompson war ein australischer Dichter. Er hatte jede Menge Preise und Stipendien gewonnen. Als er jünger war, stand er auf Drogen, jetzt stand er auf Macht und Einfluß. Er saß in jedem australischen Literaturkomitee und mischte überall im Literaturbetrieb mit.

Sean hätte es gern gehabt, daß sie Gedichte schrieb. Er wollte, daß jeder Gedichte schrieb. Sean besaß über zweitausend Gedichtbände. Seit er sechzehn war, hatte er Gedichtbände gekauft. Er besaß Gedichte aus aller Welt. Er hatte Sammelbände und Exemplare mit limitierter Auflage. Er besaß handgebundene Ausgaben und illustrierte Verse. Er war der einzige Mensch, den sie kannte, der immer einen Gedichtband bei sich trug. Er las Gedichte in der U-Bahn, in der Badewanne und in seinem Studio, wenn er über seine Bilder nachdachte.

Esther hatte in der Dusche der Reiserschen Sauna geduscht. Der Schweiß rann ihr an den Armen herunter, während sie versuchte, ihr Haar zu trocknen. »Du hast recht«, rief sie Sean zu. »Es ist fürchterlich heiß hier. Ich werde überhaupt nicht trocken.«

Ihr Haar war in der Hitze zusammengefallen. Es klatschte

ihr am Kopf. Sie erschien feucht, verschwollen und mit rotem Gesicht zum Frühstück.

Irgend jemand hatte das Glas Pflaumenkonfitüre, die Esther selbst eingekocht und als Geschenk mitgebracht hatte, in eine große silberne Schale umgefüllt. In dem viel zu großen Gefäß wirkte ihre selbstgemachte Pflaumenkonfitüre verloren und unbedeutend. Sie war von einer Platte mit Brot und Gebäck, einer Art Urne mit gekochtem Fisch, Rühreiern auf einer Warmhalteplatte sowie einem ganzen Tisch voller Käse umgeben. In jedem Käse steckte eine kleine Flagge mit dem Namen des Käses. Es gab ein Sortiment von Camemberts und Bries aus verschiedenen Teilen der Erde. Es gab Schafskäse und Mozzarella und Ziegenkäse. Es gab Ziegenkäse mit Schnittlauch und Ziegenkäse mit Paprika. Esther wünschte, sie hätte die Konfitüre nicht mitgebracht.

Sie hatte sich überlegt, ob sie Iced Vo Vo's mitbringen sollte. Iced Vo Vo's waren australische Kekse. Plätzchen, wie die Amerikaner sagten. In dem australischen Katalog, aus dem sie sie bestellte, wurden Iced Vo Vo's als Kekse beschrieben, die mit Fondant, Konfitüre und Kokosnuß überzogen waren. Aber Iced Vo Vo's waren viel mehr als das. Sie waren sehr pink und schaumig und eigentümlich australisch. Sie waren wuchtig und übertrieben und seltsam provinziell.

Laraine Reiser hatte zum Frühstück ihr Strandoutfit in Rot, Marineblau und Weiß angelegt. Es bestand aus einem kurzärmeligen Hemd mit dazupassenden Shorts. Ihr Haarband und ihre Sandalen waren von gleicher Farbe wie die Shorts.

»Nach dem Frühstück machen wir immer einen Strandspaziergang«, sagte Laraine Reiser.

Warum wollten die Leute immer, daß man mit ihnen an ihrem Stück Strand entlangspazierte, dachte Esther. Sie mochte keine Spaziergänge in Gruppen. »Wenn es Ihnen nichts ausmacht«, sagte sie zu Laraine Reiser, »würde ich lieber hierbleiben und im Pool schwimmen.«

In Australien war sie fast jeden Tag geschwommen. Manchmal schwamm sie frühmorgens und spätabends. Beim Schwimmen konnte sie oft sehr klar denken. Und sich gut erinnern.

An Dinge, die letzte Woche geschehen waren. An Bilder aus ihrer Kindheit. Wasser beruhigte sie.

Mit fünfzehn hatte sie sich in eine Unterwasserstripperin verliebt, die in einem Bassin auf der Bühne des Tivoli Theaters auftrat. Die Stripperin hatte sich unter Wasser zu den Klängen von Bobby Darin, der »Beyond the Sea« sang, ausgezogen. Ihr langes blondes Haar lag wie ein Vorhang im Wasser, während sie sich auszog. Zunächst ihr Badekostüm, das vom Hals bis zu den Knien reichte, dann ihren Bikini, und schließlich kam sie in nichts als einem G-String zum großen Finale. Ihre Brüste schwebten im Wasser und waren viel schöner als die Brüste der nackten Models, die rechts und links als Dekoration die Bühne säumten.

Während sie sich entkleidete, vollführte Esthers Unterwasserstripperin Purzelbäume und tänzerische Bewegungen. Esther nahm an, daß sie die Purzelbäume dazu nutzte, um kurz aufzutauchen und Luft zu holen.

Der Pool der Reisers war geheizt. Er war fünfzehn Meter lang. Lang genug, um ausgedehnte Runden schwimmen zu können. Esther schwamm hin und her. Hin und her. Sie schwelgte in einem Gefühl von Schwerelosigkeit und Anmut. Sie stellte sich vor, ein Geschöpf des Meeres zu sein. Eine Robbe, ein Krokodil, ein Delphin.

Sie stieg aus dem Wasser, ehe die anderen von ihrem Spaziergang zurück waren. Im Badeanzug fühlte sie sich immer unsicher.

Nach dem Schwimmen war sie oft hungrig. Sie aß eine der Pralinen in ihrem Zimmer. Eine Kreation aus Orangenschalen und Haselnuß. Sie war köstlich. Sie aß noch eine. Den Rest der Pralinen packte sie in eine Serviette, um sie Zelda mitzubringen. Zelda aß schrecklich gern Schokolade. Diese Vorliebe teilte sie mit der ganzen Familie.

Als Esther ein Teenager war, versteckte Rooshka sämtliche Schokolade. Sie versteckte sie vor Esther und vor Edek Zepler. Keiner von beiden darbte. Edek hielt sich einen Vorrat im Handschuhfach seines Autos, und Esther kaufte sich Schokolade auf dem Schulweg.

Zu Hause servierte Rooshka Zepler Esther und Edek gegrillten Fisch mit Salat, Grillhuhn mit Salat und gegrillte Koteletts mit Salat. Außer Haus aßen sie Milky Way und Mars.

Vor einigen Jahren, nachdem Rooshka gestorben war, hatte Edek verkündet, daß er abnehmen wollte. »Ich werde eine Fastenkur machen«, sagte er zu Esther.

»Fasten ist Unsinn, Dad«, sagte Esther. »Du mußt weniger essen, nicht fasten.«

»Du hältst dich wirklich für berufen, mir zu sagen, was ich tun soll, um abzunehmen«, sagte Edek Zepler. »Wenn ich dich so anschaue, find' ich nicht, daß du mir Ratschläge erteilen solltest.«

»Ich esse normal«, sagte Esther. »Und das ist eine große Leistung für mich. Außerdem bin ich nicht so übergewichtig.«

»Ich weiß, was zu tun ist«, sagte Edek. »Wenn man abnehmen will, hört man auf zu essen.«

»Ich hab' zum Frühstück nichts gegessen, nichts zu Mittag und nichts zum Abendessen«, erzählte er ihr am ersten Tag.

Am zweiten Tag sah er ihr zu, als sie eine Birne aß. »Du kannst essen, was du willst«, sagte er. »Aber ich esse nichts.«

»Wie kannst du vor meinen Augen essen«, sagte er am dritten Tag. »Du hast keine Willenskraft.«

»Wieso habe ich keine Willenskraft?« sagte Esther. »Ich mache doch keine Fastenkur.«

»Solltest du aber«, sagte Edek.

Am Morgen des vierten Tages rief er sie an. »Ich höre auf mit der Fasterei. Ich hab' mich gewogen, und ich hab' nicht ein Pfund abgenommen. Nicht ein Pfund. Wozu soll ich fasten. Soviel kann ich auch abnehmen, wenn ich nicht faste.«

»Ich verstehe nicht, warum du nicht abgenommen hast«, sagte Esther. »Vielleicht stimmt die Waage nicht?«

»Vielleicht«, sagte Edek Zepler. »Jedenfalls höre ich mit der Fasterei auf.«

Am selben Abend rief Esther ihren Vater an. »Zelda hat mir erzählt, du hättest gestern eine Tafel Schokolade mit ihr geteilt.«

»Ja, hab' ich«, sagte Edek Zepler. »Und was ist dabei?«

»Was dabei ist?« sagte Esther. »Du solltest fasten.«

»Entschuldige bitte, ich habe gefastet«, sagte Edek. »Ich habe sämtliche Mahlzeiten gestrichen. Ich habe nur ein bißchen Schokolade gegessen.«

»Das ist kein Fasten«, sagte Esther.

»Natürlich ist das Fasten«, sagte Edek. »Ich hatte kein Frühstück, ich hatte kein Mittagessen und nichts zu Abend, nicht mal ein Glas Milch.«

»Aber du hast Schokolade gegessen«, sagte Esther.

»Natürlich habe ich Schokolade gegessen«, sagte Edek. »Ich esse immer Schokolade.«

Als Esther und Sean das Strandpalais der Reisers verließen, legte Joseph Reiser den Arm um Seans Schulter. »Unser Besuch in Ihrem Studio ist längst überfällig«, sagte er. »Ich rufe Sie an, wir vereinbaren einen Termin, und dann kommen wir und suchen uns ein Bild aus.«

»Ich hoffe, Ihre Ausstellung in Chicago wird ein Riesenerfolg«, sagte Laraine Reiser.

»Ich wäre sehr überrascht, wenn sie ein Bild kauften«, sagte Esther zu Sean. »Ich wette, sie sind bereit, sich für dich aus tiefstem Herzen von ihren aufgeblasenen, allerbesten Wünschen zu trennen, aber nicht von einem Stück ihrer irdischen Güter.«

Esther tippte die letzte Zeile von Olga Karnys Nachruf. Olga Karny war von Israel als ›Gerechte der Völker‹ geehrt worden. Die israelische Regierung hatte sie letztes Jahr zur Überreichung der Auszeichnung nach Israel eingeladen. Olga hatte die letzten Jahre ihres Lebens sorgenfrei in der Schweiz verbracht. Dafür hatte ein Bankkaufmann aus Minneapolis gesorgt. Der Bankkaufmann war eines der drei jüdischen Kinder, die Olga versteckt gehalten hatte. Vor zwanzig Jahren hatte er ein Treuhandvermögen für sie angelegt.

Esther schickte den Nachruf an die australische und die südafrikanische Zeitung. Als sie als Journalistin anfing, mußte man sämtliche Artikel noch persönlich in der Redaktion abliefern. Heute konnte man Beiträge in die ganze Welt schicken, ohne seinen Schreibtisch verlassen zu müssen. Man drückte ein paar Tasten am Computer, und das, was man geschrieben hatte, erschien auf dem Computer von jemand anderem.

Sie wollte das Büro heute früher verlassen. Sie und Sean mußten heute abend ausgehen, und ihr Haar sah gräßlich aus. Wenn sie früher ging, konnte sie es noch waschen. Es hatte den ganzen Tag geregnet, und in letzter Zeit schien ihr Haar im Regen verrückt zu spielen. Es verfilzte sich zu kleinen Klumpen, mit denen sie aussah wie eine Vorstadthausfrau im mittleren Alter. Vielleicht war sie das ja auch. Mittleres Alter kam ihr nicht mehr so alt vor. Inzwischen hatte der Begriff etwas Jugendliches an sich.

An diesem Morgen, auf dem Weg zu ihrer Analysesitzung, hatte sie den Mann mittleren Alters gesehen, der jeden Tag Ecke Sixth Avenue und Vierzehnte Straße unter einer Plane saß. Er war ein großer Mann mit langen, glatten Haaren. Er bewegte sich kaum. Er saß auf dem Bürgersteig, hielt seinen Pappbecher hoch und bat um Almosen. Sein Hund, ein Deutscher Schäferhund, lag regungslos neben ihm. An der Wand lehnte ein Schild mit der Aufschrift: »Bitte helfen Sie mir, meinen Hund zu füttern.«

Das Schild tat seinen Dienst. Es funktionierte besonders gut bei Frauen. Es gab immer irgendeine Frau oder ein Mädchen, die den Hund streichelten. Esther hatte sich oft gefragt, ob der Hund gedopt war. Er bewegte sich nie.

Heute morgen waren der Mann und sein Hund spät dran. Esther beobachtete sie, als sie die Fünfzehnte Straße überquerten. Sie wirkten beide recht munter. Der Hund wedelte mit dem Schwanz. Die zwei sahen genauso aus wie alle anderen Leute, die zur Arbeit gingen.

Der Portier vor dem Gebäude ihrer Analytikerin hatte »Guten Morgen, junge Frau« zu ihr gesagt. Er nannte sie jedesmal junge Frau. Und jedesmal tat es ihr gut.

»Wie geht's Ihnen?« sagte er diesen Morgen zu ihr.

Was sollte sie ihm sagen? Nicht so gut? Die Analyse läuft nicht besonders gut? Ich fürchte, daß ich ewig in Analyse sein werde?

»Gut«, sagte sie.

An diesem Morgen hatte sie das Aufflackern eines großen Glücksgefühls empfunden, das irgendwo in ihr war. Sie wußte, daß es sehr viel gab, worüber sie glücklich sein konnte. Sie hatte drei wunderbare Kinder. Sie waren besser als die Kinder aller anderen Leute, die sie kannte. Und sie hatte Sean. Der Gedanke an dieses Glück erschreckte sie.

So schlecht sie sich mit ihrer Angst auch fühlte, sie beruhigte sie zugleich. Beim Gedanken an ein großes Glück wird mir schlecht, hatte sie heute morgen gedacht. Und zwar buchstäblich, wie sie eine Sekunde später feststellte. Ihr war schlecht, und in letzter Zeit hatte sie vor ihren Analyesitzungen Durchfall, viermal pro Woche morgens früh. Das war ihr früher auch schon passiert.

In Melbourne hatte sie auf dem Weg zu ihrer Analytikerin immer in Zeldas Schule auf die Toilette rennen müssen. Die Toiletten für die Kleinen waren gleich neben dem Eingang. Da saß sie dann, zusammengeknickt auf einer Minischüssel, während ihr Inneres aus ihr herausrann. Manchmal ging sie auch in das Gebäude der Melbourner Versorgungsbetriebe in der St. Kilda Road. Morgens um diese Zeit war nie jemand auf der Toilette, und sie hatten sehr gutes Toilettenpapier. Jetzt ging sie zu Papas in der Sixth Avenue. Sie hatte sich um die ganze Welt geschissen.

Sie sprach in ihren Sitzungen über die Konsistenz ihres Durchfalls. Sie erzählte ihrer Analytikerin, ob er schlimm war, oder ob er nicht so schlimm war. Oder ob er schlimmer geworden war, weil sie Popcorn gegessen hatte.

Ihre Analytikerin sagte, das ganze Scheißen und all das Reden über Scheißen sei ein Verdrängungsmanöver. Damit wolle Esther ihr Interesse an ihren Genitalien verdrängen. Statt sich mit dem sexuellen Aspekt ihrer Genitalien zu beschäftigen, zöge sie es vor, sich über Scheiße und Pisse auszulassen.

Sich mit zweiundvierzig Jahren in einem solchen Zustand zu befinden, erschien Esther nicht sehr erstrebenswert. Sie beschloß, sich auf die sexuellen Aspekte ihrer Genitalien zu konzentrieren.

Bei ihren Durchfall-Ängsten ließ sie sich leicht gehen. Hatte sie genug geschissen, bevor sie das Haus verließ? Würde sie auf halbem Weg zu ihrer Analytikerin vom Durchfall eingeholt werden? Würde sie in der Toilette ihrer Analytikerin scheißen können? Mit diesen Fragen war sie sehr beschäftigt.

Nicht so leicht war es für sie, sich beim Sex gehenzulassen. Natürlich hatte sie sich in den zweiundvierzig Jahren ihres Lebens schon mal gehenlassen. Aber das war etwas, an dem sie arbeiten mußte.

Sean konnte sich innerhalb einer Sekunde gehenlassen. Man brauchte nur seine Schulter zu reiben, ihm einen Klaps auf den Kopf zu geben oder sein Gesicht zu streicheln, und schon war er weg. Es genügte schon, wenn der Lehrling beim Friseur ihm die Haare wusch.

Wenn Sean malte und Esther ihn berührte, hörte er auf zu malen. Wenn sie ihn küßte, küßte er sie wieder. Keine Berührung und kein Kuß wurden ihm zuviel.

Als ihre Beziehung zu Sean begann, ließ sie sich völlig gehen. Drei Tage und drei Nächte lang, im Melbourner Hilton Hotel, mit Sean.

Sie berührte, küßte und leckte jeden Teil von ihm, und sie hatte sich geöffnet, ganz weit, für ihn.

An diesem Morgen war ihre Analytikerin spät dran. Eine Verspätung um fünfzehn Minuten. Sie wußte, daß der Patient, der vor ihr kam, noch nicht gegangen war. Sein Mantel hing noch in der Garderobe. Ihre Analytikerin hatte sich noch nie verspätet. Nach zehn Minuten wurde ihr übel. Ein Gefühl, als ob die ganze Welt verrückt geworden wäre, kam über sie.

Als Esther schließlich auf der Couch lag, hatte ihre Analytikerin darauf hingewiesen, daß ihre große Dramatisierung der Situation Esther erfolgreich davon abhielte, normale Gedanken zu haben, die ihr sonst vielleicht in den Kopf gekommen wären.

Esther konnte sich keine normalen Gedanken vorstellen, die sie über die Situation hätte haben sollen. Schließlich fielen ihr ein paar ein. Vielleicht war ihre Analytikerin mit dem anderen

Patienten so beschäftigt gewesen, daß sie die Zeit vergessen hatte? Das war ein ziemlich normaler Gedanke. Vielleicht hatte sie verschlafen? Auch das war normal. Vielleicht war der Patient vor ihr nicht von der Couch heruntergekommen? Das war kein zu ungewöhnlicher Gedanke.

An manchen Tagen stellte sie sich vor, der junge Mann, der vor ihr kam, würde sich während seiner Sitzung übergeben. Sie stellte sich auch vor, daß er auf die Couch scheißen würde. Sie wußte, daß solche Vorstellungen nicht von großer Reife zeugten.

Er war ein sehr konservativ gekleideter junger Mann. Er trug graue Anzüge und einen grauen Mantel. Er hatte drei Initialen in Gold auf seinem Aktenkoffer eingraviert. An Feiertagen trug er Jeans. Wenn es regnete, trug er Galoschen. Im allgemeinen sah er fröhlich aus. Wenn er so fröhlich war, fragte sich Esther, warum machte er dann eine Analyse?

Esthers Analytikerin hatte sich für die Verspätung bei ihr entschuldigt. Ihre Uhr sei stehengeblieben, sagte sie.

Manchmal, wenn Esther ihre Sitzungen verließ, kam sie sich übelriechend und schmutzig vor. Sie hielt sich nie auf. Wenn ihre Analytikerin sagte: »Unsere Zeit ist um«, stand sie rasch auf, nahm ihre Sachen und ging.

Sie versuchte, ihre Analytikerin nicht zu streifen oder zu berühren, wenn sie an ihr vorbeiging. Als ob sie ein stinkendes Kind wäre, das jeden anstecken könnte, mit dem es in Kontakt kam. Warum hatte sie das Gefühl, ein so schmutziges Kind zu sein? Warum hatte sie eine so starke Verbindung zu dem Kind, das sie gewesen war? Oder dem Kind, das sie sich vorstellte, gewesen zu sein.

Oder es war wieder diese Verbindung mit ihrer Mutter. Und sie fühlte sich so stinkend, schmutzig und gedemütigt, wie ihre Mutter sich im Ghetto und in Auschwitz gefühlt hatte.

Beim letzten Passahfest hatte sie sich mit ihrer Kindheit besonders eng verbunden gefühlt. Das gesamte Gebäude ihrer Analytikerin war in den widerlich süßen Geruch des koscheren Manischevitz-Passahweins getaucht, den es bei ihren Eltern zu jedem Passahfest gegeben hatte.

Esther war sehr geruchsempfindlich. Sie roch Dinge, die andere nicht riechen konnten. Sie roch die kleinste Spur von Parfum, Rauch oder Alkohol. Sie erkannte am Atem, was jemand gegessen hatte. Sie roch Feuchtigkeit und sie roch Hitze. An manchen Morgen witterte sie den Geruch von verbranntem Toast in der Wohnung ihrer Analytikerin.

Sie konnte Sean riechen. Sie roch ständig an ihm. Hinter seinen Ohren, an seiner Brust, unter seinem Hodensack. Selbst sein Arschloch roch gut.

Oft tippte sie riechen, wenn sie reichen schreiben wollte. Obwohl die beiden Wörter wirklich nichts miteinander zu tun hatten.

Esther schaute aus ihrem Bürofenster. Obwohl es regnete, war der Himmel hell. Es war kein Winterregen. Der Nachmittag war die Tageszeit, die sie am liebsten mochte. Er war nicht wie der Morgen, der zu viele Möglichkeiten für den kommenden Tag zu enthalten schien. Am Nachmittag neigte sich der Tag seinem Ende zu. Es gab nicht mehr so viele Stunden, die Unerwartetes bringen konnten.

Auch die Abende mochte sie. Sie hatte das Gefühl, daß nun Feierabend war und alle Gefahren und Bedrohungen auf Halt standen. Sie genoß die Ruhe des Abends. Danach brauchte sie sich nur noch um die Nächte zu sorgen.

Die Nacht war für sie immer geheimnisvoll gewesen. Sie fürchtete, daß nachts alles Böse der Welt losgelassen war und hervorkam, ungehindert, vom Tageslicht nicht überwacht. Sie stellte sich die Straßen voller Räuber und anderer krimineller Elemente vor.

Manchmal lag sie nachts um ein oder zwei Uhr im Bett und fragte sich, was draußen geschah. Wurde gerade jemand erstochen oder erschossen? Wer waren sie und warum konnte es nicht verhindert werden? Sie hoffte, daß sie nicht allein sterben mußten. Jeden Morgen berichteten die Zeitungen über die Verbrechen, von denen Esther wußte, daß sie geschahen.

Nach Einbruch der Dunkelheit konnte sie durch keinen Park gehen. Das betraf nicht nur die Parks in Manhattan, sondern jeden Park. Für sie waren Parks die dunklen Versammlungsplätze von Geistern und Gespenstern. Sie glaubte nicht an Geister und Gespenster, aber sie konnte dieses Gefühl nicht loswerden. Aus ihrer Analyse wußte sie, daß die Gefahren, vor denen sie sich fürchtete, hauptsächlich in ihr selbst lagen. Sie versuchte, das im Gedächtnis zu behalten.

Das Telefon läutete. Es war Jonathan Ivory, der Literaturagent. »Ich rufe an«, sagte er, »um dich zu informieren, daß der Romancier Gregory Weld sehr krank ist. Die Prognose lautet, daß er bestenfalls noch zwei oder drei Monate zu leben hat. Ich wollte dir Zeit geben, damit du über ihn recherchieren kannst. Demnächst kommt sein neues Buch heraus. Es ist das beste, was er je geschrieben hat. Die Auslieferung ist in sechs Wochen.«

»Danke für die Information«, sagte Esther. »Woran leidet er?«

»Krebs«, sagte Jonathan Ivory. »Ich schick' dir einen Packen Kritiken und biografische Daten.«

»Danke«, sagte Esther.

»Es liegt in Gregory Welds Interesse, die bestmöglichen Nachrufe zu erhalten«, sagte Jonathan Ivory. »Also tue ich, was ich kann. Ein guter Nachruf ist gut für den Verkauf. Gregory wird keine Promotion-Tour für sein Buch mehr machen können.«

»Ich werde mein Bestes tun«, sagte Esther.

»Danke«, sagte Jonathan Ivory. »Ich muß los. Dieses ganze Trauma ist sehr entnervend. Ich bin spät dran für den Termin meiner Aura-Anpassung.«

»Deiner was?« sagte Esther. Sie kannte Jonathan Ivory nicht sehr gut, aber diese Bemerkung mußte sie hinterfragen.

»Wenn ich gestreßt bin, lasse ich meine Aura anpassen«, sagte Jonathan Ivory.

»Wirklich?« sagte Esther. »Wer macht so was?«

»Eine Frau im West Village«, sagte Jonathan Ivory. »Sie ist sehr gut. Ich kann sie empfehlen. Einmal Anpassen kostet hundert Dollar.«

»Hundert Mäuse«, sagte Esther. »Wie lange dauert das?«

»Eine Stunde«, sagte Jonathan Ivory. »Ich geh' nur alle paar Wochen hin. Wenn es dich interessiert, schick' ich dir ihre

Broschüre. Sie heißt Marjorie Sparks. Sie ist in der Greenwich Street. Sag ihr, daß ich dich geschickt habe.«

Aura-Anpassung. Esther konnte es nicht glauben. Sie glaubte nicht an Auren, von ihrer Anpassungsmöglichkeit ganz zu schweigen. Vielleicht sollte sie flexibler sein. Vielleicht würde das Anpassen der Aura eines Tages genauso normal sein wie das Anpassen der Psyche.

Jonathan Ivory hatte ihr früher schon Informationen geliefert. Vor einigen Monaten hatte er sie angerufen, um ihr mitzuteilen, daß James Farquar, der meistgehandelte Maler seiner Generation, an AIDS im Vollbild erkrankt war. »Bereite einen guten Nachruf vor«, hatte Jonathan Ivory zu Esther gesagt. Er hatte ihr außerdem erklärt, daß die Preise für James Farquars Arbeiten wie eine Rakete nach oben schießen würden, sobald die Nachricht von seiner Krankheit an die Öffentlichkeit kam. »Ich habe schon sechs Gemälde gekauft«, sagte er. Esther fragte sich, ob Jonathan Ivorys Tip als eine Art Insider-Information für die Kunstwelt gelten konnte.

James Farquar starb im Alter von einundvierzig Jahren. Es gab nicht viele Leute, die in den Vierzigern starben, hatte sie festgestellt. Der AIDS-Tod betraf hauptsächlich jüngere Leute, wohingegen Krebs und Herzerkrankungen nach fünfzig zuzuschlagen schienen. Die Vierziger schienen ein sicheres Alter zu sein.

Dieser Gedanke beruhigte sie. Sie beschloß, heimzugehen, solange sie noch das Nachglühen dieser relativen Sicherheit verspürte.

An der Bushaltestelle war die Straße überflutet. Sie stand auf einer Länge von drei Metern unter Wasser. Trotz der ständigen Straßenarbeiten hatte es nicht den Anschein, als ob die Stadt viel reparieren würde. Jedesmal, wenn es regnete, gab es an dieser Ecke eine Überschwemmung.

Esther watete bis zur Straßenmitte, um dem Bus entgegenzugehen. Sie hoffte, er würde nicht zu voll sein. In überfüllten Bussen litt sie manchmal immer noch an Klaustrophobie. Der Bus fuhr heran. Der Fahrer sah sie an und gestikulierte wild. O nein, dachte sie, nicht noch ein Verrückter.

Der Fahrer öffnete die Türen. »Ich konnte nicht bis zum Bordstein fahren, Lady«, brüllte er sie an. »Sie haben mir den Weg versperrt. Warum machen Sie so was? Jetzt werden alle anderen Fahrgäste naß.«

Esther war entsetzt. Sie sah sich um. Die anderen Fahrgäste, ein älterer Mann, eine hochschwangere Frau und drei Kinder stiefelten durchs Wasser. »Ich dachte, ich würde die Dinge leichter machen«, sagte sie.

Sie setzte sich nach hinten. Ihr Herz klopfte laut. Sie versuchte, sich zu beruhigen. Ihre Schuhe waren schlammbedeckt. Der Schlamm hatte die Farbe von Scheiße. Für Sean war Erde das Blut der Welt. Er hielt die tieferen Schichten für die Arterien der Erde. Sie wußte nicht, woher er diese poetische Vision hatte. Seine Kindheit war sehr hart gewesen. Er war ein Arbeiterkind. Sein Vater, der Analphabet war, trank und schlug die Mutter. Im Alter von dreizehn Jahren hatte Sean eine bessere Schulbildung als Generationen der Familie vor ihm.

Esther vermied es, die anderen Fahrgäste im Bus anzusehen. Sie schämte sich immer noch. Der ältere Mann saß ihr gegenüber. Seine Hosenbeine waren am Saum patschnaß.

Als sie heimkam, erzählte sie Sean von dem Bus. Er lachte, bis ihm die Tränen kamen.

»So lustig war es nun auch wieder nicht«, sagte sie zu ihm.

»Komm, gehen wir Kaffee trinken. Dann kommst du auf andere Gedanken«, sagte er.

»Okay, ich zieh' mich schnell um«, sagte sie.

Sie ging ins Schlafzimmer. Die Rhododendren, die sie vor zwei Tagen gekauft hatte, waren schon verblüht. Sie sahen aus wie zerzauste Brautjungfern in creme- und pinkfarbenem Taft.

Sie zog die Schuhe und die Leggings aus. Es waren neue Leggings aus Lycra. Sie waren nicht sehr bequem. Das Lycra war so eng, daß man nicht furzen konnte. Sie hatte schmerzhafte Blähungen.

»Bist du fertig?« rief Sean. Sie und Sean gingen oft Kaffee trinken, wenn sie von der Arbeit nach Hause kam. Sie hatten damit begonnen, als die Kinder noch klein waren, und inzwischen war es ihnen zur Gewohnheit geworden. Es hatte ihnen die Möglichkeit gegeben, miteinander zu reden, bevor die ganze Familie um den Abendbrottisch versammelt war. Jetzt nutzten sie die Gelegenheit, um von Telefon und Fax wegzukommen.

»Ich bin gleich fertig«, sagte sie.

»Ich leide an Koffeinentzug«, sagte Sean. »Ich habe den ganzen Tag keinen Kaffee getrunken. Ich konnte keinen kochen. Das Gas ist abgedreht.«

»Warum ist das Gas abgedreht?« fragte sie.

»Irgendwo im Haus ist ein Leck«, sagte Sean. »Sie haben überall das Gas abgedreht, und jetzt leiten sie Gas durch die Leitungen, das nach Pfefferminz riecht, um die undichte Stelle zu finden.«

»Gas, das nach Pfefferminz riecht. Das ist toll«, sagte Esther.

»In unserer Wohnung haben sie schon herumgeschnüffelt. Es riecht nirgendwo nach Pfefferminz«, sagte Sean.

Vor der Tür von Augies Café in der Thompson Street stand eine junge Frau. Esther erkannte sie. Sie war oft in dem Café. »Ihr zwei seid der Hammer«, sagte die junge Frau zu Esther.

»Ist das gut oder schlecht?« sagte Esther.

»Das ist gut«, sagte die junge Frau. »Ich habe euch auf der Straße beobachtet, und ihr seid wirklich der Hammer.«

Esther beschloß, es als Kompliment zu nehmen, der Hammer zu sein. »Danke«, sagte sie.

Sean brachte ihr Kaffee und ein Mandelgebäck. »Wann müssen wir heute abend aus dem Haus?« sagte er.

»Um acht«, sagte sie. »Ich wollte, mein Vater käme nicht schon so bald.«

»Das wird schon in Ordnung sein«, sagte Sean.

»Ich fühle mich schlecht, weil ich nicht möchte, daß er kommt«, sagte sie. »Andererseits bin ich immer noch sauer, weil er sich in Australien so beschissen benommen hat.«

»Er wird alt«, sagte Sean. »Mach dir keine Sorgen um ihn. Ihm wird's gutgehen. Er mag New York.«

»Ich weiß, daß er New York mag«, sagte Esther. »Aber ich bin mir nicht sicher, ob er mich mag.«

»Natürlich mag er dich. Er betet dich an«, sagte Sean.

»Das merkst du?« sagte Esther. »Also ich nicht.«

»Du könntest es auch merken«, sagte Sean. »Du müßtest nur ein paar der schwierigeren Eigenschaften deines Vaters übersehen. Eigentlich ist er nämlich ein Schatz.«

»Wie kommt es, daß du ein solcher Experte für Familienbeziehungen bist?« sagte Esther. »Du schreibst deiner eigenen Familie viermal jährlich und siehst sie alle vier Jahre. Es ist leicht für dich, ein großmütiges Mitglied meiner Familie zu sein. Was ist mit deiner eigenen Familie?«

»Möchtest du streiten?« sagte Sean.

»Nein«, sagte sie. Sie sah ihn an. »Es ist leicht für dich, meinem Vater gegenüber liebevoll und tolerant zu sein. Weil er nämlich mein Vater ist und nicht dein Vater. Dann fühlst du dich wie ein guter Sohn, weil du das Richtige getan hast, und ich komme mir beschissen vor, weil ich ihn nicht sehen will. Mit meiner Mutter warst du genauso. Als sie noch lebte, hast du jedes Gericht gelobt, das sie gekocht hat, und sie umarmt und geküßt, als ob sie deine Mutter wäre.«

»Warum bist du so aggressiv?« sagte Sean. »Ich habe deine Mutter geliebt.«

»Aber was ist mit deiner Mutter?« sagte Esther.

»Ich liebe meine Mutter«, sagte Sean.

»Aber du stehst ihr nicht sehr nahe«, sagte Esther. »Sie ruft dich nie an. Du rufst immer sie an.«

»Willst du mich deprimieren?« sagte Sean.

»Nein, ich weise dich auf etwas hin«, sagte Esther.

»Danke sehr«, sagte Sean.

»Ich gebe einige Einsichten und Erkenntnisse weiter, die ich in der Analyse gewonnen habe«, sagte Esther.

Sean sah gereizt aus. »Wenn ich eine Analyse will, suche ich mir einen Analytiker«, sagte er.

»Wir können uns keine zwei Analytiker leisten«, sagte sie.

Sie kam sich gemein vor. Sie hatte Sean eindeutig gekränkt. Warum mußte sie ihn wegen der Beziehung zu seiner Familie quälen. War es der Versuch, von ihrer eigenen Gequältheit abzulenken?

Er war nicht so. Er tat ihr das nicht an. Er war endlos geduldig. Und gutmütig. Jeder bewunderte seinen langen Geduldsfaden. Ein langer Geduldsfaden. Das hatte etwas Sexuelles an sich. Sie hatte plötzlich das Bild eines langen Penis vor sich. Eines sehr langen Penis. Seans Penis, fand sie, war von durchschnittlicher Länge. Aber dick. Sehr dick.

Sean beugte sich über den Tisch und küßte sie. Sie drehte den Kopf weg. »Nicht in der Öffentlichkeit«, sagte sie.

»Wir sind verheiratet«, sagte er. »Erinnerst du dich? Und sogar miteinander.«

»Du weißt, daß ich das nicht kann«, sagte sie.

Bevor sie nach SoHo gezogen waren, hatte Sean sie morgens manchmal zum Bus begleitet. Er hatte ihr Küsse zugeworfen, wenn der Bus abfuhr, bis sie ihn bat, damit aufzuhören. Diese öffentlich zur Schau getragene Intimität war ihr peinlich. Sie kam sich entblößt vor, als ob sie ohne Kleider erwischt worden wäre.

»Wir haben heute einen Brief von Ivana bekommen«, sagte Sean. »Ich habe ihn auf deinen Schreibtisch gelegt. Sie schreibt, daß Richard Hardings neue Freundin schwanger ist.«

»O Gott«, sagte Esther. »Das ist dann sein siebtes Kind. Er ist fünf- oder sechsundfünfzig. Gräßlich. Es ist ja nicht so, als ob er den Kindern, die er schon hat, ein guter Vater wäre. Warum zeugt er immer noch Kinder?«

»Es ist eine andere Form von Inkontinenz«, sagte Sean.

»Ich bleibe bei einem Kaffee«, sagte Esther. »Ich hab' Magenbeschwerden. Ich hatte eine Riesentüte Popcorn zum Lunch. Ich habe eine Geschichte über Jan Wenner gelesen und wie erfolgreich er ist, seit er den *Rolling Stone* gegründet hat. Erinnerst du dich, wie dick er war? Jetzt ist er ziemlich schlank geworden. Anscheinend ißt er den ganzen Tag Popcorn und Radieschen. Ich frage mich, ob man zunimmt, wenn man den ganzen Tag nur Gemüse ißt, das wenig Kalorien hat.«

»Natürlich nimmst du zu«, sagte Sean. »Schau dir die Elefanten an. Sie sind Pflanzenfresser, sie fressen den ganzen Tag Blätter. Und Rhinozerosse und Giraffen. Das sind alles Pflanzenfresser.«

»Ich hatte nicht die Absicht, zum Pflanzenfresser zu werden«, sagte Esther. »Es war nur eine hypothetische Frage.«

Sie öffnete ihre Handtasche. Sie hatte soviel Kram darin. Den trug sie überall mit sich herum. Sie verließ das Haus niemals ohne ihre Handtasche. Sie hatte fünf oder sechs Kugelschreiber in der Handtasche, zwei Notizblöcke, eine Pillenschachtel mit Kopfwehtabletten, Magentabletten, Valium und dem Betablocker Inderal. Sie hatte Nähzeug dabei, obwohl sie nicht nähen konnte. Sie hatte Sicherheitsnadeln, für alle Fälle. Sie hatte eine Schere, zwei Handspiegel und ihre Pinzette.

Ihre Pinzette war eine großartige Pinzette. Sie hatte sie vor Jahren gekauft. Deren Vorgängerin hatte sie sieben Jahre lang benutzt. Zwischen diesen beiden Pinzetten hatte sie dreißig oder vierzig ausprobiert, die nicht funktionierten. Es war erstaunlich schwer, eine gute Pinzette zu finden. Es fiel ihr nicht mehr ein, was sie in ihrer Handtasche gesucht hatte. Sie machte sie wieder zu.

»Florence hat mich heute im Büro angerufen«, sagte sie zu Sean. Sie hatte Florence auf einer Dinner-Party in New York kennengelernt und sich sofort zu ihr hingezogen gefühlt. Florence war früher Korrespondentin bei Reuters gewesen. Sie war bodenständig, direkt und sehr komisch. Florence war sechsundachtzig. »Sie rief an, um uns für nächsten Samstag zum Abendessen einzuladen. Melville Mason ist bei ihr. Anscheinend war er früher ein berühmter Theaterkritiker. Sie sagte, er hätte zwei Schlaganfälle gehabt und wäre auch nicht mehr so unterhaltsam, wie er einmal war. Ich sagte, ich fühlte mich genauso – auch nicht mehr so unterhaltsam, wie ich einmal war.«

Esther und Sean hatten einige von Florences Freunden kennengelernt. Sie waren alle robust, wie Florence. Und sie waren alle über achtzig. Esthers Analytikerin ging davon aus, daß Esther sich Großeltern suchte.

»Besser jetzt als nie«, hatte Esther schnippisch angemerkt. Doch dieses tieferliegende Motiv beunruhigte sie. »Ich fühle mich wohl bei ihr und ihren Freunden«, sagte sie.

»Ein Grund dafür liegt vermutlich darin, daß ältere Leute keine sexuelle Bedrohung mehr für Sie darstellen«, hatte ihre Analytikerin gesagt. »Sie brauchen mit ihrer Sexualität nicht zu konkurrieren.«

Das hatte Esther noch mehr verärgert als die Theorie, daß sie sich Großeltern suchte. Sie hatte zu erklären versucht, daß sie nicht einfach irgendwelche alten Leute sammelte, sondern daß es sich bei denen, mit denen sie befreundet war, um eine Gruppe außergewöhnlicher alter Menschen handelte. »Sie sind klug und mitfühlend und kultiviert und sehr komisch«, hatte sie gesagt. »Ich habe mir keine Zappelphilipps ausgesucht.«

Aber ihre Analytikerin hatte nicht gewußt, was ein Zappelphilipp war.

Als Esther und Sean nach Hause kamen, lag Zelda auf der Couch und las *Wie ich mit meinen Eltern umgehe, wenn sie mich immer noch wie ein Kind behandeln* von Dr. Lynn Osterkamp.

»Das solltest du lesen, Essie«, sagte Zelda.

Das Werk versprach, unter anderem, daß man lernen würde, wie man

- mit unerbetenen Ratschlägen umging;
- sinnlose Diskussionen beendete;
- die fünf lähmenden Ängste bekämpfte, die den Umgang mit den Eltern erschwerten;
- in fünf leicht zu lernenden Schritten Familientreffen überlebte.

»Das könnte dir bei Grampa helfen«, sagte Zelda.

»Hast du das Buch für mich gekauft?« fragte Esther. »Oder glaubst du, daß du schon erwachsen bist und es für dich selbst brauchst?«

»Ich hab' es für uns beide gekauft«, sagte Zelda.

Kate war zu Hause. Sie sah fern. Selbst beim Fernsehen wirkte sie mürrisch. In letzter Zeit war sie oft mürrisch gewesen. Sie schien ständig aufgebracht zu sein. Und sie wurde noch aufgebrachter, wenn man versuchte, sie mit Geduld zu ertragen. Esther hoffte, daß dieser Zustand bald vorüber sein würde.

Sie und Sean bekamen Kate nicht oft zu sehen. Kate studierte Malerei an der Studio School in der Achten Straße. Sie blieb oft lange in der Schule, und drei- oder viermal in der Woche ging sie aus.

Es gab keine Sperrstunde für Kate. Und zwar nicht mehr, seit sie vor sechs Monaten neunzehn geworden war. Die Vereinbarung lautete, daß sie zu Hause zu sein hatte, wenn Esther um sechs Uhr aufstand. »Damit ich keine Angst kriege, daß du in mehreren Teilen in einem Plastiksack auf irgendeiner Müllhalde liegst«, hatte Esther zu ihr gesagt.

Esther kannte nicht viele von Kates Freunden in New York. In Australien hatte sie alle Freunde der Kinder gekannt. Aber da waren die Kinder auch noch kleiner gewesen. Vielleicht gehörte es zum Heranwachsen, die Freunde von den Eltern fernzuhalten.

Unlängst hatte Kate einen mageren, gereizten jungen Mann mit fahler Haut und schwarzen Haaren kurz mit nach Hause gebracht. Er hieß Bill. Bill war schweigsam. Sein Haar war fettig. Er roch nach kaltem Rauch, und er hatte sehr dünne Beine. Esther konnte sich nicht vorstellen, was Kate an ihm fand.

Kate kam aus ihrem Zimmer. Sie trug zerrissene, auf der Hüfte sitzende Jeans, die sie zu Shorts abgeschnitten hatte, und ein kurzes Oberteil. Ihre Hüften und ihre Rippen waren gut zu sehen. Sie drückte sich in Esthers Nähe herum. Sie sah aus, als ob sie etwas sagen wollte. Esther freute sich. Das letzte Mal, daß Kate reden wollte, war schon lange her. Sie setzte sich an den Eßtisch. Kate setzte sich neben sie.

Kate holte tief Luft. »Ich mag Sex wirklich«, sagte Kate. Esther wurde rot. Warum mußte sie das wissen? Warum fühlte Kate sich verpflichtet, ihr diese Information zukommen zu lassen?

Vor einigen Tagen hatte Esther gehört, wie Kate Zelda erklärte, was ein Dentalschutz sei. »Der dient dazu, den Gaumen zu schützen, wenn man eine Frau leckt«, hatte Kate gesagt. Zelda hatte die Augenbrauen hochgezogen und gelächelt. »Lesbierinnen benutzen ihn«, hatte Kate gesagt. Sie hatte ganz gemütlich und normal darüber geredet, jemanden zu lecken. Esther war es peinlich gewesen.

»Oh, gut«, sagte sie zu Kate.

»Es macht mir Spaß, und ich will es jederzeit tun können, wenn ich Lust dazu habe«, sagte Kate.

»Halte ich dich davon ab?« fragte Esther.

Kate ignorierte sie. »Bill und ich haben großartigen Sex.«

Esther klopfte das Herz. Sie versuchte, sich zu beruhigen.

»Bill ist nicht in mich verliebt«, sagte Kate. »Und ich nicht in ihn. Wir schlafen einfach gern miteinander.«

»Ich würde es vorziehen, wenn ein wenig Liebe dabei wäre«, sagte Esther. »Aber nicht zuviel, denn Bill scheint mir ein richtiger Blödmann zu sein.«

Sie hatte genau das getan, was sie nicht hatte tun wollen. Sie hatte Bill angegriffen. Es war ihr einfach herausgerutscht. Sie hatte so überlegt sein wollen. »Warum erzählst du mir das?« sagte sie zu Kate.

»Ich erzähle dir das, weil ich jederzeit bei Bill übernachten können möchte. Und ich habe keine Lust, morgens früh zu Hause sein zu müssen.«

»Das kann ich nicht akzeptieren«, sagte Esther. »Erstens kennen wir Bill nicht, und was ich von ihm kenne, gefällt mir nicht, und zweitens wirst du dich, solange du bei uns lebst, nach den Regeln dieses Hauses richten müssen. Unsere Hausregeln sind nicht zu streng, und eine davon ist die, daß du vor sechs Uhr morgens zu Hause zu sein hast.«

»Das ist nicht fair«, sagte Kate. »Und wenn ich nun bei Amanda übernachten möchte?«

»Dann kannst du bei Amanda bleiben«, sagte Esther.

»Und warum kann ich nicht bei Bill schlafen?« sagte Kate.

»Weil ich nicht diejenige sein will, die die Verantwortung für deine Beziehung zu ihm übernimmt«, sagte Esther. »Ich will dir nicht jedesmal, wenn du mich anrufst, daß du nicht nach Hause kommst, erlauben müssen, wegbleiben zu können. Denn dann wäre es auch meine Entscheidung.«

»Was soll ich machen? Dich anlügen?« fragte Kate.

»Ja, lüg mich an«, sagte Esther. »Wir mußten alle lügen. So übernimmst du zumindest die Verantwortung. Du wirst die Entscheidung getroffen haben, zu lügen. Und die Nacht mit Bill wird sich lohnen müssen.« Sie war sich nicht sicher, ob sie logisch geklungen hatte. Aber sie wußte, was sie meinte.

Kate machte ein finsteres Gesicht. »Ich will dich nicht anlügen«, sagte sie.

»Dann steh um halb sechs auf und komm nach Hause«, sagte Esther.

»Das will ich aber nicht«, sagte Kate. »Das macht alles kaputt.« Sie begann zu weinen. »Du machst alles kaputt. Ich will nicht aufstehen und nach Hause kommen. Es ist furchtbar, aus dem Bett aufstehen zu müssen.«

»Wir mußten alle aus dem Bett aufstehen«, sagte Esther.

»Du machst alles kaputt«, sagte Kate. »Ich will morgens nicht aufstehen, wenn ich mit Bill im Bett liege.«

Esther war am Ende ihrer Geduld. Ihr Mund fühlte sich trocken an und sie hatte Kopfschmerzen. »Warum schläfst du nicht zu einer früheren Tageszeit mit Bill«, sagte sie.

»Ich hasse dich«, sagte Kate.

Esther berichtete Sean eine Zusammenfassung ihrer Unterhaltung mit Kate. »Ich hatte das Gefühl, ich hätte ihr vorgeschlagen, mit Bill zusammenzuziehen.«

»Das ist vielleicht gar keine schlechte Idee«, sagte Sean.

»Was - der Vorschlag oder seine Ausführung?«

»Der Vorschlag. Bill scheint ein widerlicher Kerl zu sein.«

»Du hast Glück, daß du im Studio warst. Ich bin ganz fertig. In einer halben Stunde müssen wir gehen.«

Das Dinner in der Public Library war eine ziemlich große Angelegenheit. Es fand zu Ehren des Schriftstellers Elijah Eilat statt, der den Nobelpreis gewonnen hatte. Sean und Esther hatten Eilat kennengelernt, als er in Australien gewesen war.

Esther trug ein neues schwarzes Kleid. Es war mit mehreren Reihen schwarzer Quasten, Rüschen, Samteinlagen und Litzen verziert. Es war raffiniert, aber einfach geschnitten. Graham Long, der australische Modedesigner, hatte es ihr geschickt. Er gehörte zu den Sammlern von Seans Werken. Das Kleid floß in einer geraden Linie an ihrem Körper zum Boden hinab. Sie fühlte sich wohl darin.

Sie sah Leland und Barbara Sandler. Sie saßen an Elijah Eilats Tisch.

»Da sind die Sandlers«, sagte sie zu Sean. »Sollen wir ihnen aus dem Weg gehen?«

»Nein, wir gehen hin und sagen hallo«, sagte Sean.

Leland Sandler schüttelte Sean die Hand und gab Esther einen flüchtigen Kuß. Barbara küßte sie beide. »Ich ruf' dich an«, raunte sie Esther zu.

Esther und Sean waren bei den Sandlers in Ungnade gefallen. Esther wußte nicht, warum. Als sie nach New York gekommen waren, hatten die Sandlers sie zu allem und jedem eingeladen. Sie waren in die Oper, zu Konzerten, zu offiziellen Terminen und zum gemeinsamen Essen im Familienkreis gebeten worden.

Die Sandlers hatten eine Mittelloge in der Metropolitan Oper. Esther war noch nie in einer Loge gesessen. Sie fand es wunderbar. Eine Loge war wie ein kleines Haus. Hinten waren Regale und Bügel, wo man die Mäntel aufhängte. Vorne, unter der Balustrade, befand sich ein Rufknopf. Wenn die Vorstellung zu Ende war, drückte man auf den Knopf. So erhielt der Fahrer das Signal, daß man abgeholt zu werden wünschte.

Leland machte in der Oper Geschäfte. Die anderen Logengäste waren immer der Aufsichtsratvorsitzende von diesem, der Direktor von jenem, und manchmal auch ein Prinz oder eine Prinzessin.

Esther las vor jeder Vorstellung das Libretto. So war sie ein gut informierter Gast. Oft ertappte sie sich dabei, daß sie in die Rolle des Fürsten von Mähren oder des Sehr Ehrenwerten Harold MacIntosh schlüpfte.

Bei den Sandlers lernte Esther Opernetikette. Sie lernte, daß man in bestimmten Abständen die Operngläser herumreichte, besonders wenn ein neuer Künstler die Bühne betrat. Sie lernte, daß die erste Reihe der Loge für die wichtigsten Gäste reserviert war, und daß der Gastgeber immer hinten saß. Und sie lernte, daß man niemals gleichzeitig neben einem anderen Gast aus der Loge eine Toilette benutzte. Man beschäftigte sich so lange vor dem Spiegel, bis eine andere Toilette frei wurde.

Üblicherweise luden die Sandlers ihre Gäste vor der Vorstellung zum Dinner ins Grand Tier Restaurant in der Oper ein. Während der Pause kamen die Gäste zu Kaffee und Dessert ins Grand Tier. Es war ein Lebensstil, an den man sich gewöhnen konnte.

In der Oper trat Lelands Macht deutlich zutage. Jeder wollte mit ihm reden. Joanne Woodward winkte ihm zu, und Peter Jennings, der bei den Abendnachrichten im Fernsehen vor Steifheit fast gelähmt zu sein schien, fiel ihm um den Hals.

Esther sah auch den Glanz, der auf sie fiel, weil sie zu Leland Sandlers Gesellschaft gehörte. Jeder wollte sie kennenlernen. Die Leute waren überaus höflich und aufmerksam.

Letztes Jahr war bei Barbara Sandler Eierstockkrebs diagnostiziert worden. An dem Tag, als sie ins Krankenhaus ging, um operiert zu werden, wurde Leland Sandler zum Ausschußvorsitzenden für Bundeskulturangelegenheiten ernannt. »Dies ist der schönste Tag meines Lebens«, sagte er den Journalisten bei der Pressekonferenz.

An den Tagen, an denen Barbara Sandler Chemotherapie erhielt, blieb Esther manchmal bei ihr. Sie fütterte sie mit Papayas und Biskuitrollen aus Moisches koscherer Bäckerei. Sie konnte nichts anderes essen.

Irgend etwas an Barbara Sandler erinnerte Esther an ihre Mutter. Sie wußte nicht genau, was es war. Barbara war immer in Eile. Sie versuchte, zehn Dinge gleichzeitig zu tun. Die Ordnung, die sie schaffen wollte, gerann ihr zum Chaos. Sie schrieb eine Nachricht für die Putzfrau, während sie ihre Schuhe anzog und nach ihrem Schlüssel suchte. Sie kam überall in letzter Minute an. Und sie war immer außer Atem.

Esther wußte, daß Barbara Sandler eine sehr gute Schülerin und Studentin gewesen war. Sie hatte mehrere wissenschaftliche Preise gewonnen, und in irgendeinem Lagerraum stapelten sich mehrere Kartons mit ihrer halbfertigen Doktorarbeit.

Sie mußte einmal sehr schön gewesen sein. Manchmal gab es Augenblicke, in denen man diese Schönheit ihrer Jugend ahnen konnte. Manchmal lachte sie frei heraus oder begrüßte einen Freund, indem sie ihren schlanken Körper sinnlich und frei an ihn schmiegte.

Aber meistens sah sie so aus wie die Person, die sie war. Eine vierundfünfzigjährige Frau, die konservative Röcke trug, langweilige Pullover und praktische Blusen.

Durch die Chemotherapie wurde Barbara noch zerstreuter

als vorher. Die meisten Telefone in ihrer Wohnung hatten zwei Amtsleitungen. Ein grünes Licht zeigte an, welche Leitung gerade frei war. In der Küche standen zwei Telefone. Wenn das Telefon läutete, konnte man nicht auf Anhieb feststellen, welches von beiden es war. Barbara Sandler rannte durch die Küche. Sie hob erst den einen Hörer ab, dann den anderen. Sie klang immer völlig gehetzt, wenn sie hallo sagte.

Esther hatte ihr mehrfach vorgeschlagen, sich ein neues Telefon zuzulegen, das in einem anderen Ton läutete, aber Barbara wollte nichts davon wissen. Esther hatte irgendwie den Eindruck, daß ihr diese Aufgeregtheit zusagte. Vielleicht hätte deren Fehlen eine beunruhigende Leere zutage gefördert.

An jenen Tagen, die sie mit ihr verbrachte, arbeitete Esther in Barbaras Arbeitszimmer an ihren Nachrufen. Barbara schlief fast den ganzen Tag. Esther fühlte sich in der Wohnung der Sandlers nicht wohl. Obwohl sie mit Büchern, Musik und Kunst angefüllt waren, gab es kein Leben in den Räumen.

Während ihrer Chemotherapiebehandlung brachte Barbara es fertig, an manchen Abenden in ein Konzert oder auf Gesellschaften zu gehen. Esther bewunderte sie dafür. Eines Abends, nachdem Barbara sich den ganzen Tag hatte übergeben müssen, half Esther ihr beim Ankleiden. Sie trug ein elegantes, einfaches schwarzes Kleid. Leland war bereits zu Hause. Er hatte vom Tisch in der Halle seine Post genommen und war in einen Brief vertieft, als er aufblickte und Barbara ansah. »Könntest du nicht was anderes anziehen?« sagte er. »Das Kleid sieht furchtbar an dir aus.«

Zu jenem Abendessen, zu dem die Sandlers eingeladen waren, begleiteten Esther und Sean sie als ihre Gäste. Esther half Barbara dabei, sich umzukleiden.

Während des Essens beobachtete Esther Leland, wie er Barbara wütend anfunkelte. »Ist er immer noch verärgert wegen des Kleides?« fragte sie.

»Nein«, sagte Barbara. »Er ist wütend, weil ich mich mit Senator O'Connor unterhalte, und er findet, daß ich mit Mr. Takito reden sollte, der an meiner anderen Seite sitzt. Das macht er immer.«

Zwei Tage später hatte Barbara schlechter ausgesehen als sonst. Sie hatte eindeutig geweint. »Gestern abend hat Leland sich schrecklich über mich aufgeregt«, sagte sie zu Esther. »Boris Bodinov, der russische Botschafter, war zum Dinner bei uns. Ich hatte das Essen bei Roth bestellt. Das ist ein koscheres Restaurant um die Ecke. Das Essen war absolut in Ordnung. Wunderbar zubereitetes Kalbfleisch mit Pilzen. Ich habe es serviert, und sowohl Leland wie Mr. Bodinov haben beide kräftig zugelangt. Ich hörte, daß Leland lachte und seine Imitation von Gorbatschow zum besten gab. In dem Moment, wo er die Tür hinter Mr. Bodinov geschlossen hatte, wurde er dunkelrot im Gesicht. Eben noch schüttelte er Mr. Bodinov die Hand, und im nächsten Augenblick schrie er mich an. Er haßt koscheres Essen.«

»Du und Leland, ihr müßtet mal miteinander reden«, sagte Esther. »Könnt ihr nicht zur Eheberatung gehen?«

»Das hätte keinen Sinn«, sagte Barbara Sandler. »Ich glaube, ich liebe ihn nicht einmal mehr.«

»O doch, du liebst ihn noch«, sagte Esther. »Ich habe gesehen, wie du ihm entgegenläufst, um ihn zu begrüßen, wenn er den Raum betritt. Und ich habe den Ausdruck auf deinem Gesicht gesehen.«

»Das mach' ich nur, um ihn bei Laune zu halten«, sagte Barbara. »Das hat nichts zu bedeuten.«

»Ich bin sicher, daß ihr beide euch liebt«, sagte Esther. Sie wußte nicht, worauf sie diese Behauptung begründete, aber sie hatte das Gefühl, daß zwei Leute, die über dreißig Jahre zusammen waren, durch irgend etwas verbunden sein mußten.

»Leland liebt niemanden außer sich selbst«, sagte Barbara Sandler. »Leland ist ein Narzißt. Das ist mein Ernst. Er ist in sich selbst verliebt. Ich habe einige Bücher über Narzißmus gelesen. Ich habe an der New Yorker Universität einen Kurs über Narzißmus besucht. Ich weiß, wovon ich rede. Leland hat schwere Probleme. Wirklich schwere Probleme.«

Esther fragte sich, welche wirklich schweren Probleme Narzißten hatten. »Leland ist von sich selbst entzückt«, sagte Barbara. »Er ist entzückt von seinem Charme, seinem Verstand, seinem Erfolg und seiner physischen Erscheinung. Er sieht nicht, daß er weibische Züge hat und dicklich ist. Wenn du ihn das nächste Mal siehst, schau genau hin, und dann wirst du sehen, wie feminin er aussieht. Möchtest du eines meiner Bücher über den Narzißmus lesen? Es ist ein faszinierendes Gebiet.«

»Ich habe noch nie viel darüber nachgedacht«, sagte Esther.

»Ich leih' dir ein paar meiner Bücher«, sagte Barbara. »Narzißten interessieren sich nur für sich selbst. Leland und ich haben seit Jahren nicht mehr miteinander geschlafen. Seit zig Jahren nicht.«

Esther war schockiert. Wie war es möglich, daß Leute, die so viel erreicht hatten und nach außen hin so glänzten, ein so jämmerliches Privatleben führten? Sie stellte sich Leland vor, der nackt vor einem Spiegel stand und vor lauter Selbstbewunderung einen Schwall von Ejakulat über sich ergoß.

Integrität war das Wort, das man am häufigsten in all den Zeitungsartikeln über Leland Sandler und seine Verdienste las. Auch über seine Aufrichtigkeit wurde viel geschrieben.

Die Integrität war manchmal schwer zu finden. Esther hatte Leland einmal erlebt, als er Barbara beschimpfte. Seine Stimme war schrill. Er weinte fast vor Wut. Anscheinend waren die Sandlers nicht zum Hochzeitstag der Rothschilds eingeladen worden. »Hast du vergessen, ihnen ein Geschenk zu schikken?« schrie Leland Barbara an, als sie gerade im Bad war, über der Muschel hing und sich übergab. »Hast du vergessen, ihnen ein Geschenk zu schicken?« schrie er unentwegt.

An dem Tag, als Barbara mit einer stärkeren Chemotherapie begonnen hatte, war Leland mittags nach Hause gekommen. Er war in Los Angeles gewesen. Barbara lag im Bett und schlief. Sie konnte sich kaum rühren. Leland weckte sie auf.

»Hallo, Darling«, sagte er.

Sie lächelte ihn an.

»Darling«, sagte er. »Hast du die herrlichen Blumen gesehen, die Dorothy Gillespie dir geschickt hat?«

Dorothy Gillespie war eine der Gillespies, die den Gillespie Flügel des Nationalmuseums in Washington gestiftet hatten. Barbara nickte.

»Sie sind wunderschön«, sagte Leland. Er lächelte Barbara an. Esther hatte ihn noch nie so liebevoll erlebt. Sie verließ das Zimmer, um die beiden allein zu lassen.

»Darling, würdest du bitte Dorothy Gillespie anrufen und dich für die Blumen bedanken«, hörte sie Leland sagen.

Barbara antwortete nicht. »Darling, wach auf«, sagte Leland. »Bitte, Darling, könntest du Dorothy Gillespie anrufen und dich für die wunderschönen Blumen bedanken.«

Kurz danach hörte Esther, wie Barbara Sandler, etwas benommen zwar, aber zwitschernd, mit Dorothy Gillespie sprach.

»Alle Frauen mit Krebs, die ich kenne, waren lange Zeit mit demselben Mann verheiratet«, hatte Barbara Sandler zu Esther gesagt.

»Du willst doch nicht ernsthaft behaupten, daß du da einen Zusammenhang siehst«, hatte Esther gesagt.

»Doch, das will ich«, sagte Barbara Sandler.

»Wenn du so unglücklich bist, warum gehst du dann nicht?« sagte Esther zu Barbara.

»Ich will nicht allein sein«, sagte Barbara.

»Das bist du jetzt schon«, sagte Esther.

Esther fragte sich, warum Leland Barbara nicht verließ. Vielleicht hatte er Angst, was die Leute sagen würden? Es wurde schon genug darüber geredet, daß er es ohne Barbaras Geld nie geschafft hätte. Vielleicht hatte er für eine Scheidung einfach keine Zeit? Sein Terminkalender war sehr voll, und Scheidungen konnten sehr störend sein. Aber vielleicht hatte Leland auch etwas vor. »Leland hat Geld von unseren Konten abgehoben«, hatte Barbara ihr kürzlich erzählt.

»Was meinst du damit?« sagte Esther.

»Es fehlt eine Menge Geld. Außerdem zahlt er Beträge auf seinen Namen ein. Und Konten, die wachsen sollten, schrumpfen«, sagte Barbara.

»Warum sprichst du nicht mit ihm darüber?« fragte Esther.

»Das kann ich nicht«, sagte Barbara. »Jedesmal, wenn ich es versuche, wird er furchtbar wütend.«

Das Essen verlief recht ereignislos, bis Elijah Eilat ans Podium trat, um aus seinem neuesten Buch zu lesen. Er wirkte sehr nervös. Esther sah, daß seine Hände zitterten. Er tat ihr leid, obwohl es auch eine Erleichterung war zu sehen, daß ein Schriftsteller genauso nervös war, wie seine Werke dies vermuten ließen. Heutzutage wirkten Schriftsteller so professionell. Als ob sie für die Bühne geboren wären. Ihre Hände zitterten nicht, und sie sprachen mit fester Stimme. Sie strahlten Ruhe und Gelassenheit aus.

Elijah Eilat griff zum Wasserglas, bevor er zu lesen begann. Er hatte das Glas halb zum Mund geführt, als es ihm aus der Hand fiel. Das Wasser spritzte in alle Richtungen. Auf seinem Anzug bildeten sich große Wasserflecken. Als er sich nach vorn beugte, um sein Manuskript aufzunehmen, stieß er das Lesepult um. »Ich könnte jetzt lachen oder weinen«, sagte er ins Mikrophon, das noch aufrecht stand.

Am Ende des Abends sah Esther Leland, der sich mit dem Bürgermeister von New York unterhielt. Ein halbes Dutzend Leute hatte sich um die beiden geschart. Esther wußte, daß sie darauf warteten, mit Leland sprechen zu können, nicht mit dem Bürgermeister. Eine Reihe weniger wichtiger Leute kroch um Barbara Sandler herum.

Seit fünf Minuten wartete Esther am West Broadway auf ein Taxi. Sie war nervös. Sie wollte sich nicht verspäten, um ihren Vater abzuholen. Ein Taxi hielt am Bordstein. Sie sprang hinein. »Newark Airport«, sagte sie zum Fahrer. »Zur internationalen Ankunftshalle.« Sie fuhren los. »Nein, nein«, sagte sie zu ihm. »Wir müssen durch den Holland Tunnel. Zum Newark Airport.«

Er nickte und fuhr weiter in die falsche Richtung. Sie versuchte es noch einmal.

»Newark Airport«, sagte sie.

Der Fahrer sah verstört aus. Sie begriff, daß er kein Englisch sprach. »Ich steige hier aus«, sagte sie. Er fuhr weiter.

»Stop«, schrie sie. Er sah verblüfft aus.

»Halten Sie bitte hier an«, sagte sie.

»Stop?« fragte er.

»Ja, stop«, sagte sie. Er hielt an.

Er hatte Schwierigkeiten, die Türen zu entriegeln. Er hatte sie mit der Zentralverriegelung blockiert, nachdem Esther eingestiegen war. Er fummelte an dem Knopf herum. Er drehte ihn hierhin und dorthin. Schließlich konnte man die Türen öffnen.

»Sorry, sorry«, sagte er zu Esther. »Sorry, sorry.«

Sie gab ihm zehn Dollar und sagte, er könne den Rest behalten. Sie winkte ein anderes Taxi heran. Sie würde es noch pünktlich schaffen. Wenn sie sich nur nicht diese Sorgen über den Besuch ihres Vaters machen würde. Sie hatte einiges für ihn vorbereitet. Sie hatte sechs große Dosen College-Inn-Hühnersuppe gekauft. College-Inn-Hühnersuppe war sehr, sehr gut. Esther fügte immer kleingeschnittene Hühnerbrust, Nudeln und Petersilie hinzu, wenn sie sie servierte, und kein Mensch merkte, daß es Dosensuppe war.

In Australien hatte sie ihre Hühnersuppe immer selbst gemacht. Sie bereitete sie aus einem koscheren Suppenhuhn, Karotten, Zwiebeln, Sellerie und Pastinaken zu. Aber Manhattan war nicht der Ort, an dem man stundenlang am Herd stand, um einen großen Topf mit Hühnersuppe zu kochen. In allen fünf Stadtteilen New Yorks quollen die Vorratsschränke der jüdischen Frauen wahrscheinlich von College-Inn-Hühnersuppe über, dachte Esther.

»Ich hatte zwei hartgekochte Eier und zwei Scheiben Toast zum Frühstück«, sagte der neue Taxifahrer zu Esther. »Bis ich von Brooklyn hereingefahren war, hatte ich wieder Hunger. Zwei hartgekochte Eier und zwei Scheiben Toast, das ist kein Frühstück.«

Der Gedanke an hartgekochte Eier verstärkte ihre nervöse Übelkeit. Sie öffnete das Fenster.

»Schauen Sie, was ich jetzt esse«, sagte der Taxifahrer. »Ein Putensandwich.« Er schwang ein halbes Putensandwich durch die Luft. »Das ist ein Frühstück.«

Der Fahrer war Jude. Sie hätte es wissen sollen. Alle Juden waren Experten auf dem Gebiet, was man essen mußte. Es gab nicht mehr viele jüdische Taxifahrer. Als sie zum ersten Mal in New York war, hatte ein Taxifahrer Jiddisch mit ihr gesprochen.

Damals war sie achtzehn gewesen und der Inbegriff einer Rock-and-Roll-Reporterin. Sie war völlig verblüfft. Sie hatte noch nie gehört, daß jemand in der Öffentlichkeit Jiddisch sprach. Sie hatte geglaubt, es sei eine Sprache, die die wenigen Juden, die es auf der Welt noch gab, zu Hause sprachen.

»Im allgemeinen arbeite ich morgens zwei Stunden, und dann esse ich ein Putensandwich und Bratkartoffeln und trinke einen Kaffee dazu.«

»Das ist gut«, sagte Esther.

»Ich wette, Sie haben nicht gefrühstückt«, sagte er.

»Doch«, sagte Esther. »Habe ich.«

»Aber dann schon sehr früh«, sagte er.

Esther war froh, daß sie schon fast am Flughafen waren.

Esther stellte sich so nah wie möglich an die Tür, aus der die Passagiere herauskamen. Zwanzig oder dreißig Menschen hatten das Flugzeug bereits verlassen. Dann sah sie ihn. Er trug einen Aktenkoffer. Er sah nervös aus.

»Hallo, Dad«, rief sie ihm zu. Er strahlte, als er sie erblickte. Einen kurzen Augenblick lang sah er aus wie ein Kind, das brav gewartet hatte, bis seine Eltern kamen. Er eilte zu ihr.

Er umarmte sie.

»Du siehst sehr gut aus«, sagte sie.

»Mir geht's ganz gut«, sagte er. »Das Essen war nicht schlecht. Es gab sogar Eis. Ich habe noch nie im Flugzeug Eis gegessen.«

»Du siehst wirklich gut aus für jemanden, der über dreißig Stunden unterwegs war«, sagte Esther.

»Es waren fünfunddreißig Stunden und zwanzig Minuten«, sagte Edek Zepler. »Weißt du, daß ich im Flugzeug nicht einmal zur Toilette gegangen bin.«

»Tatsächlich?« sagte Esther.

»Wirklich«, sagte Edek. »Nicht ein einziges Mal. Ich bin in Honolulu und in San Francisco auf die Toilette gegangen, und das war's.«

»Möchtest du jetzt gehen, während ich aufs Gepäck warte?« fragte Esther.

»Nein«, sagte Edek. »Wenn ich es zwischen Melbourne und

Honolulu aushalte, dann halte ich es jetzt auch noch bis zum Haus meiner Tochter aus.«

Ein Mitglied des Bordpersonals ging an ihnen vorbei. »Ich möchte Ihnen alles Gute wünschen«, sagte Edek zu ihr. »Und vielen Dank dafür, daß Sie sich um mich gekümmert haben. Der Service war sehr gut.«

Esther war peinlich berührt. Warum mußte ihr Vater mit jedem reden?

»Danke«, sagte die Stewardeß. »Ich hoffe, daß Sie den Besuch bei Ihrer Tochter genießen werden.«

»Das werde ich ganz sicher«, sagte Edek.

»Jeder freut sich über ein kleines Kompliment«, sagte Edek zu Esther.

»Ich freu' mich wirklich, dich zu sehen, Dad«, sagte Esther. »Ich kann gar nicht glauben, wie gut du aussiehst. Keine Spur von Jetlag.«

»*Jetlag*. Natürlich hab' ich keinen Jetlag«, sagte Edek. »Den kriegt nur meine Tochter.«

Sie holten Edeks Gepäck. »Wo ist die Bushaltestelle?« fragte Edek.

»Wir fahren nicht mit dem Bus«, sagte Esther. »Wir nehmen ein Taxi.«

»Wieso Taxi?« sagte Edek. »An jedem Flughafen gibt es einen Bus. Selbst vom Flughafen Melbourne kann man mit dem Bus in die Stadt fahren.«

»Der Bus kostet bis zur Endstation sechs oder sieben Dollar pro Person, und dann sind es nochmal sechs oder sieben Dollar für ein Taxi«, sagte Esther. »Wenn wir gleich von hier aus ein Taxi nehmen, kostet es dasselbe.«

»Meine Tochter gibt gern Geld aus«, sagte Edek zu einer Frau, die neben ihnen stand.

»Wie kann ein Mensch nur hier wohnen?« sagte Edek. Sie fuhren durch Manhattan. »Man kann nicht parken. In all den Straßen gibt es keinen einzigen Parkplatz.«

»Die Leute hier parken ihre Autos in Tiefgaragen«, sagte Esther.

»Wahrscheinlich kosten die Tiefgaragen mehr als die Autos«, sagte Edek.

Esther konnte schwerlich widersprechen.

»Wie kann man irgendwo wohnen, wo man sein Auto nicht abstellen kann?« sagte er.

Esther antwortete nicht.

»Sieh mal«, rief er. »Hier in dieser Straße sind die Autos doppelt geparkt. In Zweierreihen, mitten auf der Straße. Wie kann ein Mensch hier leben? Völlig unmöglich.«

»In Little Neck, wo Henia wohnt, ist es anders«, sagte Esther. »Little Neck ist wie Melbourne.«

»Wer hat was von Little Neck gesagt?« sagte Edek. »Ich nicht.«

Abends aß er seine Hühnersuppe. Er hatte sich geweigert, sich tagsüber auszuruhen. »Eine sehr gute Hühnersuppe«, sagte er. »Ich nehme noch ein bißchen.«

Esther füllte seinen Teller nach.

»Hast du ein koscheres Huhn für diese Suppe genommen?« fragte er.

»Ja«, sagte Esther.

»Mum hat immer ein koscheres Huhn für die Hühnersuppe genommen«, sagte er.

Zelda hatte ein paar Oreo-Plätzchen aus dem Schrank geholt. Sie legte sie auf einen Teller. »Grampa, das sind echte amerikanische Kekse. Ich glaube, sie werden dir schmecken«, sagte sie

Edek aß einen. Er verzog das Gesicht. »Sie sind nicht besonders gut, Zeldala. Nein, sie sind nicht so gut wie die Schokoladenkekse in Melbourne. Ich versuch' noch einen. Ich will dich nicht kränken.«

Edek verputzte die ganze Schachtel Oreo-Kekse.

»Es gibt sie auch mit Schokolade«, sagte Zelda zu Edek.

»Mit Schokolade?« sagte Edek. »Kauf mir doch morgen ein paar Schachteln.«

Als Esther morgens aus ihrem Zimmer kam, war Edek schon auf. Er saß am Eßtisch. Allein an dem großen Tisch sah er klein und verloren aus. Er rieb sich die Hände, wie er es immer tat, wenn er nervös war.

»Du bist früh auf, Dad«, sagte Esther.

»Es ist sechs Uhr«, sagte er. »Ich stehe immer vor sechs Uhr auf. Du solltest das wissen.«

»Hast du gut geschlafen?« fragte sie.

»So gut, wie man's erwarten konnte«, sagte er.

Esther fühlte sich erschöpft. Sie war froh, daß er am Samstag nach Florida flog. »Möchtest du einen Toast, Dad?«

»Ich nehme alles«, sagte Edek. »Ich möchte nicht, daß du dir besondere Umstände für mich machst. Ich esse alles, was du auf den Tisch stellst. Dieser Bagel ist nicht so wie die Bagels vom Glick in der Balaclava Road.«

»Er ist nicht wie ein Bagel vom Glick«, sagte Esther. »Aber er ist gut, findest du nicht? Er ist von Essa Bagels in der Second Avenue. Sie machen die besten.«

»Es ist kein besonders guter Bagel«, sagte Edek.

»Möchtest du Rahmkäse drauf haben?« fragte Esther.

»Ich esse zum Frühstück nie einen Bagel mit Rahmkäse«, sagte Edek. »Ich esse überhaupt keine Bagels zum Frühstück. Ich esse Müsli.«

»Ich werde nachher Müsli kaufen«, sagte Esther.

»Nicht für mich«, sagte Edek. »Ich werde bald wieder in Melbourne sein. Ich möchte den Mädchen ein wenig Geld geben. Ich habe ein paar Geburtstage vergessen. Rooshka hat sich immer an die Geburtstage erinnert. Also habe ich gedacht, ich gebe jeder fünfzig Dollar.«

»Das ist sehr nett von dir«, sagte Esther.

»Ich tu' das Geld in einen Umschlag«, sagte Edek. »Ich habe in Seans Studio zwei Umschläge gefunden. Wie schreibt man Kate?«

»K-A-T-E«, sagte Esther.

»Okay«, sagte Edek.

»Sean hat gesagt, daß er heute mit dir einen Hot Dog essen gehen will«, sagte Esther.

Edek sah erfreut aus. »Die Hot Dogs, die sie hier haben, sind einfach phantastisch«, sagte er. »Ich mag sie mit viel Sauerkraut.«

»Sean auch«, sagte Esther.

In ihrem Arbeitszimmer läutete das Telefon. Sie hatte alle Anrufe über ihr Büro umleiten lassen. Eine Frau von der Long Island Anti-Raucher-Vereinigung war am Apparat. Sie würden die Zeitungen anrufen, sagte sie, um sie zu bitten, daß in den Nachrufen erwähnt werden sollte, ob der oder die Verstorbene geraucht hatte oder nicht. Es würde nicht viel verlangt, sagte sie. Ein Satz wie »Der oder die Verstorbene rauchte zwei Schachteln Zigarretten pro Tag« würde schon genügen. Esther bedankte sich für den Anruf.

»Wir könnten ihren Vorschlag erweitern«, sagte Esther zu ihrem Vater. »Wir könnten sagen: ›Er/sie aß zu fett, hatte eine unglückliche Kindheit und trank zuviel Orangensaft.«

Edek lachte nicht. »Ich sehe nicht ein, warum du einen solchen Job haben mußt«, sagte er.

»Es ist ein guter Job, Dad«, sagte sie. »Und er ist interessant.«

»Es ist interessant, sich mit meschuggenen Leuten zu unterhalten, die dich anrufen, um dir zu sagen, du sollst in der Zeitung schreiben, was der Tote gegessen hat und wie oft am Tag er aufs Klo gegangen ist zum Kacken?«

»Ja, das ist interessant«, sagte Esther.

»Du hättest Rechtsanwältin werden sollen«, sagte Edek. »Du wärst besser als Perry Mason. Du duldest keine Widerrede. Und du wärst reich geworden. Anwälte sind überall auf der Welt reich. Du hättest dir ein schönes Auto kaufen können. Vielleicht einen schönen Pontiac. Die Amerikaner wissen, wie man gute Autos baut.«

»Ich will kein Auto«, sagte Esther.

»Natürlich willst du kein Auto«, sagte Edek. »Es gibt hier keine Parkplätze, also wäre es Blödsinn, ein Auto zu haben. Ich meinte, du könntest dir ein schönes Auto kaufen, wenn du eine Anwältin wärst, die in Melbourne lebt.«

»Dad, die Anwältin, von der du sprichst und die in Melbourne lebt, ist jemand anders«, sagte Esther.

»Es ist meine Tochter, von der ich rede, die nicht auf mich hören wollte, als ich ihr sagte, sie sollte studieren und Anwältin werden«, sagte Edek.

»Ich mag meinen Job«, sagte Esther.

»Das ist kein Job, den man mag«, sagte Edek. »Auf so einen Job kann man nicht stolz sein.«

»Ich bin aber stolz darauf«, sagte Esther.

»Und ich schäme mich deswegen«, sagte Edek.

Zelda kam herein und gab Edek einen Kuß. »Tschüß, Grampa«, sagte sie. »Ich seh' dich nach der Schule.«

»Du hast großes Glück, so nette Kinder zu haben«, sagte Edek zu Esther. »Ich sage mir, obwohl sie meine Enkel sind, sind sie sehr nette Kinder. Du hast großes Glück.«

»Ja«, sagte Esther. »Ich habe Glück.«

Sie ging in Seans Studio. »Mein Vater ist unausstehlich«, sagte sie zu Sean. »Kannst du kommen und mit uns frühstücken? Ich will nicht hören, was er sonst noch zu sagen hat.«

»Ich wollte sowieso gerade kommen«, sagte Sean.

»Ist in diesem Rahmkäse Carry drin?« sagte Edek.

»Carry?« sagte Esther. »Nein, da ist kein Curry drin.« Seit er vor Jahren einmal gesehen hatte, wie sie etwas Curry in einen Kartoffelsalat streute, verdächtigte er sie, allem und jedem Curry zuzusetzen. Er sprach es immer Carry aus.

»Es ist bloß ein bißchen Paprika drin, Dad. Das ist alles«, sagte sie.

»Ich mag keinen Paprika, und ich mag keinen Carry«, sagte er.

»Sollen wir zum Lunch zu Katz' Delicatessen gehen, Edek?« fragte Sean.

»Gibt's da die Hot Dogs?« fragte Edek.

»Da gibt's die Hot Dogs und viele andere gute Sachen«, sagte Sean. »Sie haben Rinderbrust und Pastrami und koschere Salami. Es wird dir bestimmt gut gefallen.«

»Klaro, das klingt gut«, sagte Edek.

Klaro. Wo hat er das denn aufgeschnappt, dachte Esther. Es klang schon merkwürdig genug, wenn es ein waschechter Australier sagte, aber von einem alten polnisch-jüdischen Australier hörte es sich wirklich sonderbar an.

»Ich fahre nicht nach Florida«, sagte Edek.

»Was?« sagte Esther.

»Ich werde nicht fahren. Das habe ich gesagt«, sagte Edek. »Warum soll ich denn dorthin fahren, um Henia zu besuchen. Wir sind zwei alte Kackes.« Er drehte sich zu Sean. »Weißt du, was sind zwei alte Kackes?«

»Ich kann es mir vorstellen«, sagte Sean.

»Es heißt, zwei alte Exemplare von groiße Schtikke«, sagte Edek. »Und du weißt, was sind groiße Schtikke?«

»Allerdings«, sagte Sean.

»Hör mal zu, Dad«, sagte Esther. »Natürlich fährst du nach Florida. Henia erwartet dich.«

»Ich weiß nicht, was Henia erwartet. Woher willst du das wissen?« sagte Edek.

»Ich weiß, daß sie dich erwartet«, sagte Esther.

»Edek«, sagte Sean, »fahr einfach hin und schau, wie du dich fühlst. Und wenn's dir nicht gefällt, kommst du sofort wieder.«

»Ich weiß, wie ich mich fühle«, sagte Edek. »Ich bin eine alte Kacke, so fühle ich mich.«

»Dad, du mußt fahren«, sagte Esther. »Wir haben das Flugticket bezahlt, und das ist nicht refundierbar.«

»Ich krieg' das Geld schon zurück«, sagte Edek. »Ich rufe bei Continental an und sag' ihnen, daß ich ein Holocaust-Überlebender bin.«

»Damit wirst du bei der Buchungsabteilung von Continental sicher weit kommen«, sagte Esther.

»Ich werde den Geschäftsführer verlangen«, sagte Edek.

»Ich finde, du solltest nach Florida fliegen, abwarten und Tee trinken«, sagte Sean.

»Tee trinken?« sagte Edek.

»Abwarten und Tee trinken«, sagte Sean. »Das heißt, keinen Plan zu haben, sondern einfach abzuwarten, was geschieht.«

»Gar nichts wird geschehen«, sagte Edek.

Als er vom Lunch zurückkam, sah ihr Vater viel besser aus.

»Ihr zwei seht aus, als ob ihr viel Spaß gehabt hättet«, sagte Esther.

»Hatten wir auch«, sagte Edek. »Wir haben Knisches gegessen. Weißt du, was ist ein Knisch? Das ist ein Stück dünner

Teig, was ist gebacken und dann gedreht um eine Kartoffel oder Kascha. In Melbourne kannst du so einen Knisch nicht kriegen. Früher in Polen haben wir Knisches gegessen.«

»Hast du auch einen Hot Dog gegessen?« fragte Esther.

»Ja, natürlich«, sagte Edek.

»Wir haben jeder mehr als einen Hot Dog gegessen«, sagte Sean.

»Das war sehr, sehr gut«, sagte Edek. »Ich kann dieses Restaurant jedem nur empfehlen. Sie haben einen Brief vom Präsidenten im Fenster. Wahrscheinlich kam er, um einen Knisch zu essen.«

Esther beobachtete ihren Vater, als er durchs Zimmer ging. Er trug denselben grauen Parka, den er seit Jahren anhatte. Seine Hose war zu kurz. Sein Hemd sah abgetragen aus.

»Dad, ich finde, du solltest eine neue Hose und ein neues Hemd kaufen«, sagte sie.

»Ich habe viele Hosen und Hemden«, sagte Edek. »Ich habe vier Hemden und zwei Hosen mitgebracht. Wovon redest du?«

»Ich habe nur gesagt, daß du eine neue Hose gebrauchen könntest«, sagte Esther. »Das ist alles.«

»Das ist eine sehr gute Hose, die beste Qualität«, sagte Edek.

»Ja, aber du hast sie in den letzten zwanzig Jahren jeden Tag angehabt«, sagte Esther.

»Meine Tochter kann Geld ausgeben«, sagte Edek. »Meine Tochter schaut nur, wo sie Geld ausgeben kann.«

»Dad, ich rede über eine Hose und ein Hemd aus einem der Läden in der Orchard Street«, sagte Esther.

»Und ich rede nicht darüber. Und ich wünschte, du würdest auch aufhören, darüber zu reden. Ich brauche keine neuen Sachen.«

»Okay, Dad«, sagte sie.

»Eine Anwältin, die viel Geld verdient, kann Geld ausgeben, aber nicht eine Person, die über tote Leute schreibt«, sagte Edek.

Am nächsten Morgen schüttete Esther eine große Portion Müsli in eine Schüssel. Sie stellte sie vor ihren Vater. »Ich habe Vollmilch genommen, keine Magermilch«, sagte sie. »Möchtest du Bananenscheiben dazu?«

»Nein, danke«, sagte er. »Ich mag die Vollmilch nicht mehr so, aber mach dir keine Sorgen.«

»Aber früher hast du Magermilch verabscheut«, sagte Esther.

»Heute nicht mehr«, sagte Edek. »Ich muß aufpassen, was ich esse. Ich habe niemanden mehr, der auf mich aufpaßt. Also habe ich zu Magermilch gewechselt. Warum hast du extra Müsli gekauft? Ich hab' dir doch gesagt, daß ich alles esse.«

»Ich dachte, du mochtest die Bagels nicht«, sagte Esther.

»Das habe ich nicht gesagt«, sagte Edek. »Ich sagte, sie sind nicht so wie die Bagels vom Glick. Okay, ich esse das Müsli. Und vielleicht auch einen kleinen Bagel.«

»Hier kann man unmöglich leben«, sagte Edek. Er war allein spazierengegangen. »Ich hab' keine Füße mehr. Ich bin zehn Minuten gelaufen, bloß um eine Zeitung zu kaufen. In Australien tun mir die Füße nie so weh.«

»In Australien gehst du überhaupt nicht zu Fuß«, sagte Esther. »Da fährst du überall hin. Du fährst zweihundert Meter bis zur Milchbar.«

»So gefällt's mir auch«, sagte Edek.

»Ich bin über den Broadway gegangen, und über die Prince Street, und ich habe nicht einen einzigen Parkplatz gesehen«, sagte Edek.

»In Little Neck gibt es überall Parkplätze«, sagte Esther.

»Wer redet von Little Neck?« sagte Edek. »Ich nicht.«

Abends saßen sie gemeinsam vor dem Fernseher. Esther fand, daß Edek erschöpft aussah. »Möchtest du eine Tasse Kakao, bevor du zu Bett gehst, Dad?« fragte sie.

Edek lebte auf. »Ja, gerne, vielen Dank«, sagte er. »Ich hole ein paar von den Oreos. Ich habe mir noch welche gekauft. Sie sind sehr gut.«

»Ich hätte furchtbar gern einen Kaffee, Liebling«, sagte Sean.

»Alles klar«, sagte Esther.

Edek aß sieben Oreo-Kekse. Zwischen den Keksen wirkte

er erregt. Plötzlich schlug er mit der Faust auf den Tisch. »Hundert Prozent, überhaupt nichts wird geschehen, ganz sicher.«

»Das ist okay«, sagte Esther. »Dann hast du wenigstens Florida gesehen, und das ist ja schließlich auch schon was.«

»Denk dran, Edek«, sagte Sean. »Abwarten und Tee trinken.«

Edek trank seinen Kakao aus. »Der war sehr gut. Welche Marke ist das?«

»Es ist Oetker-Kakao«, sagte Esther.

»Du kaufst deutschen Kakao?« fragte Edek.

»Ich kaufe keine deutschen Produkte«, sagte Esther.

»Oetker ist deutsch«, sagte Edek. »Die machen auch Schokolade.«

»Ich dachte, Oetker wäre holländisch«, sagte Esther. »Ich bin müde.«

»Du bist immer müde«, sagte Edek. »Ich fühl' mich auch nicht hundertprozentig wohl, und ich muß nach Florida.« Er schwieg einen Moment. Plötzlich sah er ganz niedergeschlagen aus. Er blickte Esther an. »Wo werde ich schlafen?«

Esther atmete tief durch. »Ich bin sicher, Henia hat einen Platz zum Schlafen für dich vorbereitet. Aber wenn er dir nicht gefällt, dann ruf mich an, und ich suche dir in der Nähe ein Hotel oder ein Motel. Du hast deine Kreditkarte dabei, nicht wahr?«

»Ja«, sagte Edek. »Ich habe die Mastercard und die Visacard.«

»Dann kann dir gar nichts fehlen«, sagte Esther.

»Ich glaube es einfach nicht«, sagte sie später im Bett zu Sean. »Ich muß mir Sorgen darüber machen, wo und mit wem meine Kinder schlafen, und ich muß mich sorgen, wo mein Vater schläft. Das läßt mir nicht gerade viel Zeit für meinen eigenen Schlaf.«

Sean lachte. »Ich glaube, es wird uns gelingen, noch ein bißchen zu schlafen«, sagte er. Er drehte sich zu ihr.

»Ich muß wirklich schlafen«, sagte sie. »Ich könnte unmöglich Sex haben, nachdem ich mit meinem Vater besprechen mußte, wo er schlafen wird.«

Esther brachte ihren Vater zum Flughafen. Er war sehr still. Er hatte sich die Haare gewaschen und trug seine Anzughose. Esther checkte ihn ein und ging mit ihm bis zum Gate.

»Sobald ich zu Hause bin, rufe ich Henia an und sage ihr, daß du pünktlich abgeflogen bist«, sagte sie.

»Danke«, sagte er.

»Nun mach dir mal keine Sorgen. Sie wird am Flughafen sein, um dich abzuholen«, sagte Esther. »Sie hat schon einen Wagen samt Chauffeur bestellt, der sie zum Flughafen bringt.«

»Es wird schon gehen«, sagte Edek.

»Möchtest du Schokolade fürs Flugzeug kaufen?« sagte Esther.

»Nein, danke«, sagte Edek. »Ich habe keinen Hunger.«

Esther küßte ihn zum Abschied. »Ruf mich an, sobald du bei Henia bist. Und paß auf dich auf, Dad. Es wird schon alles gutgehen.«

Edek versuchte zu lächeln. »Abwarten und Tee trinken.«

Esther rief Henia an. »Hallo, Henia«, sagte sie. »Hier ist Esther.«

»Was ist los?« fragte Henia. »Stimmt was nicht? Wo ist dein Vater?«

»Es ist alles in Ordnung«, sagte Esther. »Mein Vater sollte auf dem Weg zu dir sein. Ich habe ihn gerade zum Flughafen gebracht.«

»Gott sei Dank«, sagte Henia. »Ich dachte, du rufst mich an, um mir zu sagen, daß er nicht kommt.«

»Nein, er ist unterwegs«, sagte Esther. »Du hast alle Daten, nicht wahr? Continental, Flug Nummer 366, Ankunft acht Uhr.«

»Ja, ich habe alles«, sagte Henia. »Ich habe den Wagen und Chauffeur für halb sieben bestellt. So bin ich spätestens um halb acht am Flughafen. Und da setz' ich mich dann hin und warte auf ihn. In dieser Mietwagenfirma bin ich gut bekannt. Ich bin eine sehr gute Kundin. Der Fahrer hat mir versprochen, daß er nicht zu spät kommt.«

Esther rief bei Continental an. Sie wollte sichergehen, daß die Maschine pünktlich abgeflogen war. Sie war es nicht. Sie war verspätet. Sie wollte gerade den Hörer aufnehmen, um Henia anzurufen, als das Telefon läutete. »Dad hier«, sagte

Edek. Er sprach es Ded aus. Vielleicht hatte es ihn aus der Fassung gebracht. »Oij Gewalt, weißt du, was deinem Ded passiert ist?«

»Ja, Dad, ich weiß«, sagte sie. »Die Maschine hat Verspätung.«

»Stimmt«, sagte Edek. »Sie sagen, daß sie in einer Stunde fliegt.«

»Ich ruf' bei Continental an und erkundige mich, wann die Maschine fliegt, und dann informiere ich Henia«, sagte Esther.

»Danke«, sagte Edek.

»Warum kaufst du dir nicht ein bißchen Schokolade und liest dein Buch?« fragte Esther.

»Gar keine schlechte Idee«, sagte Edek.

Esther rief wieder bei Henia an. »*Oij a broch*«, sagte Henia.

»Es ist okay, er kommt schon«, sagte Esther. »Kannst du dir bitte diese gebührenfreie Nummer von Continental aufschreiben? Dann kannst du bei denen anrufen und fragen, wann genau das Flugzeug landen soll. Momentan sagen sie, es landet um zehn Uhr. Ruf mich an, wenn du irgendwas brauchst, okay?«

»Okay, Darling«, sagte Henia.

Um zehn Uhr rief Esther bei Continental an. Flug Nummer 366 war vor sieben Minuten in Fort Lauderdale gelandet. Sie seufzte auf vor Erleichterung.

Sie würde früh schlafen gehen. Sie war erschöpft. Sie reinigte ihr Gesicht. Zuerst entfernte sie den Schmutz des Tages mit Cold Cream, dann reinigte sie es mit einer Waschlotion und heißem Wasser. Sie fühlte sich besser.

Sie rieb ihr Gesicht leicht mit Vaseline ein. Seit sie gelesen hatte, daß eine Creme nichts anderes tun konnte, als der Haut Feuchtigkeit zu geben, hatte sie sämtliche Estée-Lauder- und Lancôme-Cremes und Lotionen aufgegeben. Es gab in all den teuren Produkten keine Faltenausbügler und Altersverzögerer. Es gab nur Marketing und Verpackung. Sie fand, daß ihre Haut besser aussah, seit sie Vaseline verwendete.

Diese Beschäftigung mit ihrer Haut hatte sie von ihrer Mutter geerbt. Rooshka Zepler pflegte mit Gurkenschalen im Gesicht auf dem Bett zu liegen, zwanzig Minuten lang, zwei-, dreimal die Woche. Sie wusch ihr Haar mit Bier und verwendete eine Mischung aus Zucker und Honig als Gesichtspeeling.

Ihre Mutter war ihrer Zeit voraus gewesen. Heute konnte man Gurkenmasken kaufen, den Tiegel um fünfundvierzig Dollar, und ein Topf mit Honig-Peelingcreme kostete fünfzig Dollar. Der Gedanke an ihre Mutter machte sie traurig.

»Mein Vater sollte sich jetzt wohlbehalten in Henias Händen befinden«, sagte sie zu Sean. »Jesus, warum habe ich das so formuliert? Ich möchte mir meinen Vater nicht in Henias Händen vorstellen. Welchen Teil meines Vaters wollte ich denn eigentlich in ihre Hände legen? Igitt, was für ein ekelhafter Gedanke. Ich glaube, ich sollte ihn nicht weiter verfolgen.«

»Deinem Vater wird's schon gutgehen«, sagte Sean. »Hör auf, dich deswegen verrückt zu machen.«

»Ich mache mich nicht verrückt, er macht mich verrückt«, sagte sie. »Er war so unleidlich. Noch viel unleidlicher als sonst.«

»Er war aufgeregt wie ein Schuljunge vor seiner ersten Verabredung, der arme Kerl«, sagte Sean.

»Du kannst leicht Mitleid mit ihm haben, an dir hat er seine schlechte Laune ja nicht ausgelassen.«

»Es wird ihm viel besser gehen, jetzt, wo er losgezogen ist und es getan hat«, sagte Sean.

»Losgezogen und was getan?« sagte Esther. »Ich möchte nicht an meinen Vater denken, wie er loszieht und irgendwas tut.«

»Ich sage nicht, daß er irgendwas anderes getan hat, als nach Florida zu fliegen«, sagte Sean.

»Okay«, sagte sie. »Ich lese jetzt.«

Sie las *The Enigma of Suicide* von George Howe Colt. Es war ein sehr gutes Buch. Im Moment las sie über den Suizid von Teenagern.

»Die Geschichten über die Selbstmorde von Teenagern sind herzzerreißend«, sagte sie zu Sean.

»Warum liest du heute abend nicht was anderes?« fragte er. »Dein Vater regt dich schon genug auf.«

»Dieses Buch regt mich nicht auf«, sagte sie. »Es beruhigt mich.«

Das Telefon läutete. »Wer ruft denn um diese Zeit noch an?« sagte sie. »Ich hoffe, daß es nicht mein Vater ist.«

»Dad«, sagte sie. »Wo bist du?«

»Ich bin in Florida«, sagte er. »Unten vor Henias Haus. Der Portier will mich nicht reinlassen.«

»Wo ist Henia?« fragte sie.

»Ich weiß es nicht«, sagte Edek. »Sie war nicht am Flughafen. Ich hab' gewartet und gewartet. Ich bin zur Gepäckausgabe gegangen, falls sie dort wäre, aber da war sie nicht, also hab' ich mir ein Taxi hierher genommen. Aber hier ist sie nicht, und der Portier läßt mich nicht rein.«

»Aber Henia hatte einen Wagen gemietet, und ich habe ihr die Telefonnummer von Continental gegeben«, sagte Esther. »Ich weiß nicht, was passiert sein könnte.«

»Ich wußte, daß das nicht glattgehen würde«, sagte sie zu Sean, ohne daß ihr Vater sie hören konnte.

»Ich weiß nicht, was ich machen soll«, sagte Edek.

»Läßt der Portier dich in der Halle sitzen?« fragte Esther.

»Ich glaube schon«, sagte Edek. »Warte.«

Esther hörte ein Durcheinander. Dann hörte sie jemanden *Edek, Edek* rufen. Ihr Vater kam zum Telefon zurück. »Oij, da ist sie«, sagte er. »Wiederhören.«

Eine halbe Stunde später rief Edek wieder an. »Ich wollte dir nur sagen, daß alles in Ordnung ist«, sagte er.

»Was war mit Henia los?« fragte sie. »Warum hat sie dich am Flughafen nicht abgeholt?«

»Sag mir mal«, sagte Edek. »Wo wartest du, wenn du jemanden am Flughafen abholst?«

»In der Wartehalle beim Gate, nehme ich an«, sagte Esther.

»Das habe ich Henia auch gesagt«, sagte Edek. »Henia hat bei der Gepäckausgabe gewartet. Bei den Förderbändern. Da bin ich gar nicht hin, weil ich keinen Koffer hatte. Ich hatte nur Handgepäck, was sollte ich also bei den Förderbändern? Als sie mich da nicht fand, ist sie in die Wartehalle gegangen. Wahrscheinlich bin ich gleichzeitig zu den Förderbändern gegangen. Und beim Taxistand habe ich sie auch nicht gesehen, weil ihr Fahrer auf dem Limousinenparkplatz wartete.«

»Was für ein Chaos«, sagte Esther.

»Die Hauptsache ist, daß sie jetzt hier ist«, sagte Edek. »Ich wollte dir nur Bescheid sagen, damit du dir keine Sorgen machst.«

»Danke, Dad«, sagte sie.

»Ich schlafe oben«, sagte er. »Henia hat so eine Art kleine Wohnung oben. Da schlafe ich. Sie schläft unten.«

»Gute Nacht, Dad«, sagte sie.

Ein Botenjunge in einem schwarzen T-Shirt mit der Aufschrift »Kafka hat auch nicht viel Spaß gehabt« brachte Esther ein Thunfischsandwich ins Büro, als ihr Vater anrief.

»Hallo, Dad«, sagte sie. »Wie geht's dir?«

»Ganz gut«, sagte er.

»Fühlst du dich wohl dort bei Henia?« fragte Esther.

»Ich fühl' mich wohl«, sagte Edek. »Sie ist eine sehr intelligente Frau.«

»Das ist gut«, sagte Esther.

»Ich schlafe oben«, sagte Edek. »Ich habe dir erzählt, daß Henia so etwas wie eine kleine Separatwohnung in ihrer Eigentumswohnung hat. Weißt du, was ist eine Eigentumswohnung?«

»Ja, das weiß ich«, sagte Esther.

»Also, sie hat eine ganz separate Wohnung oben, wo ich schlafe, und sie schläft unten.«

»Das klingt sehr bequem«, sagte Esther.

»Sie ist weggegangen, um Besorgungen zu machen, also rufe ich dich an«, sagte Edek. »Sie hat mir gesagt, ich soll anrufen, wen ich will.«

»Ich freu' mich, daß du dich wohl fühlst«, sagte Esther.

»Ich will ihr Telefon nicht so lange benutzen«, sagte Edek. »Ich ruf' dich morgen oder übermorgen wieder an.«

»Bitte vergiß nicht, bei der Fluggesellschaft anzurufen und dir dein Ticket bestätigen zu lassen«, sagte Esther.

»Das hast du mir schon dreimal erzählt«, sagte Edek. »Ich habe heute morgen da angerufen. Und Henia hat sich ziemlich aufgeregt. Sie sagte, sie hätte gedacht, daß ich vielleicht meine Meinung ändere und länger bleibe. Sie wird noch vier Wochen in Florida sein.«

»Du könntest bleiben, Dad«, sagte Esther. »Es kostet nur fünfzig Dollar extra, und dann kannst du den Rückflug umbuchen.«

»Ich werde gar nichts umbuchen«, sagte Edek. »Ich komme in vier Tagen wieder, und dann fliege ich zurück nach Australien. Und falls du mit Henia sprichst, erwähne bitte nicht, daß es möglich ist, das Ticket umzubuchen.«

»Natürlich nicht«, sagte Esther.

»Bei dir kann man nie sicher sein, was du tun wirst«, sagte Edek.

»Danke, Dad«, sagte sie.

Sie aß ihr Sandwich. Es war nicht mit dem üblichen amerikanischen Thunfischsalat mit Mayonnaise belegt. Es war ein italienisches Sandwich. Mit Thunfisch, Zwiebeln, Olivenöl, Sellerie und dünnen Zitronenscheiben. Es war köstlich.

Sie war verwirrt. Sie konnte nicht sagen, wie ihr Vater sich fühlte. Er fühlte sich nicht schlecht, sonst wäre er schnurstracks nach New York zurückgekehrt. Er hatte Henia sehr intelligent genannt. Das war ein gutes Zeichen.

Heute morgen hatte sie außerdem eine verwirrende Analysesitzung gehabt. Ihre Analytikerin hatte Fracas aufgetragen, Esthers Parfum. Auf ihrem Weg zur Couch war sie durch eine Wolke von Fracas gegangen, die von ihrer Analytikerin kam. Einen Augenblick lang war sie desorientiert gewesen. Empfand so etwas wie eine Fusion von ihnen beiden. Sie benutzte Fracas seit Jahren. Der Duft war ihr vertraut wie ihr eigener Körper.

Vor Jahren hatte sie Jean-Paul Guerlain interviewt, die »Nase« der Guerlain Parfums. Er hatte ihr erzählt, daß Frauen ihren Parfums treuer waren als ihren Männern. Als sie widersprach, hatte er sie gefragt, wie viele Parfums sie benutzte. »Eines«, hatte sie geantwortet. »Und wie viele Ehemänner hatten Sie?« meinte er. »Zwei«, hatte sie gesagt.

»Üblicherweise benutze ich Fracas nicht, weil ich weiß, daß Ihnen das wichtig ist«, hatte ihre Analytikerin gesagt. »Ich muß es genommen haben, ohne zu denken.«

»Der Gedanke, daß Sie nicht denken, gefällt mir nicht«, sagte Esther. »Ich möchte Sie für jemanden halten können, der an alles denkt.«

»Auch in mir gibt es das Unbewußte«, hatte ihre Analytikerin gesagt.

An diesem Morgen hatte ihre Analytikerin einen grünen Pullover und grüne Wildlederschuhe getragen. Sie hatte bei Kleidung ihre Capricen. Ihre Schuhe paßten stets zu irgendeinem anderen Stück, das sie anhatte. Wenn sie eine Bernsteinkette trug, waren ihre Schuhe hellbraun. Sie besaß ein dunkelrosa Tuch, zu dem sie dunkelrosa Schuhe trug.

Esthers australische Analytikerin, die, bei der sie die Analyse gemacht hatte, nicht die, bei der sie in Psychotherapie war, kleidete sich konservativ. Sie trug Schneiderkostüme und einfache Blusen und Schuhe mit flachen Absätzen.

Der junge Mann, der vor Esther kam, hatte in dieser Woche drei seiner Sitzungen versäumt. War er verreist? War er dabei, sich die Analyse abzugewöhnen? Seine Abwesenheit paßte ihr nicht.

Sie hatte einen schwierigen Nachruf zu schreiben. Es war der Nachruf auf einen Wissenschaftler, der an Buckyballs gearbeitet hatte. Buckyballs waren Kohlenstoffatome, die eine geodätische Kuppel formten. Vor einigen Jahren waren sie zum ersten Mal entdeckt worden. Sie konnten als Supraleiter für Hitze und Elektrizität dienen und somit die Elektronik revolutionieren.

Physik war nicht Esthers Stärke. Sie war gezwungen gewesen, einen der von ihr interviewten Wissenschaftler zu fragen, was Kohlenstoff sei und in welchen anderen Formen er noch existiere. Er hatte ihr erklärt, daß Kohlenstoff bis zur Entdekkung der Buckyballs in drei Formen vorgekommen sei: Kohle, Graphit und Diamanten. Als sie das wußte, kam sie sich klüger vor.

Die Buckyballs, früher unter dem Namen Buckminster Fullerene bekannt, waren nach Buckminster Fuller benannt worden, dem Erfinder der geodätischen Kuppel.

Sonia Kaufmans Sekretärin rief an. »Frau Kaufman hat mich gebeten, einen Termin mit Ihnen zu machen, wann Sie sich zum Lunch treffen können«, sagte sie zu Esther. »Die nächsten drei Wochen ist sie ausgebucht, aber danach ginge es jederzeit.«

»Ich muß für ein paar Tage nach Chicago«, sagte Esther.

Sie einigten sich auf ein Datum. Es war in sechs Wochen. In New York war es nichts Ungewöhnliches, eine simple Verabredung Monate im voraus zu vereinbaren. Jeder war ständig beschäftigt.

In Australien galt es als prätentiös, beschäftigt zu sein. Man hatte vorzugeben, ohne Ehrgeiz zu sein und nicht hart zu arbeiten. Alles mußte lässig erscheinen. Die Dinge mußten einem zufällig in den Schoß fallen und durften nicht das Ergebnis eigener Anstrengung sein. Wer sich bemühte, erfolgreich zu sein, der wurde schief angesehen.

In einem Zeitungsartikel über eine australische Schriftstellerin hatte sie kürzlich gelesen: »Sie kämpfte sich mit Zähnen und Klauen nach oben.« In Australien war es nicht gestattet, an der Spitze zu sein. Die Mitte war viel angenehmer.

»Frau Kaufman schlägt Everybody's Restaurant in der Second Avenue vor«, sagte die Sekretärin. »Es sei sehr gut. Sie läßt Ihnen bestellen, daß es sich zwischen zwei Bestattungsinstituten befindet und daß Sie sich gleich zu Hause fühlen würden. Ich glaube, das war ein Witz.«

»Danke für die Mitteilung«, sagte Esther. »Würden Sie ihr bitte bestellen, daß ich es vorziehe, im Manhattan Star zu essen. Sie weiß, wo das ist; wir haben uns früher schon zum Lunch dort getroffen.«

Esther hatte bereits einmal im Everybody's gegessen. Rechts und links vom Restaurant befand sich tatsächlich je ein Bestattungsinstitut. Es war unangenehm gewesen, beim Essen die Trauernden auf dem Bürgersteig zu betrachten und zu sehen, wie die Särge hinein- und herausgetragen wurden. Auch den Namen fand sie makaber. Zunächst hatte sie geglaubt, er habe sich auf die Nachbarschaft bezogen, aber nachdem sie dort gegessen hatte, hielt sie ihn für einen ironischen Seitenhieb auf die Lage des Restaurants.

Esther saß in ihrem Büro und dachte an ihren Vater, als er anrief. Sie hatte seit eineinhalb Tagen nicht mit ihm gesprochen. Gestern hatte er sich kurz gemeldet, um mitzuteilen, daß Henia eine sehr nette Person sei. Esther hatte versucht, nicht zu begeistert zu klingen. »Wir denken gleich«, hatte Edek gesagt.

»Glaub nicht, daß du eine Entscheidung treffen mußt«, hatte Sean zu Edek gesagt. »Verlaß dich auf dein Gespür oder auf jedes andere Organ deiner Wahl.«

»Wie kannst du meinem Vater gegenüber eine solch anzügliche Bemerkung machen«, hatte Esther gesagt.

»Dein Vater liebt anzügliche Bemerkungen«, sagte Sean.

»Warum sprichst du nicht mit deinem statt mit meinem Vater über das Organ seiner Wahl«, sagte sie. »Dieses Geschwätz über den Schwanz meines Vaters macht mich krank.«

»Deine Kritik hängt mir zum Hals raus«, hatte Sean gesagt. »Langsam habe ich das Gefühl, daß jedes Wort, das ich mit deinem Vater rede, auf die Goldwaage gelegt wird.«

»Ich bin nur der Meinung, daß du dich freundschaftlich verhalten und Schwanzwitze mit deinem Vater statt mit meinem machen könntest«, sagte sie. »Dabei würde ich mich nicht schlecht fühlen.«

»Ich verbringe mein Leben damit, sicherzustellen, daß du dich nicht schlecht fühlst«, brüllte Sean. Er drehte sich um und trat nach einem Meißel. »Ich habe diese Scheiße bis oben hin satt.«

Esther war still. Sean wurde nur selten laut. Sie ging auf ihn zu, um ihn zu berühren, aber er fegte ihre Hand weg. Sein Gesicht war dunkel angelaufen. Er sah furchtbar wütend aus.

Er nahm seinen Schlüssel.

»Wo gehst du hin?« fragte sie.

»Raus«, sagte er und schlug die Tür hinter sich zu.

Esther war nervös. Sie fragte sich, wo er hinging. Sie wußte, daß sie ungerecht gewesen war. Sie verstand nicht, warum der lockere Ton zwischen ihrem Vater und Sean sie störte. Für jemanden, der so viel analysiert worden war, verstand sie eine ganze Menge nicht.

Eine Stunde später war Sean noch nicht zurück. Esther machte sich Sorgen. Sie hoffte, daß er nicht irgendwo über einem Drink saß. Er hatte seit Jahren keinen Alkohol angerührt.

Als Junge hatte Sean seine Mutter vor den betrunkenen Übergriffen seines Vaters beschützen müssen. Sein Vater kam betrunken und streitsüchtig nach Hause. Wenn es irgend etwas gab, das ihm nicht paßte, ließ er es an Seans Mutter aus. Es war schwer vorherzusehen, was ihm nicht passen würde. Eines Abends hatte er plötzlich die Idee, Seans Mutter hätte für seinen Kartoffelbrei eine Fertigpackung genommen. Er leerte den Mülleimer auf den Küchenboden und suchte nach der leeren Packung. Als er nichts fand, warf er den eisenverzinkten Mülleimer nach seiner Frau.

Wenn die Leute Sean fragten, warum er nicht trank, sagte er immer: »Ich komme aus einem schwachen Genpool.«

Das letzte Mal hatte Sean vor acht Jahren, in Paris, etwas getrunken. Sie waren zum Essen im Haus eines französischen Künstlerfreundes gewesen. Der Freund hatte einige amerikanische Sammler dazu eingeladen.

Als der Hauptgang serviert wurde, hatte Sean die Mitte eines perfekt geformten Hügels aus Reis und Erbsen mit den Händen in den Mund geschaufelt. Später hatte sie ihn dabei erwischt, wie er den geliebten Zwergpudel des Gastgebers unter dem Tisch an der Schnauze in die Luft hielt. Sie hatte den Pudel mehrfach Seans Griff entrissen, aber er war immer wieder zurückgekommen.

Als die *Iles flottantes* serviert wurden, hatte Esther gewußt, daß es höchste Zeit zum Aufbruch war. Sie hatte Sean beobachtet, wie er den Teller mit den weichen, weißen Schneenocken beäugte, die in einer hellgelben Eiercreme schwammen.

Auf dem Weg nach Hause hatte Sean sich ständig übergeben. Er spie auf dem Boulevard Beaumarchais und in der Rue Amelot. Er übergab sich in der Metro. Und im Hotelzimmer mußte er erneut kotzen.

Den Kopf in der Toilettenschüssel, schlief er ein. Esther hatte Zachary geholt – die Kinder schliefen im Nebenzimmer –, und gemeinsam war es ihnen gelungen, Sean zu Bett zu bringen.

Am nächsten Morgen hatte Sean vor Scham geweint. Zachary und Kate hatten gebrüllt vor Lachen über Esthers Beschreibung des Pudels, der unter dem Tisch mitten in der Luft hing. Aber Sean wußte, daß es nicht lustig war.

Um elf Uhr nachts rief Sean sie schließlich an. »Wo bist du?« fragte sie.

»Ich bin im Angelika«, sagte er. »Ich bin hierher gelaufen, um einen Kaffee zu trinken, und habe Joe Spontina getroffen. Wir haben geredet.«

»Es tut mir leid, daß ich diese Sachen über dich und meinen Vater gesagt habe«, sagte Esther. »Ich weiß nicht, was mit mir los ist. Ich liebe dich. Ich will nicht mit dir streiten. Kommst du nach Hause?«

»Schon unterwegs«, hatte Sean gesagt.

»Wie geht's dir, Dad?« fragte Esther.

»Gar nicht so schlecht«, sagte Edek. »Gestern war ich mit Henia auf einem Ball. Ich glaube, niemand hat sich mit mir als Tänzer blamiert.«

Esther traute ihren Ohren nicht. Ihr Vater ging tanzen?

»Du warst immer ein guter Tänzer, Dad«, sagte sie.

»Das ist die Wahrheit«, sagte Edek. »Und ich bin immer noch ein sehr guter Tänzer.«

»Was hast du auf dem Ball angehabt?« fragte Esther.

»Henia ist mit mir zu einer Fabrik hier in Florida gefahren«, sagte Edek. »Ich habe einen Anzug gekauft. Er kostet fünfundsiebzig Dollar, Fabrikspreis. Ein sehr schöner Anzug.«

»Nun, der Preis stimmt jedenfalls«, sagte Esther.

»Dieser Anzug kostet im Laden mindestens hundertfünfzig Dollar«, sagte Edek. »Es ist nämlich so, daß der Bursche, dem die Fabrik gehört, einer aus Henias Kartenrunde ist. Sie haben mir schon drei neue Kartenspiele beigebracht.

Henia hat sehr viele Freunde. Sie sagen mir alle, und zwar jeder einzeln, was für ein feiner Mensch sie ist. Und sie haben wirklich recht. Sie ist ein sehr feiner Mensch. Du glaubst nicht, wie viele Freunde sie hat. Überall, wo wir hingehen, heißt es, ›Henia hier, Henia da.‹«

»Das ist schön«, sagte Esther.

»Alle Freunde nehmen mich auf die Seite und sagen mir, was für ein guter Mensch sie ist. Überall, wo wir hinkommen, nimmt mich jemand auf die Seite«, sagte Edek. »Jeder will mir das unter vier Augen mitteilen. Aber ich weiß, daß sie ein guter Mensch ist. Ich brauch' keinen, der mir das sagt.«

»Also fühlst du dich wohl mit Henia?« fragte Esther.

»Jeder von uns spricht den Satz des anderen fertig«, sagte Edek. »Falls sich etwas ergeben sollte, wird Henia in Australien leben müssen.«

Falls sich etwas ergeben sollte? Hatte sie richtig gehört? Edeks Eingeständnis, daß dies der Fall sein könnte, überraschte sie. Von nichts wird geschehen bis zu falls sich etwas ergeben sollte war es ein ziemlich weiter Weg. Es bedeutete, daß tatsächlich etwas geschah. Esther beschloß, es nicht weiter zu kommentieren.

»Wie denkt Henia darüber, in Australien zu leben?« fragte sie.

»Sie ist nicht versessen drauf«, sagte Edek. »Ganz und gar nicht.«

»Dad, sie hat alle ihre Freunde hier, die sie ein Leben lang kennt«, sagte Esther. »Und was hast du in Australien, zu dem du Henia unbedingt mitnehmen willst? Du bist Tag und Nacht zu Hause vor dem Fernseher gesessen. Du hattest kaum Freunde, und von denen mochtest du die meisten nicht.«

»Vielen Dank, meine liebe Tochter, für eine so schöne Beschreibung meines Lebens«, sagte Edek.

»Ich versuche realistisch zu sein«, sagte Esther. »Henia hat einen großen Freundeskreis, das hast du selbst gesagt. Du kannst sie da nicht rausreißen und in eine Situation bringen, in der du selbst unglücklich warst.«

»Es besteht kein Anlaß, so realistisch zu sein«, sagte Edek. »Das Ganze ist ein Quatsch. Da gibt's gar nichts zu reden. Ich werde nicht mit einer Frau zusammen sein, die mehr Geld hat als ich.«

»Na großartig«, sagte Esther. »Soll Henia ihr Geld verschenken? Würde das die Sache leichter machen?«

»Für mich schon«, sagte Edek.

»Was empfindest du für Henia?« fragte Esther.

»Sehr viel«, sagte Edek. »Tatsache ist, daß ich viel mehr empfinde, als ich jemals für möglich gehalten hätte.«

Arthur Ashe, der Tennis-Champion, war gestorben. Es war seltsam, wie man nach seinem Tod Dinge über einen Menschen erfahren konnte, die man zu seinen Lebzeiten gar nicht beachtet oder von denen man keine Ahnung gehabt hatte.

Esther wußte, daß Arthur Ashe einer der größten Tennisspieler aller Zeiten war. Aber sie wußte nicht, daß er ein hochintelligenter, außergewöhnlich klarer und mitfühlender Mann war. Er war bescheiden und sensibel und hatte sich unermüdlich für die Bürgerrechte eingesetzt. Er war ein wunderbarer Erzähler gewesen und Mitglied in den Aufsichtsräten einiger hochangesehener Firmen. All das hatte sie nicht gewußt. Arthur Ashe war an AIDS gestorben. Mit neunundvierzig Jahren.

Auch Rudolf Nurejew war gestorben. Erst nach seinem Tod wurde klar, wie exzentrisch und extravagant er wirklich gewesen war. Aber es wurde auch klar, welche Schwierigkeiten er zu überwinden gehabt hatte, um das zu werden, was er wurde. Und wieviel Kraft und Entschlossenheit es dafür gebraucht hatte. Nurejews Vater wollte nicht, daß sein Sohn tanzte. Er hatte ihn regelmäßig geschlagen, wenn er als Kind zum Volkstanzunterricht ging. Aber Nurejew war weiter hingegangen.

Nurejew hatte sich geweigert zu glauben, daß er sterben mußte. Selbst als der Arzt ihm mehrfach erklärte hatte, daß er an AIDS litt, fragte Nurejew ihn immer wieder, was ihm fehle.

Der Onkologe, der ihre Mutter behandelte, hatte Esther gesagt, daß er niemals einen solchen Fall von Verleugnung erlebt habe. Esther erinnerte sich noch sehr genau an den schrecklichen Tag, als sie ihre Mutter vor dem Badezimmerspiegel vorfand.

»Was ist mit mir passiert?« hatte Rooshka Zepler zu Esther gesagt. »Was ist passiert?«

Esther war unfähig gewesen, etwas zu sagen. Es war, als ob Rooshka Zepler zum ersten Mal die verheerende Wirkung der

Krankheit, die sie befallen hatte, bemerkt hätte. Drei Wochen später war sie gestorben.

An seinem letzten Tag in Florida sprach sie noch einmal mit ihrem Vater. »Ich bin ganz schön braungebrannt«, sagte Edek. »Du würdest deinen Vater nicht wiedererkennen.«

»Du bist braun?« sagte Esther. »Aber kein Mensch hat dich jemals raus in die Sonne bringen können.«

»Ich bin auch spazierengegangen«, sagte Edek. »Am Strand. Auf der Strandpromenade, wie sie das nennen. Jeder spaziert auf der Strandpromenade. Alle alten Juden. Alle alten Kackes sind da zu besichtigen. Ich auch. Keine schlechte Strandpromenade. Man kann sich ein Eis kaufen. Man kann sich hinsetzen, wenn man müde wird. Henia will guten Tag sagen.« Er reichte ihr den Hörer.

»Hallo, Henia«, sagte Esther.

»Hallo, Darling«, sagte Henia. »Ich bin sehr glücklich mit deinem Vater. Ich bin sehr glücklich mit ihm, wollte ich dir sagen. Er weiß Dinge von Josl, die sogar ich schon vergessen hatte.«

Edek kam wieder ans Telefon.

»Henia macht einen glücklichen Eindruck«, sagte Esther.

»Ja, ich glaube, sie ist glücklich mit mir«, sagte Edek. »Und alle ihre Freunde auch. Ich wäre ein guter Kartenspieler, sagen sie, und das stimmt. Ich habe die neuen Spiele sehr schnell gelernt.«

»Sie haben einen guten Kartenspieler und einen guten Tänzer in dir gefunden, kein Wunder, daß sie glücklich sind«, sagte Esther.

»Henia will in Amerika bleiben«, sagte Edek.

»Natürlich will sie das«, sagte Esther.

»Ich kann nicht so einfach verlassen ein Land was gewesen ist meine Heimat für vierzig Jahre«, sagte Edek.

»Australien wird immer noch da sein«, sagte Esther. »Du kannst es jederzeit besuchen.«

»Ich möchte nicht mit jemand zusammen sein, der mehr Geld hat als ich«, sagte Edek. »Ich habe nicht viel, aber ich habe genug, daß wir beide in Melbourne davon leben könnten. Wie dem auch sei, was soll das ganze Reden. Wir sind zwei alte Kackes, und das Ganze wird sowieso nichts.«

»Aber du bist glücklich mit ihr?« fragte Esther.

»Ja«, sagte Edek. »Wir können gut miteinander reden. Ich hab' ihr alles über mich erzählt. Von dem Rheumatismus in meiner rechten Schulter und daß ich manchmal schlimmes Nasenbluten habe. Und daß der Doktor gesagt hat, mein Cholesterin wäre in Ordnung, und der Blutdruck auch. Sie hat mir gesagt, sie wäre zweiundsiebzig. Aber das wußte ich natürlich schon.«

Sean sprach mit Edek.

»Schwimm einfach mit dem Strom, Edek«, sagte Sean.

»Werd' ich halt schwimmen im Strom«, sagte Edek.

Am selben Abend rief Edek noch einmal an. »Henia kommt mit zurück nach New York«, sagte er. »Sie hat wieder Zahnprobleme. Sie will zu ihrem Zahnarzt in New York. Sie traut denen hier in Florida nicht. Es ist ihr sogar noch gelungen, ein Ticket für denselben Flug zu bekommen, mit dem ich fliege. Das war vielleicht ein Glück.«

»Sie läßt ihn nicht aus den Augen«, sagte Esther zu Sean. »Sie hat es fertiggebracht, in derselben Maschine einen Platz zu bekommen, in der mein Vater fliegt. Ich frage mich, ob sie den nicht schon längst gebucht hatte. Die Maschinen von Florida sind immer voll besetzt. Mein Vater hielt es für einen Glücksfall. Ich halte es eher für einen Fall von guter Planung.«

Esther war nervös. Sie wartete auf Edek und Henia. Sie hatte ihren Vater noch nie mit einer anderen Frau gesehen. Sie schaute dauernd auf die Uhr. Die beiden mußten jeden Augenblick eintreffen.

Die Türglocke läutete. Ihr war schlecht. »Mach die Tür auf«, rief sie Zelda zu. Sie floh in ihr Schlafzimmer. Ob sie vielleicht eine Valium nehmen sollte? Wenn sie eine Trinkerin gewesen wäre, hätte sie jetzt wahrscheinlich einen Brandy gekippt, oder was immer es war, was Trinker zu sich nahmen, um sich zu beruhigen. Statt dessen holte sie tief Luft.

Sie waren es. Edek und Henia waren angekommen. »Grübchen, Grübchen, sie hat Grübchen«, rief Henia. Esther ging hinaus, um sie zu begrüßen. »Sie hat Grübchen«, sagte Henia zu Esther. »Grübchen, Grübchen«, sagte sie noch einmal und kniff Zelda in die Wange.

»Ich mußte mit deinem Vater zurückkommen«, sagte Henia. »Ich habe fürchterliches Zahnweh. Muß meinen Zahnarzt sehen. Hab' ihn von Florida aus angerufen. Morgen geh' ich hin.«

Esther machte Kaffee. Edek Zepler ging mit Henia durch die Wohnung. »Das sind die Bilder von meinem Schwiegersohn«, sagte er. »Er verdient viel Geld damit. Ehrlich gesagt, mir gefallen sie auch. Sie sagen mir was. Die Heizung hat dreitausend Dollar gekostet. Was vorher drin war, war Mist. Sie haben es rausgeschmissen und die neuen Heizkörper installiert.«

»Es ist schön warm«, sagte Henia. »Gute Heizung.«

»Kann ich Henia dein Arbeitszimmer zeigen?« rief Edek Esther zu.

»Natürlich kannst du«, sagte sie.

»Ich zeige dir das Arbeitszimmer meiner Tochter«, sagte Edek. »Sie schreibt auf einem Computer, was kostet zweitausend Dollar. Natürlich schreibt sie keinen Kriminalroman, der ein Bestseller wird und mit dem sie viel Geld verdienen würde, sie schreibt über tote Leute, aber das ist eine andere Geschichte.«

Zelda half Esther beim Tischdecken. Sie hörte Seans Schlüssel an der Wohnungstür. Sie war froh, daß er nach Hause kam. »Wieviel kostet dieses kleine Bild von Sean?« rief Edek. »Das mit den weißen Punkten.«

»Ich weiß es nicht«, antwortete Esther.

»Natürlich weißt du es«, sagte Edek. »Ich will nur ungefähr wissen, was es kostet.«

»Rund zweitausend Dollar«, sagte Esther.

»Siehst du«, sagte Edek zu Henia. »Für so ein kleines wie dieses hier kriegt er zweitausend Dollar. Er verkauft ganz schön viele davon.«

»Wieviel kostet das Material für so ein Bild?« rief Edek.

»Ich weiß es nicht, Dad«, sagte Esther.

»Du weißt überhaupt nichts«, sagte er. Er sah Sean. »Hallo, Sean, wieviel kostet das Material für das kleine Bild mit den weißen Punkten?« Sean dachte nach. »Du kannst mir ruhig die Wahrheit sagen, ich erzähl's keinem weiter«, sagte Edek.

»Ungefähr hundert Dollar«, sagte Sean.

Edek lief zu Henia zurück. »Es kostet hundert Dollar, das Material für dieses Bild«, sagte er. »Und er kriegt zweitausend Dollar dafür. Nicht schlecht, oder?«

»Sie haben auch Kabelfernsehen«, hörte Esther ihren Vater sagen. Sie schnitt gerade den Honigkuchen auf, den sie bei Russ and Daughters in der Houston Street gekauft hatte. Sie war sehr vorsichtig mit dem Messer. Sie hatte gelernt, daß es ein Fehler sein konnte, etwas schneiden zu wollen, wenn sie nervös war. Sie stellte den Kuchen auf den Tisch.

Alle setzten sich an den Kaffeetisch. Esther sah ihren Vater an. Er sah wunderbar aus. Er strahlte Jugendlichkeit und Glück aus. Auch Henia sah gut aus. Ihre Haut war weich und wirkte erholt. Ihre Frisur war nicht so perfekt gesprayt wie sonst. Sie lachte. Esther hatte sie noch nie lachen hören.

»Dein Grampa ist mehr gesint, als bevor er war in Florida«, sagte Edek zu Zelda. »Henia hat dafür gesorgt, daß ich mich auf ein Trainingsrad gesetzt habe. Hättest du dir deinen Grampa auf einem Trainingsrad vorstellen können? Ich war nicht einmal so schlecht. Früher bin ich immer Fahrrad gefahren, in Polen.«

»Er braucht ein bißchen Bewegung«, sagte Henia. »Ich gehe jeden Tag spazieren. Aber dein Vater geht nicht gern spazieren. Also hab' ich ihm den Heimtrainer gezeigt. Ich hab' ihn auch ein paarmal auf meinen Spaziergang mitgenommen. Wir waren auf der Strandpromenade. Die mag er gern.«

»Ich mag das Eis, das man auf der Strandpromenade kaufen kann«, sagte Edek.

Esther warf einen Blick unter den Tisch. Henia und ihr Vater hielten Händchen. Sie strahlten wie zwei Siebzehnjährige. Ab und zu streichelte Henia Edeks Arm. Sie saß ganz dicht bei ihm.

Esther fiel auf, daß die Nasenhaare ihres Vaters geschnitten werden mußten. Aber offensichtlich fühlte sich Henia von dem Haarklumpen, der aus seinen Nasenlöchern herauswuchs, ebensowenig abgestoßen wie von seinem alten Hemd oder seinem Plastikparka.

»Dein Vater ist ein bißchen fett, wie mein Josl«, sagte Henia. »Er wird Diät halten müssen.«

Esther hatte für Zelda und Edek Karten für *Anatevka* besorgt. Jetzt ging Henia mit Edek in das Musical.

»Danke, Darling, daß du mir deine Karte gegeben hast«, sagte Henia zu Zelda. »Das war sehr lieb von dir. Möchtest du vielleicht mitkommen, und wir versuchen, ob wir an der Abendkasse noch eine Karte kriegen?«

»Sie kann es sich ein andermal ansehen«, sagte Edek. »Sie lebt in New York.«

»Danke für das Angebot«, sagte Zelda. »Aber ich habe eine Tonne Schulaufgaben zu erledigen, also ist es sowieso besser, wenn ich nicht hingehe.«

»Siehst du, sie will gar nicht mitkommen«, sagte Edek.

»Dad, warum bleibst du heute nacht nicht in Little Neck?« sagte Esther. »Das wäre viel besser, als Henia allein nach Hause gehen zu lassen.«

»Das könnte ich wirklich machen«, sagte Edek. »Schließlich habe ich meine Sachen noch nicht ausgepackt, es ist alles noch in meiner Tasche.«

Esther warf Sean einen wissenden Blick zu. Die Sache sah vielversprechend aus.

»Ich will nicht, daß er nach Australien zurückgeht«, sagte Henia. »Ich habe mich sehr gut mit ihm verstanden. Wir beenden einer die Sätze des anderen. Er kennt mich, und ich kenne ihn.«

»Laß uns ins Theater gehen«, sagte Edek. »Wir wollen nicht zu spät kommen.«

Esther und Sean brachten Henia und Edek zu einem Taxi. Sie stiegen ein. »Amüsiert euch gut«, rief Esther ihnen zu. Sie sahen dem Taxi nach, wie es wegfuhr. Edek und Henia saßen dicht nebeneinander in der Mitte des Rücksitzes. Ihre Köpfe waren aneinandergelehnt.

Am nächsten Tag rief Edek aus Little Neck an. »Hier gibt's gute Parkplätze«, sagte er.

»Ich hab' dir doch gesagt, Little Neck ist nicht wie Manhattan«, sagte sie. »Es ist mehr wie Melbourne.«

»Die Parkplätze sind nicht so gut wie in Melbourne«, sagte Edek. »Aber es sind gute Parkplätze. Man kann vor den Geschäften parken und vor dem Haus. Henia hat eine Garage, also braucht man nicht vor dem Haus zu stehen. Josl ist immer in die Garage gefahren. Hat Henia mir erzählt.«

»Hat dir *Anatevka* gefallen?« fragte Esther.

»Ja, sehr gut«, sagte Edek. »Und Henia hat es sehr gut gefallen. Topol war ausgezeichnet, aber nicht so gut wie Hayes Gordon, der den Tevje in Melbourne gespielt hat. Und Hayes Gordon war nicht mal ein Jude.«

»Ich fand Topol wunderbar«, sagte Esther.

»In der Pause habe ich sehr gute Schokolade gekauft«, sagte Edek. »Es ist Hershey's-Schokolade. Henia sagt, hier essen alle Hershey's. Sehr gute Schokolade. Nicht so gut wie Cadbury's in Australien, aber sehr gut.«

»Cadbury's ist fast nicht zu schlagen«, sagte Esther.

»Meine Tochter weiß, was ist eine gute Schokolade, das steht fest«, sagte Edek. Esther beschloß, das als Kompliment aufzufassen. Im ersten Moment hatte sie es für eine Bemerkung über ihr Gewicht gehalten.

»Ich glaube, ich bleibe noch in Little Neck«, sagte Edek. »Henia möchte, daß ich einige ihrer Nachbarn kennenlerne.«

»Das ist eine gute Idee«, sagte Esther.

»Ich ruf' dich morgen an«, sagte Edek.

Esther rief Sean an. »Ich habe gerade mit meinem Vater gesprochen«, sagte sie. »Die Parkplätze in Little Neck sind gut. Nicht so gut wie die in Melbourne, aber immerhin. *Anatevka* war sehr gut, aber Topol, obwohl er ausgezeichnet war, war nicht so gut wie Hayes Gordon, der in Melbourne den Tevje gespielt hat. Und er hat Hershey's-Schokolade gegessen. Die ist gut, aber nicht so gut wie Cadbury's. Was sagt das deiner Meinung nach über den Stand der Romanze aus?«

»Wenn's mit dem Parken klappt, ist das ein gutes Zeichen«,

sagte Sean. »Ob er jetzt über sich selbst spricht oder über das Auto.«

»Du denkst nur in sexuellen Metaphern«, sagte Esther.

»Ich glaube, du meidest sexuelle Metaphern«, sagte Sean.

»Das würdest du auch, wenn er dein Vater wäre«, sagte sie.

Edek rief am nächsten Morgen an. »Wirklich ganz ausgezeichnetes Parken.«

»Das freut mich sehr, Dad.«

»Die Parkplätze sind schön und groß, man kommt leicht rein und raus, und das macht alles sehr angenehm.«

Ihr war übel. Sie erinnerte sich daran, daß sie über Parkplätze sprachen, nicht über Sex. »Großartig, Dad.«

»Weißt du, wie billig es ist, hier ein Auto zu kaufen?« sagte Edek. »Sehr billig. Die Hälfte von dem, was dasselbe Auto in Melbourne kosten würde.«

»Wirklich?« sagte sie.

»Du kannst für viertausend Dollar einen schönen Buick kaufen. Natürlich keinen neuen. Aber immer noch ein großes, schönes, starkes Auto.«

Ihr war erneut übel. Groß, schön, stark, wovon sprach er überhaupt? Sie mußte sich zusammenreißen. Sie war die einzige, die glaubte, daß sie über etwas anderes als über ein Auto sprachen.

»Hier kriegst du einen Lincoln für siebentausend Dollar«, sagte Edek. »Nicht so neu, wie er mal war, aber immer noch schön, und er fährt sehr gut, viel besser als all die kleinen japanischen Pisser. Gestern habe ich Henias Nachbarn getroffen. Jeder konnte mich gut leiden. Und, ehrlich gesagt, sie sind sehr nette Leute. Und Henia ist eine sehr nette Person.«

»Ja, das ist sie.«

»Ich habe darüber nachgedacht, was du gesagt hast, was es denn in Melbourne für mich gibt. Und du hast recht, was hab' ich denn da? Ein paar alte Kackes zum Kartenspielen. Du hast recht. Was will ich denn in Melbourne? Mich mit Fela Fligelman streiten, ob Mr. Goldberg ist defakter bei Mrs. Stein? Ist mir doch egal, ob Mr. Goldberg ist defakter bei Mrs. Stein. Soll er doch defakter sein.«

»*De facto*, Dad.«

»Sag' ich doch«, sagte Edek. »Ich erzähle dir was ganz Wichtiges, und du willst mir erklären, wie ich ›defakter‹ sagen soll.«

»Es tut mir leid«, sagte sie. »Ich finde, du triffst die richtige Entscheidung.«

»Das finde ich auch«, sagte Edek. »Was soll ich denn in Melbourne? Zum Friedhof gehen und den nächsten beerdigen?«

»Das sind gute Neuigkeiten, Dad«, sagte Esther. »Ich freue mich wirklich.«

»Ich werde den Hund weggeben müssen«, sagte Edek. »Ob ich ihn verkaufen kann? Er ist ein sehr guter Hund. Deutsche Schäferhunde sind nicht billig, weißt du.«

»Sag Henia, daß ich mich über diese Nachricht sehr freue«, sagte Esther.

»Sag' ich ihr«, sagte er. »Henia, sie freut sich sehr über diese Nachricht«, schrie er.

»Ich hab' mir überlegt, wovon ich hier leben kann«, sagte er. »Ich hab' meine Rente aus Deutschland, und ich glaube, damit müßte ich auskommen können.«

»Also, was wirst du jetzt tun?« fragte Esther. »Gehst du wie geplant nach Australien zurück?«

»Natürlich gehe ich zurück«, sagte Edek. »Ich muß meine Angelegenheiten regeln, ich kann ja nicht alles stehen- und liegenlassen. Ich gehe für sechs Monate zurück, und dann komm' ich wieder her.«

Esther hörte Henia im Hintergrund. »Sechs Monate? Wieso sechs Monate?« sagte sie. Henia griff zum Hörer. »Sag ihm«, sagte sie zu Esther. »Sag ihm, was muß er fort für sechs Monate. Sag ihm, was muß er überhaupt fort?«

»Natürlich muß ich fort«, sagte Edek. »Ich habe vierzig Jahre dort gelebt, glaubst du, ich kann einfach zusammenpacken und *Goodbye, Charlie* sagen? Natürlich nicht. Ich gehe, und in sechs Monaten bin ich wieder da.«

»Vielleicht brauchst du nicht so lange, wenn du erst mal dort bist«, sagte Esther.

»Was ist los mit dir?« sagte Edek. »Ich muß meine Angelegenheiten regeln. Ich muß mich um meinen Führerschein kümmern, meine Papiere in Ordnung bringen. Es gibt viel zu tun.«

»Kommst du nach Manhattan rein?« sagte Esther.

»Henia möchte, daß ich hier bei ihr bleibe«, sagte Edek. »Aber sie hat vorgeschlagen, daß wir uns vielleicht morgen abend zum Tee im Deli auf der Second Avenue treffen. Dann fahre ich mit ihr nach Little Neck zurück und von hier aus zum Flughafen.«

»Gut«, sagte Esther.

»Welche Angelegenheiten muß Grampa in Ordnung bringen?« fragte Zelda im Taxi auf dem Weg zum Second Avenue Deli.

»Weiß ich nicht«, sagte Esther. »Er hat keine Angelegenheiten. Er will den Hund verkaufen.«

»Den Hund verkaufen?« kreischte Zelda.

»Er wird jemandem Geld geben müssen, damit der den Hund überhaupt nimmt«, sagte Sean. »Es ist der dünnste, jämmerlichste Deutsche Schäferhund, den ich je gesehen habe. Der tut nichts außer bellen und scheißen.«

»Soviel scheißt der gar nicht«, sagte Zelda. »Aber Grampa räumt die Scheiße nie weg.«

»Ist das Grampa, der da an der Ecke steht?« fragte Zelda.

Er war es. Edek telefonierte vom öffentlichen Fernsprecher aus, der vor dem Restaurant an der Ecke Zehnte Straße stand. Er hängte auf, als er sie kommen sah.

»Er ruft uns an«, sagte Esther. »Ich weiß es. Wir sind dreieinhalb Minuten zu spät, und er steht auf der Straße und ruft uns an. Schon nach dreieinhalb Minuten bricht die Panik aus. Kein Wunder, daß ich in meinem Leben Probleme habe.«

»Wo seid ihr gewesen?« sagte Edek. »Ich hab' euch angerufen.«

»Auf dem Weg hierher«, sagte Esther. »Wir haben uns nicht verspätet.«

»Du hast gesagt, sechs Uhr dreißig«, sagte Edek. »Es ist schon sechs Uhr fünfunddreißig.«

»In New York ist das nicht verspätet«, sagte Esther.

»Bei mir schon«, sagte Edek.

»Ich bin schon gesessen mit Henia um Viertel nach sechs«, sagte er. »Wir hatten schon ein paar Essiggurken und eine Tasse Tee.«

»Nimm gehackte Leber«, sagte Henia zu Esther. »Ich weiß, du magst sie.«

»Ich nehme eine Erbsensuppe, dann Rinderbrust und dann ein paar Kartoffellatkes«, sagte Edek.

Edek war sehr elegant. Er trug ein kastanienbraun und grau gemustertes Sakko.

»Du siehst sehr schick aus, Dad«, sagte Esther.

»Vielen Dank«, sagte Edek.

»Er trägt eins von Josls alten Sakkos«, sagte Henia. »Es paßt ihm wie angegossen. Ich hatte einen ganzen Schrank voll Kleidung. Josl wollte immer gut aussehen. Ich hatte so viele Sachen. Anzüge, Hosen, Hemden, Pullover. Ich habe alles verschenkt. Ich wollte, ich hätte es nicht getan. Aber wie hätte ich das wissen sollen? Ich möchte nicht, daß dein Vater geht.«

»Ich muß gehen«, sagte Edek. »Aber ich komme zurück. Ich werde alles in Ordnung bringen. Ich werde alles regeln, was zu regeln ist, und ich komme zurück.«

»Ich hab' Angst, daß er nicht zurückkommt«, sagte Henia.

»Natürlich komm' ich zurück«, sagte Edek. »Ich habe gesagt, daß ich zurückkomme, und ich komme auch zurück.«

»Meine Jungs sind sehr froh über deinen Vater«, sagte Henia.

»Ja«, sagte Edek. »Ich hab' sie kennengelernt, und sie konnten mich beide sehr gut leiden. Ehrlich gesagt wird es jetzt für sie viel einfacher sein, wenn ihre Mutter nicht mehr allein ist.«

»Das ist wahr«, sagte Henia. »Sie haben mich dauernd angerufen und gebeten, bei ihnen zu wohnen. Ich hab' manchmal bei ihnen gewohnt, aber man kann nicht bei seinen Kindern leben; die müssen ihr eigenes Leben führen. Meine Jungs sind sehr froh über deinen Vater.«

»Früher haben sie sie jeden Morgen angerufen, um sich zu vergewissern, daß es ihr gutgeht«, sagte Edek. »Jetzt brauchen sie das nicht. Und sie weint nicht mehr.«

»Ja, ich habe aufgehört zu weinen«, sagte Henia.

»Ich sagte zu ihren Jungs«, sagte Edek, »daß ich gut mit

ihnen auskommen möchte und daß sie mir sagen sollen, wenn sie irgendwas an mir stört. Du kennst mich, ich sage, was ich denke. Das hat ihnen sehr gut gefallen.«

»Wie lange wirst du wegbleiben, bevor du wiederkommst?« sagte Henia.

»Drei oder vier Monate«, sagte Edek.

»Ich will nicht, daß er geht«, sagte Henia.

»Was soll das ganze Theater?« sagte Edek. »Zwei oder drei Monate, und dann bin ich wieder da.«

Edek hatte seinen Teller leergemacht und die Hälfte von Zeldas Pastramisandwich gegessen. Henia hatte ihr Essen nicht angerührt. Sie hatte paniertes Huhn bestellt. Vor ihr stand ein halbes Backhuhn.

»Iß etwas, Henia«, sagte Esther.

»Es ist zuviel«, sagte Henia. »Ich kann nichts essen, wenn zuviel auf dem Teller ist.«

»Nimm eines kleines Stückchen Huhn«, sagte Edek zu Henia.

»Ich bin nicht hungrig«, sagte Henia.

»Ich nehm' ein kleines Stückchen«, sagte Edek. »Vielleicht ein Bein. Es sieht sehr gut aus, das Huhn. Mhmm, sehr lecker. Nimm ein Stück, Sean.«

»Ja, nimm ein Stück«, sagte Henia zu Sean. »Du bist nicht dick, du kannst es dir leisten.«

»Möchte jemand was Süßes?« sagte Edek. »Es gibt Apfelstrudel und andere gute Sachen.«

»Ich bin satt«, sagte Esther. »Wir sind alle satt.«

»Ich nehme einen Apfelstrudel«, sagte Edek.

»Der Besuch meines Vaters hat mich erschöpft«, sagte Esther zu Sean. »Ich hoffe, daß er seine Meinung nicht ändert, wenn er nach Melbourne zurückkommt.«

»Ich glaube, Henia hat furchtbare Angst, daß er seine Meinung ändern wird«, sagte Sean.

»Zachary wird ihn in Melbourne am Flughafen abholen«, sagte Esther. »Ich habe meinem Dad gesagt, daß wir in Chicago sein werden und ich mich mit ihm in Verbindung setze, wenn wir wieder hier sind. Ehrlich gesagt bin ich froh, daß er weg ist. Er und Henia sehen großartig aus. Ich bin um zehn Jahre gealtert. Es ist schlimm genug, die eigenen Kinder zum passenden Partner hinzusteuern, aber die eigenen Eltern zu verheiraten ist wirklich das Letzte.

Ich bin fertig. Ich habe schlecht gearbeitet. Ich habe mechanische Nachrufe geschrieben. Ich habe, ohne nachzudenken, das Leben von Menschen zusammengestoppelt. Ich habe meine Post nicht beantwortet und seit der Ankunft meines Vaters meine Haare nicht mehr getönt. Ich bin froh, daß wir nach Chicago fahren. Ich muß hier mal raus.«

Sean fickte sie. Mit heftigen Stößen. Manchmal fühlte sich sein Schwanz an, als ob er jede Höhlung in ihr ausfüllte. Seine Stöße waren stark und drängend. Wie ein Herzschlag. Sie stellte sich vor, daß ihre Arterien vereint wären. Das Blut floß vom einen zum anderen.

Sean ließ ihre Arme los und griff ihre Pobacken. Er hielt sie fest und zog sie an sich. Das half ihr. Sie war nahe daran zu kommen, und sie wollte nicht ohne ihn kommen. Wenn ihre Pobacken festgehalten wurden, kam sie nicht.

Sean bewegte den Kopf und begann, an ihren Brustwarzen zu saugen. Er saugte ihre Brustwarzen, und er fickte sie. Sie küßte seinen Kopf. Mit jedem Nervenende und mit jeder Öffnung fühlte sie sich mit ihm vereint. Seine Zehen berührten ihre Zehen. Ihre Brustwarzen fühlten sich an, als ob sie in seiner Kehle wären.

Sie klammerte sich an ihn. Sie waren in einen einzigen Kreislauf geschaltet. Sie kamen gemeinsam. Sie fühlte, wie er kam. Ein deutlich spürbarer, beweglicher Samenstrom. Er schien sehr lange zu kommen.

»Du warst herrlich«, sagte Sean. »Jetzt möchte ich unbedingt malen. Ich möchte mich auf eine große Leinwand stürzen.«

»Du willst immer malen, wenn wir gebumst haben«, sagte Esther.

»Weil ich mich so großartig fühle«, sagte Sean. »Nachdem ich nicht malen kann, wie wär's mit einem Spaziergang ums Hotel? Du könntest dir den Pool ansehen.«

»Nein, ich möchte lieber duschen«, sagte Esther. »Den Pool schau' ich mir später an.«

»Gut, ich geh' spazieren, ich bleib' nicht lange«, sagte Sean.

Esther beugte sich vor, um die Dusche aufzudrehen. Dabei erblickte sie ihre nackte Rückansicht in dem großen Badezimmerspiegel. Ihr Hintern war breit, weiß und voller Dellen. Sie betrachtete sich selten aus diesem Winkel. Es war möglicherweise der schlechteste Winkel, aus dem sie betrachtet werden konnte.

Sean fand ihren Hintern schön. Daran zeigte sich wirklich sein Mangel an Objektivität. Immerhin, wenn sie die Wahl hätte, welche Sicht ihres Hinterns sie in ihre Vorstellung von sich selbst einbauen sollte, wäre es besser, wenn sie Seans Sicht übernähme.

Das Hotel, das Fontaine Plaza, gehörte nicht zu Chicagos Fünf-Sterne-Häusern, aber es war ein sehr schönes Hotel. Das Badezimmer war in pinkfarbenem Marmor gekachelt und die Spiegel waren rosa getönt. Das war klug. Jeder sah mit einem rosa Schimmer besser aus. Im allgemeinen verfügten die Hotelbadezimmer über hartes Neonlicht. Dieses Licht nahm einem die Farbe und ließ die meisten Leute hart und fahl aussehen.

Esther hatte ihr eigenes Shampoo mitgebracht. Sie packte das Shampoo vom Hotel, den Haarfestiger, die Handlotion, Schuhcreme und Duschhaube in eine Schublade. Morgen würde das Zimmermädchen die Sachen ersetzen, und sie konnte alles mit nach New York nehmen.

In Hotels verwandelte sie sich in eine diebische Elster. Sie klaute Bleistifte von den Handwagen der Zimmermädchen. Sie klaute Waschlappen. Sie leerte jeden Tag die Kleenex-Behälter und packte jede Ersatzrolle Toilettenpapier ein. Wenn sie sich besonders mutig fühlte, stahl sie Handtücher. Sie besaß eine Sammlung weißer Handtücher von Hotels auf der ganzen Welt. Sie hatte immer noch die Handtücher aus dem Mildura Hotel, in dem sie einmal gewohnt hatten, als die Kinder noch klein waren.

Einmal hatte sie eine Kaffeekanne gestohlen. Eigentlich zwei. Es waren wunderschöne Stücke, cremefarbenes Art deco. Der

Kaffee blieb darin stundenlang heiß. »Du sollst auf keinen Fall meinem Beispiel folgen«, hatte sie zu Zelda gesagt. »Ich habe diese Kannen vom Hotel mitgehen lassen, weil sie einfach perfekt sind, wenn wir Gäste haben, aber ich möchte nicht, daß du so etwas tust.« Zelda hatte die Augen verdreht.

Sie trocknete sich ab. Die Handtücher waren groß und angenehm. Sie hatte sich bikinigerecht rasiert, bevor sie New York verließ. Sie hatte nicht die Absicht, Bikinis zu tragen, aber sie mochte die klare Linie der Rasur.

Schamhaare, die man mit einer Creme entfernte, wurden zu kurzen, verbrannten Stummeln. Esther fand, daß die zerstörten Haare sehr traurig und verloren aussahen.

Sie schlüpfte in einen Bademantel. Sean war zurück und hatte beim Zimmerservice Kaffee bestellt. Der Kaffee wurde gerade serviert. Der Zimmerkellner klappte einen Tisch auf. Die Kanne war aus Nirosta. Sie war scheußlich. Auf keinen Fall wert, mitgenommen zu werden.

Sean unterschrieb für den Kaffee und gab dem Kellner ein Trinkgeld. Er berührte ihn leicht am Arm, als er sich bei ihm bedankte. Esther haßte es, wenn Sean andere Menschen berührte. Sie wollte die einzige Empfängerin seiner Berührungen sein. Außerdem, so hatte sie Sean erklärt, war es unangemessen, Fremde anzufassen. Besonders in New York. In New York faßte keiner jemanden an, den er nicht kannte. Sie hatte den Schrecken auf den Gesichtern der Leute gesehen, die Sean in einem Restaurant oder Laden am Arm berührte, bloß weil er vorbeigehen wollte. »Sag einfach bloß ›Entschuldigung‹«, hatte sie ihm immer und immer wieder gesagt.

Sie sagte nichts, was den Kellner betraf. Sie wußte, daß es eher Eifersucht war, die ihren Ärger hervorrief, als die Sorge um die Person, die Sean berührt hatte.

»Ich hab' vergessen, dir zu sagen, daß Laraine Reiser angerufen hat«, sagte sie zu Sean. »Gerade als wir fahren wollten. Sie wollte wissen, ob wir nächsten Monat zu einer Namensgebungsfeier kommen könnten.«

»Namensgebungsfeier?« sagte Sean.

»Sie haben gerade ihr viertes Enkelkind bekommen und veranstalten für alle Enkel Namensgebungsfeiern«, sagte Esther. »Sie meinte, es würde ihr *so* viel bedeuten, wenn wir kommen könnten. Sie fühle sich uns sehr verbunden und würde diese besondere Erfahrung so gern mit uns teilen. Wieso müssen wir immer ihre Erfahrungen teilen? Wieso will sie nie unsere teilen? Ich habe sie gefragt, wann sie ins Studio kommt, um sich deine Bilder anzusehen, und sie meinte, sie wisse noch nicht genau, wann, aber sie könnte es kaum erwarten, weil es so wunderbar sein würde, an deinem Talent teilzuhaben. Bedeutet an deinem Talent teilhaben dasselbe, wie ein Bild zu kaufen?«

»Ich glaube nicht«, sagte Sean.

»Also, ich habe keine Lust, zu dieser Namensgebungsfeier zu gehen«, sagte Esther. »Ich möchte lieber warten, bis die Teilerei ein bißchen ausgeglichener ist.«

»Ich habe Joseph Reiser übrigens letzte Woche angerufen«, sagte Sean. »Ich hab' ihm gesagt, ich würde gerne einen Termin mit ihm vereinbaren, wann er ins Studio kommt.«

»Und was hat er gesagt?« fragte Esther.

»Er sagte: ›Mein Besuch in Ihrem Studio ist längst überfällig. Ich rufe Sie in zwei Tagen an und nenne Ihnen ein Datum.‹ Und das war's«, sagte Sean. »Es ist eine beschissene Demütigung, hinter Leuten herlaufen zu müssen, um etwas zu verkaufen. Ich kann den Tag kaum erwarten, an dem ich das nicht mehr brauche.« Er sah sie an. »Und schau mich bitte nicht mit diesem ›In-Australien-würde-es-uns-besser-gehen‹-Blick an. Es würde uns nicht besser gehen. Australien ist in einer Wirtschaftskrise. Ich würde dort weniger verkaufen als hier.«

»Also, scheiß auf die Namensgebungsfeier«, sagte Esther. »Wahrscheinlich ist das Baby sowieso zum Kotzen. Nun ja, zum Kotzen reich. Es wird schon mit Steuerproblemen belastet sein, bevor es überhaupt einen richtigen Namen hat. Die Kehrseite des ganzen Reiserschen Geldes dürfte das genetische Erbe sein. Das Kind wird alles brauchen können, was es kriegen kann, um diese roten Haare und das blasierte Geschwätz auszugleichen.«

»Wir haben noch Zeit für einen Spaziergang vor der Eröffnung«, sagte Sean. »Sollen wir uns ein bißchen umsehen?«

»Okay«, sagte sie. Die Eröffnung, zu der sie gingen, war die Eröffnung der Chicagoer Kunstmesse. Sean hatte in diesem Jahr mit seinem New Yorker Galeristen eine Ein-Mann-Präsentation seiner Bilder auf der Messe.

Esther hatte sich Chicago ähnlich wie New York vorgestellt. Eine Stadt mit hohen Gebäuden, vielen Menschen auf der Straße, sehr starkem Verkehr und unaufhörlichem Lärm.

Außerdem hielt sie Chicago für eine Gangsterstadt. Das lag daran, weil sie als Kind »Die Unbestechlichen« im Fernsehen gesehen hatte. Halb erwartete sie, Elliot Ness aus einem Gebäude herausrennen oder mit quietschenden Reifen anhalten zu sehen.

Statt dessen erinnerte sie Chicago mit seinen breiten Straßen und freundlichen Menschen an Melbourne. Es gab überall Parks und Kinder. Kinder spielten in ihren Vorgärten und schlugen am Seeufer Purzelbäume. Boote tanzten auf dem Wasser.

Als sie zur Eröffnung eintrafen, war bereits eins von Seans Bildern verkauft worden. Esther hielt das für ein gutes Omen. Sean freute sich. »Das wird die Hotelrechnung bezahlen«, sagte er.

Die Messegäste waren hauptsächlich Sammler. Außerdem waren Kunsthändler und Künstler zu sehen. Die Leute wanderten von Stand zu Stand und schlürften Champagner.

Das Essen, das serviert wurde, war ausgezeichnet. Es gab Berge von Hühnersalat, Meeresfrüchtesalat, Kebabs. Außerdem Garnelen, Fleischbällchen mit Curry, Prosciutto, Melonen, Speck und Schinken. Es war ein Buffet. Man bediente sich selbst.

Mit der Möglichkeit konfrontiert, unbegrenzt essen zu können, erwachte Esthers Gier. Sie wollte alles haben. Sie wünschte, sie hätte ihre große Handtasche mitgebracht, um schokoladengetunkte Mandeln und getrocknete Pfirsiche darin verschwinden zu lassen.

Wenn es ein Buffet gab, aß sie immer viel zu viel. Sie aß Sachen, die sie nicht einmal mochte. Sie machte keinerlei Unterschiede. Ihr Hunger hörte nicht auf, bis sie Gallenbeschwerden bekam. Wenn sie in einem Hotel übernachtete, in dem das Frühstücksbuffet im Preis inbegriffen war, war sie verloren. Sie aß, bis sie nicht mehr laufen konnte. Und dann füllte sie ihre Taschen mit Portionspäckchen von Cornflakes und Konfitüre. Sie haßte Cornflakes und aß sehr selten Konfitüre.

Sie hatte versucht, zurückhaltender zu sein, aber es hatte nicht funktioniert. Inzwischen ging sie Buffets aus dem Weg. Wenn es um Buffets ging, war auch ihr Vater hoffnungslos. Beim Frühstück im Londoner Hilton hatte Edek mit Orangensaft begonnen und behauptet, überhaupt nicht hungrig zu sein. Dann war er zu Puffreis mit Sahne übergegangen, danach zu gedünsteten Früchten, Rührei mit Würstchen, Toast und getoasteten Muffins, und bei Waffeln mit Schokoladensoße hatte er schließlich aufgehört. Für den Rest des Tages hatte ihn nichts mehr interessiert. Kein Tower, kein Piccadilly, kein Buckingham Palast. Er war fix und fertig.

Esther und Sean trafen zwei australische Sammler, Freda und Donald Cooper. Sie hatten gewußt, daß die Coopers zur Eröffnung kommen wollten, und gingen eine Weile mit ihnen durchs Gelände.

Marilyn Bomb, die Kunsthändlerin, sprang auf, um sie zu begrüßen, als Esther und Donald Cooper ihren Stand betraten. Esther war hundertmal in ihrer Galerie in SoHo gewesen. Marilyn Bomb hatte sie nie wahrgenommen. »Woher wissen die, daß Sie Geld haben und ich nicht?« sagte sie zu Donald Cooper.

»Sie können es riechen«, sagte er.

Im Hotel schliefen Sean und Esther noch einmal miteinander. Esthers Arme und Beine fühlten sich stark an. Sie spürte den Unterschied, seit sie trainierte. Es war schon lange her, daß sie und Sean zweimal an einem Tag Sex gehabt hatten. Er verrieb etwas von seinem Saft auf ihren Brüsten. »Das ist sehr gut für die Brüste«, sagte er.

»Das hast du zu mir gesagt, als wir uns kennenlernten«, sagte sie. »Beziehungsweise, als wir zum ersten Mal miteinander geschlafen haben, also ungefähr eine Minute später. Wie dem auch sei, ich glaube, meine Brüste haben ihre besten Zeiten hinter sich, denen wird nicht mehr viel helfen.«

»Deine Brüste sind wunderschön«, sagte er.

»Du spinnst«, sagte sie.

Sie lag in seinen Armen. Sie war glücklich. Sean küßte sie. Er zitterte leicht. Er zitterte oft, wenn er sie küßte. Als ob die Intensität seiner Liebe zu ihr ihn erschauern ließe.

Sie hatten in vielen Hotels gebumst. Überall auf der Welt. Sie hatten in Absteigen gebumst und in Fünf-Sterne-Hotels.

Sie hatten in dem kleinen Hôtel du Lys in Paris gevögelt und unter einem riesigen Kronleuchter im St. Moritz in New York. Sie hatten in der Wombat Lodge in Tasmanien gebumst. Sie hatten sogar, obwohl sie sehr nervös gewesen war, in Polen zu sein, im Intercontinental von Warschau miteinander geschlafen.

Esther schlief gut im Fontaine Plaza. Am nächsten Morgen mieteten sie einen Wagen samt Fahrer und machten eine Besichtigungstour zu den Bauten von Frank Lloyd Wright. Sie hatte sich seit Monaten darauf gefreut.

Es war gut, mit einem Fahrer unterwegs zu sein. Man brauchte keine Straßenkarte und man brauchte keine Angst zu haben, sich zu verfahren oder keinen Parkplatz zu finden. Das erste Haus, das sie sich ansahen, war das Robie Haus. Es wurde 1909 erbaut. »Frank Lloyd Wright war ein Genie«, sagte sie zu Sean. Sie hatten das Haus noch nicht betreten. Sie waren immer noch draußen. Sie sah durch verschiedene Fenster ins Haus hinein. Jede Ansicht, jeder Blickwinkel raubte ihr den Atem.

Das Haus hatte einen organischen Rhythmus und Menschlichkeit. Das leere Gebäude war voller Leben. Man konnte sich leicht vorstellen, daß dieses Haus seine Bewohner hegte und pflegte und ihnen Kraft gab. Es fühlte sich ganz und in sich geschlossen an. Als ob es seine Bewohner mit fast allem versorgen könnte, was sie im Leben brauchen würden.

Die rechteckigen Linien der einfachen Haupttüren, die die ganze Länge des Robie Hauses entlangführten, fanden sich in den Holzbalken der Decken und Wände wieder. Dieses Muster wurde durch die weißen Lichter, die Frank Lloyd Wright über den Türen angebracht hatte, hervorgehoben und in den Gittern der Zentralheizung im Fußboden weitergeführt. In diesem hellen und geräumigen Haus war alles miteinander verbunden und in Beziehung gesetzt.

Esther wollte nicht weg vom Robie Haus. Sie saß auf einer Frank-Lloyd-Wright-Couch mit eingebauten Seitentischchen. Sie wollte dableiben.

Sie fuhren weiter zu Frank Lloyd Wrights Wohnhaus und Studio in Oak Park. Hier hatte er mit seiner Frau und ihren sechs Kinden von 1889 bis 1909 gelebt. In seinem Haus gab es keinen Platz für die künstlerische Arbeit eines anderen. Ein paar japanische Drucke hingen an der Wand. Sie waren wie Hinweise, Verweise darauf, woher seine architektonischen Einflüsse kamen.

Auf einem Bücherregal in einem der Zimmer standen Bücher: *The Hygiene of Sex* von Von Graber, *A Field Guide to Reptiles* und *A Guide to Bird Songs.* Sie war sich nicht sicher, ob diese Bücher Frank Lloyd Wright gehört hatten. Sie fragte einen Führer. Er wußte es nicht.

Frank Lloyd Wright hatte jeden Quadratzentimeter seiner Gebäude besessen. Er besaß ihn, indem er seine Markierung hinterließ. Er prägte seinen Stempel den Wänden, den Decken und den Fenstern auf. Sein Besitzertum war so organisch, als ob er die Gebäude geboren hätte. So furios wie jede schweißgetränkte, blutige Entbindung eines Kindes.

Der Unity Temple in Oak Park verfügte über ein weiteres Kennzeichen von Frank Lloyd Wright. Das Gebäude hielt einen fest. Es hielt einen fest und sicher. Mit Linien, die sich stets mit anderen Linien verbanden. Die Kirche, 1906 mit geringen Mitteln erbaut, vermittelte ein Gefühl von Tiefe, Spiritualität und Frieden. Sie war ein Ort der Reflexion. Und der Gleichheit. In diesem Gebäude war keiner wichtiger als irgendein anderer. Die Sitze auf den Balkonen und in den Kreuzgängen waren so ausgerichtet, daß jeder sich nahe bei der Kanzel befand.

Frank Lloyd Wright hatte für das Innere der Kirche ein unauffälliges Grün verwendet. Diese Farbe fügte dem Ganzen einen seltsamen, aber auch seltsam passenden Ton von Häuslichkeit zu. Esther saß in der höchsten Sitzreihe der Kirche.

Normalerweise wurde ihr schwindelig, wenn sie sich mehr als einen Meter über dem Boden befand. Aber hier, am höchsten Punkt dieser Kirche, fühlte sie sich absolut wohl.

Sie dachte an eine Geschichte, die sie über Frank Lloyd Wright gehört hatte. Der Bürgermeister von Louisville hatte ihn einmal eingeladen, einen Vortrag zu halten. Da der Bürgermeister verhindert war, seinen berühmten Gast am Bahnhof abzuholen, schickte er den Sheriff. Als Wright, der wegen seiner losen Zunge und seiner Finanzgebarung schwierige Zeiten hinter sich hatte und außerdem einige Male mit dem Gesetz in Konflikt geraten war, aus dem Zug stieg und den Sheriff erblickte, machte er kehrt und stieg sofort wieder ein.

Esther war high von Frank Lloyd Wrights Architektur. Sie fühlte sich von der schieren Schönheit seiner Gebäude eingehüllt und von seiner Vision beflügelt. Diese Gebäude zu betrachten war so sinnlich und lustvoll gewesen wie langsamer Sex. Nach diesem Tag fühlte sie sich glücklich und wohl.

Sie betrachtete Sean, der ihr am Tisch gegenübersaß. Sie fand ihn sehr schön. Sein Gesicht war von strahlender Schönheit. Sie glaubte, daß seine innere Schönheit nach außen strahlte. Er wurde oft für eine Berühmtheit gehalten. Man hatte ihn schon gefragt, ob er Mel Gibson, Ted Danson oder Billy Connolly sei. Er glich keinem von ihnen.

Sie und Sean aßen in einem kleinen italienischen Restaurant in der Nähe des Hotels. Sie lächelte ihn an. Sie waren beide glücklich. Heute war ein großes Triptychon verkauft worden. Jetzt konnten sie ein paar große Rechnungen bezahlen, die fällig waren.

»Du bist glücklich in New York, nicht wahr?« sagte Sean.

»Ich glaube schon«, sagte sie. »Ich will nicht nach Australien zurück, wenn du es nicht möchtest.«

»Du würdest dich in Melbourne langweilen.«

»Das hast du schon einmal gesagt.«

Das Telefon weckte sie um sieben Uhr früh. Es war Zachary, der aus Melbourne anrief. »Essie, entschuldige, daß ich so früh anrufe, aber ich wollte dich nicht versäumen. Ich wollte dir nur sagen, daß es Grampa gutgeht. Er ist wirklich gut drauf. Er hat mich schon zweimal zum Essen ausgeführt, seit er hier ist. Henia Borenstein ruft ihn jeden Tag an.«

»Henia ruft meinen Dad jeden Tag an«, sagte sie zu Sean. »Man muß es ihr lassen.«

»Sie reden polnisch«, sagte Zachary. »Ich war gestern da, als sie anrief. Er hat eine geschlagene halbe Stunde mit ihr gesprochen.«

»Das ist schön«, sagte Esther. »Ich bin froh, daß sie es nicht zuläßt, daß er seine Meinung ändert.«

»Gestern hat Grampa ein Gespräch von Mann zu Mann mit mir geführt«, sagte Zachary. »Er sagte mir, daß er, um die Wahrheit zu sagen, bereits Henias Bett geteilt habe.«

»Was?« sagte Esther. »Und mir hat er dauernd erzählt, daß er oben geschlafen hätte und sie unten.«

»Vielleicht hat er sich auf die Missionarsstellung bezogen?« sagte Zachary.

»Haha«, sagte Esther.

»Sag Grampa bitte nicht, daß ich dir das erzählt habe«, sagte Zachary.

»Mach' ich nicht«, sagte Esther.

»Grampa sagt, sie war sehr gut im Bett«, sagte Zachary.

»O nein«, sagte Esther.

»Er sagte, sie war ›sehr dynamisch‹«, sagte Zachary.

»O nein«, sagte Esther.

»Essie, ich muß los, ich bin verabredet«, sagte Zachary. »Bis bald.«

»Sehr dynamisch«, sagte Esther zu Sean. »Dynamisch? Was glaubst du, was das heißen soll?«

»Keine Ahnung«, sagte Sean.

»Was macht sie?« fragte Esther. »Sehr dynamisch?«

»Ich halte das nicht aus«, sagte sie zu Sean. »Ich krieg' das nicht aus dem Kopf. *Sehr dynamisch*. Ich habe Vorstellungen von Henia, die kopfüber von einem Kronleuchter hängt oder auf dem Bett auf und nieder springt. Je mehr ich darüber nachdenke, desto weniger dynamisch fühle ich mich. *Sehr dynamisch!*«

»Versuche, dich zu beruhigen, Liebling«, sagte Sean.

»Kann ich nicht«, sagte Esther. »Jedesmal, wenn ich an die dynamische Henia denke, komme ich mir absolut lahm vor.«

»Schau«, sagte Sean. »Für deinen Vater bedeutet sehr dynamisch wahrscheinlich, daß sie ihm nicht einschläft.«

»Ich glaube, du willst mich bloß trösten«, sagte sie.

Sean streckte die Hand aus und berührte ihre Brustwarzen. »Laß das«, sagte sie. »Ich könnte unmöglich an irgend etwas Sexuelles denken, wenn ich die sehr dynamische Henia im Kopf habe.«

Er küßte sie. »Es ist mein Ernst«, sagte sie. »Glücklicherweise haben wir unsere Fickorgien vor dieser Neuigkeit gefeiert. Durch den Gedanken an sehr dynamisch ist jegliche Leidenschaft in mir erloschen. Was glaubst du, was sie tut, das so dynamisch wäre? Aber eigentlich ist es besser, wenn ich nicht darüber nachdenke, was sie tut. Mir ist schlecht.«

»Würde ein Frühstücksbuffet helfen?« sagte Sean. »Sie haben Bircher-Müsli auf der Karte.«

»Haben sie?« sagte Esther. »Nun, vielleicht nehme ich ein kleines Frühstück am Buffet.«

Sie waren auf dem Rückweg nach New York. Esther hatte sich auf die Heimreise gefreut. Flughäfen hatten eine angenehme Anonymität, die sie gern mochte. Man mußte sich nicht mit den anderen Fluggästen unterhalten. Die Gefahr, jemanden zu treffen, den man kannte, war gering. Und es war egal, wie man aussah.

Nachdem man eingecheckt hatte, war man nicht mehr allein für sich verantwortlich. Die Fluggesellschaft übernahm. Sie trugen jetzt die Verantwortung für einen. Alles, was man zu tun hatte, war, ihren Anordnungen Folge zu leisten. Nachdem man im Flugzeug saß, brauchte man nicht einmal mehr zu denken. Man mußte für alles um Erlaubnis bitten. Ob man noch ein Kissen haben dürfte, eine zusätzliche Decke. Ob man den Sitz tauschen dürfte. Man wurde zum Kind.

Auf langen Flügen, wie nach Australien, wurde diese Hilflosigkeit noch verstärkt. Wenn man dann am anderen Ende ausgekippt wurde, konnte es manchmal ein böses Erwachen geben.

Eine Lautsprecherdurchsage gab den Passagieren bekannt, daß die Gottesdienste am O'Hare Flughafen bald beginnen würden. Ein katholischer um ein Uhr und ein protestantischer um zwei. Esther glaubte nicht, daß es eine Synagoge am Flughafen gab. Juden brauchten eigentlich keine Synagoge. Sie konnten überall beten.

Sie holte ihre Pinzette hervor. Auf Flughäfen war sie entspannt genug, um ihre Augenbrauen zu zupfen. Sie kam sich so unbeobachtet vor, daß sie einige Haare von ihrem Kinn entfernte. »Mein Bart«, nannte sie sie. Bis jetzt waren es nur drei oder vier Haare, aber sie glaubte, daß sie definitiv ein Anzeichen für künftige Veränderungen waren.

Als Kind war sie von alten Frauen mit Bärten oder Schnurrbärten völlig fasziniert gewesen. Es hatte eine Frau mit einem langen, grauen, dünnen Bart gegeben. Sie war immer in der Straßenbahn gewesen, mit der Esther morgens zur Schule fuhr. Esther hatte sie unentwegt angestarrt.

Als Helene Mathews, eine New Yorker Verlegerin, gestorben war, hatte Esther ihre Schwester für den Nachruf interviewt. Helene Mathews war an einem Gehirntumor gestorben. Mitten im Gespräch über Helene Mathews' Mut und ihre Leistungen hatte ihre Schwester Esther erzählt, daß Helene, obwohl sie während der letzten Monate ihres Lebens nicht mehr sprechen konnte, immer noch eine Frau engagiert hatte, die einmal in der Woche kam, um ihr die Gesichtshaare zu entfernen. »Sie hatte soviel Würde«, sagte ihre Schwester. »Ich nehme an, sie wollte nicht mit Haaren auf dem Kinn sterben.«

Als sie nach Hause kamen, saßen Kate und Zelda vor dem Fernseher. Sie schauten sich *Roseanne* an. Sie und Sean taten das auch gern. Sean hielt Roseanne Arnold für ein komisches Genie, auf gleicher Ebene mit Jackie Gleason und Lucille Ball.

Kate kugelte sich vor Lachen. »Roseanne ist einfach großartig«, sagte sie. Esther war froh, sie so laut lachen zu hören. Sie hatte schon lange nicht mehr so gelacht.

»Danke, daß du abends bei Zelda geblieben bist, während wir weg waren«, sagte sie.

»Kein Problem«, sagte Kate. »Es hat Spaß gemacht. An Schultagen hab' ich sie nicht fernsehen lassen, und ich habe darauf geachtet, daß sie alle ihre Aufgaben gemacht hat.«

»Gehst du heute abend weg?« fragte Esther. »Oder ißt du mit uns?«

»Ich bleibe zu Hause«, sagte Kate.

»Oh?« sagte Esther.

»Ich bin nicht mehr mit Bill zusammen«, sagte Kate.

»Tatsächlich?« sagte Esther.

»Er ist total bescheuert«, sagte Kate, »und ich will nicht darüber reden.«

»Können wir eine Katze kriegen?« fragte Zelda.

»Wofür brauchen wir eine Katze?« fragte Esther.

»Ich hätt' eben gerne eine«, sagte Zelda.

»Kate ist allergisch gegen Katzen«, sagte Esther.

»Nein, bin ich nicht mehr«, rief Kate. »Seit zwei Jahren nicht mehr.«

»Ich dachte, wir hätten das Stadium der Haustiere hinter uns gebracht«, sagte Esther. »Haustiere machen nur Ärger. Wir haben es überleben müssen, daß ihr beide, du und Kate, wochenlang geheult habt, als Solly verschwand und Chang gestohlen wurde. Ganz zu schweigen vom Dahinscheiden einiger Dutzend Kanarienvögel, Goldfische und der seltsamen Dosenschildkröte. Wir brauchen keine Katze.«

»Nicht mal eine?« fragte Zelda.

»Wir können uns keine Katze leisten«, sagte Esther. »Katzen werden krank, und wir haben kein Geld, dauernd zum Tierarzt zu rennen.«

»Katzen werden nicht krank«, sagte Zelda.

»Doch, das werden sie«, sagte Esther. »Sie kriegen Blasenentzündungen und alles mögliche. Im Supermarkt habe ich Pillen gegen Blasenentzündungen von Katzen gesehen. Auf dem Etikett stand, daß das Medikament für junge oder für säugende Katzen nicht geeignet ist.«

Esther dachte an ihren Vater. Sie versuchte, nicht über die sehr dynamische Henia nachzudenken. Sie dachte gerade daran, wo ihr Vater begraben sein würde, falls er Henia heiratete, als ihr Drucker blockierte. Es war ein neuer Laserdrucker, und er hätte nicht blockieren sollen. Sie wollte nicht in Panik ausbrechen. Sie suchte nach dem Handbuch. Sie wußte, daß es darin ein Kapitel über ›Papierstau‹ gab.

Henia hatte sie am Morgen angerufen.

»Hast du was von deinem Vater gehört?« hatte sie gefragt.

»In den letzten ein, zwei Tagen nicht«, hatte Esther gesagt.

»Ich bin ganz nervös, daß er vielleicht nicht zurückkommt«, sagte Henia. »Ich telefoniere mit ihm, aber es ist nicht dasselbe, als wenn er bei mir ist.«

Natürlich ist es nicht dasselbe, dachte Esther. Am Telefon fehlte das sehr dynamische Element. Sie versuchte, beruhigend zu wirken.

»Zachary sagt, Dad ist in Topform und regelt seine Angelegenheiten«, sagte sie.

»Ich habe solche Angst, daß er nicht zurückkommt«, sagte Henia.

»Ich glaube schon«, sagte Esther.

»Ich schick' euch eine Kiste Grapefruits«, sagte Henia.

»Danke«, sagte Esther.

Falls ihr Vater Henia heiratete, würde er immer noch neben ihrer Mutter begraben sein wollen? Oder neben Henia? Das war die Frage, die sie beschäftigt hatte.

Im Judaismus, hatte Sean ihr erklärt, heißt es, daß die erste Frau eines Mannes seine wahre Liebe ist, und daß ein Witwer, der wieder heiratet, neben seiner ersten Frau begraben werden kann, besonders wenn er Kinder mit ihr hat. Wenn die zweite Frau vorher verheiratet war, kann sie neben ihrem jetzigen Mann begraben werden, wenn sie das wünscht. Aber es ist Brauch, daß sie neben ihrem ersten Mann begraben wird. Das gilt allerdings nicht für Geschiedene.

Esther hatte sich immer darüber amüsiert, daß Sean viel mehr über den Judaismus wußte als sie. Mittlerweile war ihr das langsam peinlich. Ihren Eltern hatte es überhaupt nichts ausgemacht, daß sie sich im Judaismus nicht auskannte.

Sean war fast ein Jude. Mit seinen dunkelbraunen Augen mit

den schweren Lidern und der Hakennase sah er wie ein Jude aus. Und er war Israel gegenüber absolut loyal. Bei seiner letzten Ausstellung in New York hatte Zelda ihm zur Eröffnung Blumen und ein Gedicht mitgebracht. Das Gedicht lautete:

Edel sei der Mensch
hilfreich und gut.
So gut wie du als Künstler
und als falscher Jud.

Esther konnte sich nicht vorstellen, daß ihr Vater woanders als neben ihrer Mutter begraben werden wollte. Er hatte so viel Zeit an ihrem Grab verbracht. Er hatte den Grabstein für sie beide so sorgfältig ausgewählt. Sein eigenes Grab war längst bezahlt. Er war oft neben seinem leeren Grab gestanden und hatte gesagt, daß es nun nicht mehr lange dauern könnte, bis er dort liegen würde. An manchen Tagen hatte es so ausgesehen, als ob er sich darauf freute.

Er hatte Esther mitgeteilt, daß er seine gesamten Beerdigungskosten bereits beglichen hatte und der Chevra Kaddischa ihr keinen Penny zusätzlich berechnen dürfte. »Ich habe von Tür zu Tür bezahlt«, sagte er. Esther fand, daß Tür zu Tür vielleicht nicht der richtige Ausdruck war, aber sie wußte, was er meinte.

Sie folgte der Bedienungsanleitung aus dem Handbuch. Es funktionierte. Der Drucker druckte wieder. Sie war sehr zufrieden mit sich.

Sie hatte Lust, Zachary anzurufen, um zu hören, was los war.

»Ich wollte dich gerade anrufen«, sagte Zachary. »Ich habe Grampa geholfen, seine Garage auszuräumen, und all diese alten *Pop Beats* gefunden. In einer hast du Jimi Hendrix interviewt. Du warst so was von cool, Essie.«

»Danke«, sagte sie.

»Gestern war ich mit Grampa auf dem Friedhof«, sagte Zachary. »Ich habe mich sehr bemüht, einfühlsam zu sein. Ich wußte, daß er daran dachte, daß er Nanas Grab jetzt nicht mehr so oft besuchen könnte. Also hab' ich ihn in den Arm genommen, und wir sind ungefähr zwanzig Minuten am Grab gestanden.«

»Wie lieb von dir«, sagte Esther.

»Ich hab' überlegt, was ich zu Grampa sagen sollte, weil er doch das Land verläßt und Nanas Grab hier ist. Ich habe an alles mögliche gedacht, zum Beispiel, daß man überall an einen geliebten Menschen denken kann, und daß Nana stets in unseren Herzen sein wird.«

»Wie feinfühlig du bist«, sagte Esther.

»Ich habe zu Grampa gesagt, daß ich zum Friedhof fahren und Nanas Grab für ihn besuchen werde«, sagte Zachary. »Ich hab' ihm gesagt, er soll nicht traurig sein, weil er nicht mehr zu Nanas Grab kommen kann. Ich hab' fast geweint. Grampa hat mich angeschaut und gesagt: ›Wenn du tot bist, bist du tot.‹«

5

»Ich habe strikte Anweisung, keinen Orgasmus zu haben«, sagte Sonia Kaufman. »Ich faß es nicht. Ich darf keinen Orgasmus haben.« Esther machte den Mund auf, um etwas zu sagen, aber Sonia redete weiter. »Mein Frauenarzt hat mir gesagt, ab der zwanzigsten Woche kein Sex mehr. Er ist sehr konservativ. Ich habe ihn gefragt, ob es in Ordnung wäre, erregt zu sein. Es ist wirklich peinlich, wenn du deinem Doktor erzählst, daß du erregt wirst, wenn dein Mann dir die Hüften massiert.«

»Was hat er gemeint?« fragte Esther.

»Er meinte, erregt sein wäre okay, aber Orgasmen wären verboten«, sagte Sonia. »Ich werde richtig scharf, wenn Michael meine Hüften und meinen Hintern massiert. Seit zehn Jahren bin ich zum erstenmal wieder scharf auf ihn, und wir können nicht miteinander schlafen. Er ist auch scharf auf mich. In den ersten drei Monaten durften wir auch nichts machen. Da durfte ich zwar Orgasmen haben, aber keinen Sex.

Michael ist zu einem der Arzttermine mitgekommen. Er hat den Doktor gefragt, ob sanfter Verkehr in Ordnung wäre. Seine Frage hat mich wirklich überrascht. Daß es ihm etwas auszumachen schien. Aber das tut es offenbar wirklich. Seit ich schwanger bin, will er dauernd bumsen. Wie auch immer, wir dürfen jedenfalls nicht, bis die Kinder da sind. Er kann wenigstens einen Orgasmus haben, ich darf nur erregt sein.

Ungefähr in der zwanzigsten Woche hatte ich einen Orgasmus, und ich dachte, ich würde meine Babys verlieren. Das heißt, kein Sex, kein Orgasmus, keine Brustwarzenstimulierung, aber ich darf erregt werden.

Und weißt du, was das Merkwürdige ist? Ich bin erregt. Ich brauche Michaels Schwanz nur anzusehen, schon bin ich scharf. Er braucht mich nur anzusehen, schon hat er eine Erektion. Selbst als wir uns kennenlernten, war er nicht so. Ich akzeptierte einfach, daß er nie besonders geil war. Daß hauptsächlich seine Arbeit und sein Kopf ihm die Befriedigung gaben, die er brauchte. Jetzt will er an meinen Zehen knabbern und meine Klitoris lecken.«

Wie oft bei Sonia Kaufman, war Esther auch diesmal sprachlos. Sonia hielt sich nicht mit Nebensächlichkeiten und Smalltalk auf. Sie kam gleich zu Sache oder begab sich, wie diesmal, ohne Umschweife in trübere Gewässer.

Sonia war ein paar Minuten verspätet ins Restaurant gekommen. »Du siehst sehr gut aus«, hatte sie zu Esther gesagt. »Dein Gesicht ist so offen heute. Du siehst sonst viel zurückhaltender aus, immer auf der Hut.«

Diesmal war sie es nicht; daß sie das gesagt bekam, traf Esther unvorbereitet. Die nächsten zehn Minuten fragte sie sich, wie zurückhaltend sie denn sonst eigentlich aussah. Sonia sah sehr schwanger aus.

Ihr Gesicht hatte seine klaren Linien verloren. Es bestand aus lauter Rundungen und breiten Flächen. Ihre Wangenknochen waren verschwunden und ihre Augen zurückgetreten. Die Intelligenz ihres Gesichts hatte sich irgendwie in den zusätzlichen Pfunden aufgelöst. Ihre Haut war fleckig, und ihr normalerweise perfekt geschnittenes Haar hing flach und zottelig herunter.

War dies die Art und Weise, wie die Natur Frauen auf die Mutterschaft vorbereitete, fragte sich Esther. Eine Art sanfter Übergang von der Ordnung der Kinderlosigkeit zu Chaos und Schereien mit Kindern. War die Akne der Vorbote einer weniger glamourösen Existenz? Sonia, die vorher so selbstsicher und beherrscht gewesen war, war jetzt rotgesichtig und atemlos.

»Warum dürfen deine Brustwarzen nicht stimuliert werden?« fragte Esther.

»Weil das zu Uteruskontraktionen führen kann«, sagte Sonia. »Schon wenn man eine Creme einreibt, kann die Gebärmutter sich zusammenziehen, und es kann zu vorzeitigen Wehen kommen. Vor ein paar Wochen hat Michael ganz vorsichtig an einer meiner Brustwarzen gesaugt, und es war unglaublich. Ich spürte eine direkte Verbindung von meiner Brustwarze zu meiner Klitoris. Ich hatte ein Gefühl, als ob meine Scheide und meine Brüste durch ein straff gezogenes Seil oder eine Violinsaite miteinander verbunden wären.«

Sonias Konversation hatte die Aufmerksamkeit einiger anderer Gäste im Manhattan Star auf sich gezogen. Man sah zu ihnen herüber. Sonia bemerkte es.

»Ich schätze, ich sollte leiser sprechen, wenn ich über Brüste und Vaginen rede«, sagte sie.

»Wir sind hier in Manhattan«, sagte Esther. »Ich glaube, die können mit Brüsten, Vaginen und sogar Violinsaiten umgehen.«

»Vermutlich«, sagte Sonia. »Laß uns bestellen. Ich bin halb verhungert.«

»Hier gibt's einen wunderbaren Blattsalat«, sagte Esther. »Eine Mischung aus ungefähr zwanzig verschiedenen Kräutern und Salatsorten. Er sieht aus, als käme er aus einem wilden und überwucherten englischen Garten. Schmeckt herrlich. Sollen wir uns den als Vorspeise teilen?«

»Das klingt nicht so ganz nach dem, was ich heute zu Mittag essen wollte«, sagte Sonia. »Es klingt sehr gesund. Ich hatte eher an eine Doppeldecker-Vollrindlasagne mit vier Käsesorten gedacht. Aber ich teile den Salat mit dir und nehme dann gegrillten Fisch.«

Das Manhattan Star war ein In-Restaurant. Esther schätzte die Einrichtung ebenso wie die Qualität des Essens. Die handgemalten Kacheln an den Wänden erinnerten sie an Pariser Cafés. Das Essen entsprach den zeitgenössischen Vorstellungen von gesunder Kost und hatte außerdem einen asiatischen Einschlag. Es war immer interessant. Sie verwendeten Zutaten, die in den Küchen der meisten Leute nicht zu finden waren. Esther bestellte einen Kaktusbauschsalat mit Pepperoni und Mais, und Sonia entschied sich für gebackenen Mahi Mahi.

»Es klingt, als ob eure Beziehung besser geworden wäre«, sagte Esther.

»Wir hatten immer eine gute Beziehung«, sagte Sonia.

»Ich meine die Tatsache, daß ihr euch gegenseitig erregt, daß ihr euch sexuell attraktiv findet, das klingt nach einer zusätzlichen Bereicherung einer guten Beziehung.«

»Vielleicht«, sagte Sonia. »Wie gut muß eine Beziehung sein? Sie war vorher gut, und sie ist jetzt gut.«

»Also macht es für dich keinen Unterschied, daß ihr zwei sexuell jetzt intensiver aufeinander eingeht?« fragte Esther.

»Doch, macht es schon«, sagte Sonia. »Aber es heißt nicht, daß die Beziehung vorher schlecht war. Im Büro hat mich jemand gefragt, ob ich glücklich verheiratet bin. Ich hab' gesagt, ich wüßte nicht, was das bedeutet. Ich sagte, daß ich mit Michael glücklich bin – heißt das, ich bin glücklich verheiratet? Du denkst vielleicht, daß ich nicht glücklich verheiratet bin, weil ich Liebhaber hatte, aber ich glaube nicht, daß meine Liebhaber etwas mit dem Zustand meiner Ehe zu tun haben.«

»Der letzte Mensch, der mich gefragt hat, ob ich glücklich verheiratet bin, war Sean, vor vierzehn Jahren«, sagte Esther. »Ich war mit jemand anders verheiratet. Ich sagte ja, ich bin glücklich verheiratet. Die folgenden Wochen hat er dann damit zugebracht, mich davon zu überzeugen, daß ich es nicht war.«

»Wie konntest du dich für glücklich verheiratet halten, wenn du es nicht warst?« fragte Sonia.

»Ganz einfach«, sagte Esther. »Ich liebte meinen Mann, wir hatten zwei Kinder, nette Freunde und ein nettes Haus.«

»Für mich klingt das nach glücklich verheiratet«, sagte Sonia.

»Für mich damals auch«, sagte Esther. »Bis die Lust auf Sean mich packte. Ich bekam weiche Knie, wenn er mich berührte.«

»Wie das?« fragte Sonia.

»Er wollte mich davon überzeugen, daß ich nicht glücklich verheiratet war«, sagte Esther. »Ich war schockiert, als ich merkte, wie sehr ich mir seine Berührungen wünschte. Überall, am ganzen Körper. Seit ich sechzehn war, hatte ich niemanden mehr so begehrt, und das schockierte mich auch. Ich war noch so jung, und ich hatte mich für eine komfortable und kameradschaftliche Ehe entschieden. Normaler Sex, normale Kinder, ein normales Haus und eine ganz normale Hypothek.«

»Und was hat sich geändert?« fragte Sonia.

»Jetzt habe ich eine Riesenhypothek, ziemlich guten Sex, und die Kinder sind fast erwachsen«, sagte Esther.

»Im Ernst, was hat sich geändert?« fragte Sonia.

»Alles«, sagte Esther. »Ich bete ihn an. Ich bin immer noch verrückt nach ihm, ich liebe es, ihn anzuschauen, ihn zu berühren, mit ihm zu reden, und ich glaube, er ist der beste Mensch, der mir jemals begegnet ist.«

»Ist ja ekelhaft«, sagte Sonia. »Es ist zum Kotzen, wie gut ihr zwei euch versteht.«

»Das hab' ich von anderen auch schon gehört«, sagte Esther.

»Andererseits kenne ich Leute«, sagte Sonia, »die mir erzählen, wie wohl sie sich in eurer Gegenwart fühlen.«

»Auch das hab' ich schon gehört«, sagte Esther.

»Gibt es keine Momente, wo du ihn nicht magst?« fragte Sonia.

»Nein«, sagte Esther. »Ich kann nichts dafür. Ich bete ihn an. Jeden Tag danke ich meinem Schicksal dafür, daß ich ihn habe.«

»Gräßlich«, sagte Sonia.

»Bei dir komm' ich mir völlig überspannt vor«, sagte Esther.

»Bist du auch«, sagte Sonia. »Ich kann mir nicht vorstellen, daß es keine Momente gibt, in denen Sean blöd oder dämlich oder abstoßend ist. Mein Gott, wenn ich an Michael denke, wenn er nachts arbeitet, in seinem gelben Nylonpyjama. Er sieht völlig idiotisch und absurd aus.«

»Wieso trägt er einen gelben Nylonpyjama?« fragte Esther.

»Weil ich ihm den gekauft habe«, sagte Sonia. »Als extrem glücklich verheiratete Person würdest du also sagen, daß sich alles auf den einen Nenner bringen läßt – Lust?«

»Ich glaube, du willst mich verarschen«, sagte Esther.

»Ganz und gar nicht«, sagte Sonia. »Ich versuche wirklich zu verstehen, was eine glückliche Ehe ausmacht und welche Rolle die Lust bei diesem Glück spielt.«

»Ich glaube, die Lust sollte wahrscheinlich eine große Rolle spielen«, sagte Esther. »Ich weiß es nicht, ich bin keine Lust-Expertin. Was ich sagen wollte, ist, daß der Mangel an Lust in meiner ersten Ehe mich zu der Erkenntnis brachte, daß irgendwas nicht stimmte.«

»Ich finde, daß weiche Knie überbewertet werden«, sagte Sonia.

»Und was hattest du bei deinen Liebhabern?« fragte Esther.

»Lust mit einem Fremden«, sagte Sonia. »Und das ist etwas ganz anderes als eine glückliche Ehe. Oder weiche Knie. Es ist der Wahnsinn zwischen den Beinen. Aber ich will nicht über meine Liebhaber reden. Die sind Vergangenheit.«

»Weiche Knie schließen den Wahnsinn zwischen den Beinen nicht aus«, sagte Esther. »Du kannst beides haben.«

»Versuchst du einen Streit anzufangen?« sagte Sonia.

»Nein«, sagte Esther. »Ich verteidige mich. Ich hatte den Eindruck, du willst mich demütigen. Indem du dich über meine weichen Knie lustig machst.«

»Ich habe mich nicht über dich lustig gemacht«, sagte Sonia. »Obwohl ich den Eindruck hatte, du wolltest die Überlegenheit der weichen Knie bei einem Ehemann gegenüber dem Wahnsinn zwischen den Beinen bei einem Liebhaber betonen.«

»Nicht im geringsten«, sagte Esther. »Ich war niemals in der Lage, die beiden miteinander vergleichen zu können.«

»Was für ein absurdes Thema zum Lunch«, sagte Sonia.

»Laß uns von was anderem reden«, sagte Esther.

»Letzte Woche war ich beim Stillkurs«, sagte Sonia.

»Das ist kein echter Themenwechsel«, sagte Esther. »Wir befinden uns immer noch in den erogenen Zonen.«

»Erogen ist wohl kaum das richtige Wort«, sagte Sonia. »Stillen ist ein Geschäft. Es gibt Stillkurse, es gibt Privatunterricht, wie man die Brust richtig gibt, Consulting, eine Hotline und Notfall-Zentren fürs Stillen.

Mein Arzt empfiehlt die Kurse ab dem achten Monat. Aber bei mir hat er gemeint, ich soll schon früher gehen, für den Fall, daß ich nicht bis zum achten Monat komme. Letzten Mittwoch war ich zum ersten Mal dort. Die Kursleiterin teilte uns mit, was sie besprechen wollte, und sagte, sie würde am Ende der Stunde Fragen beantworten. Die allererste Frage kam von einer Frau, die sagte: ›Ich möchte nach drei oder vier

Wochen wieder arbeiten. Können wir bitte übers Entwöhnen reden?‹

Die Kursleiterin reagierte völlig gelassen. Wir sind in New York. Sie sagte der Frau, wenn sie das Ganze auf sechs Wochen ausdehnen könnte, bevor sie wieder arbeiten geht, würde das Stillen einen gewissen Zweck erfüllen. Sie erklärte, daß es zwei Wochen dauert, bis sich alles eingespielt hat, und weitere zwei Wochen, um das Baby zu entwöhnen. Wenn sie also sechs Wochen Zeit hätte, könnte sie das Baby zwei Wochen lang stillen. Die Frau sagte, das sei nicht möglich.

Dann hat die Kursleiterin erklärt, viele Frauen in New York würden ihre Babys bloß mit Kolostrum füttern, also mit der klaren Flüssigkeit, die in den ersten paar Tagen nach der Geburt aus der Brust kommt.«

»Ich weiß, was Kolostrum ist«, sagte Esther.

»Ich wußte es vorher nicht«, sagte Sonia. »Anscheinend enthält Kolostrum Antikörper der Mutter. Also stillen viele New Yorker Mütter ihre Kinder mit Kolostrum und gehen dann zur Flasche über.«

Die Serviererin brachte den Salat an den Tisch. »Sieht der Salat nicht wunderbar aus?« sagte Esther.

»Sieht eher nach Gartenschau als nach Vorspeise aus. Was ist da alles drin?«

»Eine Auswahl an roten und grünen Blattsalaten«, sagte die Serviererin. »Eichblatt, Lollo Rosso, Kopfsalat, Radicchio, Chicorée, Frisée, Brunnenkresse, Löwenzahnblätter, Sauerampfer und Kapuzinerkresseblüten.«

»Als ob man sich durch eine Waldlichtung essen würde«, sagte Sonia.

»Ich finde, er sieht herrlich aus«, sagte Esther.

»Als ob er mit Sense und Sichel geerntet worden wäre«, sagte Sonia. »Die werden einen halben Hektar aufforsten müssen, bloß um diese Portion zu ersetzen.«

»Möchtest du lieber was anderes?« fragte Esther.

»Nein, ich werd's überleben«, sagte Sonia. »Mein Gott, Löwenzahn. Und Sauerampfer. Melbourne war übersät von Löwenzahn und Sauerampfer, und in Manhattan zahlen wir zehn

Dollar pro Teller. Wahrscheinlich ist es hip. Du bist sowieso viel hipper als ich. «

Esther hatte etwas Brunnenkresse und ein Friséeblatt halb im Mund. »Was meinst du damit?« fragte sie Sonia.

»Du wohnst in SoHo«, sagte Sonia. »Du ißt die Scheiße, die gerade angesagt ist, und du trägst Doc-Martens-Schuhe.«

»Ich werde mich nicht für die Doc Martens rechtfertigen«, sagte Esther. »Ich trage sie, weil ich viel zu Fuß gehe. Was ist los mit dir?«

»Tut mir leid«, sagte Sonia. »Ich hab' mich wirklich darauf gefreut, dich zu sehen, aber ich bin gereizt. Und wenn ich gereizt bin, bin ich immer aggressiv.«

»Hast du einen speziellen Grund, gereizt zu sein?« fragte Esther.

»Einen ganz speziellen«, sagte Sonia. »Heute morgen im Büro hat Fred mich gefragt, ob er meinen Bauch anfassen darf. Mir war ganz mulmig.«

»Glaubst du, daß er eine Art genetische Verbindung spüren könnte, wenn er dich berührt?« fragte Esther.

»Ich weiß es nicht«, sagte Sonia. »Ich will einfach nicht, daß er auch nur in die Nähe der Kinder kommt.«

»Er ahnt doch nichts, oder?« fragte Esther.

»Ich glaube nicht«, sagte Sonia. »Heute morgen hat er gefragt, wie's Michael so geht mit den Babys. Ich sagte, Michael wäre wirklich glücklich darüber, und er meinte: ›Bin ich froh, daß ich keine Zwillinge kriege.‹«

»O Gott«, sagte Esther. »Kein Wunder, daß dir mulmig war.«

»Als er ging, war mir fast schlecht«, sagte Sonia.

»Er hat sich bestimmt nichts dabei gedacht«, sagte Esther. »Er war einfach bloß froh, daß er nicht Vater von Zwillingen wird.«

»Wahrscheinlich ist er ja auch nicht der Vater«, sagte Sonia.

»Richtig«, sagte Esther.

Das Thema Fred und Vaterschaft stand zwischen ihnen im Raum. Sonia rutschte auf ihrem Stuhl hin und her. Sie wirkte beunruhigt. Ihr Bauch, der stolz hervorgereckt war, als sie hereinkam, schien gesunken zu sein. Sie sah müde aus.

»Wahrscheinlich dachte Fred daran, wie knapp er entkommen ist«, sagte Esther. »Ab jetzt wird er wohl immer ein Kondom benutzen.«

»Was für ein tröstlicher Gedanke«, sagte Sonia. »Seine neue Geliebte wird vielleicht niemals erfahren, wie es ist, wenn sein nackter Schwanz in sie eindringt.«

»Wieso mußt du daran denken, wie sein nackter Schwanz in sie eindringt?« fragte Esther. »Ich war gerade dabei, eine Schicht Gummi um seinen Schwanz zu tun, und du stellst dir vor, wie sein nackter Schwanz in sie eindringt, wer immer sie sein mag.«

»Stimmt nicht«, sagte Sonia. »Ich hab' daran gedacht, wie sein nackter Schwanz in mich eindringt. Haut auf Haut. Es war ein herrliches Gefühl. Sein Schwanz war so heiß in mir drin. Mit Kondom kannst du diese Wärme nicht unmittelbar spüren. Diese Hitze des Blutes.«

»Daher muß das Wort heißblütig stammen«, sagte Esther.

»He, dieser Salat ist gut«, sagte Sonia. »Ich hab' noch nie vorher Kapuzinerkresse gegessen.«

»Er ist auch gut für dich. Brunnenkresse, Sauerampfer und Löwenzahn allein haben sehr viel Vitamin C, Kalzium und Beta-Karotin.«

»Du weißt die seltsamsten Dinge«, sagte Sonia. »Michaels Mutter hat gesagt, daß alle Kaufman-Kinder schon bei der Geburt den Blick fixieren können. Das sei bei Michael und seinem Bruder so gewesen und auch bei ihren beiden Enkelkindern. Eine Minute, nachdem er auf der Welt war, sagt sie, hätte Michael sie schon direkt angesehen. Sie meint, das sei ein Zeichen von Intelligenz. Wahrscheinlich hat Michael ihr vor lauter Entsetzen vor dem, was ihn erwartete, direkt in die Augen gesehen. Sie schreit ihn immer noch an, als ob er fünf Jahre alt wäre.

Ich bin nachts wachgelegen und hab' gehofft, daß diese Babys, sofort wenn sie auf der Welt sind, ihre Augen fixieren können. Dann fiel mir ein, daß auch Fred sehr intelligent ist, und wenn alle intelligenten Neugeborenen das können, dann können diese Kinder es auch, egal wer ihr Vater ist. Danach konnte ich einschlafen.«

»Es sind eure Kinder«, sagte Esther. »Von dir und Michael.«

»Dieser Salat ist hervorragend«, sagte Sonia. »Es tut mir leid, daß ich darüber gemeckert habe. Die Brunnenkresse ist köstlich. Sie schmeckt ein wenig nach Senf.«

»Brunnenkresse gehört zur Familie der Kreuzblütler und soll krebsvorbeugend wirken«, sagte Esther.

»Tatsächlich?« sagte Sonia.

»Manchmal koche ich sie leicht in Hühnerbrühe und püriere sie dann«, sagte Esther. »Das gibt eine sehr gute Suppe.«

»Du bist wirklich eine seltsame Kombination aus allem Möglichen«, sagte Sonia. »Ich meine das nicht als Kritik.«

»Wie meinst du's dann?« sagte Esther. »Oder sollte ich das lieber nicht fragen?«

»Na ja«, sagte Sonia, »einerseits bist du eine normale, glücklich verheiratete Mutter, deren Kinder gut geraten sind. Andererseits kriegst du alle Zustände wegen Hitler und den Konzentrationslagern und wegen dem, was mit den Juden passiert ist; dazwischen stehst du auf New-Age-Ernährung und schreibst Nachrufe für deinen Lebensunterhalt.«

»Ich krieg' alle Zustände, wirklich?« fragte Esther. »Eigentlich will ich das nicht. Aber ich krieg's nicht aus meinem Kopf. All diese Menschen. All diese Hoffnungen und Träume. Zank und Streit. Alle Gedanken, Pläne, die ganze Energie. Verschwunden. Einfach so. Vielleicht würdest du's auch nicht aus dem Kopf kriegen, wenn dir einfallen würde, daß deine Mutter sich auf allen vieren von einem Hund ficken lassen mußte.«

»Das hast du mir schon mal erzählt«, sagte Sonia. »Es tut mir leid.«

»Du kannst nichts dafür«, sagte Esther. »Es war die Gestapo, die sich amüsiert hat. Meine frühesten Erinnerungen sind die an weinende Menschen. Ich dachte immer, daß es vielleicht keine konkreten Erinnerungen sind, sondern etwas, was ich erfunden hatte als Symbol für die abgrundtiefe Traurigkeit, die ich von meiner Mutter habe. Ich dachte, für so klare Erinnerungen sei ich zu klein gewesen. Ich war noch keine zwei Jahre alt, als wir aus Deutschland weggingen. Ich habe meine Mutter danach gefragt, als ich ungefähr dreißig war.

Solange brauchte ich, um den Mut aufzubringen, sie zu fragen. Sie sagte, ich sei von weinenden Menschen umgeben gewesen, als ich klein war. Sie hätten um ihre toten Familien geweint, um sich selbst und um die gesamte Menschheit. Auch sie hätte geweint.«

»Das war im Durchgangslager, nach dem Krieg?« fragte Sonia.

»Ja«, sagte Esther. »Ich habe Fotos der Lager gesehen. Sie waren so verwahrlost. So schmutzig. Wie ein gigantischer grauer Fleck. Die Briten wollten die Verantwortung für die staatenlosen Juden in Europa nicht übernehmen. Die Amerikaner haben sich schließlich um die meisten von ihnen gekümmert. Die britischen Behörden warfen einen Blick auf die armen, dezimierten, heimatlosen Juden, die sich gegenseitig suchten, und befürchteten Probleme. Die Briten witterten im Zustrom der Juden nach Deutschland eine riesige Verschwörung, um die Aufhebung der Einwanderungsbeschränkungen nach Palästina zu erzwingen.

Generalleutnant Sir Frederick Morgan, der Zuständige für Displaced Persons in Deutschland im Auftrag der United Nations Rehabilitation and Relief Administration, erklärte, die Juden seien ›gut gekleidet, wohlgenährt, rotwangig‹ und hätten ›viel Geld‹. Er warnte die Briten, daß die europäischen Juden ›zu einer Weltmacht heranwachsen‹ könnten.«

»Scheiße«, sagte Sonia. »Warum sind die Leute bloß immer so wütend auf die Juden?«

»Ich weiß es nicht«, sagte Esther. »Diese ›Weltmacht‹, die der Herr Generalleutnant Sir Frederick Morgan so fürchtete, waren die verdreckten, gequälten, mageren, beraubten Überreste der Juden. Mein Vater wog nach dem Krieg keine siebzig Pfund mehr. Was für eine Macht.«

»Dieses Gespräch deprimiert mich«, sagte Sonia.

»Es tut mir leid«, sagte Esther. »Es ist auch deprimierend.«

»Die Frau, die den Stillkurs hält, hat uns das Ganze demonstriert«, sagte Sonia. »Dafür nimmt sie ein Kind von ungefähr achtzehn Monaten. Seit er ein kleines Baby war, ist der Bub das Demonstrationsobjekt. Die ganzen New Yorker Frauen waren empört, als dieses Kind, das schon sprechen und laufen kann, zu ihnen rannte, ihre Pullover hochzog und ab und zu einen Schluck nahm.«

»Möchtest du deinen Kindern die Brust geben?« fragte Esther.

»Zuerst dachte ich, nein«, sagte Sonia. »Aber jetzt möchte ich es einmal versuchen. Ich ändere über so vieles meine Ansichten. Ich fürchte, bevor ich es merke, bin ich schon eine Mutter, die den ganzen Tag im Morgenmantel herumläuft und gar nicht mehr arbeiten geht.«

»Das halte ich nicht für sehr wahrscheinlich«, sagte Esther.

»Hoffentlich nicht«, sagte Sonia. »Zumindest habe ich keinen Morgenmantel.«

»Dann kauf auch keinen«, sagte Esther.

»Die Amerikaner sind so puritanisch, weißt du«, sagte Sonia. »Sie würden niemals sagen ›die Brust geben‹. Es heißt nur Stillen. Mein Doktor korrigiert mich jedesmal, wenn ich davon rede, meinen Kindern die Brust zu geben. Und selbst die Kursleiterin korrigiert mich. Jeder sagt, daß es nicht leicht sein wird, Zwillingen die Brust zu geben. Ich werde mir wie eine Roto Lacta vorkommen.«

»Was ist das?« fragte Esther.

»Eine Melkmaschine«, sagte Sonia. »Wie ein Karussell, wo Kühe wie am Fließband gemolken werden. Als ich ein Kind war, hat mein Vater mich nach Camden in New South Wales mitgenommen und mir eine Roto Lacta gezeigt. Und auf derselben Reise noch eine Käsefabrik und einen Schlachthof.«

»Hattest du ein Glück«, sagte Esther. »Ich hätte als Kind so gern eine Käsefabrik und einen Schlachthof gesehen. In einer Käsefabrik war ich immer noch nicht. Ich habe als Kind die meiste Zeit damit verbracht, Besoffenen zuzuschauen, die in die Hintergasse kotzten, wenn sie aus dem Pub kamen. Einmal hat einer Baked Beans gespien. Ich hatte noch nie Baked Beans gesehen.«

»Würde es dir etwas ausmachen, beim Essen nicht über betrunkene australische Männer zu reden?« fragte Sonia.

»Entschuldige«, sagte Esther. »Es ist nur, daß so ein Ausflug zu einer Roto Lacta so was ganz anderes ist, als ich aus meiner Kindheit kenne.«

»Mein Vater wollte, daß ich über die Dinge Bescheid wußte«, sagte Sonia. »Er sagte immer zu mir: ›Du mußt selber denken‹, und: ›Frag immer, warum.‹«

»Der einzige Rat, den mir meine Eltern je gaben, war der, abzunehmen«, sagte Esther.

Die Kellnerin brachte Sonias gebackenen Mahi Mahi. »Ihr Salat kommt sofort«, sagte sie zu Esther.

»Dieser Fisch sieht sehr gut aus«, sagte Sonia. »Macht's dir was aus, wenn ich schon anfange? Ich hab' solchen Hunger.« Sie nahm einen Bissen. »Er ist hervorragend. Magst du kosten?«

»Nein danke«, sagte Esther. »Ich spiele schon seit Jahren mit dem Gedanken, Vegetarierin zu werden. Ich esse sowieso fast nichts, was sich bewegt, aber in den letzten Jahren ist meine Aversion gegen Tierfleisch noch gestiegen. Ich finde es immer schwieriger, bei gekochtem Tierfleisch nicht an brennendes Menschenfleisch zu denken.«

»Bitte«, sagte Sonia. »Du verdirbst mir den Appetit.«

»Das wollte ich nicht«, sagte Esther. »Wie auch immer, ich glaube, ich geb's auf und werde Vegetarierin. Ich bin zufriedener, wenn ich Gemüse esse.«

»Fällt Fisch auch in die Kategorie Tierfleisch?« fragte Sonia.

»Ja, alles, was sich bewegt«, sagte Esther. »Aber es macht mir nichts aus, wenn andere Leute Tierfleisch essen.«

»Könntest du nicht einfach Fleisch statt Tierfleisch sagen?« fragte Sonia.

»Okay«, sagte Esther.

Esthers Essen kam. »Du mußt zugeben, daß dieser Kaktusbauschsalat ziemlich gut aussieht«, sagte Esther zu Sonia.

»Was, bitte, sind Kaktusbäusche?« fragte Sonia.

»Blätter von einem mexikanischen Kaktus«, sagte Esther. »Die schmecken köstlich. Sehr delikat. Wie gelber Paprika oder wie Spargel.«

»Und was sind die Blumen auf dem Teller?« fragte Sonia.

»Das sind Zucchiniblüten«, sagte Esther. »Möchtest du eine?«

»Nein danke«, sagte Sonia. »Ich bleib' bei meinem Fisch.«

»Diese Kartoffeln sind die besten, die ich je gegessen habe«, sagte Sonia. »Sie sind so gelb.«

»Das sind gelbe finnische Wachskartoffeln«, sagte Esther. »Die schmecken wie Butterkartoffeln.«

»Woher weißt du das alles?« fragte Sonia.

»Ich interessiere mich dafür«, sagte Esther. »Ich habe mich schon immer für Nahrungsmittel interessiert.«

»Das tun die meisten Juden«, sagte Sonia. »Aber nicht für Kaktusbäusche und gelbe finnische Wachskartoffeln.«

Esther betrachtete Sonia. Sie tat ihr leid. Sonia atmete schwer. Ihr Gesicht glühte. Ihre Stirn war gefurcht. Etwas von der Selbstsicherheit, die Esther früher so eingeschüchtert hatte, war verschwunden.

Esther war froh, daß sie den Lunch nicht abgesagt hatte. Sie hatte es vorgehabt, weil sie an diesem Tag einen Nachruf fertigschreiben mußte. Den Nachruf auf einen Bankkaufmann. Sie hatte ihn schnell heruntergeschrieben. Sie entschied, daß der Mann in seinem Leben genug Auszeichnungen erhalten hatte. Er würde sich mit einem oberflächlichen Nachruf in der *Jewish Times* zufriedengeben müssen.

»Michael möchte die Babys mit jeder Babynahrung, die man dazu nehmen kann, fingerfüttern«, sagte Sonia. »Er will sich zwei Monate beurlauben lassen und bei mir und den Kindern zu Hause sein.«

»Das ist eine tolle Idee«, sagte Esther. »Was ist Fingerfüttern?«

»Fingerfüttern soll für das Baby besser sein als die Flasche«, sagte Sonia. »Dabei wird die Saugbewegung nachgeahmt, die Babys machen, wenn sie die Brust nehmen. Es soll auch eine größere Intimität zwischen dem, der füttert, und dem Baby herstellen.«

»Und wie funktioniert das?« fragte Esther.

»Es gibt eine Spezialflasche dafür«, sagte Sonia. »Das Ganze heißt Stillergänzungssystem. Die Flasche, aus der zwei weiche, spaghettiartige Schläuche herauskommen, wird umgekehrt an einer Kordel um den Hals gehängt.

Man kann die Enden der Schläuche entweder an die Brustwarzen kleben oder mit den Fingern festhalten. Das Baby nimmt den Schlauch und die Brustwarze oder den Finger und saugt. Die Flasche enthält Muttermilch oder Babynahrung. Manche

Adoptivmütter wenden diese Methode an, um die Laktation zu stimulieren. Es funktioniert.«

»Es funktioniert, obwohl sie kein Kind geboren haben?« fragte Esther.

»Ja«, sagte Sonia. »Anscheinend löst das Saugen des Babys die Laktation aus.«

»Das ist erstaunlich«, sagte Esther.

»Michael hat mir von einem Vater erzählt, der versucht hat, die Schläuche an seine Brustwarzen zu kleben. Aber das ging nicht, weil sie zu klein waren«, sagte Sonia.

»Würde es bei einem Mann eine Laktation hervorrufen?« fragte Esther.

»Sei nicht albern«, sagte Sonia. »Männer sind nicht dafür gemacht, Milch zu produzieren.«

»Ich wußte nicht, daß sie fürs Fingerfüttern gemacht sind«, sagte Esther.

»Michael hat schon ein Päckchen Fingerkondome gekauft«, sagte Sonia.

»Fingerkondome, ich faß es nicht«, sagte Esther.

»Michael wird sie nicht benutzen, er wird den Finger in den Mund der Babys stecken, aber die Nanny soll sie überziehen. Fingerkondome sind wirklich niedlich. Klein und weiß.«

»Fingerfüttern, Fingerkondome. Für mich ist das alles ein bißchen viel«, sagte Esther. »Das klingt so nach Fingerficken.«

»Überhaupt nicht«, sagte Sonia. »Fingerficken und Fingerfüttern sind zwei völlig verschiedene Dinge.«

»Du hast recht«, sagte Esther. »Ich nehme an, daß man fürs Fingerficken keine Kondome benutzt, oder vielleicht doch. Ich weiß es nicht.«

»Ich weiß es auch nicht«, sagte Sonia.

»Neulich unterhielten sich Zelda und Kate darüber, wie sich zwei Leute gegenseitig fingerficken. Mir war schon das Zuhören peinlich. Die Kinder heutzutage sind so freimütig. In ihrem Alter hätte ich mit niemandem über so etwas reden können. Ich kann es jetzt noch nicht.«

»Du bist irgendwie zickig«, sagte Sonia.

»Danke«, sagte Esther.

»Ich sage nur, was ich denke«, sagte Sonia.

»Vielleicht solltest du das lassen«, sagte Esther. »Ach zum Teufel, vermutlich hast du recht. Wahrscheinlich bin ich's. Als ganz junges Mädchen konnte ich nie übers Masturbiertwerden reden. Ich konnte damals nicht darüber reden, und ich kann es jetzt nicht. Auch nicht, wenn ich es hochtrabend Masturbation nenne. Und schon gar nicht, wenn ich es Fingerficken nennen würde.«

»Warum?« fragte Sonia.

»Das ist ein viel zu sexueller Begriff«, sagte Esther.

»Nein, ich meine, warum kannst du prinzipiell nicht darüber reden?«

»Ich weiß nicht«, sagte Esther. »Ich nehme an, weil ich es immer noch als was Schmutziges empfinde, das unter der Hand passiert, obwohl ich vom Verstand her weiß, daß das nicht stimmt.«

»Unter der Hand, das ist komisch«, sagte Sonia.

»Ich habe es nicht komisch gemeint«, sagte Esther. »Als ich neun, zehn, elf, zwölf war, hatte ich eine Reihe von Partnern für Masturbationsspiele. Wir nannten sie ›Finger weg‹. Wir sagten: ›Willst du *Finger weg* spielen?‹ *Finger weg*. Was für eine Bezeichnung. Da steckt all die Verbotenheit drin, in die ich verstrickt zu sein glaubte. Verbotenheit? Gibt's das Wort?«

»Ich glaub' schon«, sagte Sonia.

»Ich habe nur mit Mädchen masturbiert«, sagte Esther. »Vorher hatte ich mich auch von ein paar Jungs masturbieren lassen, aber nachdem ich neun oder zehn war, bin ich bei Mädchen geblieben. Bei den Jungs habe ich mich nie sehr wohlgefühlt. Vielleicht weil sie es wollten und ich nicht und ich das Gefühl hatte, ich muß mitmachen. Die Jungs waren grob. Ich konnte nicht nein sagen.«

»Du hast 'ne ziemlich wilde Sexualgeschichte«, sagte Sonia.

»Eigentlich nicht«, sagte Esther. »Ich habe eine ruhige Sexualgeschichte. Grob war nur der Anfang. Die letzte Freundin, die ich hatte, war meine beste Freundin. Unsere sexuelle Beziehung dauerte zwei Jahre. Fast hätte ich gesagt, daß wir ein Liebespaar waren. Aber das scheint mir das falsche Wort für zwei Kinder zu sein. Obgleich wir so intensiv und rückhaltlos waren, wie ein Liebespaar es nur sein kann. Wir hatten einen Orgasmus nach dem anderen. Wir müssen jeden Zentimeter des anderen geleckt und berührt haben. Wenn ich die Augen schließe, erinnere ich mich immer noch daran, wie sie roch.«

»Mich schaudert's, wenn ich dir nur zuhöre«, sagte Sonia.

»Mich hat's zwanzig Jahre zu sehr geschaudert, um darüber zu reden«, sagte Esther. »Ich hab' mich geschämt. Wir beendeten die Beziehung, als ich anfing, mit Jungs auszugehen. Danach war ich allerdings irgendwie zurückhaltend. Sex machte mir Spaß, aber eher auf eine ruhige, bescheidene Art. Das Feuer und die Leidenschaft habe ich erst wieder erfahren, als ich Sean traf.«

»Das macht mich ganz nervös«, sagte Sonia.

»Wirklich?« sagte Esther. »Du hast doch gesagt, ich wäre die Zicke.«

»Die sexuellen Details stören mich nicht«, sagte Sonia. »Es ist das Feuer, die Leidenschaft. Das Feuer, das du mit deiner Freundin hattest und das du mit Sean hast. Ich erlebe das nur mit meinen Liebhabern. Aber warum sollte mich das stören? Schließlich ist es egal, mit wem du geil wirst, Hauptsache du wirst es, richtig?«

»Vermutlich«, sagte Esther.

»Gestern habe ich einen meiner Verflossenen getroffen«, sagte Sonia. »Jemand, den ich sehr gern mochte. Er war sehr lieb. Immer gut gelaunt und äußerst großzügig. Hat immer für alles bezahlt. Aber er hatte einen Tick. Er weigerte sich, in mir zu kommen. Er sagte, er könnte es einfach nicht. Das machte den Sex ziemlich frustrierend. Immer, wenn ich gerade dabei war, auf hundert zu kommen, weil ich spürte, wie sich sein Orgasmus aufbaute, zog er seinen Schwanz aus mir heraus und kam mitten in der Luft. Obwohl er Kondome benutzte. Selbst wenn ich wußte, daß ich nicht ovulierte. Es war in der Zeit vor AIDS, als man nur aufpassen mußte, nicht schwanger zu werden. Schließlich kam er eines Tages doch in mir. Er sah überwältigt aus. Danach war die Beziehung vorbei. Er begründete es mit diesem und jenem, aber ich wußte, daß es deswegen war.«

»Diese Unfähigkeit, in dir zu kommen, steht aber in ziemlichem Gegensatz zu seiner Großzügigkeit, oder?« sagte Esther.

»Was meinst du damit?« fragte Sonia.

»Ich meine, daß es gemein ist, eine Ejakulation zurückzuhalten. Es ist gemein, mitten in der Luft zu kommen. Es ist gemein, den Orgasmus nicht zu teilen.«

»Da hab' ich noch nie drüber nachgedacht«, sagte Sonia. »Als ich ihn traf, habe ich ihn gefragt, ob er ihn immer noch rauszieht, bevor er kommt. Er sagte ja.«

»Du bist mutig«, sagte Esther. »Ich würde mich nie trauen, jemanden das zu fragen.«

»Wir waren zwei Jahre zusammen«, sagte Sonia. »So mutig war das nicht. Er hat keine Kinder. In seiner Frau kann er auch nicht kommen. Er war sehr überrascht, daß ich schwanger bin. Seh' ich aus wie eine Frau, die nicht zur Mutterschaft bestimmt ist?«

»Nein, überhaupt nicht«, sagte Esther.

»Vielleicht war er überrascht, weil er von Michaels niedriger Motilität wußte«, sagte Sonia.

»Sprichst du mit jedem über Michaels Sperma?« fragte Esther.

»Nicht mit jedem«, sagte Sonia.

»Findest du das nicht illoyal?« fragte Esther.

»Nein«, sagte Sonia. »Es ist bloß eine von Michaels physischen Eigenschaften. Sein Samen ist langsam, er hat braune Augen und ist einsfünfundsiebzig groß.«

»Ich finde, der Samen von jemandem ist eine privatere Angelegenheit als seine Körpergröße«, sagte Esther.

»Er ist nicht privater als seine Spucke«, sagte Sonia.

»Ich würde weder über die Spucke noch über den Samen meines Mannes reden«, sagte Esther. »Diese Unterhaltung ist ein bißchen blöde. Sollten wir uns nicht auf eine höhere Ebene begeben?«

»Du würdest mit niemandem über Seans Samen reden?« fragte Sonia.

»Mit niemandem außer meiner Analytikerin«, sagte Esther.

»Ich habe keine Analytikerin«, sagte Sonia. »Also muß ich mit anderen Leuten reden. He, sieh mal, wer da gerade reingekommen ist. Ist das nicht Linda McCartney?«

Esther schaute die blonde, unauffällig gekleidete Frau an. »Ja, das ist sie«, sagte sie. »Ich kannte sie, als sie noch Linda Eastman, die Fotografin der Rockstars, war. Wir hatten eine gemeinsame Freundin, Lillian Roxon. Sie war eine australische Rockjournalistin, die sich in New York mit mir anfreundete, als ich achtzehn war.«

»Sag hallo zu ihr«, sagte Sonia.

Esther hatte Linda Eastman zum letzten Mal vor mehr als zwanzig Jahren in London gesehen. Esther hatte auf ein Interview mit Dave Dee, Dozy, Beaky, Mick and Titch gewartet, als Linda aus dem Raum gestürzt kam, in dem sich die Gruppe befand. Sie hatte sie fotografiert. »Die haben mir gesagt, eine australische Journalistin säße draußen, eine dicke Jüdin, um ein Interview zu machen, und ich dachte, es ist Lillian Roxon«, hatte Linda Eastman zu ihr gesagt. Die Erinnerung daran war Esther immer noch peinlich. Sie glaubte nicht, daß Linda Eastman sich erinnern würde. Inzwischen hatte sie ein ganzes Leben als Mrs. Paul McCartney verbracht.

»Sag hallo zu ihr«, wiederholte Sonia.

»Ich mag nicht«, sagte Esther. »Prominente haben so was Einschüchterndes an sich.«

»Ich geh' hin«, sagte Sonia.

»Nein, danke«, sagte Esther.

»He, Paul McCartneys Kinder müssen jüdisch sein«, sagte Sonia. »Wenn ihre Mutter Jüdin ist, dann sind sie auch jüdisch. Da habe ich noch nie drüber nachgedacht.«

»Wahrscheinlich hast du nicht sehr viel Zeit damit verbracht, über Paul McCartney nachzudenken«, sagte Esther.

»Also, du würdest mit deiner Analytikerin über Seans Sperma reden?« sagte Sonia.

»O nein, sind wir schon wieder beim Sperma angelangt, oder was?« fragte Esther.

»Also gut, verzichten wir auf das Sperma«, sagte Sonia. »Was ist mit der Analyse. Bringt sie was?«

»Natürlich bringt sie was«, sagte Esther. »Sie kostet ein Vermögen. Ich muß immer alles zusammenkratzen, um sie zu bezahlen.«

Brachte die Analyse etwas? Was meinten die Leute, wenn sie diese Frage stellten? Sie wußte nicht, wie es war, ohne Analyse zu sein. Sie hatte ihr halbes Leben mit einer Analytikerin verbracht. Fast ihr ganzes Leben als erwachsene Frau. Und sie war immer der Meinung gewesen, daß die Analyse sehr viel brachte. Sie hatte sich selbst als jemanden gesehen, der so viel auseinanderdröseln mußte. Manchmal hatte sie geglaubt, es würde ihr nie gelingen, und sie würde nie normal sein.

Unlängst war sie allerdings damit konfrontiert worden, daß sie möglichweise normaler war, als sie ahnte. Das Gebäude, in dem sie wohnten, war drei Wochen ohne Gas gewesen, weil neue Steigleitungen installiert wurden. In manchen Wohnungen hatte es deshalb auch keine Heizung und kein Warmwasser gegeben. Das hatte in den Leuten die schlechtesten Seiten zum Vorschein gebracht. Die chinesischen Mieter bestanden auf chinesischen, die weißen Mieter auf weißen Installateuren. Keiner wollte einen schwarzen Handwerker.

Das weiße Unternehmen, das den Auftrag erhielt, beschäftigte schwarze Mitarbeiter. Die Reaktion der Frauen im Haus schockierte Esther. Gebildete, emanzipierte, intelligente weiße Frauen weigerten sich, in ihrer Wohnung mit einem schwarzen Klempner allein zu bleiben.

An einem Morgen begleitete Sean zwei schwarze Monteure in die Wohnung einer dieser Frauen. »Für diejenigen von euch, die verstehen, wovon ich spreche, ich bin in einer Telefonkonferenz«, sagte sie, als sie die Wohnung betraten.

Die beiden Männer baten Sean, sie auch in das Loft einer anderen Frau zu begleiten, die sich über sie beschwert hatte. Das letzte Mal, als sie dort gearbeitet hatten, war sie nackt durchs Schlafzimmer stolziert. Die Männer wollten das nicht noch einmal erleben.

Der Ehemann dieser Frau war empört darüber, daß seine Frau sich Leuten aussetzen mußte, die ihr auf die Nerven gingen. Esther fragte sich, ob dieser Mann wußte, wer welcher Situation ausgesetzt war und wer wem auf die Nerven ging. Im ganzen Haus beschützten empörte Ehemänner ihre Frauen.

Vor Jahren hatte Esthers Vater ihr gesagt, daß die Menschen, sobald sie unter Druck gerieten, ihre schlimmsten Seiten offenbarten. Das wäre in den ersten Tagen des Ghettos schon so gewesen. »Du bringst jemanden in eine schlimme Lage«, sagte er, »und du siehst sofort das Schlechte in ihm. Ich hab' gesehen, wie die Leute sich gegenseitig schreckliche Sachen angetan haben. Ich rede nicht von den Nazis und den Polen, ich rede von meinen Nachbarn. Es heißt, eine schlimme Situation bringt das Beste im Menschen zum Vorschein, aber ich weiß, daß das nicht wahr ist.«

Der Einblick in das Leben der anderen Leute in ihrem Haus hatte Esther das Gefühl gegeben, nicht annähernd so neurotisch zu sein, wie sie geglaubt hatte.

»Sie sind viel weiter in Ihrer Analyse, als Sie sich selbst eingestehen wollen«, hatte ihre Analytikerin diese Woche zu ihr gesagt. »Die ganzen Analysejahre, an denen Sie manchmal verzweifeln, weil Sie glauben, sie hätten Sie nicht weitergebracht, waren nicht umsonst«, sagte sie. »Sie können sich Dingen stellen, denen andere sich nicht stellen könnten.«

Esther war erschrocken bei dem Gedanken, daß sie schon so weit fortgeschritten war. Das Gefühl, sich im Chaos zu befinden, hatte etwas Beruhigendes. Sie fand, daß sie die Analyse nicht verdiente, wenn sie nicht in einer seelischen Notlage war.

Seelisch in Not und in Panik zu sein hatte noch andere Vorteile. Panik verdeckte ihre innere Erregtheit. Diese Erregtheit, die sie als Kind empfunden haben mußte. Die sie zu einer wilden Masturbiererin werden ließ.

Panik produzierte eine ganz eigene Erregtheit. Aber sie gab ihr Sicherheit. Sie konnte nichts tun, wenn sie vor Panik gelähmt war.

»Die Analyse bringt sehr wohl was«, sagte sie zu Sonia.

»Ich glaube nicht, daß ich eine brauche«, sagte Sonia. »Im allgemeinen krieg' ich die Dinge allein auf die Reihe.«

»Das gedämpfte Gemüse im Korb, das die Leute da drüben essen, ist ganz ausgezeichnet«, sagte Esther. »Ich habe es auch schon mal hier gegessen. Da sind Shitakepilze drin und Morcheln und Farnlöckchen. Der ganze Teller ist mit Spinatblättern ausgelegt.«

»Farnlöckchen?« sagte Sonia. »Ich hab' Farne auf meinem Balkon.«

»Das sind Farnsprossen«, sagte Esther. »Aber nur Straußfarne sind eßbar.«

»Ich weiß nicht, was meine Farne für welche sind«, sagte Sonia.

»Vielleicht teilen wir uns nächstes Mal einen Korb«, sagte Esther. »Ich kann das nur bestellen, wenn ich danach nirgendwo mehr hingehe. Vom Dampf drehen sich mir die Haare ein.«

»Dein Haar sieht sehr gut aus«, sagte Sonia. »Wo läßt du es schneiden?«

Esther dachte einen Moment nach. Es widerstrebte ihr, Sonia den Namen des Salons zu nennen. Aber sie war doch nicht so oberflächlich, daß sie nicht bereit war, ihren Friseur zu teilen ? »Ich geh' zu einem englischen Friseur«, sagte sie. »John Frieda, in der Madison, Ecke Sechsundsiebzigste. Jeffrey macht mir die Haare. Er ist wirklich gut.«

»Macht's dir was aus, wenn ich ihn auch mal ausprobiere?« sagte Sonia. »Unser Haar ist ganz unterschiedlich. Wir sehen nicht aus wie Zwillinge.«

»Es ist ein angenehmer Salon«, sagte Esther. »Ruhig und unaufdringlich. Ich bin froh, einmal keinen amerikanischen Akzent zu hören. Ich bin entspannt und genieße die familiäre Atmosphäre mit den jungen englischen Friseuren dort. Ich verstehe ihre Sprache und ihren Humor. Wahrscheinlich erinnert mich das alles an Australien.«

»Du fängst doch nicht wieder damit an, daß du Heimweh hast, oder?« sagte Sonia.

»Nein«, sagte Esther.

»Dann hör auf, so unglücklich dreinzuschauen«, sagte Sonia. »Es gibt nichts in Australien, was du genug vermissen könntest, um dieses unglückliche Gesicht zu rechtfertigen.«

»Mir fehlen Dinge, an die ich nie gedacht hätte«, sagte Esther. »Das Wetter. Das Wetter hier ist so fremd. Mir fehlen Leute, die ich kaum kenne, und Leute, die ich gar nicht mochte. Nach einer Weile wird das Ganze ziemlich chaotisch. Ich vermisse meine Mutter. Ich kann gar nicht mehr aufhören damit. Zuerst vermisse ich Tim-Tam-Kekse, und zum Schluß weine ich um meine Mutter.

Neulich abends habe ich im Fernsehen einen australischen Film gesehen. Ich habe bei Szenen gelacht, die gar nicht komisch waren. Ich führte mich auf wie auf einer Teenagerparty. Ich war so froh, den australischen Akzent zu hören. Am Ende des Films bin ich dann bei einer Szene mit einem halben Dutzend Kerlen, die im Unterhemd im Pub sitzen, Bier trinken und Kuchen essen, wieder nüchtern geworden.

Außerdem fehlt mir das Gefühl, eine Menge Freunde zu haben. Zwanzig Jahre alte Freundschaften und Bekanntschaften vermitteln einem das Gefühl, von einer stabilen Gruppe von Leuten umgeben zu sein. Sean weist mich ständig darauf hin, daß diese Freundschaften stabiler geworden sind, seit sie sich in Briefen ausdrücken. Besonders, wenn es eine eher einseitige Korrespondenz ist. Ich schütte mein Herz aus und fühle mich der Person, der ich schreibe, sehr nahe. Also macht es mir nicht so viel aus, wenn sie nicht zurückschreiben. Es ist nicht so leicht, Briefe zu schreiben, ich verstehe das.

Ich glaube, ich habe es einfach satt, jeden, den ich kenne, nicht länger als fünf Minuten zu kennen, mich immer und immer wieder vorstellen zu müssen. Ich habe es satt, daß keiner meine Kinder kennt und niemand meine Mutter gekannt hat. Vor ein paar Tagen habe ich doch tatsächlich ›tomayto‹ gesagt statt ›tomato‹ und bin fast in Tränen ausgebrochen.«

Esther hörte auf zu reden. Sie hatte Halsschmerzen, und die Tränen rannen ihr übers Gesicht. Sonia nahm ihre Hand. »Ich kenne dich länger als fünf Minuten«, sagte sie. »Und ich bin froh, wenn du mir von deinen Kindern und deinem Vater erzählst.«

»Danke«, sagte Esther. »Red bloß nicht von meinem Vater, da fühl' ich mich gleich noch schlechter.«

»Sean hat recht«, sagte Sonia. »Man kann auf dem Papier mit jemandem eine perfekte Freundschaft pflegen. Besonders, wenn der andere nicht zurückschreibt. Wahrscheinlich bist du diesen Leuten, mit denen du dir auf dem Papier noch eine

Vertrautheit bewahrt hast, längst entwachsen und hast dich von ihnen entfernt.«

»Der Gedanke, Leuten zu entwachsen, gefällt mir nicht«, sagte Esther. »Das klingt so simpel, wie aus einem Kleid herauszuwachsen oder ein Paar Schuhe wegzuwerfen.«

»Man entwächst Leuten nun mal«, sagte Sonia. »Wir alle tun das.«

»Letzte Woche habe ich in meinem Computer das Verzeichnis mit meiner privaten Korrespondenz angeschaut«, sagte Esther. »Ich habe Hunderte von Briefen geschrieben. Ich hätte einen Roman schreiben sollen.« Sie schneuzte sich. »Entschuldige, daß ich dir was vorheule. Mir geht's schon wieder besser.«

»Hier, nimm noch ein Kleenex«, sagte Sonia. »Ich hab' immer eine Schachtel in der Tasche.«

»Danke, nein«, sagte Esther. »Ich will mir nicht zu oft die Nase putzen. Wenn man einen Schnupfen hat und sich zu heftig schneuzt, können die Bakterien von der Nase zu den Ohren wandern und man holt sich eine Ohrenentzündung.«

»Aber du hast keinen Schnupfen«, sagte Sonia. »Du mußt dir die Nase putzen, weil du geweint hast.«

»Ich weiß«, sagte Esther. »Ich bin einen Schritt weiter gegangen und hab mich dafür entschieden, daß es schädlich sein könnte, sich zu oft zu schneuzen.«

»Du spinnst«, sagte Sonia.

»Das glaub' ich manchmal auch«, sagte Esther.

»Ich hatte vor einigen Wochen einen Schnupfen«, sagte Sonia. »Michael kaufte mir jeden Tag vier Liter Hühnerbrühe im Carnegie Deli. Er bestand darauf, daß ich jeden Tropfen trinke. Ich habe die ganze Woche lang Tag und Nacht nur gepißt.«

»Weißt du, warum heiße Hühnerbrühe so gut ist?« fragte Esther. »Sie steigert den Abfluß der Nasensekrete, und das mildert die Schnupfensymptome.«

»Mit was für Scheiß du dich auskennst. Nicht zu glauben«, sagte Sonia.

»Das ist kein Scheiß«, sagte Esther. »Das sind nützliche Informationen.«

»Nützlich für wen?« fragte Sonia. »Für einen, der mit einem Huhn im Urwald gestrandet ist?«

Esther war gekränkt. Sie beschloß, Sonia nichts von dem Nachtkerzenöl und dem Aloe-vera-Saft zu erzählen. Seit einem Monat tranken sie und Sean jetzt den Saft und schluckten die Kapseln mit dem Öl. Es hieß, daß die beiden Substanzen von Schweißfüßen über Laryngitis, Psoriasis, Sonnenbrand und Tuberkulose bis hin zu Lepra alles heilen könnten.

Das Nachtkerzenöl sollte das prämenstruelle Syndrom ausschalten. In diesem Monat hatte Esther überhaupt keine Periode gehabt. »Also, mein prämenstruelles Syndrom hat es eliminiert«, hatte sie zu Sean gesagt. Der Aloe-vera-Saft, von dem es hieß, daß er antiseptische, avirulente, antientzündliche, antibakterielle und fungizide Eigenschaften hätte, sollte auch die Nerven beruhigen. Esther fand nicht, daß sie ruhiger geworden war. Außerdem nahmen sie jeder pro Tag eine Multivitamintablette. Der einzige große Unterschied, den Esther bemerkte, war der, daß sie jetzt beide leuchtend gelb pißten.

Sie war sauer auf Sonia. Sie war so unberechenbar. Sobald man anfing, sich in ihrer Gegenwart zu entspannen, drehte sie sich um und haute einen in die Fresse.

»Entschuldigen Sie«, sagte Sonia zu einem Mann, der zwei Tische weiter saß. »Hier ist der Nichtraucherbereich.« Der Mann entschuldigte sich und drückte seine Zigarette aus. »Seitdem ich schwanger bin, mach' ich um Raucher einen Bogen«, sagte Sonia.

»Ich habe eine Statistik über vierhundert Babys gelesen, die Zigarettenrauch ausgesetzt waren«, sagte Esther. »Als sie ein Jahr alt waren, schieden fünfundsiebzig Prozent von ihnen eine Nikotin-Nebensubstanz aus, die Kontinin heißt.«

»Das ist faszinierend«, sagte Sonia. »Also nehmen Babys Zigarettenrauch auf. Ich kam mir schon fast neurotisch vor, weil ich Rauchern so sehr aus dem Weg gehe. Aber ich weiß, daß ich nicht zu Neurosen neige, also dachte ich mir, daß es wahrscheinlich einen Grund für mein Verhalten gibt.«

Esther wünschte, sie hätte auch sagen können, daß sie nicht zu Neurosen neigte. Sonia behauptete es mit soviel Selbstvertrauen. Sie konnte es selbst nach all diesen Jahren in Analyse nicht mal versuchsweise behaupten.

»Ich freue mich, daß du das faszinierend findest«, sagte sie. »Ich fand den gesteigerten Abfluß der Nasensekrete auch faszinierend.«

»Okay«, sagte Sonia. »Es ist interessant. Es wird nicht leicht sein, eine gute Mutter zu sein, nicht wahr? Ich muß darauf achten, daß meine Kinder nicht in die Nähe von Rauchern geraten. Ich muß alle potentiellen Babysitter überprüfen, ob sich nicht in der Seele eines ganz normal aussehenden jungen Menschen ein Päderast oder ein Mörder verbirgt. Dann muß ich dafür sorgen, daß die Beziehung zwischen Michael und mir stimmt, damit die Kinder ein gutes Vorbild haben. Wir selbst müssen reif, glücklich und zufrieden sein. Das sind Pläne, die sich nicht in ein paar Monaten verwirklichen lassen, oder?«

»Es klingt ein bißchen beängstigend«, sagte Esther.

Sie dachte an die vielen absurden und sinnlosen Maßnahmen, mit denen sie geglaubt hatte, für das Wohl ihrer Kinder sorgen zu müssen. Sie hatte alle drei gezwungen, ein Tagebuch zu führen. Sie hatte darauf bestanden, daß sie jeden Tag etwas hineinschrieben. »Es ist egal, was ihr schreibt«, hatte sie zu ihnen gesagt. »Hauptsache, ihr schreibt irgendwas.«

Sie wollte, daß ihre Kinder eine Dokumentation ihres Lebens hatten. Einen Zugang zu ihrer Vergangenheit. Eine Geschichte, um sie an die nachfolgende Generation weiterzugeben. Als ob ein Haufen Tagebücher eine Vergangenheit ausmachten. Obwohl, zusammen mit Fotos waren sie ein guter Anfang.

Esther hatte ihre Kinder fotografiert. Zachary in den ersten sechs Jahren seines Lebens zwei- bis dreimal pro Woche. Sie hatte jeden Schritt seines Wachstums und seiner Entwicklung festgehalten.

Als Zelda auf der Welt war, wurde sie etwas ruhiger, aber sie fotografierte immer noch wie besessen. Sie machte Bilder von allen Familienausflügen. Sie fotografierte an Geburtstagen, Feiertagen, bei Schulkonzerten. Jedes Jahr wurden die Kinder am ersten und am letzten Schultag fotografiert. Sie stellte sie vor dem braunen Zaun ihres Hauses in Melbourne auf. Zuerst Zachary, später Zachary, Zelda und Kate. Als sie Melbourne verließen, waren alle drei Kinder größer als der Zaun.

Kate hatte es gehaßt, ein Tagebuch zu führen. »Ich weiß nicht, was ich schreiben soll«, heulte sie.

»Irgendwas«, sagte Esther zu ihr. »Schreib, wie sehr du Zachary haßt.« Zwei Jahre lang dokumentierte Kate jedes Vergehen und jede Gemeinheit, die Zachary beging.

Jetzt war Kate froh, daß sie diese Ungeheuerlichkeiten schwarz auf weiß besaß. Letztes Jahr hatten sie ihre Tagebücher gemeinsam gelesen und Tränen über die Schrammen und Streitereien des Geschwisterdaseins gelacht.

Jahrelang hatte Esther nach jeder Reise der Familie ein Album angelegt. Sie hatte Metrokarten, Schokoladenpapier und Museumsführer zusammen mit Fotos und Notizen über Daten und Preise in Alben gepackt.

Sie versuchte, ihre Kinder vor der Leere und dem Unbekannten einer nicht zugänglichen Vergangenheit zu bewahren. Sie hatte gehofft, wenn sie nur genug Fotos und Tagebucheintragungen machte, die allgegenwärtige Ungreifbarkeit der Vergangenheit ihrer Eltern auslöschen zu können.

Sie stellte immer noch Verbindungen und Zusammenhänge für ihre Kinder her. Gestern hatte sie Zelda wieder darauf hingewiesen, daß die Gabe, gut zu kochen, ein Familienmerkmal sei. Daß Zelda, sie, ihre Mutter und die Mutter ihrer Mutter, also Zeldas Urgroßmutter, alle gute Köchinnen waren. Es war eines der wenigen Dinge, die sie über ihre Großmutter wußte. Daß sie sehr gut gekocht hatte.

Ihre Mutter sprach nicht über ihre Eltern oder Geschwister. Esther wußte nur, wie viele es gewesen waren. Eine Mutter, ein Vater, vier Brüder, drei Schwestern. Außerdem hatte es siebzehn Nichten und Neffen, dreiundzwanzig Tanten und Onkels und einundfünfzig Vettern und Cousinen gegeben. Sie wurden alle ermordet.

Wenn Esther Speisekarten, Schokoladenpapier und Treibholzsplitter in Alben klebte, dann wußte sie, daß sie damit einen

Ersatz für ihre Verwandten schuf. Für die Menschen, um die ihre Mutter weinte. Bei denen sie sein wollte. Menschen, von denen Esther kein Foto besaß.

»In den letzten drei Monaten habe ich jeden Monat neun oder zehn Pfund zugenommen«, sagte Sonia. »Ich bin von hundertsechsundzwanzig Pfund auf hundertneunundsiebzig rauf. Der Doktor meint, es ist viel Flüssigkeit dabei. Willst du ein Dessert?«

»Ich weiß nicht«, sagte Esther. »Ich bin ziemlich satt. Es gibt hier einen hervorragenden Apfelkuchen mit Streusel.«

»Teilen wir uns einen?« fragte Sonia.

»Okay«, sagte Esther.

»Nein, nehmen wir jede einen«, sagte Sonia. »Ich werde meinen mit Sahne und Eis bestellen. Ich bin schon viel zu weit, um mir über Kalorien den Kopf zu zerbrechen. Eigentlich bin ich ziemlich fit. Ich gehe schwimmen und halte damit meine Hämorrhoiden unter Kontrolle. Ich gehe jeden Morgen ins Hallenbad und schwimme eine halbe Stunde. Das ist der einzige Sport, den ich betreiben kann. Die sind dort sehr nett zu mir. Ich kriege eine Bahn ganz für mich allein. Die andern müssen alle teilen.«

»Du bist erstaunlich«, sagte Esther. »Du erwartest Zwillinge, arbeitest noch voll und gehst schwimmen.«

»In zwei Wochen hör' ich auf zu arbeiten«, sagte Sonia. »Mein Arzt sagt, wenn ich noch länger arbeite, riskiere ich eine Frühgeburt. Außerdem bin ich schön langsam erschöpft. Meine Beine werden schwer, wenn ich zu lange stehe, und ich kriege das Gefühl, daß mein Bauch nach unten zieht. Dann muß ich mich hinlegen. Das nimmt den Druck weg. Es besteht die Gefahr, daß die Wehen einsetzen, wenn der Druck zu hoch wird.

Ich trinke jeden Tag zehn bis zwölf Gläser Wasser. Das soll die Wehen zurückhalten. Ich weiß nicht, warum. Ich habe nicht einmal gefragt. Ich trinke sie einfach. Manchmal fällt mir abends um acht ein, daß ich erst fünf Gläser getrunken habe, also trinke ich noch ein paar mehr, und dann muß ich die ganze Nacht pissen. Ich habe sowieso schon seit einer Ewigkeit nicht länger als zweieinhalb Stunden hintereinander geschlafen wegen der Pisserei. Ich bin nicht erstaunlich. Ich wurstele mich halt durch.«

»Du tust viel mehr als das«, sagte Esther. »Ich finde, du hältst dich ganz hervorragend. Es ist schwer genug, mit einundvierzig das erste Kind zu bekommen, von Zwillingen ganz zu schweigen.«

»Danke«, sagte Sonia. »Manchmal komme ich mir wie einundachtzig vor.«

»Ich auch«, sagte Esther. »Glaubst du, daß das einfach typisch jüdisch ist? Juden spüren ihre Müdigkeit. Ich glaube, es gibt ein Gen, das seit Tausenden von Jahren die Müdigkeit speichert, und das auf alle Juden übertragen wird.«

»In meinem Fall ist es wohl die Schwangerschaft«, sagte Sonia. »Ich habe keine Krampfadern an den Beinen, das ist schon mal gut. Ich habe festgestellt, daß ein heißes Bad abends meine Hämorrhoiden weich werden läßt. Ich mache sie dann sauber und stopfe sie wieder rein.«

Esther war froh, daß sie mit ihrem Salat fertig war. Die plastische Vorstellung, wie Sonia ihre Hämorrhoiden wieder reinstopfte, vertrug sich nicht mit der Aufnahme von Nahrung. »Ich habe noch nie Hämorrhoiden gesehen«, sagte sie.

»Ich vorher auch noch nicht«, sagte Sonia. »Ich fand immer, daß die Amerikaner völlig besessen von Hämorrhoiden sind. All die Werbung für Salben und Operationen, in der U-Bahn und im Fernsehen. Der Doktor sagt, es wäre unvermeidbar gewesen, daß ich bei Zwillingen Hämorrhoiden kriege.

Ich wollte meine Mutter und meine Schwester fragen, ob sie während ihrer Schwangerschaft auch welche hatten, aber ich konnte es nicht. Es ist komisch, daß man gerade über Dinge, von denen man meint, daß man sie in der Familie am leichtesten besprechen könnte, viel leichter mit Fremden redet. Ich habe mich bei jedem im Büro über meine Hämorrhoiden beschwert. Der Arzt meint, nach der Schwangerschaft würden sie wieder weggehen.

Sie sind nicht so schlimm. Sie bluten nicht, und sie jucken und brennen auch nicht, wie man es im Fernsehen sieht. Ich muß mir nicht alle fünf Minuten an den Hintern greifen.«

Esther lachte.

»Sie sind allerdings sehr unangenehm«, sagte Sonia. »Ich wollte, ich hätte ein Bidet. Ich versuche zu scheißen, bevor ich dusche, damit ich wirklich sauber bin. Wenn mir das nicht gelingt, dann ziehe ich mich aus und wasche meinen Po im Waschbecken, nachdem ich geschissen habe. Das muß man machen, wenn man wirklich sauber sein will. Wenn man sich nämlich den Hintern nur normal abwischt, sind die Hämorrhoiden im Weg.«

»Ich kann mir das alles kaum vorstellen, weil ich noch nie Hämorrhoiden gesehen habe«, sagte Esther.

»Ich werd' dir meine nicht zeigen«, sagte Sonia. »Ich hab' Michael gebeten, sie sich anzusehen. Er hat es einmal getan. Das zweite Mal, als ich ihn darum bat, hat er mich gefragt, ob es mir etwas ausmacht, wenn er sich nicht so sehr dafür interessiert, sie noch einmal zu sehen. Ich meine, es sind ja bloß geschwollene Venen. Schließlich ist meine Blutversorgung um vierzig bis fünfzig Prozent höher als normal. Kein Wunder, daß da ein paar Venen rauskommen.

Ich muß sagen, daß Michael wirklich ziemlich gut mit der ganzen Sache umgeht. Letzte Woche war ein Kollege aus Neuseeland zu Besuch, der bei uns übernachtet hat. Im Bad habe ich diese Gesichtslotion stehen, mit der ich mir den Hintern wasche. Michael überraschte seinen Kollegen dabei, wie er sich das Gesicht damit wusch. Ich hatte vergessen, das Zeug aus dem Bad zu nehmen.«

»O nein«, sagte Esther.

»Michael fand es komisch«, sagte Sonia. »Im Moment kann ihn nichts aus der Ruhe bringen. Er ist so stolz darauf, Vater zu werden. Ich hoffe, daß es Michael ist, der Vater wird.«

»Er ist es, ganz egal, von welcher Seite du es betrachtest«, sagte Esther.

»Glaubst du?« fragte Sonia.

»Aber sicher«, sagte Esther.

Sonias Bedürfnis nach blitzblanken Hämorrhoiden hatte Esther an ihre Mutter denken lassen. Ihre Mutter war so reinlich gewesen. Sie putzte sich und das Haus so ausdauernd und intensiv, daß sie sich eine ständige Pilzinfektion an den Fingernägeln zugezogen hatte. Der Doktor sagte, das würde weggehen, wenn sie ihre Hände nicht mehr ins Wasser tauchte. Aber das konnte sie nicht.

Esther dachte oft an die Hände ihrer Mutter. Sie sah sie Äpfel schälen. Einen nach dem anderen. Ihre Mutter konnte einen Apfel in einem Zug schälen. Sie dachte an die sonnengebräunten und starken Hände ihrer Mutter, die so elegant waren, mit lackierten Nägeln, wenn sie ausgehen wollte. Manchmal, wenn ihre Mutter in der Küche saß und mit den Gedanken weit weg war, lagen ihre Hände gefaltet auf dem Tisch.

In letzter Zeit hatte Esther während ihrer Analysesitzungen die Hände gerungen. Sie hatte ihre Handgelenke gepackt, die Finger geknetet, die Hände verdreht. Manchmal, am Ende der Sitzung, schmerzten ihre Handgelenke.

Ihre Hände waren den Händen ihrer Mutter sehr ähnlich. In dieser Form brachte sie ihre Mutter zu den Sitzungen mit. Die fieberhaften, gequälten Bewegungen ihrer Finger und Handgelenke sprachen eine andere Sprache. Sie hatten eine andere Stimme. Ihre Finger führten einen Dialog, hatten einen Subtext, erzählten eine parallele Geschichte.

Die Hände und Handgelenke taten ihr immer noch weh von der Sitzung heute morgen. Während sie darüber gesprochen hatte, in der Liebe freier zu werden, kneteten und quetschten sich ihre Finger.

Ein paar Wochen, nachdem sie diese Analyse begonnen hatte, verspürte sie das unerklärliche und dringende Bedürfnis nach einer Nagelpflege. Sie war in ein Nagelstudio gegangen und hatte das ganze Programm verlangt. Eine Handmassage. Seidenumschläge für die Nägel. Eine Maniküre. Sie hatte das Nagelstudio mit dunkelrot glänzenden Fingernägeln verlassen. Jetzt sahen ihre Hände wirklich wie die ihrer Mutter aus. In den ersten drei Monaten ihrer Analyse war Esther jede Woche zur Nagelpflege gegangen.

»Du hast schlechte Laune«, schrie der Mann am Nebentisch plötzlich seine Frau an.

»Hab' ich nicht«, sagte die Frau.

»Hast du doch«, sagte der Mann.

»Ich hab' keine schlechte Laune«, sagte die Frau.

»Ich weiß, wann du schlechte Laune hast«, sagte der Mann.

»Ich weiß, wann ich schlechte Laune habe, und ich weiß, wann ich keine schlechte Laune habe«, sagte die Frau.

»Glaubst du, daß die einen besonderen Grund zum Feiern haben?« sagte Esther zu Sonia.

»Vermutlich«, sagte Sonia.

»Wenn ich schlecht gelaunt wäre«, sagte die Frau, inzwischen hochrot im Gesicht, »dann wüßte ich es.«

»Du bist es«, sagte der Mann.

»Sie erinnern mich an all die jüdischen Ehepaare in Melbourne, mit denen ich nichts zu tun haben wollte«, sagte Sonia. »Die waren so was von aufgeblasen und selbstgefällig wegen ihrer Position in Caulfield in Melbourne, Australien, daß sie überhaupt nicht kapiert haben, wie eng ihr Horizont ist.«

»Was wird hier eigentlich serviert?« fragte die Frau. »Drei Viertel der Speisekarte versteh' ich überhaupt nicht. Es gibt nicht mal Thunfischsalat.«

»Die hat offensichtlich auch noch nie was von Kaktusbäuschen gehört«, sagte Sonia. »Vielleicht habe ich mehr mit ihr gemein, als ich ahne. Ich geh' mal auf die Toilette.«

»Ich glaub', ich nehm' die Garnelen«, sagte der Mann.

»Du kannst keine Garnelen nehmen«, sagte seine Frau. »Du kriegst einen Herzinfarkt, wenn du zu viele Garnelen ißt. Da ist zuviel Cholesterin drin. Wie oft soll ich dir das noch sagen? Willst du einen Herzinfarkt kriegen?«

In der Morgenausgabe der *New York Times* hatte der Nachruf auf einen Arzt gestanden, der mit fünfundvierzig Jahren an einem Herzinfarkt gestorben war. Esther fragte sich, warum ein Arzt, der über hundert Fachartikel publiziert hatte, so jung an einem Herzinfarkt gestorben war. Litt er an einer Krankheit, von der er nichts wußte? Bestimmt hatte er sich regelmäßig untersuchen lassen? Oder war dieser Infarkt etwas Unvermeidliches gewesen? Zu viele Garnelen waren wohl nicht der Grund gewesen.

»Warum gehen wir nicht lieber ins Ratners?« fragte die Frau.

»Ich geh' ins Ratners, wenn du deine schlechte Laune aufgibst«, sagte der Mann.

»Ich bin nicht schlechtgelaunt«, sagte die Frau.

»Okay, ich will nicht mir dir streiten, du bist nicht schlechtgelaunt«, sagte der Mann. »Du willst ins Ratners, ich geh' ins Ratners.«

»Gut«, sagte die Frau. »Im Ratners kannst du eine schöne geräucherte Makrele essen.«

Esther war einmal mit einem russischen Taxifahrer unterwegs gewesen, der eine große ölige geräucherte Makrele neben sich auf dem Beifahrersitz liegen hatte. Bei jeder roten Ampel biß er ein Stück davon ab. Er sprach kein Englisch. Als Esther ausstieg, sagte er: »Willkommen. Ich wünsche Ihnen einen schönen Tag. Es tut mir leid.«

Das war der zweite russische Taxifahrer hintereinander gewesen, mit dem sie gefahren war. Der erste hatte sich bei einer Fahrt von zwei Minuten von SoHo nach Tribeca völlig verirrt. Er war so oft im Kreis gefahren, daß Esther ihren Orientierungssinn verlor, der ohnehin dürftig war. Sie hatten die White Street gesucht.

Nach zehn Minuten hatte er den Taxameter abgestellt und eine Plastiktüte unter seinem Sitz hervorgezogen. Sie war vollgestopft mit zerrissenen Seiten und Fragmenten eines Straßenverzeichnisses. Schließlich fand er ein zerfranstes Stück des Stadtplans, auf dem sich die White Street befand. Er packte alles wieder in die Plastiktüte und fuhr los. Er bog falsch in eine Einbahnstraße ein und setzte sie eine Viertelstunde später in der White Street ab.

Sie hatte ihm nicht böse sein können. Der Anblick all dieser sorgfältig aufbewahrten Reste eines Straßenverzeichnisses hatte ihren Ärger gemildert.

»Ich höre, dein Vater will heiraten«, sagte eine junge Frau, die an einem Tisch an der Wand saß, zu einem jungen Mann. Esther sah zu ihnen hinüber. Was für eine moderne Frage, dachte sie. Einen jungen Mann in seinen Zwanzigern zu fragen, ob sein Vater heiraten würde.

»Nein, mein Vater will nicht heiraten«, sagte der junge Mann. »Mein Vater ist schwul.«

»Das wußte ich nicht«, sagte die junge Frau.

»Das konntest du bei ihm auch nicht wissen«, sagte der junge Mann. »Er hat die ersten fünfundvierzig Jahre seines Lebens als normaler Mann mit drei Kindern verbracht.«

»Wann hat er sich geoutet?« fragte die junge Frau.

»Als ich dreizehn war«, sagte der junge Mann. »Zuerst war es sehr schmerzhaft für mich, aber letztlich konnte ich ihm dadurch leichter nahe sein. Wir waren gezwungen, über viele intime Dinge zu sprechen.«

Der Gedanke, mit dem eigenen Vater über intime Dinge zu sprechen, mißfiel Esther. Als Teenager fand sie den Gedanken abstoßend, daß ihr Vater Sex hatte. Sie fand ihn heute noch abstoßend.

Sie hatte versucht, nicht an ihren Vater und Henia zu denken. Ihr Vater und die sehr dynamische Henia. Aber wenn sie nicht aufpaßte, schossen ihr Fragen und Bilder durch den Kopf. Wie dynamisch war Henia? Wie genau war sie dynamisch? Trieben sie es unter der Decke? Nackt? Im Dunkeln? Oder waren sie schamlos? Bumsten sie am hellichten Tag? Ohne Decke?

Sie empfand diese Fragen als ekelerregend. Überdeckte dieser Ekel ein tief verwurzeltes kindliches Verlangen nach ihrem Vater?

Hoffentlich nicht. Tief verwurzelt? Warum war ihr dieser Begriff eingefallen? Sie hätte ›tief vergraben‹ benutzen können. Nein, das war genauso sexuell wie ›tief verwurzelt‹. Tief gelagert? Wäre das besser gewesen? Tief verkeilt? Anscheinend war eine sexuelle Metapher nicht zu umgehen. Ihr war übel.

Ihr war schlecht geworden, als sie im Alten Testament die Geschichte von Lots Töchtern gelesen hatte, die ihrem Vater Wein zu trinken gaben und sich dann zu ihm legten, um seinen Samen zu empfangen. Die Bibel hatte Lot von jedem Vorwurf der Inzucht freigesprochen. Lot, sagte die Bibel, ward keiner seiner Töchter gewahr, als sie sich zu ihm legte, noch als sie aufstand. Beide gebaren ihrem Vater einen Sohn.

»Ich habe mit meiner Mutter nichts gemein«, sagte die junge Frau.

»Wirklich?« fragte der junge Mann, der genug über seinen schwulen Vater geredet hatte.

»Überhaupt nichts«, sagte die junge Frau. »Sie kommt morgen nach New York, und ich hab' ihr gesagt, sie kann mich erst nach vier besuchen, wenn meine Mitbewohnerin da ist. Allein ertrag' ich sie nicht.«

Esther verspürte den Wunsch, diese Unterhaltung zu unterbrechen. Sie wollte die junge Frau fragen, weshalb sie so unbekümmert behaupten konnte, mit ihrer Mutter nichts gemein zu haben. Sie schien eine nette junge Frau zu sein. Ein Teil dessen, was sie war, kam von ihrer Mutter. Warum sah sie das nicht?

»In den letzten zwei Tagen hat meine Mutter mich sechsmal angerufen, um die Details für morgen zu besprechen«, sagte die junge Frau.

Esther erinnerte sich an jedes Detail des letzten Anrufs ihrer Mutter. Es war etwa einen Monat vor ihrem Tod gewesen. Für einen kurzen Moment war es so wie früher. Ein ganz gewöhnlicher Tag, und ihre Mutter rief an, um hallo zu sagen. Aber ihre Mutter machte keine Anrufe mehr. Esther war überwältigt, ihre Stimme am Telefon zu hören. Sie klang schwach und atemlos, und Esther wußte, daß sie nicht mehr viele Anrufe von ihrer Mutter erhalten würde.

Sie dachte an all die Jahre, in denen sie ganz selbstverständlich angenommen hatte, daß ihre Mutter sie immer täglich anrufen würde. Sie dachte daran, wie sie manchmal den Hörer von sich weggehalten und das Gesicht verzogen hatte, wenn ihre Mutter sprach. Sie wünschte sich, zu einem Telefon laufen und ihre Mutter anrufen zu können. Sie wünschte sich, ihre Stimme hören zu können.

»Mit meinem Vater verstehe ich mich sehr gut«, sagte die junge Frau. »Wir sind uns sehr nah. Mein Vater möchte sich von meiner Mutter scheiden lassen. Sie sind seit neunundzwanzig Jahren verheiratet. Seit achtundzwanzig Jahren sind sie unglücklich, aber meine Mutter will keine Scheidung. Letzte Woche ist mein Vater ausgezogen.«

Überall auf der Welt ziehen Väter aus, dachte Esther. Zachary hatte ihr erzählt, daß ihr Vater sein Haus in Melbourne inzwischen fast leergeräumt hatte. Zachary hatte ihm dabei geholfen, die Garage zu entrümpeln.

»Da waren all diese Briketts aus Papier in der Garage«, hatte Zachary zu ihr gesagt.

»Ach ja, die«, sagte Esther.

»Grampa meinte, das sei eine sehr gute Erfindung, aber er hätte keinen offenen Kamin mehr«, sagte Zachary.

Edek Zepler hatte die Papierbrikettpresse gekauft, als Esther ungefähr zwölf war. Man konnte mit ihr aus alten Zeitungen Briketts herstellen.

Sie bestand aus einem Stahldrahtkorb mit zwei Handgriffen auf jeder Seite.

Edek war ganz begeistert gewesen von seiner Errungenschaft. »Das ist ein unglaubliches Schnäppchen«, hatte er jedem erzählt. »Es wird uns nichts kosten, keinen Penny, das Haus den ganzen Winter zu heizen.«

Er stöberte in der ganzen Nachbarschaft nach alten Zeitungen. Innerhalb einer Woche war ihr kleines Haus in Carlton mit alten Zeitungen vollgestopft. Edek machte sich an die Arbeit. Zuerst riß er jede Zeitung in kleine Stücke. Dazu brauchte er ungefähr eine halbe Stunde pro Zeitung. Die Stücke kamen in große Eimer, in denen sie sich zwei Tage lang mit Wasser vollsogen.

Nach zwei Tagen wurde der Papierbrei in dem Korb zu Briketts gepreßt, indem man mit aller Kraft auf die Handgriffe drückte. Das Wasser lief aus den Löchern heraus. Dann öffnete man den Boden des Korbs und nahm die nassen Briketts heraus.

Manchmal kamen sie nicht in einem Stück heraus. Dann mußte Edek die Teile wieder ins Wasser zurückwerfen. Die ganzen Briketts wurden zum Trocknen ausgelegt.

»Das ist eine sehr gute Erfindung«, sagte Edek jedesmal, wenn er sich mit seinem ganzen Gewicht auf die Griffe stützte. Der Schweiß rann ihm über Gesicht und Rücken. Es war Sommer, und es hatte dreißig Grad im Schatten. Die Briketts mußten im Sommer gemacht werden. Im Winter konnten sie nicht ordentlich trocknen. Selbst bei dreißig Grad im Schatten brauchten sie Wochen dazu. Das Haus quoll über von Papierbriketts in verschiedenen Stadien von Trockenheit.

Rooshka hatte vorgeschlagen, Edek sollte die Briketts hinter dem Haus trocknen, aber Edek traute den Katzen und Hunden der Nachbarschaft nicht. »Wenn die meine Briketts als Toilette benutzen, werden sie schrecklich stinken«, sagte er.

Für ein Brikett brauchte man eine Zeitung von der Größe der *Sunday Times.* Edek setzte sich ins Auto und klapperte die Nachbarviertel auf der Suche nach Zeitungen ab. Er wollte genügend Briketts für einen Winter machen. Den ganzen Sommer über war er jeden Abend und jedes Wochenende voll damit beschäftigt. Als es Herbst wurde, hatte er zweihundertunddreiundfünfzig Briketts angehäuft.

»Diese Briketts werden noch besser brennen als die Malleewurzeln, die die Australier nehmen«, sagte er zu Esther. »Und die heizen mit einer Malleewurzel zehn Stunden lang.«

Endlich kam der Abend, an dem es kalt genug war, um ein Feuer zu machen. Edek legte vier Papierbriketts in den Kamin. Er zündete sie an. Die Briketts brannten mit einer kleinen blauen Flamme. Sie gaben keine Wärme. Ein furchtbarer Gestank erfüllte das Haus. Innerhalb von zwanzig Minuten waren sie verbrannt.

Edek packte die Briketts und die Brikettpresse in eine Ecke des Dachbodens. Esther wußte nicht, daß er alles in seine Garage übersiedelt hatte, als sie in ihr neues Haus in St. Kilda zogen.

»Grampa wird die Briketts der Heilsarmee schenken«, hatte Zachary zu ihr gesagt. »Die brennen wirklich gut, hat er gemeint.«

Sonia kam zum Tisch zurück. »Du wirkst so nachdenklich«, sagte sie.

»Ich hab' an meine Mutter und meinen Vater gedacht«, sagte Esther.

»Du denkst immer an deine Eltern«, sagte Sonia.

»Ich vermisse meine Mutter«, sagte Esther. »Ich vermisse sie dauernd. Und dauernd nehm' ich mir vor, damit aufzuhören. Die Trauer, die ich empfinde, ist zu tief für jemanden, dessen Mutter vor sechs Jahren starb. An manchen Tagen bin ich krank vor Trauer.«

»Ich wünschte, meine Mutter würde von einem Lastwagen überfahren«, sagte Sonia.

»Du hast schon zuviel Kaffee getrunken«, sagte die ›schlechtgelaunte‹ Frau zu ihrem Mann.

»Okay, okay«, sagte er resigniert. »Ich nehm' einen koffeinfreien.«

»Ich nehme auch einen koffeinfreien«, sagte die Frau. »Von zuviel Kaffee krieg' ich Durchfall.«

Esther wünschte, sie würden leiser sprechen.

»Du solltest Tee trinken«, sagte ihr Mann.

»Ich nehm' einen koffeinfreien Kaffee«, sagte sie.

An diesem Morgen war Esther an einem berittenen Polizisten vorbeigekommen. Er saß hoch zu Roß an der Ecke Beeker und MacDougal Street. Eine geisterhafte Stimme - der Polizeifunk - knatterte durch die Luft. Sie schien aus dem Bauch des Pferdes zu kommen. Es war unheimlich. »Ehemann wurde in Schachtel gefunden«, sagte die Stimme, als Esther vorbeikam. »Er war zusammengeschnürt.«

»Ich nehm' einen koffeinfreien«, rief der Polizist einem unberittenen Kollegen zu. Der Beamte auf dem Pferd schien von dem zusammengeschnürten Ehemann in der Schachtel nicht sonderlich berührt zu sein. Esther nahm an, daß er schon viel Schlimmeres gesehen hatte. Vielleicht trank er deshalb koffeinfreien Kaffee?

Ronald Reagan trank auch koffeinfreien Kaffee. Esther wußte das, weil sie gesehen hatte, wie er bei einer Veranstaltung zu Ehren der englischen Königin danach verlangt hatte. Esther war nicht dabei gewesen. Sie hatte es in einer Dokumentation über Königin Elisabeth II. im Fernsehen gesehen.

Ein Kellner hatte aus einer silbernen Kanne Kaffee eingeschenkt. »Ist das koffeinfreier?« hatte Nancy Reagan gefragt.

»Ich glaube nicht«, sagte die Queen.

»Ist der koffeinfrei?« fragte Ronald Reagan, der offensichtlich weder Nancys Frage noch die Antwort der Queen mitbekommen hatte.

»Nein, das ist normaler Kaffee«, sagte die Queen.

»Er nimmt koffeinfreien«, sagte Nancy Reagan.

»Den wird man gleich bringen«, sagte die Queen.

»Ich nehme koffeinfreien«, sagte Ronald Reagan.

Esther hatte der Queen in ihrer Rolle als Gastgeberin für Würdenträger aus aller Welt zugesehen. Die Gesprächsfetzen, die von Kamera und Mikrofon eingefangen wurden, unterschieden sich in nichts von dem, was man bei einem Zusammentreffen von Leuten aus der Mittelschicht hören konnte. Anscheinend waren die Plaudereien der Gesellschaft immer gleich, egal wo und mit wem man zusammentraf.

Sie sah zu, wie die Queen sich mit Lech Walesa, Jimmy Carter, Margaret Thatcher und John Major unterhielt. John Major hatte Humor. Das überraschte Esther.

Esther sah zu, wie die Queen sich für einen offiziellen Auftritt fertigmachte. Es gefiel ihr, wie die Königin ihre Krone aufsetzte. Ein Adjutant reichte ihr die schwere, juwelenbesetzte Krone auf einem Samtkissen. Die Queen hob die Krone auf und setzte sie sich auf den Kopf. Sie tat das sehr sachlich. Als ob sie eine Duschhaube aufsetzen würde. »Das ist der Ausdruck ihrer erbitterten Ablehnung von Eleganz«, hatte Sean gesagt. Esther war nicht seiner Meinung gewesen.

Am selben Abend hatte sie auch eine Dokumentation über die Befreiung der Konzentrationslager gesehen. Der Bericht bestand hauptsächlich aus dem Filmmaterial der britischen und amerikanischen Truppen, die die Lager befreit hatten. Esther hatte ihn sich eigentlich nicht ansehen wollen. Sie war müde. Sie hatte genug. Genug von den Nazis. Genug vom Chaos. Ihr war eher nach etwas Lustigem wie »Roseanne« zumute gewesen.

Aber sie hatte es sich doch angesehen. Die britischen Soldaten waren in Bergen-Belsen eingetroffen. Dreißigtausend Leichen mußten begraben werden. Überall lagen Leichen. Riesige, tiefe Gruben wurden ausgehoben. Die Briten setzten beim Begraben der Toten einige ehemalige Lageraufseher ein. Sie trugen aus dem ganzen Lager die Leichen herbei, die dann, eine nach der anderen, in die Gruben geworfen wurden. Körper um Körper flog durch die Luft. In diesem Fliegen sahen sie lebendig aus. Arme und Beine schlenkerten. Köpfe bewegten sich. Es kam wieder Bewegung in die Knochenmänner und Knochenfrauen.

Die Leichen landeten in linkischen, unbeholfenen Stellungen. Sie bildeten Haufen von verknoteten, verdrehten, verhedderten Gliedern, Köpfen und Leibern. Immer mehr Körper flogen durch die Luft. Erbärmlich dünn und mit offenem Mund. Warum waren ihre Münder offen, fragte sich Esther. Hatten sie geweint, als sie starben?

Die Menschen, die noch lebten, waren kaum lebendiger als die Toten. Ausgemergelt und krank standen sie auf Beinen, die zu dünn schienen, um überhaupt noch etwas Lebendiges tragen zu können.

Der Bürgermeister und andere lokale deutsche Honoratioren wurden geholt, um zuzusehen. Sie standen aufgereiht in ihren Anzügen, Krawatten und Mänteln neben einer der Bestattungsgruben. Sie sahen alle sehr ernst aus. Esther wünschte sich, daß irgend jemand den Deutschen die Anzüge, Krawatten und Mäntel auszog und sie nackt zwischen die Toten legte. Von oben in die Grube hinabzusehen war zu angenehm. Sie wollte, daß die Deutschen die verwesende Haut spürten, die Totenköpfe und die Leiber berührten und in die leeren Augen der Toten sahen. Einige der Frauen, die mit den Honoratioren mitgekommen waren, begannen zu weinen. Esther hätte sie am liebsten getreten.

Die Dokumentation ging weiter. Lager um Lager. Es war immer dasselbe. Dreck, Krankheit und Tote. Überall Tote. Die Leichen, die begraben wurden, waren so dünn, daß sie eindimensional wirkten. Flache Hüften, flache Rippen, flache Rükken. Diese Körper würden den Deutschen nicht viel Seife gebracht haben.

In Stutthof, wo Rooshka Zepler nach Auschwitz hingekommen war, hatten sie Seife hergestellt. Esther kannte das Rezept, das die Deutschen benutzten. Fünf Kilo Menschenfett wurden mit zehn Litern Wasser und fünfhundert bis tausend Gramm Soda zwei bis drei Stunden gekocht, dann abgekühlt. Die Seife sammelte sich an der Oberfläche und wurde noch einmal zwei bis drei Stunden mit frischem Wasser, Salz und Soda gekocht. Nachdem die Masse abgekühlt war, wurde sie in Formen gegossen. Siebzig bis achtzig Kilo Fett, für die man im allgemeinen vierzig bis fünfzig Leichen benötigte, ergaben fünfundzwanzig Kilo Seife.

Immer mehr Lager wurden gezeigt. Esther fühlte sich von den Leichen überwältigt. Und der Schmutz. Die Toten und die Lebenden lagen im Schmutz. Kein Wunder, daß ihre Mutter sich nie sauber fühlte. Wenn man das durchgemacht hatte, wie konnte man sich jemals wieder sauber fühlen?

Auch Esther kam sich schmutzig vor. Als der Dokumentarfilm zu Ende war, zog sie sich aus und duschte. Sie blieb über eine halbe Stunde in der Dusche. Die ganze Nacht träumte sie von einer Toilette voller Scheiße, die überlief und ihre Beine umspülte. Im Traum hatte sie gerade saubere weiße Strumpfhosen angezogen, die sich jetzt mit Scheiße vollsogen. Scheiße war überall.

Sie schüttelte sich bei der Erinnerung daran.

»Was ist los?« fragte Sonia.

»Nichts«, sagte Esther. »Möchtest du wirklich, daß deine Mutter von einem Lastwagen überfahren wird?«

»Es würde mir nicht viel ausmachen«, sagte Sonia. »Ich hänge nicht besonders an meiner Mutter.«

»Vielleicht wirst du an ihr hängen, wenn sie tot ist?« sagte Esther.

»Meine Mutter ist eine altes Mistweib«, sagte Sonia. »Ich will eine viel bessere Mutter sein als sie.«

»Das wollen wir alle«, sagte Esther.

»Ich habe diese Woche einen Bittbrief erhalten«, sagte Sonia. »Von einer Gruppe, die sich Kimpatorim-Hilfe nennt. Auf dem Umschlag stand in großen Buchstaben RETTET DIE JÜDISCHE MUTTER: *Kimpatorim*, habe ich mir sagen lassen, ist ein jiddisches Wort für gebärende Frauen. Die Organisation hilft jungen Müttern. In der Broschüre bitten sie dich, im Angedenken an deine Mutter und die Schmerzen, die sie deinetwegen erleiden mußte, Geld zu spenden. Ich hab' ihnen einen Scheck geschickt mit dem Kommentar, dieses Geld würde ich spenden im Angedenken an die Leiden, die ich wegen meiner Mutter erdulden mußte. Sie haben den Scheck akzeptiert.«

»Wieviel hast du geschickt?« fragte Esther.

»Fünfhundert Mäuse«, sagte Sonia. »Mir haben auf einmal all die armen orthodoxen Frauen leid getan, die ein Kind nach dem andern kriegen, ohne Geld und mit einem Mann, der den ganzen Tag betet.«

»Das war nett von dir, fünfhundert Mäuse zu schicken«, sagte Esther.

»Seit ich dem Jüdischen Museum tausend Dollar gespendet habe, stehe ich auf der Adressenliste sämtlicher jüdischer Hilfsorganisationen«, sagte Sonia.

»Du wirst wirklich immer jüdischer«, sagte Esther. »Ich hab' das Gefühl, daß ich eher weniger jüdisch werde, wenn ein Jude überhaupt weniger jüdisch werden kann. Es ist mir egal, ob meine Kinder jemanden heiraten, der nicht jüdisch ist. Früher hätte es mir etwas ausgemacht. Ich habe oft mit Zachary darüber gesprochen, wie wichtig es wäre, daß er ein jüdisches Mädchen heiratet, damit seine Kinder Juden wären. Heute empfinde ich nicht mehr so. Ich halte es nicht mehr für einen so großen Vorteil, jüdisch zu sein. Meine Erfahrung hat mich gelehrt, daß es vielleicht besser ist, kein Jude zu sein. Ich war immer der Meinung, als Jude wärst du Teil einer einzigen großen Familie. Aber das stimmt nicht. Andere Juden halten dich nicht für einen Teil ihrer Familie. Juden stehen ihrer eigenen Familie genauso nahe und sind von anderen Leuten genauso weit entfernt, wie jeder andere auch.«

»Das finde ich nicht«, sagte Sonia. »Juden spenden sehr viel.«

»Sicher, sie sind großzügig«, sagte Esther. »Aber das ist was anderes.«

»Ich glaube, da irrst du dich«, sagte Sonia.

»Du kannst ja deine Zwillinge in die Jeschiwa einschreiben«, sagte Esther. »Ich hoffe, daß meine Kinder sich in jemanden verlieben, der einen Haufen Geld hat. Es ist mir egal, ob es ein

Lutheraner, ein Katholik, ein Rastafari oder ein Jude ist. Obwohl, bei einem Lutheraner würd's vielleicht Probleme geben. Und reiche Rastafaris gibt's wahrscheinlich nicht so viele.«

»Warum willst du, daß sie jemanden heiraten, der reich ist?« fragte Sonia.

»Weil es das Leben erleichtert«, sagte Esther. »Was für eine dumme Frage.«

»Fühlen sich deine Kinder als Juden?« fragte Sonia.

»Ich glaube, Zachary schon«, sagte Esther. »Auf alle Fälle weiß er, was ein jüdisches Haus ist. Er hatte sehr jüdische Großeltern. Er hatte eine Mutter, die ein sehr jüdisches Verhältnis zu ihrer Mutter hatte. Und, vor allem, er hatte und hat immer noch eine jüdische Mutter. Das ist ganz schön viel Judentum für ein Kind. Und Zelda, glaub' ich, empfindet ähnlich. Sie trägt einen Davidstern um den Hals, und zum Passahfest will sie kochen. Ich red's ihr nicht aus.

Weißt du, kurz vor ihrem Tod fragte Zachary meine Mutter, ob es ihr sehr wichtig wäre, daß er ein jüdisches Mädchen heiratet. Das war in der Zeit, als ich noch eine glühende, oder zumindest für meine Begriffe glühende, Jüdin war. Ich konnte es kaum fassen, als meine Mutter sagte, nein, es wäre gar nicht wichtig. Natürlich, wenn du darüber nachdenkst, ergibt es einen Sinn. Ihr ganzes Leben wurde ruiniert, weil sie Jüdin war.«

»Zachary muß deiner Mutter sehr nahegestanden haben, um sie das zu fragen«, sagte Sonia.

»Das hat er«, sagte Esther. »Er betete sie an. Und sie ihn. Ihr Leben wurde besser mit dem Tag, als er geboren wurde. Er verstand sie. Er wußte um ihre Verletzung. Als er vier war, sagte er zu mir: ›Essie, du mußt wirklich mehr Geduld mit Nana haben.‹ Er saß an ihrem Sterbebett. Er war so jung, er war ein Teenager, und er saß bei ihr und streichelte ihre Hand, bis sie starb.«

Esther blickte auf. Sonia hatte Tränen in den Augen. »Jetzt muß ich auch weinen«, sagte sie.

»Ich glaube nicht, daß ich je eine so überzeugte Jüdin sein werde, daß ich meine Kinder in die Talmudschule schicke«, sagte Sonia. »Ich glaub', ich bin eine assimilierte Jüdin.«

»Und ich bin eine analysierte Jüdin«, sagte Esther.

»Und jede von uns ist eine auf Zores abonnierte Jüdin«, sagte Sonia.

Esther lachte.

»Michael hat zur Zeit einen Klienten, der versucht, seine Kinder zu zwingen, jüdisch zu sein und auch ihre Kinder als Juden zu erziehen.«

»Und wie macht er das?« fragte Esther.

»Mit Geld«, sagte Sonia. »Er ist sehr reich.«

»Wie meinst du das?« fragte Esther.

»Michael richtet gerade einen Treuhandfonds für den Klienten ein«, sagte Sonia. »In den Bedingungen ist enthalten, daß die Begünstigten dieses Fonds, die beiden Kinder des Mannes, ihr Leben als Juden zu leben und ihre Kinder als Juden großzuziehen haben. Wenn sie das nicht tun, kriegen sie das Geld nicht. Es ist wahnsinnig viel Geld. Millionen und Millionen von Dollars.«

»Ich komme mir erbärmlich vor«, sagte Esther. »Ich bin zweiundvierzig und weiß eigentlich nicht genau, was ein Treuhandfonds ist. Ich weiß nur, daß es etwas ist, das andere Leute haben und ich niemals haben werde.«

»Im Grunde genommen dient er dazu, Steuern zu sparen«, sagte Sonia. »In New York City können die Abgaben an Bund, Staat und Stadt fünfundfünfzig bis sechzig Prozent jeder vererbten Summe über sechshunderttausend Dollar ausmachen. Die Begünstigten eines Treuhandfonds zahlen Schenkungssteuer für jede Summe, die sie erhalten, aber die ist viel niedriger und kann außerdem vom Fonds bezahlt werden.«

»Wie kann man es dann einrichten, daß deine Kinder das Geld nur dann bekommen, wenn sie ein jüdisches Leben führen?« fragte Esther.

»Ein Treuhandfonds hat keine Parameter«, sagte Sonia. »Er ist wie ein Roman. Man kann hineinschreiben, was immer man will. Man sucht sich Treuhänder. Dieser Klient hat drei Treuhänder. Zwei Anwälte und ein Familienmitglied. Er hat sich Anwälte von unterschiedlichem Charakter und mit unterschiedlichen Qualitäten ausgesucht. Einen, den er für einen guten Menschen hält, mit dem man leicht reden kann, der allerdings kein so guter Anwalt ist, und einen anderen, der als Anwalt brilliert, aber als Mensch eher unzugänglich ist. Auf diese Weise glaubt er, daß seine Kinder und Enkel am ehesten so behandelt werden, wie er es sich wünscht.

Er hat bestimmt, daß die drei Treuhänder jede Entscheidung gemeinsam treffen müssen. Er hätte sagen können, daß zwei Stimmen genügen, aber er wollte einstimmige Entscheidungen. Er dachte, wenn sich alle einig sein müssen, werden sie die besten Lösungen finden.

Jedes Jahr werden bestimmte Summen ausgeschüttet. Allerdings immer unter der Voraussetzung, daß die Begünstigten ein jüdisches Leben führen. Obwohl, das stimmt nicht ganz. Den Enkeln wird ihre Ausbildung unabhängig vom Lebensstil finanziert. Aber sie bekommen nichts darüber hinaus, wenn sie nicht jüdisch leben.«

»Wozu der ganze Aufwand?« fragte Esther. »Sind sie nicht sowieso Juden?«

»Natürlich, beide Söhne sind Juden«, sagte Sonia. »Aber der eine ist mit einer deutschen Katholikin verheiratet, und die andere Schwiegertochter gehört zu den ›Juden für Jesus‹, die Michaels Klient nicht als jüdisch anerkennt. Die Deutsche ist vor der Hochzeit zum jüdischen Glauben übergetreten, aber er sagt, sie fällt ins Katholische zurück.«

»Ich dachte immer, die meisten Probleme im Leben wären lösbar, wenn man Geld hat«, sagte Esther. »Aber offensichtlich hat man dann nur andere Probleme als der Rest von uns.«

»Michael steckt zur Zeit bis zum Hals in der jüdischen Doktrin; er versucht herauszufinden, was ein jüdisches Leben ausmacht. Er hat endlose Besprechungen mit seinem Klienten und drei oder vier Rabbinern. Jeder hat eine andere Auffassung davon, was ein jüdisches Leben ist. Sie sind sich alle einig darin, daß die ›Juden für Jesus‹ nicht jüdisch sind. Und Michael versucht, einen Katalog an Bedingungen für die Begünstigten auszuarbeiten, der relativ leicht zu kontrollieren ist.«

»Das ist doch ein Riesenaufwand, sicherzustellen, daß ein halbes Dutzend Leute, die vielleicht gar nicht jüdisch sein wollen, dazu gezwungen werden, um ihr Erbe zu bekommen. Wär's da nicht einfacher, wenn der Mann sein Geld jüdischen Organisationen vermacht?«

»Aber er vermacht jüdischen Organisationen ja schon Unmengen«, sagte Sonia.

»Oh«, sagte Esther. »Vielleicht könnte er uns auch was hinterlassen. Ich würde ganz schnell zu einer guten Jüdin.«

»Daran hab' ich auch schon gedacht«, sagte Sonia.

»Wie kann irgend jemand entscheiden, ob die Begünstigten ein jüdisches Leben führen?« fragte Esther.

»Wenn die Bestimmungen des Testaments sehr klar in ihrer Definition eines jüdischen Lebens sind, dann wird das aufrechterhalten«, sagte Sonia. »Die Erben könnten klagen und das Testament anfechten, aber die Gerichte setzen nur ungern ein Testament außer Kraft. Obwohl ein auf Meinungs- und Religionsfreiheit spezialisierter Anwalt überzeugend argumentieren könnte, daß man nicht darauf bestehen kann, daß jemand ein jüdisches Leben führt. In diesem Land wird größter Wert auf Meinungsfreiheit gelegt.«

»Was bei dieser ganzen Bekehrungsaktion offenbar überhaupt nicht erwähnt wird, ist Religion oder Glaube«, sagte Esther. »Was für eine Art Jude würde denn bei so was rauskommen? Wird man denn nicht viel eher aus einem inneren Bedürfnis heraus ein richtiger Jude als wegen einer Liquiditätskrise?«

»Ich bin ganz deiner Meinung«, sagte Sonia. »Ich würde da nicht so ein Theater machen. Entweder würden meine Kinder es bekommen, oder ich würde es jemand anders geben, wenn meine Kinder nicht so wären, wie ich es mir erhofft hatte. Aber in der Theorie ist immer alles einfacher.«

»Kennen diese beiden Söhne die Bedingungen des Testaments?« fragte Esther. »Wissen sie, daß sie bestochen werden, Juden zu sein?«

»Ja, das wissen sie«, sagte Sonia. »Sie wurden von den Treuhändern informiert, in der Hoffnung, daß sie damit in die gewünschte Richtung gelenkt werden.«

»Hat es geklappt?« fragte Esther.

»Nicht so richtig«, sagte Sonia. »Die Schwiegertochter hat

Michaels Klienten einen Brief geschrieben, in dem sie ihn anfleht, zu einer Versammlung der ›Juden für Jesus‹ zu kommen.«

Das Leben der Reichen war genauso verworren wie das der Armen, dachte Esther. Mit dem Unterschied, daß die Reichen Leute dafür engagierten, ihr Chaos wie ein Managementproblem aussehen zu lassen.

Vor einigen Tagen hatte sie einen Kunstkonsulenten für einen Nachruf auf seinen Chef, den Direktor der Haussmann Galleries, interviewt. Der Konsulent war der Enkel eines Ölmagnaten. Esther war erstaunt, wie unzugänglich dieser Mann um die vierzig gewesen war, wie unkooperativ und überheblich. Sie kannte diese Haltung. Leute, die ihr Vermögen geerbt hatten, fand sie, hatten diesen Wahn, beweisen zu müssen, daß sie auch über innere Werte verfügten. Sie hatte das so oft erlebt. Bei Frauen mittleren Alters, bei jungen wie alten Männern. Es bewies ihr einmal mehr, daß das Erben eine Kehrseite hatte.

Der Kunstkonsulent war weitaus mehr daran interessiert gewesen, über sich als über seinen verstorbenen Chef zu sprechen. Er ließ sich Esthers Namen und Anschrift geben und setzte sie auf seine Adressenliste.

Kollegen oder Geschäftspartner eines Verstorbenen zu interviewen war etwas ganz anderes als mit einem Familienmitglied zu reden. Geschäftspartner zeigten üblicherweise kaum Emotionen. Die Reaktion war ähnlich, wenn der Verstorbene ein alter Mensch gewesen war.

Der Tod junger Leute berührte nicht nur ihre unmittelbare Umgebung. Jeder zeigte sich vom Tod junger Menschen betroffen. Und nicht nur der ganz jungen. Esther stellte fest, daß sie fast immer nach der Todesursache gefragt wurde, wenn der Verstorbene unter sechzig war. Viele fragten auch nach den Krankheitssymptomen.

Außer wenn der Betreffende an AIDS gestorben war. Es gab große Trauer um alle AIDS-Toten. Eine junge Frau begann zu weinen, als sie Esther von dem Streit berichtete, den sie mit ihrem besten Freund in der letzten Woche seines Lebens gehabt hatte. Dieser Freund, ein Choreograph, war an AIDS gestorben. »Wir haben uns so gestritten«, sagte die junge Frau zu Esther. »Er wollte sich umbringen, und ich hielt das für falsch. Wir haben uns dann wieder versöhnt, und ich fand auch, daß er das Recht hätte, sich zu töten. Ich hab' ihm die Tabletten besorgt. Ich mußte sicherstellen, daß die Dosis stark genug war.« Dann weinte die junge Frau zehn Minuten lang. Esther hatte es nicht fertiggebracht, den Hörer aufzulegen. Sie war in ihrem Büro gesessen und hatte ihr dabei zugehört.

»Willst du einen Kaffee?« fragte Sonia.

»Ja«, sagte Esther. »Einen koffeinfreien.«

»Jeder trinkt koffeinfreien«, sagte Sonia. »Wo ist die Welt nur hingekommen?«

»Nachmittags trinke ich ihn immer, weil ich das Gefühl habe, daß ich dann weniger nervös bin, als wenn ich normalen Kaffee nehme.«

»Du denkst dauernd nach, wie du weniger nervös werden könntest«, sagte Sonia. »Warum entspannst du dich nicht einfach?«

»Würd' ich ja, wenn ich könnte«, sagte Esther.

»Ist es nicht schön, mit einer Australierin zusammenzusitzen?« fragte Sonia.

»Wenn's wirklich so schön wäre, würdest du nicht auf mich einprügeln«, sagte Esther.

»Komm, sei fröhlich«, sagte Sonia. »Ich prügle nicht auf dich ein, ich bin liebevoll zu dir.«

»Du klingst wie mein Vater«, sagte Esther.

An diesem Morgen, als sie ins Büro gekommen war, war eine Nachricht von ihrem Vater auf dem Anrufbeantworter gewesen. »Hier ist Mr. Edek Zepler«, hatte er gesagt. »Ich hab' eine Überraschung für dich. Du hast sicher gedacht, ich würd' vergessen, daß heute ein ganz besonderer Tag für Mr. und Mrs. Sean Ward ist. Ich hab's nicht vergessen. Ich hätte es fast vergessen, aber dann hab' ich doch daran gedacht. Ich möchte euch alles Gute für diesen besonderen Tag der Wiederkehr eures Hochzeitstages wünschen. Sonst hat sich immer Mrs. Zepler, deine Mum, an all diese Sachen erinnert, und ich war da nicht so gut, aber jetzt erinnere ich mich auch.«

Die Glückwünsche ihres Vaters kamen zwei Monate zu früh. »Alles Gute von deinem Ded«, sagte er. »Und du hast großes Glück mit einem so guten Mann, wie Sean es ist. Ich würde ihn nicht für zwanzig jüdische Ehemänner eintauschen.«

»Mein Vater scheint zu glauben, daß es zwanzig jüdische Ehemänner braucht, um seine schwierige Tochter zur Räson zu bringen«, hatte Esther zu Sean gesagt, als sie ihn anrief, um ihm von Edeks guten Wünschen zu erzählen. »Beim bloßen Gedanken an zwanzig jüdische Ehemänner krieg' ich schon Kopfschmerzen.«

Sean hatte die Mithörfunktion eingeschaltet. »Wie willst du etwas über jüdische Ehemänner wissen«, hatte Zelda im Hintergrund losgelegt. »Du hattest doch nie einen.«

»Ist es nicht schön, daß bloß wir zwei Australier hier sitzen?« sagte Sonia. »Es macht mich ganz krank, wenn ich immer nur mit Amerikanern zusammen bin.«

»Ja, es ist schön«, sagte Esther. »Ich weiß nicht, warum ich mich bei Australiern so zu Hause fühle. Als ich dort gelebt habe, wollte ich unbedingt weg. Heute spitze ich die Ohren, wenn ich glaube, einen australischen Akzent zu hören.«

»Du weißt ja, die Liebe wächst mit der Entfernung«, sagte Sonia.

»Vielleicht«, sagte Esther. »Aber ich fühle mich anderen Australiern in einer Weise verbunden, die ich intellektuell nicht erklären kann. Es ist eine Art gemeinsame Sicht der Dinge. Aber ich weiß nicht, welcher Dinge. Ein gemeinsames kulturelles Bewußtsein.«

»Und worin soll dieses gemeinsame kulturelle Bewußtsein bestehen?« fragte Sonia. »In der Liebe zu Bier und Fußball?«

»Es ist mir ernst«, sagte Esther. »Ich weiß nicht, was es ist. Ich weiß nur, daß es da ist.«

»Ich glaube nicht, daß da mehr ist als ein gemeinsamer Fall von Heimweh«, sagte Sonia.

»Was glaubst du denn, was Heimweh ist?« fragte Esther. »Heimweh bedeutet, etwas zu vermissen. Ich versuche einfach herauszufinden, was das ist.«

»Für mich nichts«, sagte Sonia. »Ich vermisse weder die Torten mit Sauce noch die unhöflichen Ladenbesitzer, die Service mit Servitut verwechseln. Mir fehlt nichts.«

»Es ist gar nicht schlecht, Dinge zu vermissen«, sagte Esther.

»Du glaubst, daß mir etwas entgeht, weil ich nichts vermisse?« fragte Sonia.

»Ja, vielleicht«, sagte Esther.

»Was sollte mir denn fehlen?« fragte Sonia.

»Die Ruhe vor den Dummschwätzern, der blaue Himmel, die langen Sommerabende, die langsamen Tage«, sagte Esther.

»Die Dummschwätzer stören mich nicht«, sagte Sonia.

»Warum macht es dich dann krank, wenn du von Amerikanern umgeben bist?« fragte Esther.

»Das ist was ganz anderes, als Australien zu vermissen«, sagte Sonia. »Ich bin einfach nur ständig in der Minderheit.«

»Als ich mich dabei ertappte, wie ich ›tomayto‹ statt ›tomato‹ sagte, war ich ziemlich schockiert«, sagte Esther. »Ich war in einem Deli und habe mir zum Lunch ein Sandwich gekauft. Du weißt doch, wie die Amerikaner immer genau wissen, was sie wollen und wie sie es bestellen müssen. Ich wollte die Warteschlange nicht aufhalten und hab' meine Bestellung geübt. ›Ich nehme ein Putensandwich mit grünem Salat, *tomayto* und Senf sowie Essig- und Öl-Dressing auf einem Baguette‹, sagte ich. Und dann bin ich fast gestorben. Es kam mir vor, als hätte ich einen Teil meiner Identität verloren. Plötzlich ist es mir wichtig, daß ich Australierin bin und ›tomato‹ sage.«

»Daß du Australierin bist, geht dir nicht verloren; das ist eine Tatsache«, sagte Sonia.

»Es kann einem vieles verlorengehen, was eine Tatsache ist«, sagte Esther. »Tatsachen sind nebuloser, als sie scheinen.«

»Du bringst meine Hämorrhoiden zum Jucken«, sagte Sonia. »Die jucken, wenn ich verkrampft bin.« Sonia rutschte auf ihrem Stuhl herum. »Wenn ich mich bewege, wird es besser. Zum Schluß geht's mir noch so wie dem Kerl in der Fernsehwerbung, der sich dauernd kratzt und plötzlich losrennt, um sich eine Parkbank zu suchen, wo er sich hinsetzen kann.«

»Ich frage mich, ob es im australischen Fernsehen Werbespots über Hämorrhoiden gibt«, sagte Esther.

»Ich habe nie einen gesehen«, sagte Sonia. »Die Amerikaner dürften ziemlich oft Hämorrhoiden haben. Es gibt Werbung für Mittel gegen Hämorrhoiden im Radio, in Bussen, in der U-Bahn. Bevor ich selber welche hatte, dachte ich, was haben die Amerikaner nur? Heute weiß ich, daß man sehr viel darüber sagen kann. Es ist nicht bloß ein Haufen Scheiße.

Ich werde den Mann in unserem Büro in Sydney fragen, ob es solche Werbespots im australischen Fernsehen gibt. Es wäre interessant zu wissen.«

»Es gab Werbung für Tampons«, sagte Esther. »Wahrscheinlich hat sich in den letzten ein oder zwei Jahren viel verändert.«

»Viel wahrscheinlicher wäre, daß sich nichts verändert hat«, sagte Sonia.

»Zelda hatte Besuch von einem Schulfreund aus Melbourne, der zweimal bei uns übernachtet hat«, sagte Esther. »Am ersten Abend sagte sie zu mir: ›Australische Jungs sind so erfrischend. Die denken nach und sind ruhig. Amerikanische Jungs machen den Mund auf, und tausend Wörter purzeln heraus.‹ Am zweiten Abend sagte sie: ›Der macht mich wahnsinnig. Er sagt überhaupt nichts.‹ Ich muß zugeben, daß er neben den amerikanischen Jugendlichen ein bißchen schwerfällig wirkte. Zelda ließ ihre Theorie vom Nachdenken und Ruhigsein schnell wieder fallen. Sean sagte, der Junge sei nicht ruhig gewesen, er habe permanent zugemacht. Er war ein großer Junge. In Australien hätte man ihn stark und ruhig genannt.«

»Vor ein paar Tagen habe ich Zelda gesehen«, sagte Sonia. »Hat sie es dir erzählt?«

»Nein, hat sie nicht«, sagte Esther.

»Sie ist so groß«, sagte Sonia.

»Sie ist einsfünfundsiebzig«, sagte Esther. »Ich kann es nicht glauben. Sie ist so schnell gewachsen. Ich glaube, ich wollte, daß sie mein Baby bleibt. Manchmal, wenn ich mich mies fühle, dann schaue ich sie an, und es geht mir besser. Sie hat so was Anständiges an sich. Ich sehe sie so gerne an. Ich fühl' mich dann so rein und friedlich.«

»Rein und friedlich?« sagte Sonia.

»Ja, genau«, sagte Esther. »Ich komme mir oft schmutzig vor. Beschmutzt von der Vergangenheit meiner Eltern. Besonders der meiner Mutter. Ich kam nach all diesen Jahren von Dreck und Tod auf die Welt. Ich kann mir vorstellen, daß meine Mutter mich anschaute, als ich klein war, und Anständigkeit, Reinheit und Hoffnung in mir sah. All das änderte sich, als ich in die Pubertät kam.«

»Fühlen sich auch andere Kinder von Überlebenden so besudelt?« fragte Sonia.

»Ich nehme es an«, sagte Esther. »Aber ich kenne keinen von ihnen besonders gut. Ich glaube, ich gehe ihnen aus dem Weg. Denn falls die Angst ansteckend ist, dann könnte die, die ich bisher bewältigt habe, vielleicht wieder hochkommen und verrückt spielen. Blöd, nicht?«

»Es ist blöd«, sagte Sonia. »Vielleicht würde es dir helfen, wenn du andere Kinder von Überlebenden kennen würdest«, sagte Sonia. »So wie die Anonymen Alkoholiker den Alkoholikern helfen.«

»Ich weiß, daß du es gut meinst«, sagte Esther, »aber das klingt irgendwie beleidigend.«

»Das ist nicht beleidigend«, sagte Sonia. »Kein Mensch braucht sich zu schämen, Mitglied in einem Verein wie den AA zu sein. Das halbe Büro bei mir nimmt an irgendeinem Zwölf-Stufen-Programm teil. Man trifft sich nicht mehr im Fitneßclub. Geschäftliche Beziehungen und das Gesellschaftsleben werden heute in Selbsthilfegruppen gepflegt, die Rehabilitationsprogramme anbieten. Ein Partner ist Mitglied bei den ›Männern, die Frauen mißhandeln‹ und den ›Kindern von Alkoholikern‹. ›Männer, die Frauen mißhandeln‹ treffen oft mit dem Verein ›Frauen, die Männer zu sehr lieben‹ zusammen. Der Partner hat mir erzählt, daß er ein paar großartige Frauen dort kennengelernt hätte.«

»›Männer, die Frauen mißhandeln‹ und ›Frauen, die Männer zu sehr lieben‹?« sagte Esther. »Das klingt mir nicht nach einer guten Kombination.«

»Jede Kombination ist gut«, sagte Sonia. »›Männer, die Hunde lieben‹, ›Männer, die Schweine sind‹. ›Männer, die Hot Dogs essen‹. Ist doch egal. Es geht doch nur darum, daß Leute über ihre Probleme reden.«

»Vielleicht hast du recht«, sagte Esther. »Vielleicht sollte ich meinen Vater bei den ›Männern, die Hot Dogs essen‹ anmelden. Er kann vier Stück auf einmal essen.«

»Es ist mir ernst«, sagte Sonia. »In diesen Gruppen lernt jeder vom anderen.«

»Ich bin mir nicht sicher, ob ich noch viel mehr lernen möchte«, sagte Esther.

Am Tag zuvor hatte sie mit der Post einen Katalog erhalten, der erzieherische judaistische Software für Kinder anbot. Für fünfunddreißig Dollar konnte man ein interaktives Macintosh-Programm mit dem Titel *Warschau 1939. Dein Ziel: Überleben* erstehen. »Der Schüler«, erklärte der Katalog, »hat schwierige moralische Entscheidungen zu treffen, während er gleichzeitig auf sehr persönliche Weise etwas über den Holocaust lernt.« Esther fragte sich, was die Kinder lernen würden.

»In einer Gruppe von Kindern Überlebender könnte Sean vielleicht sehr gute Verbindungen zur Welt der Kunst knüpfen«, sagte Sonia.

»Ich glaub', da gibt's einfachere Möglichkeiten«, sagte Esther.

»Dieser Kaffee ist sehr gut«, sagte Sonia. »Er schmeckt ein bißchen nach Haselnuß.«

»Meiner ist auch gut«, sagte Esther. »Koffeinfreier schmeckt nämlich sonst oft wie Spülwasser.«

»Warum tust du dir den Koffeinfreien an, wenn er wie Spülwasser schmeckt?« fragte Sonia.

»Ich tu mir noch viel schlimmere Dinge an«, sagte Esther. »Vor ein paar Wochen haben wir eine Kuratorin vom Guggenheim erwartet, die sich eins von Seans großen Bildern ansehen wollte. Ich hatte das Loft von oben bis unten geputzt. Ich kaufte zur falschen Jahreszeit Grapefruits, die ich gar nicht wollte, weil sie zu den Bananen und Narzissen auf dem Tisch unter dem Bild paßten, und ich war den ganzen Tag nervös. Eine Stunde, bevor sie kommen sollte, rief die Kuratorin an und sagte den Termin ab. Jetzt kommt sie nächsten Monat. Bis dahin wird es wahrscheinlich keine Narzissen mehr geben.

Die ganze Woche war schlecht. Ein berühmter Schweizer Kunstsammler, der sich für zwei große Gemälde interessierte, erschien nicht. Ich hatte den Grapefruit-, Bananen- und Narzissen-Aufwand auch für ihn betrieben.«

»Müßt ihr euch für einen Verkauf immer soviel Mühe geben?« fragte Sonia.

»Mit drei Kindern, einer großen Hypothek und einem flauen Kunstmarkt schon«, sagte Esther.

»Haben wir noch Zeit für einen Kaffee?« fragte Sonia.

»Sicher«, sagte Esther. »Ich hatte diese Woche schon ein Überangebot an Nachrufen. Wenn heute nachmittag jemand stirbt, ist er in der falschen Woche gestorben.«

»Wie groß, sagtest du, ist Zelda?« fragte Sonia.

»Einsfünfundsiebzig«, sagte Esther.

»Die Menschheit wird größer und größer«, sagte Sonia. »Ich bin einssiebenundsechzig, und das galt mal als ziemlich groß für eine Frau. Ich hoffe, die Kinder haben meine Gene geerbt. Michael ist einszweiundsiebzig, und das ist klein.«

»Mit fünfzehn war ich das größte Mitglied meiner Familie«, sagte Esther. »Meine Mutter behauptete, das komme von zuviel Süßigkeiten. Der Zuckerüberschuß sei schuld, daß ich größer wurde, als ich hätte sein sollen.«

»Und wie groß hättest du sein sollen?« fragte Sonia.

»Kleiner als die jüdischen Jungs, mit denen ich zur Schule gegangen bin«, sagte Esther. »Ich war schon mit zehn eine Peinlichkeit. Beim Volksschulball reichte mir Benny Cohen bis zur Taille. Auf dem Foto von uns beiden sehe ich aus, als würde ich ihn hochheben.«

»Wie groß bist du?« fragte Sonia.

»Einsvierundsiebzig«, sagte Esther.

»So groß ist das auch nicht«, sagte Sonia.

»Damals schon«, sagte Esther. »Jetzt bin ich die Kleinste in der Familie. Zachary ist einsachtundachtzig und Kate einssiebenundsiebzig.«

»Die Zuckertheorie stimmt nicht, oder?« fragte Sonia.

»Natürlich nicht«, sagte Esther.

Sonia gähnte. »Ich werde im Büro ein Nickerchen machen«,

sagte sie. »Während dieser Schwangerschaft habe ich eine richtige Schlaffähigkeit entwickelt. Früher war ich immer zu nervös, um tagsüber zu schlafen, außer, wenn ich einen Kater oder so was hatte. Jetzt kann ich mich hinlegen und nachmittags schlafen. Tief und fest. Es ist ein Luxus.«

»Du schläfst am Arbeitsplatz?« sagte Esther.

»Ich habe mir ein kleines Sofa gekauft und in mein Büro gestellt«, sagte Sonia. »Ich schließe die Tür ab und schlafe jeden Nachmittag eine Stunde. Dann kann ich bis ungefähr neun Uhr durcharbeiten und mit Michael nach Hause gehen. Bisher hat sich noch keiner beschwert.«

»Das ist toll«, sagte Esther.

»Sie wissen, daß ich bald meinen Mutterschaftsurlaub antrete«, sagte Sonia. »Deshalb sind sie, glaube ich, besonders tolerant. Davon abgesehen bin ich die Mutter von Michaels Kindern, zumindest soweit sie das angeht, und Michael ist sehr wichtig für die Firma. Michael hat mir ein Schild mit BITTE NICHT STÖREN für meine Tür gekauft.«

»Das ist lieb«, sagte Esther.

»Er ist sehr lieb«, sagte Sonia. »Er hat das Sofa mit mir zusammen ausgesucht. Wir haben eine echte Analytikercouch gekauft. Ich lege mich verkehrt rum drauf. Ich lege die Beine dahin, wo sonst der Patient mit dem Kopf liegt. So werden sie entlastet.«

»Gibt's wirklich so was wie eine Analytikercouch?« fragte Esther.

»Natürlich«, sagte Sonia. »Man sollte meinen, daß du Expertin für solche Fragen bist.«

»Ich dachte, Analytiker kaufen ganz gewöhnliche Sofas«, sagte Esther.

»Wie viele gewöhnliche Sofas kennst du, die keine Rückenlehne und einen erhöhten Kopfteil haben?« sagte Sonia. »Du kannst nicht sehr aufmerksam sein, wenn du geglaubt hast, daß das alles gewöhnliche Sofas sind.«

»Wenn du auf der Couch liegst, richtet sich deine Aufmerksamkeit auf andere Dinge«, sagte Esther. »Deshalb ist das auch viel teurer, als durch ein Möbelgeschäft zu schlendern.«

»Seit fünfzig Jahren produziert diese Firma in New York Analytikercouchen«, sagte Sonia.

»Vermutlich hat es in New York immer schon einen großen Markt dafür gegeben«, sagte Esther.

»Der Mann, der sie uns verkaufte, hat uns erzählt, daß sie die ganze Welt mit Analytikercouchen beliefern«, sagte Sonia. »Sie hatten gerade eine nach Alaska und eine nach Neuseeland verschifft. Es war sehr interessant. Es wäre sehr wichtig, hat er uns gesagt, daß eine Analytikercouch nicht zu sehr nach einem Bett aussieht. Aus gutem Grund, meinst du nicht, bei all den Analytikern, denen man vorwirft, Sex mit ihren Patientinnen zu haben.«

»Ich glaube, man kann mit einer Patientin genausogut auf einem Sofa wie in einem Bett Sex haben«, sagte Esther. »Das dürfte nicht der Grund dafür sein, warum die Couch nicht so sehr nach einem Bett aussehen sollte. Ich glaube eher, daß es mit den sexuellen Phantasien zu tun hat, die in der Analyse zur Sprache kommen.«

»Du hast viele, nicht wahr?« sagte Sonia.

»Ich weiß nicht, was *viele* sind«, sagte Esther. »Ich habe mich niemals mit anderen Analysepatienten und ihren sexuellen Phantasien verglichen. Ich kenne niemanden, der in Analyse ist oder war.«

»Du kennst keine anderen Kinder von Überlebenden, und du kennst niemanden, der eine Analyse macht«, sagte Sonia. »Kein Wunder, daß du dir anders als alle anderen vorkommst.«

»Hat dir der Couchverkäufer auch noch einen Schnellkurs in Psychoanalyse geliefert?« sagte Esther.

»Ich wollte nur helfen«, sagte Sonia. »Ich bin Anwältin und von Anwälten umgeben. Ich fühle mich als Teil einer Gemeinschaft. Ich komme mir normal vor.«

»Ich auch«, sagte Esther. »Na ja, ziemlich normal.«

»Aber du kannst wohl kaum das Gefühl haben, zur Gemeinschaft der Nachrufschreiber zu gehören«, sagte Sonia.

»Ich gehöre zu einer Gemeinschaft, die sich um die Toten kümmert«, sagte Esther. Sie überraschte sich selbst mit diesem Satz. Sie wußte nicht genau, was sie damit meinte.

Nach dem Krieg hatte es niemanden gegeben, der sich um die Toten kümmerte. Es gab zu viele Tote und zu wenige Lebende. Ihre Mutter hätte mehrere Leben gebraucht, und noch immer hätte es nicht ausgereicht für die Trauer um alle, die sie liebte. Aber Rooshka Zepler hatte nur ein Leben gehabt, und das war angefüllt gewesen mit Sehnsucht nach den Toten.

Und mit Schuldgefühlen, weil sie überlebt hatte. »Warum habe ich überlebt?« fragte sie sich immer wieder. Sie folgte einem Ritual, bei dem sie alles aufschrieb, was sie unter Lebensgefahr getan hatte, um jemand anderem in Auschwitz oder in Stutthof zu helfen. Einmal hatte sie in Stutthof zwei Kartoffeln gefunden, die sie einer Mutter und ihrer Tochter gab. »Ich war so aufgeregt, Mutter und Tochter zu sehen. Eine Mutter zusammen mit ihrer Tochter! Ich war so glücklich. So etwas hatte ich schon so lange nicht mehr gesehen«, sagte sie.

»Ich habe niemals jemand anderem etwas Böses zugefügt, damit ich überleben konnte. Niemals, in all den sechs Jahren nicht«, sagte sie. Diesen Satz wiederholte sie ständig. Wie ein Mantra. Sie brauchte ihn als Rückversicherung.

»Der Mann, der mir die Couch verkaufte, sagte mir, sie hätten aufgehört, Analytikercouchen mit Knöpfen oder Verzierungen zu versehen. Die Patienten würden ständig dran rumzupfen und die Nähte aufdröseln. Man muß vermutlich davon ausgehen, daß ein gereizter Patient nervöse Angewohnheiten hat.«

»Die Patienten sind nicht unbedingt gereizt«, sagte Esther. »Kann sein, daß man in den Sitzungen gereizt wird. Man kann auch ein ganz ruhiger Mensch und trotzdem in Analyse sein.«

»Wirklich?« fragte Sonia.

»Wirklich«, sagte Esther.

Esther hoffte, daß Sonia das Thema wechseln würde. Sie wollte weder die Analyse noch die Analytiker oder die Analysanden verteidigen. Viele Leute wurden beim Thema Analyse aggressiv. Es störte sie. Aber davon ließ Esther sich nicht länger stören.

Sonia verzog das Gesicht. »Ich war seit drei Tagen nicht auf der Toilette«, sagte sie. »Ich versuche höflich zu sein. Was ich meine, ist, daß ich seit Tagen nicht scheißen kann.«

»Ich hab' schon verstanden«, sagte Esther.

»Gestern hab' ich meinen Arzt angerufen«, sagte Sonia. »Ich sagte ihm, diese Verstopfung würde mich wahnsinnig machen. Er hielt sie für ein gutes Zeichen. Mein ganzer Stoffwechsel würde sich verlangsamen. Und das soll er wohl auch, damit die Wehen nicht zu früh einsetzen. Ich sagte ihm, daß das vielleicht für ihn ein gutes Zeichen wäre, aber nicht für mich. Er empfahl mir, Metamucil zu nehmen. Wär's dir peinlich, wenn ich jetzt meine Gallone Metamucil aus der Tasche holen und einen Schluck nehmen würde?«

»Natürlich nicht«, sagte Esther.

»Ich glaube, wir sind uns nähergekommen, nicht wahr?« sagte Sonia.

»Glaub' ich auch«, sagte Esther.

»Und nicht deswegen, weil man über Verstopfung reden kann. Das meine ich nicht«, sagte Sonia.

»Ich weiß, was du meinst«, sagte Esther.

»Du bist der einzige Mensch, dem ich davon erzählt habe, daß Fred der Vater eines oder beider Babys sein könnte«, sagte Sonia.

»Bin ich das wirklich?« sagte Esther. »Das ehrt mich. Ich werde zu keinem ein Wort sagen.«

»Hast du es Sean erzählt?« fragte Sonia.

»O ja, das habe ich«, sagte Esther. »Er zählt für mich nicht zu der Kategorie ›andere‹. Sean ist sehr diskret. Er hält bestimmt den Mund.«

»Okay«, sagte Sonia.

»Wie geht's Sean?« fragte Sonia. »Ist er immer noch in Manhattan vernarrt?«

»Immer noch«, sagte Esther. »Eines Tages kam ich von der Arbeit nach Hause und hatte Dreck im Gesicht. Als ich mich beschwerte, meinte er, das sei besser als die Pollen und Insektenstiche, mit denen ich in Melbourne übersät wäre. Ich erinnere mich an keine Insektenhorden, die auf der Collins Street herumgeflogen wären.«

»Collins Street«, sagte Sonia. »Das hört sich an wie aus einem anderen Leben.«

»Ich erinnere mich sehr gut«, sagte Esther.

»Ich bin schon länger hier«, sagte Sonia.

»Erinnerst du dich an die Platanen oben in der Bourke Street?« fragte Esther.

»Laß uns nicht rührselig werden«, sagte Sonia. »Ich muß bald zurück zur Arbeit. Ich brauche genügend Zeit für meinen Mittagsschlaf, und ich muß noch einiges erledigen. Ich möchte, wenn ich meinen Urlaub antrete, alles fertig haben, woran ich jetzt arbeite.«

»Komm, wir teilen uns die Rechnung«, sagte Esther. Sie winkte der Kellnerin.

»Hab' ich dir erzählt, daß ich einen Erste-Hilfe-Kurs für Babys absolviert habe?« fragte Sonia. »Ich kann jetzt Mund-zu-Mund-Beatmung bei Babys machen. Obwohl, wenn die Kinder wie Fred aussehen, werde eher *ich* sie nötig haben.«

»Ich kann das nicht«, sagte Esther. »Ich wollte es immer lernen. Ich habe schreckliche Angst davor, eines Tages in die Lage zu kommen, jemanden mit Mund-zu-Mund-Beatmung retten zu müssen, und dann weiß ich nicht, wie es geht.«

»Der Kurs ist sehr gut«, sagte Sonia. »Wir haben gelernt, festzustellen, ob das Baby bewußtlos ist. Was man machen muß, wenn das Kind Gift geschluckt hat. Wo man Waschmittel und solche Sachen aufbewahren soll. Sie haben uns sogar eine Magnetkarte für die Kühlschranktür gegeben. Da stehen Name und Adresse von einem selber drauf. Anscheinend kommt es öfter vor, daß Kindermädchen oder Babysitter den Notruf anrufen und vor lauter Aufregung nicht wissen, wo sie sind. An so was würde man normalerweise nicht denken, oder?«

»Ich schon«, sagte Esther. »Als die Kinder klein waren, hatte ich eine Liste mit Telefonnummern für den Notfall am Kühlschrank, die bis auf den Boden reichte.«

»Ich bringe dir die Mund-zu-Mund-Beatmung bei, wenn du möchtest«, sagte Sonia. »Ich habe ein Erste-Hilfe-Buch, und ich glaube, ich bin ziemlich gut.«

»Danke«, sagte Esther. »Vielleicht komme ich darauf zurück.«

Sonia beugte sich vor. »Du bist meine allerbeste Freundin«, sagte sie.

Esther war peinlich berührt. Ihrer Meinung nach standen sie und Sonia sich keineswegs so nahe.

»Ich kann dir wirklich vertrauen«, sagte Sonia.

»Das freut mich«, sagte Esther.

»Ich hab' dir doch erzählt, daß Michael mich anmacht«, sagte Sonia. »Das könnte ich niemand anderem erzählen. Es macht mir Angst, daß er mich erregt. Es ging mir besser, als der Sex mit Michael reine Routine und der mit Fred sehr aufregend war.« Sie hielt inne. »Hör dir das an. Ich klinge wie ein Nervenbündel. Ich möchte langweiligen Sex mit meinem Mann und heißen Sex mit meinem Liebhaber. Langsam komme ich mir selbst wie eine Analysekandidatin vor.

Neulich habe ich Michael in den Po gekniffen. Er war so fest. Noch kein bißchen schwabbelig. Das war mir noch nie aufgefallen. Vielleicht lasse ich mich von ihm lecken, wenn ich wieder einen Orgasmus haben darf.«

Die Serviererin, die gerade das Wechselgeld auf den Tisch legen wollte, stand mit offenem Mund da und hielt die Dollarnoten in die Luft. »Hat man Sie noch nie bis zum Orgasmus geleckt?« sagte Sonia zu ihr. »Da haben Sie was versäumt.«

»Du hast sie in Verlegenheit gebracht«, sagte Esther.

»Das wollte ich auch«, sagte Sonia. »Sie hat mich so ungläubig angesehen, als ob nur Zwanzigjährige geleckt würden.«

»Vielleicht ist das auch hauptsächlich der Fall«, sagte Esther.

»Nun, für mich nicht, und ich werde auch nicht damit aufhören«, sagte Sonia.

»Entschuldigen Sie, ich finde, daß es sich für eine Schwangere nicht gehört, so zu reden«, sagte die ›schlechtgelaunte‹ Frau.

»Die schwangeren Frauen haben offensichtlich gebumst«, sagte Sonia. »Es ist ein bißchen spät, so zu tun, als ob sie noch Jungfrauen wären.«

»Sie hat recht«, sagte der Ehemann der Frau.

»Hat sie nicht«, sagte die Frau.

»Hat sie doch«, sagte der Mann

»Wahrscheinlich ist sie kinderlos«, sagte Sonia. »Die meisten Kidnapper von Babys sind Frauen, die ein Kind verloren haben oder nicht schwanger werden können.«

»Ich weiß nicht, wie du den Sprung von der vermuteten Kinderlosigkeit zur Kidnapperin geschafft hast«, sagte Esther.

»Ich auch nicht«, sagte Sonia. »Ich habe in letzter Zeit viel daran denken müssen.

»Ich finde, du solltest dich beruhigen«, sagte Esther. »So viele Kinder werden nicht geklaut.«

»Du sagst mir, daß ich mich beruhigen soll«, sagte Sonia. »Du bist in Analyse. Du bist diejenige, die Leute entweder schriftlich beerdigt oder Bücher über Todeslager liest. Ich finde, du solltest aufhören, diese ganze Literatur über den Holocaust zu lesen.«

»Sie beruhigt mich«, sagte Esther.

»Sie beruhigt dich?« sagte Sonia. »Das ist wirklich sonderbar.«

»Ich finde es auch sonderbar«, sagte Esther. »Ich spüre, wie mich beim Lesen Ruhe überkommt. Ich habe gerade erst wieder über das Lodzer Ghetto gelesen. Mitten im Durcheinander, inmitten von Krankheit, Demoralisierung, Demütigung und Tod gab es immer noch Raum für Alltägliches. Die Leute haben sich im Ghetto scheiden lassen.«

»Und was ist daran beruhigend?« fragte Sonia. »Ist das nicht eher ein weiterer deprimierender Faktor?«

»Nein, ist es nicht«, sagte Esther. »Es hat etwas Tröstliches, wenn die Leute sich immer noch um ihre Beziehungen kümmern.«

»Die haben sich nicht gekümmert«, sagte Sonia. »Die wollten raus.«

»Auch das ist Kümmern«, sagte Esther. »Zur gleichen Zeit, als ein Paket Streichhölzer siebzehn Tagesrationen an Lebensmitteln kostete und die Leute Türen, Fensterrahmen und Fußbodendielen als Brennholz nehmen mußten, wurden im Ghetto Konzerte gegeben. Es gab ein Symphonieorchester. Der erste Geiger war der ehemalige Konzertmeister der Lodzer Philharmoniker. Beethoven war sehr beliebt.«

»Ich spiele den Babys Musik vor«, sagte Sonia. »Ich spüre so gern, wie sie strampeln und treten. Sie können mir gar nicht genug strampeln. Sie lieben Jazz.«

»Woher weißt du das?« fragte Esther.

»Weil sie dann anfangen, sich zu bewegen«, sagte Sonia. »Ich spiele ihnen die Wiegenlieder von Brahms und Mozart vor.«

Esther hätte so gern Klavier spielen können. Als Kind hatte sie jahrelang Klavierunterricht gehabt. Sie hatte nicht viel gelernt. Sie hatte immer nur so getan, als ob sie übte. Eine halbe Stunde lang die C-Dur Tonleiter rauf und runter. Keiner hatte etwas gemerkt. Mrs. Brenson, ihre Klavierlehrerin, wunderte sich über Esthers geringe Fortschritte, sagte aber nichts.

Weil sie nicht Klavier spielen konnte, tippte sie manchmal, um sich zu beruhigen. Sie hatte ein Lieblingsgedicht, das sie sehr gerne tippte. *Die Beladenen* von Anna Kamieńska. Eine Freundin hatte es ihr geschickt. Hin und wieder setzte sie sich vor ihre Schreibmaschine und tippte dieses Gedicht. Sie kannte jeden Rhythmus und jede Wendung. Ihre Hände waren leicht gewölbt, wie die eines Pianisten, wenn sie die Tasten anschlug.

Die Beladenen
die Klaviere
in den zehnten Stock tragen
Kleiderschränke und Särge
der alte Mann mit einem Bündel Holz
der über den Horizont humpelt
die Frau mit dem Packen Nesseln auf den Schultern
die Verrückte mit dem Kinderwagen
voller Wodkaflaschen
sie alle werden unbeschwert sein
wie eine Möwenfeder wie ein Blatt im Wind
wie eine Eierschale ein Stück Zeitung

Gesegnet sind die Beladenen
denn sie sollen unbeschwert sein

Sie mußte oft weinen, während sie das tippte.

6

»DED HIER«, SAGTE EDEK ZEPLER. ER KLANG GEDÄMPFT. »HAB' ich dich geweckt?« fragte er.

»Nein, Dad«, sagte Esther. »Ich war schon auf.«

»Tut mir leid, wenn ich dich geweckt hab'«, sagte Edek.

»Du hast mich nicht geweckt«, sagte Esther. »Du weißt doch, daß ich immer früh aufstehe.«

»Ich hab' bis zur letzten Minute gewartet, damit ich dich nicht wecke«, sagte Edek.

»Ich wollte dich gerade anrufen«, sagte Esther. »Ich wußte, daß das eine schwere Zeit für dich ist.«

»Schwer«, sagte Edek. »Nichts, was ich tue, ist schwer.« Er machte eine Pause. »Das Haus sieht furchtbar aus. Alles ist weg. Nur mein Bett ist noch da. Und ein Stuhl. Auf dem sitz' ich. Hier sieht's aus, als ob jemand gestorben wäre.«

»Niemand ist gestorben, Dad«, sagte Esther. »Im Gegenteil. Du fängst ein neues Leben an.«

»Na und«, sagte Edek. »Ein neues Leben interessiert mich gar nicht so. Ich bin eine alte Kacke. Ich hatte schon viele Leben.«

»Wenn du erst im Flugzeug sitzt und unterwegs bist, geht's dir besser«, sagte Esther.

»Mir geht's nicht schlecht«, sagte Edek. »Das Haus ist so still. So still wie damals, als Mum gerade gestorben war. Noch stiller. Als Mum tot war, hat der alte Snowy furchtbar gebellt. Wegen deiner Mum. Er hat sie vermißt. Er konnte nicht verstehen, warum sie nicht mehr da war.«

»Snowy war ein lieber Hund«, sagte Esther. »Er hing so sehr an Mum.«

»Dann ist Snowy auch gestorben«, sagte Edek. »Sechs Wochen nach deiner Mum. Ich hätte auch sterben sollen.«

»Du hättest auf keinen Fall sterben dürfen, Dad«, sagte Esther. »Das wär' zuviel für mich gewesen.«

»Du wärst schon drüber hinweggekommen«, sagte Edek. »Bei jungen Menschen ist das so.«

»So jung bin ich nicht mehr«, sagte Esther.

»Ich hab' den Hund weggegeben«, sagte Edek. »Deshalb ist es hier so still. Der Hund war eigentlich ganz froh, wegzukommen. Er ist mit dem neuen Besitzer mitgelaufen, als wär' er schon sein Hund. Er hat mich nicht einmal angeschaut. Wie wenn ich nicht der gewesen wäre, der ihm jeden Tag eine Dose Pal gekauft hat. Ich habe nie billiges Hundefutter gekauft. Nur Pal. Mum hat Snowy immer gefüttert.«

»Wenigstens fühlt er sich bei seinem neuen Besitzer anscheinend wohl«, sagte Esther.

»Und wie«, sagte Edek.

»Fela Fligelman bot mir an, mich zum Flughafen zu bringen«, sagte Edek. »Ich sagte, danke nein, mein Enkel fährt mich hin. Sofort muß sie mir erzählen, wie gescheit ihr Enkel ist. Ihr Enkel ist ein Trottel. Er fährt ein großes piekfeines Auto. Er glaubt, das macht ihn zu einem großen piekfeinen Menschen. Ich habe Fela Fligelman nicht gesagt – obwohl ich können hätte, weil's die Wahrheit ist –, daß mein Enkel, der fast schon ein Doktor ist, in jedem Fach die besten Noten hat. Und er ruft mich jeden Tag an.« Edeks Stimme versagte. »Zachary ist ein guter Junge. Er hat mir geholfen, im Haus alles zusammenzupacken. In eineinhalb Stunden kommt er und holt mich ab. Mum hat soviel von ihm gehalten. Er war ihr Lieblingsenkel.«

»Er ist ein guter Junge, nicht wahr?« sagte Esther.

»Du hast großes Glück«, sagte Edek.

»Ja«, sagte Esther. »Ich weiß.«

»Ich hab' schon alles beisammen«, sagte Edek. »Mein Tikket, meinen Paß. Ich hab' mir zwei Päckchen Fantales fürs Flugzeug gekauft. In Amerika gibt es keine Fantales. In Amerika haben sie nicht so gute Süßigkeiten. Sie sagen ›Konfekt‹.

Henia hat es mir erzählt. Ich esse seit dreißig Jahren Fantales, und jetzt kann ich keine mehr bekommen, wenn mir danach ist.«

»Dad, es gibt in Amerika ganz ähnliche Schokoladentoffees«, sagte Esther. »Ich werd' mich danach umsehen.«

»Nein, so wichtig ist das auch nicht«, sagte Edek. »Fantales sind sowieso nicht so gut für meine Zähne. Sie kleben schrecklich. Manchmal muß ich die Zähne rausnehmen, um sie runterzukriegen. Hab' ich dir erzählt, daß ich meine alten Gebisse weggeschmissen hab'? Ich hatte vier. Ich hab' sie aufbewahrt, falls ich sie eines Tages brauche. Gestern habe ich sie ausprobiert. Sie passen mir nicht mehr so gut. Also habe ich sie weggeschmissen. Wie viele Gebisse brauche ich? Ich habe vielleicht noch drei, vier Jahre, in denen ich was essen kann. Die zwei, die da sind, werden reichen.«

»Du bist noch sehr gut in Schuß, Dad«, sagte Esther. »Du könntest noch fünfzehn, zwanzig Jahre Zeit zum Essen haben.«

»In dem Fall«, sagte Edek, »muß ich mir amerikanische Zähne kaufen. Ich hab' auch die alten Fotos eingepackt. Ich bringe ein paar schöne Fotos von Mum mit. Ich hab' ein paar gefunden, die du, glaube ich, nicht hast. Die bring' ich dir mit.«

»Danke, das würde mich freuen«, sagte Esther.

»Die Fotos sind bei den Dokumenten in der Aktentasche«, sagte Edek. »Alles andere hab' ich in die beiden Koffer gepackt. Du weißt, die blauen, die Mum immer für die Urlaubsreisen genommen hat. Also sitze ich hier in der Küche mit den Koffern und der Aktentasche und warte.«

»Sei nicht zu traurig«, sagte Esther.

»Wer ist denn traurig?« fragte Edek. »Ich bin nicht traurig. Das Traurigste, was mir passieren konnte, ist schon passiert. Meine Frau ist gestorben. Danach kann nichts mehr traurig sein.«

»Du wirst hier ein schönes Leben haben«, sagte Esther. »Du warst so lange einsam und allein.«

»So einsam war ich nicht«, sagte Edek. »Oij, ich habe vergessen, die Namensschilder von Continental Airlines an meine

Koffer zu hängen. Wart' einen Moment. Ich glaube, ich hab' sie im Schlafzimmer gelassen.«

Kurz darauf kam er zurück. »Ich hab' sie«, sagte er. »Gott sei Dank, daß mir das noch eingefallen ist. Warte, ich häng' sie schnell an die Koffer.« Esther wartete.

»So ist's gut«, sagte Edek. »Jetzt ist alles fertig.« Er seufzte laut. »Da sitz' ich also, mit meinen zwei Koffern und meiner Aktentasche. Ich bin in der Küche, in der früher meine Familie war. Jetzt ist die Küche leer, außer mir, dem Stuhl, auf dem ich sitze, und meinen beiden Koffern. Als ich nach Australien kam, hatte ich nur einen Koffer. Jetzt gehe ich nach Amerika und habe zwei Koffer. Zwei blaue Koffer.«

»Du hast deinen Besitz verdoppelt«, sagte Esther. Ihr war zum Weinen. Sie versuchte an etwas zu denken, das ihren Vater aufheitern und von der leeren Küche und den alten Zähnen ablenken würde.

»Fela Fligelman hat gemeint, ich werd' in einem Jahr wieder da sein«, sagte Edek. »Länger würd' ich's in Amerika nicht aushalten. Na ja, wie es so heißt, que sera, sera. Das bedeutet, was sein wird, wird sein.«

»Ich weiß«, sagte Esther.

»Mum hat das Lied immer gesungen«, sagte Edek. »Que sera, sera, was immer auch sein wird, wird sein. Sie hat es dauernd gesungen. Sie wußte nicht, daß es ein böser Krebs ist, der sein wird. Vielleicht hätte man sie in Amerika retten können, wenn wir sie dorthin gebracht hätten?«

»Niemand hätte sie retten können«, sagte Esther. »Bauchspeicheldrüsenkrebs ist nicht heilbar. Weder in Amerika noch in Australien. Wir haben alles getan, was wir konnten.«

»Wahrscheinlich«, sagte Edek.

»Michael Landon, der in *Bonanza* und *Unsere kleine Farm* mitgespielt hat, ist daran gestorben«, sagte Esther. »Erinnerst du dich an *Bonanza*?«

»Natürlich erinner' ich mich an *Bonanza*«, sagte Edek.

»Er war der jüngste Bruder«, sagte Esther. »Drei Monate, nachdem der Bauchspeicheldrüsenkrebs festgestellt worden war, ist er gestorben. Und er hatte alles Geld der Welt und Zugang zu jedem Spezialisten.«

»Das wußte ich nicht«, sagte Edek.

»Mir fällt immer auf, wenn jemand an Bauchspeicheldrüsenkrebs stirbt«, sagte Esther.

»Ich schätze, in deinem Job siehst du so was oft«, sagte Edek.

»Willst du mich ärgern?« fragte Esther.

»Natürlich nicht«, sagte Edek. »Es ist mein Ernst.«

»Ich hab' meinen Internationalen Führeschein gekriegt«, sagte Edek. Er sagte immer Führeschein. Er ließ das R in der Mitte weg. Esther hatte ihn so oft korrigiert, aber er lernte es einfach nicht.

»Das Foto in dem Führeschein ist sehr gut, auch wenn ich das selber behaupte«, sagte Edek.

»Es heißt Führe*r*schein«, sagte Esther.

»Sag' ich doch«, sagte Edek. »Führeschein. Ich brauche einen Führeschein, um in New York und in Florida fahren zu können. Ich lasse Zachary mein Auto. Hab' ich dir das erzählt?«

»Ja, hast du«, sagte Esther. »Zachary ist begeistert.«

»Zachary bringt mich zum Flughafen, und das war's dann. Goodbye, Charlie.«

»Goodbye, Charlie, und: Hallo, Henia«, sagte Esther.

»Hallo, Henia ist keine so große Sache«, sagte Edek. »In unserem Alter heißt das, sich Gesellschaft leisten.«

»Sich Gesellschaft leisten macht einen großen Teil jeder Beziehung aus«, sagte Esther.

»Hast wohl recht«, sagte Edek. »Sie ist eine sehr intelligente Frau. Sie ruft mich jeden Morgen an. Jeden Tag. Und jeden Tag fragt sie, ob ich auch wirklich komme. Sie hat Angst, daß ich meine Meinung ändere. So ein Typ bin ich nicht. Ich ändere meine Meinung nicht. Das habe ich ihr gesagt. Ich hab' ihr gesagt, daß ich meine Sachen gepackt habe. Ich hab' alle Möbel verkauft. Klingt das nach jemandem, der seine Meinung ändert? Aber sie hat immer noch Angst. Sie glaubt mir nicht, sagt sie, bis ich in Florida bin.«

»Da wirst du in ungefähr dreißig Stunden sein«, sagte Esther.

»Stimmt«, sagte Edek. *»Finita la musica in Australia. Arrivederci Australia.«*

Finita la musica, *arrivederci* und *ciao* bildeten den Kern von Edeks Italienischkenntnissen. Esther war sich nicht einmal sicher, ob es überhaupt Italienisch war. Edek hatte die Ausdrücke von den Nachbarn in Carlton gelernt. Er war stolz auf sein Italienisch und verwendete es häufig.

»Erinnerst du dich an Mrs. Blomberg?« fragte Edek. »Mum und ich mochten Mr. Blomberg sehr gern. Bei ihr war es etwas anderes. Mrs. Blomberg sprach nicht mehr mit uns, nachdem Mum mal zu ihr sagte, ihre Tochter wär' nicht sehr gut in Mathe. Also haben wir nicht mehr viel von Mr. Blomberg gesehen. Erinnerst du dich an sie?«

»Ja«, sagte Esther. »Ich erinnere mich.«

»Mum hat nicht gesagt, daß ihre Tochter dumm ist«, sagte Edek. »Nur, daß sie nicht gut in Mathe ist. Aber Mrs. Blomberg hat ihr nie verziehen. Wenn wir Mr. Blomberg auf der Straße trafen, hat er mit uns gesprochen. Er hat sich nett mit uns unterhalten. Er war ein netter Mann. Vor ungefähr zwei Monaten ist er krank geworden. Krebs. Ich hab' ihm Blumen ins Krankenhaus geschickt. Und ich hab' ihn angerufen, weil ich sicher sein wollte, daß er sie auch bekommen hat. Er war sehr schwach, aber er sagte, er wäre froh, mit mir zu reden. Ich sagte ihm, ich wär' auch froh. Und wie gern Rooshka und ich ihn immer hatten.

Nun, letzte Woche ist er gestorben. Mrs. Blomberg hat mich nicht angerufen, um mir wegen der Beerdigung Bescheid zu sagen. Keiner hat mich angerufen. Darüber habe ich mich sehr aufgeregt. Es ist eine Sache, mit jemand nicht zu reden, und eine andere, ihn nicht zu deinem Begräbnis einzuladen. Ich war wirklich böse. Wenn deine Mum noch leben würde, hätte sie sich auch sehr aufgeregt.«

»Ich versteh' dich gut, Dad«, sagte Esther. »Es ist gut, jemandem die letzte Ehre zu erweisen. Dann hat man nicht das Gefühl, daß der Verdruß bis übers Grab hinausgeht.«

»Wovon redest du?« sagte Edek. »Ich hab' von keinem Verdruß zwischen Mr. Blomberg und uns gesprochen. Es gab keinen Verdruß zwischen uns und Mr. Blomberg, also wie kann er da bis übers Grab hinausgehen?

Du mußt dafür sorgen, daß Mrs. Blomberg nicht bei meiner Beerdigung ist. Ich will nicht, daß du sie anrufst und ihr davon erzählst. Ich will sie nicht dabeihaben. Es ist mein Ernst. Soll sie sich schlecht fühlen. Ich will nicht, daß sie zu meiner Beerdigung kommt. Versprichst du mir das?«

»Versprochen«, sagte Esther. »Ich werde Mrs. Blomberg nicht anrufen. Ich kann sie sowieso nicht leiden.«

»Und Mrs. Stein und Fela Fligelman solltest du auch sagen, daß ich Mrs. Blomberg nicht auf meiner Beerdigung haben will«, sagte Edek.

»Okay, Dad«, sagte sie.

Reichten die Ressentiments, Querelen und Aufregungen in den Beziehungen von Menschen über das Grab hinaus? fragte sich Esther. Gab es unter der Stille des Springvale-Friedhofs in Melbourne, Australien, Streitereien, Mißgunst und ein hitziges Aufeinanderprallen von Meinungen?

Auf sie hatte der Springvale-Friedhof immer wie ein Dorf gewirkt. Die Namen auf den Gräbern waren Namen aus ihrer Kindheit. Die Reichen lagen neben den Armen. Die ganz Wichtigen befanden sich in derselben Reihe mit den gewöhnlichen Sterblichen. Alle waren ohne besonderen Aufwand begraben worden. Ohne teure Grabsteine, ohne Statuen, ohne Zierat.

Mrs. Pinkus, die sich immer mit Mrs. Golden gestritten hatte, lag jetzt neben ihr. Joseph Zelman, den eine lange, leidenschaftliche Affäre mit Pola Ganz verbunden hatte, lag neben ihrem Mann, Moishe Ganz. Pola konnte jetzt mit beiden Männern gleichzeitig reden.

Dr. Fuhrman und der Mann, der immer seinen Rasen gesprengt hatte, lagen Seite an Seite. Und das Grab von Mrs. Litman, die in der Lygon Street den Lebensmittelladen betrieben hatte, war gleich gegenüber dem von Mr. Krongold, dem Direktor von Potomac, Australiens größter Firma in Privatbesitz. Rooshka Zepler lag zwei Gräber weg von Genia Pekelman, mit der sie ein halbes Leben lang befreundet gewesen war.

An den Eingängen vieler jüdischer Friedhöfe konnte man die Aufschrift DAS HAUS DES LEBENS finden. Manchmal brachte dieser Satz Esther aus der Fassung, und manchmal beruhigte er sie. Man konnte leicht glauben, daß es auf dem Springvale-Friedhof immer noch eine Menge Leben gab.

Die Lebenden waren vor den Aktivitäten der Toten geschützt. Bei Begräbnissen bedeckten die Juden den Sarg mit Erde und schütteten das Grab sofort zu, um sicherzustellen, daß der Geist des Verstorbenen nicht zurückkehrte und die Lebenden verfolgte. Ein Schutz gegen den Geist des Toten, damit er nicht zurückkam, um einem Feind Schaden zuzufügen.

Der Tod und das Böse schienen miteinander verknüpft zu sein. Juden wuschen sich nach einer Beerdigung die Hände. Man glaubte, daß Dämonen den Toten folgten und sich bei den Gräbern herumtrieben. Also mußte man sich schützen, wenn man in der Nähe eines unreinen Dämons gewesen war. Juden wuschen sich nach der Beerdigung die Hände, und noch einmal, bevor sie ihr Haus betraten.

Auf Friedhöfen war überhaupt sehr viel los. Esther hatte gerade einen Brief von Ivana erhalten. Sie und ihre Mutter hatten am Muttertag auf dem Weg zum Fawkner-Friedhof, auf dem Ivanas Vater begraben lag, in einem Verkehrsstau gesteckt. Als sie ankamen, hatten sie die ersten zwei Stunden damit verbracht, sein Grab und die Gräber einiger seiner Freunde in Ordnung zu bringen.

Manche Pflanzen mußten beschnitten, andere umgepflanzt oder ersetzt werden. Ivana und ihre Mutter hatten das Unkraut in den Blumenbeeten gejätet und den Grabstein geputzt und poliert.

Danach ließen sie sich zum Picknick nieder. Ivanas Mutter hatte mit Spinat gefüllte Hühnerbrüstchen eingepackt. Die servierte sie mit einem Salat aus Kartoffeln, roten Beten und grünen Bohnen. Außerdem hatte sie selbstgemachte, süße Milchteig-Donuts und starken türkischen Kaffee dabei. Sie saßen auf dem Grabstein und verzehrten ihr Picknick. Als sie damit fertig waren, knieten sie am Grab nieder und fotografierten sich gegenseitig.

Ivana und ihre Mutter unternahmen diese Pilgerfahrt zum Fawkner-Friedhof an jedem Muttertag, Vatertag, Karfreitag und zu Weihnachten. Außerdem kamen sie in jedem Jahr an den Geburtstagen von Vater, Mutter und Tochter hierher.

Ivana wußte sehr viel über Friedhöfe und Beerdigungen. Sie hatte Esther erzählt, daß Sargträger oft sehr gut aussahen. Ein Bestattungsunternehmer hatte Ivana erklärt, daß trauernde Verwandte keinen häßlichen Anblick wünschten.

Esther hatte Ivana sofort zurückgeschrieben. Im Vergleich zu persönlichem Kontakt waren Briefe so etwas Einfaches. Frei von Spannungen. Unbeeinträchtigt von alten Wunden. In einem Brief konnte man sein Bestes zum Ausdruck bringen.

»Bitte erzähl mir, wie es dir geht«, hatte Ivana geschrieben.

»Mir geht es gut«, hatte Esther geantwortet. In einem Brief ließ sich das leicht sagen. Es gab kein Zögern, keine matte Stimme, die einen hätten verraten können.

»Ich habe mir einen großen Einkaufswagen zugelegt«, schrieb sie. »Zelda und Kate sind entsetzt. Sie nennen ihn den ›peinlichen Einkaufswagen‹. Aber ich gehe in Chinatown damit einkaufen. Es ist alles so billig dort. Sechs Äpfel für einen Dollar. Mangos für fünfzig Cents. Ich bin nur von Chinesen umgeben. Als ob man in Hongkong wäre. Ich zeige einfach auf das, was ich haben will. Ganze Familien stehen an den Marktständen. Die Kasse besteht aus einer Pappschachtel mit Unterteilungen aus Pappe.

Es gibt auch ein Hühnergeschäft. Eine dunkelbraune, schäbige kleine Holzhütte, die aussieht, als gehörte sie auf den Hinterhof einer alten Farm in Tuscaloosa, wenn es dort überhaupt Farmen gibt. Es ist in der Grand Street. Drinnen sind Reihen über Reihen von Holzregalen, die bis zur Decke mit lebenden Hühnern vollgestopft sind. Die Hühner gackern. Die chinesischen Frauen heben die Hühner hoch und schauen sich ihre Hinterteile an. Ich wüßte gerne, wonach sie suchen. Aber ich trau' mich nicht zu fragen.

Mein Einkaufswagen funktioniert wirklich gut. Er rollt mühelos über die Schlaglöcher und überwindet die Bordsteine mit Leichtigkeit. Nach meinem ersten Ausflug damit war ich auf dem Heimweg, als ich hinter mir schreckliche Schreie hörte. Ich sah mich um. Die Leute zeigten auf mich und schrien. Mir wurde heiß. Ich meine, schließlich bin ich in New York. Ich schnappte meinen Einkaufswagen und ging weiter, so schnell ich konnte. Die Schreie wurden lauter und lauter. Ich blieb eine Sekunde stehen. Vier chinesische Männer rannten hinter mir her und hielten Äpfel und Orangen in den Händen, die aus meinem Wagen gefallen waren. Jetzt lege ich eine große Plastiktüte für meine Einkäufe hinein, damit nichts mehr rausfällt.«

Esther hatte noch ein paar weitere Neuigkeiten hinzugefügt, den Brief dann zugeklebt und mit einer Marke versehen.

»Ich möchte, daß du mir versprichst, daß Mrs. Blomberg nicht zu meiner Beerdigung kommt«, sagte Edek.

»Versprochen, versprochen«, sagte Esther.

»Henia hat mich heute zweimal angerufen«, sagte Edek. »Und das war gut so, denn dadurch konnte ich ihr sagen, daß ich morgen früh nicht zu Hause sein werde.«

»Natürlich wirst du nicht zu Hause sein«, sagte Esther. »Du wirst auf dem Weg nach Fort Lauderdale in Florida sein.«

»Sicher werd' ich das«, sagte Edek. »Aber das weiß Henia nicht. Ich will sie überraschen. Auf diese Weise bin ich schon in Florida, bevor sie überhaupt weiß, daß ich nicht mehr in Melbourne bin.«

»Dad, ich finde, es ist keine gute Idee, sie zu überraschen«, sagte Esther.

»So groß wird die Überraschung nicht sein«, sagte Edek. »Sie weiß, daß ich nach Florida komme, um bei ihr zu sein. Sie weiß, daß ich den ganzen Haushalt aufgelöst habe, um in Amerika ein neues Leben zu beginnen.«

»Aber sie weiß nicht, wann du kommst?« fragte Esther.

»Sie weiß nicht genau, wann«, sagte Edek. »Heute morgen habe ich ihr gesagt, bald. Sie sagte, für sie könnte es gar nicht bald genug sein. Ob ich nicht schon früher kommen könnte. Ich sagte, ich würde es versuchen.«

»Also erwartet sie dich nicht«, sagte Esther.

»Sie erwartet mich, aber sie weiß nicht, wann ich komme«, sagte Edek.

»Dad, es ist keine gute Idee, eine Frau zu überraschen«, sagte Esther. »Vielleicht möchte sie sich die Haare waschen oder Make-up auflegen oder sonst was.«

»Daran habe ich auch schon gedacht«, sagte Edek. »Ich werde sie vom Flughafen in Fort Lauderdale aus anrufen. Dann hat sie ungefähr eine halbe Stunde Zeit für das, was sie tun muß.«

»Ich finde das eine schlechte Idee«, sagte Esther.

»Und ich finde, es ist eine gute Idee«, sagte Edek. »Ich werde dir jetzt auf Wiedersehen sagen. Und ich werde noch ein bißchen hier sitzen, allein, ganz ruhig. Sobald ich in Florida ankomme, rufe ich dich an. In ungefähr zwanzig Minuten wird Zachary hier sein, und dann heißt es *arrivederci Australia*.«

Esther sah sich in ihrem Schlafzimmer um. Der Koffer, den sie und Sean in Houston mitgehabt hatten, war erst halb ausgepackt. Sie waren drei Tage in Houston gewesen. Sean hatte den Auftrag für ein Wandgemälde für das Foyer eines großen Hotels ergattert.

Sie nahm den *Downtown Bugle* zur Hand. Sie blätterte die Seite mit den Nachrufen auf. Sie fand den Nachruf, den sie eine halbe Stunde, bevor sie zum Flughafen gefahren war, abgeliefert hatte. Er betraf Marjorie Peck, eine Schauspiellehrerin in New York. Marjorie Peck hatte viele berühmte Schauspielerinnen und Schauspieler ausgebildet. Sie war an einem Lymphom gestorben. Mit achtundsechzig.

»O nein«, sagte Esther laut. Am Ende des Nachrufs stand: ›Marjorie Peck hinterläßt ihren Mann Dolly.‹ Mr. Peck hieß Solly. Wie konnte das passieren? Sie wußte, daß es nicht ihr Fehler war. Sie überprüfte ihre Texte mehrfach. Warum hatte das niemand gemerkt? Wieviele Ehemänner gab es, die Dolly hießen? Sie hoffte, daß der Fehler Mr. Peck nicht noch mehr Kummer bereiten würde.

Anzeigen von Bestattungsinstituten und Friedhöfen umrahmten die Nachrufe. Esther hielt das für etwas makaber. Und für ein bißchen schäbig. Es kam ihr unfein vor, mit dem Tod Geschäfte zu machen. Sie wußte, daß sie unlogisch war. Es wäre dumm gewesen, wenn die Bestattungsinstitute auf den Rezeptseiten oder denen für Singles inseriert hätten.

Das Star of David Sanctuary pries ober- und unterirdische Beisetzungen an. Sie hatte einmal dort angerufen, um zu fragen, was eine oberirdische Beisetzung sei.

»Wir haben ein wunderschönes Mausoleum, meine Liebe«, hatte die Frau gesagt. »Geht's um Sie selber?«

»Nein«, sagte Esther. »Es ist nur eine allgemeine Frage.«

»Unser Mausoleum hat sechs Etagen«, sagte die Frau.

»Wo werden die Leichen aufbewahrt?« fragte Esther.

»In Särgen natürlich«, sagte die Frau. »Die Särge befinden sich in luftdichten Kammern. Im Winter wird das Gebäude beheizt, für den Sommer gibt es eine Klimaanlage.«

Der Gedanke an einen luftdicht abgeschotteten Sarg war Esther unheimlich. Wer wollte schon, irgendwo hoch oben und ohne Luft, in einem sechsstöckigen Mausoleum liegen?

»Warum entscheidet sich jemand dafür, oberirdisch beigesetzt zu werden?« fragte Esther die Frau.

»Manche Menschen fürchten sich vor Schmutz«, sagte sie. »Manche möchten nicht unter die Erde, manche wollen nicht naß werden. Im Mausoleum ist es sehr trocken. Keine Feuchtigkeit. Das Wetter tangiert uns überhaupt nicht.«

»Ist es sehr gefragt?« erkundigte sich Esther.

»Wir haben gerade einen Teil angebaut, und der ist schon zu fünfundneunzig Prozent ausverkauft«, sagte die Frau.

»Das ist gegen die biblischen Gebote, nicht wahr?« sagte Esther. Aufgrund ihrer neuerworbenen Bibelkenntnisse konnte sie diese Behauptung ruhig aufstellen. Die Frau antwortete nicht. »Sie wissen schon, ›Staub bist du, und zu Staub wirst du zurückkehren‹«, sagte Esther. »In einem Mausoleum kann man wohl kaum wieder zu Staub werden.«

»Orthodoxe glauben nicht an eine Bestattung über der Erde«, sagte die Frau. Esther beschloß, es mit den Orthodoxen zu halten. Sie zog es vor, zu Staub zu werden.

Quer über die Werbung des Star of David Sanctuary zog

sich eine Schriftrolle, auf der stand: ›Beschränktes Platzangebot. Nur mehr Restplätze‹.

Zelda kam ins Zimmer. »Ich habe mir überlegt, wie wir einen Hund haben können und uns keine Sorgen zu machen brauchen, daß er im Studio ein Chaos anrichtet«, sagte sie.

»Ich dachte, wir wären uns einig gewesen, daß es zuviel Streß bedeutet, in New York einen Hund zu haben«, sagte Esther.

»Würdest du mich bitte ausreden lassen?« sagte Zelda. »Das letzte Mal, als wir über einen Hund gesprochen haben, hast du gemeint, er würde in Seans Studio herumtoben und außerdem den Alarm auslösen, wenn wir nicht zu Hause wären.«

»Das waren nur zwei der Probleme«, sagte Esther.

»Nun, ich habe diese Probleme gelöst«, sagte Zelda.

Esther stöhnte.

»Es gibt so ein Ding, das heißt unsichtbarer Zaun«, sagte Zelda. »Das ist eine Art Stromschranke, und dazu gibt's einen Empfänger, den man am Halsband des Hundes festmacht. Das Ganze funktioniert elektronisch. Man wählt den Bereich aus, in dem der Hund bleiben soll. Wenn er diesen Bereich verlassen will, kriegt er einen leichten elektrischen Schlag. Man nennt das elektrische Korrektur.«

»Ich glaube, ich brauche eine elektrische Korrektur«, sagte Esther.

»Anscheinend tut's nicht weh«, sagte Zelda. »Es heißt, wenn man den Hund fünfzehn Minuten pro Tag trainiert, bleibt er nach sieben Tagen in seinem Bereich. Wenn er einmal gelernt hat, wo die Grenzen sind, entfernt man die elektrische Ladung und hat nur noch einen kleinen Piepton, der ausreicht, damit der Hund sich erinnert.«

»Zelda, das klingt grauenhaft«, sagte Esther.

»Der Typ hat gesagt, die elektrischen Korrekturen tun dem Hund nicht weh«, sagte Zelda.

»Das sind keine elektrischen Korrekturen«, sagte Esther. »Das sind Elektroschocks.«

»Ein Hund würde potentielle Einbrecher abschrecken«, sagte Zelda.

»Dafür gibt's Alarmanlagen mit Hundegebell«, sagte Esther.

»Die kann man am Türgriff befestigen. Ein Sensor erfaßt jede Bewegung und löst den Alarm aus, und dann hört man das Gebell eines großen, bösen Hundes.«

»Ich wußte, es wird nicht klappen«, sagte Zelda.

»Jedesmal, wenn ich irgendwo hinfahre, möchtest du einen Hund haben«, sagte Esther. »Du solltest einmal darüber nachdenken und versuchen rauszufinden, warum du immer dann darauf zurückkommst.«

»Ich will nicht immer dann einen Hund haben, wenn du wegfährst«, sagte Zelda. »Ich will seit zwei Jahren einen Hund. Und in diesen zwei Jahren bist du ziemlich oft weg gewesen. Und da kann's schon mal vorkommen, daß meine Bitte um einen Hund mit deiner Abwesenheit zusammentrifft.«

»Sie hat recht, Essie«, sagte Kate. Sie rieb sich, noch halb verschlafen, die Augen.

»Warum versteht ihr beide euch immer so gut, wenn es gegen mich geht?« fragte Esther.

»Wir verstehen uns die meiste Zeit gut«, sagte Kate. »Gestern abend haben wir uns eine wahnsinnig komische Folge von *Seinfeld* angesehen. Sie hatten eine Wette, wer es am längsten ohne Masturbieren aushalten würde. Du konnest zusehen, wie einer nach dem anderen zusammenklappt. Es war so komisch.«

Beide Mädchen lachten beim Gedanken daran.

Wie konnten sie so leicht über Masturbation reden? Esther war schon das Zuhören unangenehm. Sie versuchte, neutral auszusehen. Kate berichtete über den Ablauf der Show. Sie erklärte jeden Fall von Masturbationsentzug und Masturbationsgenuß im Detail.

Esther fühlte sich eingeschüchtert. Es war noch zu früh am Tag, um sich mit soviel Masturbation zu beschäftigen. Sean kam herein. »Ich hab' von dieser *Seinfeld*-Folge gehört«, sagte er. »Es war erstmalig im Kabelfernsehen. All dieses Gerede über Masturbation.«

Zelda erzählte Sean die ganze Folge nach, Szene für Szene. Kate assistierte ihr dabei. War dies das Bild einer modernen, glücklichen Familie? Einer Familie, die über alles miteinander reden konnte, auch über Sex? Esther bemühte sich, entspannt auszusehen.

In Houston hatten sie und Sean nicht oft miteinander geschlafen. Es war heiß und feucht dort. Die Grünanlage beim Hotel wirkte bedrückend. Es gab zu viele Bäume, und die waren zu grün. Die kleinen Fenster des Hotelzimmers gingen auf andere Hotelzimmer hinaus. Sie ließen sich nicht öffnen. In einer abgeschotteten Umgebung, bei künstlichem Licht, ohne Aussicht aus dem Fenster und bei voll aufgedrehter Klimaanlage war es schwer, Lust zu empfinden.

Houston schien aus Autobahnen und Einkaufszentren zu bestehen. Stromlinienförmige, schlanke graue Autobahnen wölbten, bogen und schlangen sich über- und untereinander. Manche Kreuzungen sahen aus wie ein freistehender Wandteppich. Straßen verwoben sich mit anderen Straßen. Autos fuhren durch Verkettungen und Verknüpfungen. Einfahrten und Ausfahrten schwangen und kräuselten sich wie Fransen und Locken.

Die Autobahnen entnervten Esther. Hoch aufragend und fremd sahen sie aus, als würden sie zum Mond führen. Außer ihr schienen sie freilich niemanden zu stören. Ein Autofahrer nach dem anderen fuhr völlig entspannt auf diesen äderigen luftigen Chausseen dahin.

Zu ebener Erde beatmeten ausgedehnte Einkaufszentren die Stadt. Ladenzeile um Ladenzeile pumpte alles Lebensnotwendige und endlose Möglichkeiten dazu in die klimatisierten Passagen, Atrien und Arkaden.

Im Zentrum der Memorial City Mall, wo Esther und Sean einen Kaffee tranken, spendeten die Leute Blut. Ein großer Teil der Halle war mit Stellwänden abgeteilt worden, und zwanzig oder dreißig Sanitäter und Schwestern in weißen Mänteln nahmen Blut ab. Jeder Blutspender bekam danach ein Glas Tomatensaft. »Ich finde, Orangensaft wär' ästhetischer gewesen«, hatte Esther zu Sean gesagt.

In einer Kabine vor dem Deluxe Chocolate Stopover konnte man sich kostenlos den Blutdruck messen und den Cholesteringehalt im Blut bestimmen lassen. Als Esther und Sean an dem Geschäft vorbeigingen, ließen zwei Angestellte gerade ihre Cholesterinwerte überprüfen.

In der Piccadilly Cafeteria spielten fünfzig oder sechzig Frauen Karten. Es war halb zwölf Uhr vormittags. Das sanfte Summen des Nachdenkens lag in der Luft. Ruhige Stimmen, die murmelten, taktierten, ansagten. Und dazwischen das leise Klatschen der Karten auf den Tischen.

Die Frauen saßen an Vierertischen. Alle hatten kurzes Haar, weiß oder grau. Alle trugen Brillen. Und Ohrringe. Kurze Ohrringe. Ihre Handtaschen standen auf einem Regal, das im hinteren Teil des Lokals die ganze Breite des Raumes einnahm. Alle Handtaschen waren weiß. Außer vieren, die waren beige.

Ein älterer Mann und seine Frau schlenderten am Lokal vorbei. Der Mann trug eine große Schrotflinte unter dem Arm. Keiner nahm Notiz von ihm. Amerika ist ein seltsames Land, dachte Esther. Man durfte im Fernsehen nicht ›ficken‹ sagen, aber man konnte ohne weiteres mit einer Schrotflinte durch ein volles Einkaufszentrum spazieren.

Auf ihrem Weg zurück ins Hotel verfuhren sie sich. Sie hätten die Route 601 Nord nehmen müssen. Auf allen Schildern stand Route 601 Süd. Sie fuhren eine halbe Stunde lang im Kreis. »Herrgott«, sagte Sean, »jeder Idiot in dieser Stadt fährt mit verbundenen Augen diese Autobahnen rauf und runter, und wir schaffen's, ein Labyrinth draus zu machen.«

Nach einigen Fehlversuchen auf der Interstate 10 und der Route 59 fanden sie die 601 Nord. »Im Vergleich zu Houston sieht L. A. aus wie Paris«, sagte Sean.

An diesem Morgen hatten sie im Hotel Maisgrütze zum Frühstück gegessen. Beide zum ersten Mal. Die Grütze erinnerte an salzigen Haferbrei. Esther fand, daß man sich an diesen Geschmack erst gewöhnen müsse. Sie hatten gemeinsam mit siebzig schwarzen Baptisten gefrühstückt, die die Veranstaltung »Einkehrseminar für Eheleute« in Houston besuchten.

Die ganze Gruppe war mit Bluejeans und braunen T-Shirts bekleidet, auf denen »Einkehrseminar für Eheleute« stand. Alle wirkten recht robust. An ihren Tischen wurde viel geredet und viel gelacht.

Esther und Sean waren die einzigen Nicht-Baptisten im Frühstücksraum. Am Buffet fragte Pastor Johnson sie, ob sie nicht Lust hätten, an der morgendlichen Sitzung der Gruppe teilzunehmen. »Wir werden gemeinsam beten und diskutieren und singen«, sagte er.

Esther hätte so gerne zugesagt. Sie war neugierig, um was es bei einer solchen Veranstaltung ging. Sie wünschte sich, sie wäre extrovertierter. Sean war bereit, teilzunehmen. »Leider haben wir schon was vor«, sagte sie zu dem Pastor.

Am Nachmittag gingen sie in die Rothko-Kapelle. Sobald man die Kirche betrat, geriet man in den Sog der Gemälde. Rothkos Werke hingen still an allen acht Seiten der Kapelle. Es gab drei Triptycha und vier Einzelgemälde. Sie vermittelten eine Tiefe und ein Leuchten, die magnetisch wirkten.

Selbst in dem gedämpften Licht eines grauen Tages hatten die Bilder etwas Berauschendes. Einige hatten etwas Transparentes, Wogendes. Wie eine Nebellandschaft. Nur Atmosphäre. Andere waren strukturierter, mit Anlehnungen an religiöse Architektur und Ikonenmalerei. Rothko schuf einen Ausgleich zwischen dem Intellektuellen und dem Mystischen.

Zunächst sahen die Bilder grau aus. Je länger man sie betrachtete, desto mehr Farben und Details wurden sichtbar. Die Gemälde hatten Kraft und Stimme. Es war die Stimme des Ausgleichs und der Ordnung. Die Stimme der Reflexion. Des Jubels.

Als Esther und Sean ungefähr zwanzig Minuten in der Kapelle waren, kam die Sonne heraus. Plötzlich zeigten sich purpurne Schattierungen und Spuren von Rot auf den Leinwänden. Andeutungen von Wein, Blut und Nacht. Die Sonne verschwand, und die Gemälde waren wieder grau. Den ganzen Nachmittag kam und ging sie, in rhythmischen Abständen wie der ruhige, langsame Atem eines Meditierenden.

Esther und Sean saßen in der Kapelle und hielten sich an den Händen. Sie waren allein. Es war sehr still. Doch es war keine leere Stille. Es war die Stille gefallener Engel. Die Stille von Müttern und Vätern. Von Liebenden und Brüdern. Von Forschenden und Lehrenden. Es war eine intensive Stille.

Esther konnte sie auf ihrem Gesicht und ihren nackten Füßen spüren. Sie fühlte sie in Herz und Lungen.

Sie spürte Rothkos Gegenwart in den Bildern. Rothko nahm sich 1970 das Leben. Er war sechsundsechzig Jahre alt. Diese Bilder gehörten zu seinen letzten Werken.

Warum wählten Menschen mit so strahlenden Visionen den Freitod? Es gab so viele von ihnen. Esther hatte die Briefe des Dichters John Berryman an seine Mutter gelesen. Nachdem er einen Brief von Yeats erhalten hatte, schrieb Berryman: ›Ich bin immer noch ganz aufgeregt. Ich möchte in verschiedene, entgegengesetzte Richtungen eilen.‹ Und in einem anderen Brief schrieb er: ›Ich werde vor Glück und Begeisterung sterben.‹ Berryman war von einer Mississippibrücke in den Tod gesprungen.

Für Juden war der Freitod ein Verbrechen an Gott und den Menschen. Juden, die sich das Leben nahmen, konnten nicht im Familiengrab beerdigt werden. Sie mußten mindestens zwei Meter von einem anderen Juden entfernt liegen. Rothko war Jude gewesen.

Im allgemeinen wurden jüdische Selbstmörder am Rande des Friedhofs beerdigt. Sie hatten ein Randleben geführt, und sie blieben auch im Tod am Rande. Es gab eine Ausnahme zu dieser Regel. Das jüdische Gesetz besagte, daß Impulstäter oder jene, die ein schweres geistiges oder physisches Leiden hatten, als sie sich das Leben nahmen, neben anderen Juden begraben werden durften.

»Das trifft doch sicher auf alle Selbstmörder zu«, hatte Esther einmal zu einem Rabbi gesagt.

»Nein«, sagte er. »Es gibt Leute, die sich im vollen Besitz ihrer geistigen und physischen Kraft das Leben nehmen.«

»Wie entscheiden Sie, bei wem das Leiden nicht so schwer war?« hatte Esther ihn gefragt.

»Das ist eine schwere Entscheidung«, sagte der Rabbi.

Nachdem sie die Rothko-Kapelle verlassen hatten, gingen Esther und Sean ins Menil-Museum. Dort fühlte Esther sich von einer kleinen, runden, alten afrikanischen Holzplastik angezogen. Sie befand sich im untersten Regal einer Vitrine mit großen, aufrechten Totemfiguren.

Aus der Entfernung sah sie aus wie eine runde Eule. Es war ein Kopf, bedeckt mit Flechtwerk aus dunklem Holz. Schwarze Löcher für Augen und Nase waren ausgestochen.

»Er sieht lebendig aus«, sagte sie zu Sean. Das stimmte. »Ich finde ihn wunderbar. Ich wollte, ich könnte ihn haben. Er hat etwas sehr Aufheiterndes. Er wirkt tröstlich.«

Sie las das Schild. Die Plastik stammte aus Zaire und hieß *Geist der Totenmaske*. Esther konnte es nicht fassen.

»Was stimmt nicht mit mir?« sagte sie zu Sean. »Andere Leute lechzen nach einem Stuhl von Eames oder einer Vase von Lalique. Ich will einen *Geist der Totenmaske*.«

Der Wetterbericht kündigte Sonne und fünfundzwanzig Grad an. Esther entschloß sich, zu Fuß zu ihrer Analysesitzung zu gehen. An der Ampel an der Ecke der Sixth Avenue sprach eine junge, hellhäutige Schwarze mit einem Freund. Esther war beeindruckt von der Schönheit der jungen Frau. Sie hatte einen sehr langen Hals, lange Arme und Beine und ein elegantes Gesicht. Ihr Haar war zu Hunderten kleiner Zöpfchen geflochten. Einige kurze, wippende Zöpfchen umrahmten ihr Gesicht. Der Rest fiel in einem langen, losen Vorhang bis zu ihrer Taille herab. Schwarze Frauen machen wunderbare Sachen mit ihrem Haar, dachte Esther. Das Haar weißer Frauen sah im Vergleich dazu schlaff und langweilig aus.

Als sie die Straße überquerten, sagte der Freund der jungen Frau, ein slawisch aussehender Mann mit olivfarbener Haut und grünen Augen, zu ihr: »Es ist ein schöner Tag, du solltest dich in die Sonne legen.«

»In der Sonne werde ich weiß wie ein Fisch«, sagte sie zu ihm.

Er lachte.

Weiß wie ein Fisch. Sah weiße Haut in den Augen schwarzer Menschen so aus? Weiße Leute hatten andere Bezeichnungen für helle Haut. Weiß wie Schnee, lilienweiß, elfenbeinfarben. Weiß wie ein Fisch. Esther war hingerissen.

Sie ging die Sixth Avenue hinauf. Der Lärm war so stark wie immer. Aber er machte ihr nichts aus. Sie fühlte sich erholt. Es war gut, ein paar Tage weg gewesen zu sein. Sie war froh, wieder zurück zu sein. Zurück in Manhattan. Es tat gut festzustellen, daß sie froh war, wieder hier zu sein.

In Houston hatte ihr die Quirligkeit der Straßen gefehlt. Das Gewühl. Sie hatte das Gefühl vermißt, von der Unmittelbarkeit und dem Drängen, die New York ausmachten, umgeben und ein Teil davon zu sein.

New Yorker waren auf eine merkwürdige und versteckte Art miteinander verbunden und aneinander gefesselt. Häufig verbunden durch ihre Klagen über die Stadt. Und aneindergefesselt in ihrem Alltagsstreß.

In den meisten Städten konnte man ein Leben hinter zugenagelten Fensterläden führen. Man pflegte hauptsächlich Kontakt mit den Menschen und Dingen seiner Wahl. In Manhattan war das unmöglich. Alles und jeder war auf dem Präsentierteller.

Sie und Sean sollten öfter verreisen, dachte sie. Vielleicht könnten sie sich ein Auto kaufen? Mit einem Auto könnten sie am Wochenende Ausflüge nach Washington oder Philadelphia oder ins Grüne machen.

Autos waren billig in Amerika. Vielleicht konnten sie sich einen alten Kombi zulegen? So einen mit holzverkleideten Seiten und Sitzen, in denen man versank. Die Autos in ihrer Jugend waren alle amerikanische Autos gewesen. Ihr Vater hatte einmal einen großen pinkfarbenen Pontiac besessen. Ihr gefiel das Phallische daran nicht.

Ihr Vater ließ den großen pinkfarbenen Pontiac immer draußen vor der Fabrik stehen, in der er arbeitete. Für sie. Der Schlüssel war unter der Fußmatte. Er war stolz darauf, daß sie Auto fahren konnte. Nach der Schule holte sie den Wagen und fuhr in ihrer grünkarierten Schuluniform so lange durch die Gegend, bis es Zeit war, ihren Vater abzuholen. Sie war fünfzehn. Erst ab achtzehn durfte man Auto fahren.

Oft brachte sie Ivana nach Hause, nach Yarraville. Auf dem Rückweg, auf der Autobahn, gab Esther Gas, bis sie auf hundertzwanzig war, dann schloß sie die Augen und zählte bis zehn. Sie wußte nicht, warum sie das tun mußte.

An anderen Tagen fuhr sie hinaus nach Burnley, zu den Schlachthöfen.

Sie saß in dem pinkfarbenen Pontiac und sah zu, wie die Kühe von den Lastwagen in die Höfe getrieben wurden. Die Tiere kamen ihr verängstigt vor. Sie fragte sich, ob sie wußten, was ihnen bevorstand, oder ob ihr aufgeregter Zustand daher rührte, daß sie tagelang in einen Lastwagen gepfercht gewesen waren.

Esthers Autofahrertage waren für eine Weile vorüber, als die Polizei sie anhielt. Edek saß zufällig mit im Auto. »Officer«, sagte er zu dem Polizisten, der sie an die Seite gewinkt hatte, »meine Tochter fährt nur, weil ich Schmerzen habe in Bauch, was sind ganz schrecklich.«

»Wie alt bist du?« sagte der Polizist zu Esther.

»Fünfzehn«, sagte sie.

»Sie fährt nicht schlecht für eine Fünfzehnjährige, was, Officer?« sagte Edek.

»Sie darf überhaupt nicht fahren«, sagte der Polizist.

»Sie fährt nie«, sagte Edek. »Aber sie hat mich müssen ablösen. Mir war kotzübel. Sie sehen, Officer, ich sehe nicht gut aus.«

»Daß so was nie mehr vorkommt«, sagte der Polizist.

»Nie mehr, Officer«, sagte Edek. »Kein Autofahren mehr, bis du achtzehn bist«, sagte Edek zu Esther, nachdem der Polizist fort war. »Wir wollen keinen Ärger mit der Polizei.«

Der Polizist hatte ihr mehr Ärger erspart, als er ahnte, dachte Esther. Noch ein paar Jahre mit geschlossenen Augen auf der Autobahn zu fahren und bis zehn zu zählen hätte ihr genau den Ärger eingebracht, auf den sie offensichtlich aus war.

Bevor ihr Vater ein Auto besessen hatte, fuhren Esther, Edek und Rooshka Zepler im Sommer immer mit Mr. Jablonskis Wohnmobil für zwei Wochen nach Daylesford. Mr. Jablonski wohnte zwei Häuser weiter in der Nicholson Street. Er war Tontechniker bei der ABC, der Australian Broadcasting Commission. Er war einer der wenigen jüdischen Nachkriegsflüchtlinge, der nicht in einer Fabrik arbeitete.

Er war ein sehr kleiner Mann mit kurzem Hals und kurzen,

dicken Fingern. Er besaß einen kleinen Morris Mini, den er jeden Tag fuhr. Und sein Wohnmobil.

Mr. Jablonski hatte mit Edek einen Handel abgeschlossen. Wenn Edek ihm helfen würde, ein Wohnmobil zu bauen, könnte Edek es jedes vierte Wochenende benutzen und zwei Wochen im Sommer. Edek hatte vorgeschlagen, Mr. Jablonski solle sich einen gebrauchten Wohnwagen zulegen, den Edek im Sommer für zwei Wochen mieten würde.

»Die Wohnwagen, was die Australier fahren, sind nicht gut«, hatte Mr. Jablonski gesagt. »Das Auto fährt in die eine Richtung, und der Wohnwagen in die andere. Es ist sehr gefährlich. Die Australier nennen das einen Fischschwanz.«

»Sie brauchen nicht so einen Fisch mit einem Schwanz zu kaufen«, sagte Edek. »Ich hab' Campingbusse gesehen, was sind aus einem Stück.«

»Die sind nicht gut«, sagte Mr. Jablonski. »Sie sind leicht. Sie sind sehr schlecht bei einem Unfall. Vor dem Fahrer ist nichts. Wenn man sich überschlägt, ist man tot.«

Edek hatte sich geschlagen gegeben und bereit erklärt, Mr. Jablonski beim Bau eines Wohnmobils zu helfen.

Mr. Jablonskis Chef, Jack Livingstone, besaß ein Wohnmobil der Marke International. »Mein Boss, Mr. Livingstone, weiß, was gut ist«, sagte Mr. Jablonski zu Edek. »Ich werde mir einen International kaufen wie Mr. Livingstone.«

»Mr. Jablonski hat einen International gekauft wie der, den sein Chef, Mr. Livingstone, fährt«, sagte Edek zu Rooshka. »Bloß, Mr. Jablonski wollte nicht das gleiche bezahlen wie Mr. Livingstone, also hat Mr. Jablonski ein altes Wohnmobil von International gekauft. Er ist ein Bestid. Mr. Jablonski ist, was die Australier einen knickerigen Bestid nennen.«

»Bastard, nicht Bestid«, hatte Rooshka Zepler gesagt.

Am ersten Wochenende, an dem die beiden Männer an dem Wohnmobil arbeiteten, sah Esther ihnen zu.

»Dieses Wohnmobil ist gut und stark«, sagte Mr. Jablonski. »Ich hab's getestet.«

»Und was ist mit dem Gestank?« sagte Edek.

»Welchem Gestank?« fragte Mr. Jablonski.

»Als ich die hintere Tür aufmachte, mußte ich mich fast übergeben«, sagte Edek.

»Ach, das ist nichts«, sagte Mr. Jablonski. »Das geht vorbei. Der Wagen hat einem Metzger gehört. Wenn wir die Verkleidung rausschneiden, ist der Gestank weg.«

Sie arbeiteten das ganze Wochenende. Sie rissen die verzinkte Blechverkleidung aus dem Auto. Edeks Hände waren völlig zerschnitten. Der Gestank blieb. Sie schnitten weiter. Sie schnitten den halben Wohnwagen weg. Es stank immer noch. Blut und Innereien hatten sich im Lauf der Jahre überall festgesetzt.

»Wir müssen alles mit Bitumen streichen«, sagte Mr. Jablonski. »Das wird den Gestank wegnehmen. Wir mischen einen Rostschutz in das Bitumen, und dann wird der Wagen jahrelang in einem Topzustand sein.«

An den folgenden sechs Wochenenden weideten die beiden Männer das Fahrzeug aus und strichen jede noch vorhandene Oberfläche. Danach schnitt Mr. Jablonski ein Loch ins Dach. Er hatte einen alten Holden Kombi gekauft, der bei einem Unfall beschädigt worden war. Den ließ er bei den Streben abschneiden und auf den frisch gestrichenen International aufschweißen.

Das Fahrzeug sah sehr seltsam aus, selbst für ein Kind. Esther hatte sich vor Lachen nicht mehr halten können, als Mr. Jablonski in dem hohen, schmalen Doppeldecker-Vehikel mit doppelter Windschutzscheibe nach Hause fuhr.

Die obere Hälfte lackierte er creme-, die untere mokkafarben. Das waren die Farben von Mr. Livingstones International. Das Wohnmobil hatte sechs Türen. Um hineinzukommen, mußte man nach oben steigen und gleichzeitig den Kopf einziehen. Das gelang niemandem. Jeder stieß sich den Kopf an.

Edek und Mr. Jablonski abeiteten sechs Monate lang an der Innenausstattung. Mr. Jablonski baute einen ausklappbaren Tisch, der auch als Dreierbank oder Zweierliege verwendet werden konnte. Er baute Schränke, die er furnierte und dunkelbraun beizte. Den Fußboden belegte er mit Linoleum mit venezianischem Kachelmuster.

»In dem Wagen sieht's aus wie in einem polnischen Jagdschloß«, sagte Rooshka Zepler.

Schließlich machten sie mit dem Wohnmobil eine Probefahrt nach Lilydale. Es hatte eine sehr schlechte Straßenlage und schwankte bei jedem Windstoß. Rooshka verletzte sich am Schienbein, als die ausklappbare Treppe herunterfiel, und Edek schnitt sich in den Finger, als er den falschen Türgriff benutzte.

Esther saß vorne in der Fahrerkabine bei Mr. Jablonski. Sie war als einzige klein genug. Er hatte die Kabine so gebaut, daß sie für jeden über einen Meter sechzig zu niedrig war. In den beiden Sommern, in denen die Zeplers das Wohnmobil benutzten, war Edek halb liegend nach Daylesford gefahren.

»Mr. Jablonski hatte eine sehr gute Heizung eingebaut«, sagte Edek einmal, als sie in Erinnerungen schwelgten. »Beste Qualität. Wenn es im Sommer mal kalt geworden wäre, hätte diese Heizung uns alle warm gehalten.«

Esther blieb bei einem Zeitungsstand stehen. Sie wollte den *New York Observer* kaufen. Sie hatte festgestellt, daß er keine Nachrufe brachte. Sie überlegte sich, den Herausgeber anzurufen und zu fragen, ob er vielleicht an einigen ihrer lokalen Nachrufe interessiert wäre.

Ein junges Paar kaufte die *New York Times.* »Meine Therapeutin sagt, daß dein Therapeut sich irrt«, sagte die Frau zu dem Mann. Nur in New York, dachte Esther. So was gibt's nur in New York.

Sie kam zehn Minuten zu früh zu ihrer Sitzung. Sie hängte ihren Mantel in den Garderobenschrank. Der Schrank enthielt zwei alte Dosen weißer Innenfarbe der Marke Benjamin Moore. Außerdem zwei Monopoly-Spiele und ein Risiko-Spiel, ein Briefmarkenalbum, eine Ausrüstung für Briefmarkensammler, zwei zusammengefaltete Regiesessel in Kindergröße und acht Kleiderbügel.

Ihre Analytikerin hätte diesen Krimskrams doch sicherlich woanders unterbringen können. Dann wäre der Garderobenschrank leer und anonym gewesen. Esther sah sich nicht gern die Fragmente eines Familienlebens an, die dieses Sammelsurium darstellte.

Sie wußte, daß ihre Analytikerin eine Familie hatte. Eines der vielen Bücher, die sie geschrieben hatte, war zwei Mädchen gewidmet, die Esther für ihre Enkelinnen hielt. Die verschiedenen Fotos ihrer Analytikerin auf den Schutzumschlägen waren von ein- und demselben Mann aufgenommen worden. Er hatte denselben Familiennamen wie die Analytikerin. Esther vermutete, daß es sich um ihren Mann handelte.

Sie war froh, daß sie früh dran war. Das gab ihr noch genug Zeit, vor der Sitzung aufs Klo zu gehen. Sie öffnete die Tür zum Bad. Sie befand sich gleich rechts neben den beiden Türen, die in den Raum führten, in dem die Analyse stattfand.

Die Luft in diesem Badezimmer war unverbraucht. Jede Spur menschlicher Aktivität fehlte. Es wirkte wie ein Raum, in dem nicht viel geschah. Die Waschungen und das Sich-Zurechtmachen, das Schminken und Nasepudern, das Anziehen und Ausziehen, das sich in Badezimmern jeden Tag abspielte, fand in diesem Raum nicht statt.

Es war ein sehr sauberes Bad. Aber es war eine Sauberkeit, die von Unbenutztheit zeugte und nicht von rigorosem Reinigen. Es roch niemals feucht. Niemals nach Wasser. Nicht nach Seife, Parfum oder Zahnpasta. Dieses Bad hatte die Stille eines Hotelbadezimmers.

Der Papierkorb war immer leer. Der Spender mit Pappbechern war immer voll. Ein Stapel ordentlich gefalteter Handtücher schien unberührt zu sein. Vielleicht war es noch zu früh am Morgen? Vielleicht zeigte das Bad nachmittags die Spuren und Markierungen derer, die es benutzt hatten, und dessen, was in ihm geschehen war? Vielleicht wurde die Toilette benutzt? Vielleicht pißten und schissen die Leute hier? Vielleicht schneuzten sie sich? Vielleicht sah das Bad am Ende des Tages nicht so leer aus? Vielleicht war der kleine Raum bis dahin angefüllt mit Bewegungen, Gefühlen und Gedanken?

Wenn leere Wände und Luft die Beweise dessen enthielten, was sich vor und in ihnen abspielte, dann wäre die Luft über Analytikercouchen so dick von Turbulenzen, daß man nicht mehr hindurchkäme. Man könnte keinen Arm und kein Bein heben, ohne an den Kummer und die Qual eines anderen zu stoßen. Allein um atmen zu können, würde man die fieberhafte Erregung und den Ärger anderer Leute ausfiltern müssen. Ihre Aufregung und ihr Herzklopfen konnten sich, wenn man nicht aufpaßte, auf einen selbst übertragen.

Über wessen Aufregung und Herzklopfen phantasierte sie? Sie würde das in der Sitzung herausfinden müssen. In letzter Zeit hatte sie eine Menge herausgefunden. Sie hatte den Unterschied zwischen zwanghaft und obsessiv gelernt. Ihre Analytikerin hatte ihr erklärt, daß zwanghaftes Verhalten mit Handeln und obsessives Verhalten mit Denken zu tun hatte.

Esther hielt sich für beides, für zwanghaft und obsessiv. Gedanken konnten sie wahnsinnig machen. Dumme kleine Gedanken. Ein kleiner Groll gegen jemanden, eine leichte Bestürzung. Sie konnte es einfach nicht gut sein lassen. In Gedanken kam sie immer und immer wieder darauf zurück. Stunden, manchmal Tage, nachdem sie etwas abgehakt zu haben glaubte, schoß es ihr wieder durch den Kopf und wurde plötzlich immens wichtig.

Und die Art und Weise, wie sie ihren Schreibtisch aufräumte, so daß alles parallel oder im rechten Winkel zueinander angeordnet war. Das war eindeutig zwanghaft.

Es wurde langsam besser mit ihr. Wenn sie sich dabei ertappte, daß sie über irgendein kleines Detail im Verhalten eines anderen nachgrübelte, oder über eine unbedeutende Bemerkung, dann überlegte sie nicht länger, welche anderen Gedanken diese Obsession verdrängen mochte.

Auch ihr Schreibtisch sah langsam etwas unaufgeräumter aus. Die Gegenstände lagen schief. Brieföffner und Heftklammernentferner befanden sich nicht mehr auf exakt derselben Linie mit der Klebebandrolle und dem Bleistiftkasten. Die unbeantwortete Post wurde nicht mehr durch eine Klammer zusammengehalten. Papiere von unterschiedlicher Größe quollen über den Rand ihres Ablagekörbchens. Sie war stolz auf die Unordnung auf ihrem Schreibtisch.

Der Patient, der vor Esther drangewesen war, kam heraus.

Dieses Mal sah er entschieden zerzaust aus. Ganz schlimm. Er hatte offensichtlich eine sehr harte Sitzung hinter sich. Er fuhr sich mit der Hand durchs Haar. Er sah Esther an und sagte »Hallo«.

Selbst wenn es ihm schlecht ging, sagte er »Hallo«.

»Hallo«, sagte sie, während sie zu Boden sah und ihre Handtasche umklammerte. Sie sprach nur ungern mit anderen Patienten.

Sie freute sich irgendwie darüber, daß er so schlimm aussah. An den meisten Tagen kam er fröhlich heraus. Manchmal hörte sie ihn sogar lachen, wenn er sich von der Analytikerin verabschiedete. Esther hatte noch nie gelacht, wenn sie auf Wiedersehen sagte. Sie hatte geweint, oder ihr war schlecht gewesen, und manchmal hatte sie geglaubt, ohnmächtig zu werden, aber gelacht hatte sie noch nie. Worüber lachte er? Bei hundert Dollar für fünfzig Minuten war das ein teures Lachen.

Esther verschränkte die Hände im Nacken, damit ihre Frisur nicht flachgedrückt wurde. »Mein Wochenende war okay«, sagte sie. »Ich hab' am Flughafen keine Nazis gesehen. Vor dem Fine Arts Museum in Houston hat ein Vogel mit einem sehr spitzen Schnabel nach mir gepickt, und ich bin nicht in Panik geraten. Zum ersten Mal, seit wir in Amerika sind, bin ich Auto gefahren, und es hat mir Riesenspaß gemacht. Es gab mir ein Gefühl von Macht. Alles ging glatt, bis ich an eine Kreuzung kam, und dann hab' ich geschrien. Ich bin ein bißchen müde, aber ich fühle mich okay. Ich glaube, ich habe eine Augenentzündung; meine Augen tun mir weh.«

»Sie haben eine Augenentzündung?« fragte die Analytikerin.

»Ja, ich glaub' schon«, sagte Esther. »Warum fixieren Sie sich darauf?«

»Glauben Sie, daß ich jedes Wort, das ich sage, vorher sorgfältig abwäge?« sagte die Analytikerin.

»Für hundert Dollar pro Sitzung sollten Sie das tun«, sagte Esther.

»Sie möchten jeden Aspekt der Sitzung kontrollieren«, sagte die Analytikerin. »Sie möchten nicht, daß ich einen spontanen Gedanken äußere oder überhaupt habe.«

»Nicht in der von mir bezahlten Zeit«, sagte Esther.

Als sie nach der Sitzung in ihr Büro zurückging, fühlte sie sich ziemlich entspannt. Sonst hatte sie immer eine halbe bis eine Stunde gebraucht, bis die Intensität der Analysesitzung abgeklungen war. Manchmal, nach einer besonders aufreibenden Sitzung, hatte sie kaum gehen können. Sie überquerte mit energischen Schritten die Dreiundzwanzigste Straße.

Sie blieb stehen und gab einem Obdachlosen einen Dollar; er sagte zu ihr, sie sehe aus wie Cher. »Die paßt zweimal in mich hinein«, sagte sie zu ihm. Er lachte. Sie überraschte sich selbst, als sie mit ihm lachte.

Sie fragte sich, ob diese Ruhe mit der Analyse zu tun hatte, oder eher mit Veränderungen im Gehirn, die sich im mittleren Alter ergaben. In diesem Alter kam es zu einem Abbau im Locus coeruleus, einem Bereich des Großhirns, der mit Angst assoziiert wurde. Manche Wissenschaftler waren der Auffassung, dieser Abbau sei dafür verantwortlich, daß man mit fortschreitendem Alter sanftmütiger wurde. Wahrscheinlich war es doch nicht der Locus coeruleus, entschied sie. So sanftmütig war sie auch wieder nicht.

Ein plötzlicher Windstoß brachte ihre Haare völlig durcheinander. Der elegante, moderne Haarstil, um den sie sich so bemüht hatte, war verschwunden. Ihr Haar würde jetzt wieder aussehen wie ein alter Afro, oder, schlimmer noch, wie eine Siebziger-Jahre-Dauerwelle. Es störte sie nicht besonders. In New York konnte man nicht zu heikel sein, wenn es darum ging, wie man aussah. Niemand sah perfekt aus. In Melbourne kam man woanders genauso gepflegt an, wie man das eigene Haus verlassen hatte. In New York war das unmöglich.

In Melbourne verbrachte man die meiste Zeit im Auto. In New York mußte man zu Fuß gehen. Zu Fuß zu einem Taxi, zur U-Bahn, zur Bushaltestelle, oder zu Fuß dahin, wo man hin wollte. Man mußte bei Wind und Wetter, Hagel und Schnee zu Fuß gehen. Und bei größter Hitze, wenn die Luftfeuchtigkeit so hoch war, daß einem in der Sekunde, wo man das Haus verließ, die Kleider am Leibe klebten.

Das Wetter verwüstete einem die Frisur. An manchen Tagen

saßen Esthers Haare frühmorgens perfekt. Kleine Löckchen umrahmten ihr Gesicht, und der Rest der Locken saß am richtigen Platz. Kaum war sie einen halben Block gegangen, hatten sich die Löckchen in Gekräusel verwandelt, und die fröhlichen Locken hingen ihr in müden Korkenziehern am Kopf herunter.

In der Arbeit versuchte Esther vergeblich, sich das Haar zu richten, und gab es dann auf. Sie setzte sich an ihren Schreibtisch. Sie rief im Büro von Fitzsimmons & Morrison an. Gestern war Harry Fitzsimmons, der stellvertretende Direktor der Werbeagentur, an einem Schlaganfall gestorben. Er war vierundachtzig gewesen.

»Janet Fitzsimmons«, sagte eine Stimme. Esther fuhr zusammen. Sie hatte eine Sekretärin am Telefon erwartet, nicht aber Mrs. Fitzsimmons. Normalerweise waren die Witwen nicht im Büro.

Janet Fitzsimmons war offenbar den Tränen nahe, hatte sich aber unter Kontrolle. »Harry war ein wunderbarer Mann«, sagte sie. »Wir waren siebenundfünfzig Jahre miteinander verheiratet. Als er starb, war er noch genauso schön wie an dem Tag, als ich ihn kennenlernte.« Esther ließ sie reden.

»Er hat immer Wert darauf gelegt, gut gekleidet zu sein«, sagte Mrs. Fitzsimmons. »Als wir alt wurden, sagte ich zu ihm: ›Harry, wir müssen darauf achten, daß wir ordentlich aussehen.‹ Ich meine, manche Frauen haben eine Brust oben und die andere unten hängen. Ich habe Harry immer die Haare gekämmt, und jeder hat den anderen kontrolliert, bevor wir irgendwo hingegangen sind.«

Auch Marcia Grover, die Direktorin der Priestman School, war gestorben, und Esther hatte ein Fax erhalten, daß Tom Farley, ein Stadtratsmitglied, ernsthaft erkrankt sei.

Esther rief beim Bestattungsinstitut Parkway an. »Hier ist Esther Zepler vom *Downtown Bugle*«, sagte sie. »Wir haben die Nachricht erhalten, daß Mrs. Marcia Grove gestern abend gestorben ist und daß Sie die Bestattung ausrichten. Stimmt das?«

»Jawohl, das stimmt, Ma'am«, sagte der Mann. »Die Beerdigung findet am Zweiundzwanzigsten um zehn Uhr morgens statt, und anschließend um zwölf ist der Gottesdienst.«

Bevor sie einen Nachruf schrieb, überprüfte Esther den jeweiligen Todesfall immer. Sie setzte sich mit den Bestattungsinstituten in Verbindung, außer wenn die verstorbene Person so berühmt war, daß ihr Ableben in den Nachrichten erwähnt wurde.

Erstaunlich viele Leute riefen an, um eine falsche Todesmeldung durchzugeben. Letztes Jahr hatte eine Sechzehnjährige versucht, im *Bugle* ihre eigene Todesanzeige aufzugeben. »Wir werden Jane sehr vermissen«, hatte sie geschrieben. In der Welt des Todes und des Sterbens tat sich mehr, als die meisten Leute ahnten. Esther schaltete ihren Computer ein. Sie würde versuchen, das gute Aussehen von Mr. Fitzsimmons in seinem Nachruf zu erwähnen.

Den ganzen Tag sah sie auf die Uhr. Sie verfolgte, wo ihr Vater wann sein würde. Sie empfand dasselbe Unbehagen, das sie überkam, wenn ihre Kinder im Flugzeug saßen. Der Gedanke, sie mitten in der Luft zu wissen, behagte ihr nicht. Wahrscheinlich würde ihr Vater Honolulu inzwischen verlassen haben. Er hatte dort drei Stunden Aufenthalt. Er hatte versprochen, sie sofort anzurufen, wenn er bei Henia in Fort Lauderdale angekommen war.

Um elf Uhr nachts läutete das Telefon. Sie riß den Hörer von der Gabel.

»Ded hier«, sagte Edek.

»Wo bist du?« fragte sie.

»Ich weiß es nicht«, sagte er. »Ich bin geflogen und geflogen. In Los Angeles war das Wetter schlecht, also mußten wir nach San Francisco. Da mußte ich fünf Stunden warten.«

»Und wo bist du jetzt?« fragte Esther.

»Jetzt bin ich in Orlando«, sagte er.

»Also in Florida«, sagte sie.

»Nein, in Orlando«, sagte er.

»Orlando ist in Florida«, sagte Esther.

»Ich hab' Henia angerufen«, sagte Edek. »Du weißt ja, daß ich sie vom Flughafen in Fort Lauderdale anrufen und überraschen wollte, aber es war in Orlando schon halb elf am Abend, und ich wußte nicht, wie spät es in Fort Lauderdale sein würde. Also hab' ich sie angerufen. Sie war sehr froh, von mir zu hören. Sie wußte, daß ich nicht zu Hause in Melbourne war, weil sie gerade ein paar Minuten vorher dort angerufen hatte. Sie sagte: ›Wo bist du?‹, und ich sagte: ›Ich bin in Orlando.‹ Daraufhin hat sie nichts gesagt. Sie wußte auch nicht, wo Orlando ist. Ich sagte: ›Henia, ich bin in Orlando, in Amerika.‹ Und da hat sie losgeschrien. Ich hab' ihr gesagt, ich wüßte nicht, wie lang ich noch bis Fort Lauderdale brauchen würde, aber daß ich unterwegs wäre. Sie hat geschrien: ›Er ist in Amerika, er ist in Amerika.‹ Sie hatte ein paar Freunde da. Sie spielten gerade Karten.«

»Dad«, sagte Esther, »bleib kurz am Apparat. Ich rufe bei Continental an und frage, wie weit du von Fort Lauderdale weg bist.«

Sie wählte die Nummer. »Können Sie mir bitte die Flugzeit von Orlando nach Fort Lauderdale sagen?« sagte sie.

»Ungefähr eine Stunde«, sagte die Angestellte bei Continental.

»Dad«, sagte Esther. »Du bist eine Stunde von Fort Lauderdale entfernt.«

»*Oij a broch*, eine Stunde«, sagte Edek. »Wenn ich gewußt hätte, daß ich ganz in der Nähe bin, hätte ich Henia nicht angerufen. Ich hätte sie überrascht.«

»Ich glaube, die Überraschung war groß genug für sie«, sagte Esther.

»Fast wären wir nach Denver geflogen, als wir in Los Angeles nicht landen konnten«, sagte Edek. »Mein Toches ist ganz taub, weil ich solange darauf gesessen bin. Es ist alles nicht mehr so leicht, wenn man alt wird.«

»Dad, jeder leidet unter dem Flug von Australien hierher«, sagte Esther. »Ganz egal, wie alt man ist, das ist sehr ermüdend.«

»Wenn man alt ist, ist es noch ermüdender«, sagte Edek.

»Mach einen flotten Spaziergang am Flughafen entlang«, sagte Esther. »Das hilft.«

»Es ist nicht so leicht, mit einem tauben Toches herumzuspazieren«, sagte Edek.

»Ich dachte nicht, daß ich so nah bei Fort Lauderdale bin«, sagte er. »Orlando? Wer weiß schon, wo Orlando ist? Ich hab' noch nie davon gehört.«

»Mach dir keine Sorgen, Dad, du bist schon fast da«, sagte Esther.

»In Melbourne, wenn mich jemand fragt, wie er in die St. Kilda Road kommt, kann ich's ihm sofort erklären«, sagte Edek. »Hier sagen sie mir, daß ich vielleicht nach Denver fliege, und dann bin ich in Orlando, und ich weiß nicht, wo ich bin. Vielleicht hätte ich in Melbourne bleiben sollen?«

»Du bist bloß müde«, sagte Esther. »Wenn du Henia siehst, geht's dir besser.«

»Vielleicht wär's auch für Henia besser, wenn ich in Melbourne geblieben wäre«, sagte Edek. »Sie ist eine rajche Frau. Sie hatte so viele Heiratsanträge. Von Millionären. Sie hätte jeden haben können.«

»Dad, sie ist außer sich vor Freude, daß sie dich hat«, sagte Esther. »Du hast mir selbst erzählt, daß sie geschrien hat, als sie hörte, daß du in Amerika bist. Sie hat dich jeden Tag angerufen. Sie hat mich angerufen. Sie hatte solche Angst, daß du dir's anders überlegst.«

»Wenn ich mit ihr nicht über Rooshka sprechen könnte, würde ich nicht in diesem Flugzeug sitzen«, sagte Edek. »Ich könnte nie mit einer zusammen sein, die mich nicht über Rooshka sprechen läßt. Und sie kann mit mir über Josl sprechen.«

»Eben«, sagte Esther.

»Ich habe Rooshkas Führeschein mitgebracht«, sagte Edek. »Und ihren Bibliotheksausweis von der Athenäum-Bibliothek. In beiden sind hübsche Fotos von ihr. Ich hab' sie in meiner Brieftasche.«

»Ich erinnere mich an Mums Führerschein«, sagte Esther. »Auf den Fotos sah sie aus wie Sophia Loren oder Gina Lollobrigida.«

»Sie sah aus wie Sophia Loren«, sagte Edek. »Jeder hat gesagt, daß sie so aussah. Nur schöner.« Er begann zu weinen.

Beim Gedanken an ihren Vater, der da ganz allein, mitten in der Nacht, mitten auf irgendeinem Flughafen am Ende der Welt in ein Münztelefon weinte, schossen ihr die Tränen in die Augen. Sie wußte, daß seine Hose zerknittert, sein Hemd herausgerutscht und seine Haare zerzaust waren. Sie wußte, daß er klein aussah. Das tat er immer, wenn er erschöpft oder aufgeregt war.

»Wenn du erst in Fort Lauderdale bist, geht's dir besser«, sagte sie.

»Es wird mir nie besser gehen, wenn ich an Mums Tod denke«, sagte er.

»Dad«, sagte Esther, »geh auf eine Toilette und mach dich ein bißchen frisch. Kämm dir die Haare. Wasch dir Gesicht und Hände. Bring deine Kleider in Ordnung. Und dann kaufst du dir Schokolade oder Pfefferminz. Du wirst sehen, dann geht's dir gleich besser.«

»Ich hab' im Flugzeug Schokoladekuchen gekriegt«, sagte Edek. »Der war richtig gut. Die Stewardeß hat gesehen, daß er mir geschmeckt hat, also hat sie mir drei Stück gebracht. Es war ein guter Schokoladekuchen. Da war Rum drin, wie bei dem in Scheherezade. Die Stewardeß sagte, ihr Vater würde auch so gerne Schokoladekuchen essen. Ich fragte sie, ob er Jude ist, wie ich. Sie sagte, nein, er ist Ire. Ich hab' ihr gesagt, sie soll ihn trotzdem von mir grüßen.«

»Weißt du was, Dad«, sagte Esther, »bei uns in der Nähe gibt es eine italienische Konditorei, die einen wunderbaren Schokoladekuchen hat. Wenn du nach New York kommst, kaufe ich einen ganzen Kuchen, und wir feiern alle zusammen deine Ankunft in Amerika. Bis dahin sind's ja nur noch ein oder zwei Wochen.«

»Ich will keinen italienischen Schokoladekuchen«, sagte Edek. »Ich will einen polnischen. In Polen, vor dem Krieg, machten die Polen sehr gute Schokolade. Sie machten eine Waffel, was mit dunkler Schokolade überzogen war. Die war rund mit in der Mitte einer kleinen Blume oder so. Ganz phantastisch. Wir haben die manchmal gekauft, in Melbourne. Sie wurden aus Polen importiert.«

»Ich weiß noch«, sagte Esther. »Sie waren in violettes Papier eingewickelt.«

»Genau«, sagte Edek. »Du hast ein sehr gutes Gedächtnis. Das hast du nicht von mir, das hast du von deiner Mum.«

»Mum hatte wirklich ein gutes Gedächtnis, nicht wahr«, sagte Esther.

»Sie hatte auch vieles, woran sie sich erinnern mußte«, sagte Edek.

»Wir werden sie niemals vergessen, Dad«, sagte Esther.

»Ich glaub', ich werd' jetzt tun, was du sagst, und mich frischmachen«, sagte Edek. »Du bist eine gute Tochter, Estherla.«

»Mein Dad sagte, ich wäre eine gute Tochter«, sagte Esther zu Sean. »Ich glaube, das hat er noch nie zu mir gesagt.«

»Zu anderen Leuten schon«, sagte Sean.

»Das ist nicht dasselbe«, sagte sie.

Sie hatte das Bedürfnis, Zelda zu sehen. Sie ging in ihr Zimmer. Zelda, die meistens sehr lange aufblieb, lag im Bett und schlief. Sie beugte sich zu ihr und küßte sie auf die Wange. Zelda bewegte sich. »Ich wollte nur gute Nacht sagen«, sagte Esther. »Ich hoffe, wenn du einmal eine Tochter hast, wirst du mit ihr genauso glücklich sein wie ich mit dir.«

»Wenn ich noch glücklicher wäre«, sagte Zelda, »wär' ich schon in sie verliebt.«

Esther lachte. Dann war sie beunruhigt. Was meinte Zelda damit? Verstand sie, daß Esther sie wirklich sehr liebte, oder beklagte sie sich? Sie hatte durchaus zufrieden ausgesehen, als sie es sagte, aber sie war ja auch halb im Schlaf.

Esther konnte nicht einschlafen. Sie lag unlustig im Bett und sah dauernd auf die Uhr. Es wurde zwölf, halb eins, eins, halb zwei. Als sie schließlich einschlief, träumte sie von ihrer Mutter. Sie träumte, daß ihre Mutter lebte. Daß sie sich von ihrer Krankheit erholt hatte. Sie träumte, daß sie sie umarmte und küßte. Sie war so froh, ihre Mutter küssen zu können, und auch ihre Mutter war froh.

Als Esther aufwachte und merkte, daß sie nur geträumt hatte und ihre Mutter nach wie vor tot war, wurde ihr übel. Während der zwanzig Minuten, die sie an ihrem Nordic Track trainierte, war ihr fast die ganze Zeit übel. Das war ihr vorher noch nie passiert.

Die Übelkeit fühlte sich an wie eine Mischung aus Schock und Trauer. Als ob sie erneut schockiert wäre, daß ihre Mutter tot war. Aber das wußte sie doch. Warum konnte sie darüber immer noch so schockiert sein? Weil diese Nachricht wirklich schockierend war, dachte sie.

Sie hatte ihre Haare fast trockengefönt, als das Telefon läutete.

»Ich hab' heute nacht sehr gut geschlafen«, ertönte die Stimme ihres Vaters.

»Hallo, Dad«, sagte sie. »Ich bin froh, daß du gut geschlafen hast, und ich freue mich sehr, von dir zu hören. Du bist also offensichtlich gut nach Fort Lauderdale gekommen.«

»Wie du gesagt hast«, sagte Edek. »Es war nur eine Stunde. Eigentlich noch weniger. Ich war schon um eins bei Henia.«

»War sie sehr überrascht?« sagte Esther.

»Ich glaub' schon«, sagte Edek. »Ihre Freunde waren immer noch bei ihr. Sie spielten Karten. Ich meldete dem Portier meine Ankunft, und er hat oben in Henias Wohnung Bescheid gegeben, daß ich unten bin. Er hat mir gesagt, ich soll nach oben gehen. Ich ging zum Aufzug. Der kam nach unten, und vier oder fünf Leute stiegen lachend und redend aus. Die zogen noch ihre Jacken an. Es waren Henias Freunde. Die wollten, daß wir allein sind, wenn wir uns wiedersehen. Die müssen das Kartenspiel in aller Eile zusammengepackt haben. Ehrlich gesagt, war es richtig komisch. Sie hatten es so eilig, wegzukommen. Die Frauen sagten: ›Beeilt euch, schnell weg hier.‹ Sie haben mich nicht einmal angeschaut. Eine Frau hatte ihre Handtasche oben vergessen.«

»Das ist wirklich süß«, sagte Esther.

»Ja, vermutlich«, sagte Edek.

»Wie war Henia?«

»Henia war sehr froh, mich zu sehen«, sagte Edek. »Sie sagte, sie hätte bis zur letzten Minute Angst gehabt, daß ich mir's anders überlege. Sie hat mir ganz oft gesagt, wie glücklich sie ist, daß ich da bin.«

»Das ist sehr schön, Dad«, sagte Esther. »Das freut mich sehr.«

»Henia sagt, es wäre baschert, daß wir die letzten paar Jahre unseres Lebens miteinander verbringen. Weißt du, was baschert bedeutet? Es bedeutet geplant. Wie ein Plan von oben.«

»Ich weiß, was baschert ist«, sagte Esther. »Fügung.«

»Fügung, richtig«, sagte Edek. »Das ist genau das Wort.« Er buchstabierte es langsam. »F-Ü-G-U-N-G. Nicht F-I-G-U-N-G. Du siehst, nicht nur meine Tochter sagt die Dinge richtig.«

»Du hast recht«, sagte Esther. »Das war ziemlich gut.« Er hatte die beiden Wörter identisch ausgesprochen, aber er kannte eindeutig den Unterschied. Und er war stolz auf sein Wissen.

»Nicht schlecht für einen alten Mann«, sagte er.

»Stimmt«, sagte Esther.

»Henia hat ganz oft gesagt, es wäre baschert für uns, daß wir zusammen sind«, sagte Edek. »Gott hätte es so gewollt. Ich bin mir nicht sicher, woher Henia wissen will, was Gott will. Aber ich bin froh, wenn Henia glücklich ist, daß wir zusammen sind. Ich brauche Gott nicht, um glücklich zu sein.«

»Heute morgen klingst du schon viel besser«, sagte Esther.

»Es geht mir gut«, sagte Edek. »Ich hatte ein paar Probleme auf der Toilette. Ich saß und saß und nichts passierte. Normalerweise habe ich auf dem Gebiet keine Probleme. Weißt du, was ich meine? Ich habe Probleme mit groiße Schtikke.«

Esther verzog das Gesicht. Es wäre ihr lieber gewesen, er hätte den Begriff nicht verwendet. Sobald sie ihn hörte, schwammen vor ihrem inneren Auge große Stücke Scheiße. »Das passiert vielen Leuten nach einem langen Flug«, sagte sie. »Du solltest viel Wasser trinken. Drei Liter am Tag. Das löst die Verstopfung. Zachary hat mir das gesagt.«

Sie schien sehr viel Lebenszeit damit zu verbringen, über Scheiße zu reden. Zachary bestand darauf, sie über seine Verdauungsprobleme auf dem laufenden zu halten. Als sie ihn vor zwei Monaten in Australien angerufen hatte, verblüffte er sie mit der Bemerkung, er sei »gerade dabei, einen großen Haufen herauszudrücken.« Diese Mitteilung erschien ihr unpassend.

Sie selbst berichtete Sean darüber, wenn sie einen erfolgreichen Schiß gehabt hatte. Kürzlich hatte Zachary ihr von den drei Litern Wasser am Tag erzählt. Sie hätten sein Verdauungsproblem gelöst, sagte er. Unterhielten sich alle mit ihren Eltern und Kindern übers Scheißen? Vielleicht war das gar nicht so außergewöhnlich? Vielleicht war es normal?

»Siehst du, wie praktisch es ist, wenn man einen Medizinstudenten in der Familie hat«, sagte Edek. »Ich werd' das mit dem Wasser versuchen. Drei Liter, sagst du?«

»Ja«, sagte sie.

»Das ist eine Menge Wasser«, sagte Edek. »Ich hoffe, es wirkt nicht zu stark und die groiße Schtikke werden zu weich.«

Esther holte tief Luft. »Laß uns über ein lustigeres Thema reden«, sagte sie. »Sean und ich hätten gern, daß ihr in unserem Loft heiratet.«

»Was reden wir von der Hochzeit?« sagte Edek. »Wir heiraten einfach irgendwo.«

»Ich dachte, es wäre schön, wenn ich eine Hochzeitsfeier für dich ausrichten könnte«, sagte Esther. »Es würde mir sehr viel Freude machen.«

»Freude Räude«, sagte Edek. »Wenn man eine alte Kacke ist wie ich, macht man kein großes Theater wegen der Hochzeit. Man heiratet, und fertig.«

»Ich wollte kein großes Theater veranstalten«, sagte Esther. »Nur eine kleine Hochzeitsfeier.«

»Wir brauchen keine Hochzeitsfeier«, sagte Edek. »Für Henia und mich ist es nicht dasselbe wie für junge Leute.«

»Nun, ich würde zur Feier des Tages gerne eine Rede halten und tanzen«, sagte Esther.

»Tanzen?« sagte Edek. »Als ich deine Mum im Ghetto geheiratet habe, wurde nicht getanzt, und als wir im Durchgangslager noch einmal heiraten mußten, auch nicht. Jetzt ist nicht die Zeit, daß ich auf meinen Hochzeiten zu tanzen anfange.«

»Okay«, sagte Esther. »Kein Tanzen. Nur eine kleine Feier.«

»Für uns ist das keine so große Sache«, sagte Edek. »Wir heiraten einfach.«

»Nun, das wirst du aber ziemlich bald machen müssen«,

sagte Esther. »Du kannst in Amerika nicht lange mit einem Touristenvisum ohne Aufenthaltsgenehmigung und Krankenversicherung leben. Ich habe mit Henia darüber gesprochen, als du in Australien warst, und sie sagte, ihr Anwalt würde sich darum kümmern.«

»Sie ist eine sehr intelligente Frau«, sagte Edek. »Ich hatte schon ein paar Anrufe von Henias Freunden. Sie haben mich in Amerika willkommen geheißen. Sie sagten, sie freuen sich, daß ich hier bin.«

»Das ist schön«, sagte Esther. »Und du bist nicht müde und hast auch keinen Jetlag?«

»Ich bin nicht müde«, sagte Edek. »Ich fühle mich wohl. Und ich werde mich hundert Prozent wohlfühlen, wenn ich das Problem mit den groiße Schtikke im Griff habe.«

Esther stand vor dem Ladentisch in Joe's Milchgeschäft in der Sullivan Street. Sie war müde. Es war eine lange Woche gewesen. Sie hatte einen schwierigen Nachruf nach dem anderen zu schreiben gehabt. Ein früherer Konfliktmanager bei Arbeitskämpfen war gestorben. Esther wußte nichts über Arbeitskämpfe und ihre Geschichte. Ein Professor für Stadtplanung war ebenfalls gestorben. Esther hatte mit Leuten von der Bundesbehörde für Öffentlichen Wohnbau in Washington reden und sich durch Gespräche über Kapitalbildung durch Wohnimmobilien schummeln müssen.

Und vor zwei Tagen war ein Entwickler integrierter Computerschaltkreise gestorben. Den Nachruf auf ihn hatte sie am Tag zuvor geschrieben. Esther war sich immer noch nicht sicher, ob sie wirklich verstand, was ein integrierter Computerschaltkreis war. Sie wußte, daß es sich um Siliconchips handelte. »Diese Siliconchips«, hatte sie geschrieben, »verarbeiten kontinuierlich variable analoge Signale.« Ihr Kontaktmann fürs Computerwesen, ein junger Mann von dreiundzwanzig, war nicht da. Sie hatte Zachary angerufen und ihm den Nachruf vorgelesen. Er fand ihn in Ordnung.

Außerdem hatte es Selbstmorde gegeben. Zwei in zwei Wochen. Ein kleines Mädchen von sechs Jahren hatte sich vor einen Zug geworfen. Bevor sie sprang, hatte sie ihrer Cousine erklärt, daß sie ein Engel werden wollte, um bei ihrer Mutter sein zu können, die im Sterben lag.

Und in Rockland County, New York, hatte eine fünfundvierzigjährige Mutter sich und ihre vierjährige Tochter getötet, nachdem ein Gericht entschieden hatte, daß der Vater das Kind unbeaufsichtigt besuchen durfte. Die Mutter hatte ihren Ex-Mann beschuldigt, das Kind sexuell zu mißbrauchen. Die Leichen von Mutter und Tochter wurden in ihrem Toyota gefunden. Das Auto stand in der Garage. Der Motor lief noch. Die Leichen wurden von der neunzehnjährigen Tochter aus der ersten Ehe der Frau gefunden.

Esther ließ sich zwei Pfund Reggiano-Parmesan reiben. Sie freute sich auf einen ruhigen Abend. Falls es an der Tür läutete, würden sie nicht öffnen. In letzter Zeit hatten sie abends dreimal überraschenden Besuch von Australiern gehabt. »Wir waren gerade in der Gegend«, hatte einer nach dem anderen erklärt. »Sie sind zehntausend Meilen von zu Hause entfernt und zufällig gerade in der Gegend?« hatte Esther zu Sean gesagt.

Australier waren so unkompliziert. Hier in Manhattan galt es als schlechtes, wenn nicht gar rüdes Benehmen, einfach irgendwo bei jemandem hereinzuplatzen. Australiern machte das nichts aus. Wenn man sagte, man habe zu tun, fanden sie das prätentiös und unhöflich.

An drei Abenden dieser Woche hatte sie Kaffee und Mineralwasser auf den Tisch gestellt. Alle hatten sie gefragt, ob sie sich in New York sicher fühlte, und alle hatten gesagt, daß sie in New York nicht leben könnten. Sie waren auch alle zu lange geblieben. New Yorker taten das fast nie. Australier hockten und hockten. Sie gingen einfach davon aus, daß man nichts Besseres zu tun hatte. New Yorker wußten, daß jeder auch noch mit anderen Dingen beschäftigt war.

Sie war kaum mehr dazugekommen, mit Sean zu reden. Nachts waren sie todmüde ins Bett gefallen. Sie fand gerade noch Zeit, sich bei ihm über die Australier zu beschweren. »Wir müssen die Dinge besser in den Griff kriegen«, sagte sie.

»Wir können doch nicht unsere Abende aufgeben, bloß weil Jonathan Jordan, der Sohn des Steuerberaters, auf der Durchreise ist, oder weil Bob Borenberg, den wir in Australien nicht ausstehen konnten, sich ›zufällig in der Gegend‹ befindet.«

»Es ist wirklich eine Zumutung«, sagte Sean.

»Könnten wir nicht sagen, daß es gerade nicht paßt, wenn der nächste Australier auf der Matte steht?«

»Möchtest du diejenige sein, die das sagt?«

»Ich könnte es versuchen«, sagte sie.

Die Gastgeberin für versprengte Australier spielen zu müssen hatte sie so nervös gemacht, daß sie nicht richtig schlafen konnte. Sie war jeden Morgen um halb fünf oder fünf aufgewacht. Und dann hatte sie nicht wieder einschlafen können.

An diesem Morgen war sie sich wie gerädert vorgekommen. Ihr Kopf tat weh und ihre Augen brannten. Sie fragte sich, ob Sean genauso müde war wie sie. Sie stupste ihn am Arm an.

»Bist du müde?« fragte sie.

Er lachte. »Nein, ich bin nicht müde«, sagte er. »Ich schlafe noch. Ich kann nicht glauben, daß du mich geweckt hast, um mich zu fragen, ob ich müde bin.«

Sie und Sean hatten in dieser Woche einen schönen Nachmittag miteinander verbracht. Sie war zeitig von der Arbeit nach Hause gekommen. Sean hatte sie mit einem dicken Kuß begrüßt. Das tat er immer. Er hatte sie auf seinen Schoß gezogen, und sie hatte die Arme um seinen Hals gelegt. Sie war sich wie ein kleines Mädchen vorgekommen, wie sie da so mit baumelnden Füßen auf seinem Schoß saß. Darüber mußte sie lachen.

»Bist du sicher, daß ich dir nicht die Beine abquetsche?« fragte sie.

»Ganz sicher«, sagte er.

Er schob die Hand unter ihr Kleid. »Du fühlst dich so gut an«, sagte er. Er küßte ihren Hals. Er knöpfte ihr Kleid auf und den vorne schließbaren BH. Der BH rutschte nach hinten, und Sean nahm ihre Brüste in seine Hände. »Du bist so schön«, sagte er. »Du wirst jeden Tag schöner.«

»Du spinnst«, sagte sie.

»Komm mit ins Schlafzimmer«, sagte Sean.

Sie gingen ins Schlafzimmer. Sean schloß die Tür.

Esther zog ihre Leggings aus. »Ich ziehe die nur aus, weil mir zu warm ist«, sagte sie.

»Du ziehst deine Leggings aus, weil ich dich bumsen werde«, sagte Sean.

»Und wenn die Kinder nach Hause kommen?« fragte Esther.

»Ich hab' die Tür abgeschlossen«, sagte Sean.

»Ich weiß nicht, ob ich mich genug entspannen kann, um am Nachmittag zu bumsen«, sagte Esther.

»Das macht nichts«, sagte Sean. »Ich werde dich einfach ficken, du brauchst dich nicht zu entspannen.«

»Ich zieh' mich nicht mal aus«, sagte er. »Wir machen ganz schnell, du wirst es kaum merken.«

Esther lachte. Sean öffnete seinen Reißverschluß. Esther hatte ihr Kleid noch halb an. Sean beugte sich über sie und nahm ihre Brust zwischen die Lippen.

Er legte sie aufs Bett. Er hob ihr Kleid hoch und drang in sie ein. Er fickte und fickte sie. Kurz bevor er kam, steckte er seine Hand in sie hinein. Sie hatte einen heftigen, langen Orgasmus. Es tat fast weh. Seine Hand mußte ihre Klitoris berührt haben. Er stützte sich auf die Ellenbogen und küßte sie. Er bedeckte sie mit Küssen. Er beugte sich noch einmal zu ihr und steckte wieder seine Hand in sie.

»Nein«, sagte sie. »Faß mich nicht an. Du weißt, daß ich keine Berührung ertrage, nachdem ich gekommen bin.«

»Ich möchte meinen Saft in dich hineinreiben«, sagte er. Er rieb ihn auf ihre Beine, in ihren Bauchnabel und in ihre Ohren. Sie lachte. »Jetzt seh' ich vielleicht aus«, sagte sie.

Bei Tag zu bumsen gab dem Ganzen eine zusätzliche Dimension. Der Schweiß und das Ineinanderfließen der Körpersäfte hatten bei Tageslicht etwas viel Sinnlicheres, das zur Schamlosigkeit der Vereinigung beitrug.

Tageslicht hatte etwas Gewöhnliches an sich, das das Außergewöhnliche der sexuellen Begegnung unterstrich. Es verstärkte das Begehren. Es verstärkte die Leidenschaft. Die Dunkelheit der Nacht, wenn die meisten Leute sich liebten, hatte von sich aus etwas Zügelloses.

Einmal hatte Kate an die Schlafzimmertür geklopft, als Esther und Sean sich gerade liebten. Esther hatte einen Morgenmantel übergeworfen, war sich mit den Händen durchs Haar gefahren und hatte die Tür einen Spalt weit geöffnet. Sie hatte gehofft, nicht zu rot und zerzaust auszusehen.

»Sean und ich streiten uns gerade«, hatte sie zu Kate gesagt. Kate sah erschrocken aus. »Es hat nichts mit dir zu tun«, sagte Esther. »Nur ein kleiner Streit.« Kate ging, und Esther schloß die Tür.

Sie hatte es leichter gefunden, zu sagen, daß sie sich stritten, als daß sie sich liebten. Wahrscheinlich war es besser für Kate, zu denken, daß sie sich stritten, als zu wissen, daß sie Sex hatten.

Esther sah zu, wie Mr. Campanelli im hinteren Raum von Joe's Milchgeschäft Mozzarella zubereitete. Seine Arme steckten bis zu den Ellenbogen in heißem Wasser. Er knetete, zog und rührte den Mozzarella, der in einem großen Kessel auf kleiner Flamme auf dem Herd dampfte.

Mr. Campanelli riß und dehnte, knetete und faltete ihn. Er zog ihn aus dem Wasser und ließ ihn wieder hineingleiten. Erneut dehnte er ihn, wieder und wieder, über eine hölzerne Schaufel. Der Mozzarella war offensichtlich kurz davor, die richtige Konsistenz erreicht zu haben.

Noch einmal tauchte er ihn ein, und dann begann er, kleine Mozzarellakugeln abzureißen. Jedes Stück mit einer flinken Drehung. Den fertigen Käse legte er Stück für Stück auf ein Blech. Jedes wog ein Pfund. Mr. Campanelli stellte sechshundert Pfund am Tag her.

Esther hatte der ganzen Prozedur schon oft zugeschaut. Sie begann damit, daß Mr. Campanelli Weißkäseklumpen in das heiße Wasser rieb. Er rührte den Weißkäse, bis er gerann. Danach begann das Ziehen und Dehnen.

Esther kaufte einen geräucherten und einen einfachen Mozzarella. Beide waren weich und noch warm. Sie wollte am Abend einen Vorspeisenteller zubereiten. Sie hatte bereits eine Aubergine, Artischocken und herrliche Tomaten aus New Jersey gekauft. Ein Schild am Marktstand versprach, daß die Tomaten vor nicht mehr als fünfzehn Stunden gepflückt worden waren.

Sobald sie nach Hause kam, würde sie die Aubergine zubereiten. Die könnte dann in Ruhe abkühlen. Es war ein einfaches Gericht. Sie halbierte die Aubergine der Länge nach und schnitt jede Hälfte in Scheiben, die sie in einer Mischung aus Olivenöl und Balsamico-Essig ziehen ließ. Danach fügte sie die Hälften wieder zusammen und legte sie in eine ovale Glasschüssel. Anschließend wurde das Ganze in der Mikrowelle zwanzig Minuten gebacken. Es schmeckte gut, und es sah wunderbar aus. Die aus der Mikrowelle kommende Aubergine sah aus wie ein dünner, stromlinienförmiger, leuchtender dunkelbrauner Fisch.

»Sie haben sicher Heimweh nach Australien«, sagte der junge Mann hinter dem Ladentisch in Joe's Milchgeschäft zu ihr. Diese Bemerkung überraschte sie. Sie spürte, daß ihre Augen feucht wurden. Warum mußte sie an den einzigen hochsensiblen, tätowierten und muskulösen achtzehnjährigen Verkäufer in Manhattan geraten? Sie unterdrückte die Tränen. Warum brachte der Gedanke an Australien sie immer noch zum Weinen?

An manchen Tagen hatte sie das Gefühl, daß jede Frage sie zum Weinen bringen konnte. Ihre Trauer und ihr Leid befanden sich nur knapp unter der Oberfläche. Das Leid hatte sie erst ungefähr ein Jahr nach dem Tod ihrer Mutter wirklich empfunden. Jetzt empfand sie es immer. Wenn sie weinte und wenn sie lachte.

Sie sah ihre Mutter in anderen Menschen. Sie sah ihr Gesicht in den Gesichtern vieler Frauen. Manchmal sah sie bei einer Schwarzen oder einer Indianerin eine Ähnlichkeit zu ihrer Mutter. Das lag an den weit auseinanderstehenden Augen und den hohen Wangenknochen.

Ihre Mutter hatte glatte, makellose Beine gehabt. Sie waren stark und fest, von den Knöcheln bis zu den Oberschenkeln. Es waren die Beine eines jungen Mädchens. Auch Esthers Analytikerin hatte schöne Beine. Sie waren oft nackt. Sie waren weiß und makellos. Sie zeigten keinerlei Anzeichen von Abnützung.

Esthers Beine zeigten schon früh Flecken und Narben. Mit achtzehn trug sie bereits Netzstrumpfhosen, um die Nachwirkungen einiger heftiger Anfälle von Nesselfieber zu kaschieren.

Das Nesselfieber breitete sich in brennenden roten Schwielen über ihre Beine aus. Die Schwielen juckten und näßten. Es waren weinende Schwielen. Ihre Mutter meinte, das käme von zu vielen Erdbeeren, aber Esther bekam den Ausschlag immer wieder, auch als sie schon lange keine Erdbeeren mehr aß.

Esthers Beine verrieten das Chaos und die Qual, das ihr offenes Lächeln und ihr Pferdeschwanz vertuschten. Wenn es ganz schlimm war, waren die tiefen, roten Schwielen von einer Art Spitzenmuster bedeckt, den eingetrockneten Überresten der klaren gelben Flüssigkeit, die sie absonderten.

Rooshka Zepler, die sich schon sorgte, wenn jemand nur nieste, war merkwürdig still, wenn es um die Schwielen ging. Die Reaktionen ihrer Mutter waren bei den meisten Dingen nicht vorauszusehen.

Rooshka Zepler stand mit sich und der Welt auf Kriegsfuß. Sie befand sich in Aufruhr. Ein Teil von ihr war für immer verhärtet. Und schroff. Ein anderer Teil war immer noch das siebzehnjährige Mädchen, das sie gewesen war, als sie ins Ghetto mußte. Mit vierundsechzig Jahren trug sie immer noch die kurzen, geblümten Röcke eines jungen Mädchens. Und durchsichtige Blusen. Sie stieg mit der sicheren Balance eines Teenagers auf Stühle, Kisten und Leitern. Und sie flirtete. Sie flirtete mit jedem. Sie senkte ihre Augen mit den schweren Lidern, klimperte mit den langen Wimpern und sprach mit langsamer, tiefer Stimme.

Im Kern von Rooshka Zeplers Wut und Zerbrechlichkeit steckte eine gewisse Unschuld. In ihre Bitterkeit mischte sich eine große Verwirrtheit über das, was mit ihr geschehen war, und warum es geschehen war. Esther hatte immer gewußt, daß das sehr vernünftige Fragen waren.

Sie fragte sich, ob andere Leute ihre Mutter auch so sehr vermißten wie sie.

»Ich habe Heimweh nach Australien«, sagte sie zu dem jungen Mann.

»Alle Australier, die ich kenne«, sagte er, »sind sehr fröhlich.«

»Wirklich?« sagte sie.

Gestern hatte sie sich mit Sean darüber gestritten, ob die Australier robustere und geradlinigere Eigenschaften hatten als die New Yorker mit ihrer Geschwätzigkeit und Aalglattheit. »Wenn du sie für so angenehm robust hältst«, sagte Sean, »warum wirst du dann hysterisch, wenn sie überraschend zu Besuch kommen?«

»Ich rede von Australiern im allgemeinen«, sagte sie. »Australier sind nicht so geschliffen wie Amerikaner, nicht so routiniert.«

»Sie sind Wilde«, sagte Sean.

»Sie sind freier in ihrem Denken«, sagte sie.

»Sie sind aber nicht gerade mit vielen großen Gedanken an die Öffentlichkeit getreten, die die Welt verblüfft hätten«, sagte Sean.

»Ich halte sie für intuitiver«, sagte Esther. »Sie haben einen besseren Kontakt zu ihrer Umwelt.«

»Du meinst, sie kennen ihre Pubs in- und auswendig«, sagte Sean.

»Sei nicht so blöd«, sagte Esther. »Ich mein's ernst. Ich finde, es ist besser für den Geist, mit Menschen zusammenzusein, die intuitiver, einfacher sind und in einer engeren Beziehung zu ihrer Umwelt stehen. New Yorker sind poliert. Jeder hat auf alles die passende Antwort. Niemand muß innehalten und nachdenken. Jeder hat für jede Gelegenheit einen Satz auf Lager.«

»Herrje, beruhige dich«, sagte Sean. »Du redest von Leuten, die zu den kultiviertesten und gebildetsten Menschen der Welt gehören. Sie gehen in Konzerte, ins Theater, zu Vorträgen. Sie lesen Bücher. Sie denken. Sie sind informiert und auf dem laufenden.«

»Ich rede nicht davon, daß man eine Beziehung dazu hat, was in Mogadischu passiert«, sagte Esther. »Ich rede davon, daß man eine Beziehung zu sich selbst und zu seiner Umwelt hat. Wenn man in Manhattan eine Beziehung zu seiner Umwelt hat, dann bedeutet das, den richtigen Landschaftsarchitekten zu engagieren, der einem den Garten in Sag Harbor gestaltet. Und dann, wenn Besuch angesagt ist, zieht man Shorts und ein T-Shirt an und setzt die letzten zwölf Narzissenzwiebeln selbst. Der Besuch hilft dabei. Jeder bekommt schmutzige Hände. Und alle fühlen sich eins mit Gott, der Schöpfung, der Erde und sich selbst.«

»Wann hast du denn deine Zuneigung für die Umwelt entdeckt? Seit wann interessierst du dich so dafür?« fragte Sean. »In Melbourne hast du nach fünf Uhr nachmittags keinen Garten mehr betreten, weil du Angst vor Moskitos hattest.«

»Ich spreche nicht davon, Gärten zu betreten. Ich spreche von einer gewissen Art von Sensibilität«, sagte Esther. »Wie auch immer, gegen Moskitos bin ich allergisch.«

Sie beschloß, das Thema fallenzulassen. Sean war nervös. Er hatte in den vergangenen Tagen immer sehr lange gemalt. Er bereitete gerade eine große Ausstellung in New York vor. »Ich möchte, daß diese Bilder die besten werden, die ich je gemalt habe«, sagte er. »Sie sollen so stark und kraftvoll wie nur möglich sein.«

Esther fand die Arbeiten wundervoll. Sie waren zum Großteil schwarz und weiß. Sean nannte sie die *Mann-und-Frau-Bilder*. Sie zeigten lange dünne abstrakte Figuren. Beine, Hüften, Köpfe. Schwarze Figuren auf weißem Grund und weiße Figuren auf schwarzem Grund.

Sie erinnerten Esther an die Mimi-Geister der Aborigines. Sie erinnerten sie an Liebende. An Familien. Sie sah Venen und Arterien. Kreuzungen und Verbindungen. Sie konnte Landkarten und Wegweiser sehen. Oben und unten waren die Figuren mit Linien verbunden. Selbst die abstraktesten Gitter sahen menschlich aus.

»Sie sind sehr kraftvoll«, sagte sie zu Sean. »Und sehr bewegend.«

»Danke«, sagte er. »Eins der Probleme bei abstrakter Kunst ist, daß sie in so was wie romantische Musik ausarten kann.

Nur süßliche Gefühle, nur Atmosphäre und Sehnen, keine Logik und Form oder geistige Herausforderung. In den achtziger Jahren gab es in der Malerei viele Werke, die nur Sehnsucht waren, keine Technik. Wie ein Körper ohne Knochen.«

»Diese Bilder haben viele Knochen«, sagte sie. Sean lachte. »Wirklich, ich liebe diese Bilder«, sagte sie. »Sie vermitteln ein Gefühl von Geschichte, von Weisheit, und von einem großen Glück.«

Seans Agent, David Doorman, war gekommen, während sie sich über die Bilder unterhielten. Er wollte sich die neuen Arbeiten ansehen und Sean mitteilen, daß ein Interessent, der seit Wochen zögerte, sich endlich zum Kauf entschlossen hatte.

Der Kunde, eine schwuler Anästhesist, hatte David Doorman fast zum Wahnsinn getrieben. »Jedesmal, wenn ich ihn sehe, erzählt er mir, wie unscheinbar ich aussehe oder wie glatzköpfig ich bin«, sagte David Doorman. »Es hängt mir zum Hals heraus. Ich mußte meine ganze Beherrschung aufbieten, um ihm nicht ins Gesicht zu schreien, daß ich wenigstens genug Geschmack und Würde besäße, um nicht mit einem Acrylteppich auf dem Kopf herumzurennen.«

»Sein Toupet ist schrecklich«, sagte Sean. »Manchmal löst es sich an den Seiten und biegt sich nach oben, und dann weiß man nie, wo man hinschauen soll, wenn man mit ihm spricht.«

»Jedenfalls kauft er das Triptychon«, sagte David Doorman.

»Eigentlich finde ich das Toupet gar nicht so schlimm«, sagte Sean.

Esther ging über die Sullivan Street nach Hause. Sie roch den Geruch von Milch aus Joe's Milchgeschäft in ihren Haaren und in ihrer Kleidung. Sie fragte sich, warum es der Milchgeruch war, der so intensiv haften blieb, und nicht einige der feineren Gerüche wie der von eingelegten Oliven oder getrockneten Tomaten.

An diesem Abend sollten ihr Vater und Henia nach New York zurückkommen. Sie würden vom Flughafen direkt zu Henias Wohnung in Little Neck fahren.

»Ich komme dich besuchen, wenn ich mich ein bißchen eingelebt habe«, hatte Edek am Abend zuvor zu ihr gesagt. Bevor sie Zeit gehabt hatte, ihn zu fragen, wie es ihm ging, sagte er: »Bei mir ist alles in Ordnung. Ehrlich gesagt hab' ich nicht erwartet, daß es mit mir und Henia so gut gehen würde.«

»Das ist wunderbar, Dad«, sagte sie.

»Mit Henia fühl' ich mich, ehrlich gesagt, bei Sachen wohl, bei denen man sich sonst nicht immer wohl fühlt«, sagte Edek.

»Das ist gut«, sagt Esther. Sie hoffte, daß er sich nicht weiter darüber auslassen würde. Sie wollte es nicht wissen.

»Du weißt, was ich meine, nicht wahr?« sagte Edek.

»Ja«, sagte sie. Sie hoffte, ihr Vater würde das Thema damit beenden.

»Ich meine das, wo selbst der Kaiser zu Fuß hingeht«, sagte Edek.

»Ich verstehe«, sagte Esther.

»Du weißt, was damit gemeint ist?« sagte Edek.

»Ja, das Bad«, sagte Esther.

»Nein, die Toilette«, sagte Edek.

»Hier in Amerika sagt man Bad, wenn man Toilette meint«, sagte Esther.

»Warum denn das?« fragte Edek. »Ein Bad ist ein Bad, und eine Toilette ist eine Toilette.«

»Ich glaube, sie wollen nicht über die Toilette und über das, was sich darin abspielt, nachdenken«, sagte Esther.

»Gut, daß du mir das gesagt hast«, sagte Edek. »Na, jedenfalls fühle ich mich in dieser Hinsicht sehr wohl mit Henia. Es ist nicht so leicht für zwei Leute, zusammenzuleben, weißt du. Und bei uns ist es, als ob wir schon lang zusammen wären. Ich hab' hier ein beschauliches Leben. Ich arbeite nicht. Ich tu' gar nichts. Ich hab' zu Henia gesagt, ich werd' mir einen Job suchen, wenn wir nach New York kommen. Sie sagte nein, sie will nicht, daß ich arbeite. Sie will, daß wir zusammen sind. Sie fährt nicht Auto, also fahre ich sie überall hin. Ich seh' schon, an dieses Leben kann ich mich gewöhnen.«

»Ich glaube, wenn man über siebzig ist, Dad, hat man das Recht, ein beschauliches Leben zu führen«, sagte Esther.

»Wir gehen spazieren, jeden Tag, auf der Strandprominenz«, sagte Edek. »Nein, Prominenzstrand meine ich.«

»Strandpromenade«, sagte Esther.

»Richtig«, sagte er. »Weißt du, ich gehe auf dieser Prominenzstrand zwanzig Minuten, vielleicht auch länger. Henia geht gern spazieren.«

»Dir tut es auch gut, Dad«, sagte Esther.

»Das sagt Henia auch«, sagte Edek. »Sie ist eine sehr nette Frau. Weißt du, ich spreche ihre Sätze zu Ende und sie meine.«

Was für Sätze, fragte sich Esther.

»Henias Freunde sind alle sehr nett zu mir«, sagte Edek. »Ich komme mit jedem gut aus. Es ist leicht, mit jedem gut auszukommen. Ich bin ein Fremder. Mit Leuten, die man kennt, ist das nicht so leicht.«

»Das ist wahr«, sagte Esther.

»Siehst du, dein Vater ist ein intelligenter Mann«, sagte Edek.

»Ich hatte schon einen Anruf aus Australien«, sagte Edek. »Mr. Birnbaum ist gestorben.«

»Ich hab' erst vor ein paar Tagen an ihn gedacht«, sagte Esther. »Ich hab' mich gefragt, wie alt er ist.«

»Fünfundneunzig«, sagte Edek. »In zwei Wochen wäre er sechsundneunzig geworden.«

Mr. Birnbaum gehörte zu den wenigen Juden, die in den zwanziger Jahren nach Australien gekommen waren. Er war Schneider. Er arbeitete bei McGregor Jones, der großen Firma für Männerbekleidung. Abends nähte er bei sich zu Hause Anzüge und Kostüme. Er machte auch Änderungen. Für die Juden in Carlton, von denen die meisten in den fünfziger Jahren eingewandert waren, war Mr. Birnbaum fast schon ein Australier.

Er war ein kleiner, dünner Mann mit einer leuchtenden Glatze. Er hatte vier erwachsene Söhne und eine Tochter. Esther kamen sie alle sehr australisch vor. Mr. Birnbaum half den neu angekommenen Juden oft. Er schnitt ein Muster für Mrs. Kurop und kürzte ein Kleid für Mrs. Blatberg. Er ließ Rooshka Zepler an seine Overlockmaschine, wenn sie einen Rock zu säumen hatte.

An Sonntagen saß er auf der Veranda vor seinem Haus und las die Zeitung. Als Kind war Esther oft stehengeblieben und hatte sich mit Mr. Birnbaum unterhalten. Eines Sonntags winkte er sie heran. »Ich habe große Neuigkeiten«, sagte er. »Ich habe eine Grabstätte gekauft. In meinem kleinen Shtetl in Polen hätte ich mir nie träumen lassen, daß ich eines Tages meine eigene Grabstätte besitze. Ich dachte, ich würde wie alle armen Juden von der Bestattungsgesellschaft beerdigt werden. Eigene Grabstätten waren für die reichen Juden, und von denen gab es nicht allzu viele. Für mich hat sich ein Traum erfüllt. Und Australien ist ein Land, in dem Träume wahr werden können.«

Mr. Birnbaum war Mitte fünfzig gewesen, als die Vision von der eigenen Grabstätte sich plötzlich von einem Traum in eine Möglichkeit verwandelt hatte. Danach war er besessen von dem Wunsch, ein Grab zu kaufen.

Jede Woche las er die jüdischen Zeitungen. Monatelang durchsuchte er die Spalten, in denen Grabstätten zum Verkauf angeboten wurden. Je länger er die Anzeigen studierte, desto klarer wurde ihm, daß der Preis sich verringerte, wenn man mehrere Gräber kaufte.

Mr. Birnbaum wandte sich an seine Kinder. Er sagte, er würde gern eine Grabstätte für sich, seine Frau, seine Kinder, seine Schwiegerkinder und die Enkel kaufen. Er würde die Hälfte des Geldes aufbringen, sagte er, wenn sie damit einverstanden wären, die andere Hälfte beizusteuern.

Die vier Söhne von Mr. Birnbaum waren alle recht erfolgreiche Handlungsreisende, und die Tochter war Kindergärtnerin. Um ihrem Vater einen Gefallen zu tun, willigten sie ein. Mr. Birnbaum war begeistert. Er bestand darauf, daß bei der Auswahl des Familiengrabes alle beteiligt sein sollten.

Jedes Wochenende stiegen die Birnbaumkinder mit ihren Familien in drei Autos und fuhren los, um sich Grabstätten anzuschauen. Mrs. Birnbaum bereitete Sandwiches vor. Sie haßte diese Ausflüge. Sie hatte Angst vor Friedhöfen. Sie waren ihr unheimlich. Aber sie war eine gute Ehefrau, machte die Sandwiches und kam mit.

Schließlich fand Mr. Birnbaum eine Grabstätte, die nicht nur gut gelegen, sondern auch sehr günstig war. Sie umfaßte zweiundsiebzig Grabstellen. Er kaufte sie. Diese Anschaffung war vielleicht ein Zeichen für den Erfolg seines Neubeginns in Australien, aber sie war noch nicht das Ende der Geschichte. Jetzt mußte er einen Grabstein kaufen.

Jedes einzelne Grab würde am Fußende eine Platte mit dem Namen der Person haben, die dort beerdigt war, erklärte er Esther; über der Ruhestätte aber würde ein großer Stein stehen mit der Inschrift: GRABSTÄTTE DER FAMILIE BIRNBAUM. »Das hätte ich mir nie träumen lassen, ich dachte immer, ich komme ins Armengrab. Auf meiner Grabstätte wird ein Name stehen. Wie beim General-Motors-Komplex. Das ist auch nicht irgendein Gebäude. Das ist der General-Motors-Komplex.«

Mr. und Mrs. Birnbaum, ihre Söhne und Töchter machten sich auf, um einen Grabstein zu finden. Sie besuchten Steinmetz um Steinmetz. Schließlich fand Mr. Birnbaum etwas Passendes aus Granit. Er nahm ein großes Granitstück mit nach Hause. Er wollte sichergehen, daß die Qualität so gut war, wie der Verkäufer gesagt hatte. Er wollte selber feststellen, wie der Stein dem Wetter standhielt. Er stellte den Granit in den Garten. Da stand er ein Jahr lang. »Ich hab's nicht eilig«, sagte er zu Esther. »Ich glaube nicht, daß ich bald sterben werde.«

Am Ende des Jahres war der Granit immer noch in gutem Zustand. Mr. Birnbaum bestellte den Grabstein. Als Überraschung hatten seine Kinder eine passende Bank anfertigen lassen. Die Bank trug die goldene Inschrift: DEM BEGRÜNDER DER GRABSTÄTTE DER FAMILIE BIRNBAUM, MR. SOLOMON BIRNBAUM.

Mr. Birnbaum besuchte sein Grab, sooft es ihm gelang, eines seiner Kinder zu überreden, ihn dort hinzubringen. Er selber fuhr nicht Auto. Und Mrs. Birnbaum, trotz ihrer Angst, begleitete ihn.

Mit den Jahren hatte die Familie Birnbaum sich zerstreut. Zwei Söhne waren nach New South Wales gezogen. Die Tochter lebte jetzt auf der anderen Seite von Melbourne. 1969 wurde Mrs. Birnbaum begraben. Da lag sie nun, allein, in der ersten Reihe der zweiundsiebzig Gräber.

»Mr. Birnbaum hat lange gebraucht, um zu seinen Gräbern zu kommen«, sagte Esther zu ihrem Vater.

»Das stimmt«, sagte Edek. »Er hat immer von seinem Familiengrab gesprochen. Er nannte es sein *ejwig Heim*. Sein immerwährendes Heim.«

»Dad, hast du Henia gefragt, was sie davon hält, wenn ihr in unserem Loft heiratet?« fragte Esther.

»Sie war nicht besonders scharf drauf«, sagte Edek.

»Was heißt das, nicht besonders scharf drauf?« fragte Esther. »Möchte sie's woanders machen?«

»Sie ist nicht so scharf auf die Hochzeit«, sagte Edek.

»Was?« sagte Esther.

»Sie sagte, wir können einfach zusammenleben«, sagte Edek. »Das würde heute jeder machen.«

»Mir gegenüber hat sie nie etwas davon erwähnt«, sagte Esther.

»Na ja, das hat sie jedenfalls gesagt«, sagte Edek. »Und außerdem, was ist eigentlich der Unterschied, verheiratet oder nicht verheiratet? Wir sind trotzdem zusammen.«

»Der Unterschied ist, daß du dann alles aufgegeben hättest, um in ein Land zu kommen, in dem du entweder illegal lebst oder alle sechs Monate ausreisen mußt und hoffen, daß sie dich wieder reinlassen und dein Touristenvisum erneuern. Und du wirst keine Sozialversicherungsnummer und keine Krankenversicherung haben. Das ist der Unterschied. Das hab' ich dir aber alles schon mal erklärt.«

»Vielleicht kann ich zu Henias Anwalt gehen, und der besorgt mir ein Visum?« sagte Edek.

»Dad, du brauchst einen Job, um eine Green Card zu bekommen. Wer wird dir einen Job geben? Du mußt heiraten.«

»Henia sagt, das Heiraten ist nicht wichtig«, sagte Edek.

»Natürlich ist es wichtig«, schrie Esther.

»Ich habe heute mit Joseph Reiser gesprochen«, sagte Sean zu ihr, als sie nach Hause kam.

»O ja, und was hat er gesagt? Daß er sein Scheckbuch gezückt hat und es nicht erwarten kann, in dein Studio zu kommen? Oder müssen wir zu noch einer Namensgebungsfeier antreten?«

»Er war überschwenglich wie immer«, sagte Sean. »Er hat mich mit seinem Bariton angedröhnt und gemeint: ›Sean, unser Besuch in Ihrem Studio ist längst überfällig. Ich rufe Sie in den nächsten zwei Tagen an, und wir machen einen Termin aus.‹«

»Glaubst du, daß ihm überhaupt bewußt ist, daß er genau die gleichen Worte schon öfter verwendet hat?« fragte Esther.

»Wer weiß«, sagte Sean. »Ich werd' ihn nicht mehr anrufen. Selbst mein Selbstbewußtsein hält so was nur bis zu einem gewissen Punkt aus.«

Sean sah müde aus. Er trug eine farbbekleckste Hose und war barfuß. Mit nackten Füßen sah er klein aus. Kleiner als einsdreiundachtzig.

»Vielleicht hätten wir in Australien bleiben sollen«, sagte er.

»Nein, hätten wir nicht«, sagte Esther. »Ich hätte mich so schuldig gefühlt, dich von etwas abgehalten zu haben, was du unbedingt tun wolltest.«

»Ich fühle mich schuldig, weil wir hier sind«, sagte Sean.

»Das solltest du nicht«, sagte Esther. »Ich fühle mich wirklich wohl hier. Ich sehe jetzt endlich in die richtige Richtung, wenn ich über die Straße gehe. Ich sage Bürgersteig statt Gehsteig und Mülleimer statt Mistkübel. Ich werde ganz schön amerikanisch.«

»Ich fühle mich schuldig«, sagte Sean.

»Du fühlst dich schuldig, weil ich mich so oft beklagt habe«, sagte Esther. »Das tut mir leid. Gott sei Dank bist du kein Jude. Ein Jude wäre unter dem Gewicht all dieser Schuld zusammengebrochen. Der hätte seine Sachen gepackt und wäre nach Hause gegangen.«

»Apropos Juden und Schuld«, sagte Sean. »Dein Vater rief an, kurz nachdem ich mit Joseph Reiser gesprochen hatte. Ich muß ziemlich niedergeschlagen geklungen haben, weil er mir eine aufmunternde Rede hielt. Er sagte: ›Es ist nicht so einfach, hier in New York ein großes Tier zu sein.‹ Ich pflichtete ihm bei, und er sagte wörtlich: ›Leute, die große Tiere sein wollen, müssen mit Ärger rechnen. Besser, du hast den Ärger und bist ein großes Tier in einer großen Stadt als ein großes Tier in einer kleinen Stadt.«

»Mein Vater, der Philosoph«, sagte Esther. »Das war eigentlich sehr einfühlsam von ihm. Zumindest hat er dir keine Grobheiten gesagt.«

»Zum Schluß meinte er noch«, sagte Sean, »er selbst habe nie ein großes Tier sein wollen.«

»Gehen wir auf einen Kaffee?« fragte Esther.

»Okay«, sagte er.

Sie küßte ihn. »Es tut mir leid, daß du dich mit solchen Arschlöchern wie den Reisers auseinandersetzen mußt.«

Esther trank zwei Gläser Wasser zu ihrem Kaffee. Das Wasser war gut gegen Verstopfung. Sie hatte zwei Bagels zum Lunch gegessen und Toast zum Frühstück. Brot lag schwer im Magen, und der Gedanke, daß viel Scheiße in ihr stecken könnte, beunruhigte sie.

Zum Letzten, was den Menschen passierte, die in Auschwitz in den Gaskammern starben, gehörte die unkontrollierte Darmentleerung. Die Leichen wurden von Sonderkommandos gewaschen. Sie richteten Schläuche mit starkem Wasserstrahl auf den riesigen Haufen beschmutzter Leiber. Der Leichenberg reichte oft bis an die Decke der Gaskammer. Die Menschen waren in Panik einer auf den anderen geklettert, um dem Gas zu entrinnen.

Die Sonderkommandos mußten die verhedderten, glitschigen Leiber voneinander trennen. Sie knoteten Riemen an die Handgelenke der Toten. Dann zogen sie die Leichen zum Aufzug. Es gab vier Aufzüge. Sie hielten vor den Verbrennungsanlagen der Krematorien. Von dort wurden die Leichen zu einer Rutsche gezerrt und vor den Verbrennungsöfen abgeladen.

Dort wurde ihnen das Haar abgeschnitten, falls sie noch welches hatten. Haare waren ein wertvoller Rohstoff. Danach trat das Zahnkommando in Aktion. Mit einem Hebel und einer Zange wurden die Kiefer auseinandergezwängt und Goldzähne, Goldbrücken und Füllungen herausgerissen oder herausgebrochen. Die Goldzähne kamen in große Säurefässer. Die Säure entfernte alle Reste von Fleisch oder Knochen.

»Ich mache mir Sorgen um meinen Vater«, sagte Esther zu Sean. »Henias plötzliche Lauheit in bezug auf die Heirat gefällt mir nicht.«

»Vielleicht ist es dein Vater, der nicht heiraten will?« sagte Sean.

»Nein, es ist Henia«, sagte Esther. »Mein Dad hat alles aufgegeben. Er kam hier an, um ein neues Leben zu beginnen, eine neue Ehe. Er weiß, daß er eine Green Card braucht, um hierbleiben zu können. Mein Gott, stell dir vor, mein Vater müßte alle sechs Monate das Land verlassen, ein Rückflugticket nach Australien kaufen, um den Einwanderungsbehörden jedesmal, wenn er zurückkommt, zu beweisen, daß er nicht die Absicht hat, zu bleiben. Er wäre bald ein Nervenbündel.«

»Dein Vater schafft das schon«, sagte Sean. »Der kann auf sich selbst aufpassen.«

Esther dachte an die Art und Weise, wie ihr Vater mit New Yorker Taxifahrern umging. »Nach links, nach links«, schrie er sie an. Sie verstanden ihn perfekt. Esther hatte Monate gebraucht, um von Taxifahrern verstanden zu werden. »Könnten Sie bei der nächsten Ampel bitte nach links fahren«, pflegte sie zu sagen. Damit hatte sie die meisten in Verwirrung gestürzt. »Nach links«, sagte man, und Edek wußte das.

Auch in Geschäften kam er gut zurecht. »Sie haben nicht zufällig Kerzen auf Lager?« hatte Esther den Mann im koreanischen Laden an der Ecke gefragt. Er sah sie ausdruckslos an. »Kerzen?« hatte Edek geschrien. Der Mann holte ein Paket Kerzen hervor.

»Ich glaube, du hast recht«, sagte Esther zu Sean. »Ich glaube, mein Vater schafft das schon.«

Pat Nixon war gestorben. Die ehemalige First Lady war einundachtzig. Sie starb an Lungenkrebs. Auf der Titelseite der *New York Times* war ein Foto von ihr, das 1953 aufgenommen worden war. Es zeigte Pat Nixon barfuß bei einem Strandspaziergang. Sie trug ein kurzärmeliges, enges Sommerkleid und hielt ihre beiden kleinen Töchter an der Hand. Die Mädchen trugen Badeanzüge mit Rüschen. Eines hielt einen Spielzeugeimer in der Hand. Checkers, der Hund der Familie, lief neben ihnen. Das Bild, das man von Pat Nixon hatte, schrieb die *Times*, war das einer pflichtbewußten Gattin, selbstbeherrscht und undurchschaubar.

Aus dem Nachruf erfuhr Esther, daß Pat Nixons Vater ein umherziehender Bergarbeiter und die Familie sehr arm gewesen war. Als Pat zwölf Jahre alt war, starb ihre Mutter an Krebs. Fünf Jahre später starb ihr Vater an der Staublunge, der Berufskrankheit der Bergleute.

Fotografien verdeckten genauso viel, wie sie enthüllten. Auf dem Bild in der *New York Times* sah man, daß Pat eine nette Mutter war. Die Zwölfjährige, die monatelang nachts am Bett ihrer sterbenden Mutter gesessen hatte, war schwerer zu erkennen. Und auch die Achtzehnjährige sah man kaum, die, nachdem sich die Geschwister getrennt hatten, auf dem Höhepunkt der Wirtschaftsdepression quer durch Amerika gefahren war, um sich in New York Arbeit zu suchen.

Henry Kissinger hatte gesagt: »Pat Nixon war eine First Lady mit hervorragender Menschenkenntnis und dem Präsidenten stets eine große Stütze.«

Und Ronald Reagan gab eine Erklärung ab, in der es hieß, Mrs. Nixon sei in einer sehr stürmischen Zeit ein Fels der Stärke gewesen.

Paul Harris, ein Architekt aus Southhampton auf Long Island, war am selben Tag gestorben wie Pat Nixon. Er hatte verfügt, daß mit seinem Körper das zu geschehen habe, was das Beste für seinen Garten sei. Falls es seinem Garten guttäte, daß seine Asche über die Blumenbeete verstreut würde, dann wolle er verbrannt werden. Falls aber eine Erdbestattung für seinen Garten besser wäre, dann war das sein Wunsch.

Die Familie beriet sich mit Gartenexperten und beschloß daraufhin, daß der Garten am meisten vom ganzen Paul Harris profitieren würde. Sie wählten einen einfachen, schmucklosen Fichtensarg, weil Weichholz schneller verrottet als Hartholz, wie etwa Eiche. Außerdem bohrten sie Löcher in den Sargboden. Das sollte die Verwesung beschleunigen. Es gab manche Juden, die diese Praxis anwendeten, weil sie glaubten, daß damit das biblische Gebot, wieder zu Staub zu werden, besser befolgt würde. Paul Harris war kein Jude.

Esther dachte daran, ihren Vater anzurufen. Sie hatte schon eine Weile nicht mehr mit ihm gesprochen. Sie hatte ihn in Ruhe gelassen, damit er sich in Little Rock einleben konnte. Sie fand, er habe auch ohne ihre Meinungsäußerungen und Einmischungen genug zu bewältigen.

Das Telefon läutete. »Ded hier«, sagte ihr Vater. »Meine Tochter ruft mich nicht mehr an?«

»Hab' ich dir gefehlt?« fragte sie.

»Du hast mir nicht gefehlt«, sagte Edek Zepler. »Schließlich hab' ich von Florida und von Australien aus mit dir gesprochen. Aber mir ist aufgefallen, daß du mich nicht mehr anrufst. Und ich weiß, daß etwas nicht in Ordnung ist, wenn meine Tochter nicht mehr anruft.«

»Es ist alles in Ordnung, Dad«, sagte sie. »Ich dachte nur, daß du eine Menge zu bewältigen hast, jetzt, wo du dich hier in Amerika einleben mußt, mit Henia.«

»Mich einzuleben ist keine große Sache«, sagte Edek. »Ich hab' schon Schlimmeres bewältigen müssen. Hab' ich dir erzählt, daß die Parkplatzsituation hier sehr gut ist?«

»Ja«, sagte sie, »das hast du mir schon erzählt.«

»Wirklich sehr gut«, sagte Edek. »Hier kann ich überall parken. Egal, um welche Zeit, egal, an welchem Tag, man findet immer einen Parkplatz. Ich fahre den Wagen und parke ihn, als ob ich mein ganzes Leben hiergewesen wäre.«

»Das ist toll, Dad«, sagte Esther. »Ich kann mich nicht daran gewöhnen, daß alles auf der falschen Seite ist. Ich glaube nicht, daß ich hier jemals Auto fahren werde.«

»So groß ist die Umstellung gar nicht«, sagte Edek. »Du warst so eine gute Autofahrerin. Ich weiß nicht, was los ist mit dir.«

»Ich weiß auch nicht, Dad«, sagte sie.

»Ich glaube, wenn du einen Job hättest, wo du übers Leben schreibst, hättest du mehr Leben in dir«, sagte Edek.

»Ich habe sehr viel Leben in mir«, sagte Esther.

»Nicht genug, um ein Auto zu fahren«, sagte Edek.

»Ich brauche kein Auto zu fahren«, sagte Esther.

»Henia und ich wollen euch nächste Woche besuchen«, sagte Edek. »Welcher Tag würde dir passen?«

»Sonntag«, sagte Esther. »Sonntag wäre gut.«

»Okay, dann kommen wir Sonntag und führen euch zu einem frühen Tee aus.«

»Wie schön«, sagte Esther.

»Henia nimmt ihren Tee gern früh ein«, sagte Edek. »Oh, ich hab's schon wieder vergessen, hier in Amerika sagen sie ja ›Dinner‹ und nicht ›Tee‹.«

»In Australien sagt man auch ›Dinner‹«, sagte Esther.

»In Australien versteht aber jeder, wenn man ›Tee‹ sagt, daß man ›Dinner‹ meint«, sagte Edek.

»Ich bin ziemlich sicher, daß wir Sonntag alle Zeit haben«, sagte Esther.

»Wer Zeit hat, ist eingeladen«, sagte Edek. »Henia hat das Deli in der Second Avenue vorgeschlagen.«

»Fein«, sagte Esther.

»Also, treffen wir uns um halb vier«, sagte Edek.

»Wir treffen uns um halb vier zum Dinner?« fragte Esther.

»Ja. Henia möchte nicht in Manhattan sein, wenn es dunkel ist«, sagte Edek.

»Dad, ich kann unmöglich um halb vier zu Abend essen«, sagte Esther.

»Meine Tocher kann unmöglich um halb vier zu Abend essen«, schnaubte Edek. »Was ist los mit dir? Ein normaler Mensch kann zu jeder Zeit essen. Was ist der Unterschied zwischen halb vier und halb sechs?«

»Zwei Stunden«, sagte Esther. »Ich kann mir nicht vorstellen, daß ich mitten am Nachmittag gehackte Leber runterbringe.«

»Du hast großes Glück, daß du jederzeit gehackte Leber bekommen kannst, wenn dir danach zumute ist«, sagte Edek.

»Ich kann es nicht«, sagte sie. »Ich werde zu dick. Warum kommst du mit Henia nicht um halb vier auf eine Tasse Tee zu uns, und wir essen ein anderes Mal gemeinsam zu Mittag?«

»Bleib dran«, sagte er. »Ich werd' Henia fragen.«

Er kam zurück. »Sie ist nicht sehr glücklich damit«, sagte er. »Sie hätte euch gern zum Essen eingeladen, aber sie will euch auch keine Umstände machen, also kommen wir am Sonntag zu euch.«

»Danke, Dad. Ich freue mich darauf, euch zu sehen.«

»Mach dir keine Sorgen um mich«, sagte er. »Mir geht's gut. Gestern abend waren wir schwofen. Es war sehr schön.«

»Ihr wart was?« fragte Esther.

»Schwofen«, sagte Edek. »Weißt du nicht, was ein Schwof ist? Hier in Amerika gehen alle auf einen Schwof.«

»Oh, ein Schwof«, sagte Esther.

»Sag' ich ja«, sagte Edek.

Schwof? Kein Mensch hatte jemals in ihrer Gegenwart diesen Ausdruck benutzt. Sie hatte gedacht, daß er ungefähr seit 1960 nicht mehr verwendet wurde. Offenbar hatte sie sich geirrt. Henia ging immer noch schwofen. Was genau war das eigentlich, fragte sie sich.

»Kein Mensch hat mich jemals zu einem Schwof eingeladen«, sagte Esther.

»Weißt du, ich war schon auf drei Tanzveranstaltungen«, sagte Edek. »Du würdest deinen Vater nicht wiedererkennen. Ich bin kein schlechter Tänzer, wenn ich so sagen darf. Ich bin auch der Lodzer Landsmannschaft beigetreten.«

»Du bist Mitglied in einem Verein?« sagte Esther.

»Ich bin in der Lodzer Landsmannschaft. Das ist für Leute, die aus Lodz kommen«, sagte Edek.

»Ich weiß, was die Landsmannschaft ist«, sagte Esther. »In Melbourne gab es auch eine. In Melbourne wolltest du nirgendwo beitreten.«

»Henia ist Mitglied dort«, sagte Edek. »Sie haben alle auf mich gewartet. Ich habe sogar Leute getroffen, mit denen ich in Polen zur Schule gegangen bin. Zum ersten Mal, seit ich aus Polen weggegangen bin, habe ich jemanden wiedergetroffen, den ich aus der Schule kenne. Die meisten, mit denen ich in der Schule war, sind tot. In der Landsmannschaft gibt es drei Männer, die in meiner Schule waren. Sie haben mich sofort erkannt. Ich sie nicht. Natürlich war es für sie leicht, mich zu erkennen, Henia hat ihnen gesagt, daß ich komme.«

»Wirklich unglaublich«, sagte Esther.

»Einige haben sogar deine Mutter gekannt«, sagte Edek. »Die Lodzer Landsmannschaft ist sehr gut. Die machen ein Buffet, ganz phantastisch. Letztes Mal hatten sie sehr gutes Brathuhn und Schnitzel und Truthahn. Den mag ich ja eigentlich nicht so gern, aber hier in Amerika essen die Juden viel Truthahn. Sie hatten auch Krautsalat und Kartoffelsalat und Dillgurken. Ich hab' sogar ein Stück Tomate gegessen, weil es ist gesint. Hättest du das gedacht von deinem Dad? Mum würde sich im Grab umdrehen, wenn sie mich eine Tomate essen sähe. Sie hat mich so oft gebeten, Gemüse zu essen. Sie hat frisches Gemüse geliebt.«

»Ja, das hat sie«, sagte Esther. »In der Tat.«

»Und was hat ihr all das Gemüse genutzt?« sagte Edek. Er war für einen Augenblick still. Esther hoffte, daß er nicht weinte.

»Das Buffet klingt fabelhaft«, sagte sie.

»Man kann essen, soviel man will«, sagte er. »Man kann zehnmal gehen und sich den Teller füllen, wenn man möchte. Und es kostet bloß fünfzehn Dollar. So ist das. Beim letzten Treffen habe ich mich für den Posten des Kassenwarts vorgeschlagen.«

»Was?« sagte Esther. »Das ist ja nicht zu glauben.«

»Ich hab' dir ja gesagt, du würdest deinen Vater nicht wiedererkennen«, sagte Edek.

»Ich kann es wirklich nicht glauben«, sagte Esther. »Als nächstes gehst du noch in die Synagoge.«

»Da war ich schon«, sagte Edek. »Henia sitzt in einem Ausschuß der Synagoge, und da bin ich mitgegangen.«

»Das kapier' ich nicht«, sagte Esther. »Du bist nie in die Synagoge gegangen. Du bist schon seit der Zeit vor dem Krieg in keiner Synagoge mehr gewesen.«

»Das stimmt«, sagte Edek. »Ehrlich gesagt, so schlimm war's gar nicht, da hinzugehen.«

»Als ich dreizehn war und in die Synagoge gehen wollte, hast du mich nicht gelassen«, sagte Esther. »Du und Mum, ihr habt geschrien, daß es keinen Gott gibt, und ich durfte nicht einmal zu Jom Kippur hingehen.«

»Die Dinge ändern sich«, sagte Edek.

Am Sonntag stellte Esther die pinkfarbenen Levkojen, die Zelda gekauft hatte, in eine Glasvase. Sie waren wunderschön. Die Farbe war ein verhaltenes, eher pfirsichfarbenes Pink. Levkojen wirkten auf sie immer wie Bilderbuchblumen. Vielleicht hatte es in den Büchern ihrer Kindheit Abbildungen von Levkojen gegeben. Obwohl sie sich nicht daran erinnern konnte, irgendwelche Bücher besessen zu haben.

Sie stellte eine Platte mit Florentinern auf den Tisch. Die mochte Edek am liebsten. Sie wurden aus Mandelblättchen, Orangenschalen und Zartbitterschokolade hergestellt. Es waren amerikanische Florentiner. Sie waren doppelt so groß wie die französischen, italienischen oder australischen. Es waren die größten, die sie je gesehen hatte. Die geriffelte Schokolade obendrauf sah aus wie eine Reifenspur.

Esther polierte das silberne Milchkännchen und die Zuckerdose auf Hochglanz. Edek und Henia mußten jede Minute eintreffen. Sie war nervös. Zelda kam herein. »Kann ich einen Florentiner haben?« fragte sie.

»Nein«, sagte Esther. »Ich hab' sie gerade erst angerichtet.«

»Ich nehme einen und arrangiere die anderen neu«, sagte Zelda.

»Könntest du nicht einfach warten, bis Grampa und Henia hier sind?« fragte Esther.

»Klar«, sagte Zelda. »Wenn es dich nervös macht, dann warte ich.«

»Nervös bin ich sowieso«, sagte Esther. »Also nimm dir ruhig einen. Ich hoffe, daß du nicht so nervös sein wirst, wenn du in meinem Alter bist und ich dich besuche.«

»Das glaub' ich nicht, Essie«, sagte Zelda.

»Versprich mit, daß du das Silber nicht polieren wirst, bevor ich komme«, sagte Esther.

»Ich werde wahrscheinlich gar kein Silber haben«, sagte Zelda. »Meine Generation wird sich nichts aus Silber kaufen.«

»Bis dahin werden Tee und Kaffee vermutlich elektronisch serviert«, sagte Esther.

»Wer ist in letzter Zeit so gestorben?« fragte Zelda.

»Na ja, ein Paläontologe, der eine Reihe bedeutender Fossilien gefunden hat, ist gestorben«, sagte Esther. »Und die Frau, die kleinste Größen in der Damenmode zum Standard erhob. Sie hieß Hannah Troy. Sie war dreiundneunzig. In den sechziger Jahren machte sie außerdem das Zeltkleid populär. In dem Kleid, hat sie gemeint, könnte auch die etwas molligere Frau elegant aussehen.«

»Es ist interessant zu wissen, wer stirbt«, sagte Zelda.

»Findest du's nicht morbid?« fragte Esther.

»Nein, du?« fragte Zelda.

»Nein, ich auch nicht«, sagte sie.

Es läutete an der Tür. Sie waren da. Esther rannte zum Türöffner und ließ sie herein. Als sie ihren Vater sah, blieb ihr die Luft weg. Er sah nicht mehr aus wie ihr Vater. Er sah aus wie der Vater von jemand anderem.

Edek trug ein weit geschnittenes grau-weiß kariertes Sakko und weiße Hosen. Er trug einen hellblauen Pullover, weiße Socken und cremefarbene Schuhe.

»Dad, du siehst sehr schick aus«, sagte sie zu ihm.

»Findest du, daß dein Vater gut aussieht?« sagte Edek.

»Ja, das finde ich«, sagte Esther.

»Ich hab' die Sachen alle aus einem Katalog«, sagte Edek. »Sie kommen mit der Post. Das ist ein Riesengeschäft in Amerika. Man kann alles per Post bestellen. Das Sakko hat mich fünfunddreißig Dollar gekostet. Zweimal haben sie mir die falsche Größe geschickt. Aber den Fehler haben sie nicht berechnet, sie haben mir einfach ein anderes geschickt. Es war nämlich nicht ihr Fehler. Ich wußte meine Größe nicht, also hab' ich irgendeine angekreuzt und die Bestellung abgesandt. Als es kam, war es zu klein, und ich hab' eine andere Größe gewählt. Beim dritten Mal hat es gepaßt. Und jetzt weiß ich meine Sakkogröße.«

»Das ist ein großartiger Kauf für fünfunddreißig Dollar«, sagte Esther.

»Meine Schuhe habe ich auch aus dem Katalog«, sagte Edek. »Die haben neunzehn Dollar fünfzig gekostet.«

»Du siehst aus wie ein Florida-Dandy, Edek«, sagte Sean.

»Was ist ein Dandy?« fragte Edek.

»Ein Dandy ist jemand, der sich modisch und elegant kleidet«, sagte Sean.

»Dann bin ich ein Little-Neck-Dandy«, sagte Edek.

»Ich hätte Josls Sachen nie weggeben sollen«, sagte Henia. »Er hatte soviel zum Anziehen. Ich hab' alles verschenkt. Woher hätte ich das wissen sollen?«

»Dad sieht in den neuen Sachen ganz toll aus«, sagte Esther. »Sie sind einfach perfekt.«

»Josls Sachen hätten ihm noch besser gepaßt«, sagte Henia. »Es ist kaum zu glauben, aber er hat genau dieselbe Größe. Genau dieselbe. Aber woher hätte ich das wissen sollen?«

»Du siehst nicht besonders gut aus«, sagte Edek zu Esther.

»Nicht?« sagte sie. »Mir geht's aber gut. Ich bin nur ein bißchen müde.«

»Meine Tochter ist immer müde«, sagte Edek. »Ich bin nie müde, und sie ist immer müde.«

»Ich hab' nicht davon angefangen«, sagte Esther.

»Doch, hast du«, sagte Edek.

»Erst nachdem du gesagt hast, daß ich nicht besonders gut aussehe«, sagte Esther.

»Du siehst auch nicht besonders gut aus«, sagte Edek.

»Bevor du das gesagt hast, war ich gar nicht müde«, sagte Esther.

»Meine Jungs sind sehr fleißig, sie arbeiten hart«, sagte Henia. »Die dürfen müde sein. Seit sie klein sind, waren sie immer fleißig. Jeden Sommer hatten sie einen Job. Wir brauchten ihnen nie Geld zu geben. Manche Leute können eben hart arbeiten und andere nicht.«

Esther verbiß sich den Wunsch, Henia zu beißen. Was sollte das heißen, ihre Jungs durften müde sein? Esther etwa nicht? Und gehörte sie zu denen, die nicht hart arbeiten konnten? Sie beschloß, Henias Bemerkung nicht ernst zu nehmen.

»Deine Söhne scheinen wirklich toll zu sein«, sagte sie.

»Meine Jungs sind ganz besondere Söhne«, sagte Henia. »Sie haben beide einen Job, auf den jede Mutter stolz wäre. Sie sind beide sehr erfolgreich.«

War das ein weiterer Seitenhieb? Es war ihr nicht klar. Sie beschloß, jetzt Kaffee zu kochen.

»Ich hab' ein Faxgerät gekauft«, sagte Edek, während er seinen dritten Florentiner verputzte.

»Du hast ein Fax gekauft?« sagte Esther. »Wozu?«

»Wozu?« sagte Edek. »Wozu kauft einer ein Faxgerät? Um ein Fax zu schicken, natürlich.«

»Und an wen willst du Faxe schicken?« fragte Esther.

»An dich«, sagte Edek. »Und an einige andere Leute. Ich kenne Leute mit Faxgeräten.«

»Und wo hast du's gekauft?« fragte Sean.

»Bei einem Nachbarn«, sagte Edek. »Er verkauft Faxgeräte. Er hat mir einen sehr guten Preis gemacht. Er sagte, dieses Fax, das ich gekauft habe, hat die beste Lösung, die man kaufen kann.«

»Lösung für was?«

»Einfach Lösung«, sagte Edek. »Alle Faxgeräte haben Lösungen. Manche haben gute und manche haben schlechte Lösungen. Meins hat die besten Lösungen auf dem Markt.«

»Ich glaube, du meinst Auflösung, Edek«, sagte Sean.

»Genau«, sagte Edek. »Auflösung.«

»Übrigens, Sean, könntest du mir einen Gefallen tun?« sagte Edek. »Könntest du nach Little Neck kommen und das Fax installieren?«

»Sean hat keine Ahnung von Faxgeräten«, sagte Esther. »Kann das nicht euer Nachbar tun?«

»Unser Nachbar versteht überhaupt nichts davon«, sagte Edek. »Der verkauft die Dinger bloß. Ich hab' ihn schon gefragt, ob er es installieren kann.«

»Ich kenne wen, der das machen könnte«, sagte Sean. »Ich organisiere das für dich.«

»Danke«, sagte Edek.

»Ist dir aufgefallen, daß wir Mums Zuckerdose verwenden?« fragte Esther.

Edek sah verblüfft aus. »Das ist mir nicht aufgefallen«, sagte er. »Ich wünsch' dir viel Glück.« Esther wurde rot. In diesem Glückwunsch war Ärger zu spüren gewesen.

»Wenn mein Faxgerät funktioniert, kannst du mir alles faxen, was du willst«, sagte Edek.

»Woran hattest du gedacht?« fragte Esther.

»Dokumente und so was«, sagte Edek.

»Okay«, sagte Esther.

»Meine Söhne haben Faxgeräte«, sagte Henia.

»Dann kannst du ihnen Faxe schicken«, sagte Esther.

»Sie haben beide Faxgeräte und Computer und ein Autotelefon«, sagte Henia. »Die haben alles.«

»Zachary hat auch ein Fax«, sagte Zelda. »Du kannst Zachary faxen, Grampa.«

»Dein Vater ist sehr beliebt«, sagte Henia. »Ich habe ihn zum Ball der Zionistenföderation mitgenommen. Die kriegen jedes Jahr Geld von mir. Dieses Jahr habe ich fünfhundert Dollar gespendet.«

»Es war ein sehr schöner Ball«, sagte Edek.

»Jeder mochte deinen Vater«, sagte Henia.

»Wieso auch nicht?« sagte Edek.

Henia lachte. »Er hat Humor, dein Vater«, sagte sie. Sie zog ihm den Kragen der Jacke zurecht und strich ihm übers Haar. »Deine Haare müßten geschnitten werden«, sagte sie.

»Ich finde, die etwas längeren Haare stehen ihm gut«, sagte Esther.

»Pah«, sagte Henia. »Wer braucht lange Haare? Willst du, daß dein Vater wie einer von diesen Hippies aussieht?«

»Ich glaube nicht, daß irgend jemand ihn mit einem Hippie verwechseln würde«, sagte Esther.

»Sean hat auch langes Haar«, sagte Zelda.

»Ein Maler braucht nicht auszusehen wie ein normaler Mensch«, sagte Henia.

»Ich finde, daß Sean sehr normal aussieht«, sagte Esther.

»Weißt du, wir spielen drei- oder viermal die Woche Karten«, sagte Edek. »Alle sagen, ich bin ein guter Spieler.«

»Ja, dein Vater ist sehr gut«, sagte Henia.

»Meine Mutter mochte keine Kartenspiele«, sagte Esther.

»Ich hab' schon zu viele von diesen Florentinern gegessen«, sagte Edek.

»Ich mag keine süßen Sachen«, sagte Henia.

»Mum mochte auch keine Süßigkeiten«, sagte Esther.

»Habt ihr schon darüber nachgedacht, wo eure Hochzeit sein soll?« fragte Esther. »Wir würden uns sehr freuen, wenn sie hier in unserem Loft stattfände.«

Henia sagte nichts. Sie schürzte die Lippen und zog die Mundwinkel runter. Sie klammerte sich an Edeks Arm und sah auf den Boden. »Er ist immer noch ein kleiner Fettwanst«, sagte sie nach einigen Minuten.

»Ich brauch' euch nicht zu erzählen, was für eine wundervolle Frau Henia ist«, sagte Edek. »Wir möchten gern, daß ihr am nächsten Samstag auf eine Tasse Tee nach Little Neck kommt.«

»Das läßt sich sicher machen«, sagte Sean.

»Sie ist kein Vergleich zu Nana«, sagte Esther zu Zelda, nachdem Edek und Henia gegangen waren.

»Ich wollte eigentlich gar nicht über meine Mutter reden«, sagte sie zu Sean.

»Nicht ununterbrochen, meinst du wohl«, sagte er.

Esther, Sean und Zelda standen auf dem Bahnsteig der U-Bahn-Station an der Vierzigsten Straße West. Es war Samstag. Esther war mit Kopfschmerzen aufgewacht. Und mit Bauchweh.

Sie und Sean hatten sich bereits darüber gestritten, an welcher Station sie in die Linie F einsteigen sollten. Sean war für Broadway Lafayette gewesen. Sie sagte, Vierzigste Straße West wäre näher.

Edek hatte ihnen gesagt, daß sie in Flushing aussteigen sollten. Er wollte sie dort mit seinem neuen Auto abholen. »Ich habe einen schönen Buick gekauft«, sagte er zu Esther. »Was für ein Auto! Baujahr 1989 und in bestem Zustand. Er fährt so ruhig, du glaubst gar nicht, daß du fährst. Ihr nehmt den Zug bis Flushing, und wir fahren alle zusammen im neuen Auto nach Little Neck.«

»Warum fahren wir nicht durch bis Little Neck?« fragte Esther.

»Dann hätte ich nur zwei Minuten, um euch in dem neuen Wagen zu mir nach Hause zu fahren«, sagte Edek.

»Wir könnten in Little Neck ein bißchen rumfahren«, sagte Esther.

»Das ist nicht dasselbe«, sagte Edek. »Ihr kommt nach Flushing, und dann fahren wir alle zusammen im neuen Wagen nach Little Neck.«

Vierzigste Straße West war eine große U-Bahn-Station. Es gab mehrere Bahnsteige und kaum Wände, um sich anzulehnen.

»Mein Kopf dröhnt«, sagte Esther.

»Wir hätten ein Taxi nehmen sollen«, sagte Sean. »Es hätte nur etwa fünfundzwanzig Dollar gekostet.«

»Unmöglich«, sagte Esther. »Ich ertrage es nicht, meinen Vater sagen zu hören, daß seine ach so noble Tochter natürlich mit dem Taxi nach Flushing fahren muß. Wenn wir in Little Neck sind, nehm' ich noch ein Aspirin.«

Nach zehn Minuten kam die U-Bahn. Sie war voll. Esther, Sean und Zelda quetschten sich hinein. »Ich glaub', das steh' ich nicht durch«, sagte Esther zu Sean.

Soweit sie sehen konnte, waren sie die einzigen weißen Fahrgäste. Der Zug war brechend voll. Sie hielt sich an einem Haltegriff fest und versuchte sich zu beruhigen. Sie sagte sich, daß sie sich nicht in einem Viehwaggon auf dem Weg nach Auschwitz befand. Sie war einfach in einem überfüllten Zug.

Nachdem der Zug zweimal gehalten hatte, merkte sie, daß ihr schlecht wurde. »Ich glaub', ich muß aussteigen und nach Hause«, sagte sie zu Sean. Sie sah an seiner Reaktion, daß dies keine wirkliche Option war. Höchstens ein letzter Ausweg, wie sein Gesichtsausdruck besagte.

Sie hatte die ganze Woche gejammert, weil sie nach Little Neck fahren mußten. Auch Sean war nicht gerade begeistert gewesen. Er wäre viel lieber zu Hause geblieben und hätte gemalt. Aber jetzt waren sie unterwegs, und sie begriff, daß sie nach Little Neck fahren würden, komme, was da wolle. Sie wußte, daß sie in diesem Zug bleiben mußte. Wenn sie eine Panikattacke oder einen Herzanfall erlitt, dann würde es im Zug sein müssen.

»Essie«, rief Zelda, »komm schnell. Hier sind drei Plätze frei.« Zelda reservierte die Plätze. Esther quetschte sich durch und setzte sich hin. Auch Sean setzte sich. »Danke, Liebling«, sagte sie zu Zelda.

Sie versuchte sich zu beruhigen. Überall wo sie hinschaute, fehlten den Leuten Gliedmaßen. Oder ihre Augen lagen tief in den Höhlen. Oder sie stritten herum, oder sie bettelten. Sie sah Zelda und Sean an. Beide wirkten munter und fidel. Sie versuchte, normal auszusehen. Sie wollte Zelda nicht den Eindruck vermitteln, sie sei nicht fähig, in einem Zug zu fahren.

Eine Schwarze schrie plötzlich die Chinesin an, die neben Esther saß. Sie kreischte. Esther verstand kein Wort. Die Chinesin blieb gelassen. Esther verkrampfte sich. »Keine Angst«, flüsterte sie Zelda zu.

»Ich hab' keine Angst«, sagte Zelda.

»In ungefähr fünfzehn Minuten sind wir da«, sagte Sean.

»Ich bin so verkrampft, ich bring' kein Wort heraus«, sagte Esther.

Sie versuchte, nicht aus dem Fenster zu schauen. Die Aussicht war trostlos. Graue Vorstädte, heruntergekommene Supermärkte, leere Haltestellen. Aber es gab eine Welt da draußen. Für sie war es ein Symbol, daß am Ende dieser Zugfahrt Leben sein würde. Sie wünschte, sie hätte daran gedacht, Mylanta einzustecken. Das hätte sie gegen ihre Übelkeit nehmen können.

Sie versuchte, in Gedanken Puccinis *Nessum Dorma* zu singen. Normalerweise beschränkte sie sich auf Mezzosopranrollen, aber diese Arie aus *Turandot* tat ihr immer gut. Wenn sie sie sang, hörte sie Luciano Pavarottis Stimme:

Ma il mio mistero è chiuso in me
[Doch mein Geheimnis ist in mir verborgen]
il nome mio nessun saprà!
[niemand wird meinen Namen erfahren!]

Sie war gerade bei den berührendsten Versen angekommen:

Tu che guardi ... le stelle, abassa gli occhi
[du, der du die Sterne hütest ... schau herab]

als sich im Waggon Aufregung breitmachte. Esther sah auf die andere Seite des Ganges. Ein junger Mann, der neben der Tür saß, übergab sich gerade. Sein Kopf hing herunter, das Erbrochene floß herab. Eine halb durchsichtige, trübe gelbe Masse. Einige Leute waren rasch in den nächsten Wagen geeilt. Aber der Zug war immer noch voll, und alle anderen mußten bleiben, wo sie waren. Sie erinnerte sich daran, daß ihr Vater gesagt hatte, die letzten zwanzig Minuten der fünfundzwanzigminütigen Fahrt würden sie im Expreßtempo zurücklegen, was bedeutete, daß der Zug seltener hielt. Der Mann erbrach immer noch. Er spie und spie. Der Boden um ihn herum war mit Erbrochenem bedeckt.

Esther sah zu Zelda hinüber. Ihre Augenbrauen waren vor Verblüffung weit in die Stirne hochgezogen. Sean suchte Esthers Blick. Er lächelte ihr beruhigend zu. Sie versuchte zurückzulächeln.

Eine Koreanerin schickte ihre kleine Tochter mit einer Handvoll Kleenex zu dem Mann hin. Er nahm die Papiertaschentücher. Dann schickte sie sie mit Pfefferminzbonbons. Er nahm auch die Bonbons. Er blickte nicht auf.

Das Erbrochene breitete sich über den ganzen Wagen aus. Es schwoll an und kam gefährlich nahe an Esther heran. Es war vielleicht noch einen halben Meter entfernt. Sie bemerkte kleine gelbe Speisereste. Sie fragte sich, wie weit es noch sein mochte bis Flushing.

Der Mann hatte Unmengen erbrochen. Wie konnte ein Mensch soviel in seinem Magen haben? Esther stellte fest, daß sie auf einmal ruhiger geworden war. Ihr war auch weniger schwindlig. Der Schock des gerade Erlebten hatte ihrer Angst die Schärfe genommen.

»Ich glaube, Flushing ist die übernächste Station«, sagte Sean. »Wir sind fast da.«

»Gut«, sagte Esther.

»War es nicht rührend, wie die koreanische Frau ihre Tochter mit Taschentüchern und Pfefferminz zu dem kranken Mann geschickt hat?« sagte Sean.

»Das einzige, woran ich denken kann, ist, nicht mit dem Erbrochenen in Berührung zu kommen«, sagte Esther.

»Du bist weiß wie die Wand«, sagte Sean zu ihr, als sie aus dem Zug stiegen.

»Ich will zurück nach Australien«, sagte sie.

Edek, der ihnen genau und mehrfach eingeschärft hatte, an welcher Ecke er warten würde, war nirgends zu sehen. »Ich muß mich setzen«, sagte Esther. Es gab nichts, worauf sie sich hätte setzen können. Sie lehnte sich gegen eine Hecke.

»Es war wirklich unangenehm, daß der Bursche sich über den ganzen Wagen übergeben mußte«, sagte Sean.

»Ich hab' mich schon vorher elend gefühlt«, sagte Esther.

»Es war nur ein überfüllter Zug«, sagte Sean. »Mit ganz normalen Leuten.«

»Du hast normale Leute gesehen«, sagte Esther. »Ich sah Blinde, Amputierte und Hoffnungslose. Wieso ist mein Vater nicht hier? Es ist nicht zu fassen.« Sie standen an der richtigen Ecke. Es war niemand da. Auch an der anderen Ecke war keiner.

Plötzlich erschien Henias Kopf am Eingang der U-Bahn-Station. Sie entdeckte die drei. »Bleibt da, bleibt da«, rief sie und verschwand wieder.

Ihnen blieb der kurze Eindruck eines gelben Haarkranzes über einem verdatterten Gesicht. »Ich finde, Henias Friseur war ein bißchen großzügig mit dem Gelb«, sagte Zelda.

»Wo ist sie hin?« sagte Sean.

»Wer weiß«, sagte Esther.

Kurz darauf tauchte Henia wieder auf. Edek war hinter ihr. Sie tauschten Begrüßungsküsse aus. »Wir hatten eine schreckliche Fahrt«, sagte Esther zu ihrem Vater. »Ein Mann hat den ganzen Wagen vollgespien, und ich fühle mich miserabel.«

Edek sah sie an. »Ich kann den Wagen nicht finden«, sagte er. »Wo hab' ich den Wagen geparkt?«

»Ist es der da drüben?« fragte Sean.

»Ja, der ist es«, sagte Edek.

»Es war eine schlimme Fahrt«, sagte Esther zu Henia. »Ein Mann hat den ganzen Zug vollgekotzt.«

»Wir haben auf der anderen Seite gewartet«, sagte Henia.

»Mir ist immer noch schlecht«, sagte Esther.

»Du weißt, daß ich auf dieser Straße nicht wenden kann«, sagte Edek.

»Du kannst hier nicht wenden?« fragte Henia.

»Nein«, sagte Edek.

Sie gingen zum Auto. »Es tut mir leid, Liebling, daß du dich nicht wohlfühlst«, sagte Esther zu sich selbst. Sean hörte sie und lachte. Er legte den Arm um sie.

»Also, wie gefällt es euch?« fragte Edek und zeigte auf sein Auto. »Was glaubt ihr, was der Wagen gekostet hat? Das erratet ihr nie. Er hat zweitausendsiebenhundert Dollar gekostet. In Australien würde man nie im Leben so ein Auto für zweitausendsiebenhundert Dollar kriegen.«

»Es ist toll, Grampa«, sagte Zelda.

»Schöner Wagen, Edek«, sagte Sean.

»Sagenhaft«, sagte Esther.

Sie stiegen in den Buick und fuhren los. Zelda saß vorne bei Edek und Henia, und Esther und Sean saßen hinten.

»Habt ihr genug Platz da hinten?« fragte Edek.

»Wir sitzen sehr bequem«, sagte Sean.

»Nach rechts, nach rechts«, rief Henia.

»Wir müssen nach links, nicht nach rechts«, sagte Edek.

»Nach rechts! Bieg rechts ab«, sagte Henia.

»Du hast recht«, sagte Edek. »Erst bei der nächsten müssen wir nach links.«

»Nein«, sagte Henia, »da müssen wir wieder rechts.«

»Bei der nächsten geht's links ab«, sagte Edek.

»Rechts, rechts ist richtig«, sagte Henia.

»Das ist falsch«, sagte Edek und bog links ab. »Siehst du, ich hatte recht«, sagte er.

»Okay, diesmal hattest du recht«, sagte Henia.

Esther lehnte ihren Kopf ans offene Fenster und versuchte, tief durchzuatmen.

»Langsam«, sagte Henia. »Sonst verpassen wir's noch.«

»Ich fahre langsam«, sagte Edek.

»Langsamer, langsamer«, sagte Henia.

»Und jetzt muß ich links abbiegen«, sagte Edek schwungvoll.

»Nein, rechts, rechts«, rief Henia.

»Ich glaube, links«, sagte Edek.

»Rechts. Bieg rechts ab«, sagte Henia.

Sie bogen rechts ab.

»Hier sind wir falsch«, sagte Edek. Er drehte um und fuhr auf die Hauptstraße zurück.

»Dein Vater fährt sehr riskant«, sagte Henia.

»Dein Vater weiß, wo er hinfährt«, sagte Edek.

Er bog noch zweimal links ab und stand vor Henias Haus.

»Hab' ich euch hergebracht?« sagte er.

»Allerdings«, sagte Esther.

»Park nicht auf der Straße«, sagte Henia.

»Warum soll ich das Auto in die Garage stellen?« sagte Edek. »Ich laß es draußen stehen, damit ich sie zur Haltestelle zurückfahren kann.«

»Bevor ich mit der Linie F nach Hause fahre, sterbe ich lieber«, sagte Esther zu Sean.

Henias Haus war ein bescheidenes kleines Backsteinhaus mit einem hübschen Vorgarten. Innen sah es aus wie die meisten Häuser in Caulfield, Melbourne. Die gleichen Möbel, die gleiche Ausstattung, die gleichen Fotos. Es gab Fotos von Henias Söhnen. Von dem Genie und seinem Bruder. Bilder von kleinen Enkeln und Bilder von Josl und Henia.

Edek machte mit Esther und Sean eine Führung durch den Keller des Hauses. Er war dunkel und feucht. »Dieser Keller ist fast so groß wie das ganze Haus«, sagte Edek. »Hier kann man viel unterbringen.«

Der Keller war niedrig. Sie mußten die Köpfe einziehen, während sie ihn besichtigten. Sie betrachteten verstaubte Kartentische und altes Schreinerwerkzeug. Sie sahen sich Kartons auf Regalen an und einen alten Kühlschrank.

»Ein wirklich schöner Keller«, sagte Esther.

»Die Australier haben keine solchen Keller«, sagte Edek.

»Die haben überhaupt keine Keller«, sagte Sean.

»Okay, genug vom Keller«, sagte Edek.

Oben sagte er, was für eine wundervolle Frau Henia sei. Er sagte es mehrmals. Er schien es zu niemand Bestimmten zu sagen. Oder zu jedem. »Henia ist sehr intelligent«, sagte er, als er einen Teller mit Crackers hereinbrachte. »Sie ist eine sehr gute Frau«, sagte er in der Küche zu Sean. »Jeder mag sie«, sagte er, als sie sich nachmittags zum Tee hinsetzten.

Der Nachmittagstee, zu dem sie eingeladen waren, bestand aus gefilte Fisch, Hühnersuppe, gebratenem Huhn und Truthahn, Apfelmus, Meerrettich, Dillgurken, Kartoffeln und Salat. »Das hab' ich alles selbst gemacht«, sagte Henia. »Normalerweise koche ich nicht, und ich steh' nicht gern in der Küche, aber das hier hab' ich mit eigenen Händen zubereitet.«

»Sie kocht seit drei Tagen«, sagte Edek.

Esther war schlecht. Sie hatte immer noch das Bild des Erbrochenen vor sich. Jedesmal, wenn sie etwas zu essen versuchte, sah sie diese halb durchsichtige gelbe Flüssigkeit.

»Du ißt nichts«, sagte Henia zu ihr.

»Dein Vater ißt«, sagte Edek.

»Ihr habt uns zum Nachmittagstee eingeladen, Dad«, sagte Esther.

»Nachmittagstee, Tee, was ist der Unterschied?« sagte Edek. »Das hier ist gutes Essen. Und gutes Essen kann man jederzeit essen. Iß.«

»Ja, iß«, sagte Henia.

»Ich kann nicht«, sagte Esther. »Es tut mir wirklich leid, aber ich kann nicht.«

»Nimm etwas von dem Huhn«, sagte Henia. »Huhn hat noch keinem geschadet.«

Edek aß den Fisch, die Suppe, das Huhn und den Truthahn. Er aß die Reste von allen Tellern. Er aß das Hühnerbein, das Henia auf Esthers Teller gelegt hatte. Zufrieden lehnte er sich zurück.

»Darf ich über Nacht bleiben, Grampa?« fragte Zelda.

»Natürlich darfst du«, sagte Edek.

»Wo soll sie schlafen?« fragte Henia.

»Im Gästezimmer«, sagte Edek.

»Okay«, sagte Henia.

»Ich bestelle einen Mietwagen, der uns zurückbringt«, sagte Sean.

»Ich weiß, wo«, sagte Edek. »Die sind sehr günstig. Alles russische Juden. Nach Manhattan kostet es zwanzig Dollar.«

»Es tut mir leid, daß du nichts gegessen hast«, sagte Henia. »Ich koche sehr gut.«

»Mir tut es auch leid«, sagte Esther.

»Sie hat drei Tage lang gekocht«, sagte Edek.

Den Sonntag verbrachte Esther damit, Fotos ihrer Mutter einzurahmen. Sie hatte die Rahmen schon vor Wochen gekauft. Die meisten Fotos waren alt. Ihre Mutter am Strand. Ihre Mutter im Garten. Bilder von Rooshka Zepler im Alter von dreißig, vierzig, fünfzig Jahren. Sie war so schön auf diesen Bildern.

Sie brauchte den ganzen Tag, um die Fotos aufzukleben und zu rahmen. Um fünf Uhr rief Zelda an. »Ich bin auf dem Heimweg«, sagte sie. »Grampa fährt mich zur U-Bahn.«

»Gut«, sagte Esther. »Wir warten auf dich und essen dann gemeinsam zu Abend.«

»Ich war mit Grampa einkaufen«, sagte Zelda. »Er hat mich gebeten, ihm zu helfen, eine Haartönung auszusuchen. Bisher hat er Restoria benutzt, das Zeug, das die natürliche Haarfarbe zurückbringen soll. Henia darf nichts davon erfahren.«

»Ich dachte mir, daß seine Haare dunkler aussehen«, sagte Esther.

»Ich mußte ihn davon abhalten, Schwarz zu nehmen«, sagte Zelda. »Ich hab' ihm gesagt, daß Henia sicher mißtrauisch würde, wenn er plötzlich schwarze Haare hätte.«

»Grampa hat mir auch neue Jeans gekauft«, sagte Zelda.

»Das war aber nett von ihm«, sagte Esther. »Also hat es dir gefallen?«

»Es war toll«, sagte Zelda. »Ich habe Henias Küchenschränke ausgeräumt und neu eingeräumt. In der Küche ist sie hoffnungslos. Es war ein heilloses Durcheinander.«

»Hat Henia sich gefreut?« sagte Esther.

»Sie war begeistert«, sagte Zelda. »Sie hat mir getrocknete Früchte mitgegeben. Die sind ziemlich vergammelt. Mehr alt als trocken.«

»Wirf sie gleich weg, wenn du aus dem Haus bist«, sagte Esther.

»Weißt du, die Hühnersuppe, die Henia angeblich tagelang gekocht hat?« sagte Zelda. »Im Mistkübel waren vier leere Dosen College-Inn-Hühnersuppe. Und Plastiktüten von Zucker's Hühnergrill.«

»Das hab' ich mir fast gedacht«, sagte Esther.

»Aber jetzt erzähl' ich dir was, was du dir vielleicht noch nicht gedacht hast«, sagte Zelda. »Das Zimmer, in dem ich geschlafen habe, war voll mit Büchern. Erstaunliche Bücher. In jeder zweiten Zeile stand: ›Er schob seinen prallen Prügel in ihren Mund.‹«

»O nein«, sagte Esther.

»O doch«, sagte Zelda. »Auf jeder Seite waren mindestens drei Orgasmen. In jedem Absatz gab es pralle Prügel, jagende Herzen und heftiges Atmen. Und sie hat Hunderte von Büchern, Essie. Sie lagen überall auf dem Boden und den Regalen herum. Alte Leute müssen von Sex besessen sein. Mein Freund Ben sagt, sein Großvater ist genauso. Jedesmal wenn er ihn trifft, erzählt er ihm, daß er in Bens Alter seine Jungfräulichkeit an eine fünfunddreißigjährige Frau verlor. Ich muß Ben von Henia und den prallen Prügeln erzählen.«

»Erinnerst du dich daran, wie Henia uns erzählt hat, daß sie schreckliche Bücher liest?« sagte Esther zu Sean. »Und wir dachten, es wären Groschenromane wie die billigen Krimis, die mein Vater liest? Zelda hat gerade ein paar davon gelesen. Sie handeln von prallen Prügeln in irgendwelchen Mündern und von multiplen Orgasmen.«

»Was?« sagte Sean. »Das ist ja wahnsinnig komisch.«

»Daß Henia so was in die Hand nimmt«, sagte Esther.

»Nicht nur so was; frag Edek«, sagte Sean.

»Ach, pfui Teufel«, sagte Esther. »Ich geh' spazieren.«

Esther sah auf ihr Faxgerät. Noch ein Fax von ihrem Vater. Sie konnte es nicht glauben. Das war das vierte, das sie heute erhalten hatte. Er faxte ihr nach Hause, und er faxte ihr ins Büro. Er faxte ihr mehrmals am Tag.

Sie gab auf und legte den Nachruf zur Seite, den sie gerade schreiben wollte. »Lieber Dad«, schrieb sie. »Dein letztes Fax habe ich bekommen. Es war klar und deutlich.« Edeks Faxe waren alle kurz. Viele schickte er nur, um zu sehen, ob sein Fax funktionierte. Die beiden, die sie heute morgen im Büro vorgefunden hatte, lauteten: »Hast du bekommen das Fax, das ich habe versucht zu schicken. Bitte faxe mir eine Antwort. Von deinem Dad.« Und: »Ich versuche zu schicken ein anderes Fax.«

Sie hatte ihm eine Antwort gefaxt. Er antwortete auf ihre Antworten. »Dad hier. Habe dein Fax erhalten. Vielen Dank.« Auf dem Fax, das gerade angekommen war, stand: »Hat die Maschine dieses Fax gesendet? Bitte um Nachricht.«

Außerdem schickte er ihr Faxe, die für andere bestimmt waren. Gestern hatte sie eins für Mr. Popov, seinen Anwalt in Melbourne, erhalten. »Führe ein sehr angenehmes Leben«, stand da. »Habe neues Auto gekauft. Einen Buick. Beste Grüße an Ihre Frau. Von Edek Zepler in Amerika.« In seinem Begleitfax an Esther schrieb er: »Bitte faxe mein Fax an Mr. Popov. Ich habe versucht und versucht. Danke.«

Esther rief ihren Vater an. »Dad«, sagte sie, »es macht mir nichts aus, Faxe für dich zu verschicken, aber du kannst deine Leute auch ganz leicht direkt anfaxen.«

»Hab' ich versucht«, sagte Edek. »Zu dir gehen die Faxe glatt durch. Bei Mr. Popov hab' ich's in einer Stunde nicht geschafft.«

»Hast du die richtigen Vorwahlen?« sagte Esther. »Du weißt, es ist die 61 für Australien und die 3 für Melbourne.«

»Moment«, sagte Edek, »ich les' dir vor, was ich gewählt habe.«
Er sagte ihr die Nummer. »Die hab' ich auch gewählt«, sagte Esther. »Und mein Fax ging glatt durch.«

»Nun, wenn es dich nicht stört, schicke ich meine Faxe an dich, und du schickst sie für mich weiter«, sagte Edek.

»Es stört mich nicht«, sagte sie.

»Zelda hat es gut bei euch gefallen«, sagte Esther.

»Sie ist ein liebes Mädchen«, sagte Edek. »Henia findet das auch. Du hast großes Glück mit ihr. Das haben nicht alle Eltern.«

»Zelda möchte einen Hund«, sagte Esther. »Ich hab' mich heute nach Preisen für Pudel erkundigt. Du glaubst nicht, wie teuer die sind. Ein Pudel kostet zwischen fünfhundert und zwölfhundert Dollar. Ich glaube nicht, daß wir uns einen Pudel anschaffen werden.«

»Zwölfhundert Dollar«, sagte Edek. »Du meine Güte. Und ich habe einen wirklich guten deutschen Schäferhund verschenkt. Ich hätte ihn mitbringen sollen.«

»Zelda hat mir erzählt, daß euch Henias Cousin besucht hat«, sagte Esther.

»Er ist ein sehr netter Mann«, sagte Edek.

»Ich will keinen Ärger machen«, sagte Esther. »Aber Zelda erzählte mir, Henia hätte zu ihrem Cousin gesagt, daß sie mit einem Mann zusammen ist, der nichts hat. Wie konnte sie das nur sagen?«

»Sie konnte das sagen, weil sie zu hundert Prozent recht hat«, sagte Edek. »Ich bin ein Mann, der nichts hat. Henia ist eine rajche Frau, und ich bin ein Mann, der nichts hat.«

»Du bist kein Mann, der nichts hat«, schrie Esther. »Du bist ein Mann, der alles hat. Du hast Kraft und Erfahrung, du bist gütig und bei bester Gesundheit. Du hast Humor und einen Führerschein. Du bist ein Glückstreffer.«

»Henia hatte neun Heiratsanträge«, sagte Edek. »Von Millionären.«

»Glaub, was du willst«, sagte Esther. «Aber ich möchte dich nie mehr sagen hören, daß du ein Mann bist, der nichts hat. Du bist ein sehr guter Fang, und Henia kann sich glücklich preisen«, schrie sie.

Esther zog sich die Lippen mit einem Konturenstift nach. Dann schminkte sie sie. Mit einem neuen, hellbraunen Lippenstift. Er gefiel ihr sehr gut. Im Büro wischte sie den Lippenstift dann wieder ab. Sie entfernte sorgfältig jeden Rest Farbe, bevor sie sich an ihre Nachrufe setzte. Als ob es ein Zeichen mangelnden Respekts vor den Toten gewesen wäre, mit angemalten Lippen über sie zu schreiben.

Sie hatte einige Nachrufe auf Vorrat schreiben müssen. Der *London Daily Telegraph* wollte die Akten in seiner Leichenhalle auf neuesten Stand bringen. Es war ein ziemlich makabrer Job. Auf ihrer Liste standen zwei Rabbis, eine Theaterschauspielerin, ein Wissenschaftler und der Chef eines großen Unternehmens.

Obwohl sie das Wort Nachruf vermied, hatte sie mit den telefonischen Recherchen für diese vorgezogenen Nachrufe Bestürzung ausgelöst. Ihre Gesprächspartner nahmen an, daß der Mensch, über den Esther sie befragte, Probleme hatte. Nun, dachte sie, ich gehe davon aus, daß er bald welche haben wird.

Zelda spielte an diesem Abend mit ihrer Jazzband bei einem Schulkonzert. Esther war um sieben Uhr mit Sean und Kate an der Schule verabredet. Edek wollte auch kommen. Henia blieb zu Hause. Ihre Allergien machten ihr zu schaffen, sagte sie. Esther beschloß, zu Fuß hinzugehen. Sie hatte noch genug Zeit.

In der Third Avenue waren zwei Obdachlose in eine Unterhaltung vertieft. Sie saßen auf dem Bürgersteig und sprachen lebhaft miteinander. Einer der Männer hatte eine Weinflasche in einer braunen Papiertüte in der Hand. Er gestikulierte wild mit der Flasche. Der andere Mann hörte aufmerksam zu und nickte mit dem Kopf. Ab und zu ruderte er zur Unterstreichung dessen, was er sagte, mit den Armen. In anderer Kleidung, in anderer Umgebung hätten sie zwei Bankiers, zwei Anwälte, zwei Politiker sein können.

Bei einem Zeitungskiosk in der Nähe der Neunzehnten Straße blieb Esther stehen. Sie kaufte eine Eiercreme. Dieses Getränk war typisch für New York. Es enthielt weder Eier noch Creme. Es wurde aus Mineralwasser, Milch und Aromastoffen hergestellt und hauptsächlich an Zeitungsständen verkauft.

Esther setzte sich auf eine Bank neben dem Kiosk und trank

ihre Eiercreme. Eine Frau in der Mitte der Fünfziger saß auf der Bank. Sie rückte ein wenig zur Seite, als Esther sich hinsetzte. Esther betrachtete sie. Für diesen Teil Manhattans war sie zu elegant gekleidet. Vielleicht nicht zu elegant. Vielleicht eher unpassend. Sie trug ein pink und gelb gemustertes Nylonkleid, dazu pinkfarbene Schuhe und eine pinkfarbene Handtasche. Sie hatte eine große Hutschachtel bei sich.

»Ich bin wegen einer Hochzeit hier«, sagte sie zu Esther. »Möchten Sie meinen Hut sehen?« Esther wollte den Hut nicht sehen, wollte aber auch nicht unhöflich sein. Sie lächelte und nickte. Die Frau öffnete die Hutschachtel. »Die meisten Leute kaufen das Kleid, bevor sie den Hut kaufen«, sagte sie. »Aber ich hab' den Hut gekauft, und jetzt muß ich ein Kleid finden. Ist das nicht eine herrliche Farbe?« Der Hut war Entenei-Blau. Er hatte überall kleine violette Veilchen aufgenäht.

»Die Farbe ist wunderschön«, sagte Esther.

»Ich bin wegen der Hochzeit aus Wisconsin hergekommen«, sagte die Frau. »New York ist eine faszinierende Stadt, nicht wahr? Ich hab' mich gefagt, ob die Zugvögel wegen all der hohen Gebäude ihren Kurs ändern müssen.«

»An so was hab' ich noch nie gedacht«, sagte Esther.

»Heute morgen hab' ich im Central Park einen Gärtner gefragt«, sagte die Frau. »Er hat mir gesagt, daß sie im Frühjahr über hundert verschiedene Arten von Zugvögeln pro Tag sichten. Also machen die hohen Gebäude den Vögeln offensichtlich nichts aus. Letzte Woche ist angeblich ein Schwarm Stare eingetroffen. Sie sind immer die ersten Wandervögel, die zurückkehren.«

»Die Stadt ist voll von Wandervögeln«, sagte Esther.

»Nach einer vierjährigen Studie, die in Wisconsin durchgeführt wurde, geht man davon aus, daß neunzehn Millionen Singvögel und einhundertvierzigtausend Wildvögel von Hauskatzen getötet wurden«, sagte die Frau. »Und das allein in Wisconsin. Die Leute kriegen das nicht mit, weil Katzen nachts jagen. Und Halsbänder mit Glocken funktionieren bei Katzen nicht. Vögel und andere Tiere assoziieren das Bimmeln nicht damit, daß sich jemand an sie heranschleicht oder sie angreift.«

»Oh«, sagte Esther. Sie wußte nicht, was sie sonst dazu sagen sollte.

»Das Naturschutzamt in Washington hat diese Fakten in seinen Frühjahrsmitteilungen veröffentlicht«, sagte die Frau. »Katzenbesitzer wissen einfach nicht, wieviel Schaden ihre Tiere anrichten. Haben Sie eine Katze?«

»Nein«, sagte Esther.

»Hätten Sie vielleicht Lust, mit mir einkaufen zu gehen?« sagte die Frau.

»Ich kann leider nicht«, sagte Esther. Sie verabschiedete sich von der Frau und ging weiter. Ihr war zum Weinen. In Manhattan wirkten einsame Menschen irgendwie noch einsamer.

Sie wußte, daß es nichts grundsätzlich Tragisches an sich hatte, einen Fremden zu fragen, ob er mit einem einkaufen gehen wollte. In einer Kleinstadt wäre die gleiche Frage vielleicht als ganz normaler, freundlicher Vorschlag empfunden worden. In Manhattan hatte sie einen unerträglichen Unterton von Einsamkeit. Esther ging die Third Avenue hinunter. Sie hatte das Bedürfnis, mit Sean und den Mädchen zusammenzusein.

Auf der Straße schrie irgend jemand. Es war eine ungepflegte Frau mit kurzen Haaren. Sie schrie eine gutgekleidete Frau an, die vor Esther ging und Einkaufstüten von Bloomingdale und Bergdorf Goodman trug.

»Kaufen, kaufen, kaufen«, schrie die ungepflegte Frau. Die Gutgekleidete beschleunigte ihre Schritte. »Kaufen, kaufen, kaufen«, schrie die andere weiter. Die Gutgekleidete ging noch schneller. »Kaufen, kaufen, kaufen«, schrie die Frau. »Kaufen, kaufen, kaufen.« Die Gutgekleidete begann zu laufen. Sie war hochrot im Gesicht. Esther war froh, daß sie keine Einkaufstüten trug.

Als sie bei dem Konzert Zelda auf der Bühne sah, fühlte sie sich wieder den Tränen nahe. Zelda saß am Klavier. Schlank, gerade und völlig gelassen. Sie spielte *Blue Bossa*, *Saint Thomas* und *Blue Monk*. Sie spielte wunderbar. Esther war nervös. Zelda sah ganz ruhig aus.

Jedem fiel Zeldas Ausgeglichenheit auf. Esther hoffte, daß

Zelda nicht dazu gezwungen worden war, ein ruhiger Mensch zu werden. Sie hoffte, daß es keine Position war, die Zelda als Ausgleich für sie und ihre Nervosität einnehmen mußte.

Esther saß neben ihrem Vater. Vor dem Konzert hatte sie ihn gefragt, ob es irgendwelche Fortschritte bei den Hochzeitsplänen gäbe. »Fang mir nicht wieder davon an«, hatte er gesagt. »Willst du mich verrückt machen?«

»Nein«, sagte sie.

»Dann fang nicht davon an«, sagte er.

»Ich sorge mich bloß um dich«, sagte Esther.

»Vielen Dank, aber ich kann selbst für mich sorgen«, sagte Edek. »Letzte Woche hab' ich mich krankenversichert. Das kostet mich zweitausend Dollar im Jahr. Jeder sagt, das ist sehr günstig.«

»Ist es auch«, sagte Esther.

»Siehst du, ich komm' schon zurecht«, sagte Edek. »Für die Untersuchung mußte ich auf eine Drehmühle. Ich sage dir, danach war ich fertig, aber der Doktor hat gemeint, ich bin sehr kräftig.«

»Nun, du siehst auch sehr gut aus«, sagte Esther.

»Weil ich Henia habe, die gut für mich sorgt«, sagte Edek.

»Ich glaube eher, weil du gute Gene hast«, sagte Esther.

»Jedenfalls, nach dieser Drehmühle war ich müde«, sagte Edek.

»Tretmühle heißt das Ding«, sagte Esther.

»Ist doch egal, wie es heißt«, sagte Edek. »Ich war trotzdem müde.«

Zeldas Jazzband erhielt lauten Applaus. Nach jedem Stück klatschten die Leute mit der ungezähmten Energie und der rückhaltlosen Begeisterung von Eltern und Verwandten. Sie pfiffen und trampelten. Bei einem Schulkonzert konnte man sich immer auf das Publikum verlassen.

Esther sah sich um. Da war Makeebas Mutter. Sie befand sich in Begleitung von Makeebas Bruder, dessen Freundin und Makeebas Tante. Heutzutage waren Familien anders zusammengesetzt. Sie bestanden aus der neuen Ehefrau des einen, dem besten Freund einer anderen und der Nachbarin einer dritten. Mütter kamen mit anderen Müttern, mit Arbeitskollegen und alten Freunden. Väter kamen allein oder mit ihren neuen Familien.

Zeldas Klassenkameraden Rory Ritchard Watson III und Henry Browning-Brown II mit ihren Eltern, Großeltern und Paten befanden sich in der Minderheit, umgeben von den neuen Bruchstücken, Teilen, Paarungen und Neu-Eingliederungen, die heute eine Familie ausmachten.

Esther, Sean, Edek und Kate belegten fast eine ganze Zuschauerreihe. Esther genoß dieses Gefühl der zahlenmäßigen Stärke. Kate hatte außerdem ihren neuen Freund mitgebracht. Esther mochte ihn. Er hatte einen schwarzen Vater und eine jüdische Mutter. Gene, die das Beste oder das Schlechteste beider Welten enthalten konnten.

Edek mochte ihn auch. »Er ist ein netter Junge«, sagte er. »Es bleibt abzuwarten, was er aus sich macht.«

»Wenn man die Dinge voraussehen könnte, die abzuwarten bleiben, wären wir alle besser dran«, sagte Esther.

»Das glaube ich nicht«, sagte Edek.

Nachher gingen sie alle zu De Roberti, tranken Kaffee und aßen Kuchen. »Ist es nicht ein schönes Gefühl, Kaffee für sechs zu bestellen?« sagte Sean. Esther war plötzlich traurig. »Das wär's, wenn Zachary hier wäre«, sagte sie.

»Ded hier«, sagte Edek.

»Wo bist du?« fragte Esther.

»In den Bergen«, sagte Edek. »Ich hab' vergessen, dir zu sagen, daß wir für ein paar Tage hierhergefahren sind. Nächste Woche sind wir wieder in New York, und dann kommen wir in ein paar Wochen wieder her, um den Sommer hier zu verbringen. Die Berge hier heißen Catskill Mountains. Es ist sehr schön hier.«

»Ich hab' mich schon gefragt, wo du bist«, sagte Esther. »Ich hab' ein paarmal angerufen. Und mir dann Sorgen gemacht.«

»Tut mir leid«, sagte Edek. »Vielleicht könntest du mal mit Sean hierher kommen? Es würde dir gefallen, glaub' ich. Hier sind viele Juden. Alle Freunde von Henia kommen im Sommer her. Sie haben alle kleine Häuser, ziemlich dicht beieinander, und sie haben zusammengelegt für eine Halle zum Tanzen und einen Swimmingpool.«

»Ihr habt dort einen Pool?« sagte Esther.

»Ich hab' dir gesagt, es würde dir gefallen«, sagte Edek. »Ich kenne doch meine Tochter. Ungefähr fünfzehn von Henias Freunden sind schon da. Wir hatten sogar schon einen Tanzabend. Mit einer Band. Und ein großes Abendessen. Und natürlich haben wir Karten gespielt. Wir spielen abends und tagsüber. Henia ist eine leidenschaftliche Kartenspielerin. Mum mochte es nie.«

»Mum konnte es nicht ausstehen«, sagte Esther. »Sie hat immer gelesen, während ihr gespielt habt.«

»Das ist wahr«, sagte Edek. »Arme Mum.«

»Sie hat aber gern getanzt«, sagte Esther.

»Jeder sagt mir, daß ich ein guter Tänzer bin«, sagte Edek. »Es gibt nicht viele Männer hier, also muß ich viel tanzen. Ich versuche mit Henias Freundinnen zu tanzen, die keinen Mann haben. Sie sagen alle ›Edek, du bist ein sehr guter Tänzer.‹«

»Gewinnst du viel beim Kartenspielen?« fragte Esther.

»Ehrlich gesagt, ich bin gar nicht so schlecht«, sagte Edek. »Gestern hab' ich sechs Spiele hintereinander gewonnen. Ich hatte ein bißchen Ärger mit Helcha. Helcha ist eine von Henias Freundinnen. Keiner will mit ihr Karten spielen. Letzte Woche hat sie gewonnen, und alles war in Ordnung. Gestern, nachdem ich gewonnen hatte, sagte sie, irgendwas mit meinem Spiel würde nicht stimmen. Ich hab' nicht geantwortet. Sie hat wieder was gesagt. Ich sagte nichts. Dann hat sie noch einmal gesagt, daß ich komisch spiele.«

»Hat sie dich beschuldigt, falsch zu spielen?« fragte Esther.

»Klar«, sagte Edek. »Ich hab' zu ihr gesagt, nicht ich hätte die Karten gemischt, sondern Henia, und sie sagte: ›Aber du hast abgehoben.‹ Heute werde ich ihrem Mann sagen, daß ich nicht mehr mit ihr spiele.«

»Und warum teilst du ihr das nicht selber mit?« fragte Esther.

»Das mach' ich schon«, sagte Edek. »Aber zuerst will ich es ihrem Mann sagen. Er ist ein netter Mann. Ich mag ihn.«

»Eigentlich war die Woche nicht so gut«, sagte Edek. »Mein Auto ist für'n Arsch. Letzte Woche ist es kaputtgegangen. Es war die Wasserpumpe. Ich mußte viermal am Tag Wasser nachfüllen. Ich hab' sie reparieren lassen, und dann ging sie wieder kaputt, als wir unterwegs in die Berge waren. Ich brachte den Wagen in die Werkstatt. Sie haben eine neue Wasserpumpe eingebaut. Das hat zweihundertneunzig Dollar gekostet. Die Werkstatt war an der Hauptstraße. Natürlich der feinste Pepp.«

»Der reinste Nepp?« sagte Esther.

»Sag' ich doch«, sagte Edek.

Esther beschloß, ihren Vater momentan nicht mehr zu verbessern. Sie würde ihm später einmal erklären, daß im Arsch schlimm genug war, ohne daß es auch noch für den Arsch sein mußte.

»Wie dem auch sei«, sagte Edek. »Ich hab' die zweihundertneunzig Dollar bezahlt, und gestern, auf der Hauptstraße, war er wieder für'n Arsch. Wir hatten Glück, ein kleiner Jid hat uns mitgenommen. Er hielt an und brachte uns in die Werkstatt. Er sagte mir, das nächste Mal, wenn das Auto kaputtgeht, soll ich eine Jarmulke aufsetzen, dann würde jeder anhalten. Aber man müßte aufpassen. Letzte Woche hat er einen Autostopper gesehen, mit einer Jarmulke, der vorgab, ein Jude zu sein. Er hat angehalten und ihm gesagt, wenn er ihn nochmal damit erwischt, würde er die Polizei rufen.

Er war ein netter Mann, der kleine Jid. Er hatte ein kleines Auto mit nur zwei Türen. Henia und ich haben uns reingequetscht. Drinnen lag jede Menge Zeug rum. Als ich mich von ihm verabschiedete, hab' ich ihm versprochen, eine t'filn zu kaufen und damit zu beten. Ich meine, ein Versprechen tut schließlich keinem weh. Ihm hat es gutgetan, einen weiteren Jid zu Gott zu führen. Jedenfalls sollte das Auto morgen fertig sein. Gott sei Dank ist die Reparatur kostenlos. Außerdem ist das Faxgerät für'n Arsch.«

»O nein, du willst mir doch nicht sagen, daß das Fax kaputt ist?« sagte Esther.

»Es war mein Fehler«, sagte Edek. »Als wir in die Berge gefahren sind, haben wir unterwegs angehalten, um einzukaufen, und ich hab' das Faxgerät in den Kofferraum gepackt. Wir hatten auf der Straße geparkt, weißt du, und ich wollte nicht, daß irgend jemand das Fax stiehlt. Henia hatte eins von diesen Dingern, wie heißen sie gleich, wo man Sachen kühlt, im Kofferraum.«

»Meinst du eine Thermoskanne?« fragte Esther.

»So was ähnliches, nur größer«, sagte Edek. »In Australien haben sie da das Bier drin, wenn sie zum Fußball gehen.«

»Eine Kühltasche?« sagte Esther.

»Genau«, sagte Edek. »Henia nennt es einen Kühler oder so. Jedenfalls, der Deckel war nicht richtig drauf, der paßt sowieso nicht genau, und der ganze Orangensaft ist auf das Fax ausgelaufen. Das Gerät war naß. Das Faxpapier war naß. Ein Chaos. Und jetzt funktioniert es nicht mehr. Überhaupt nicht mehr. Es ist komplett für'n Arsch. Ich geb's dem Kerl zurück, von dem ich's gekauft hab', und sag' ihm, er soll's reparieren. Egal, was es kostet.«

»Meinst du euern Nachbarn, der nichts von Faxgeräten versteht?« fragte Esther.

»Ja«, sagte Edek. »Ich geb's ihm und sag' ihm, er soll's jemand anderem zum Reparieren geben.«

»Warum hast du das Fax überhaupt mit in die Berge genommen?« fragte Esther.

»Für den Fall, daß ich ein Fax schicken müßte«, sagte Edek.

»Es tut mir wirklich leid, daß es kaputt ist, Dad«, sagte Esther.

»Eigentlich bin ich die ganze Woche schon ziemlich nervös«, sagte Edek. »Ich hab' mich ziemlich anstrengen müssen, um die Fassung nicht zu verlieren. Sonst würden Henia und ich beide dasitzen und weinen. Sie regt sich so auf über diese Dinge. Ich laß mich nicht aus der Ruhe bringen. Ich bin an so was gewöhnt. Wenn ich mich über alles aufregen würde, über das ich mich aufregen könnte, dann wär' ich schon längst im Grab. Die letzten zwei Wochen waren nicht so angenehm, ich wollte dir nur nichts davon sagen.«

Esther klopfte das Herz bis zum Hals. »O nein, Dad«, sagte sie. »Was ist los?«

»Henias Sohn war ein paar Mal bei mir«, sagte Edek. »Der

ältere, Samuel. Er meinte, Henia und ich sollten nicht heiraten. Er sagte, Henia würde vielleicht eine übereilte Entscheidung treffen. Sie sollte lieber warten, bis wir uns besser kennen.«

»Wie bitte?« sagte Esther. »Ich faß es nicht. Eine übereilte Entscheidung? Mit dieser Empfehlung ist er ein bißchen spät dran. Damit hätte er rausrücken sollen, bevor du alles hinter dir gelassen hast und nach Amerika gekommen bist, um mit ihr zusammen zu sein. Den Ratschlag hätte er seiner Mutter geben sollen, als sie dich jeden Abend angerufen hat. Und mich.« Esther schrie fast. Sie kochte vor Wut.

»Beruhige dich«, sagte Edek. »Deshalb hab' ich dir ja nichts gesagt.«

»Eine übereilte Entscheidung?« sagte Esther. »Genau der Sohn war doch wie der Blitz zur Stelle und an deiner Seite, als Henia sich noch darum bemühte, dich einzufangen. Weißt du noch, wie er dir gesagt hat, was für ein wunderbarer Mensch du bist und wie sehr er sich darauf freut, daß du bald zur Familie gehören wirst? Es ist ein bißchen spät, zu behaupten, daß sie eine gottverdammte übereilte Entscheidung trifft.«

»Mußt du so schimpfen und fluchen?« sagte Edek. »Mir geht's schon schlecht genug.«

»Entschuldige bitte, Dad«, sagte Esther. »Aber ich bin stinksauer.«

»Er kam jeden Abend, tagelang, um darüber zu reden«, sagte Edek.

»Was für ein Mistkerl«, sagte Esther. »Und was hat Henia gesagt?«

»Ich glaube, sie hat sich über ihn aufgeregt«, sagte Edek.

»Bist du sicher, daß sie ihn nicht angestachelt hat?« fragte Esther.

»Wenn du so redest, spreche ich nicht mehr darüber«, sagte Edek.

»Ich weiß, was hinter dieser plötzlichen Furcht vor einer übereilten Entscheidung steckt«, sagte Esther. »Die Angst, daß du hinter ihrem Geld her bist.«

»Natürlich«, sagte Edek. »Hältst du mich für blöd?«

»Ich finde das wirklich beleidigend«, sagte Esther.

»So beleidigend ist es nicht«, sagte Edek. »Es ist normal.«

»Es soll normal sein, Menschen zu mißtrauen?« sagte Esther.

»Ja, das ist normal«, sagte Edek. »Ehrlich gesagt, ich hab' mich furchtbar aufgeregt. Ich konnte nicht schlafen.«

»Hast du ihm erklärt, daß du Henia heiraten mußt, um eine unbefristete Aufenthaltsgenehmigung zu kriegen?« fragte Esther.

»Ich hab's ihm erklärt, und ich hab's Henia erklärt«, sagte Edek. »Und ihm hab' ich's vorher schon oft gesagt.«

»Warum hat Henia ihren Sohn nicht zurückgepfiffen?« fragte Esther. »Sie hätte sich um dich kümmern müssen. Du bist in der schwächeren Position. Du hast dich von allen getrennt, die du ein Leben lang kanntest, und alles Vertraute zurückgelassen.«

»Henia hat ihr Bestes getan«, sagte Edek.

»Und was war ihr Bestes?« fragte Esther.

»Hör auf, so zu reden«, sagte Edek. »Das macht es auch nicht besser. Was könnte Henia denn tun? Ihr Sohn ist kein kleiner Junge.«

»Sie könnte ihm sagen, sie toleriert es nicht, daß er dich schikaniert«, sagte Esther.

»Großartig, sie toleriert es nicht«, sagte Edek. »Und was bringt das? Gar nichts. Wir haben uns dann geeinigt. Der Sohn sagt, er ist mit einer Heirat einverstanden, wenn ich einen Vertrag unterschreibe. Eine voreheliche Vereinbarung.«

»Er wäre mit der Heirat einverstanden?« sagte Esther. »Wen, verdammt nochmal, heiratest du denn? Ihn oder seine Mutter?«

»Ich hab' gesagt, du sollst nicht fluchen«, sagte Edek.

»Das ist doch nicht zu glauben«, sagte Esther.

»So schrecklich ist eine voreheliche Vereinbarung nicht«, sagte Edek.

»Das finde ich aber schon«, sagte Esther. »Wenn du jemandem nicht mit deinem Herzen, deinem Geist und deinem Körper trauen kannst, dann erst recht nicht mit deinem Geld.«

»Ich will ihr Geld nicht«, sagte Edek.

»Das weiß ich«, sagte Esther.

»Also, warum soll ich nicht alles unterschreiben, was sie wollen?« fragte Edek.

»Weil es nicht richtig ist«, sagte Esther.

»Nicht richtig?« sagte Edek. »Richtig für wen?«

»Es ist einfach nicht richtig«, sagte Esther. »Wenn eines der Kinder jemanden heiraten wollte, der auf einer vorehelichen Vereinbarung bestünde, wäre ich außer mir.«

»Ich bin nicht eines der Kinder«, sagte Edek. »Ich bin ein alter Mann.«

»Wenn Grampa so eine Vereinbarung unterschreibt, dann muß er wissen, daß sie beide Seiten betrifft«, sagte Zachary. »Es geht nicht nur darum, was einer der beiden will. Grampa muß sicherstellen, daß der Vertrag Klauseln enthält, die ihn schützen. Er muß sicherstellen, daß er immer ein Dach über dem Kopf haben wird. Daß Henias Söhne ihn nicht rauswerfen können, falls sie vor ihm stirbt. Außerdem muß er darauf achten, daß ihre Arzt- und Krankenhausrechnungen nicht an ihm hängenbleiben. Und er sollte wenigstens einen kleinen Zuschuß zu den höheren Lebenshaltungskosten in den Staaten für sich rausschlagen.«

»Ich finde, er sollte einen großen Zuschuß kriegen«, sagte Esther.

»Zelda findet, Grampa sollte das Haus kriegen, wenn Henia vor ihm stirbt«, sagte Esther. »Und Kate findet, Grampa sollte Henia loswerden. Ich habe Grampa gesagt, wenn einer von euch dazu gezwungen würde, eine voreheliche Vereinbarung zu unterschreiben, würde ich der Heirat nicht zustimmen.«

»Du hättest aber nichts zu sagen, Essie«, sagte Zachary.

»Vielen Dank«, sagte sie.

»Könntest du Grampa vielleicht anrufen und ihm erklären, was er tun muß, um sich zu schützen?« fragte Esther.

»Das klingt so, als ob du mich bitten würdest, Grampa eine Lektion in Verhütung zu erteilen«, sagte Zachary.

»Nein, du sollst ihm andere voreheliche Ratschläge geben«, sagte Esther.

»Ich hab' ihn schon angerufen«, sagte Zachary. »Henia war am Apparat. Ich wollte gerade hallo zu ihr sagen und sie fragen, wie es ihr geht, da war sie schon weg. Im Hintergrund hab' ich sie dann rufen hören: ›R-Gespräch aus Australien, R-Gespräch aus Australien.‹«

Esther lachte. »Das ist wirklich lustig«, sagte sie.

»Und dann kam Grampa ans Telefon«, sagte Zachary. »Er war so fertig, daß er mir gar nicht zugehört hat. Immer wenn ich was sagte, sagte er: ›Das ist nicht mein Telefon, weißt du, wieviel das kostet, ich muß auflegen.‹ Ich sagte ihm, es kostet fünfundsiebzig Cents die Minute, und er meinte, ich würde wohl glauben, daß das Geld auf den Bäumen wächst. Er hat kein Wort gehört von dem, was ich gesagt habe. Ich werd' alles aufschreiben und ihm ein Fax schicken.«

»Du wirst ihm einen Brief schicken müssen«, sagte Esther. »Sein Fax ist kaputt.«

»Dann faxe ich's dir, und du kannst es ihm schicken«, sagte Zachary.

Esther rief ihren Vater an. Er war immer noch in den Catskills. »Hallo, hallo«, sagte er. »Es ist sehr gut, daß du anrufst. Ich wollte dich schon selbst anrufen. Ich möchte, daß du meinem Nachbarn, was mir verkauft hat das Fax, ein Fax schickst. Darin sollst du schreiben: *Mein Faxgerät total für'n Arsch. Möchte, daß Sie es richten. Ankomme wieder in New York nächste Woche. Beste Grüße an Sie und Ihre Frau.* Du sollst es mit *Edek Zepler* unterschreiben.«

»Das tu' ich gern«, sagte Esther. »Aber wär's nicht einfacher, ihn anzurufen?«

»Ich möchte nicht mit ihm darüber reden, wie es passiert ist«, sagte Edek. »Ich hab' beschlossen, ihm nichts von dem Orangensaft zu sagen. Ich hab' das Fax sauber gemacht, und jetzt ist es wie neu, außer daß es nicht funktioniert. So muß er mir nämlich ein neues Gerät geben. Es ist ja noch Garantie drauf.«

»Ich weiß nicht, ob sich die Garantie aufs Ertrinken in Orangensaft bezieht«, sagte Esther.

»Wer soll was von dem Orangensaft bemerken?« sagte Edek. »Der ist völlig weg.«

»Okay«, sagte sie. »Wie geht's dir so, Dad?«

»Gut«, sagte er. Der Rest seines Satzes wurde von einem lauten Rauschen verschluckt.

»Was ist das?« schrie sie.

»Henia gestaubsaugt den Teppich«, schrie er.

»Dir geht's also gut, Dad«, schrie sie.

»Was?« schrie er.

»Ich sagte bloß, ›dir geht's also gut‹«, schrie sie.

»Bleib dran, ich geh' ins andere Zimmer«, schrie er.

Gestaubsaugen. Was für ein wunderbares Wort, dachte Esther. Das *ge-* war eine Vorsilbe, die oft bei jiddischen Wörtern verwendet wurde. Als sie klein war, hatte sie immer gesagt, daß ihr Vater Jinglisch sprach.

»So ist es besser«, sagte Edek. »Jetzt kann ich dich hören.«

»Dad, hast du nochmal über die voreheliche Vereinbarung nachgedacht?« fragte Esther.

»Nein«, sagte er.

»Ich will nicht, daß du irgendwas tust, ohne es mir vorher zu sagen«, sagte sie.

»Es gibt nichts zu wissen«, sagte er.

»Ich möcht's nur einfach wissen, wenn es was zu wissen gibt«, sagte sie.

»Okay, okay«, sagte er.

»Ich versuche nur, deine Interessen zu wahren«, sagte Esther.

»Was?« schrie Edek. Der Lärm war wieder da. »Was hast du gesagt?« schrie er noch einmal.

»Ich sagte, ich versuche nur, mich um dich zu kümmern«, schrie sie.

»Ich höre nichts«, schrie er. »Sie ist jetzt hier im Zimmer. Bleib dran.«

»Ihr werdet einen sehr sauberen Teppich haben«, schrie Esther. Aber Edek war schon weg.

»Ich bin wieder im Wohnzimmer«, sagte Edek.

»Und da hat Henia schon staubgesaugt?« fragte Esther.

»Ja, da war sie vorher«, sagte Edek.

»Zachary hat mir erzählt, er hat mit dir einige Punkte besprochen, die du beachten solltest, falls du daran denkst, eine voreheliche Vereinbarung zu unterschreiben«, sagte Esther.

»Ich denke an gar nichts«, sagte Edek. »Plötzlich hab' ich eine Tochter und Enkel, die glauben, daß sie alles besser wissen als ich.«

»Nein, du hast eine Tochter und Enkel, die dich lieben und die sicher sein wollen, daß es dir gut geht«, sagte Esther.

»Mir geht's gut, mir geht's gut«, sagte Edek.

Ferngespräch, Ferngespräch, rief Henia im Hintergrund.

»Was sagt sie?« fragte Esther.

»Sie sagt, das ist ein Ferngespräch«, sagte Edek.

»Ferngespräch?« sagte Esther. »Ich rufe in den Catskills an. Das kostet ungefähr einen Cent pro Minute. Und ich bezahle. Das kann ich mir gerade noch leisten.«

»Sie weiß, daß es ein Ferngespräch ist«, rief Edek Henia zu.

»Dad, überleg' dir bitte, was du tust«, sagte Esther. »Du mußt wirklich heiraten. Du kannst nicht mit einem Touristenvisum hier leben.«

»Im Moment lebe ich hier mit einem Touristenvisum«, sagte Edek.

»Das ist aber bald abgelaufen«, sagte Esther. »Könntest du mir eins versprechen? Falls du irgendwas unterschreiben willst, würdest du mit uns zu unserem Anwalt gehen, damit er das Ganze überprüft, bevor du's unterschreibst?«

Die drei Musketiere! Die drei Musketiere! Die drei Musketiere! rief Henia Edek zu.

»Was sagt Henia zu dir?« fragte Esther.

»Sie hat gesagt, ›Die drei Musketiere‹«, sagte Edek.

»Soviel hab' ich auch gehört«, sagte Esther.

Die drei Musketiere, rief Henia.

Edek sagte etwas zu Henia auf polnisch.

Die drei Musketiere, sagte Henia.

»Das ist die Antwort auf eine Quizfrage in der Sendung *Glücksrad*, die wir im Fernsehen gesehen haben«, sagte Edek zu Esther.

»Dad«, sagte Esther. »Jeder Vertrag, den du unterschreibst, wäre einer, den Henias Anwalt aufgesetzt hat. Das mindeste, was du tun könntest, ist, unseren Anwalt einen Blick drauf werfen zu lassen, damit du weißt, was du unterschreibst.«

»Ich kann Englisch«, sagte Edek. »Wenn man Englisch kann, weiß man, was man unterschreibt.«

»Dad, versprich mir, daß du nichts unterschreibst, ohne es mir vorher zu sagen«, sagte Esther.

»Ich möchte nicht mehr darüber reden«, sagte Edek.

Henia sagte irgendwas im Hintergrund. »Henia hat Kaffee gekocht«, sagte Edek. »Sie hat auch einen Mohnstrudel gekauft. Also werde ich jetzt eine Tasse Kaffee trinken und ein Stück Strudel essen.«

»Du denkst an das, was ich dir gesagt habe, nicht wahr?« sagte Esther.

»Mein Kaffee wird kalt«, sagte Edek.

Esther saß in BH und Unterrock auf dem Bett. Sie hatte sich ausgezogen, als sie nach Hause kam. Es war heiß draußen. Die weiße Baumwollüberdecke fühlte sich auf ihren nackten Beinen angenehm kühl an. Sie legte sich zurück. Sie war schon den ganzen Tag deprimiert gewesen. Sie wußte nicht genau, warum. Sie zählte die Tage seit ihrer letzten Periode. Nein, es war noch nicht soweit; das war es also nicht.

Sie sah sich im Schlafzimmer um. Die Beweise der Liebe zwischen Sean und ihr waren im ganzen Raum verteilt. Überall waren Fotos von ihnen. Jahrealte Fotos. Bilder aus der Zeit, als sie sich gerade kennengelernt hatten. Bilder von Sean, wie er in seinem Studio malte. Fotos von ihnen beiden, wie sie im L'Alba in der Lygon Street in Melbourne Kaffee tranken. Der Rest der Wand war mit Seans Portraits von ihr behängt.

Neben dem Bett befand sich eine großes blaues Ölgemälde. Es zeigte Esther mit großen Augen, gedankenverloren. Auf zwei kleineren Bildern hielt sie die Augen gesenkt und hatte eine Aura von Traurigkeit.

An der hinteren Wand hingen fünfzehn Portraits in identischen schmalen, schwarzen Rahmen. Es waren Zeichnungen von ihr, auf Papier. Wie sie an ihrem Schreibtisch saß, wie sie ihr Haar wusch, wie sie auf der Straße ging, nachdenklich.

Esther hatte kleine gerahmte Fotos von Zachary, Kate und Zelda an den Seiten der Bücherregale im Schlafzimmer aufgehängt. Auf diesen Regalen standen ihre Wörterbücher und Nachschlagewerke, sowie die Bücher über den Holocaust. Sie besaß mehr als vierhundert Bücher über den Holocaust. Als sie das Loft bezogen, hatte sie sie gezählt. Sie war überrascht gewesen, wie viele sie angehäuft hatte.

Sean kam ins Zimmer. »Sonia Kaufman ist am Telefon für dich«, sagte er. Esther nahm den Hörer ab.

»Hallo, Sonia«, sagte sie. »Es tut mir so leid, daß ich dich nicht angerufen hab'. Ich war von einigen Dingen ziemlich in Anspruch genommen.«

»Das macht nichts«, sagte Sonia. »In letzter Zeit hat man sowieso nicht gut mit mir reden können.«

»Ist alles in Ordnung?« fragte Esther.

»Mir geht's gut«, sagte Sonia. »In etwa einer Stunde geh' ich ins Krankenhaus.«

»Was?« sagte Esther. »Das ist toll, richtig aufregend.«

»Ich bin aufgeregt«, sagte Sonia. »Und ich bin auch sehr nervös.«

»Mach dir keine Sorgen«, sagte Esther. »Es wird alles gutgehen. Ich kann's kaum erwarten, die Babys zu sehen.«

»Ich kann es kaum glauben, daß ich sie so bald sehen werde«, sagte Sonia. »Ich hoffe, es geht alles gut.«

»Natürlich geht alles gut«, sagte Esther. »Du hattest eine wunderbare Schwangerschaft, und du wirst zwei wunderbare Babys haben. Ich bin so aufgeregt.«

»Montag war ich beim Arzt«, sagte Sonia. »Ich hab' mir Sorgen gemacht. Ich hatte das Gefühl, die Babys wachsen nicht. Seit zwei Wochen schon. Der Doktor sagte, alles wäre in Ordnung, und ich müßte bis zur siebenunddreißigsten Woche durchhalten. Am Montag hat er mich dann zu einem Kollegen geschickt, um eine zweite Meinung einzuholen. Seine Sekretärin hat dort angerufen, um einen Termin auszumachen. Ich hörte, wie sie sagte, sie wollten eine zweite Meinung wegen einer möglichen intra-uterinen Wachstumsretardierung. Ich war zu Tode erschrocken. Ich hab' nachgeschlagen; das heißt, daß die Babys nicht ausreichend ernährt werden. Das passiert häufig bei Zwillingen. Jedenfalls, der Arzt mit der zweiten Meinung sagte, die Babys würden nicht ordentlich wachsen und ich würde innerhalb der nächsten Tage einen Kaiserschnitt brauchen. Ich wußte, daß ich recht hatte. Ich war schon sehr schwerfällig und konnte kaum noch aus dem Bett aufstehen und war schon so weit wie bei einer neunmonatigen Schwangerschaft mit einem einzigen Kind, aber mir kam es so vor, als hätten die Babys immer noch dieselbe Größe. Ich war furchtbar wütend auf meinen Arzt, weil er nicht auf mich gehört hat. Jedenfalls meinte er, am Mittwoch würde er einen Kaiserschnitt machen.«

Esther wußte, daß Ärzte genauso fehlbar waren wie jeder andere. Über achtunddreißigtausend von ihnen waren Mitglied der NSDAP gewesen. Das war fast die Hälfte der damals in Deutschland zugelassenen Ärzte. Die Parteimitgliedschaft half bei Promotionen, Karrieren und der Zuteilung von Forschungsmitteln. Außerdem half sie dabei, die Position oder Praxis von einem der vielen tausend jüdischen Ärzte zu übernehmen, die ihren Beruf nicht mehr ausüben durften.

Institute wurden gegründet, um die genetische ›Überlegenheit der germanischen über die jüdische Rasse‹ zu beweisen. Hitler sagte, das Recht auf Leben sei kein Naturrecht, sondern müsse erworben werden. Das war seine Rechtfertigung zur Eliminierung jener Menschen und Völker, die er als minderwertig betrachtete. Die Ärzte akzeptierten diese Ordnung bereitwilliger als jede andere Berufsgruppe in Deutschland.

Organe und andere Körperteile ermordeter Juden wurden an Forschungsinstitute in ganz Deutschland verschickt. Ein Dr. Julius Hallervorden, Direktor der Hirnpathologie am Kaiser-Wilhelm-Institut für Hirnforschung in Berlin-Buch, berichtete, im März 1944 sechshundertsiebenundneunzig Gehirne erhalten zu haben. Nach dem Krieg erklärte Dr. Hallervorden einem amerikanischen Vernehmungsoffizier: »Ich bin zu denen hingegangen und habe gesagt: ›Hört mal zu, Jungs, wenn ihr schon all diese Leute umbringt, dann nehmt wenigstens die Gehirne raus, damit das Material verwertet werden kann.‹ Sie fragten mich, wie viele ich untersuchen könnte, und ich sagte, unbegrenzt viele, ›je mehr, desto besser‹. Ich hab' ihnen Fixiermittel, Gläser und Schachteln mitgegeben, sowie Instruktionen, wie sie die Gehirne entfernen und fixieren sollten, und dann sind sie gekommen und haben sie gebracht, wie mit dem Lieferwagen von der Möbelfabrik.«

Deutsche Ärzte waren nach dem Krieg weiter erfolgreich. Drei Präsidenten der Bundesärztekammer hatten früher der SS angehört. Dr. Hans-Joachim Sewering, ehemaliges SS-Mitglied, wurde zum Präsidenten der World Medical Association gewählt, der größten Ärztevereinigung der Welt. Dr. Sewering mußte zurücktreten, als seine SS-Vergangenheit publik wurde. Er machte ›das Weltjudentum‹ für seinen Sturz verantwortlich.

»Ich sagte meinem Doktor, daß uns Mittwoch leider nicht paßt«, sagte Sonia. »Der zweite Arzt hatte gemeint, auf ein paar Tage käme es nicht an, und ich war so sauer auf meinen Arzt, daß ich ihm ganz einfach Umstände machen wollte. Er schlug dann Donnerstag vor, aber erst am Abend. Spät, zehn oder halb elf. Ich sagte, das geht in Ordnung. Außerdem sagte er mir, man muß einen Kaiserschnitt machen, weil mein Muttermund so fest verschlossen ist.«

»Was soll das heißen, du mußt einen Kaiserschnitt machen?« fragte Esther.

»Weil mein Muttermund so fest verschlossen ist, würde ich vierundzwanzig Stunden in den Wehen liegen, bis er sich öffnet, und das wollte er weder mir noch den Babys zumuten«, sagte Sonia.

»Heißt das, du hättest dir gar keine Sorgen darüber zu machen brauchen, ob du zuviel gehst oder andere Dinge tust, die dazu führen können, daß die Wehen zu früh einsetzen?« fragte Esther.

»Ja«, sagte Sonia. »Aber das wußten wir nicht. Man kann vorher nicht feststellen, bei welchen Frauen die Wehen zu früh einsetzen werden. Es hat nichts mit Fitneß oder Gewichtszunahme zu tun. Montag hat der Arzt mir gesagt, ich könnte bis Donnerstag tun, wozu ich Lust hätte. Ich könnte spazieren gehen, Sex haben. Es war unglaublich, wieviel Energie ich auf einmal aufbrachte, nachdem er das gesagt hatte. Bis zu dem Zeitpunkt konnte ich mich kaum bewegen. Michael und ich sind stundenlang zu Fuß gegangen. Wir haben Unmengen an Babysachen gekauft. Ich hatte noch nicht soviel. Du weißt ja, die alte jüdische Angst vor dem bösen Blick. Gestern sind wir vier Stunden im Bouley gesessen und haben einen viergängigen Lunch eingenommen. Dann haben wir *Fünfhundert* gespielt, um uns abzulenken.«

»Wie geht's Michael?« fragte Esther.

»Er ist ziemlich hektisch«, sagte Sonia. »Ich habe ihn noch nie so nervös erlebt. Letzte Nacht konnte er nicht schlafen. Heute mittag haben wir uns geliebt. Ich hatte noch nie einen so intensiven Orgasmus, glaube ich. Danach hab' ich ein schönes heißes Bad genommen. Michael mußte mich aus der Wanne heben. Ich passe kaum noch hinein. Und mein Bauch schon längst nicht mehr. Ich hatte vier Waschlappen auf meinem Bauch liegen, um ihn warmzuhalten.«

Esther lachte. »Das stelle ich mir schon sehr komisch vor«, sagte sie.

»Michael wollte ein Foto machen, aber er hatte die Kamera nach dem Essen im Taxi liegenlassen. Beim Lunch hatte er sowieso vergessen, Bilder zu machen. Heute morgen ist er losgezogen und hat eine neue Kamera gekauft. Vor zwei Stunden hat der Doktor angerufen und mich gefragt, ob ich um sieben im Krankenhaus sein könnte. Ich sagte: ›Wieso, Sie haben doch zehn gesagt‹, und er sagte, er könnte schon früher, also war ich einverstanden.

Und dann bin ich völlig ausgeflippt. Ich hab' ein Bild übers Bett gehängt. Ich bin auf dem Bett herumgesprungen. Ich hab' Spielzeug an die Wand gehängt. Ich hab' alle Schränke mit Schrankpapier ausgelegt. Da schlug offenbar mein Nestinstinkt zu. Das dauerte ungefähr eine halbe Stunde. Ich fühlte diese Wellen durch mich durchgehen, als ob mein Orgasmus nie aufgehört hätte. Ich dachte, vielleichts sind's Wehen, also bin ich zu meinem Arzt marschiert.«

»Du bist allein zum Arzt gegangen, als du geglaubt hast, du hättest Wehen?« fragte Esther.

»Klar«, sagte Sonia. »Mir ging's ja gut. Er hat mich untersucht, und es stimmte, ich war zwei Zentimeter erweitert. Als er seine Hand aus mir herauszog, hat er ungläubig und etwas zu lange auf den Gummihandschuh gestarrt, von dem der ganze Saft runtertropfte. Michael sagte, wahrscheinlich hätte er mir erlaubt, Sex zu haben, weil er das bei meinem riesigen, straff gespannten Bauch für unmöglich hielt.«

»Hast du den Saft vom Handschuh tropfen sehen?« sagte Esther.

»Klar«, sagte Sonia.

»Der Doktor sagte, ich könnte vielleicht eine natürliche Geburt haben«, sagte Sonia.

»Bemüh dich nicht«, sagte Esther. »Das ist auch nicht so toll, wie's sein soll.«

»In Amerika bedeutet ›natürliche Geburt‹ sowieso was anderes«, sagte Sonia. »Du wirst immer noch mit Medikamenten vollgepumpt. Wenn sie ›natürliche Geburt‹ sagen, meinen sie vaginale Entbindung.«

»Ich bin für die Medikamente«, sagte Esther.

»Als ich beim Arzt fertig war, bin ich sehr nervös zu Fuß nach Hause gegangen«, sagte Sonia. »Ich hatte mir mein Sonogramm ausdrucken lassen. Meine kleinen Babys haben Hüften wie mit einunddreißig Wochen und Köpfchen wie mit dreiunddreißig Komma sieben Wochen. Und ich bin sechsunddreißig Wochen schwanger. Ich hab' solche Angst um sie.«

»Es werden zwei sehr schöne, sehr kluge Babys sein«, sagte Esther. »Ich kann's kaum erwarten, sie zu sehen.«

»Ich hatte gehofft, noch einmal schwimmen gehen zu können«, sagte Sonia.

»Ich erinnere mich, daß ich an dem Tag, als ich mit Zachary ins Krankenhaus mußte, alles andere lieber getan hätte als das. Ich bin zwei Stunden im Auto gesessen. Ich glaube, ich hab' gedacht, wenn ich nicht reingehe, dann passiert auch nichts.«

»Aber du wolltest Zachary doch, oder nicht?« sagte Sonia.

»Natürlich wollt' ich ihn«, sagte Esther. »Ich hatte einfach nur Angst. Beim Anmelden hab' ich mit den Zähnen geklappert.«

»Ich wollte wirklich noch ein letztes Mal schwimmen gehen«, sagte Sonia. »Ich war seit zehn Tagen nicht mehr schwimmen. Die Frauen im Schwimmbad haben mir die Hölle heiß gemacht und mich verunsichert. Ich glaube, sie haben mich schikaniert, weil ich einen so großen Bauch habe. Eine Psychologin sagte immer: ›Also, ich will mich ja nicht einmischen, aber finden Sie nicht, daß Sie übertreiben?‹ Jeden Tag habe ich eins aufs Dach bekommen. Eine andere sagte: ›Oh, mein Gynäkologe hat mir das Schwimmen nach dem achten Monat verboten. Es wäre unhygienisch, sagte er, und das Baby könnte sich infizieren.‹ Alles Unfug, aber es hat mich fertiggemacht. Scheiße, ich wäre so gern noch einmal schwimmen gegangen.«

»Wenn die Babys erst mal da sind, kannst du so oft schwimmen gehen, wie du willst«, sagte Esther.

»Vermutlich«, sagte Sonia. »Aber es wäre schön gewesen, den alten Krähen im Hallenbad zu zeigen, daß ich noch am Tag der Entbindung schwimmen kann.«

»Was macht Michael im Moment?« fragte Esther.

»Der packt meine Tasche neu«, sagte Sonia. »Als es hieß, ich würde mit Kaiserschnitt entbinden, hab' ich sie ausgepackt. Und jetzt packt er sie wieder ein. Ich glaube, ich sollte mich jetzt verabschieden.«

»Viel Glück«, sagte Esther. »Aber du wirst keins brauchen. Alles wird ganz wunderbar sein, du wirst sehen. Kannst du Michael bitte bestellen, daß er mir gleich Bescheid sagt, wenn's was Neues gibt?«

»Mach' ich«, sagte Sonia.

»Ich denke an dich«, sagte Esther.

»Sonia geht heute abend ins Krankenhaus, um ihre Babys zu bekommen«, sagte Esther zu Sean.

»Großartig«, sagte er.

»Ich bin neidisch«, sagte sie.

»Du willst doch gar kein Kind mehr«, sagte Sean.

»Ich hätte nichts dagegen, ein Kind zu haben, wenn jemand anderer die Schwangerschaft übernimmt«, sagte Esther.

»Und jemand anderer nachts für dich aufsteht«, sagte Sean.

»Sonia wird jemand haben, der nachts für sie aufsteht«, sagte Esther. »Wenigstens sind es keine eineiigen Zwillinge. Dann wäre ich wirklich neidisch.«

»Wie fühlt sich Sonia denn?« fragte Sean.

»Sie war aufgeregt und nervös«, sagte Esther.

»Weil sie nicht weiß, wer der Vater ist?« fragte Sean.

»Nein, ich glaube, weil sie gesunde Babys möchte«, sagte Esther.

»Weißt du, für hunderttausend kann man sich eine Leihmutter engagieren, die den Fötus austrägt«, sagte Esther. »Es ist gut, daß wir uns das nicht leisten können, sonst würd' ich schon in Versuchung kommen.«

»Du willst doch nicht allen Ernstes noch ein Kind haben, oder?« fragte Sean.

»Wahrscheinlich nicht«, sagte sie. »Aber gegen Zwillinge hätte ich nichts einzuwenden.«

»Zelda und ich haben Blumen für die Feuerleiter gekauft«, sagte Sean. »Hilfst du uns, sie einzutopfen?«

»Gern«, sagte sie.

Sean öffnete das Schlafzimmerfenster. Sie stiegen alle drei aus dem Fenster auf die Feuerleiter. Sean und Zelda hatten Geranien, Azaleen, Ringelblumen, Rosen und einen großen Sack Blumenerde gekauft. Die Treppe war nur zwei Meter fünfundvierzig breit. Der obere Absatz war mit rasiermesserscharfem Schanzdraht versehen. Als Esther den zum ersten Mal gesehen hatte, war sie schockiert gewesen. Inzwischen störte er sie nicht mehr.

Irgend jemand hatte einen alten Teddybären auf das Dach des Nachbargebäudes geworfen. Der Teddybär lag da und paßte auf seltsame Weise in seine Umgebung.

Das Summen von Straßenverkehr und Klimaanlagen erfüllte die Luft. Sean und Zelda leerten die Blumentöpfe aus und füllten sie wieder. Zuerst legten sie Scherben unten hinein. Dann mischten sie Dünger unter die Blumenerde. Sie drückten die Pflanzen in die Erde. Sie gossen sie.

Esther roch die Erde. Es war ein so starker Geruch. Ein Geruch, angefüllt mit anderen Dingen. Mit Knochen, mit Blut und mit Neuanfängen. Ein Geruch, der von anderen Zeiten und anderen Orten erzählte.

»Welche Farbe haben die Geranien?« fragte Esther.

»Wir hoffen, daß sie rot blühen werden«, sagte Sean.

Esther dachte an den Garten, den sie in Melbourne hatten. An die Passionsfruchtranken, die Feigenbäume, die Magnolien, die riesigen Bottiche mit wilden Rosen, an den Jasmin und die Glyzinie, die Zitronenbäume und den Swimmingpool. »Das ist himmelweit entfernt von einem australischen Garten, oder?« sagte sie.

Esther beugte sich zu Zelda und strich ihr die Haare aus den Augen. Sie küßte sie auf die Stirn.

»Sieht unser Garten nicht schön aus?« fragte Zelda.

»Und wie«, sagte Esther.

Am Abend liebten Esther und Sean sich. Zunächst eher lustlos, dann immer heftiger. Sie bumsten, bis ihre Beine schmerzten und ihr Gesicht brannte. Sie stand langsam aus dem Bett auf. Sie mußte pissen. Sie war ruhig und zufrieden. Die Liebe hatte etwas merkwürdig Nährendes. Sie hatte ein Gefühl wie nach einem üppigen Mahl oder einem Lotteriegewinn oder als ob sie irgendein anderes Privileg genossen hätte. Alle ihre Sinne waren befriedigt.

Sie betrachtete sich im Badezimmerspiegel. Sie sah fleckig und zerzaust aus. Im Film sah kein Mensch nach einer Liebesepisode jemals fleckig aus.

Nachts träumte sie davon, mit Charlie Rose, dem Talkmaster aus der Fernsehshow, zu bumsen. Wie konnte sie das nach all der Bumserei noch träumen? Und sie trieb es mit Charlie Rose nicht nur einmal. Sie vögelte mit ihm die halbe Nacht durch.

Morgens um halb acht rief Michael Kaufman an. Esther war unter der Dusche, als das Telefon läutete. Sie wußte, daß es Michael sein würde. Sie sprang aus der Dusche und rannte zum Telefon.

»Sonia hat gestern abend um Viertel nach elf zwei Töchter bekommen«, sagte Michael.

Esther war begeistert. »Gratulation, Gratulation«, rief sie. »Du mußt ja überglücklich sein.«

»Ich bin hingerissen«, sagte er. »Zwei winzige kleine Mädchen. Sie sehen beide genau wie ihre Mutter aus.«

»Was für eine wunderbare Nachricht«, sagte Esther.

»Wir nennen sie Belle und Rose«, sagte Michael Kaufman.

»Oh, was für schöne Namen«, sagte Esther. »Ich bin ganz aufgeregt.«

»Beide Mädchen sind dunkel«, sagte er. »Dunkle Haare und dunkle Augen. Und sie haben beide Sonias schöne Hände.«

»Wann kann ich Sonia besuchen?« fragte Esther.

»Ich soll dir von ihr bestellen, du kannst jederzeit kommen«, sagte Michael.

»Sonia läßt mir was bestellen?« fragte Esther.

»Sie ist unglaublich, nicht wahr?« sagte Michael.

»Sonia hat zwei Mädchen«, rief Esther Sean zu. »Zwei Mädchen, und allen geht es gut.«

»Fabelhaft«, sagte Sean. »Wissen wir, wem sie ähnlich sehen?«

»Und ob wir das wissen«, sagte Esther. »Sie sehen beide genau wie Sonia aus.«

»Gott sei Dank«, sagte Sean.

»Das habe ich auch gedacht«, sagte Esther.

»Dein Vater hat auf dem Anrufbeantworter eine Nachricht hinterlassen«, sagte Sean, als sie von der Arbeit nach Hause kam. »Er rief an, als ich nicht da war. Hör dir das an. Ich spiele es für dich ab.«

»Ded hier«, sagte Edek Zepler. »Ich repliziere deinen Anruf. Es ist Freitag, ungefähr neun Uhr fünfunddreißig, und ich dachte, Sean wäre da. Du kannst meinen Anruf jederzeit replizieren, weil ich den ganzen Tag zu Hause sein werde.«

»Wo hat er denn replizieren gelernt?« sagte Esther.

»In den Catskills, nehme ich an«, sagte Sean.

»Wir müssen irgendwas mit meinem Vater machen«, sagte Esther. »Er hört nicht auf mich. Jedesmal, wenn ich das Wort vorehelich erwähne, macht er zu.«

»Ich werde mit ihm reden«, sagte Sean. »Vielleicht kann ich etwas erreichen. Ich ruf' ihn gleich an.«

»Ah, du replizierst meinen Anruf«, sagte Edek Zepler zu Sean.

»Allerdings, Edek, das tue ich«, sagte Sean. »Wie geht's dir?«

»Ich lebe ein beschauliches Leben«, sagte Edek. »Wie könnte ich mich da beklagen?«

»Edek«, sagte Sean, »Ich weiß, daß du nicht darüber sprechen möchtest, aber wir haben einen guten Anwalt, den wir gern gemeinsam mit dir aufsuchen würden.«

»Hat meine Tochter dich gebeten, mit mir zu reden?« fragte Edek.

»Nein, hat sie nicht«, sagte Sean. »Aber wir machen uns beide Sorgen um dich.«

»Dafür gibt es keinen Grund«, sagte Edek. »Als es mir nicht so gut ging, in Melbourne, da habe ich verstanden, daß ihr euch Sorgen macht, aber jetzt spiele ich jeden Tag Karten, ich gehe tanzen, ich gehe sogar ein bißchen spazieren, und ihr braucht euch keine Sorgen zu machen.«

»Wir sind beide sehr froh, daß du dich so wohl fühlst«, sagte Sean.

»Henia ist eine sehr intelligente Frau«, sagte Edek. »Was will ich denn mehr?«

»Ich finde, du könntest dir den Rat eines Anwalts anhören«, sagte Sean.

»Ich habe mir Henias Anwalt angehört«, sagte Edek.

»Ich meine deinen eigenen Anwalt«, sagte Sean. »Wenn Henia auf einer vorehelichen Vereinbarung besteht, dann wird unser Anwalt eine ausarbeiten, die deine Interessen wahrnimmt.«

»Es ist nicht Henia, die auf einer vorehelichen Vereinbarung besteht«, sagte Edek. »Es sind ihre Söhne.«

»Nun, irgend jemand muß sich um deine Interessen kümmern«, sagte Sean.

»Das tut Henia schon«, sagte Edek.

»Also möchtest du nicht mit uns zu einem Anwalt gehen?« sagte Sean.

»Hör zu, ich bin ein Mann, der nichts hat«, sagte Edek. »Und sie ist eine rajche Frau. Warum sollte ich nicht alles unterschreiben, was sie möchte? Was habe ich zu verlieren?«

»Du wirst den größten Teil deines Geldes dafür gebraucht haben, hierher zu ziehen und hier zu leben«, sagte Sean. »Und du könntest auf der Straße stehen, falls Henia vor dir stirbt.«

»In dem Fall komme ich zu euch und wohne bei euch«, sagte Edek.

»Laß mich mit meinem Vater sprechen«, sagte Esther.

»Hallo Dad«, sagte sie. »Du mußt dir überlegen, was du tun willst.«

»Ich will jetzt tanzen gehen«, sagte Edek. »Heute abend ist ein großer Ball. Ich habe mir aus dem Katalog neue Schuhe bestellt. Zuerst haben sie mir ein Paar mit so Gummisohlen geschickt, die nicht gut sind zum Tanzen. Die habe ich zurückgeschickt und gesagt, ich will Schuhe ohne Gummisohle. Jetzt habe ich ein sehr gutes Paar. Für fünfundzwanzig Dollar.«

»Dad, vielleicht könnten wir einen Kaffee trinken und reden, wenn du das nächste Mal nach Manhattan kommst?« sagte Esther.

»Selbstverständlich«, sagte Edek. »Für mich ist es immer eine Freude, mit meiner Tochter einen Kaffee zu trinken.«

»Gut«, sagte Esther. »Weil wir wirklich reden müssen. Wir können die Dinge nicht einfach schleifen lassen.«

»Nichts schleift«, sagte Edek. »Ich tanze, ich spiele Karten. Ich schleife nicht.«

»Dad, dein Visum läuft bald ab«, sagte Esther. »Du weißt, wovon ich rede.«

»Du warst schon immer eine gute Rednerin«, sagte Edek.

»Wie geht es Henia?« fragte Esther.

»Sehr gut«, sagte Edek. »Sie hat sich hingelegt. Sie hat Allergien wegen dem Wetter. Das bringt sie durcheinander. In unserem Alter, habe ich ihr gesagt, muß man mit ein paar Wehwehchen rechnen. Sie sollte es nicht so schwer nehmen. Sie macht sich immer zuviele Sorgen, Henia.«

»Die letzten paar Male, als ich mit ihr gesprochen habe, war sie sehr kurz angebunden«, sagte Esther.

»Nein«, sagte Edek. »Wenn Henia beißt, könnte man meinen, daß sie bellt.«

»Was?« sagte Esther.

»Das ist ein ganz berühmtes Sprichwort«, sagte Edek.

»Oh, du meinst: Hunde, die bellen, beißen nicht«, sagte Esther.

»Genau«, sagte Edek.

»Nun, ich bin nicht wild auf ihr Gebell«, sagte Esther.

»Sie ist eine sehr intelligente Frau«, sagte Edek.

Esther ging durch die Gänge des fünften Stocks vom East New York Hospital. Krankenhäuser machten sie immer nervös. Sie haßte den antiseptischen Geruch. Er erinnerte an Notfälle und Tragödien. Er enthielt schlechte Nachrichten. Schlechte Prognosen. Ihr fiel ein, daß sie auf der Entbindungsstation war. Dieses Stockwerk war voller Glück.

Sie klopfte an die Tür von Zimmer 610. »Herein«, rief Sonia.

»Liegt hier die junge Mutter?« fragte Esther.

»Jawohl«, sagte Sonia.

»Gratuliere, gratuliere«, sagte Esther.

»Danke«, sagte Sonia.

Sonia war allein im Zimmer. »Wo sind die Damen Belle und Rose Kaufman?« fragte Esther.

»Sie sind auf der Intensivstation«, sagte Sonia. »Aber es geht ihnen gut. Morgen kommen sie da weg.«

»Michael sagt, sie sind beide hinreißend«, sagte Esther.

»Sind sie auch«, sagte Sonia. »Sie sind so süß. Eine sieht aus wie die andere.«

»Wie fühlst du dich?« sagte Esther.

»Jetzt fühle ich mich hervorragend«, sagte Sonia. »Aber die Geburt war ein Drama. Ich hatte solche Angst. Ich hatte Wehen, auf der Station, aber ich hatte sie unter Kontrolle. Michael und ich haben ferngesehen. Ich war an all diese Monitore angeschlossen. Dann, von einer Sekunde auf die andere, fiel der Herzschlag der Babys von den normalen 140 bis 160, wenn es eine Wehe gibt, auf 84 bis 94. Die Krankenschwester, die im Zimmer war, drückte den Alarmknopf. Mein Arzt war sofort da. Er drückte noch einen Knopf, und binnen einer Minute waren zwanzig oder dreißig Leute mit mir beschäftigt. Es war erstaunlich. Ich kam auf eine Trage, irgend jemand rasierte mich, der Anästhesist bereitete den Kreuzstich vor, und Michael wurde rausgeschickt, sich umzuziehen.

Ich machte mir solche Sorgen um die Babys. Mein Kinn hat

gewackelt. Mein Arzt fragte mich, ob ich in Ordnung wäre. Und ich sagte, ich schon, aber ich würde mich um die Babys sorgen. Er sagte: ›Ich auch‹. Du kannst dir vorstellen, wieviel Vertrauen ich danach hatte.«

»Du Arme«, sagte Esther.

»Es ging alles so schnell«, sagte Sonia. »Wie im Handumdrehen. Auf einmal hörte ich dieses saugende Geräusch, als sie das Fruchtwasser entfernt haben, und im nächsten Moment hat Rose geschrien. Ich sagte: ›Ist sie gesund?‹, und die Schwester meinte: ›Wenn sie so brüllt? Und ob sie gesund ist.‹ Dann kam die kleine Belle heraus. Sie hat nur ganz schwach geschrien. Es war eher ein Wimmern. Anfangs hat sie nicht geatmet. Ihretwegen sind sie beide auf die Intensivstation gekommen. Aber jetzt geht es ihr auch gut.

Mir sind die Tränen über die Backen gelaufen«, sagte Sonia. »Sie haben mir Rose gebracht. Sie hat mich einfach angestarrt. Dann kam Michael mit Belle, und die war genauso. Ihre Augen blickten mich ganz starr an. Ich habe den Blick von Rose abgewendet, um Belle anzusehen, und ich hatte das Gefühl, Rose war böse. Ich kam mir zerrissen vor.«

»O nein«, sagte Esther. »Es ist dir gelungen, dich als Mutter schon von der ersten Minute an schuldig zu fühlen. Du solltest das Tempo drosseln, sonst hältst du nicht bis zum Ziel durch.«

Sonia lachte. »Michael wird man auch abschreiben müssen«, sagte sie. »Er stand da und hat die ganze Zeit geweint. Er hatte einen Gesichtsschutz auf, und der war völlig durchgeweicht. Es müssen zwanzig Leute im Raum gewesen sein. Drei Kinderärzte für jedes Kind. Wahrscheinlich, weil es ein Notfall war. Ich kann mir nicht vorstellen, daß bei einer normalen Geburt soviele Leute dabei sind. Michael, der sonst so reserviert ist in Gegenwart von anderen, hat sich die Augen ausgeheult.

Und ich hab' ihn angebrüllt. Du wirst froh sein, daß ich immer noch die alte bin. Michael hat die Babys fotografiert, und ich merkte, daß er meterweit wegstand. Ich habe durch den ganzen Raum geschrien, daß er die Babys fotografieren soll und nicht den Operationssaal.«

»Es ist beruhigend zu wissen, daß du nicht zerflossen bist, bloß weil du gerade entbunden hattest«, sagte Esther.

»Zerflossen?« sagte Sonia. »Ich bin nicht zerflossen. Die haben meine Gebärmutter ausgewaschen, während ich Michael anbrüllte.«

»Sie waschen deine Gebärmutter aus?« sagte Esther.

»Ich glaube, daß sie sie richtig herausnehmen«, sagte Sonia. »Es tut ziemlich weh. Gott sei Dank war ich durch die Tatsache abgelenkt, daß Michael die Fotos der Kinder praktisch alle von der anderen Seite des Raums aus geschossen hat. Ich konnte es nicht fassen, daß er keine Nahaufnahmen machte.«

»Michael war vermutlich erleichtert, daß du ihn angebrüllt hast«, sagte Esther. »Dadurch wußte er, daß mit dir alles in Ordnung war.«

»Der arme Michael«, sagte Sonia. »Wir hatten gerade diese zwei schönen Mädchen bekommen, und seine größte Sorge an dem Abend, hat er mir gestern erzählt, wäre gewesen, wie er mir beibringt, daß alle Privatbetten im Krankenhaus belegt waren, und daß ich eine Nacht in einem Zimmer mit Allgemeinbetten verbringen mußte. Er hätte gezittert, sagte er. Er hätte alles versucht, ein Privatzimmer für mich zu kriegen. Er hat den Doktor herumgehetzt. Er hat alle möglichen Leute im Krankenhaus angerufen. Zu jedem hat er gesagt: ›Sie bringt mich um, sie bringt mich um.‹ Er konnte es nicht fassen, wie lässig ich auf die Nachricht reagierte. Aber ich war auch noch ziemlich weggetreten von der Narkose.«

»Is' ja komisch«, sagte Esther.

»Die Allgemeinstation war widerwärtig«, sagte Sonia. »Ich mußte das Zimmer mit sechs Frauen teilen. Die ganze Nacht haben Leute geheult und gejammert. Viele mußten in den Gängen auf- und abgehen, weil es nicht genügend Betten gab. Ich hatte Angst, einzuschlafen, aber ich war so vollgepumpt, daß ich nicht wach bleiben konnte. Ich habe Michael gesagt, wenn er frühmorgens nicht da ist, wenn ich aufwache, würde ich sterben. Also ist Michael die ganze Nacht herumgewandert. Ab und zu ist er an einem Telefon vorbeigekommen und hat dann irgend jemand in Australien angerufen, um ihm die Neuigkeit mitzuteilen. Nach und nach hat er alle Anrufe erledigt, aber er kam immer wieder zurück, um zu sehen, ob ich noch schlafe. Als ich aufwachte, war er da. Es war Viertel vor fünf. Die Schwestern hatten ihm gesagt, daß er nicht ins Zimmer darf. Als ich wach wurde, saß er in einem Rollstuhl in der Tür und schlief.«

»Das ist so süß«, sagte Esther.

»Ja, nicht wahr?« sagte Sonia. »Michael hat mich in den Rollstuhl gehoben und zu den Babys gebracht. Ich konnte nicht glauben, wie schön sie sind. Wir haben sie uns beide angeschaut und haben geweint.«

»Michael sagte, sie sehen beide wie du aus«, sagte Esther.

»Das glaube ich auch«, sagte Sonia. »Aber es ist schwer zu sagen. Sie sehen nicht aus wie Fred. Ich war in totaler Panik, zwei Kinder auf die Welt zu bringen, die genauso aussehen würden wie der dreiundvierzigjährige Fred Robinson. Aber diese Babys sind meine. Meine und Michaels.«

»Natürlich sind sie das«, sagte Esther.

»Eine Schrecksekunde hatte ich«, sagte Sonia. »Michael schlug vor, wir sollten Rose Freda nennen, nach seiner Großmutter. Für einen gräßlichen, sehr langen Augenblick habe ich mich gefragt, ob Michael mir mit dieser Namenswahl noch irgend etwas anderes mitteilen wollte. Aber ich glaube nicht. Es schien ihn überhaupt nicht zu stören, als ich sagte, daß ich den Namen Freda nicht ausstehen kann.«

»Rose und Belle sind sehr schöne Namen«, sagte Esther. »Sie haben so etwas von der Alten Welt an sich«.

»Meine Mädchen werden nichts von der Alten Welt an sich haben«, sagte Sonia.

»Das glaube ich«, sagte Esther.

»Michael findet, wir sollten zwei Nannys haben«, sagte Sonia. »Er will nicht, daß eins der Mädchen sich zurückgesetzt fühlt.«

»Irgendwie habe ich den Eindruck, daß keine von beiden die Chance hat, sich zurückgesetzt zu fühlen«, sagte Esther.

»Michael meinte auch, wir sollten über eine männliche Nanny nachdenken«, sagte Sonia. »Viele Leute nehmen heute männliche Nannys. Mann nennt sie Mannys.«

Esther lachte. »Manny ist kein sehr würdevoller Begriff. Wenn ihr es euch leisten könnt, dann nehmt zwei Nannys oder Mannys oder eine Nanny-Manny-Combo.«

»Wir können es uns leisten«, sagte Sonia. »Einer der Vorteile bei einem Ehemann, der Partner in einer Anwaltsfirma ist, ist der, daß man sich alles leisten kann.«

Sonia zog ihren BH zurecht. »Schau, wie riesig meine Brüste sind«, sagte sie. »Ich komme mir vor wie Jayne Mansfield.«

»Viele Leute könnten mit diesem Vergleich vermutlich nichts mehr anfangen«, sagte Esther. »Ich schon. Ich erinnere mich genau daran, wie Jayne Mansfield ausgesehen hat. Sie wurde bei einem Autounfall enthauptet, erinnerst du dich?«

»Du bist so makaber«, sagte Sonia. »Nein, das wußte ich nicht mehr.«

»Ich finde es nicht makaber, sich daran zu erinnern«, sagte Esther. »Es war ein ziemlich dramatischer Abgang.«

»Aber wieso erinnerst du dich daran, wie Leute gestorben sind?«, sagte Sonia.

»Wieso nicht?«, fragte Esther. »Es ist lediglich ein weiterer Teil ihres Lebens.«

Sonia zuckte die Achseln. »Meine Milch kam in einem Sturz«, sagte sie. »Ich habe genug davon, um Vierlinge zu füttern.« Esther betrachtete Sonia. Sie sah wunderbar aus. Ihre Haut schimmerte und ihre Augen leuchteten. Ihr Haar war wieder so locker wie früher. Ihr Gesicht hatte ein neue Ebenmäßigkeit gewonnen. Als ob die einzelnen Charakteristika glücklicher miteinander wären.

»Du siehst großartig aus«, sagte Esther zu Sonia.

»Danke«, sagte Sonia. »Ich fühle mich recht wohl. Gestern bin ich zu Fuß zur Säuglingsstation gegangen. Die Schwestern waren ganz erstaunt. Sie sagen dauernd, daß die Australier offensichtlich aus zähem Holz geschnitzt sind.«

»Das würden sie nicht sagen, wenn ich hier Patientin wäre«, sagte Esther. »Ich hasse Krankenhäuser und benehme mich unmöglich.«

»Man sollte meinen, daß du dich in Krankenhäusern sofort zu Hause fühlst«, sagte Sonia.

»Wie meinst du das?« fragte Esther.

»Nun, Krankenhäuser sind nur einen Sprung, einen Schritt und eine Stufe von dem entfernt, womit du dein Leben verbringst«, sagte Sonia. »Vom Tod.«

»Wie schön, daß die Geburt dich nicht hat weicher werden lassen«, sagte Esther. »Ich verbringe mein Leben nicht mit dem Tod. Ich verbringe es mit dem Leben. Ich habe Sean, ich habe die Kinder, und ich habe meinen Vater. Und meine Analyse. Jede Woche verbringe ich Stunden damit, um ganz genau herauszufinden, was mein Leben ausmacht.«

»Sei nicht so empfindlich«, sagte Sonia. »Wie geht's deinem Vater?«

»Frag mich nicht«, sagte Esther.

»Das hast du letztes Mal schon gesagt, als ich wissen wollte, wie es ihm geht«, sagte Sonia.

»Es hat sich noch nichts geklärt«, sagte Esther.

»Ist Kate immer noch mit ihrem unmöglichen Freund zusammen?« fragte Sonia.

»Nein, sie hat jetzt einen weniger unmöglichen«, sagte Esther.

»Ist das ein Fortschritt?« fragte Sonia.

»Ich nehme an«, sagte Esther.

»Ich habe noch nicht mit meiner Mutter gesprochen«, sagte Sonia. »Michael hat sie angerufen, um ihr zu sagen, daß die Babys da sind. Weißt du, was sie zu ihm gesagt hat? Ich sollte aufpassen und Verhütungsmittel benutzen, wenn ich aus dem Krankenhaus käme, es wäre nämlich ein Märchen, daß man unfruchtbar ist, wenn man stillt. Was für eine Reaktion! Michael ruft an, um ihr mitzuteilen, daß wir zwei gesunde Kinder haben, und sie hat nichts Besseres zu tun, als ihm zu sagen, wir sollen aufpassen, daß wir nicht noch mehr bekommen.«

»Vielleicht wollte sie nur fürsorglich sein«, sagte Esther.

»Sie war noch nie fürsorglich«, sagte Sonia. Sie wirkte irritiert.

»Sie ist ein verdammte Idiotin. Vor einigen Wochen hat sie mir ein Päckchen geschickt. Das erste Geschenk seit Jahren. Weißt du, was drin war? Sechs Unterhosen. Schwarze Spitze, Bikinischnitt, Größe 36. Ich hatte noch nicht mal mit achtzehn Größe 36. Jetzt habe ich Größe 360. Warum schickt eine Mutter ihrer Tochter, die mit Zwillingen schwanger ist, sechs winzige schwarze Spitzenunterhöschen?«

»Da bin ich überfragt«, sagte Esther.

»Ich glaube, sie wollte mir eine Lektion erteilen. Eine strenge Lektion, weil ich soviel zugenommen habe. Ich muß aufhören, über meine Mutter zu reden, oder meine Milch wird sauer.«

Sie richtete erneut ihren BH. »Der Fick, den ich mit Michael hatte, bevor ich ins Krankenhaus gekommen bin, war einfach herrlich«, sagte sie. »Besser als jeder Sex, den ich mit einem Liebhaber hatte.«

»Und du hattest ihn mit Michael«, sagte Esther.

»Das habe ich doch gerade gesagt, daß es mit ihm war«, sagte Sonia. »Was glaubst denn du, mit wem ich so hochschwanger hätte bumsen können?«

»Das war keine Frage«, sagte Esther. »Es war lediglich eine Bestätigung dessen, was du gesagt hattest.«

»Du bist so ein Ausbund an Tugend«, sagte Sonia. »Du mußtest mir gegenüber noch einmal betonen, daß der gute Sex mit meinem Mann war, obwohl ich das schon längst gesagt hatte.«

»Es tut mir leid, wenn ich unsensibel war«, sagte Esther.

»Wir mußten in einer wirklich merkwürdigen Stellung bumsen«, sagte Sonia. »Michael lag quer über dem Bett auf der Seite und hielt sich an der Ecke vom Bett fest, um die Position halten zu können. Es war großartig. Wir wollen versuchen, es wieder so zu machen.«

Esther lächelte. »Du bist unverbesserlich«, sagte sie.

»Wieso?« sagte Sonia. »Weil ich gerne bumse?«

»Nein«, sagte Esther. »Weil du darüber redest.«

»Ich scheine nur im Vergleich zu dir viel darüber zu reden«, sagte Sonia. »Weil du nämlich nie davon sprichst.«

»Vielleicht versuche ich es eines Tages mal«, sagte Esther.

»Sean sieht nach einem guten Fick aus«, sagte Sonia.

Esther errötete. Sie war verwirrt. »Wie kannst du nur so reden?« sagte sie.

»Ganz leicht«, sagte Sonia.

»Ich könnte rot werden, wenn ich dir nur zuhöre«, sagte Esther.

»Du wirst rot«, sagte Sonia.

»Michaels Cousin hat aus Los Angeles zwei riesige Puppen für die Mädchen geschickt«, sagte Sonia. »Als er seine Tochter bekam, hat er uns erzählt, war er wild entschlossen, ihr beizubringen, daß Männer und Frauen gleich sind und daß ihr das Leben genauso viele Chancen böte wie jedem Mann. Also kaufte er ihr Lastwagen und Traktoren und Autos und einen Werkzeugkasten. Er gab auf, als er eines Abend sah, wie sie den Hammer zu Bett brachte.«

»Das ist wirklich komisch«, sagte Esther.

»Vielen Dank für deinen Besuch«, sagte Sonia. »Ich wünschte, du hättest die Babys gesehen. Aber auf der Intensivstation sind keine Besucher erlaubt. Ich habe zweimal gefragt. Aber in drei oder vier Tagen bin ich zu Hause. Dann besuchst du uns doch, nicht wahr?«

»Ganz sicher«, sagte Esther.

Esther und Sean kamen aus dem Theater im Lincoln Center. Sie hatten Karten für *An Evening of Comedy* geschenkt bekommen. ›Sie werden sterben vor Lachen‹ versprach die Werbung für das Stück.

»Ich bin fast vor Langeweile gestorben«, sagte Esther.

»Der Mann, der den Rektum-Witz erzählte, war gut«, sagte Sean.

»Der war okay«, sagte Esther.

Draußen war es warm. Sie gingen engumschlungen. Der Himmel war tiefblau. Er hatte die Farbe von Sommernächten. Sterne funkelten und leuchteten. Eine schmale Mondsichel stand in einem zarten, poetischen Winkel am Himmel.

»Die Nacht ist perfekt, findest du nicht?« sagte Sean.

Mitten auf dem Platz vor dem Lincoln Center spielte eine Band *Strangers in the Night*. Ein halbes Dutzend Leute tanzten. Sean küßte Esther auf den Nacken. »Ich liebe dich, mein Liebling«, sagte er.

»Ich liebe dich auch«, sagte sie.

»Tanzen wir?« fragte Sean.

Esther zögerte. »Komm, Essie«, sagte er. »Wir haben schon ewig nicht mehr getanzt. Nur einen Tanz?«

»Ich trage nicht die richtigen Schuhe dafür«, sagte sie. »Ich habe meine Doc Martens an.«

»Wir nehmen nicht an einer internationalen Meisterschaft teil«, sagte Sean. »Wir tanzen einfach bloß. Komm. Dein Vater geht jede Woche tanzen.«

»Ein Tänzer in der Familie reicht«, sagte Esther.

»Nur ein Tanz?« bat Sean.

»Okay«, sagte sie.

Sie gingen auf die Tanzfläche. Sean legte die Arme um sie. »Halt mich fest«, sagte er. Er begann, sich zur Musik zu bewegen. Sie hielt sich an seinem Rücken und an seiner Schulter fest. Sein Körper fühlte sich gut an. Langsam entspannte sie sich. Sie preßte sich an ihn.

Sean führte sie über die Tanzfläche. Seine Arme und Beine bewegten sich im Rhythmus der Musik. Er schwenkte die Hüften. Er schwang Esther nach rechts, und er drückte sie nach links. Er wirbelte und wirbelte sie im Kreis. Am Ende der Nummer war sie außer Atem.

Die Band begann erneut zu spielen. »Hier kommt mein Song«, sagte Sean. »I get a kick out of you«, sang er Esther ins Ohr. Esther spürte, wie sie anmutiger wurde. Es war so einfach, mit Sean. Sie ließ sich von ihm führen. Bei ihm war sie sicher auf den Füßen.

»Ich liebe dich jeden Tag mehr«, sagte Sean.

»Trotz allem?« sagte Esther. »Ich bin doch eine solche Nervensäge.«

»Du bist ein Kinderspiel«, sagte Sean.

Esther schloß die Augen. Sie bewegte sich mit Sean. Sie roch seinen Körper. Er roch nach Sex. Und Kraft. Und Liebe. Er roch wundervoll. Sie öffnete die Augen. Sie bemerkte einige Spritzer Acrylfarbe auf seinem Hals. Sie wischte sie weg.

»Machst du mich sauber, während wir tanzen?« fragte Sean.

»Ich fürchte, ja«, sagte sie.

Sean lachte.

Die Band spielte jetzt sehr feurig. Eine Sängerin war dazugekommen. *Let's fall in love,* sang sie. *Why shouldn't we fall in love.* Esther und Sean tanzten. Eine leichte Brise kam auf. Esther hielt ihr Gesicht in den Wind.

Sean hielt sie fest und beugte sie weit nach hinten. Sie lachte. Sie fühlte sich wie ein Kind. Er beugte sie noch einmal nach hinten. *Let's fall in love*, sang die Sängerin. Ihre Stimme wurde rauchig. *Let's close our eyes. And make our own paradise.*

Esther dachte an ihren Vater. Kein Wunder, daß er in Florida, in Queens und in den Catskills so gefragt war. Ein guter Tänzer war ein wertvolles Kapital.

Letzte Woche hatte sie ihn gefagt, ob er darüber nachgedacht hätte, wo er begraben werden wollte.

»Hab' ich's dir nicht erzählt«, sagte er. »Ich habe mir hier einen kleinen Platz gekauft.«

»Du hast dir ein Grab gekauft?« sagte sie.

»Tut mir leid, daß ich es dir nicht gesagt habe. Ich hab's vergessen«, sagte er.

»Wo ist es?« sagte sie.

»Irgendwo auf Long Island«, sagte er. »Ich habe es noch nicht gesehen. Ich habe fünfhundert Dollar bezahlt, und wenn ich sterbe, werden sie mich dort eingraben.«

»Neben wem liegt es?« fragte Esther.

»Weiß ich nicht«, sagte Edek. »Woher soll ich denn wissen, neben wem es liegt?«

»Ich dachte, es wäre vielleicht neben Henias Grab.«

»Es liegt neben niemandem«, sagte Edek. »Ich habe es von der Landsmannschaft Lodz gekauft. Sie haben eine Menge Gräber gekauft und verkaufen sie an die Mitglieder.«

»Möchtest du nicht neben Mum beerdigt sein?« fragte Esther.

»Es ist mir egal, wo ich beerdigt werde«, sagte Edek. »Wenn du tot bist, bist du tot.«

»Ich glaube, mir wäre es lieber, wenn du neben Mum liegen würdest«, sagte Esther.

»Wenn du das möchtest, kannst du das arrangieren«, sagte Edek. »Ich wollte einfach niemandem zur Last fallen.«

»Wirst du dir nicht einsam vorkommen, allein in einem fremden Grab zu liegen?« fragte Esther.

»Bist du verrückt?« sagte Edek.

»Nein«, sagte sie.

»Es ist eine verrückte Frage«, sagte er. »Ob ich mir nicht einsam vorkommen werde? Ich werde tot sein. Nicht einsam.«

»Würdest du dich in einer vertrauten Umgebung wie dem Springvale-Friedhof nicht wohler fühlen?« fragte Esther.

»Du bist wirklich verrückt«, sagte Edek. »Ich würde mich nicht wohler fühlen. Ich würde gar nichts fühlen.«

»Wo wird Henia beerdigt werden?« sagte Esther. »Vermutlich neben ihrem Mann, nicht wahr?«

»Ich habe keine Ahnung«, sagte Edek. »Ich habe sie nicht gefragt. Es interessiert mich nicht, wo sie begraben wird.«

»Ich fände es schön, wenn du neben Mum liegen würdest«, sagte Esther.

»Wenn die Seelen wirklich zusammenkommen, dann tun sie das von überall auf der Welt«, sagte Edek.

»Vielleicht«, sagte Esther.

»Und wenn die Seelen nicht zusammenkommen, warum solltest du dein Geld für eine Flugkarte für mich hinauswerfen, wenn ich tot bin. Lade mich lieber auf einen Besuch in Australien ein, während ich noch lebe.«

»Also hättest du nichts dagegen, wenn wir dich in Melbourne beerdigen würden?« fragte Esther.

»Nein, ich hätte nichts dagegen«, sagte Edek. »Aber im Moment bin ich noch nicht bereit, zu sterben. Nachdem deine Mum tot war, wollte ich jahrelang nur sterben. Ich habe darauf gewartet. Aber jetzt habe ich keine große Eile damit.«

Die Band spielte *There Will Never Be Another You*.

»Woran denkst du?« fragte Sean.

»An meinen Vater und wo er begraben wird«, sagte Esther.

»Wahrscheinlich ist er momentan tief in Henia *ver*graben«, sagte Sean.

»Iiih«, sagte Esther. »Was für ein ekelhafter Gedanke. Warum mußt du mir damit den Abend verderben?«

»Ich dir den Abend verderben?« sagte Sean. »Wir tanzen

unter den Sternen. Am Himmel über uns steht die silberne Sichel des Mondes. Und woran denkst du? An deinen Vater. Und wo er begraben wird. Es ist besser, daß er in Henia *ver*graben als in einem Sarg *be*graben ist.«

»Warum mußtest du das schon wieder sagen?« sagte Esther.

»Laß uns noch einmal tanzen«, sagte Sean. Er nahm ihren Kopf in seine Hände und küßte sie. Sie vergaß, daß sie in der Öffentlichkeit war. Sie vergaß, daß sie sich vor dem Lincoln Center befand. Sie vergaß, daß sie in New York war. Sie küßte Sean. Sie öffnete ihren Mund, und sie küßte ihn.

»Ded hier«, sagte Edek Zepler. »Ich rufe an, weil ich Neuigkeiten für dich habe.«

»Gut«, sagte Esther. »Ich freue mich, von dir zu hören.«

»Henia und ich haben geheiratet«, sagte Edek.

»Was?« sagte Esther.

»Henia und ich haben geheiratet«, sagte Edek. »Wir haben geheiratet.«

»Ich habe dich schon beim ersten Mal verstanden«, sagte Esther. »Aber ich konnte es nicht glauben.«

»Was ist nicht zu glauben?« sagte Edek. »Henia und ich haben geheiratet.«

»Du hast geheiratet, ohne mich einzuladen?« fragte Esther.

»Ich hab' niemand eingeladen«, sagte Edek. »Es waren bloß Henia und ich und zwei Trauzeugen. Die hab' ich nicht einmal gekannt.«

»Ich wollte eine Hochzeit für dich haben«, sagte Esther.

»Wir hatten keine Hochzeit«, sagte Edek. »Wir haben bloß geheiratet.«

Esther riß sich zusammen. »Ich freu' mich für dich, Dad«, sagte sie. »Ich bin nur traurig, daß ich nicht dabei war.«

»Traurig sein kannst du wegen was anderem, was Schlimmerem«, sagte Edek.

»Sean und die Mädchen wären gerne dabeigewesen«, sagte sie. »Und Zachary wäre deswegen wahrscheinlich eigens hergeflogen.«

»Es war keine so große Sache«, sagte Edek. »Mein Enkel

muß nicht von der anderen Seite der Welt herfliegen, um mir beim Heiraten zuzusehen. Ich bin eine alte Kacke.«

»Er hatte es aber vor«, sagte Esther.

»Na und«, sagte Edek. »Wenn er heiratet, fliege ich zu seiner Hochzeit. Dann sind wir beide zusammen auf einer Hochzeit. Was ist der Unterschied?«

»Wo habt ihr geheiratet?« fragte Esther.

»Im Rathaus«, sagte Edek.

»Habt ihr Fotos machen lassen?« fragte Esther.

»Nein«, sagte Edek. »Ich hab' dir doch gesagt, es war keine so große Sache. In unserem Alter ist es das nicht.«

»Wer waren denn die Trauzeugen?« fragte Esther. »Ich hätte doch auch Trauzeuge sein können?«

»Henia wollte niemanden dabeihaben, und ich war damit einverstanden«, sagte Edek.

»Und wer waren dann die Trauzeugen?« fragte Esther.

»Zwei flüchtige Bekannte von Henia«, sagte Edek.

»Ich wäre so gerne Trauzeugin gewesen«, sagte Esther. »Ich wollte auf deiner Hochzeit sein.«

»Stell dich nicht so an«, sagte Edek.

»Ich stelle mich nicht an«, sagte Esther. »Ich komme mir vergessen vor.«

»Ich habe deine Mum nicht vergessen«, sagte Edek. »Unmittelbar vor der Trauung habe ich ein stilles Gespräch mit Rooshka geführt. Ich sagte: ›Rooshka, wenn du mich jetzt sehen kannst, dann wirst du wissen, daß du immer noch bei mir bist. Ich mag zwar in New York, in Amerika sein, aber tief drinnen bin ich bei dir. Ich habe dich nicht verlassen, Rooshka. Solange ich lebe, und wenn Gott will, dann sind es noch ein paar Jahre, bin ich bei dir‹. Und dann hat der Mann gesagt: ›Nehmen Sie diese Frau‹, und den ganzen Kram, und ich sagte: ›Ja‹«.

Esther wischte sich die Tränen ab. Ihr Vater klang, als ob auch er weinte. Er schneuzte sich. Esther dachte an ihre Mutter. Was würde Rooshka Zepler gedacht haben, wenn sie gesehen hätte, daß ihr Mann in einem Regierungsgebäude, in einer fremden Stadt, in einem fremden Teil der Welt, wieder heiratete. Sah Rooshka zu? Wahrscheinlich nicht. Die Tränen rannen Esther übers Gesicht.

»Henia fand, wir sollten es den Kindern und Freunden in einer Hochzeitsanzeige mitteilen. Sie hat sehr schöne Karten drucken lassen. Du wirst morgen wahrscheinlich eine in der Post haben. Aber ich wollte es dir selber sagen.«

»Ich weiß es zu würdigen, Dad«, sagte Esther. »Und was ist aus der vorehelichen Vereinbarung geworden?« fragte sie.

»Ich habe sie unterschrieben«, sagte Edek.

»Du hast sie unterschrieben?« fragte Esther. »Wie konntest du das tun? Du hattest mir versprochen, du würdest nichts unternehmen, ohne es mir zu sagen.«

»Ich hab' gar nichts versprochen«, sagte Edek.

»Ich kann nicht glauben, daß du das unterschrieben hast«, sagte Esther.

»Findest du, daß es romantischer ist und mehr Vertrauen zeigt, wenn du jemanden ohne voreheliche Vereinbarung heiratest?« fragte Edek.

»Selbstverständlich zeugt es von mehr Vertrauen«, sagte Esther.

»Ich sage, es ist ein Zeichen von Vertrauen, jemanden zu heiraten, ganz egal, was man unterschreiben muß«, sagte Edek. »Was ist schon ein Stück Papier? Wirst du morgens von dem Papier begrüßt? Kümmert sich das Papier um dich, wenn du Schnupfen hast? Nein, es ist der Mensch, der das tut.«

»Wir haben an dein Wohlergehen gedacht«, sagte Esther. »Was mit dir geschieht, wenn Henia etwas passieren sollte.«

»Es ist doch egal, was nach der Ehe passiert«, sagte Edek. »Wichtig ist, was während der Ehe geschieht. Wenn Henia mit mir nicht glücklich ist, dann ist es egal, was ich unterschrieben oder nicht unterschrieben habe. Und wenn ich mit ihr nicht glücklich bin, ist es genauso.«

»Was hast du unterschrieben?« fragte Esther.

»Alles, was sie mir vorgelegt haben« sagte Edek.

»Weißt du denn, was du unterschrieben hast?« fragte Esther.

»Alles«, sagte Edek.

»Ich hätte wissen müssen, daß du das tust«, sagte Esther.

»Zu viele Leute lassen sich die Dinge vom Geld verderben«, sagte Edek. »Ich nicht. Es gibt so vieles, was die Dinge verderben kann, warum sollte ich nach noch mehr suchen? Ich kümmere mich um Henia, und sie kümmert sich um mich. Dafür brauchen wir ihr Geld nicht.«

Am nächsten Tag hatte Esther den Brief in der Post. Der Umschlag sagte alles. Oben links in der Ecke klebte ein goldener Aufkleber mit dem Absender ›Edek und Henia Zepler, ex Borenstein‹. Sie wollte gerade Sean und Zelda die Karte zeigen, als das Telefon läutete.

»Ded hier«, sagte Edek Zepler. »Ich muß dir was erzählen. Heute morgen hat einer von Henias Söhnen angerufen. Der ältere, Samuel. Er weiß noch nicht, daß ich die voreheliche Vereinbarung unterschrieben habe. Ich hatte Henia gebeten, bis nach der Hochzeit nichts zu sagen. Ich sagte zu ihr: ›Ich habe alles unterschrieben, was du wolltest, und ich möchte, daß du es nicht erwähnst, bis ein paar Tage nach unserer Heirat.‹ Sie sagte okay.

Dieser Samuel, heute morgen, hat mir nicht einmal gratuliert. Ist mir egal. Was hab' ich davon? Er sagte zu mir: ›Warum war es nötig, zu heiraten. Ihr hättet einfach zusammen leben können.‹ Ich sagte zu ihm: ›Ich werde dir sagen, warum, Samuel. Deine Mutter ist schwanger, und ich bin ein Ehrenmann.‹«

Esther fing an zu lachen. Sie lachte und lachte. Die Tränen strömten ihr übers Gesicht. Sie konnte nicht aufhören zu lachen. Ihr Bauch tat weh. Ihre Nase lief. Sie lachte und lachte.

Dann schaffte sie es, für einen Moment mit dem Lachen aufzuhören. Sie hörte ihren Vater. Er lachte immer noch.